西子情

作品

粉妆夺谋

北京联合出版公司
Beijing United Publishing Co.,Ltd.

图书在版编目（CIP）数据

粉妆夺谋 / 西子情著. — 北京：北京联合出版公司，2017.7
ISBN 978-7-5596-0516-0

Ⅰ. ①粉… Ⅱ. ①西… Ⅲ. ①言情小说－中国－当代
Ⅳ. ①I247.5

中国版本图书馆CIP数据核字（2017）第132657号

粉妆夺谋

作　　者：西子情
选题策划：北京磨铁图书有限公司
责任编辑：李　红　徐秀琴
封面设计：VIOLET
内文排版：刘珍珍

北京联合出版公司出版
（北京市西城区德外大街83号楼9层　100088）
北京嘉业印刷厂印刷　新华书店经销
字数388千字　700毫米×980毫米　1/16　印张24.5
2017年10月第1版　2017年10月第1次印刷
ISBN 978-7-5596-0516-0
定价：36.80元

目录

楔子

南齐一百三十五年，帝王孱弱，许家两代为后，外戚坐大，皇室式微。

皇后不才、善妒，导致皇室子嗣不兴。

皇帝乏力应付外戚之际，北周趁机兴兵，百万兵马，来势汹汹，南齐边关告急。

南齐立朝百年来，历代帝王崇尚以文治国、以德服人，重文轻武，致使朝廷以文臣居多，武将稀少。唯一的将军府，因为十二年前容安王和王妃之死，苏大将军引咎辞官，举家迁出了京城。是以面临北周兴兵，南齐满朝文武竟择不出一人应战。

皇帝纵是恼怒，也无他法，一时间急白了头发。

国丈见形势不妙，举荐自己的孙子许云初带兵出战，但遭到了朝中一半以皇室为主的大臣的反对。许家一门出两个皇后，如今已然势大，若是再让许家得了兵权，那么，就算打败了北周，也难保许家不越俎代庖夺了南齐的江山。

更何况，许云初年仅弱冠。他虽然才华贯满京城，被誉为京城第一公子，但连军营都没去过，岂能带得了兵，打得了仗？

太后和皇后听闻后，也不乐意。

许氏一门就这么一个独具才华、秀根出众的子孙，娘家是她们在后宫呼风唤雨的支柱，焉能让他去边关送死？所谓刀剑无眼，万一他回不来，战死沙场，那么许家的门第靠谁来支撑？

众人争执之时，丞相出言，举荐容安王府的世子叶裳。

容安王府是皇族分支，隶属宗室，容安王和王妃夫妻二人皆善兵谋，十二年前在与北周一战中虽然大败了北周，但二人也一同战死在了沙场。当时，仅留下了一个年幼的稚子，就是叶裳。

容安王妃的娘家是江南望族叶家，当初容安王提亲时，叶家主言明叶家女不嫁京城，容安王诚心求娶，最后许诺，生子随母姓，叶家主才同意嫁女。是以叶裳虽然是宗室后裔，但不姓刘，姓叶。

皇帝感念容安王和王妃为国捐躯，追封二人后，又赐封容安王府为世袭王府，叶裳封世子，待成人礼后，承袭容安王爵位。

今年叶裳更是不足弱冠。

丞相举荐容安王府唯一的世子叶裳，满朝文武也是大为反对。

若说许云初是京城第一公子，那么叶裳就是京城第一纨绔。

偌大的容安王府，叶裳一人当家，一人说了算，加之皇帝宠爱，太后怜惜，自幼丧父丧母，无人管制，使得他整日里饮酒作诗、流连红粉温柔之地风花雪月，与一帮纨绔子弟整日玩耍，荒唐无稽。

这样的叶裳，自然不能带兵打仗。

别说文武大臣反对，就连皇帝听了丞相的举荐后都直摇头。

丞相却说，十二年前，容安王和王妃打败了北周，威名赫赫，所谓虎父无犬子。虽然叶世子素来不着调，但是身上却有着容安王骁勇善战的血脉，北周若是听闻叶世子带兵，总要掂量掂量。再加之，叶世子虽然随母姓，但血脉却是皇族之人，由他带兵，彰显我南齐皇威不容践踏。

朝臣听闻后，一部分人觉得有理，但还是有一部分人不放心。

话虽然如此，但是叶裳真能带得了兵？打得了仗？

丞相为排众议，又举荐了苏大将军苏澈陪同叶裳一起前赴边关。

群臣听到苏澈的名字后，眼睛齐齐一亮，但很快又黯淡了下去。

苏澈是南齐少有的军事奇才，就连崇尚文治天下的皇帝都对其青眼有加。他年纪轻轻时就被封了大将军，特赐将军府，南齐武将虽然地位低，但他的地位在满朝文武中一点儿也不低，无人敢低看他。

因为十二年前，与北周一战，容安王和王妃之死，令他大悔是自己用兵失误，才害了王爷、王妃。即使皇帝和满朝文武都认为错不在他，是北周贼子使用歹毒计谋，但他还是过不了心里的坎，引咎辞官了。

当时，皇帝极力挽留，但苏澈去意已决，皇帝无奈，只能准了。

如今十二年过去，苏澈还能否重新回京任职奔赴边关御敌？

满朝文武都拿不准，一时间，没了反对的声音。

丞相又言，当年，苏澈因容安王和王妃之死，心存愧疚才离京，但如今容安王府世子若是带兵，苏澈焉能推拒？

群臣听罢，都齐齐点头，言有道理，虽然叶裳不着调，但若是有苏澈在，定能大败北周。

皇帝见众臣难得意见统一，除了派叶裳和苏澈，怕是难敌北周来势汹汹，遂点头，准了丞相的举荐，派人宣叶裳进宫。

传旨的公公赶到容安王府，叶裳不在，扑了个空，询问之下，得知叶裳去了红粉楼，又匆匆赶去红粉楼，在满楼红袖香粉里找到了叶裳。

彼时，叶裳喝得醉醺醺，怀里抱了一只大白猫，睡得酣然。

传旨的公公怎么也喊不醒这位主，便命人抬着他进了宫见皇帝，皇帝看着叶裳的样子着恼，命人喊他，却也喊不醒，又是泼水、又是推拿，办法用尽，他依然酣睡。请来御医，一看之下，才得知他喝了三月醉。

三月醉，顾名思义，喝下一杯，飘飘欲仙，一醉三月。

无药可解。

等他三个月醒来的话，北周怕是早已经马踏边关，脚踩南齐山河，黄花菜都凉了。

皇帝恼怒，却也无法，叶裳素来荒唐，这样的事儿也不是一回两回了，他只能又急召丞相进宫商议。丞相看了叶裳酣睡不醒的样子，也摇头叹息，思索之下，对皇帝请命，抬了叶裳，前去请苏澈出战。

皇帝准奏。

于是，丞相命人抬了叶裳，连夜启程，前往苏澈定居之地。

三日后，到了苏澈定居之地。

丞相见了苏澈，道明来由，苏澈看到大醉不醒的叶裳，沉默了许久后，点头应允带兵出战，不过条件是，叶裳就不必跟随了，他不想再让叶裳重蹈当年他父母战死边关的覆辙。

丞相欣然应允，只要苏澈出战，叶裳去不去边关，都无甚影响，他抬出叶裳，费尽周折，无非是为了请动苏澈。

有苏澈出兵，那么，定然能保住南齐江山。

于是，丞相又带着醉得人事不省的叶裳回了京城，苏澈拿了虎符、帅印，带兵前往边关。

两个月后，边关传回了苏大将军大败北周的消息。

朝野欢腾。

皇帝龙颜大悦，派人前去接苏澈家眷回京。言：大将军府在苏大将军走后，一直留着，时常命人打扫，既然大将军官复原职，那么他的家眷自然也不能再任之留在乡下了。

于是，半个月后，苏澈的家眷被接进了京，重新入住苏府。

苏澈有三子一女，都随他奔赴边关了，只有他的夫人被接进了京。皇上亲自召见了苏夫人，得知他最小的女儿苏风暖，正值二八好年华，未曾婚配，便兴起了赐婚的打算。

太后得知皇上的打算后，兴趣也颇为浓厚，对此事极为认同。

二人不谋而合。

于是，京中开始盛传皇上和太后要在京城一众公子中择一人为苏风暖赐婚的消息。

都猜测谁是最终人选，一时间闹得沸沸扬扬。

第一章
赐婚风波

世上什么东西最是藏不住、捂不住？

当属传言。

皇上和太后要给苏风暖赐婚的消息没过几日便传出了南齐京都，渐渐散播开来，传向边关。

苏风暖听闻消息时，正坐着老牛车走在回京的路上。

老牛车慢腾腾地磨蹭着，走一步晃三晃，似乎随时就要倒下，她却一点儿也不担心，自顾自地捧着一卷书卷，倚在老牛车搭起的车棚内，遮蔽酷暑中火辣辣的太阳，微翘着腿，悠闲地看着书。

与她一同坐在老牛车里的还有一个年轻俊秀的少年，与她年岁相仿，十六七的样子，坐在车棚前，有一搭没一搭地挥着破绳编织的鞭子，百无聊赖地赶着车。

山路杳无人烟，只听到老牛车咯吱咯吱地随着车轱辘走动响个不停。

临近晌午，老牛累了，走不动了，少年装模作样地挥了几鞭子后，回头瞅了一眼，嘟囔："什么破书，你倒看得津津有味。"

苏风暖抬头，眉梢眼角带着笑，伸手敲了敲书卷，指着一处笑道："枉读诗书负才华，锦绣堆里做风流。这诗作得倒是贴切。"

少年闻言"嗤"了一声，翻了个白眼："果然是在看破书。"

苏风暖摇头："这可不是破书，我看这书写得最有意思不过。"

少年又轻嗤："市井谬言，胡乱书写，有意思管什么用？总归不是个正经玩意儿。"

这回轮到苏风暖翻白眼："在三哥的眼里，只有四书五经才是好东西。"

这少年正是苏风暖的三哥苏青。

"然也！"苏青乐起来，"还是小妹知我。"

苏风暖轻轻哼了一声："你年纪轻轻就这般迂腐，我倒要看你将来找个什么样的媳妇儿。”

“你还担心我娶不着媳妇儿？”苏青瞅着她，“你才要小心自己嫁不出去，整日里东跑西颠，一年到头见不到人影，野丫头，没人要。”

苏风暖刚要接话，一只乌鸦飞来，落在她肩上，她伸手解下乌鸦腿上的纸条，打开一看，顿时乐了，对苏青道：“你才不用担心我嫁不出去，天下男子怕是任我挑选。”

苏青闻言眼皮大翻，似乎要翻上天的架势，一把扯过她手里的纸条，看了一眼，啧啧道：“这皇上和太后刮的是什么东南西北风？不知道你是野丫头怎的，竟然要给你赐婚？”

苏风暖耸耸肩。

苏青随手捻碎了纸条：“不知道是哪个倒霉蛋娶你。”

苏风暖抬脚踹去。

苏青顿时灵敏地跳下了老牛车，站在车外，叉着腰：“臭丫头，又踢我，还想打一架吗？”

苏风暖探出头，看着他：“你打得过我吗？”

苏青一时噎住，半晌道：“我是你三哥，兄长如父，你打我就是打咱们爹。”

苏风暖好笑：“是长兄如父，你又不是大哥。”

苏青瞪着他：“爹让我跟着你，就是为了看管你。我虽然是三哥，但如今他们都不在身边，我就最大，你自然不能对我不敬。”

苏风暖撇撇嘴：“打你还不够我动动手指头的。”话落，看了一眼火辣辣的太阳，又钻回了老牛车里。

苏青嘟囔了一句“臭丫头”，不耐烦地问：“坐着这老破牛拉的车都走了半个月了，才走了两百里，照这样下去，什么时候才能到京城？”

“京城有什么好的？不去也罢。”苏风暖兴趣不大。

苏青恍然大悟：“噢，我懂了，我当你非要坐这老破牛拉的车是为了欣赏沿途的风景，原来是不想去京城。”

“风景有什么可看的，这些年，哪里的风景我没看过？”苏风暖嗤了一句。

苏青闻言将头又探进车厢：“我听说娘早已经被皇上派人接回京城苏府了。”

“你还是听我说的。”苏风暖提醒他。

苏青咂咂嘴：“京城很好啊，小时候咱们家离京时，我记得你死活不乐意走，后来，也时常偷偷跑回京城玩耍，最近两年，怎么反而对京城厌烦了，不乐意去了呢？”

“腻了呗。”苏风暖道。

苏青看着她，探究了一会儿，没看出所以然来，说道：“爹让我跟着你，就是怕你再偷偷跑个没影。如今，你不想去京城，怕是不行。刚刚那信不是说太后和皇上要给你赐婚吗？你若是不赶紧回京，到时候，圣旨一下，或者懿旨一下，给你赐个歪瓜裂枣，你难道还真嫁了不成？”

“这倒是个事儿。”苏风暖揉揉眉心，埋怨道，“北周好端端的日子不过，打什么仗？真是吃饱了撑的。否则，如今咱们家还清静着呢，皇上想不起爹，丞相不举荐，爹也不必官复原职，咱们苏府也不必再搬回京城。”

苏青一时无语：“你贪玩，怨人家北周做什么？”话落，又道，“不对啊，这一次，你非要跟爹去边关打仗，爹和大哥受伤后，你用连环计，重伤了北周二皇子楚含，大败北周大军。那计谋连爹都说毒辣。你不会是把不想去京城的怨气都撒给北周了吧？”

“没杀了楚含，便宜他了。”苏风暖哼了一声。

苏青咂舌片刻，仰头望天：“真替我那未来的妹夫担心，所谓最毒不过小女子的心。”

苏风暖瞥了他一眼，拇指和食指放在唇边，打了个轻响的口哨。

哨声后，不远处跑来一黑一红两匹皮毛极其油亮的上等宝马。

苏青眼睛一亮：“你同意回京了？”

苏风暖点头，待马走到近前，她一把拽住马缰，从车厢中探身，利落地翻身上了马。

苏青顿时妒忌：“臭丫头，这些年没好好跟爹学武，到处瞎跑，却弄出了一身好武功。”

苏风暖端坐在马上，拢着马缰，看着京城方向，目光渐深：“三哥，赛马如何？”

“好啊。”苏青也飞身上马，端坐在马上，道，“这些天坐个破牛车憋死我了，赛个百八十里没什么意思，咱们不如一直赛到京城，如何？看谁先到京城。”

苏风暖偏头看他：“你开出这么大的赌，是想要得到大注了？说吧，你想要什么？”

“你从北周二皇子手里夺的香寒玉。”苏青立即道。

苏风暖果断地摇头：“这个不行。”

苏青瞪眼：“你怕输？”

苏风暖摩挲着马缰绳，没说话。

苏青看着他，得意扬扬地道：“这些年，我和二哥时常赛马，论武功，你杂学颇多，诡计多端，哥哥我不是你对手，但若是论赛马嘛……”

苏风暖打断他的话："我若是拿香寒玉做赌注，你拿什么？"

苏青想了一会儿，咬牙道："我就拿那株我藏了十年的千年雪莲，它的价值可敌得过香寒玉吧？万金难求一株，如何？"

"一言为定。"苏风暖这回应得痛快。

二人赌约定好，便一起纵马驰向京城。

六月里的京都，正是酷暑难耐的时节。

南齐京都，因建朝以来，历代帝王崇尚以文治国，喜好吟诗作对笔墨风雅之事，所以，京都内外都种满了花，一年四季，各种鲜花盛开，帝京处处花味飘香，素来有花都之称。

今年虽然北周入侵，践踏边关，但也丝毫不影响南齐京都的繁花似锦。

苏风暖还没进城，老远便闻到京都城内散出的花香味，她吸了吸鼻子，牵着马溜溜达达地入了城。

她的身后，除了来往的百姓，不见她三哥苏青的身影。

因苏大将军大败北周兵马入侵，京城一改压抑的气氛，人声鼎沸，热闹非凡。

她牵着马进了一处茶楼，要了一壶上好的清茶，也不急于回府，便坐下来优哉游哉地听起了说书先生说书。

京城的茶楼酒肆，历来都是各种大事儿发生后人多聚集的最热闹地方。

今日，说书先生说的正是最近发生的一桩大事儿。

苏大将军大败北周军，皇帝龙颜大悦，金口玉言放出了重赏，言：待苏大将军处理好了边境后续事宜，回京之后，便封赐为武侯，苏府改封为武侯府。

除了此事外，皇上和太后还放出风声，要为苏府小姐赐婚。

择婚人选，目前有二人被提议的次数最多。

一个是容安王府世子叶裳；一个是国丈府小国舅许云初。

一个是皇族门第，一个是朱门世家，二人身世皆显赫。

苏府是大将军府，即将分封武侯府，也是极其显贵，苏小姐与这二人身份上自然匹配。

据说，太后提议自己的孙侄许云初，皇上提议容安王府的子侄叶裳。

朝中文武大臣也各有站队，此事比大将军大败北周来说还要热闹。

儿女婚事向来与柔软的风情沾边，也被闲人墨客所津津乐道。

尤其是这么一场太后和皇上齐齐看重的赐婚之事，又是如今声威赫赫的苏大将军小女儿的婚事，着实让京城百姓炸开了锅。

苏风暖喝了三盏茶，也将这一桩事儿的因因果果听了个大概，刚要掏银子付账走人，便听楼上一个清越的声音大为遗憾地说："没想到我睡了三个月，竟然错过了这么多好戏。"

她抬眼看向楼上，只见声音是从一间雅间里传出，雅间的门虽然开着，但帘幕遮挡，依稀看到几个人影，围着桌案坐着，轮廓模糊，看不清说话之人的样貌。

这时，有人接过话，大笑："世子，你睡这三个月，可不只错过了好戏。若不是你沉醉不醒，险些就随苏大将军去了战场呢。"

早先大为遗憾之人闻言话音顿时一转，欢悦地说："这样说来，幸好我喝了三月醉，否则战场上刀剑无眼，听说苏大将军都受了重伤，如今还在边关养伤呢，我若是去，十有八九跟我爹娘一样，回不来了。哪里还能坐在这里喝茶？"

"正是，正是。"有人接话。

"世子吉人自有天相。"有人附和。

苏风暖收回视线，掏出银子放在桌子上，起身。

这时，那人又欢然地笑着说："我果然是吉人自有天相啊，既然如此，今日这茶楼里所有人的茶水钱本世子都给请了。"

他话音刚落，顿时一片叫好欢呼声。

苏风暖脚步顿住，又向楼上看去，只见那一雅间内笑声欢腾，坐了七八个人的模样。

楼下有人问："世子这话可当真？"

"本世子说出去的话自然当真，什么时候说话不算话过？"楼上之人笑吟吟地说，"掌柜的，听好了，今日茶楼里所有来客的茶水钱，都算到我的账上。"

"好嘞！"掌柜的立马笑逐颜开地接话。

苏风暖收回视线，又折返回了座位上，招手叫来小伙计，对他耳语了一番。

那小伙计听完她的话，目瞪口呆地看着她。

苏风暖戴着斗笠，穿着一身半新不旧的素白裙子，腰间挎着一柄宝剑，一副江湖人的打扮。

小伙计看了她半晌，也没看清楚她的样貌，只能结结巴巴地说："这……这位姑娘，这……不太好吧？"

"有何不好？他不是说得清楚吗？今日茶楼里所有来客的茶水，他都请吗？"苏风暖透过纱巾，一双眸子清澈无辜地看着小伙计，"难道堂堂容安王府叶世子说话不算数？"

小伙计踌躇，小声说："可是……叶世子是说在这里喝，没说……没说带走的也算……”

苏风暖伸手敲了两下桌子，笑着说：“你这家茶楼是不是有钱不想赚？你去问问你家掌柜的，看他应不应。”

小伙计闻言向楼上看了一眼，见楼上笑语欢声，他立即跑去找掌柜的。

掌柜的听了小伙计所言，抬眼向苏风暖看来，愣了愣，片刻后，对小伙计点了点头。

小伙计得了掌柜的首肯，便跑去后面，给苏风暖捧出了十盒上好的新茶。

苏风暖将身后的包裹解下来，打开，将十盒上好的新茶包了，脚步轻松地出了茶楼。

小伙计眼看苏风暖出了茶楼，牵了马离开，又转身跑回掌柜的身边，小声说：“掌柜的，十盒上好的顶级新茶，一盒千金，这十盒就万金啊。您竟然也同意，叶世子今日可亏大发了啊。”

掌柜的噼里啪啦地敲着算盘，摇头叹气，没说话。

小伙计又说：“掌柜的，要不然去告诉叶世子一声？”

掌柜的摇头。

小伙计见掌柜的都不说什么，自然就不言声了，心里却直为叶裳心疼，万金啊，可不是个小数目，叶世子的祖业这些年快被他败光了吧，以后他可拿什么混日子？

叶世子在茶楼请茶水的消息很快就传开了，一传十，十传百，不少百姓听闻后，都齐齐涌向一品香茶楼。

小伙计来来回回端茶，腿都跑麻了，心疼自己的腿都来不及，哪还顾得上心疼叶裳的银子。

叶裳倒是没在茶楼久待，与一群人喝了两壶茶后，便出了茶楼，找地方玩乐去了。

他睡了三个月，整个人没睡酥软，反而睡得精神抖擞，大热天，拉着一群人去了猎场。

苏风暖牵着马回了苏府。

苏夫人听说她回京了，欢喜地迎了出来，对着她左看右看，见她没受伤，才松了一口气。

苏风暖解下包裹，递给苏夫人，笑着说：“这里有十盒上好的天香锦，女儿打劫的，娘爱喝茶，就笑纳了吧。”

苏夫人听说包裹里装的是十盒天香锦，连忙打开，一看果然是天香锦，眼睛都亮了。

她逐一打开盒子闻了闻，肯定地点头："真的是天香锦，因此茶入口唇齿留香，如锦缎般丝柔，故名天香锦。一盒千金呢，你打劫什么人的？"

"有茶喝还问那么多做什么？"苏风暖解下剑，递给苏夫人看，"娘，您看，我这柄剑好不好？"

苏夫人抬眼看去，只见苏风暖正将剑拔出鞘，寒光点点，如雪似玉，她点头，赞道："真是好剑。你这剑又是跟谁打劫的？"

"这剑名叫雪玉，可不是打劫的，是女儿和江湖一位擅长铸剑的朋友比武赢的，他在天雪山的冰窟里挖出的千年寒玉，就打了这么一柄剑，还没开锋时，就被我赢来了，若非是这柄雪玉，我还伤不了北周的二皇子楚含呢。"

"好剑。"苏夫人收回视线，又看向包裹，满眼爱意，"但也没有这茶好。"

苏风暖翻了个白眼。

苏夫人也不再追问这茶的来历了，欢喜地抱着包裹，拉着苏风暖进了内宅。

待苏夫人泡了一壶天香锦喝了，将其余的收藏了起来，又和苏风暖话了半天家常，心满意足后，才想起来问："你三哥呢？你爹来信，说他和你一起回来，如今怎么只你自己回来了？他人呢？"

苏风暖倚着炕头，昏昏欲睡："后面呢。"

"你们兄妹又打架了？怎么一前一后？"苏夫人问。

苏风暖哼哼两声，闭上了眼睛。

苏夫人再问，她没声了，一看之下，竟然睡着了。

苏夫人这才发现她一身风尘，鞋上还沾着土，衣服好像两三天没换洗了，躺在她崭新干净的织锦铺的软炕上睡得香，这才后知后觉地嫌弃起来，却也不舍得喊醒她，起身去门口迎接后面的苏青。

苏青气喘吁吁地跑回苏府，灰头土脸的，见了苏夫人立即问："娘，那个臭丫头回来了没有？"

"回来了！刚进屋，睡着了。"苏夫人更是嫌弃地看着三儿子，"你们这一个个的，像是从土里钻出来似的，这是跟谁打土仗了？"

苏青闻言鼻子都气歪了，骂道："死丫头，她使诈，在我的马上做了手脚。"

"果然又是打架了。"苏夫人捂着鼻子挥手，"快去洗洗去，脏死了。"

苏青扔了缰绳，气冲冲地进了院子，就要去找苏风暖算账。

苏夫人一把拽住他："你还当哥哥呢，就不知道让着点儿妹妹？她看起来累了，不准吵醒她，若是吵醒她，我跟你没完。"

苏青顿时不满："娘，都是您亲生的，怎么这么偏心眼？"

苏夫人哼了一声，叉腰道："都说女儿才是娘的小棉袄，这话果然不假。你妹妹回来给娘带了十盒天香锦，你给娘带了什么？"

苏青一噎，之后又瞪大眼睛："她这一路与我赛马回来，哪里弄来的十盒天香锦？"

苏夫人看着他，嫌弃地说："你管她从哪里弄来的呢，反正你没给我弄来。你快回你院子里梳洗，虽然咱们离京十二年，但这府邸皇上的确派人给时常清扫，每个人的院子都干净，你还是原来的院子。你不洗干净了，别进我院子脏我的地方。"话落，苏夫人扭着腰回了自己的院子。

苏青看着苏夫人腰肢款款地回了院子，干瞪眼。

所谓同人不同命！

苏风暖估计也没梳洗，脏了吧唧的，却安然地待在娘的院子里的炕头上睡觉。

他对着正院瞪眼半晌，无奈地想着，谁让娘喜欢女儿，却接连生了三个儿子？好不容易生了个女儿，疼得跟什么似的，要天上的星星自然都给她摘下来，可是偏偏那臭丫头反骨，自小就不爱在家里待着，小时候是三两天往外跑一次，大了后，一年到头回家的次数用五根指头都数得过来。并且每次回来，都给娘带心尖上的好东西，嘴又甜，又会哄人，这样一来，娘更是疼她疼得要命。

他输了千年雪莲不说，进府还不得好，心里别提多憋屈了。

恼恨自己怎么不是女儿，若他是女儿的话，如今就没苏风暖什么事儿了。

毕竟他娘怕生孩子，若不是太想要女儿，却一连气生了三个儿子，在生了大哥让苏家有后之后死活也是不会再生的。所以，生了苏风暖这个女儿，终于得偿所愿之后，果断地就不再生了。

这样一想，若不是他娘为了生苏风暖，似乎也没他和二哥什么事儿了，憋屈顿时少了点儿。

回到自己的院子，洗漱干净后，他已经困得神魂颠倒，顾不得心疼千年雪莲，卧床也睡了。

彼时，叶裳正在和一群人打猎。

大热的天，将一群人热得叫苦连天，叶裳浑身也湿透了，却还死追着一头狮子猛杀不罢休。

安国公府的二公子陈述哇哇大叫："叶裳，你还是不是人？都一个时辰了，你还有完没完？想热死我们吗？"

景阳侯府的三公子沈琪也跟着喊："叶裳，你有这猛劲儿，真该去边关，北周的狗屁二皇子根本就不是你的对手嘛。"

平郡王府的小世子齐舒也受不住了，跟着嚷：“不玩了不玩了，他睡了三个月，如今浑身是劲儿，就算打到明天，咱们这么多人也赢不了他一个。”

“这么说，我们七个人就这么认输了？”晋王府长孙刘焱道。

三人闻言齐齐看向他，齐声开口：“不认输你来！”

刘焱抹着汗摇头：“热死了。”

三人看向其他人。

其他人也热得直摇头摆手。

“那就认输呗。”陈述用袖子遮着头上火辣辣的太阳，气恼地说，“叶裳这个混蛋，他在茶楼请客，没想到最后我们七个人替他埋单。”

齐舒一拍脑门，“对啊，我们一人输他千金，七个人就输了七千金。原来他非要来打猎，且做下赌约，是打的这个主意。”

“太不是人了！”沈琪也恍然大悟，“七千金别说请喝一日茶，就是请喝十日茶，京城百姓排上十圈，也喝不了这么多钱啊。我最近手头紧，早知道说什么也不赌了。”

“晚了。”刘焱也后悔不已。

这时，叶裳已经擒了跑不动的狮子回来，十分精神地看着七人，得意扬扬地问：“你们确定认输了？”

七人看着他，一时间咬牙切齿。

“不服气？那再来啊，别说打到明天，就是后天，本世子也有的是劲儿。”叶裳道。

七人顿时泄气，齐齐摆手：“算我们输了。”

叶裳大笑，放开狮子，狮子浑身没伤，却已经累得腿软跑不动了，被他放开后，快快地躺在了地上，哀怨地看着他。

叶裳瞥了狮子一眼，趴在马上，慢悠悠地说：“我是世子，你是狮子，咱们也算是一家。不如以后跟着我混吧。”

狮子顿时站起身，蹭了蹭马腿。

齐舒啧啧称奇：“连畜生居然也会拍马腿。”

叶裳从马鞍前的鞍袋里解下一只兔子，扔给它，得意地说：“跟着本世子，有肉吃，不过你可要听话，没我的准许，不准吃人。”

狮子顿时精神抖擞起来，将兔子撕着吃了。

刘焱不忍看如此血腥的场面，瞥开眼睛：“叶哥哥，什么叫作没你准许不准吃人？难道你还准许它吃人不成？”

叶裳点头：“所以，你掂量着点儿，可别得罪了哥哥我。”

刘焱顿时缩了缩脖子。

齐舒看了一眼刘焱，嗤笑：“看你那点儿出息！连这个也怕，来打什么猎啊！”

“打猎归打猎，这可是生撕活剖啊。”刘焱看着狮子血淋淋的大口，浑身发冷，见叶裳依旧笑吟吟地看着狮子，像是十分欣赏，他指着他，愤然道，“你太……血腥了。”

叶裳转回头，看着他大笑：“胆子果然小，丢晋王府长孙的脸。”

刘焱顿时梗起脖子，不满道：“不忍看血腥杀戮，跟丢脸有什么关系？”

叶裳卷起马缰绳，掉转马头，似笑非笑地道：“兔子就算小，但若是机灵，跑得快，未必成了狮子的晚餐。但兔子就是兔子，生来就是兔子，不是狮子。所谓弱肉强食，不过如此。”话落，他打马扬鞭，招呼众人，“没意思，回城了。”

第二章
苏府小姐

叶裳纵马离开，狮子已经吃完兔子，甩着大尾巴，跟在叶裳的马匹之后跑了起来。

刘焱摸摸鼻子，转头问齐舒："叶哥哥刚刚的话是什么意思？"

齐舒翻了个白眼："兔子是兔子，狮子是狮子，连这都听不懂，你的确丢晋王府的脸。"

刘焱瞪眼："谁听不懂这个意思了？我问的是他话里有话的那个意思。"

齐舒哼笑："你能活这么大，真是不易，晋王估计操碎了心。"话落，一挥马鞭，追叶裳去了。

刘焱气得火冒三丈："欺负人是不是？"

沈琪骑马靠近，拍拍他肩膀，小声说："他的意思是，你若是连狮子吃兔子都怕血腥的话，真不该生在皇族宗亲之家。晋王像你这么大时，可一点儿都不怕，你连你爷爷的一点儿风骨都没继承。"

刘焱一时噎住。

陈述纵马过来，也拍拍刘焱："晋王叔对你宝贝得紧，以后还是别跟着我们混了。狮子吃兔子算什么？叶裳连人肉都吃过呢。"

刘焱脸顿时白了："他……什么时候……吃过人肉？"

陈述道："十二年前吧，在边关，容安王和王妃被困战死，方圆十里，全是焦土，生灵涂炭，叶裳那时刚五岁，找不到吃的，就在死人堆里剜人肉吃，否则如今哪儿还能活着？苏大将军找到他时，他整整吃了七天。所以，苏大将军后来引咎辞官，至今深以为悔。"

刘焱声音都颤了："竟有这事儿？这……是真的？我怎么没听说过？"

"所以说晋王叔将你保护得太好，以后还是听他的话，别跟我们出来了。我们这帮子人，都跟他一样，血腥堆里爬出来的，只要能活着，吃人肉算什么？"

陈述道。

刘焱顿时没了声，一张俊脸，分外地白。

“走吧，我们回去之后还要拿金子还赌约呢。”陈述纵马离开。

沈琪也打马跟上。

众人都走后，刘焱骑着马在原地待了许久，才打马追去。

沈琪与陈述并排而行，责备地对他说：“你与他说这个做什么？万一吓坏了他，晋王定会找你麻烦。”

陈述冷笑：“他有一个好爷爷就了不起了吗？我们都是一帮没人疼没人爱没人管的纨绔。我就是明摆着告诉他，以后离我们远点儿。一个金罐子里长大的金饽饽，还是在罐子里待着为好。”

沈琪看着他：“你这是输了赌约不服气，找一个没长大的孩子撒气呢！”

陈述哼了一声，厌恶地道：“千金算什么？我虽然爷爷不疼，后母不爱，但亲娘也是留了一条街的铺子给我。有什么输不起的！”

沈琪无语：“那是你娘的嫁妆铺子，都败光了的话，你娘九泉之下也不得安息。”

“她若是怕我败光了，就不该早死。”陈述道。

沈琪咳嗽了一声，看着陈述，道：“你是觉得叶裳对刘焱太好了吧，气不过是不是？”

陈述一噎。

沈琪叹了口气：“我也不明白了，刘焱就是一个没断奶的孩子，叶裳怎么总任由他黏着，晋王叔怕刘焱跟着他学坏，对他吹胡子瞪眼没好脸色多少次了，他却也不在意。难道他还没大婚生娃，就有慈父心肠了？”

陈述闻言“扑哧”一声，气笑了，指着沈琪：“这话你怎么不问叶裳去？”

沈琪也好笑，耸耸肩：“我怕他那头刚收服的狮子吃了我。”

陈述大笑：“我也怕。”

“既然都怕，这话就烂到肚子里算了。”沈琪笑道。

陈述也笑着点头。

一行人回了城，天已经黑了。

叶裳没回府，而是打马直接去了一品香茶楼。

齐舒、陈述、沈琪等人陆陆续续进城后，听闻他去了茶楼，也想知道今日他一共白请了多少银子，七千金的赌约能剩下多少是赚的，不约而同地也都去了一品香茶楼。

茶楼已经停止接客，掌柜的正在清点今日的花费。

叶裳来到楼前，翻身下马，狮子也跟在他身后，甩着尾巴随他进了楼。

小伙计看到叶裳身后的大狮子，吓得脸都白了，腿也软了，哆嗦着说不出话来："叶……世子……狮子……"

叶裳回头看了一眼，难得好说话地停住脚步，笑着说："没我的准许，它不吃人。"

小伙计还是吓得面如土色。

叶裳见他如此，索性也不进去了，站在门口问："今天一共花了我多少银子？掌柜的可算出来了？"

小伙计结巴地说："正……正在算……"

叶裳点头："我在这里等一会儿，你进去看看，算出来后出来告诉我。"

小伙计连连点头，扶着软了骨的腿，勉强爬进了茶楼。

齐舒大笑："你如今有了狮子，以后怕是这京城的姑娘见了你，更要绕着道走了。就连红粉楼，怕是都不敢接待你了。"

叶裳没趣地说："这样的话，岂不是更如了许云初的意？有我比着，京中的姑娘更会喜欢他，他不是最喜欢被京中的姑娘们围着转吗？他更要谢我了。"

齐舒嘴角抽了抽。

陈述不屑："他就算是京中第一公子管什么？苏府小姐的婚事一出来，你跟他一样相提并论，他并不比你有什么优势。"

叶裳转头看陈述："我跟他相提并论这个也不是什么光彩的事儿，你还计较起来了。"

陈述看着他："你是不是睡了三个月睡傻了？那可是堂堂苏府小姐啊，苏大将军唯一的小女儿，疼如掌上明珠。太后和皇上近些日子一直盯着这个事儿，朝中满朝文武也都心里长草了，娶了她，代表着什么？那可是……"

叶裳接过话："娶了她，就是娶了一只舞刀弄剑的母老虎，我如今有了一头狮子就够了，要母老虎做什么？看着她和狮子打架吗？"

陈述一噎。

齐舒大乐："你这话若是让苏府的人听到，娶苏小姐你一准没戏了。"

"乡野长大的女子，不娶也罢，指不定是个什么样的野丫头。"叶裳拢拢衣服，"我还想多玩几年，不想早死。"

众人大笑："有道理。"

掌柜的拿着账本从楼里出来，给众人见礼后，对叶裳说："世子，一共是一万一千金整。"

"什么？"陈述大叫了一声，拍拍耳朵，看着掌柜的，"我耳朵不好使，听错了不成？”

掌柜的摇头：“陈二公子没听错，是一万一千金。”

“今日这茶楼的人喝的不是茶叶，是金子不成？怎么这么多？”陈述绷起脸，“别以为我们都是败家子，你就狮子大开口，当心叶裳刚收服的这头狮子活吞了你。”

掌柜的作揖：“小人可不敢乱宰世子，实在是今日有一位客人，她打包了十盒天香锦带走了。”

陈述一愣：“带走？”

掌柜的点点头。

齐舒立即问：“什么样的客人？好大的胆子，打劫打到叶世子头上了！”

掌柜的看了叶裳一眼，见他也露出好奇之色，犹豫了一下，小声说：“是苏府小姐。”

苏府小姐？

竟然是苏府小姐！

叶裳白请喝茶，她打包了十盒天香锦，这……也太不客气了吧！

十盒天香锦就是一万金，这一天茶楼里人挤人地喝茶，无数人也才喝掉了千金。

众人面面相觑。

叶裳愣了好一会儿，倒是笑了起来，转头对众人道：“如今你们心里平衡了？赢了你们七千金，我还赔进去四千金。比起你们，我今日才是输得最惨。”

众人闻言齐齐地咳嗽起来。

陈述纳闷地道：“这苏府小姐不是跟苏大将军去了边关吗？只苏夫人自己被接回了京，她怎么会在一品香打包十盒天香锦？”话落，他盯着掌柜的问，“你是不是弄错了？”

掌柜的摇头：“小人绝对没有弄错，就是苏府小姐。小人在这一品香茶楼待了大半辈子，除了看账本，就属这识人的本事拿得出手了。苏府小姐像是刚从外地进京，喝了三盏茶，听了一会儿说书，在听闻世子说请客时，便打包了十盒天香锦带走了。”

齐舒讶然：“这么说我们那时还在茶楼里喝茶？怎么没见她？”

“她在楼下，几位公子在雅间。”掌柜的道。

“那你怎么不告诉我们？安的是什么心？觉得这钱好赚是不是？”陈述大怒。

掌柜的看了叶裳一眼，垂下头：“小人觉得如今是多事之秋，苏府小姐身份特殊，还是不要声张为好。若是传到了宫里……”

陈述的怒意霎时退去，也看向叶裳。

叶裳伸手摸摸身边蹲着的狮子的头，对众人笑道："果然是唯女子与小人难养也，招惹不得。如今你们知道我可不敢娶她的原因了？你们若是也不想娶这样的母老虎被管制的话，以后见了她，都躲远点儿。"

众人想到价值万金的天香锦就这么轻而易举地被她拿走了，深有同感地点点头。

陈述问："如今茶楼里还有天香锦的存货吗？"

掌柜的摇头："苏小姐要求打包茶楼内所有的天香锦，一共十盒新茶，全给她了。今年天香锦只出十一盒，被几位公子陆陆续续喝了一盒，如今没了，再想喝天香锦，就得等明年了。"

沈琪顿时瞪眼："你那么实诚做什么？就说茶楼里只有一盒给她不就得了？"

掌柜的叹了口气："苏小姐对小伙计说，她要所有天香锦，若是茶楼不如实都给她，以后若是叫她知道天香锦再从茶楼流出来，她就一把火烧了茶楼，让这间百年的老字号荡然无存。苏大将军府如今威名赫赫，苏小姐没在京中就得皇上和太后惦记，别说烧了这茶楼，就是烧了这整条街，怕是也没人说个不字。"

"有道理！"齐舒点头。

沈琪道："天！这苏小姐好狠的心肠！"

陈述转头对叶裳说："跟你有的一拼。"

叶裳伸手拍拍狮子，看向陈述："咬他。"

狮子顿时奓开了毛，扑向陈述。

陈述连忙拔剑，一蹿三丈高，上了茶楼的房顶，恼怒地质问叶裳："你疯了？让它咬我做什么？"

狮子也跃起，要上房顶。

陈述举着剑，指着下面："它若是敢上来，我就杀了它，让你白驯它一场你信不信？"

叶裳闻言慢慢抬眼，云淡风轻地瞥了陈述一眼，道："回来。"

狮子顿时收了奓开的毛，退回了叶裳身边。

叶裳又摸摸它的头，对陈述说："开个玩笑。"

"你这是开玩笑？你是要我的命吧！我若是跳得慢一点儿，就入它的血盆大口了。"陈述收了剑，跳下房顶。

"我睡了三个月，醒来见你们一个个跟残废一样，连打猎也不会打了，如今帮你们恢复一下，若是再废下去，以后没的玩了。"叶裳说完，又对掌柜的道："明日上我府上取四千金，其余的找他们要，一人一千金。"

“是。”掌柜的点头。

叶裳转头离开了茶楼，狮子跟在他身后。

“喂，你去哪里？”沈琪喊。

“回府吃饭，饿死了。”叶裳说。

“外面吃呗。”沈琪道，“你睡了三个月，好不容易醒了，今日我们总要吃酒啊。”

叶裳头也不回地说：“吃酒可以，谁请客，你吗？”

沈琪一噎：“输了你一千金，我手头紧。”

“我输四千金，手头更紧。”叶裳继续向前走去。

“谁让你扬言要请所有人喝一日茶了？”沈琪翻白眼。

“一时高兴。”叶裳道。

沈琪彻底没话了，转头看向其他人。

其他人齐齐耸肩，一千金不是小数目，最近怕是手头都要紧了。

叶裳走远，一人一狮消失在街头。

齐舒回头，纳闷地问陈述：“刚刚他为什么突然对你发火了？”

陈述闻言又气起来：“我就说了一句苏府小姐和他有的一拼，他就火了，让狮子咬我。”

齐舒愣了愣，忽然大笑：“他看起来半点儿也不想和苏府小姐沾边儿。”

“估计苏府小姐是个丑八怪。”陈述气道。

齐舒摇头：“我可打听了，据说苏府小姐长得国色天香，遗传了苏夫人的美貌。”

“既然遗传了苏夫人美貌，估计也遗传了苏大将军的坏脾气。”陈述道，“不是丑八怪的话，就是个厉害的母夜叉。”

齐舒闻言更相信后者，点头：“估计是，所以叶裳听说皇上有意让他娶苏小姐，他才避之唯恐不及。哪怕苏府再威名赫赫，也不管用。”

陈述冷笑：“若论威名赫赫，如今的苏府也不比当年的容安王府，就算容安王府如今败落了，也不必巴结苏府，非娶苏府小姐不可。”

“也是。”齐舒点头，“叶裳用不着巴结苏大将军，的确不娶也罢。”

“便宜许云初去吧。”沈琪啧啧两声。

“太后闹腾了这么多年，皇上早已经不耐烦了。许家一门两后，却不知足，还想染指兵权，做梦去吧。皇上虽然孱弱，却不糊涂。许云初想娶苏小姐，除非南齐的江山改了姓。”陈述不屑道。

“嘘，你不要命了，这话也敢说？”齐舒一把捂住陈述的嘴。

陈述伸手拂开他："既然没酒吃，都各自回府吧。"

沈琪点头："叶裳都回府了，咱们还在这里做什么？走，都回府。"

众人点头，一起离开了茶楼门口，各自回了府。

苏夫人被接进京，家眷没带多少，而苏府如今声威赫赫，自然不乏往府中送人者。

除了皇上、太后、皇后赏赐进府的人外，朝中的大臣也纷纷往苏府送人。

苏夫人谁也不得罪，凡是送上门的人，都照单全收。

短短时日，苏府便有一大群使唤的仆从侍婢，空荡了多年的苏府，一时间人声鼎沸。

因人多眼杂，苏风暖回府的消息自然瞒不住，很快就散了出去，在京城传开了。

关于皇上和太后要给苏府小姐赐婚之事也传了有些时日了，正主不在京中，传也只是空传。如今正主回京入府了，那就不一样了，无数双眼睛又盯住了苏府。

宫里自然也得到了消息。

第二日一早，宫中就派来了人，宣苏夫人带着苏风暖进宫。

苏风暖与苏青赛马累了，回府后没梳洗、没吃饭、没换衣服、没换鞋，和衣在苏夫人的房里一觉睡到了天黑又天亮。

苏夫人心疼女儿，自然也舍不得吵醒她，任她大睡。

第二日她刚醒来，便听说宫里来了人宣她进宫。

苏夫人催促她快些沐浴换衣。

苏风暖懒洋洋地窝在床上，没有动一下的打算。

苏夫人伸手拽她："快起来，懒丫头！"

苏风暖趁机抱住苏夫人的胳膊，对她撒娇："娘，我好累啊，能不能不进宫？"

苏夫人也心疼女儿，从边关回来，长途奔波，哪儿能不累？但还是摇头："不行，是皇上派人来宣，不去就是抗旨。"

"抗旨就抗旨。"苏风暖道。

苏夫人伸手敲她脑袋："抗旨可是大罪！"

苏风暖轻哼："皇帝老儿还仰仗爹为他保江山呢，我若是真抗旨，他还真杀了我不成？"

苏夫人瞪眼，小声训斥："不准胡言乱语，这里是京城，不是外面。你刚回来，兴许不知，这府中收了许多人，如今不比以前，一言一行都被人看着呢。人多眼杂，你这不尊皇上、大不敬的话，以后万万不要再说了。你爹虽然说是为皇上保江山，但保的也是南齐黎民百姓。你不听宣召皇上兴许不会怪罪，但难免让皇上和文武朝臣觉得我们苏家立了大功恃宠而骄，越是这个时候，越要戒骄戒躁，小心行事。”

苏风暖叹了口气：“这么说，非进宫不可了？”

“是啊，躲不掉。皇上和太后、皇后都想见你，就算躲得过今日，也躲不过明日。”苏夫人又催促她，“还是快收拾吧，让皇上久等也不好。”

苏风暖只能下了床，嘟囔：“皇城真不好。”

苏夫人深以为然：“皇城的确不好。”

苏风暖前去沐浴。

苏夫人连忙命人拿出衣物，待苏风暖沐浴出来后，她指着一大摞衣服道：“这些都是娘这些日子急急命人赶制出来的新衣，你来看看合不合身。”

“娘做的衣服都合身。”苏风暖笑着走上前，看了一眼后，蹙眉，“怎么都是这么烦琐的衣服？颜色也太艳了，花色也太鲜了，都没有一件素净的。”

苏夫人瞋目：“这都是宫里赏下来的上好绫罗绸缎。在这京城里，锦绣作堆，红粉铺地，太后和皇后都喜欢颜色鲜丽的衣服，你穿得太素净，进宫拜见不太好。”

苏风暖又叹了口气：“可是娘啊，您就没做几件我寻常穿的衣服？我不会总进宫的。”

“没有。从今以后，你不再是以前的苏小姐了，是这京城苏大将军府的小姐，你的衣着要符合你的身份才行。”苏夫人摇头，“以前你那些素净的衣服，都被我给扔了，如今你就好好跟娘在京里待着，不准再往外面跑了。你爹来信也嘱咐我了，让我看住你。你也到了择亲的年岁，总不能还和以前一样胡闹。”

苏风暖瞪着她：“娘，我听说太后和皇上有意为我赐婚，不会是您请求的吧？”

苏夫人摇头：“不是，是皇上和太后问起，我又不能扯谎，便如实说了。女儿大了，总不能藏着掖着，更何况我生的女儿又不是见不得人。”

苏风暖看着她骄傲的样子，一时无语。

苏夫人从一堆衣物里挑选了半天，选出一件粉色绣着铃兰花的衣裙递给她：“就穿这件。”

“娘，这件衣服好香艳啊。”苏风暖捂脸。

苏夫人嗔笑：“你正值二八年华，正适合穿粉色，否则到了娘这个年纪，你就不能穿了。”

苏风暖不乐意地嘟嘴：“换一件吧。”

“不行，就这件。”苏夫人将衣服塞进她怀里，不容分说地将她推进了屏风后。

苏风暖无奈，只能抖搂着怀里烦琐的衣裙穿戴起来。

她为了方便施展拳脚，素来穿衣简单，如今乍然穿这么烦琐的绫罗绸缎，实在难为了她。

足足用了两盏茶的工夫才穿好，她提着裙摆从屏风后走了出来。

苏夫人拍着手大赞："你娘我的眼光还是一如既往地好，选这件真是对了。这件衣服被你穿在身上，真是粉中透着娇，娇中透着艳，艳中透着丽，丽中透着美，美中又带着俏。再加之，我女儿姿容无双，穿了这身，往哪儿一站，都是一朵娇艳欲滴的花。依我看啊，这京中的无数大家闺秀，无人比得了你。"

苏风暖翻白眼："是，是，是，您女儿天下无双，天下第一。"

"当然第一。"苏夫人高兴地说，"不知道将来哪个小子有福气娶我女儿。"话落，她叹了口气，"娘以前一直想着，待你到了待嫁的年纪，娘一定给你千挑万选一个夫婿，可是如今看这形势，怕是由不得娘了。"

苏风暖看着苏夫人："就因为皇上和太后说要为女儿赐婚，就由不得咱们了吗？"

"是啊，一个是皇上，一个是太后，如今明里暗里都较着劲儿，你就是这股绳，谁胜谁负，这江山怕是都得摇上一摇。"苏夫人道。

苏风暖拢了拢头发："难道比北周入侵山河的动静还大不成？"

苏夫人叹气："内政猛如虎，皇上和太后斗法是小，危及社稷是大，朝纲一旦不稳，何须北周铁骑？就算你父亲打得走北周入侵，但也奈何不了朝政，你说动静会不会大？"

苏风暖嘟嘴："都怪您，若说没有女儿，不就得了？如今我成了这根干柴了。"

苏夫人被气笑，伸手敲她："我好不容易生了个女儿，生怕天下人不知道，早就传开了。虽然多年不在京城，但也不曾断了和你外祖家的来往，大学士府就在京城，谁不知我有女儿，哪是说没有就没有的？"

苏风暖揉头："娘，您这动不动就敲人的毛病，得改改。"

"走吧，皇上怕是已经等候多时了。皇上属意叶裳，太后属意许云初，咱们娘儿俩进宫后见机行事。等他们斗出个所以然来，我们再商议周全行事，到底选谁，的确也不能真的就任由他们摆布。今日你哪怕不满，也切记不可轻举妄动，知道吗？"苏夫人嘱咐。

"知道了。"苏风暖无奈，"你还怕我在宫里跟人打起来不成？"话落，她忽然觉得话不能说得太满，改口道，"只要没人惹我，我就不惹事儿。"

"你这脾气，不盯好了你，可没准真给我惹事儿。"苏夫人笑着又点了点她的额头，拉着她出了房门。

第三章
凤驾拦截

苏夫人和苏风暖迈出房门，外面响起一大片“夫人、小姐好”的请安声。

苏夫人摆摆手，吩咐道：“丁香和芍药跟着。”

“是，夫人。”有两名俏生生的婢女清脆地垂首应答。

苏风暖随意地扫了一眼，只见院中丫鬟、婆子、小厮足足有百来号人。被她娘点名的两名婢女很是眼生，不是旧人。看二人衣着打扮，与寻常婢女不同，身上穿的衣服比寻常人家小姐的衣服穿得都好，显然是宫里赐下的人。若非她娘非逼着她换了新做的衣服，肯定会被她们比下去。

苏夫人转头对她说：“我昨日吩咐下人们今早都过来，一是想他们见见你，二是你这么多年不要婢女侍候，如今回京，不比以前，必须要选几名婢女。本想让你自己选几个中意的，没想到皇上这么快就派人来府中宣你进宫，今日只能作罢了。”

苏风暖兴趣不大：“这等小事儿，娘做主就行。”

苏夫人伸手点她额头，笑骂：“你休想偷懒，自己的人，自己选。”

“好吧，那就从宫里回来再说。”苏风暖揉揉被点疼的额头，“三哥呢？回府了吗？”

“回来了。”苏夫人哼了一声，“臭小子，估计还在睡着呢，反正皇上也没宣他，他不用进宫面圣，由得他吧。”

苏风暖嘟囔：“他身为男儿，真是好命。”

苏夫人闻言又气又笑。

母女二人来到门口，早已经有人备好了车，二人上了马车，前往皇宫而去。

马车上，苏风暖小声说：“咱们苏府如今可是仆从成群了，娘怎么收了这么多人？我爹那一点儿俸禄，可养活不过来。大哥、二哥、三哥还没娶妻呢，你可别把给他们攒的娶媳妇本搭进去。”

苏夫人顿时笑了起来："放心，没有他们的娶媳妇本，也会有你的嫁妆。"

苏风暖嘴角抽了抽，真是一刻也不忘扯上她。

"娘回京后，皇上、太后、皇后、贵妃都赏赐了不少，等你爹凯旋回京，估计还会有重赏。如今库房都堆满了，养这些人不是问题。"苏夫人说着，狡黠地看了她一眼，悄声道，"你爹是个粗人，心地耿直，心思不细，他做大将军，就是为了南齐百姓，守护疆土。可是一个国家想要立稳，哪能只靠军权，还要靠内政。十二年前，若非内部有人暗中使诡计，容安王和王妃也不会在边境与北周一战中遇害，你爹也不至于引咎辞官。娘这次回京，任谁送人，来者不拒，也是想着，要在京中安稳，让你爹在军中安稳，无后顾之忧，那么，总不能闭府塞听。别人的眼线，也能反之利用。"

苏风暖好笑："娘原来打的是这个主意，倒极是一个好方法。"

"谁送来的人一目了然，知道底细，比这府中再找新人，再去费力查底细，省心多了。"苏夫人道。

"娘也是懒人一个。"苏风暖取笑。

"臭丫头，我说你的话，反而又拿来说我了。"苏夫人笑骂。

马车来到皇宫门口，皇上身边的总管大太监冯盛显然早已经等候多时了。

苏府马车刚一到，冯盛立即迎上前："苏夫人，苏小姐可来了？皇上盼了一早上了。"

"来了。"苏夫人拉着苏风暖下车。

冯盛乍看到苏风暖，愣了一下："这是苏小姐？"

苏夫人笑着说："如假包换，正是小女，公公有礼了。"话落，对苏风暖道："风暖，还不快给盛公公见礼。"

苏风暖屈膝给冯盛见礼。

"哎哟哟，苏小姐快免礼，让您给老奴见礼，可真是折煞老奴了。"冯盛脸上堆起笑容，连忙避让开，笑呵呵地道，"老奴早就听闻苏小姐遗传了苏夫人的美貌，可是没想到真是青出于蓝而胜于蓝，比苏夫人年轻时，还要美上三分。乍一看，就像是天上的仙女一样，把老奴的眼睛都看出针眼来了。"

苏风暖看他一张老脸，笑出了满脸褶子，觉得有些好笑。

苏夫人却是听得心花怒放，她最受不住的就是人家夸她的女儿，也笑成了一朵花："公公真会夸人，一句话夸了我们娘儿俩，让我这心里跟吃了蜜一样的甜。"话落，她从袖中拿出一盒天香锦，递给冯盛，悄声说，"这一盒天香锦是风暖从外面带回来的，不知道打劫谁的，公公不嫌弃的话，就笑纳了吧！"

"哎哟，天香锦一盒千金，这可使不得，夫人还是留着吧，给老奴是糟蹋了好茶。”冯盛连忙推拒。

“我知道公公也爱喝这个，与我是同道中人，就不要推辞了。”苏夫人硬塞到了他手里。

冯盛确实爱茶，见苏夫人硬塞到他手里，自然舍不得再不要，连忙收了起来，悄声道：“夫人离京这么多年，没想到还记着老奴爱喝茶。皇上今年才得了五盒天香锦，自己留了两盒、给了太后一盒、皇后一盒、月贵妃一盒。这天香锦最是珍贵稀缺，老奴谢过夫人了。”

“这些年苏府能干净无一尘，全仰仗公公辛苦照看打扫。再说我与公公的交情，就不必言谢了。”苏夫人笑着道，“这臭丫头她这些年在外疯跑，手里多的是好东西，都不知道是从哪里打劫的。公公若是有什么淘弄不着的玩意儿，只管跟她说，让她给你弄去。”

冯盛立即看向苏风暖，笑道：“老奴听闻苏小姐自小跟随大将军学武，端的是好功夫。可是，这样看的话，明明就是一个娇滴滴的可人儿，哪里像夫人说的在外面疯跑了？”

“公公可别被她的表象蒙蔽，这是个能上房揭瓦的混丫头。”苏夫人悄声说，“跟哥哥们打架，上山抓泥鳅，下水里摸鱼，拗老僧的眉毛，拽老道的胡子，什么她都干过……”

苏风暖嘴角猛抽，实在听不下去了，伸手拽苏夫人袖子：“娘，您怎么什么都说，也不怕盛公公笑话您教女无方？”

苏夫人还没说话，冯盛连连笑道：“老奴是自己人，女儿家活泼才是好事儿，皇上也喜欢活泼的小姑娘。”话落，又道，“皇上一早下了朝就等着见苏小姐，老奴这就带夫人和小姐去见皇上。”

苏夫人拍掉苏风暖拽着她袖子的手，颔首。

冯盛头前带路，一边走，一边悄声说：“因皇上和太后各有属意叶世子和小国舅，争执不下，如今这两日二人的心情都不太好，明里暗里斗法，正闹着别扭，皇上今日没去太后宫里请安。皇后今儿一早打了祺贵人，只因祺贵人昨日身子不适，皇上本来已经翻了林贵人的牌子，却撇下林贵人，去看了祺贵人。皇后恼怒，以祺贵人假装不适勾引皇上为名，打了祺贵人，将祺贵人的脸都打肿了，月贵妃护表妹，知道此事，也动了肝火，拉着被打了的祺贵人去找皇上。皇上恼怒之下，关了皇后禁闭，让她闭门思过。”

苏夫人点点头，对宫里的事情知晓了个大概。

苏风暖想着这天家的事儿听着可真叫个乱。这京城明里暗里，不是云来就是雨来，有时候怕是再加上电闪雷鸣，也难为她娘舍得送出一盒天香锦给这盛公公拉近关系了。盛公公是皇上身边的大总管，拢住了他，就能被照应几分，对宫里的事儿知晓个七七八八，要想在这京城里安稳立足，还真是少不了宫里有个自己人。

“今日皇上除了宣苏小姐，还宣了容安王府的叶世子进宫，如今叶世子还没来。”冯盛又悄声道，“太后听闻后，也宣了国丈府的小国舅，如今小国舅也还没来。”

苏风暖闻言蹙眉，他们二人也来，今日岂不是热闹了？

冯盛见苏风暖听到叶裳和许云初也要进宫，却没什么小女儿该有的娇羞表情，心底暗赞。

苏夫人到底是关心女儿婚事，闻言立即悄声追问：“皇上和太后虽然各有属意，但不知那两位公子是个什么心思，公公可知否？”

冯盛摇头：“这两位公子啊，都不是一般的主。不好说。”

“怎么不一般？”苏夫人追问，“公公在皇上身边多年，论识人看人，我最信得过您。”

冯盛想了想，道：“小国舅自不必说，太后、皇后、许家都极其看重他，是许氏未来支撑门庭的后继之人。且小国舅本身也满腹才华，文武双全，无数女子心中偷偷倾慕，即便媒婆踏破了许府的门槛，都难说这一桩好媒。无论身世、才华、品貌、品性，都是上上之选，没人能挑出毛病来。皇上虽然不属意他，但却也说不出他不好来。说白了，无论什么都太好了。”

苏夫人点头。

“另一位叶世子，身世自是不必说，容安王府唯一遗留的血脉，皇族血统，身份尊贵。但因自小失孤，无论是从性情，还是品性，以及行事，都如外界传言一般，荒唐无稽，令人头疼。说白了，就是无论什么，都太不好了。”

苏夫人叹了口气：“我家将军一直为当年王爷、王妃之死耿耿于怀，叶世子是个可怜的孩子。”

冯盛闻言点头：“叶世子的确是可怜，但老奴看，他也不是传闻中所说的一无是处。样貌没的挑，清俊无双，是其一；哄皇上也没得挑，一年到头，告他的状子，弹劾他的奏折，堆成山一样，可皇上跟看不见似的，任由他去，是其二。还有没有别的优点，老奴就不敢说了。但与夫人说一句掏心的话，老奴虽然是侍候皇上的人，但这两位主，可是谁都不敢得罪，见了面，都要毕恭毕敬的。”

苏夫人颔首，心下打着思量。

冯盛又压低声音道：“夫人也知道，多年来，皇上一直尊重太后，即便皇后有些不是，皇上也不会过于苛责。但今日没去给太后请安，又处罚了皇后，这一回，皇上似乎是铁了心了。”

苏夫人叹息：“这么多年，皇上也不易。”

“是啊。老奴在皇上身边，看得最是清楚明白。”冯盛又道，“所谓神仙斗法，小鬼遭殃，老奴这些时日，就处在这水深火热中。如今苏小姐回京了，怕是要加个更字。这火一烧起来，就难熄灭。夫人和小姐虽然有苏大将军在头上顶着天，但还是要小心些为是。”

“公公所言极是。”苏夫人点头。

“今日皇上在御书房召见。”冯盛觉得提点得差不多了，便打住话。

苏夫人一怔：“御书房不是召见朝中文武大臣的地方吗？皇上怎么会在那里等着？不该是在御花园吗？”

“皇上说苏夫人和苏小姐与别府的夫人、小姐不同，特意恩准在御书房召见。”冯盛别有深意地道，“这是皇上对苏大将军的恩典，也是对苏小姐婚事的看重。”

苏夫人了然，看向苏风暖，面上拢起凝重之意，想着今日怕是不能善了。

苏风暖倒是没多在意，她昨日回京，在一品香茶楼听了一场说书时，心里就有了准备。

若说天下是一盘大棋，京城是一盘小棋，这皇宫就是棋中棋。

皇上执棋，太后也执棋，朝中文武大臣亦执棋亦做棋。

苏府如今就是棋盘的中心，而她很不幸地成了棋盘最中间的那颗棋子。

但是棋子就一定好摆布吗？

她可不这么觉得。

苏夫人见苏风暖面上云淡风轻，一副不以为意的样子，她用只有两个人听得见的声音对苏风暖说：“御书房向来是后宫女子不能踏足之地，皇上今日特意在御书房召见你，看来是故意避开太后，让太后不得见你，提前斩奏了这桩婚事。皇上今日怕是要娘和你当面点个头，圣旨一旦下了，太后也无法。”

“娘不必担心，皇上吃荤，太后也不吃素，御书房还有一段路，太后宫里如今早得到消息了，我们能不能进御书房，还难说。”苏风暖也用只有两个人听得见的声音说，“虽然皇权比天高，太后自诩是天上天，但江山毕竟不是一人两人说了算的。叶世子和小国舅也不见得就是任人摆布之人，女儿的婚事也没那么容易就被谁定下，娘紧张什么？”

苏夫人闻言觉得有理，顿时放宽了心。

冯盛引着二人向御书房而去。

六月虽然酷暑难耐，但皇宫处处被放了冰，偶尔有丝微风吹来，甚是凉爽。

果然如苏风暖所料，还没到御书房，斜侧就走来了一群人，仪仗队抬着凤驾，浩浩荡荡。

冯盛立即道："是太后的凤驾。"

苏夫人连忙打起精神。

苏风暖抬眼看去，虽然料到太后不会坐以待毙，但也没想到这么快就来了，而且亲自来拦截，可见她与皇上真是到了分寸不让的地步了。

不多时，凤驾来到近前。

冯盛连忙跪地："奴才给太后请安！太后万寿康泰！"

苏夫人拉着苏风暖跪下："太后万福金安！"

幔帘挑开，宫女扶着太后下了凤驾，太后冷哼一声："冯盛，你是巴不得哀家早点儿死吧？还万寿康泰，从你嘴里说出来，哀家如今听着都唇寒齿冷。"

冯盛头快低到地面上了，连忙惶恐地道："太后，老奴可是……"

"行了，你别说了，你说话哀家不爱听。"太后粗暴地打断他的话。

冯盛顿时收了声。

太后向前迈了两步，恼意和盛气凌人霎时一收，看着地上跪着的苏夫人和苏风暖，和颜悦色地笑道："苏夫人以后见到哀家，就不必行此大礼了。快起来吧！"

苏夫人站起身，连忙谢恩："太后厚爱，妾身见了太后，如金光照面，怎敢不行大礼？"

"瞧瞧，你还跟以前一样，这张嘴见到哀家，就跟吃了蜜一样的甜，会说话。"太后笑言，目光落在苏风暖身上，温和慈爱地道，"这位就是风暖吧？快起来，哀家可是念叨你好些时候了，总算把你盼进京了，快过来，让哀家好好瞧瞧。"

苏风暖站起身，只见面前的太后身穿紫金色广袖上衣，配红紫色织锦凤裙，周身绣凤尾花纹，虽然满面慈笑，但眉目精光，气势华贵逼人，真如金光照面，让人不敢直视。

她只看了一眼，就垂下头，心思微转，踱步走过去，刚走两步，踩到了裙摆，惊呼一声，整个人向前扑去。

"风暖！"

苏夫人大惊失色，连忙伸手去扶，什么也没扶到。其余人也是相扶不及，眼看她就要撞上太后，齐齐惊呼。

太后脸色顿时白了，这要被她撞上，她这把老骨头，哪里经得住？

千钧一发之际，苏风暖身子忽然斜斜翻起，在三丈高的半空中打了个回旋，翻滚了两翻。众人眼前一花，她稳稳地落在了地面上。

苏夫人大松了一口气，众人也大松了一口气。

苏夫人见太后脸色难看，连忙训斥："风暖，你怎么回事儿？险些撞到了太后。"

苏风暖提着裙摆，委屈地看向苏夫人："娘，都怪您，非要给我做这么长的裙子，我穿不惯，被绊住了。"

苏夫人一噎。

苏风暖嘟囔："女儿已经尽量小心了，可是这裙摆实在是太长了，衣服太烦琐累赘了，女儿走一步都要费好大的劲，如今见了太后，一时紧张……"

苏夫人闻言，舍不得再责备，连忙对太后请罪："太后，小女这些年顽劣惯了，素来穿衣简单，如今乍然回京，穿不惯这衣服，险些撞到太后，太后恕罪。"

太后惊魂未定，面上慈笑早已经不见踪影，威仪凛然之色换作煞白，顿了好一会儿，才勉强挤出一丝笑容，向苏风暖问："这些年，你都不曾穿过这样的衣服？"

苏风暖十分诚实地点头："没穿过。"

太后看向苏夫人："这是为何？你可是出身翰林学士府的小姐，礼仪闺训之事，不会不知啊，怎么不好好打理你的女儿？是不是这些年钱财上不宽裕？"

苏夫人连忙道："不是钱财的事儿，是这孩子从小就跟个男孩子一般，比她的几个哥哥都能闹腾，野得很，自小和将军习武，长年穿男装，久而久之，就穿不惯女装了，尤其还是这么烦琐的。"

"既然不是钱财的事儿，那就怪你了，你怎么不好好地管教呢？"太后责备道，"女儿家就要懂闺仪，守闺训，她性子淘气，你不能任由她啊，你这是害她。"

苏夫人叹了口气："当年将军辞官，我们搬离京城，妾身以为这辈子不会再回京了，乡下没那么多讲究，妾身好不容易得了这么一个女儿，自是疼宠她，想着只要不受人欺负，也就任由她了。没想到会再回京……"

太后一时无言，片刻后，叹了口气："唉，你也真是……"

苏夫人也跟着叹了口气："若非朝廷有难，将军他也不会再回京复职，风暖自然也就……"

"罢了，如今你们都回京了，还说这些做什么？"太后摆摆手，看向苏风暖，见她一脸无辜，她也没法再责备，和声道："以前在乡下，你娘任由你，如今回京，可就不同了，衣着礼仪，闺训女戒，都要学起来。"

苏风暖乖巧地点头。

太后想了想，对苏夫人道："这样吧，风暖就留在我宫中住些日子，由哀家来教导她。"

苏风暖一怔。

苏夫人也一怔，看向苏风暖，见她低下了头，她连忙道："太后，妾身带她回府教导就好了，怎么敢劳烦您呢？这丫头自小野惯了，莽莽撞撞，万一冲撞了您，妾身可是大罪。"

"你是嫌弃本宫一把老骨头不中用了？"太后板起脸。

"自然不是，太后凤体最是重要。"苏夫人立即道，"这丫头实在是难管得很……"

"哀家知道你舍不得女儿，心疼女儿。你放心，将她交给我，哀家帮你教导些时日，保准还你个毫发无伤、礼仪出众的大家闺秀。"太后看着苏夫人，不容分说地道，"难道你还信不过哀家？哀家还吃了她不成？"

苏夫人自然舍不得女儿进这狼窝虎穴，犯难地道："妾身自然信得过太后，可是……"

"别可是了，此事就这么定了。"太后一锤定音，堵住了苏夫人的话。

苏夫人被堵得没了话，一时焦急地看着苏风暖，却想不出办法来。

这时，冯盛开口了："太后，今日是皇上召见苏夫人和苏小姐，皇上如今还在御书房等着呢，依奴才看，先让苏小姐见了皇上再说，兴许皇上另外有什么安排，也说不定……"

太后闻言，眼光顿时如利剑一般地射向冯盛，怒道："你侍候皇上多年，却越来越不知事儿了。御书房岂是女子能轻易踏足之地？皇上今早被气糊涂了，你也跟着糊涂。来人，掌嘴！"

冯盛一惊，多年来，他是皇上身边的大总管，太后虽然对他时有不满，可是却不曾当众打过他。毕竟打狗还要看主人，他可是皇上近身之人。太后明知道皇上不糊涂，今日这是要施威了。

太后身边的一位看起来就十分厉害的老嬷嬷立即上前，撸胳膊，挽袖子，就要打冯盛。

苏风暖这时走上前，拦住老嬷嬷，一脸兴奋地看着她："打人最好玩了，我来吧！"

那嬷嬷一怔。

太后也一怔。

苏风暖开始撸胳膊挽袖子，又弯身撩起裙摆，裙摆太长，她手指灵巧地拧了个麻花，给系在腿上，然后，她转过身，摩拳擦掌，扬手就要打冯盛。

太后看着苏风暖的架势，一时惊呆了。

苏夫人连忙呵斥："风暖，你要做什么？快住手！"

苏风暖看向苏夫人，无辜地撤回手："娘，这位老嬷嬷年纪这么大了，打人的话，把她的手给打坏了怎么办？女儿动手，保准将这位公公打得嘴斜眼歪，满嘴的牙都打掉，连皇上都认不出来。"

苏夫人指着她，气得哆嗦："你快回来，皇上的人也是你能打的？你不要命了！"

苏风暖不解，伸手一指那老嬷嬷："她能打，我为什么不能打？"

"嬷嬷是奉了太后的命！"苏夫人立即道。

苏风暖一听，转身对太后说："太后，您也给我一道命令，这样我帮您打了人，皇上就不会怪罪我了。"

太后看着她一下子就鲜活了满眼兴奋的模样，半晌没言语。

苏风暖眨眨眼睛，试探地问："太后？"

太后咳嗽了一声，用袖子遮住脸，似乎不忍看她此时的模样，连忙道："你……你快把裙子放下，一个女儿家，动手动脚，被人瞧见，像什么样子？不成体统！"

苏风暖低头看自己，连忙道："这样打人利索，放下了打人就不方便了。"

太后又是无言。

苏风暖又试探地喊了一声："太后？这……还打吗？您痛快点儿啊！"

"风暖！"苏夫人焦急地怒喝，"不得无礼！"

"娘，我没无礼。"苏风暖无辜地看着她。

苏夫人看着她的样子，一时也不知道说什么了。

太后放下袖子，无奈地摆手："不打了，不打了。这若是让你打下去，人被打死了的话，可还得了？"话落，她寒着脸对冯盛挥手："你回去告诉皇上，苏夫人和苏小姐不能去御书房，坏了祖宗的规矩。她们先跟我去慈安宫，皇上若是要见人，就到慈安宫来见。滚吧！"

冯盛这回规规矩矩地站起身："是，老奴告退！"

第四章

金口玉言

一场打人风波就这样消停了。

苏风暖看着冯盛身影走远，不满地回头问太后："太后怎么反悔了啊？"

太后看着她，绷起脸，教导道："你是女儿家，一行一止，要温婉端庄，怎么能如此毛毛躁躁，说动手就动手？"

苏风暖伸手指那嬷嬷："她也是女儿家。"

太后一噎："她是嬷嬷！"

"嬷嬷也是女子。"苏风暖不服气，"她能打人，我为什么非要温婉端庄？"

"她是嬷嬷，你是小姐。"太后有些动气，"你怎么能与她一样？"

苏风暖更是不高兴了，转头对苏夫人告状："娘，太后好不讲理！"

"大胆！"这时，太后身边的另一位嬷嬷扬声怒斥。

苏风暖一扭头，回到了苏夫人身边，闹起了脾气："娘，皇宫真不好玩，连太后说话都出尔反尔，不讲道理。我不要在皇宫里待着，我要回府，我更不住太后宫里，没趣。"

苏夫人伸手拽住她，脸色焦急："风暖，不许胡闹，在太后面前不得放肆。"

苏风暖瞪眼："明明就是太后不讲理嘛！"话落，她甩开苏夫人，生气地说，"要待你待，我才不待，皇宫一点儿也不好玩。"话落，她拔腿就往宫外跑。

苏夫人没拽住她，被她的气劲弄了一个趔趄。

太后立即喊："来人，给我拦住她！"

有侍卫立即上前，拦下苏风暖。

苏风暖本来生气，见此，顿时高兴起来，因进宫要解佩剑，她身上并没有兵器。情急之下，她弯身，只听"哧"的一声轻响，她将绑在腿上那多余的裙摆给扯了下来，之后，她手腕晃动，转眼就拧成了一根绳，凝注内力，抖着绳子打向拦截她的侍卫。

宫廷侍卫，都是一等一选拔出来的高手。

可是苏风暖三两下，便将十多人给打得东倒西歪。

太后见了，顿时怒道："再来人！"

顿时又有数十人冲上前。

苏风暖见了，整个人都亮了，凌空而起，手中现成编织的绳子随着她的身子舞成一个圈，侍卫们被四散打开。

但几十人，毕竟不是几人，打散了之后，又挥剑上前。

苏风暖手中拿着锦缎拧成的绳子毕竟不是剑，几十招过后，便被砍断数段，没了依傍。

眼看无数剑将她困在中心，苏风暖顿住身形，扔了手中仅剩一小段的绳子，懊恼道："太后欺负人，这样打架不公平，我手中没剑。"

"你还想要剑？"太后被气笑了，"果然是个被宠坏了的小丫头！胆大妄为！"

苏风暖绷着脸看着她："以大欺小，以多欺少，以强欺弱，胜之不武。"

"风暖！"苏夫人气得瞪眼，"还不回来！"

苏风暖摇头："我不要！"

"你是要气死娘吗？"苏夫人恼怒。

苏风暖顿时垮下脸，小声嘟囔："是太后不讲理，却要怪我，我本来乖乖的呢！"

苏夫人一噎。

太后更是被气笑："你知道不知道这里是皇宫？天子之地，哀家面前，容不得放肆！"

苏风暖点头："知道啊，可是就算是天子之地，太后面前，太后也不能不讲理。"

太后一噎。

这时，不远处忽然传来一声大笑，笑声不洪亮，却笑得似是极为畅快："不错，虽然是天子之地，太后面前，太后的确也不能不讲理。"

众人闻声，齐齐转身，只见一身明黄龙袍的中年男子走在前，冯盛和十几名侍候的人齐齐跟在身后。没有太后的威严和浩浩荡荡，就那么随意走来。

苏夫人连忙跪到了地上。

太后身边一众嬷嬷、宫女、太监以及侍卫们也齐齐跪了一地。

霎时，只有苏风暖站在原地，打量着来人。与他父亲年岁相仿，但却比他父亲显老，明黄的龙袍穿在身上，阳光照下，上面绣的飞龙泛着金色的华光，彰显帝王威仪，但他面容柔和，看起来一点儿也不盛气凌人。

“这位就是苏小姐？果然遗传了苏夫人的好样貌。”皇帝来到近前，笑看着苏风暖道。

苏夫人抬头，见苏风暖还站在原地，立即训斥：“风暖，还不快跪下！”

苏风暖“哦”了一声，跪在地上，却不低头，看着皇上，笑着请安：“皇上万岁！”

皇帝又大笑：“嗯，朕借你吉言，希望真能万岁，免礼吧！”

苏风暖立即站起身。

皇帝又对苏夫人道：“夫人也免礼吧！”

苏夫人也站起身。

皇帝转向太后：“朕召见苏夫人和苏小姐，没想到把母后也给惊动了，朕还以为母后为了今日早上儿臣罚皇后之事，还在与儿臣怄气，不出慈安宫呢。”

太后冷笑：“哀家若是不出慈安宫，皇上就糊涂得坏了祖宗的规矩不成？女子不能踏入御书房，皇上不知？”

皇帝摇头：“母后错了，朕记得是后宫女子不得踏足御书房。苏夫人和苏小姐不是后宫女子，南齐建朝以来，祖宗没有立下这个规矩。朕也不算是坏了规矩。”

太后一噎。

皇帝抬头看了一眼头顶上的太阳，温和地说：“今日烈日炎热，母后还是不宜在外面久晒，回宫歇着吧。”话落，他对苏夫人和苏风暖道，“你们随朕来！”

苏夫人看向太后。

太后脸色寡寒，怒道：“虽然祖宗没设规矩，但是历代先祖，都不曾让女子踏足御书房，这是不成文的规矩，皇上这样破例，意欲何为？哪里不能召见，偏偏在御书房？”

皇帝闻言，点点头：“母后这样说，也有道理。”话落，对二人道：“这样吧，翰林院为了编修史传，大学士闭门多日不曾进宫了，朕也想看看他的进展，正想去大学士府走走，就今日吧。大学士府是苏夫人的娘家，你们与朕一起吧！”

苏夫人看向太后。

皇帝顿时笑了：“苏夫人总是看母后做什么？朕的话不如太后的话对你管用是不是？”

苏夫人连忙垂首：“臣妇不敢！”

“不敢就走吧！”皇帝当先抬步，同时对苏风暖招手：“小丫头，打架好玩吗？”

苏风暖立即跑到他近前，直点头，高兴地说：“好玩啊！”

皇帝看着被她撕裂的下摆，露出来的一双比寻常女子要大的脚，好笑地问：“穿不惯烦琐的衣着？”

苏风暖点头：“裙摆太长了，飘带太多了，层层叠叠的，脚都抬不起来。”

皇帝大笑：“京中小姐们都这样穿戴。习惯了就好。”

苏风暖闻言一脸郁闷。

皇帝又笑道：“不过你是大将军的女儿，将军府与别人不同，将军的女儿若是弱不禁风，不能舞刀弄剑，不会功夫，倒是白白担了你的出身了。这样吧，朕特许你，以后不必太计较礼数、衣着，过得去就行。”

“真的？”苏风暖的眼睛霎时亮了。

“当然是真的，朕金口玉言，岂能不作数？”皇帝笑道。

“噢，皇上万岁、万岁、万万岁！”苏风暖欢呼起来。

皇帝大笑。

苏夫人见太后绷着脸，对于皇帝将她和苏风暖带出宫没有要阻止的意思，她默默地对太后行了告退礼，跟在皇帝之后，与苏风暖一起出了皇宫。

一行人走出宫门，很快就不见了踪影。

太后身边的那嬷嬷见太后脸色十分难看，上前一步，压低声音说：“太后怎么不强留了苏小姐？您若是强留她，皇上兴许也没办法忤逆您。”

太后气道：“在这个小丫头面前，哀家成了不讲道理的人了，还怎么强留？”

嬷嬷道：“苏小姐太不成体统了！”

太后恼怒：“没想到堂堂大学士府出身的女儿，竟然把自己的女儿教导成了山野丫头。今日见了，真是让本宫失望，就她这样，怎么能配得上云初？”

那嬷嬷也深以为然：“这苏小姐的确不成样子，竟然在宫里，在太后面前，撕扯裙摆，如此打杀，半丝教养也没有，的确配不上小国舅。可是，难道太后就这么算了？让皇上将她赐婚给叶世子？”

太后哼了一声：“皇上打的什么算盘，别以为哀家不知道，他是想要借苏大将军回朝复职，以军权为靠山，联姻宗室，扶持皇室宗室的勋贵，意图打压国丈府，削弱国丈府的势力。”

那嬷嬷道：“可是容安王府的叶世子实在是一言难尽，就他那样，能扶持得起来吗？”

“你懂什么？皇上这回是铁了心了。宗室勋贵一众年轻的王子公孙里，如今就叶裳年纪与苏风暖适当，其余人不是已经娶妻，就是年岁太小。况且，叶裳是容安王府世子，身份上与大将军府小姐般配，再加之昔日容安王余恩犹在，宗室勋贵一众人等，虽然也看不惯叶裳胡闹荒唐的做派，但念在已故容安王和王妃的面子上，依旧关照三分。就拿晋王来说，嘴上虽然训斥叶裳，但实则不然，依旧任由他孙子跟着叶裳。容安王府就是宗室的向心之处，叶裳就是那向心之人。不管他怎样不堪，身份摆在那里，宗室就会倾向过去。”

“太后的意思是，皇上选叶裳，原来是以他为向心力，联合宗室所有勋贵，对付国丈府？”嬷嬷顿时忧心，“太后，那您……”

太后冷哼：“叶裳黄毛小儿，自然不足为惧，宗室一帮子勋贵，没一个是能扶得起来的。皇上的心思，哀家早就知道，想要打压国丈府，也不是一日两日了。苏风暖如此野性，没教养，不知礼数，没有闺仪，实在不堪。但若是摸清楚她的脾性，自然好摆弄，刚刚皇上不就将她哄高兴了？这些都不怕，怕的是，不知苏大将军是个什么心思。”

嬷嬷立即道：“太后的意思是，苏大将军可有不妥？”

太后沉着脸道：“何止不妥，是大大的不妥！苏澈这个人，十分忠心皇权，不屑裙带贵戚。没辞官前，就对国丈府看不上眼。如今复职了，且又在对北周一战中大获全胜。可谓是又成了南齐的功臣，居功至伟。皇上要封赏他武侯，却也是实至名归。朝中一众文武大臣，自然无人反对。若他回京，知晓皇上的打算，凭他的军功和威名以及皇上的倚重，与皇室勋贵联合，那么，国丈府怕是要真正有危机了。”

“国丈府是太后和皇后娘娘的靠山，万万不能倒啊。”嬷嬷立即道。

“是啊。”太后叹了口气，“否则这么多年，哀家也不会如此呕心沥血，扶持国丈府了。只是皇后不争气，生了三个公主，连个皇子也生不出来。不是个会下蛋的鸡。”

嬷嬷也跟着叹气。

太后又道：“哀家当初选她进宫，实在是大错特错，以为她是嫡女，该有嫡女的教养和风范，最适合皇后的位置，但后来才知道，她偏偏是个爱嫉妒、小肚鸡肠之人，随了她娘的脾性，容不得宫里的一众妃嫔。这些年，惹皇上厌恶不说，更是将宫里闹得乌烟瘴气，皇子们死的死，残的残，病恹恹的病恹恹，没留下一个好的。”

嬷嬷小声说：“听说太子又病了。”

太后冷哼一声：“月贵妃将他护得密不透风，怕风吹，怕雨淋，甚至怕这皇宫的墙瓦突然掉下来将他砸死，以至于将他养废了，隔三岔五就闹病，孱弱得不行。就这样，将来如何能继承大统？”

嬷嬷也忧心：“太子比当年的皇上还要孱弱。”

太后沉声道：“皇上是哀家的儿子，但太子可不是皇后的儿子。皇后虽然善妒，但这些年委实孝敬哀家。哀家也不忍她将来没什么好下场。若是太子继位，哼，月贵妃母凭子贵，将来什么都不好说了。”

嬷嬷闻言又看向太后。

太后看向宫门口：“云初为何还没进宫？”

嬷嬷试探地道：“兴许是什么事情耽搁了？要不然派人再去催催？”

“罢了，他估计也听闻了苏风暖是个野丫头，不想娶，人人都道他十全十美，但他自小在哀家跟前长大，哀家却清楚，他心气高傲得很，比梅花还要严寒霜冷几分，不见得是耽搁了，估计是不乐意进宫见苏风暖，拖延着呢。”

嬷嬷闻言道：“那……还让云初公子娶苏小姐吗？”

“娶不娶，也不是一时半会儿就能定下的，今日见了苏风暖，闹腾得哀家实在头疼，哀家要回宫好好想想。更何况，叶裳不是也没来？他虽然荒唐惯了，但骨子里的尊贵血统定然使得他喜欢温柔似水的美人，他总是跑红粉楼，可见不就是如此吗？”太后摆手，“这样吧，你派人去传话，告诉云初，既然有事耽搁，今日就不必进宫了。”

“是。”老嬷嬷点头。

太后凤驾回了慈安宫。

出了宫门，皇帝看了一眼，见苏风暖一脸轻松，脸上洋溢着明媚的笑容，他笑道：“小丫头今日将太后给得罪了，你就不怕太后怪罪你？”

苏风暖无辜地眨了眨眼睛：“皇上，太后不讲理时，也能以太后身份怪罪责罚欺压人？”

皇帝哈哈大笑。

苏夫人瞪眼：“风暖，你今日太不像话了。”

苏风暖转头对苏夫人吐吐舌头，不作声了。

皇帝笑罢，叹道：“这南齐京城的大家闺秀都是从一个模子里刻出来的，即便再美的，再有才的，看久了，也索然无味。当初，月贵妃进宫前，也是颇有些小性情，朕就心喜她那份性情，后来，皇宫渐渐地将她的性情给磨得所剩无几了。”顿了顿，他对苏夫人道，“你家这小丫头极好，苏夫人就不必让她改了。”

苏夫人立即道：“可是京中不比外面，风暖这孩子，实在令人忧心，今日开罪了太后，万一哪日惹了大祸，妾身就这么一个疼在手心里的女儿，可怎生是好？”

皇帝笑看着她："既然是疼在手心，自然舍不得她受委屈。你放心，朕在一日，你家这小丫头，朕就保她一日。朕兴许还能活几年，朕去了，她也长大了，嫁人了，夫婿自然会保她。"

苏夫人大喜，但却又受宠若惊，连忙跪地："皇上大恩，臣妇……"

皇帝笑着摆手，打断她的话："你跪什么？起来吧。当年你誓死不进宫，朕没为难你，如今自然不会为难你的女儿。朕说保她，也不是看在对你有些情分上，而是她是大将军的女儿。大将军保家卫国，如今好不容易官复原职，即便北周退兵，朕这回是打定主意不再放他走了。朕需要他，对他要委以重任。"

苏夫人微微脸红，也意会皇上话里隐着的意思，慢慢站起身。

苏风暖看看皇帝，又看看苏夫人，想到在边关的父亲，笑弯了眉眼。

皇帝没坐玉辇，冯盛早已经命人备好了马车，皇帝独自上了马车。

苏夫人拉着苏风暖也随后上了车。

马车上，苏夫人见苏风暖笑得没心没肺的样子，伸手恶狠狠地点她的额头："死丫头，你是怎么答应我的？明明说好在皇宫里不准打架，怎么在太后面前动起手来了？还这副……"说着，嫌弃地看着她，"衣服都撕了，像个什么样子？"

苏风暖拿掉苏夫人的手，小声说："娘，我本来是想试试太后，没想到太后那么不禁吓，后来和她顶撞起来，也是没办法，若是不那样做，太后可就把我留在皇宫里教导了啊。皇宫里是什么地方？吃人不吐骨头，您舍得我被留在皇宫吗？"

苏夫人放下手："自然不舍。"

"这不就得了？当时我看您都没办法了，急得直看我，盛公公想要帮忙，可惜太后以身份压人，要动手打他。我也是迫不得已出此下策。"苏风暖叹了口气，看着身上的衣服，"唉，好好的一件衣服，被撕了，怕是有千两银子吧？我也怪心疼的呢。"

苏夫人被气笑："心疼你还撕？这件衣服何止千两银子？娘最喜欢了，被你就这么给撕了。但比起你的名声来，千两银子的衣服倒是小事儿了。这回你在皇宫、在太后面前撒野的消息估计过不了今晚就会传出去，到时候看谁还敢娶你。"

苏风暖好笑："我不在太后面前撕衣服、打架，装斯文，我的名声就好了吗？天下没有不透风的墙，任谁出去打听，都会知道我是个野丫头。"

苏夫人更是被气笑，伸手敲她脑袋："我怎么生了你这么个女儿？你爹虽然是大将军，但若是不打仗时，他比教书先生还斯文有礼。娘出身学士府，最是讲究礼仪闺训。怎么到你这儿，半点儿没遗传我们的优点？"

苏风暖闻言笑得直打跌："我爹斯文吗？我可记得很多时候娘的脖子上都被

他种梅花呢。”

苏夫人闻言脸腾地红了，劈手就打，同时骂：“死丫头，你……真是不知羞！”

苏风暖躲避，看着苏夫人红彤彤的脸，更是笑得几乎岔气。

母女二人在车厢里闹作一团。

皇帝听到后面马车内传出的笑闹声，也忍不住笑了笑。

冯盛也笑着悄声说：“苏夫人和苏小姐看起来不像是母女，倒像是姐妹。”

皇帝笑着点头，问：“叶裳今日在做什么？至今还没听宣进宫？”

冯盛道：“叶世子据说又喝了三日醉，睡着呢，别说今日，明日也进不了宫。”

皇帝闻言被气笑：“这个叶裳，他的好酒倒是挺多。赶明儿朕下一道旨意，他再喝三日醉、半月醉、一月醉、三月醉的话，干脆朕就赐他一瓶永生醉，让他醉死算了。”

冯盛捂着嘴笑：“叶世子爱酒，若是不让他喝，估计会被憋疯。”

“憋疯也比整日醉好。”皇帝道，“朕想找他时，宣旨都不管用，他整日拿醉酒搪塞朕。不带兵去边关也就罢了，如今连苏府小姐也不见。他是打算一辈子不娶妻了？”

冯盛闻言压低声音：“今日苏小姐在太后面前所作所为，不得太后青眼，太后怕是早先打好的主意又犹豫了。毕竟太后疼宠小国舅，定然觉得苏小姐配不上小国舅了。”

皇帝冷笑：“太后是不知足，这么多年，看朕忍让，愈发得寸进尺。许氏一门出两后，已经如此显赫了，朕不明白，她还求什么？难道让朕把这龙椅让给许家不成？许云初好是好，但天下也不只他一个好的。”

冯盛叹了口气：“太子若是身子骨硬朗就好了，皇上也不必如此累心了。”

“别提太子了，你提他，朕更累。”皇帝揉揉眉心，“朕以为月贵妃虽然有些小脾性，但明晓大理，如今一看，实在差矣。朕当初真不该心软答应将太子让她抚养，真该自己带在身边教导。如今说什么也晚了。”

“这些年，皇宫如虎穴，月贵妃也是怕太子有个闪失，护得紧了些。”冯盛道。

皇帝长叹：“确实也不怪她，皇后善妒，朕是被皇后害了。但母后却半丝不体谅朕，朕有时就不明白了，到底是儿子亲，还是娘家亲？让她如此一心向着娘家，半丝不考虑南齐江山？”

冯盛一时不知该说什么，索性不接话了。

“朕不知道这副身体还能支撑几年，有些事情，是真的迫在眉睫了。”皇帝又道。

冯盛只能道："皇上要保重龙体，您定能万寿无疆，往后日子长着呢。"

皇帝嗤笑："这话听着好听，但事实可未必如此。"

冯盛又深深叹了口气。

马车来到大学士府，冯盛下了车，上前叩门。

角门内有人探出头看了一眼，吓了一跳，连忙打开了大门，跪地见礼。

皇帝摆摆手，回头见苏夫人和苏风暖下了车，便抬步进了府。

苏风暖挽着苏夫人胳膊，小声说："娘，我是不是先回府换身衣服再进去？"

苏夫人笑看着她："你是怕你外公见了你的样子训你？"

苏风暖垮下脸："是啊，外公板起脸训斥人的样子好可怕啊！"

苏夫人冷哼："活该！"

苏风暖摇晃她的胳膊："娘，我先回府去换衣服好不好？"

苏夫人刚要再说话，抬眼见府内有人匆匆走了出来，她笑着说："晚了。"

苏风暖也看见了，顿时抚额，后悔只顾着和她娘笑闹了，竟然忘了外公不喜欢看到她不端庄的样子，一时间脸皱成了苦瓜。

"老臣不知皇上驾临，有失远迎，皇上恕罪！"大学士王禄带着人匆匆而来，下跪见礼。

皇帝上前，伸手扶起他："大学士免礼，你近来编修史传，想必十分辛苦，都累瘦了。快起身吧。"

王禄站起身，奇怪地道："皇上今日怎的突然过府了？也不事先派人知会老臣一声，让老臣也好有所准备。"

皇帝笑道："今日事发突然，朕也是临时起意，让苏夫人和苏小姐陪朕来看看你。"

王禄毕竟在京城多年，闻言顿时猜出几分，看向苏夫人和苏风暖，当看到苏风暖头发松散、裙摆撕裂了，身上有几条剑痕，虽没刺破衣服，但也划出了口子，他顿时瞪眼。

苏风暖硬着头皮上前给外公、外婆请安。

王禄哼了一声，训斥道："不成体统！"

苏风暖露出乖巧讨好的笑。

"皇上，里面请。"王禄请皇帝入内，同时对一旁吩咐："夫人，你带着小丫头进内院换衣，给换一身像样的衣服，这成什么样子！"

老夫人点点头，不同于王禄板着的脸，眉眼欢喜地对苏风暖招手。

苏风暖如蒙大赦，连忙跑了过去，挽着外婆，进了内院。

第五章
不嫁也罢

王夫人带着苏风暖走入内院，给她找了崭新的衣裙换了，才拉着她询问。

苏风暖一五一十地将今日在宫内发生的事情说了。

王夫人听完，对她责备道：“你这孩子，怎么为了不进宫接受太后教导，为了维护冯盛，而开罪了太后呢？如今在太后心里落下了不好的印象不说，今日之事传扬开，你的名声可就完了。”

“外婆，今日之事不传扬开，我也没什么好名声啊。”苏风暖好心提醒她。

王夫人一听乐了，伸手点她的额头：“你呀，就是淘气，跟个男孩子似的跟着你爹跑去边关，如今又跑回来，比去年见你，人都瘦了。”

苏风暖嘟嘴，提着裙摆，秀眉拧着，靠在王夫人身上蹭，软声软语地说：“外婆，这衣服好烦琐，皇上既然已经答应我可以简单着装了，您给我换一件，不穿这件好不好？”

王夫人摇头：“不行，稍后你外公要是见你不成规矩，又要训你了。”

苏风暖叹气：“外公老古董，还不如皇上开明呢。”

王夫人好笑地拍拍她：“走吧，别让皇上久等，他今日出宫来王府，也是为了避开太后找你说话。”

苏风暖点头，提着裙摆，跟着王夫人出了内院。

来到前厅，王禄正陪着皇帝说话，见王夫人带着苏风暖来了，看了苏风暖一眼，见她提着裙摆，规规矩矩，像个大家闺秀的模样，面色才稍好。

皇帝笑看着苏风暖，颔首：“小丫头还是这个模样看起来不错！”

王禄哼了一声：“她不禁夸，自小就没个形样，皇上夸她的话，她一准尾巴翘起来。”

苏风暖嘴角抽了抽，暗自腹诽，她又不是狐狸，翘什么尾巴？

皇帝大笑。

王夫人嗔了王禄一眼："老爷每次见暖儿，都摆出一副吓人的样子，让小丫头见了你，就跟老鼠见了猫似的，这两年都不敢回京来这府里了。去年，我实在对她想念得紧，没办法还是自己出京去看的她。"

"你们都惯着她。"王禄绷起脸，对苏风暖道："如今回京了，言行举止，就要有大家闺秀的做派。免得传出去，被人笑话。"

苏风暖想着外公估计还不知道今日宫里的事儿，默默地向王夫人身后靠了靠。

苏夫人好笑地看了苏风暖一眼，没言声。

皇帝也觉得好笑，遂转了话题，对王禄询问："朕打算给小丫头赐婚，王大人可有中意的人选？"

王禄看了苏风暖一眼，见她竖起耳朵，他捋了一把胡子，哼道："皇上抬举她了，她还是个毛丫头，自己还没长大，成什么婚？这些年，她爹娘纵容，在外面野惯了，如今回京，谁还愿意娶她？就在府中多养几年，调教好了再说吧。"

苏风暖霎时大喜，从王夫人身后出来，跑到王禄身边，十分狗腿地给他捶肩，点头如捣蒜："外公说得太对了。"

王夫人失笑。

苏夫人笑着瞪了苏风暖一眼。

王禄虽然面上嘴里嫌弃苏风暖，但对于她主动给他捶肩讨好，还是十分受用，连哼声都柔和了许多。

皇帝闻言笑了笑："小丫头如今正值好年华，虽然看着没长大，但年岁却是到了。就算不成婚，先把婚事订下也可。"

王禄闻言点头："皇上所言，也有道理。"

苏风暖手一顿，捶肩的动作慢了半拍。

皇帝又笑道："太后属意国丈府的小国舅，怕是不会轻易打消念头。小国舅确实文武双全，没的挑。大学士以为如何？"

王禄沉下心思，思索道："国丈府一门出两后，礼数教养规矩极多，怕是不适合小丫头。"

皇帝点头："朕也是基于这个考量，所以，觉得小国舅不合适。放眼朝中，满朝文武大臣府邸，或多或少都有些规矩。只有容安王府，只叶裳一人，规矩都被他给废了，倒没什么规矩可言了。叶裳年长小丫头一岁，家世、年岁都适当，至今未曾娶亲，也未有婚配，府中更没有通房侍妾，朕已经找人核对了他们二人的生辰八字，天作之合，他是个合适人选。"

王禄闻言道："皇上考虑得极是。"

苏风暖顿时用力地捶了两下。

王禄回头看了她一眼，她手下力道顿时轻了，讨好地对他一笑。

王禄又道："不过，叶世子素来荒唐无稽，任性非为，众所周知。而这小丫头，又野性得很，自小舞刀弄剑，与人一言不合就动武，若是将他们二人凑在一块，将来怕是不得安宁。也不算一桩好姻缘。"

苏风暖连忙给外公揉肩，力道是她特意学过的手法，极为舒适。

皇帝颔首："这倒也是一个问题。"

王禄又道："北周兵马刚退去，还不知是否会卷土重来，苏澈据说受了重伤，还在边境安抚伤军打理战后诸事，顺便养伤，短时间内怕是还不能回京。皇上和太后虽然各有属意，但苏澈就这么一个女儿，对于她的婚事，想必也有自己的考量，老臣也不能给他这个为人父的做主张。皇上不如等他回京，与他商议之后，再择人赐婚。太后也是有忧国忧民之心，想必也能体谅，知道此事不能操之过急，免得好事成坏事。"

皇帝闻言点头："大学士言之有理。既然如此，此事暂且作罢吧，等大将军回京再议。"

"正是。"王禄点头。

苏风暖对苏夫人挤了挤眼睛，想着姜还是老的辣。

外公几句话，便将皇上赐婚的心思暂且打住了。他隐晦的意思是，皇上若是直接下旨，不但大将军不满，太后更不满，逼急了太后，指不定会做出什么事儿来，太后动手，轻则朝局震荡，重则危及江山，到时候可不是好事变坏事吗？

此事商定后，皇上又在大学士府中坐了片刻，便起身离开了。

王禄带着人送皇上出府，见他的马车并没有回宫，而是转了道，向东街而去，他眯了眯眼睛，对苏夫人问："京中关于太后和皇上要给小丫头赐婚的传言也传了许多时日了，如今也该传到边关了吧？"

苏夫人点头："是，爹，如今将军该闻到传言了，另外女儿也给他去信说了此事。"

王禄道："苏澈这么多年，一直对十二年前之事有愧，皇上属意叶裳，他怕是没意见。"

苏夫人叹了口气："容安王和王妃之死，一直是大将军的心结。"

王禄哼道："当年若非有内鬼泄露军情，容安王和王妃也不至于死在边关。不过，愧疚归愧疚，儿女婚事归婚事，一码归一码。"

"爹是觉得小国舅和叶世子没一个妥的？"苏夫人压低声音问。

王禄点头："都不是省油的灯，不嫁也罢！"

苏风暖闻言"扑哧"一下子乐了："外公最好了。"

王禄扭头看她，板下脸，对她道："听说今日你在宫里，在太后面前动手胡闹，开罪了太后。可有此事？"

苏风暖吓了一跳，立即看向王夫人。

王夫人摇头。

苏风暖想着也是，外婆一直跟她在一起，没见到她说与外公听，她立即看向苏夫人。

苏夫人也摇头。

王禄哼道："你不用看她们，不是她们告诉我的。若是连皇宫有点儿风吹草动我都不知道，闭目塞听的话，我的官就不必做了。"

苏风暖闻言顿时崇拜地看着外公，所谓身在庐中而知天下，厉害啊！

王禄倒没责备她，而是道："你今日倒也做得没错，太后有犹豫才是好事儿，否则以她的急性子和皇上如今铁了的心对起来，对你没好处，对苏府也没好处。不过以她的脾性，怕是不会就此善罢甘休。从今日起，你就留在学士府吧，我命人教导你礼仪规矩，太后知道你在学规矩，短时间内也想不出什么法子将你弄进宫处置。"

苏风暖听说要学规矩，立即垮下脸，不过待在学士府比被弄进宫处置好多了。

苏夫人对将苏风暖留在学士府自然没意见，吃过午饭后，拍拍屁股丢下她独自回府了。

独留下苏风暖看着苏夫人离去的背影可怜巴巴的，那小眼神连王夫人都不忍心了。

王禄铁了心要调教苏风暖规矩，派人请来了昔日教导太后和皇后，如今已经告老，颐养天年的老嬷嬷来了学士府。

这位老嬷嬷已经八十多了，虽然是个奴婢，但因教导了两后，辈分极高。朝野上下，王孙公卿，连太后和皇上也算着，都对她敬让三分。

老嬷嬷当日便来到了王府，由人搀扶着，走路颤颤巍巍的。

王禄将苏风暖叫到老嬷嬷近前，见过面后，便对苏风暖说："刘嬷嬷年岁大了，别说磕着碰着，就是给气着，你都吃不了兜着走。所以，你别想胡闹，好生学礼仪，什么时候刘嬷嬷说你过关了，什么时候就不用学了。"

苏风暖顿时垮下脸。

王禄交代王夫人将刘嬷嬷安排到苏风暖的住处，从衣食住行到礼仪闺训，寸步不离地教导。

苏风暖看着刘嬷嬷，外公找了一个这么大年纪、风一刮几乎就要被吹倒的嬷嬷来教导她，她还敢不听话闹腾吗？她说话大声点儿都怕这位嬷嬷有个闪失她赔不起。

心里腹诽，外公不愧是官居高位多年不倒，连国丈都礼让三分的人，真是老奸巨猾。

王夫人安顿好了刘嬷嬷后，见苏风暖可怜巴巴地站在门口，笑着对她说："刘嬷嬷在皇宫住了大半生，年岁大了才搬出皇宫颐养，这朝野上下，除了国丈，也就你外公有面子请到刘嬷嬷。你好好跟她学礼仪规矩，刘嬷嬷的见识可多了，兴许会让你一生受用不尽。你外公也是用心良苦。"

苏风暖只能点头。

王夫人又吩咐仆从、婢女仔细侍候，便离开了。

刘嬷嬷待王夫人离开后，坐在椅子上，伸出有些干巴巴的手，对苏风暖招手。

苏风暖只能小心翼翼地走过去，站在她面前三步的距离。

刘嬷嬷慈爱地笑道："小丫头再近些，我这眼睛花，让我仔细看看你。"

苏风暖只能又迈了两步。

刘嬷嬷对她端详片刻，笑着说："小丫头是个有福气的人。"

苏风暖扯弯了嘴角："曾经有一个牛鼻子老道也这么说。"

"嗯？也有人说过？"刘嬷嬷感兴趣地问，"哪个牛鼻子老道？他有名号没？"

苏风暖想了一下："名号叫清风。"

"他呀，我认识他。"刘嬷嬷笑了起来，"他鼻子大，生起气来，跟牛鼻子似的，你叫他牛鼻子老道，最贴切不过。"

苏风暖眨眨眼睛。

刘嬷嬷笑着拽住她的手，慈爱地问："听说你跟你父亲习过武？会功夫？"

苏风暖点头："学过点儿，舞刀弄剑的花架子。"

"小丫头谦虚，我今日可听说了，你在太后面前打架，十几个大内高手都被你打败了。这哪里是花架子？"刘嬷嬷笑呵呵地看着她，"如今天色还早着呢，走，咱们外面去，你给嬷嬷耍几招，嬷嬷也开开眼界。"

苏风暖顿时吓了一跳，连忙摇头："我可不敢在嬷嬷面前舞刀弄剑。"

刘嬷嬷笑起来："你是看我身子骨老不中用了？听了你外公的话，怕我有个什么闪失？你放心，嬷嬷不至于被你舞刀弄剑几下就闪着。"

苏风暖依旧摇头。

刘嬷嬷笑呵呵地看着她："我就坐在门口，你在院中，距离我远些。我也喜欢看舞剑，你要是舞得好，这规矩嘛，可以酌情学。"

苏风暖一听，眼睛亮了亮：“嬷嬷的话当真？”

“当真当真。”刘嬷嬷笑着道。

苏风暖见她虽然年岁大了，但人精神，抛出这么大的诱饵，不愧是皇宫里出来老成精的嬷嬷。她对自己武功拿捏分寸还是有信心的，总不会没分寸剑飞了伤着她。遂咬牙点了点头。

有人搀着刘嬷嬷出了房门，搬了凳子，坐到了门口。

苏风暖从腰间解下软剑，这柄软剑如丝缎一般，缠绕在腰间，她进宫时，宫门守卫也没查出来这是柄剑，但当时到底没敢在太后面前真亮出来。

她刚一解下，刘嬷嬷就称赞：“真是把好剑，防身用最妥当不过，软得跟缎子似的。”

苏风暖笑着说：“这是从牛鼻子老道那里打劫的。”

刘嬷嬷笑呵呵地说：“他云游多年，好东西多着呢，以后再见了他，多要点儿。”

苏风暖点点头，拿着剑便舞了起来。

午后阳光极热，院中知了不停地叫着，侍候的婢女、小厮都躲得远了，拿袖子遮着烈日。

苏风暖挽着剑花，变换着花样，剑影翻舞，人影晃动，光影纷杂，衣袂飘摆，令人眼花缭乱，几乎分不清剑与人，似乎剑与人合为了一体。

一段剑舞舞罢，苏风暖收势，一身清爽，并不见汗水淋漓，她所站之处，风似乎都凉了。

“好！”刘嬷嬷拍手，“小丫头舞得真好。”

苏风暖收了剑，上前问：“嬷嬷看得可满意？”

“满意满意。”刘嬷嬷点头。

苏风暖继续问：“那规矩……”

刘嬷嬷笑起来，言而有信地说：“酌情学。”

苏风暖顿时笑逐颜开，对老嬷嬷也没那么惧怕了，自动上前搀扶着她回了屋。

回屋后，刘嬷嬷当真如自己所言，并没有要求苏风暖学规矩，而是和她一起，歪在炕上，与她聊天。

苏风暖本来是想哄住老嬷嬷，对付着不学板死人的规矩，但没想到与她聊了一会儿天后却发现，诚如王夫人所言，刘嬷嬷真是见多识广，人虽然老了，却一点儿也不糊涂，与她聊天，十分愉快。

这些年，苏风暖不说跑遍了天涯海角，也算是跑遍了大江南北，自诩见识颇多，但有些奇闻趣事，由刘嬷嬷说来，她听着也是有趣新鲜。

不知不觉，一聊便是半日。

天黑下来，刘嬷嬷也累了，吃过饭后，二人便睡下了，十分之相安无事。

转日，刘嬷嬷命人拿了针线，自己做针线活，让苏风暖自己想干什么就干什么。

苏风暖左右无事，想不出能干什么，便陪在她身边待着，昨日话说得多了，喉咙不适，今日懒得说话，不能聊天闲谈，顿时感觉百无聊赖起来。

她支着下巴瞅着刘嬷嬷的绣品，看了一会儿，问："嬷嬷绣的这是什么？"

"再过三个月就是小裳生辰了，我给他绣的衣裳。"刘嬷嬷道。

苏风暖看着绣品，这副绣品不大一块，她揉一揉，就能一把抓在手里团起来，不禁问："这是衣裳吗？这么大一块，他也不能穿吧？"

刘嬷嬷笑着说："这是锦缎的祥花，就是要一小块布一小块布地绣，到时候缝在衣服上。"

"可是这颜色也太艳了。"苏风暖道。

刘嬷嬷顿时笑起来："不艳，是给他大婚穿的。"

大婚？跟谁？

苏风暖愣了一下，看着刘嬷嬷。

刘嬷嬷笑着说："还没定呢，我是先做出来，当生辰礼物送给他备着用。"

苏风暖"哦"了一声，若是大婚穿的喜服，的确是不太艳，大婚就要喜庆嘛，可是他如今还没定下婚约，就绣喜服，是不是太早了点儿？

"你娘的绣工也是出了名的，自小可有教导你？"刘嬷嬷问。

苏风暖不好意思地揉揉鼻子："教了，可是我学不会。"

"小丫头聪慧，才不是学不会，是不学而已。"刘嬷嬷笑看着她，"左右你也无事儿，不如帮帮嬷嬷我吧。如今我眼睛花了，这一天啊，也绣不了多少，每日都紧赶慢赶，生怕小裳大婚赶不急。他父母不在了，是个可怜的孩子，嬷嬷自小看着他长大，能帮得上忙的事儿不多，就这一件了，指不定哪日黄土一埋就告吹了。"

苏风暖听她说得可怜，又想着她这么大岁数了，有些犯难："可是我不会绣。"

"我教你。"刘嬷嬷道。

苏风暖还是踌躇："我怕绣不好，绣得难看，他以后怎么穿出去？还是别了。"

刘嬷嬷顿时笑起来："有我在旁边看着你，你怎么可能绣不好？就是帮我把把针脚的事儿。况且，你剑法极好，这针法啊，有时候和剑法有点儿相通之处，就是要落针细密准确，你试试，一准行。”

“这……”苏风暖反正无事，听刘嬷嬷这样一说，看着她漂亮的绣工，也有点儿跃跃欲试，点头，“要不我试试？不行的话，还给嬷嬷？”

“嗯，试试。”刘嬷嬷递给她。

苏风暖是拿过几日针线的，初步的绣法姿势模样还是有的，也是仰仗苏夫人横竖瞪眼逼着她学的。如今拿过来，虽然手生，但刘嬷嬷在一旁指导着，落针虽然有些许歪扭，但不仔细看，还真看不出来。

刘嬷嬷在一旁笑呵呵地说：“我就说小丫头聪慧，你看，你拿起来，就能绣。”

苏风暖眼睛睁得大大的，不敢看别处，只盯着绣品落针，嘱咐说：“嬷嬷，您可别离开我，时刻盯着我，万一我绣不好，哪里出错，可就完蛋了，这布料贵死人不说，主要是难买。”

刘嬷嬷笑呵呵地点头。

苏风暖的确聪慧，有些东西她只是提不起兴趣，不想学，但若一旦提起兴趣，一学就会。

一个时辰后，她已经能飞快地下针，熟能应手了。眼睛偶尔也敢离开了，因剑法精熟，针法的确有些相通，落针渐渐分毫不差，十分细密。

“我说对了吧？看你绣得多好。假以时日啊，你这绣品绣出来，比嬷嬷绣的还会要好。”刘嬷嬷笑呵呵地夸奖她。

苏风暖笑着说：“嬷嬷可别夸我，我是个坐不住的人，若是整日将我关在家里做绣活，我会憋疯。”

刘嬷嬷笑着点头：“有你帮我，小裳的衣服一准能很快绣出来，你年轻，绣得快，等你绣完了，我跟你外公说说，咱们去灵云寺住几天。”

苏风暖嘴角抽了抽：“嬷嬷喜欢拜佛啊？”

“也不是喜欢，是灵云寺每年的暑日都会做一场法事，给安置在后山的亡灵超度。我想去给小裳父母上炷香。灵云寺距离京城五十里地，山下有一个小镇，叫灵云镇，那里每年的七月七日，都会有乞巧会，十分热闹。你多年不在京城，一定没去玩耍过。”

苏风暖一听，眼睛亮了：“对啊，灵云镇每年七月初七都有乞巧会，我知道，只是以前进京的日子不对，都没赶上过呢。今年还有一个月吧？绣得完吗？”话落，她想到什么，立即说，“外公如今关着我学规矩，他会同意放我出去吗？”

"由我去说，你外公会同意的。"刘嬷嬷道，"你我一起绣，加把劲儿，能绣得完。"

苏风暖顿时笑逐颜开："好啊，嬷嬷早点儿去说，咱们赶紧绣完，早点儿去。"

刘嬷嬷点头："绣完了，我给小裳父母上香时，也能跟他们念叨念叨。"

苏风暖点点头。

刘嬷嬷看着她针法渐渐纯熟认真，不由得露出慈爱的笑意。

苏风暖要是想做一件事儿，并且做好，从来就有一股子韧劲儿，从刘嬷嬷说要去灵云寺开始，她就铆着帮她早点儿绣完衣裳的劲儿，每日便安安心心地陪着她待在屋子里，两人一边说话，一边做绣活。

日夜赶工，苏风暖和刘嬷嬷一起，还是用了足足二十日，才给绣好。

刘嬷嬷看着绣好的衣裳，伸手摸着，笑呵呵地说："若是我自己，最少也要用三个月，还是小丫头心灵手巧，你帮着我，咱们这么快就绣完了。"

苏风暖给累得眼皮都打架了，心想着，她是拿出以前日夜练功要打败三个哥哥的劲儿了。若不能这么快就绣完，她就白瞎这么一番功夫了。

"你歇一日，咱们再启程。"刘嬷嬷慈爱地看着她，"小丫头真是累坏了。"

苏风暖看了一眼天色，摇头："不要，嬷嬷，我已经闷坏了，如今天早着，咱们马上就启程吧，好不好？"

刘嬷嬷看着她："看你困的，眼皮都打架了。"

苏风暖揉揉眼睛："我可以车上睡。"

刘嬷嬷笑起来："看来真是憋坏了，好吧，让人跟王大人和夫人说一声，咱们这就启程。"

苏风暖立即欢呼，对外面喊："来人，快去告诉外公、外婆，我和嬷嬷要去灵云寺。另外，赶紧备车，现在就出发。"

外面有人应是，连忙去了。

刘嬷嬷将绣好的衣裳包起来，叫来一个近身人，对她嘱咐一番，那人拿着衣服走了。

苏风暖没什么要收拾的，刘嬷嬷也是喜欢简单的人，二人不多时便收拾好了。

王夫人很快就带着人来了这所院子，见到苏风暖后，笑着说："你外公听说嬷嬷和你现在就要去灵云寺，不放心你这个小丫头，怕你照顾不好嬷嬷，让我也跟着你们。"

"外公不跟着吧？"苏风暖立即问。

“他不跟着，他还忙着编修史传呢。”王夫人道。

苏风暖松了一口气：“他不跟着就行。”

王夫人大乐：“你这小丫头，连你爹都不怕，怎么偏偏怕你外公？”

苏风暖已经困得不行，怏怏地说：“外公是个老古董，规矩太多。”

王夫人看着她的样子，这才注意到她的状态，讶异：“暖儿，你怎么困成了这样？”

刘嬷嬷笑着说：“初期调教规矩，的确辛苦些。”

苏风暖连连点头：“是啊，真该让外公看看，这二十多天，都把我规矩成什么样了。再不让我出府，我就会疯掉的。”

王夫人也知道她这二十多日与刘嬷嬷学做绣活，这是每个大家闺秀必学的东西。顿时心疼，握住她的小手，连忙保证：“在这府里，那个糟老头子说了算，出了府，我说了算，去了灵云寺后，让你好好玩玩。”

苏风暖连连点头：“还是外婆最好了。”

一行人出了府门，上了马车，王府一众护卫护着，向城门而去。

第六章
山林偶遇

挂月楼位于南齐京都主街的正中心，这里有南齐京城最好吃的菜。

适逢沈琪生辰，因手头紧憋闷了二十多日的公子爷们实在憋不住了，又借着机会聚在了一起。

沈琪包下了整个挂月楼，请了京中最有名的戏班子唱《破春闺》。

戏刚唱上不久，齐舒无意地往窗外看了一眼，转头对一旁的叶裳问：“你父母的祭日还有十多天吧？”

叶裳看着戏台上的两名角儿游龙戏凤，颇有兴味地点了点头。

齐舒又看了一眼窗外，奇怪地道：“刘嬷嬷好像出城了，往年她去灵云寺都临近一两日，今年怎么这么早？”

叶裳“嗯”了一声，转头看向他。

齐舒指指窗外：“你看，虽然是王府的车马，但其中好像跟着侍候刘嬷嬷的人。”

叶裳抬眼看向窗外，正见一路车马走过，是王府的车马仆从。

齐舒又道：“我听说苏府的小姐回京后，得皇上召见，在太后面前不成体统，得罪了太后，王大人一怒之下请了刘嬷嬷过府教导她规矩。你听说了吗？”

叶裳点点头。

齐舒乐道：“这苏府小姐胆子可真肥，太后是什么人？竟然也敢在她面前动手打架，真是初生牛犊不怕虎，胆大包天了。”

叶裳不置可否。

齐舒看着他：“据说太后那日召见许云初，他第一次没听话入宫，看来他也不想娶苏府小姐。”

叶裳勾了勾嘴角，没说话。

齐舒叹道：“本来以为苏府小姐是个香饽饽，我还等着看争抢的戏码，没想到你们一个个的都不上台去演。近日，苏府小姐在宫里大闹的消息传遍了，你和许云初不想娶，别人也望而却步，这苏府小姐恐怕嫁不出去了。”

叶裳偏头，斜睨了他一眼：“你看起来对她很有兴趣？”

齐舒眨眨眼睛：“听说苏府小姐美如天仙，不打架的时候，十足十地像大家闺秀，打起架来也十分好看。我是有那么点儿兴趣，可惜轮不到我啊，我们家既不得皇上看重，也不得太后青睐，我爹与王大人是对头，与苏府更没什么来往，别指着赐婚了，上门求都求不上。”

叶裳笑了一声：“别忘了除了这些，你还有一个青梅竹马、自小订立婚约的表妹。”

齐舒猛地咳嗽起来。

叶裳又回身继续看《破春闺》。

沈琪纳闷地看着齐舒咳嗽个不停，好奇地问：“你们聊什么呢？”

齐舒剜了叶裳一眼，哼道：“聊苏府小姐呢。”

沈琪闻言也来了兴趣，凑过来道：“最近关于苏府小姐的传言似乎又转了个风向，说她行止粗俗，没规矩教养，不知礼数，不成体统，可是真的？”

“自然是真的，宫里多少双眼睛看着，太后气得脸都青了，皇宫大内侍卫十几个人被打了。”齐舒道，“这样好的功夫，偏偏在一个女子身上，除却不成体统外，倒也叫人刮目相看，不愧是苏大将军的女儿，虎父无犬女。”

沈琪啧啧两声：“不知道苏府小姐到底长什么样，真有传言那么美若天仙吗？”

齐舒看着他，忽然道：“要不然咱们也提前去灵云寺吧？再有十多日是七夕，灵云镇有乞巧会，听说苏府小姐一直在王府被刘嬷嬷教导规矩，王大人发话，刘嬷嬷要与她寸步不离，既然如今刘嬷嬷和王府家眷的马车出城了，想必她也在马车上。我们派人去打听一下，她若是也在，咱们提前去灵云寺，说不准真能见到。”

沈琪闻言看向叶裳：“还有十多日呢，去灵云寺也太早了吧？你今年什么时候去？”

叶裳兴趣缺缺地道：“临近日子再说吧，最近懒得很，不想动。”

沈琪点点头：“十多日的确还早呢，不急。”

齐舒泄气：“日子还早也可以早些出去玩啊，最近在京中憋得我都闷死了。”

叶裳扭头看他，提醒道：“你爹不是抓着你背书吗？金秋会考，你要提前跑去灵云寺玩个十多天，你爹还不打断你的腿？”

齐舒闻言倒吸了一口凉气：“对啊，我把这事儿给忘了。”

叶裳又转过头去。

沈琪拍拍齐舒的肩膀：“我们几人，只有你年岁够了，好好温书，金秋会考拿个第一，给我们长长脸，让人知道我们纨绔子弟也不是只会打架，同样能文能武。”

齐舒叹气：“没的玩了。”

沈琪好笑：“要想见苏府小姐，有的是机会，她如今都回京了，总不会再走了。”

齐舒点头：“也是。”

几人言谈的工夫，王府的队伍早已经出了城，不见了踪影。

戏台上，《破春闺》正唱得热闹，龙凤好不欢腾，挂月楼内一片叫好声。

两盏茶后，一名小厮来到叶裳身边，附耳对他说了几句话。

叶裳听了，秀眉微挑，片刻后，对小厮挥挥手，小厮走了下去，他转头对齐舒、沈琪等人道：“我收服的那头狮子突然厥过去了，我回府去看看，你们先待着。”

几人一怔：“狮子为何厥过去了？”

叶裳摇头。

“兴许是这天太热，狮子毛多，估计晒中暑了。”沈琪看着他，“让人请个兽医去看看就行了，用不着你回去。这好戏刚唱了一半，我今天可是冒着风险给兄弟们点的《破春闺》，被御史台的那帮子人闻到风声，知道我们听禁书禁戏，一准弹劾我爹，你不看完可惜了不是？”

“你们看吧，以后戏可以再找机会听，对我眼缘的狮子可就这一头。”叶裳道。

沈琪一听也对，众人也点点头。

叶裳出了挂月楼。

小厮等在楼外，见叶裳出来，连忙牵来马。

叶裳翻身上马。

挂月楼距离容安王府两条长街，叶裳骑马穿街而过，不多时就回了府。

进了府门，一位仆从手中抱了一团包裹，恭敬地等在门口，见叶裳回来，立即行礼。

叶裳看了他一眼，问：“嬷嬷送的什么东西，这么急着给我？”

那仆从道：“嬷嬷吩咐了，要亲手交给世子，让世子回房再打开包裹。”顿了顿，又道，“嬷嬷还有一句话，也让小的转达给世子。”

叶裳闻言点头，向内院走去。

仆从立即跟上他。

来到一处院子，进了房间，叶裳指指桌案，仆从将包裹放在桌案上。

叶裳瞅着他，见他不说话，他伸手打开了包裹，当看到里面的东西，愣了一下，失笑："嬷嬷这是做什么？"

仆从立即道："这是嬷嬷为世子准备的吉服，让世子好生收好了，以便将来大婚时穿。"

叶裳无言片刻，伸手将衣裳拿出来，大红色的锦缎华裳，精致明艳，正合他的身，他看了两眼道："这好像不是嬷嬷的绣工。"

仆从立即道："嬷嬷年岁大了，怕赶不及世子生辰前绣完当礼物给您，这些日子正赶上教导苏府小姐，便请了苏府小姐帮忙绣出来的。"

叶裳一怔。

仆从又道："嬷嬷说，若是她自己绣，怕是三个月也难绣好，苏小姐和她一起，日夜赶工，只用了二十日就绣出来了。苏小姐拿剑的手做起绣活来分毫不差，心灵手巧，天下第一绣娘也不及。"

叶裳随手放下衣服，挑眉："这就是嬷嬷让你转达给我的话？嬷嬷还说了什么？"

仆从摇头："嬷嬷再没说什么了，只说让世子收好了，她和苏小姐提前去灵云寺了。苏小姐累坏了，要去乞巧会玩玩。"

叶裳沉默片刻，对他摆摆手，仆从退出了房门，离开了容安王府。

叶裳虽然在外面喜欢胡闹，但在府中的时候却喜欢清静，是以，容安王府仆从虽多，但都不会大声喧哗吵闹，各干各的活，偌大的王府很多时候都会显得十分清静。

仆从走后，叶裳一直没出屋，歪在软榻上，桌案上放着的吉服也并没收起。

窗外阳光照进来，大红的锦绣华裳被阳光一打，泛出闪闪光华，使本就明亮的室内更是映衬得熠熠生辉，将叶裳的衣服似乎也映衬得颜色艳了些。

一个时辰后，有管家来问："世子，景阳侯府的三公子遣人来问，狮子是否好了？问您能去挂月楼了吗？"

叶裳抬眼向外看了一眼，懒洋洋地道："你去回话，就说狮子没好，我没心情，不去了，让他们玩吧。"

管家点点头，转身离开了。

叶裳看向桌案上的衣服，秀眉凝定了片刻，对外面喊："千寒。"

"世子。"千寒推门而入。

叶裳指指桌案：“收起来。”

千寒点点头，规规矩矩地将衣服叠好，小心地用包裹包好，收在了衣柜里，落了金锁。

叶裳揉揉眉心：“宫里这几日闹得可还热闹？”

千寒摇头，小声说：“自苏府小姐进宫那日后，皇后至今依旧被皇上关着闭门反省，太后这次也没管皇后，由着皇上罚她。太子又病了，月贵妃日夜照看着，不敢放松。皇上从那日来了咱们府回宫后，也没去看太子，只命太医好好看诊用药。这十多日宫里十分太平。”

叶裳放下手：“那许云初呢？他这两日在做什么？”

千寒看了他一眼，道：“昨日许小姐的旧疾发作了，小国舅带着她出城去灵云寺了，今日似乎还没回来。”

“嗯？”叶裳眯起眼睛。

千寒看着他，压低声音：“据说国丈府的紫木草用完了，小国舅再无他法，只能带着她去求灵云大师了。”

叶裳神色淡淡：“灵云还能寻到办法？”

千寒道：“这些年，灵云大师一直在闭关钻研医术，不久前才出关，世子一年没去灵云寺了，兴许灵云大师已经寻到办法了也说不定。”

叶裳笑了一声，声音听不出什么情绪。

千寒看着他，试探地问：“快到王爷和王妃的祭日了，世子今年打算什么时候去灵云寺？每年世子都和嬷嬷一起前去，今年嬷嬷和王府的夫人以及苏府的小姐一起去了。”

叶裳凝眉：“我竟忘了，她们今日也去灵云寺了。”

千寒点头：“刚刚出城不久。属下打探了，只有王夫人、嬷嬷、苏小姐，带了些护卫。再没别人，苏夫人没跟着。”

叶裳向窗外看了一眼，吩咐：“去备车，带上小狮，立即启程去灵云寺。”

千寒点头：“那挂月楼那边……”

“若他们有人来问，就说小狮病得厉害，非灵云大师不能救。”叶裳摆手。

千寒点头，连忙去收拾备车。

半个时辰后，叶裳带着小狮、大白、千寒，又带了几个侍卫，离开了容安王府出了京。

挂月楼上，齐舒无意地回头瞅了一眼，大喊：“喂，你们快看，那是容安王府的马车吧？”

十多人齐齐转头看向窗外。

沈琪奇怪地道："看来是要出城？小狮不是病了吗？叶裳要去哪里？"

"来人，快下楼追上他问问。"齐舒立即喊人。

有人连忙跑下楼，追上容安王府的马车。

前面那辆车并没有因为有人追出来而停下，随行的队伍中有侍卫给回了话。

那人连忙上楼禀报："回公子，据说叶世子的那头狮子病得严重，非灵云寺的灵云大师不能治，叶世子带着狮子匆忙启程去灵云寺了。"

众人恍然。

齐舒叹气："灵云寺距离京城五十里地，说远不远，但也不近，叶裳又是懒人，他这回带着小狮子去，他父母祭日之前估计不回京了。"

沈琪叹气："今日可是我的生辰，真是人不如畜生，他不陪我过生辰，却陪着畜生去看病。"

齐舒大笑："你还真不如畜生。"

沈琪伸手给了他一拳，回头对众人放话："他去他的，我们继续玩我们的，告诉你们，今日不把好酒喝光了，不罢休。"

齐舒点头："好啊，我们豁出去了，舍命陪君子，不醉不归，只怪叶裳他没口福。"

众人继续热闹起来。

灵云寺虽然不是南齐第一大寺庙，但因曾有僧兵上阵保家护国立下大功被封诰的恩赏，又因距离京都近，香火鼎盛，善香信佛者众，尤其是这一代，寺中出了一位灵云大师，精通医术，太医看不了的病，在灵云大师手里就能妙手回春，是以，皇室宗室朝野官员都甚是推崇，使灵云寺成了南齐最负盛名的寺庙。

寺中藏书万卷，僧众非六根清净者不能入其门，择选精湛，寺中虽僧士不多，只百多名，但各个出类拔萃。灵云寺守护极强，无人敢在寺中惹是生非。

皇室宗亲，朝野家眷，官户乡绅，市井百姓，都愿意多走远路，到灵云寺上香。但大多时候，还是贵族往来者多。市井百姓大多时候都避开贵族家眷上香之时偶尔来往。

苏风暖刚一上车便睡着了，且睡得香甜，王夫人心疼外孙女，不想颠簸吵醒她，特意吩咐队伍放慢行程，天黑之前赶到就行了。

走了大约一个时辰，后面有一队车马追了上来。

有人禀报王夫人："夫人，后面是容安王府的马车。"

王夫人一怔，疑惑地问："车上坐的是叶世子？"

那人摇头："还不知。"

刘嬷嬷立即道："快去问问，是小裳吗？"

那人连忙去了。

不多时，那人回话：“回嬷嬷，是叶世子。”

王夫人奇怪地道：“叶世子这是也要去灵云寺？”

“先停车，问问他。”刘嬷嬷笑呵呵地说。

王夫人点头，吩咐人停车。

不多时，容安王府的车马来到近前，前面一辆马车停住，叶裳挑开帘幕，懒洋洋地对王夫人和刘嬷嬷打招呼：“夫人好，嬷嬷好。”

王夫人含笑点头。

刘嬷嬷立即和蔼亲近地问：“小裳，你这是也要去灵云寺？”

叶裳颔首：“小狮病了，非灵云大师不能救。”

“小狮是谁？”刘嬷嬷奇怪地问。

“是我刚驯服的一头狮子。”叶裳道。

刘嬷嬷吓了一跳：“你什么时候驯服了一头狮子？”

“就在前几日。”叶裳回话。

刘嬷嬷点点头，连忙摆手：“病得很严重吗？那你快先走吧！我们不急。”

叶裳抬眼看了一眼天色，道：“灵云寺多年没修葺了，今年因为要大做法事，据说前些日子正在大肆整修，不知道如今修葺完没有。若是没修葺完，寺内怕是不能落宿居住。”

刘嬷嬷一愣。

叶裳看向王夫人：“夫人带的随从众多，可提前给寺中住持打过招呼了？”

王夫人点头：“打过招呼了，不过随从带的是多了些，是我疏忽灵云寺修葺这件事儿了，若是没地方住的话……”她也看了一眼天色，有些犯难。

叶裳建议道：“我听说夫人在灵云镇有农庄，不如今日前去农庄落脚，我因给小狮治病，必须得去灵云寺，待我到那里打探一番，若是修葺好了，能容纳这么多仆从入住，我派人知会夫人如何？”

“这……”王夫人微微犹豫，“这样太麻烦叶世子了。”

叶裳还没说话，刘嬷嬷连忙笑呵呵地道：“不麻烦不麻烦，小裳自小是我看着长大的，夫人跟他就不必客气了。”

王夫人闻言也笑了：“既然这样，我们就先去灵云镇吧，我也好久没去农庄走走了。灵云镇就在灵云寺山脚下，想要上山也方便。”

“正是。”刘嬷嬷笑着点头。

叶裳见二人说定，便不再多言，落下了帘幕。

容安王府的车马越过王府的队伍快速地向灵云寺而去，不多时，便走得没了影。

王夫人吩咐队伍转路前往灵云镇。

刘嬷嬷跟王夫人聊着天："小裳这孩子啊，从小没了父母，他一个人长这么大，没出过大差错。旁人只看他出身尊贵，行事荒唐，却从不看他这些背后的苦。他其实是个打着灯笼都难找的极好的孩子。"

王夫人点头："一个孩子能在京城这块吃人的地方长这么大，着实不容易。"

刘嬷嬷颇为欣慰："是啊，真是不容易，这么多年，我就怕他不能好好活着，如今他终于长大了，我也老了。哪天我眼睛一闭，九泉之下去见他父母，也能安心了。"

"嬷嬷还不老，人有百岁之命，寻常人活不到，嬷嬷至今身体硬朗，活到百岁不成问题。"王夫人笑着劝她。

刘嬷嬷笑起来："我也想活到百岁，看小裳娶妻生子。"

"会的。"王夫人笑道，"叶世子可不愁娶妻。"

刘嬷嬷摇头叹气："唉，怎么就不愁娶？这些年，京城的姑娘们都远远地避着他，没人愿意嫁。他若是跟小国舅一样招人喜欢，我也就不愁了。"

王夫人好笑："总会有愿意嫁的人。"

刘嬷嬷揉揉眉心，笑着点头："但愿快一些定下来，了却我这老婆子一块心病。"

二人有一搭没一搭地说着话，一个时辰后，来到了灵云寺山下的灵云镇。

队伍来到农庄，车马停在门口，看守农庄的人已经提前得到了消息等在门口迎接。

王夫人喊醒苏风暖。

苏风暖睡了一觉，人精神了许多，挑开帘幕，看向外面，只见不是山寺，奇怪地问："外婆，不是去灵云寺吗？怎么来了这里？"

"路上遇到叶世子了，他说如今灵云寺正在大肆修葺，咱们带的仆从多，如今怕是没那么多地方可住，就来了农庄。"王夫人道。

苏风暖一时回不过神来："叶世子？"

"就是小裳。"刘嬷嬷在一旁笑呵呵地道，"你睡着，没见着他，他新收服了一头狮子，病了，赶去灵云寺找灵云大师治病去了。"

苏风暖"哦"了一声，点点头，下了车。

王夫人带着一行人进了农庄内。

农庄地方大，有一处大院子，里面屋舍有数十间，后面是一片半山坡的田地，种了瓜果农田。再后面则是一片山林。

这里在灵云镇的外边缘，距离镇上不远不近，既空气清新，又远离喧嚣，极为幽静。

苏风暖呼吸了一口新鲜空气，伸了个懒腰，高兴道："这里离山这么近，可以去后山坡山林打山鸡吃。"

王夫人笑着拍她的头："馋丫头。"

苏风暖吐吐舌头。

因离开了王府，王夫人心疼苏风暖这些日子闭门学规矩的辛苦，便提前对刘嬷嬷说好，出门在外，就不必学规矩了，刘嬷嬷笑着同意，于是，王夫人就给苏风暖自己安排了单独的房间。

安顿好后，苏风暖便找了一把弓箭，跑去了后山。

她到后山，不大会儿工夫便打了两只山鸡，本打算回去时，看见了一只火狐，极为漂亮，便扔了山鸡，舍不得射伤它，于是寻着它追了去。

火狐速度太快，幸好她功夫好，追着火狐跑了十多里地，才靠近了它，寻到了机会，抽出腰间的丝带去缠它。

她刚将火狐缠住，还没过去，斜侧方一支箭射了过来。

箭羽带着丝凌厉的破空之声，若是被射到，火狐不死也会去半条命。

苏风暖追着这小狐狸跑了十多里地，就是舍不得伤它，才一直没用箭，这时候自然容不得别人来伤她到手的宝贝。她情急之下，抽出了腰间的软剑，去挡那支箭。

只听"叮"的一声，那支箭正好射到了软剑的剑柄上。

苏风暖这柄软剑太好，以至于那支箭被弹了回去。但因箭的力道太猛，太过霸道，即便她用了七成功力，还是给震得手臂疼痛，倒退了好几步。

那支箭折回去十多丈远，落在了树木上，力透树干。

苏风暖见小狐狸没被伤着，松了一口气，立即上前，一把抱住它："小东西，总算是抓住你了。"

小狐狸呜呜了两声，在她怀里动弹不得。

"姑娘好功夫！"一个年轻的声音从斜侧方而来，温润好听，悦耳至极。

苏风暖转头，便看到了来人。只见是一个与她三哥差不多年纪的年轻男子，一身素雅的锦衣，身材颀长，腰束玉带，面容如他的声音一般，温润雅致。

他手里拿着一柄上好的弓箭，显然刚刚那一箭是他射的。

苏风暖将他上下打量了一遍，目光最后落在了他手中的弓箭上："公子也是好箭法。"

“箭法虽好，但也不及姑娘。”男子笑着伸手拔下树干上的箭，“这支箭虽然力透树干三分，但姑娘本身功夫怕是有十二分。”

苏风暖扬眉，不置可否，摸着怀中小狐狸的皮毛道：“这只小狐狸我追了十多里，才抓到，自然不想被人射杀它。公子再另找猎物吧。”

男人笑着点头：“既是姑娘所得，这只小狐狸自然是姑娘的，在下岂能夺人所爱。”

苏风暖见他不纠缠，很有礼，很好说话，点点头，抱着小狐狸转身就走。

她走得干脆痛快，那年轻男子愣了一下，开口喊她：“姑娘且留步。”

苏风暖停住脚步，转回身看着他：“公子反悔了？觉得不该让我这么轻易带这只狐狸走？”

男子笑了一下，摇头：“虽是萍水相逢，但在这荒无人迹的山林遇到，也是有缘。在下冒昧敢问姑娘芳名？”

苏风暖眨眨眼睛，目光无意地扫过他腰间的玉佩，笑着道：“寻常男子问女子芳名，都是对女子有非分之想。难道公子第一次见我，就对我有非分之想了？”

男子一怔。

苏风暖笑吟吟地看着他，等着他回话。

男子失笑，摇头：“在下并无非分之想，只是觉得以后兴许会再见到姑娘，以免不知如何称呼，才故有此一问。”

苏风暖眉目转了转，点头：“你说的有几分道理。”话落，她犯难地道，“可是我娘告诉我，不准告诉陌生男子名字哎。”

男子又一怔。

苏风暖无辜地道：“只能无可奉告了，公子海涵。”

男子一时无言。

苏风暖抱着小狐狸继续转身，同时犯愁地想着追这小东西跑了十多里地，如今可怎么回去。

她刚走两步，男子再度开口：“姑娘留步。”

苏风暖停住脚步，无奈地叹气：“你到底想怎样？想要小狐狸就直说，干吗一直留步留步的？”

男子看着她，又无言了片刻，才对她说：“我迷路了，姑娘可认识路？带我一程。”

第七章
赠紫木草

带他一程？

什么意思？

这回轮到苏风暖无言地看着男子了。

男子见她一双水盈盈的眸子透着审视，连忙解释："难道姑娘没发现吗？这片山林，林深茂密，遮蔽天日，草木深深，寻不到路径。在下是真的迷路了，已经在这里转了半日，不能出去，幸好遇到了姑娘。"

苏风暖闻言四下看了一圈，果然如他所言，她的关注力一直在小狐狸和男子身上，没发现。她沉默了片刻，道："我怕是也不能认识路。"

男子看着他："我见姑娘刚刚急着往东走。"

苏风暖道："因为我是从那个方向追着小狐狸来的。"

男子问："敢问姑娘从哪里来？"

苏风暖睫毛动了动，道："从山下的农庄。"

男子松了一口气："姑娘记得来路就好，到了山下的农庄，就能出这片山林了。"

苏风暖不想打击他，但还是道："我说的那处农庄起码在十几里地外，我追着这小东西跑了好几座山头，若是我推断不差的话，估计早出了灵云镇的地界了。"

男子闻言又一时无言。

苏风暖看着他："公子还确定让我带你一程吗？"

男子将弓箭收起，无奈地道："我已经转了半日，却怎么也出不去这片山林。姑娘若是能带我出去，路途远些就远些吧。"

苏风暖这回痛快地点头："好吧，那你跟我走吧。"

男子点点头。

苏风暖抱着小狐狸转身，男子抬步跟在了她身后。

小狐狸在苏风暖的怀里不停地挣扎，不甘心被她抓住，呜呜地叫唤。

苏风暖跟没听到一般，鞋子踩过草丛，一步一步地往前走。

走了一段路后，男子开口："姑娘抓这只小狐狸要做什么？"

"不做什么。"苏风暖道。

男子似乎习惯了她干脆的说话，笑了笑："这只狐狸皮毛火红，通体无一丝杂质，但眼睛却是冰蓝色，像是传说中的蓝火狐。据说这种蓝火狐，虽然看着如火一样，但其实体质冰寒，血液也寒凉，可以作为药用，是治体虚血热之症极好的药。"

苏风暖"哦"了一声，随意地道："我也不太懂，就是看着它漂亮，就抓来玩。"

男子轻笑："敢问姑娘家在何处？听口音不像是京都人。"

苏风暖伸手拍了一下小狐狸的脑袋，它顿时不呜咽了，她道："我确实不算是京都人。"

男子眉目微转："不算？"

苏风暖翻白眼："公子先是问我姓名，如今又问我家住何处，很难让我不多想你对我无非分之想。"

男子立时无言了。

苏风暖嘴角扯了扯，暗暗好笑："公子问了我半天，还没说自己呢？姓甚名谁？家住何处？"

男子轻轻咳嗽一声："我姓许，家住京城。"

苏风暖回头看了他一眼："京城许家可是大家啊，一门出两后，荣华都快盖过皇室了。"

男子面容微凝，摇头："君是君，臣是臣，许家一门出两后也是皇家恩典。"

苏风暖轻笑："公子说得有理。"

男子不再多言。

苏风暖也不再多说，小狐狸还是呜呜叫着，不停地抗议，见她不理会，张嘴就咬她的手。

苏风暖被咬得一疼，伸手掰住它的牙："小东西，若不是我，你刚刚就毙命在箭下了。不知感恩不说，竟然还想咬我。我问你，跟着我，吃香的喝辣的，每日我都给你抓山鸡吃，若是不想跟着我，我现在就掐死你，选哪个？"

小狐狸顿时呜呜地仰着头看着苏风暖。

苏风暖瞅着它，松开手。

小狐狸眼睛水汪汪地看了她片刻，妥协下来，不再叫唤挣扎了，用头蹭了蹭她的手，舌头伸出来，舔了舔被它刚刚咬出的牙印。

苏风暖满意："所谓识时务者为俊杰，我以后就叫你小狐了。"

小狐"嗯嗯"了两声。

男子已经踱步跟上前来，与苏风暖并排走着，看着她驯服小狐狸，笑着说："蓝火狐据说比白狐还要通灵性，市井奇闻怪谈里都说灵物认主的故事，看来市井故事所言也不全然是假的。"

苏风暖偏头看他："你也喜欢看市井故事？"

男子点头："闲暇时会翻上几本。"

苏风暖笑笑看着他："你出身许家，认识许家的小国舅了？"

男子一怔。

苏风暖不再看他，看着前方道："市井有传言，用两句诗评价许家小国舅。诗云：出身好比黄金塔，满城女儿慕荣华。"

男子咳嗽了一声："市井竟有这等传言，我便不知了。"

"看来你读的市井书还是少的。"苏风暖笑道。

"敢问姑娘读的是哪本市井书？"男子问。

"《红颜传》。"苏风暖道。

男子一怔："那不是写女子的书吗？"

苏风暖摇头："谁说红颜单指女子的？男子就不能用了吗？那本书写的是天下有姿色有名气有本事有家世的男子、女子的生平记事。连苏大将军都榜上有名呢。"

男子失笑："竟是这样，我以为是写女子的，看来在下真是孤陋寡闻了。"话落，他笑道，"既然是对小国舅这样评价，那容安王府的叶世子和苏大将军呢？"

苏风暖睫毛动了动，笑着说："容安王府的叶世子啊，公子认识吗？"

"略识，不甚相熟。"男子道。

苏风暖颔首："写他的诗句是，枉读诗书负才华，锦绣堆里做风流。"

男子失笑："不尽贴切。"

苏风暖又看了他一眼："怎么个不尽贴切？"

男子不答，又问："苏大将军呢？"

苏风暖见他不答，也不追问，说道："评价苏大将军的诗句是，玉堂金马空搁浅，壮志未酬山河瑟。"

男子品味了一番，叹了口气："这倒吻合。"

苏风暖笑着说："里面还有京城三美的诗句呢？你要不要听？"

“你是说孙晴雪、沈芝兰、许灵依？”男子问。

“嗯，就是她们，号称京城三美。”苏风暖眨眨眼睛。

男子笑着说：“反正路途还远，与姑娘闲聊也颇有趣味，听听也无妨。”

苏风暖道：“孙晴雪是丞相府小姐，沈芝兰是景阳侯府小姐，许灵依是国丈府小姐，都是高门贵府，出身贵气。据说三人又各有才华，一个善琴，一个善画，一个善棋，且闻名遐迩。”

男子点头。

苏风暖道：“我说诗句，你来猜猜，看看能否对号入座。”

男子微笑：“好。”

“云起风音知雅意，玉指拈来凤凰飞。”苏风暖道。

男子不想便道：“孙晴雪。”

苏风暖又道：“玉墨泼淋青竹雨，灵芝洒露玉兰香。”

男子道：“沈芝兰。”

苏风暖又道：“袖手挽帘雪打梅，香炉不点不成局。”

男子笑道：“许灵依。”

苏风暖转头看他，笑着说：“公子都猜对了，我是该夸你聪明呢，还是该猜你定然对京中女儿香甚是熟悉，才能应对自如，了如指掌？”

男子猛地咳嗽起来，脸色微红。

苏风暖暗笑，脸这么红，传言十有八九是属实的。

男子止了咳嗽，看着苏风暖问：“那苏府小姐呢？可有诗句评价？”

苏风暖一怔。

男子温声道：“既然市井书名叫《红颜传》，据闻苏府小姐容色倾城，也该有她的记录。”

苏风暖镇定地摇头：“没有。”

“没有？”男子挑眉，“不该没有吧？”

苏风暖肯定地摇头：“真没有，公子若是不信，以后寻着机会，可以去翻翻《红颜传》，一般的黑市书局里都能找到这本书。”

男子疑惑：“为何没有对苏府小姐的评价？”

苏风暖也做出不解的样子：“也许是苏府小姐不出名吧？乡野长大的丫头，即便有几分容色，也不足为人道也。名门闺秀多的是没摘录在书中，苏府小姐和她们比起来，是哪根葱啊。”

男子无言片刻，道：“苏府小姐不算是不出名，苏大将军功勋卓著，威名赫赫，苏府小姐也因此被天下关注。她可不是姑娘口中的哪根葱，也算是名门闺秀。”

苏风暖不屑：“她算哪门子名门闺秀？舞刀弄剑、下河摸鱼的野丫头罢了。京中最近传言可是传遍了，太后面前失礼，教养不足，这样的名门闺秀，岂不是贻笑大方吗？”

男子偏头看她：“姑娘认识苏府小姐？”

苏风暖点头：“自然认识。”

男子看着她，细细打量：“近来听说苏府小姐由刘嬷嬷教导学闺仪，姑娘可知晓？”

苏风暖看着她：“公子刻意打听苏府小姐在市井《红颜传》的评价，如今又对我询问她的事儿，你是对她有非分之想了？”

男子又咳嗽起来。

苏风暖瞅着他：“你是有咳喘之症？”

男子摇头：“没有。”

苏风暖奇怪：“那你为何总是咳嗽？”

男子又无言了片刻，叹道：“姑娘话语惊人，在下实在是感叹钦佩。你为何总认为在下对人有非分之想？在下看起来很像好色之徒吗？”

苏风暖喷笑，笑罢，一本正经地道：“我娘告诉我，除了我父亲、哥哥之外的陌生男子接近寻我搭讪的话，不是有非分之想就是意图不轨。”

男子揉揉眉心，实在无奈地道：“在下只是与姑娘闲聊而已，这样吧，在下不说话了，姑娘好生带路吧，天快要黑了。”

苏风暖点点头。

二人再不说话，山林静静，只听到脚步摩擦地面草丛的声音，一个时辰后，天渐渐地黑了。

苏风暖停住脚步，不再往前走。

男子询问：“怎么了？”

苏风暖看着他：“我饿了。”

男子无奈：“这里是山野之地，哪里有饭菜，我们快些走出去就……”

他话音未落，苏风暖袖中的丝带已经飘了出去，转眼便缠住了一只山鸡。

怀中的小狐狸顿时兴奋地发出呜呜声。

苏风暖手一抖，将丝带拽回，山鸡也跟着拽到了她手里，小狐狸立即张开嘴。

苏风暖一巴掌打在它小脑袋上，然后松手，将它放开了，居高临下地看着它道：“这只山鸡是我的。”

小狐狸顿时用控诉的眼神看着她，意思是你说话不算数。

苏风暖看着它的小模样，妥协一步："这样吧，等我烤熟了，分你一半。以后跟着我，不准吃生的，要吃熟的。"

小狐狸高兴地跳了两下，表示同意。

男子看着她："姑娘要烤山鸡吃？"

"对啊！"苏风暖看着他，"一只山鸡我和小狐吃正好，公子若是也饿了，就劳烦自己另外去打吧，我就在这里烤，我烤山鸡的手艺还不错，公子打回来，我可以帮公子烤。"

"好。"男子拿着弓箭向前走去，走了两步，回过头来道，"姑娘确定就在这里烤？不会趁在下离开时独自离开吧？在下回来找不到姑娘的话，当真出不去山林了。"

苏风暖摆手："你放心，我做人还是很仗义的，喜好助人为乐，不吃饱了不走。不过你也不要走远，免得你找不回来。"

男子点头。

苏风暖见男子走了，用脚踢踢小狐："去树根下用你爪子刨个大坑，见水出来，溢满大坑，就不用刨了。"

小狐顿时不满地看着她，抬了抬自己的爪子，放在嘴上蹭了蹭，摇摇头。

苏风暖好笑："你的爪子尊贵，但姑奶奶的手艺也尊贵着呢，吃了我烤的山鸡，你这辈子不想吃生鸡。"话落，又用脚踢它，"快去，不干活的话，不准吃。"

小狐泄气，依言去树根底下刨坑了。

苏风暖拿出贴身的匕首，开始宰杀山鸡，她动作极为利落，手法极为灵巧，不多时，便将山鸡杀了，放了血，毛扒光了，看向小狐，见它四只爪子卖力地吭哧吭哧地刨着，极为满意，转头去捡干柴了。

她回来时，小狐已经在树下刨了一个大坑，坑里已经溢满了树下的水。小狐似乎累坏了，气喘吁吁地躺在一旁，四脚朝天，极不雅观。

她放下干柴，将大坑里的水分流出一部分，用水将山鸡洗干净了，转身用干柴生火去烤。

男子拎着一只山鸡一只兔子回来时，便看到了苏风暖白净的手攥着一把叶子，挤出汁，往烤着的山鸡上洒。他走到近前，问："这是什么？"

"我采的药材，用来调味，这样烤出来的山鸡最香。"苏风暖回头瞅了他一眼，"你这么快就打了两只，很本事啊。"

"我只能靠弓箭打猎，姑娘用一条丝带就能打到山鸡，高下立见。"男子笑道，“在下惭愧。不会烤山鸡，劳烦姑娘了。”

“不用客气！兔子分我一半。”苏风暖不客气地说。

男子低笑：“自然。”

苏风暖又道：“你会宰杀扒皮退毛吧？”

男子摇摇头。

苏风暖叹了口气，放下手中的汁液，对他说：“你可真是公子哥，既然什么都不会，还自己跑到这山林里干吗？坐在家里吃香的喝辣的不是更好？”

男子笑笑。

苏风暖拿过他手中的山鸡和兔子，手起刀落，两只白净的小手开始扒皮退毛，杀生丝毫不含糊，极为利落，不出片刻，便收拾好了，放在了干柴上。

男子敬佩地道：“姑娘看起来常做这样的事儿？”

苏风暖点头：“是啊，我一个人常年在外面跑，遇到荒无人烟的地方，便就地取材了。”

“姑娘去过很多地方？”男子闻言问，“独自一人？那你的家人呢？”

“我的家人自然在家里啊。”苏风暖两只手不闲着，一手挤汁液，一手添着干柴。

“你的家人放心你？”男子问罢，自己先笑了，“姑娘武功这么好，我问的话却是多余了。”

苏风暖点点头，想着的确多余，她家里人都怕她在外面欺负了别人，有一日人家找上门。

山鸡烤好，浓郁喷香，似乎将四周的山林都熏香了。

男子忍不住道：“好香。”

苏风暖得意地看了他一眼，伸手扯掉半个山鸡扔给已经馋得快流哈喇子的小狐狸，然后又将剩余的半个分了一半，递给了男子。

男子笑着接过：“多谢姑娘。”

苏风暖着实饿了，摆摆手，大口吃了起来。

她的吃相可谓是狼吞虎咽，而男子的吃相斯文有礼，形成鲜明对比。

小狐狸的蓝眼睛瞅瞅苏风暖，又看看男子，一会儿斯文地啃两口，一会儿又忍不住跟着狼吞虎咽。

山林静静，烤山鸡味飘香，无人说话，只听到咀嚼声，或重或浅。

苏风暖吃饱后，犯了困意。

她四下打量了一眼，目光锁定在一棵大树上，抽出丝带，向上一抛，缠在了大树的枝干上，她顺着丝带缠紧的力道，飞身上了树干。树干粗壮，容纳她纤细的身子还有宽裕，她找了个舒服的姿势，便躺下闭上了眼睛。

男子愣了好一会儿，才开口问："姑娘这是何意？"

苏风暖打了个哈欠，犯困地道："我追着小狐跑了十几里，累了，走不动了，不想走了，天也黑了，就在这里睡一晚，明天白天再找路出去吧。"

男子似乎无语，看着她："你这样睡得着吗？"

苏风暖"嗯"了一声，昏昏欲睡地道："自然睡得着，你自便吧。"

男子闻言不再说话。

小狐吃饱了，跑去它刨出的坑里喝了几口水，然后跑到树下，抱住大树，爪子使劲地挠。

苏风暖听到动静，睁开眼睛，向下看了一眼，问："你也想上来？"

小狐呜呜地点头。

苏风暖放下丝带，缠住小狐，轻而易举地将它拽上了树干。

小狐欢喜地窝进了她的怀里，找了个舒服的姿势，也闭上了眼睛。

男子看着一人一狐，片刻后，失笑地摇摇头，找了一处干净的树干，倚靠着坐下。

他并无困意，看着树上的苏风暖，这么一会儿的工夫，她就睡着了，且睡相安然，显然是惯于这样的睡法。她怀中的小狐闭着眼睛，舒服地躺在她怀里，与她一样的姿势，也是睡得酣然。

一人一狐与一株大树，成了这夜晚最令人安心的风景。

他看了片刻，不由得露出笑意。

天明时分，四周的鸟儿喳喳地叫着出来觅食，好眠了一夜的苏风暖终于醒了。

她睁开眼睛，便见男子身子靠着树干，清晨有阳光从树枝空隙射下，洒在他的脸上，他的容颜如一尊美玉，温和无瑕。

她坐起身，男子听到动静，转头向她看来。

她神清气爽地打招呼："早啊。"

"早。"男子微笑。

苏风暖瞅着他，见他眼底有微微青影，挑眉："你一夜没睡？"

"睡了片刻，不是太习惯。"男子揉揉眉心。

苏风暖嘟囔："果然是公子哥，真是娇气。"话落，又问，"你看起来是个路盲，既然如此，怎么敢自己一个人来山林里打猎？"

男子笑着说："不是我自己，有书童跟着我，不过走散了。我进山林不是为了打猎，是要找一株药材，拿着弓箭是为了防身。"

“什么草药？找到了吗？”苏风暖问。

男子摇头：“紫木草，没找到。”

“紫木草？”苏风暖扬眉，“这是冬季才会因雪水浸泡发芽的植物，但也极其稀少。这个时节你来找紫木草，无异于大海捞针。”

“没办法，急于救人。灵云大师说只需要紫木草的根茎就好。”男子抚额，“果然难找。”

苏风暖看着他：“如今你没找到，岂不是救不了人了？”

男子叹气：“我已经尽力了，找不到紫木草，再想别的办法吧。”

苏风暖寻思了一下，对他道：“你要救的人，病了几日了？”

“三日。”男子道。

“需要紫木草救的人，一般是体内有热毒之人。因紫木草性寒，正好克制热毒。”苏风暖看着他，分析道，“所以，昨日你见到了小狐拔箭就射，是看到了比紫木草更好的东西，才不寻紫木草了。”

男子含笑点头：“姑娘聪颖，显然极其精通医理，蓝火狐性体寒凉，应该比紫木草更难得，更能给人治病。”

“你那一箭的力道可是狠辣，对准的是小狐狸的心口，是要杀死它取心了？”苏风暖道，“因蓝火狐的寒凉是来自一颗类似于冰雪的心，只有取心才能入药。”

男子承认不讳：“确实如此。”

小狐在苏风暖怀里顿时对男子怒目而视。

苏风暖安抚地拍拍它的脑袋，道：“可惜，小狐是我一早就看中的，自然不能给你。”话落，她问，“这么说，让你救的人一定对你很重要了？不惜让你亲自来寻。”

男子摇摇头，片刻后，又无奈地点点头。

苏风暖抱着小狐跳下树，看着他的样子，对他慷慨地道：“这样吧，不能给你小狐狸，但我手里正好有紫木草，待出了山林，送给你一株吧。”

男子微怔：“姑娘手里当真有紫木草？”

“当真。”苏风暖抱着小狐狸往前走。

男子连忙抬步跟上，对她拱手：“紫木草珍贵，姑娘不能白送于我，在下如何答谢姑娘？”

苏风暖笑了笑：“公子是否习惯了以利换利？不相信天底下有白送不图回报这一回事儿了？”

男子脚步微顿。

苏风暖无所谓地道："紫木草虽然珍贵，但我手里也不止一株，送你一株也不心疼。以前，我一个人行走江湖漂泊在外时，大多时候都是承蒙江湖的朋友相助，若都以利换利，未免苛薄了交情。江湖儿女，不拘小节。如今你我既然在山林遇到，山野也算是江湖之地。公子就记个情分好了。以后再见，若我有得罪公子的地方，公子念在我将你带出山林，又赠送一株紫木草的分儿上，网开一面。"

男子闻言失笑："姑娘言重了。既然如此，在下就不与姑娘客气了，多谢。"

苏风暖不再多言，抱着小狐狸继续向前走。因一夜好眠，今日她极为精神，脚步也快了。

大约走了两个时辰，树木渐稀，大片的阳光射进来。

男子喜道："前面就是出口了。"

苏风暖笑着点头。

二人走了出去，只见是一处半山坡，坡下一眼便能看到灵云镇。

男子道："前面是灵云镇，姑娘所说的农庄是哪里？"

苏风暖眸光微动，对男子道："我所住的农庄还远着呢，这是误打误撞走出了山林。公子给我一个地址，等我回去取了紫木草，给你送去。"

男子看着她："在下不方便与姑娘一起去取紫木草吗？"

苏风暖好笑："若是让我娘看见你，指不定会生出什么事端，你可别忘了，我一夜未归。"

男子顿时咳嗽起来。

苏风暖看着他，等着他说地址。

男子道："我近日就在灵云寺，姑娘若是送紫木草，就送到灵云寺吧，就说找……"

"找一位姓许的公子嘛，我知道了。行，你等着吧，最晚今日午时前送到你手里。"苏风暖话落，干脆地转身，抱着小狐又折回了山林。

男子还要说什么，苏风暖身影已经没入了山林。

第八章
性子养歪

苏风暖虽然进入了山林，但并没有离开，而是躲在了一棵茂密的大树上，看着外面。

大树很大，枝叶浓茂，她待在树上，树荫有细微空隙，她看外面很清楚，外面根本看不到她的藏身之处。

只见男子在林外站了片刻，才慢慢转身，抬步向山下走去。

他走到半山腰时，有一个书童模样的人背着筐篓，惊喜地走向他。

因距离得远，苏风暖听不到二人说话，只能看到书童十分欢喜地围着男子转了又转，像是在检查他身上缺一块少一块没，最后在男子无奈的表情下，书童才作罢，欢喜地跟男子离开了。

二人离去的方向正是灵云寺。

待二人走得没了踪影，苏风暖跳下了树，出了山林，向灵云镇而去。

来到灵云镇一间不起眼的小药房，苏风暖喊过小伙计，对他嘱咐了一番，小伙计连连点头，她出了小药房，出了灵云镇，折返回农庄。

当她抱着小狐狸出现在农庄时，农庄的管家可乐坏了："小姐您总算回来了，您若是再不回来，夫人就要发动所有人出去找您了。您去了哪里？"

苏风暖想着外婆果然是老人家，若是她娘，她走几个月虽然想她，但也不见得发动人找她。

她指指怀中抱着的小东西："抓它去了。"

管家这才发现她怀里抱了一只狐狸，愣了愣，连忙跑回去禀告王夫人。

王夫人听闻苏风暖回来，急急地跑了出来，上上下下仔仔细细地将她打量了一遍，松了一口气，嗔怪道："你这孩子，也没跟我说一声就出了农庄，昨日一夜没回来，可担心死我了。"

苏风暖不好意思地说："昨天我就是想去山林打两只山鸡，想着去一小会儿就会回来，就没跟外婆说，没想到碰见了这只小狐狸，为了抓它废了好大的劲儿，抓了一夜，才给它抓住。”

小狐配合地呜呜叫了两声。

王夫人闻言看向她怀里，点头：“真是一只漂亮的小狐狸。”话落，又道，“饿了吧？”不待苏风暖回答，连忙吩咐人，“快去弄些饭菜。”

苏风暖补充：“炖一只鸡。”

王夫人一怔：“大早上吃鸡？”

苏风暖指指怀里的小狐狸：“它吃。”

王夫人顿时笑了：“好好好，炖一只鸡，快去。”

有人立即应声去了。

苏风暖跟着王夫人进了屋。

刘嬷嬷正在炕上坐着，见苏风暖回来，笑呵呵地说：“小丫头憋了这么久，这回可散心了？”

苏风暖将小狐举到她面前，笑嘻嘻地问：“嬷嬷，你看，这只小狐狸漂亮吗？”

“哎哟，还是蓝眼睛的狐狸，漂亮漂亮。”刘嬷嬷笑呵呵地点头，“这样的蓝火狐少有。”

“是蓝眼睛吗？我倒没注意。”王夫人看过来，惊讶道，“还真是蓝色的眼睛，嬷嬷的眼神真好使。”

“抓它很费功夫吧？”刘嬷嬷道，“这样的蓝火狐性体通灵，可懂人言，是传说中的灵物。”

“嗯，追着它跑了一夜，绕着山林跑了几十圈，累死我了。”苏风暖编着瞎话。

刘嬷嬷笑呵呵地看着她：“怪不得衣服上沾着树叶，快去洗洗吃饭吧。”

苏风暖放下小狐，转身去了自己的房间。

吃过饭后，苏风暖问王夫人：“外婆，今儿做什么？”

王夫人道：“叶世子还没派人来传话，我们就在农庄里等等。正巧农庄有些事情，你要是没事儿，就跟着我理理账本。”

苏风暖一听要看账本，连忙摇头：“外婆，我可看不来。”

王夫人伸手敲她：“将来你若是出门子嫁人，要掌家管家，不会看账本怎么行？你娘也真是，这么多年，就由着你。不会针织女红也就算了，府里总会养几个绣娘做绣活，但不会管账可不行。今儿你就跟我学管账看账。”

苏风暖靠近她，挽着她胳膊撒娇：“外婆，明明是你说我学规矩累坏了，到这里可以好好玩耍。怎么变卦跟外公一样了？”

王夫人又气又笑：“农庄里才多点儿账本？一天就能处理了。昨日你外面跑了一夜，我还没由着你？要是不由着你，你能出去抓小狐狸？”

苏风暖嘟嘴：“正因为我跑了一夜，累了啊。”

“既然累了，就去睡，若是不睡，就在我旁边，我看账本，你陪着，给你搬个软榻，顺便歇着。总行了吧？”王夫人道。

苏风暖好好地睡了一夜，哪里还有觉睡？见王夫人一心要教她看账本，今儿躲过去，明儿也饶不了她，只能苦下脸点了点头。

王夫人一边梳理账本，一边教苏风暖看账本，小狐狸在一旁呼呼大睡。

苏风暖嫉妒地看着小狐狸，好想揪着尾巴将它扔出去，但碍于它是稀有品种，生生忍住了。

看了一个时辰账本后，苏风暖头一歪，身子“咣当”往小狐狸身边一躺，也睡了。

王夫人无奈地摇摇头。

大睡了一觉，苏风暖醒来神清气爽，想着还是床舒服。她回京这些日子身子也娇贵起来了。

屋中就她一个人，外婆不知什么时候不在屋中看账本了，身边本来呼呼大睡的小狐也不在了。她坐在床头凝神细听了一会儿，听到外院有动静，似乎很热闹，便抬步走了出去。

来到外院，便看到一群人围着中间耍闹的一人一狐看热闹。

那人不是别人，正是被她使诈甩在后面进京的三哥苏青，他手里拿了一只秃了毛的山鸡，小狐追着他上蹿下跳地抢山鸡，玩得不亦乐乎。

苏风暖翻了个白眼，两手抱着胳膊看着苏青，嗓音清脆地喊：“三哥，你是不是给我送雪莲来了？”

苏青动作一顿。

小狐狸趁机抢走了他手里的山鸡，朝苏风暖跑来，两只前脚抬起，后脚着地，捧着山鸡得意扬扬地递给她，样子很像邀功。

苏风暖拍拍它的头，对它说：“把它拿去给厨娘，让她给你炖了当午饭。”

小狐狸顿时欢喜地叼了山鸡向厨房跑去。

苏青这时走过来，胳膊搭在苏风暖的肩膀上，笑嘻嘻地看着她：“好妹妹，打个商量。”

苏风暖看着他：“你是想赖皮，不想给我了？”

苏青瞪眼：“臭丫头，要不是你使诈，我怎么会输给你？”

苏风暖半点儿不觉得使诈有错，理直气壮地说：“兵不厌诈。”

苏青哼了一声：“好，我将雪莲给你，不过，你得将小狐借给我玩几天。”

“不行。”苏风暖果断拒绝。

苏青用胳膊砸她的肩：“我不要它，知道你也不给，借玩几天也不行？”

“不行。”苏风暖打掉他的胳膊。

苏青顿时“哎哟”一声，抱着胳膊，气恼地说：“为什么不行？”

苏风暖看了他一眼：“怕它被你养几日养得性子歪了。”

苏青顿时气得冒烟，臭丫头，从小到大，到底是谁被养得性子歪了？

因苏青来了农庄，王夫人十分高兴，吩咐厨房给他做了许多他爱吃的菜。

苏风暖见苏青吃得欢腾，忍不住撇嘴，问他：“回京这些天，你干吗去了？”

苏青哼了一声：“被几个兄弟拉着喝酒了。”

苏风暖不满，她在王府里被拘着学规矩，他倒是能四处胡玩：“你在京城还有三两相好？”

苏青大翻白眼：“臭丫头，你不说话没人将你当哑巴。什么叫相好？你懂吗？”

苏风暖眨眨眼睛：“我不懂。”话落，转头对王夫人道，“外婆，三哥多年没回京城，如今刚回来就被人拉着喝酒，什么挂月楼啊，红袖招啊，绣春坊啊，那些地方乱花迷人眼，数不胜数。富贵子弟们明面上又大多自诩风流，可是背后一个个的心眼儿弯弯绕多着呢，三哥这么个直性子的人，可别被人给带歪了。”

王夫人立即点头，看向苏青：“对啊，青儿，你可不能跟着人胡来。”

苏青差点儿噎住，一张脸憋得发红，狠狠地瞪了苏风暖一眼，对王夫人道：“外婆，您别听臭丫头胡说，就是几个小时候玩得挺好的兄弟找我喝了几顿酒而已，正儿八经的酒楼，不是那种地方。”

苏风暖不信地道：“不是吧？我在外公府里住了十多天了，你回京后，连外公府都没去，怎么可能是只喝几顿酒？”

苏青一噎，想说还不是因为不想见你才没去。

苏风暖又对王夫人道：“外婆，我觉得，不只女儿家要学规矩，这男儿家也该学学如何支撑门庭，虽然我家有长兄，但将来二哥和三哥也要能立得起来才是。我觉得，他也老大不小了，不能整日被人拉扯着在京中胡闹，我爹一时半会儿回不来京城，没空管他，我娘毕竟是内宅妇人，所谓慈母多败儿，总是由着他宠着他胡闹，不如让外公将三哥带在身边，好好教导一番。”

苏青顿时对苏风暖怒目而视：“臭丫头，到底娘整日里宠着谁惯着谁胡闹了？我哪里得罪你了，你这么害我？”

苏风暖不跟他说，挽住王夫人手臂：“外婆，您看他，一点儿当哥哥的样子都没有。我这是为他好，他却不领情，说我害他。以前可不这样，如今可不是被人带歪了吗？”

苏青一噎。

王夫人看看苏青，又看看苏风暖，笑着拍拍苏风暖的手，对苏青道：“暖儿说得对，青儿你也老大不小了，等你爹安顿好边境诸事回京，你大哥、二哥，还有你的婚事，就要接连定下。暖儿得罪太后是迫不得已，她的风波还没消停，你的名声可别再在京中传出什么不好来。否则人人都会说苏府儿子无法嫁，女儿不能娶了。”

苏青不满：“她得罪太后是迫不得已吗？我看她就是故意的，她若是懒得跟人打架时，一百个人也跟她打不起来。”

王夫人笑着说：“太后性子急，皇上铁了心，她若不那样做，如今可就没这么安稳的日子待着了。”话落，又对他道，“稍后我派人回去跟你外公说一声，看看他手头的事儿忙完了吗，忙完了的话，你就去王府住着，你外公也好随时有空教导你。”

苏青顿时垮下脸：“外婆，我听说外公忙着编修史传呢，才没敢去打扰他。国事要紧，我就……”

苏风暖打断他的话：“三哥，你从小就爱读书，四书五经、《史记》、传记，你最爱读了。外公如今编修史传岂不是正好？我住在王府那些天，眼看着外公见天地瘦，你正好去帮帮他，顺便跟外公学学东西。”

王夫人眼睛一亮：“对啊，青儿，这可是个好机会，我怎么给忘了。你们哥仨，你大哥、二哥都重武轻文，你却自小更喜欢文书多一些，虽然不算是重文轻武，但我听你娘说，你在文书上更有天赋。你外公当初只恨你娘不是男儿，不能承袭他，如今有你，你外公该老怀大慰了。”

苏青嘴角抽了抽：“外婆，这事儿改天再谈好不好？我刚回京，还没熟悉京城呢。”

“有你外公带着你，你很快就熟悉了。”王夫人说着，便坐不住了，饭也不吃了，“我这就派人跟你外公去说，你外公一准同意。”

苏青伸手，想拦王夫人，被苏风暖一巴掌拍了回来。

苏青瞪着苏风暖：“臭丫头，外公那个老顽固教导我，我会被他看死的，你是想害死我吗？我不惦记着打你小狐的主意了，你赶紧去跟外婆说。”

苏风暖摊摊手：“三哥，晚了，如今外婆已经打定主意觉得你跟外公学再好不过了，说也没用。”

苏青恼怒，伸手就要掐她。

苏风暖躲开，他又掐来，二人隔着桌子，你来我往，过了十多招后，苏青泄气。

苏风暖见他垮下一张脸，好笑片刻，对他压低声音道：“三哥，皇上那日对娘说，爹这次官复原职，他说什么也不会再放他走了。待爹安顿好边境，回京后，他要仰仗爹。你明白这话的意思吗？”

苏青一愣：“皇上这样说了？”

苏风暖点头，平静地看着他：“也就是说，皇上已经受够了太后和外戚，铁了心要压制了，或许比压制更严重。我们将军府就怕是会成为那柄天子剑。爹多年不在朝中，朝中与爹有深厚交情的旧臣已经所剩无几。大哥、二哥如今又在边关，我是一个女儿家，掺和不进去朝堂里面的事儿。所以……”

苏青睁大眼睛：“你的意思是让我掺和进去？”

苏风暖点头：“就靠你了。”

苏青一时无语，好半晌才说：“没你说得这么严重吧？如今不是一派祥和吗？”

苏风暖摇头：“这只是表面，或者说爹不回京之前，这根弦绷着呢，一旦爹回京，可就不会这样了。皇上已近中年，太子孱弱，太后手腕依旧强硬，皇后不得皇上的心，许家又势大……”

苏青叹了口气，憋闷道：“臭丫头，原来打的是这个主意，怪不得撺掇外婆，真能算计。”话落，他咬牙道，“让我借着外公的门槛掺和进去也行，不过，你的雪莲拿来做抵消。”

苏风暖笑着点头：“成交！”

王夫人将人派回了京城不过半日，便传回消息，王禄吩咐苏青立即回京去王府。

苏青倒是没什么不满，只是临走时狠狠地敲了敲苏风暖的脑袋。

苏风暖这回乖觉地没还手，也没躲避，悄声对他说：“三哥，你别看外公是个老顽固，但他也是只老狐狸。能在京中安安稳稳地屹立多年，可不是吹的。你好好跟他学。”

苏青翻了个白眼：“这还用你说？外公眼皮子底下看着我，我能不好好学吗？”

苏风暖想想也是，他这个三哥虽然爱跟她打架，但心眼儿可不缺。

苏青离开后，容安王府的一名小厮来了农庄。

王夫人见了小厮，笑着对他询问："可是叶世子派你来传话，他的小狮病好了吗？"

小厮点头："小狮好些了，灵云寺还差些地方没修葺完，世子说如今夫人要带着人去也有地方住，只是不甚清静，有些吵闹。如今寺中除了僧众外，外客只有小国舅和国丈府的小姐，以及世子。世子说夫人是在农庄多住几日，临近法事开时再去，还是现在就去，可酌情定夺。"

王夫人听罢后讶异："小国舅和国丈府的小姐如今也在灵云寺？"

小厮点头："许小姐旧疾复发，小国舅带着许小姐求灵云大师诊治。"

王夫人纳闷："以前不曾听说许家小姐有旧疾啊？最近一两年，为何总是听说有旧疾发作？"

小厮摇头："小人也不知。"

王夫人转头看向刘嬷嬷："嬷嬷，你说我们是现在去灵云寺，还是再住些日子临近再去？"

刘嬷嬷笑呵呵地道："既然寺中如今吵闹，我们就在农庄多住几日吧，这农庄清静，我也很是喜欢，舍不得走呢。"

王夫人笑着点头，对小厮道："你给你家世子回话，就说我们过几日再去。"

小厮颔首。

王夫人对一旁的侍女说："如今农庄的瓜果正熟，你去摘一些，让他给叶世子带去。"

侍女连忙应是，转身去了。

刘嬷嬷笑言："小裳的嘴虽然刁得很，但是每年王府送去的瓜果，他都给吃了，一个不扔。"

王夫人笑着说："这片山林种出的瓜果香甜，别的地方种出的瓜果的确不如。"

刘嬷嬷笑着点头。

转日，王夫人又揪住苏风暖学账本。

苏风暖看了一个时辰后，准时地又犯困睡了。

第三日，苏风暖早早起来，跟婢女留了个话，便偷偷地溜出了农庄。她可不想再被王夫人揪住学看账了，太枯燥乏味。

她前脚刚跳出围墙，后脚小狐狸就跟了出来。

苏风暖回头看了一眼，笑着踢了它一脚："小跟屁虫。"

小狐不满地对她抗议，控诉她竟然偷跑，不带它玩。

苏风暖向后山的山林看了一眼，对它说："我可不是要去山林打猎。"

小狐哼唧，意思是你去哪里我去哪里。

苏风暖向灵云镇走去，一边走一边对它说："听说灵云镇附近有许多好吃的好玩的地方，我们去转转吧。"

小狐顿时高兴得四只爪子连蹦带跳。

苏风暖瞅着它："可是得先找地方给你买一身衣服遮遮，你太显眼了。"

小狐甩甩尾巴。

一人一狐不多时来到灵云镇，苏风暖先进了一家门面看起来不太大的衣裳铺子。

小伙计见一大早便有客上门，笑着问："姑娘是要做衣服还是要买衣服？"

苏风暖指指小狐狸："做衣服，给它做一身。"

小伙计一怔，嘴角抽了抽："姑娘，我们没给狐狸做过衣服。"

"它的衣服简单，找两块布，缝在一起，给它套住身子就行。"苏风暖深知有钱能使鬼推磨的道理，从怀里拿出一锭银子，"现在就做，我在这里等着，半个时辰差不多吧？"

小伙计连忙收了银子，笑呵呵地点头："能做能做，差不多。"说完，拿着银子后面去了。

苏风暖坐在椅子上等着，看着琳琅满目的柜台，这家店面不大，样式倒齐全。

小狐狸跳到了柜台上，瞅着衣服布料。

不多时，一名绣娘跟着小伙计走了出来，手里拿着量尺。

小狐狸用爪子扯了一块布料，呜呜地对苏风暖叫。

苏风暖翻白眼："太花了，难看。"

小狐狸摇头，揪着布料不放。

苏风暖无奈，对小伙计说："它揪着的布料能做吗？"

"能做能做，姑娘给的银子够了。"小伙计连忙道。

苏风暖收回视线："那就做吧。"

小狐狸顿时高兴地跑到绣娘跟前，直着身子让她量。

绣娘量完了尺寸，去后面了。

小伙计给苏风暖沏了一壶茶，小声问："姑娘，您这只小狐狸能听得懂人语？"

"嗯。"苏风暖点头。

"可真有意思，这样的小狐狸可少见呢。"小伙计笑着说，"不过京城容安王府叶世子养了一只大白猫，据说也能听得懂人语，他还驯服了一头狮子，可凶猛了。”

苏风暖笑着点头。

清早店里没什么客人，只苏风暖一个人，小伙计打开了话匣子，便跟她说起了叶裳的事迹。

苏风暖有滋有味地听着。

半个时辰后，绣娘做好了小狐狸的衣服出来时，小伙计正说道：“虽然说这叶世子荒唐无稽，名声不好，京城里的姑娘们见了他都绕道走，但不包括许小姐，听国丈府的人私下说，许小姐喜欢叶世子呢。”

苏风暖挑眉：“许灵依？”

“嗯，就是她。”小伙计压低声音，“据说许小姐这两年得了隐疾，国丈府的人一直瞒着，其实不是什么隐疾，是相思病。”

苏风暖顿时笑了：“那叶世子呢？可喜欢许小姐？”

小伙计摇头：“这倒没听说，叶世子素来荒唐，都在说没人愿意嫁给他。”

苏风暖不置可否。

小伙计打住话匣子，拿过绣娘做好的衣服：“姑娘看如何？”

苏风暖看着繁复的花色，又看看小狐狸满意的样子，摆手：“给它穿上吧。”

小伙计将衣服套在了小狐狸的身子。

小狐狸顿时变成了花大姐，只露出头和尾巴，倒是遮住了一身贵族狐狸皮毛的光泽，染了点儿乡巴佬的颜色，不识货的人看着它只会觉得好玩，不会觉得漂亮了。

苏风暖虽然不满意这花衣服扎她眼睛，但小狐狸喜欢得不得了，穿着花衣服在地上又舞又跳，像个打杂耍的，她也忍不住好笑，站起身：“走了。”

小伙计连忙送客：“姑娘下次若是有需要，再来小店。”

苏风暖点头，花了十两银子，做了一件衣服，免费喝了一壶茶，外加赠送评书，不错。

第九章
东湖画舫

清早的灵云镇街上没什么人，但也不十分冷清，毕竟快到乞巧节了，街上摆了许多装饰。

苏风暖出来的时候没吃早饭，从衣裳店出来后，带着小狐狸进了一家早点铺子。

这家早点铺子里人不少，但还好有多余座位。苏风暖坐下后，小狐狸跳到了椅子上，坐在了她身边。

苏风暖对它说："这里可没有烧鸡炖鸡给你吃，肉包子吃不吃？"

小狐狸犯难地东瞅瞅，西看看，无奈地点了点头。

苏风暖要了两蒸屉肉包子，一碗粥。

小狐狸抱着肉包子啃，开始苦着狐狸脸，后来吃出了滋味，抱着肉包子在凳子上边吃边跳舞，不亦乐乎。

本来它身上的花衣服没多少人注意，如今这样一闹，顿时惹人注意了。

不少人看着有意思，对苏风暖问："姑娘，这是你养的……小狗？"

苏风暖看着小狐狸还真像小花狗，含糊地应了一声。

"不像啊，我怎么看着像狐狸？"有人说。

"狐狸吃鸡，狗才吃肉包子。"有人道。

那人恍然："对啊，不过这小狗还真像小狐狸。"

"这你就没见识了吧？应该是狐狸和狗的杂交。"有人自诩懂得多。

这一句话比较服人，顿时没了争议。

苏风暖嘴角抽了又抽，喝粥险些被呛住，没言声，却用眼睛瞪小狐狸，示意它安分点儿。

小狐狸是个识时务的，顿时安生下来。

吃完了早点，付了账，苏风暖带着小狐狸出了早点铺，寻着目标奔灵云镇比较有名的东湖而去。

东湖是灵云镇的三景之一，灵云镇一景自然是灵云寺，香火旺盛之地；二景就是东湖了，据说风光优美，尤其是夏季，画舫林立，暖香扑鼻，温柔蚀骨；三景是花灯节，每年的乞巧节和上元节，花灯铺满了一整条街，热闹非凡。

苏风暖不急着逛那两景，反正过几日要去灵云寺，过几日又是乞巧节，到时候有的玩。

东湖在灵云镇的东郊。

苏风暖还没走出城，一个小伙计从巷子里跑出来，小声喊："小姐。"

苏风暖转头看去，见是药店的小伙计，她笑着问："怎么是你？何事？"

小伙计伸手将她拉进了巷子，看四下无人，压低声音说："前两日，您不是让我去往灵云寺送药吗？我下山后不久，便有人拿着画像满灵云镇的查我。"

"哦？"苏风暖挑眉，"什么人查你？"

小伙计摇头："像是京城里来的人，但不知道是什么人，小的当时幸好听了您的吩咐，易了容，没被人查出来。"

"京城里来的人……"苏风暖笑了笑，"这么说拿的是你易容后的画像了？"

小伙计点头："正是。"

"看来这紫木草还真惹祸。"苏风暖看着他，"你去灵云寺送药，都见了谁？"

"见了灵云寺看守山门的一个小僧，那小僧说，如今灵云寺姓许的公子只住了小国舅一人。我托他带进去便下山了。"小伙计道。

苏风暖点头："既然只见了一个小僧，应该是听他描绘画的画像，你既然易了容，便不怕什么。这些日子小心些，尽量少露面，有什么事情，让别人出来行走。不怕一万，就怕万一，毕竟京城里聪明的人多。"

小伙计颔首。

苏风暖倒是没多在意，辞别了小伙计，又溜溜达达地出了城。

来到东湖，大约因天色还早，东湖虽然湖光山色一片晴好，但缺少热闹，没多少人。画舫虽然开着，但稀疏无客人。

苏风暖虽然喜好热闹，但是喜好的是那种闹市，若是出来观景，自然是人越少越好。

东湖人少，正符合她的要求。

她沿着东湖转了转，相中了一艘半是画舫半是渔船的船只，付了船钱，带着小狐狸上了船。

船家问："姑娘是打鱼还是观景？"

“一边观景，一边打鱼。打了鱼后就在你这里下厨。”苏风暖悠闲地说，“你会做饭吧？”

“好嘞，一看姑娘就是会玩的人，小老儿别的不会，就会炖鱼。”船家是一个五十多岁的老头，十分有力气，很快就将船划出了岸边。

因这会儿时间还早，太阳的热劲儿还没上来，苏风暖便立在船头，欣赏湖光山色。

小狐狸对风景没大兴趣，但对船有兴趣，上蹿下跳，这里跳跳，那里蹦蹦，自玩自的。

船家行了一段路后，对苏风暖说：“姑娘，若是打鱼，这一片水域最是鱼多。”

“好。”苏风暖点头。

船家指了指打鱼的器具，问：“你会打吗？还是小老儿停了船来打呢？”

苏风暖笑着说：“我小时候喜欢吃鱼，三天两头下河摸鱼，打鱼自然难不住我，你瞧好吧。”

船家讶异地看了苏风暖两眼，暗暗想着，真是想不到这么柔柔弱弱花朵儿似的一个小姑娘，一身锦绣绸缎，竟是会下河摸鱼的人。

苏风暖也没用打鱼的器具，随手拿了一根竹竿，悠闲地看着水里，须臾，它看到水面下有鱼游过，鱼竿便立即插入了水里，转眼，便叉了一条鱼上来。

船家惊得叫好：“姑娘好身手，你有功夫？”

苏风暖笑着说：“有叉鱼的功夫。”

“真厉害，小老儿打了半辈子鱼，也叉不到水里游过的鱼，这些鱼精着呢，不下网捞不着。姑娘这样打鱼，我还是第一次见。”船家夸奖道。

苏风暖将鱼放入了桶里：“我这哪里算厉害？我认识一个人，他叉鱼才是厉害，一竿子下去，挑起一串的鱼，最少三条，最多八条。”

船家睁大眼睛：“真有这样的能人？”

“有。”苏风暖点头。

船家感慨：“真是天外有天，人外有人啊。”

苏风暖笑着说：“正是。”便又转身看着湖面，一条鱼自然不够吃的，小狐狸既然能吃肉包子，也能吃鱼吧？多叉几条。

在这片水域转了一圈，苏风暖挑选肥美的大鱼叉上来三条，便放下了鱼竿子。

船家看了一眼天色：“时候还早，小老儿领着姑娘转一圈这片东湖，差不多的时候，再给姑娘炖鱼。”

“好。”苏风暖点头。

这片东湖很大，沿着湖中心穿过，走了大约三分之二的距离时，便看到一艘画舫迎面而来，画舫极大，极其奢华，比她如今所坐的这艘半是渔船半是画舫的船气派多了。

苏风暖抬眼望去，只见画舫的船头站了一男一女。

男子侧着身子，女子给他打着蒲扇，这样不远不近的距离看来，男子锦衣华裳，清俊无双，女子容貌秀美，素手纤纤，轻纱薄裙，风情十足。

远远看来，风景如画。

船家也看到了，感慨："这里距离京城近，有钱人家的公子们都喜好这片红粉香软之地。"话落，他又"咦"了一声，眯着眼睛仔细看，"我眼睛没花吧？那公子好像是容安王府的叶世子。"

苏风暖笑着问："船家识得叶世子？"

船家点头："每年临近王爷和王妃祭日，叶世子都会来灵云镇，叶世子也喜好吃这东湖里的鱼，每年都会来东湖游湖。"

苏风暖笑了笑。

船家欣赏地道："叶世子承袭了容安王和王妃的容貌，青出于蓝，远远看着就令人赏心悦目。陪着叶世子身边的女子好像是这里卿华坊的头牌卿卿。真是人不风流枉少年啊。"

苏风暖收回视线进船舱，对船家说："别打扰了人家，咱们回舱炖鱼吧。"

船家应了一声。

苏风暖刚走两步，只听对面忽然传来"扑通"一声落水声，动静极大，她脚步一顿，循声回头。只见刚刚那艘画舫上只剩下那个女子卿卿，叶裳不见了，对面画舫下水花四溅。

那叫卿卿的女子似乎被吓住了，呆怔好一会儿，才尖叫着大喊："快来人啊，世子落水了！"

她喊了两声，并没有别人出来。

苏风暖蹙眉。

船家立即道："哎呀，不得了了，叶世子落水了，姑娘，你在上面待着，小老儿去救人。"说完便跳到了水里。

苏风暖看着对面的船，只见那女子还在喊，看样子要哭了，偌大画舫好像没别人，没人出来。她眉头拧紧，收回视线，又看向跳入水的船家，他五十多岁了，能拽得动一个正年轻的男子？

须臾，她也跳进了水里。

船家常年在这片湖打鱼，水性极好，虽然人看着老了，但下水后游得却极快。

苏风暖跟在船家身后，如一尾鱼一样，跟着他向对面落水的地方游去。

不多时，船家先游到了那处，见到了叶裳，伸手去拽。

他拽了两下，发现怎么也拽不动，往底下一看，惊了一跳，底下竟然铺了一层渔网，正巧网住了他。这渔网不是寻常的渔网，用手越拽越紧，手也拽不断。

他正慌不择法之时，便见苏风暖从他身后游过来，看了一眼，不知道从哪里抽出了一把匕首，手法极其利落，三两下便斩断了渔网，一把拽了叶裳，冲出了水面。

苏风暖虽然拽了一个人，奈何她功夫好，从水里冲出后，冲起水面三丈高，直接带着人落在了那艘大画舫上。

这时，卿卿还在叫着“救人”。

苏风暖带着叶裳落在画舫上之后，见他双眼紧闭，呼吸不闻，她伸手照着他后背拍了一掌，他吐出了一口水，睁开了眼睛。

苏风暖见他没事，便松了手，收起了匕首。

叶裳乍被松开，身子晃了晃。

卿卿此时惊醒过来，停止了惊叫，连忙伸手扶住叶裳，眼泪顿时流了下来，颤抖地问：“世子，您……怎么落水了？”

叶裳伸手推开她，没说话，目光落在了苏风暖身上。

这时，那船家也爬上了大画舫，见叶裳没事儿，连忙拍拍胸口：“真是吓死小老儿了，幸好姑娘有身手，随身又带着防身利器斩断渔网，叶世子才能被救，没出大事儿。”

叶裳目光慢慢从苏风暖身上移开，看向船家。

船家连忙笑呵呵地说：“小老儿正载着这位姑娘游湖，就是对面那艘船。正巧见到叶世子落水。小老儿下去救，没想到这下面竟然有大片的渔网，小老儿手无寸铁，急得正没办法时，幸好这位姑娘也会水，且会武功，手里有匕首，斩断了渔网，才救了世子您。”

叶裳没言语。

船家说：“这里不知道什么时候被人撒了渔网，小老儿也是今日才知道，幸好世子吉人自有天相。”话落，他又疑惑地道，“今日天气风和日丽，湖面一点儿风丝都没有，世子怎么会落水呢？”

叶裳抿着唇，没说话。

苏风暖闻言心思一动，看着叶裳，将他全身上下打量了一遍，目光落在了他左胸前，那里有一片血红。湿透的衣服破了一个洞，像是被什么穿钉之类的东西穿破了。她蹙了蹙眉。

“哎呀，世子左胸染血了，可是刚刚被渔网的铁丝伤着了？”船家连忙走上前。

卿卿刚刚被叶裳推开，此时又连忙上前，紧张地问：“世子，您伤着哪儿了？”

叶裳偏头瞥了她一眼，她本来要伸出的手立即僵住，眼眶发红，隐隐含泪：“世子，这里没大夫，咱们还是赶紧上岸吧……”

叶裳不答话，却对苏风暖说：“你跟我来。”

苏风暖本来想摇头，但看着他有些发白的脸以及左胸的鲜血，到底忍住了没摇头。

叶裳转身进了船舱，因衣服浸透，滴滴答答落了一片水渍。

苏风暖偏头对船家说：“我略懂些粗浅的医术，进去给他看看。”

船家连连点头。

苏风暖进了船舱，她刚走了两步，便听到身后有人跟着，她回头看了一眼，见是卿卿，没理会，走了进去。

画舫里面布置极其雅致华美，堪比大家府邸的居室。

叶裳已经脱了外衣，坐在了软榻上。

苏风暖进来后，看了他一眼，还没走过去，便听他沉下脸说：“出去。”

苏风暖扬眉。

“不是说你。”叶裳看向她身后。

卿卿身子一颤，不敢再进来，退了出去。

苏风暖抬步走了过去，对他说：“把上衣都脱了，我给你看看。”

叶裳看着她，眸光凝定片刻，道：“两只手臂都麻了，自己脱不了。”

苏风暖转身就走。

叶裳在她身后道：“我被穿骨钉打中，穿骨钉似乎抹了毒，刚刚勉强脱了外衣，如今是真的麻了。你若是走了，我铁定死在这儿了。”

苏风暖停住脚步，恼怒地回身看着他，冷笑：“不是说牡丹花下死，做鬼也风流吗？你如今这便是风流后的下场，死有余辜。”

叶裳看着她，忽然笑了，清俊无双的容颜如玉兰绽开，清光潋滟，他道：“若是想我死，你刚刚就不会下水救我了。”

“救了你，再眼看着你死，岂不是十分符合我的风格？”苏风暖抱着胳膊看着他。

叶裳轻笑："两年不见，我倒不知，什么时候你不行善良事儿，又学会了更有风格的事儿了？"话落，看着她，眉目含笑，苍白的脸色因他眉眼绽开的笑，多了几分色泽，"外面的女人不叫牡丹，她叫卿卿，我是来游湖而已，没做风流事儿。"

苏风暖唇瓣微抿，没说话。

叶裳收了笑意："这穿骨钉的毒似乎很厉害，你若是再耽搁下去，我就真死了。"

苏风暖踱步走了过去，一把扯开他的衣服。

叶裳皱眉："粗鲁。"

苏风暖被气笑："本姑娘从来不会做温柔小姐善解人意之事，叶世子想要保命的话，劳烦忍耐些。"话落，她更用力地扯开他的衣服，一层又一层，锦缎丝薄，她竟然扯了四五层，到终于露出他里面的肌肤时，她气道，"大热的天，你穿这么多做什么？"

叶裳笑吟吟地说："怕外面的姑娘对我见色起意，多穿些。"

苏风暖翻白眼："就你这副德行，还有人对你见色起意？"

"奈何生的模样太好，也是无可奈何之事。"叶裳道。

"还有心情开玩笑，我看你没事儿，不治也罢。"苏风暖恶狠狠地道。

叶裳叹气："我看你手心都出汗了，对我如此紧张，我说些话让你别那么紧张而已。"

苏风暖一噎，对他瞪眼，刚要骂他，见他眉心已经溢出薄汗，不笑的时候，脸色更白了，她哼了一声，查看他被穿骨钉刺中的地方。这一看，只见整个钉子没入了他的肌肤，周围的血已经隐隐发黑，的确是中了剧毒。

不只中了毒，而且还是剧毒。

"怎样？没骗你吧？"叶裳看着她问。

苏风暖抬眼看着他道："你祸害了谁？让人这么恨不得你死？"

叶裳笑着摇头："这两年我极其规矩，想不出有谁值得我祸害。"

苏风暖鄙视地看着他，抽出匕首，对着穿骨钉射中的地方，比画了一下，抿唇道："唯一的办法就是尽快剔骨挖肉，剔除穿骨钉和它所带的剧毒。你受得住吧？"

叶裳费力地抬起一只手，抱住她，轻声说："你别推开我，我就受得住。"

苏风暖的身子纤细娇柔，不盈一握，暖香微微，糯糯入骨。

叶裳刚抱住她，便心神一荡。

苏风暖身子一僵，劈手就打他。

叶裳在她手掌还没落到他身上之前，低低地说："剔骨挖肉应该是比吃人肉还要难受，若是你不让我抱着你，我真会受不住的，不如你干脆让我被毒死算了。"

苏风暖手猛地顿住。

叶裳头靠在她柔弱的肩膀上，轻轻地闭上了眼睛，气息渐虚。

苏风暖看着他，咬了咬牙，低声骂道："赖皮！"

叶裳唇角溢出笑意。

苏风暖握紧匕首，深吸一口气，就着他抱着她的姿势，匕首刺入了他的肌肤，沿着穿骨钉钉入的地方，转着圈地剔着骨肉。

叶裳双眼紧闭，额头有大颗大颗的汗珠子滴落。

苏风暖手心也有汗水顺着握着的刀柄滚落，但她的匕首依旧拿得稳稳的，唇瓣紧紧地抿成一线，秀眉透着沉静、坚毅、决然。

一盏茶后，穿骨钉被剔除，叶裳左胸前被挖了一个洞，血肉模糊一片。

苏风暖扔了匕首，伸手推他。

叶裳一动不动。

苏风暖低头去看，见他不知何时已经晕死了过去，但是手臂却依旧紧紧地搂着她的腰。

苏风暖抿唇，只能对外面喊："来人，打一盆清水来。"

卿卿显然等在外面门口，闻言立即应了一声，从外面连忙打了一盆清水端了进来。

她进来后，便看到叶裳抱着苏风暖，愣了愣，同时也看到了叶裳左胸前被挖了个窟窿，血肉模糊一片，惊呼了一声，险些将手中端着的盆子扔了。

苏风暖看了她一眼，平静地说："端过来。"

卿卿触到苏风暖的眼神，身子微颤，握紧水盆，连忙将水端了过去。

苏风暖被叶裳抱得紧，抱得死，不能动弹，她只能伸手撩了水，给他清洗，清洗完之后，对卿卿说："有酒吗？"

"酒？"卿卿看着她。

"喝的酒。"苏风暖说。

"有，我去拿。"卿卿连忙去了。

不多时，她拿来了一坛酒。

苏风暖示意她打开酒坛往叶裳的伤口上倒。

卿卿白着脸，颤抖着手，按照苏风暖的吩咐，往叶裳的伤口上倒酒。

苏风暖就着酒水又给叶裳清洗了一遍伤口。

叶裳不知是被辛辣的酒给刺激醒了，还是如何，他悠悠醒转，刚睁开眼睛，便看到了站在一旁的卿卿，沉声怒道："出去。"

卿卿身子一颤，看向苏风暖。

"你看她做什么？我让你出去。"叶裳怒道。

苏风暖同时怒道："你让她出去，谁来给我做帮手？你的伤口还没包扎。"

叶裳低头看了一眼，眸光有一瞬间凝然，须臾，他面色微缓，软了语气，低声不满地说："你让一个女人看了我，该如何补偿我？"

苏风暖被气笑，沉着脸看着他："将她嫁给你，以身相许，够了吗？"

叶裳嫌恶地摇头："她就算了吧，拿你抵给我还差不多。"

苏风暖冷笑："叶世子，容我提醒你，你的伤口还没包扎，地上扔的烂肉还能给你贴回去。"

叶裳顿时闭了嘴。

苏风暖又冷声说："胳膊松开。"

叶裳摇头："疼死了，不要。"

苏风暖冷眼瞅着他："别得寸进尺，我的匕首能救你，也能砍断你的胳膊。"

叶裳低声说："手臂僵住了。"

苏风暖抬脚踢了一下地面，匕首瞬间飞到了她手里。

叶裳嘴角动了动，慢慢地撤回了手。

苏风暖被他抱了许久，僵硬的身子终于能够活动了，她从怀里掏出一堆玉瓶，扔在了一旁，从中挑挑选选，择出三个瓶子，依次拧开瓶塞，对叶裳说："躺好，给你上药。"

叶裳瞅着她，慢慢地躺下。

苏风暖将三个瓶子依次排开顺序，挨个倒出药粉，撒在了他的伤口上，之后，对一旁已经看呆了的卿卿说："有干净的布吗？"

卿卿惊醒，摇头，小声试探地问："衣服行吗？"

"行。"苏风暖点头。

卿卿立即将自己的外衣脱了，递给了苏风暖。

苏风暖还没接过，叶裳便嫌恶地说："不用。"

苏风暖冷眼瞅着他："你没的选。"

"那也不用。"叶裳强硬地看着她，"就是不用，你若是给我用这个，还不如杀了我。"

苏风暖又气又怒："这件衣服可是上等的丝绸锦缎，你嫌弃什么？你以为你是容安王府的世子就了不起？还想不想活了？杀你如碾死一只蚂蚁。”

“那你杀好了。”叶裳委屈地看着他，“才两年不见，你就忘了我不喜用别人用过的不干净的东西了？尤其是除了你之外任何女人的东西。”

苏风暖更怒：“既然如此，你身边还带着个女人出来游湖做什么？少装了。”

叶裳看着她：“以我的名声，出来游湖，不带女子，传出去不是很奇怪吗？”

苏风暖抿着嘴角，沉默片刻道：“可是如今你自己的衣服都湿了，我的衣服也湿透了，这里没有干净的布，你不包扎的话，难道就这样晾着伤口？伤口一旦化脓，你这一条胳膊就废了。”

叶裳看着她：“就用你的衣服。”

苏风暖沉下脸：“叶裳，你信不信，我真不管你。”

叶裳瞅着她，脸色有些郁郁：“我知道你有把衣服快速烘干的本事。”

苏风暖瞪着他。

叶裳伸手攥住了她的手，紧紧地握住，眉头蹙紧，虚虚弱弱地道：“剔骨挖肉果然比吃人肉难受多了，你说是不是我以前吃的人肉太多，所以，如今因果报应，也让我自己挖掉自己的肉。”

苏风暖的怒气闻言哽在心口，看着他苍白的脸，失血过多虚弱的样子，放在一般人身上，生生剔骨挖肉，还不疼得如杀猪一般？可是他到如今都未吭一声，只昏过去了片刻而已。

她的怒意退去了大半，绷着脸说：“你松开手，规矩些，我给你包扎，少胡思乱想。上天有好生之德，那些战死沙场的战士的肉能救你一命，他们九泉之下也死得有功。”

叶裳扯动嘴角，露出笑意：“暖暖说得是。”

苏风暖没好气：“还不放开手？”

叶裳慢慢地放开了手。

苏风暖将卿卿的衣服递还给她，见她的脸比叶裳的脸还白，僵着胳膊伸手接过了自己的衣服，一双妙目看着叶裳尽是恐惧。她心下了然，叶裳吃过人肉，任谁听了，都会升起内心的恐惧。

可是别人只是恐惧他而已，没几人会去想，容安王和王妃当年被困战死，方圆十里，全是焦土，尸骨堆积成山的战场上，一个五岁的孩子，找不到吃的，就在死人堆里剜人肉吃，吃了许多天，才能保住性命。若不是父亲找到他，真不知他还能再坚持多少天。

她看着卿卿的眼神冷了几分：“你出去吧。”

卿卿这回没有丝毫犹豫，连忙跑了出去。

叶裳发出了一声轻笑，似嘲似讽。

苏风暖回头恼怒地瞪着他：“你故意说这些吓她做什么？她不过是红粉香楼里谋生计的弱女子。”

叶裳看着她恼怒的脸，轻轻地摇头，低声说：“你也说了，她不过是红粉香楼里谋生计的弱女子，我故意说这个不是为了吓她，是为了让你心疼我而已。她是谁，与我无干。”

第十章
东宫背后

只是为了让她心疼？

苏风暖一噎，的确，他最会的就是以此来拿捏她，无赖至极，偏偏她最是受不住这个。两年八个月，他的无赖真是半点儿没改。

她沉着脸不语，脱掉了自己的外衣，催动功力，转眼便烘干了，转头见他浑身湿透，衣服贴在身上，板着脸抬手，也将他身上的衣服烘干，之后将自己的衣服撕裂成条，动作利索地给他包扎。

不出片刻，便包扎好了。

苏风暖看着他警告："伤口太深，没愈合之前，只适宜静养，不宜走动，每日换三次药，七天后伤口愈合，便可以走动了。半个月后，应该能恢复得差不多。"

说完一句话，她转身向外走去。

叶裳见她走得干脆，低声说："不知道是谁想要我的命，这么多年，今天还是第一回。"

苏风暖脚步一顿。

叶裳又低声说："我不是没有带护卫，带了十二人，外加撑船的六人，偌大的画舫，我被射中穿骨钉落水时，没一个人来救。"

苏风暖转回头，皱眉看着他："我看见你时，你身边可没什么护卫，只有一个美人。"

"不是她动的手，穿骨钉是从水底下突然射上来，我没防备，才被射中落水。护卫们虽然没在船头，但是都在后舱船上的。"叶裳又低声说，"若是我猜得不错，他们如今应该都死在了这画舫上。你去看看。"

苏风暖绷着脸说："我今日管你的事儿已经管得够多了。"

叶裳目光盈盈："你以前也管，如今不差这一件。"

苏风暖哼了一声，转身出了画舫。

叶裳见她离开后，慢慢地闭上了眼睛。

苏风暖出了画舫后，便看到了那船家和小狐狸等在外面，卿卿趴在船沿呕吐。小狐狸见她出来，连忙跑到她身边，呜呜地叫。

苏风暖用脚蹭了蹭它的皮毛，以示安抚，小狐狸顿时安静下来。

船家走上前，担忧地问："姑娘，叶世子怎样了？他……没事儿吧？"

苏风暖吐了一口气，点头："侥幸捡了一条命。"

船家道："谢天谢地，叶世子没事儿就好。"

苏风暖四下看了一眼，水面平静，她对船家说："劳烦你进去照看他一下，我在这艘画舫上转转，看看可有其余的活人。"

船家听她的话说得惊心，但毕竟是活了一把年纪的人了，知道叶世子出来不可能不带护卫，可是他落水时，卿卿喊破了嗓子，也没一个人出来救人，他点了点头，进了船舱。

苏风暖打量这座画舫，发现果然如叶裳所说，有前舱后舱，她走近后舱。门死死地从里面关着，她推不动，干脆一掌拍开，入眼处是十多具尸体，每具尸体的死相都是印堂发黑，显然都是中了剧毒。

她在后舱里走了一圈，蹲在了地面一块夹板上，挪开夹板，看到下面竟然还有一层，她探身向下看去，只见底下大概有半人高的底层，已经溢了满满的水，水上漂着五具尸体。

她脸色微变，立即直起身，快步出了船舱。

回到前舱，她冲进了舱内，见船家守在叶裳身边，立即对他说："我们快离开这艘画舫，画舫底部有漏洞，溢水了，不出片刻，这画舫就会沉。"

船家面色大变。

苏风暖走到叶裳身边，喊了他一声，他昏昏沉沉，眉眼不睁，她伸手触摸，发现他竟然发了高热，顿时凝眉，扯过一旁的衣服给他披在身上，小心地扶起他，带着他向舱外走去。

船家随后跟着她走了出来，急急地道："姑娘，我的船就在后面拴着，你刚刚救叶世子时，我怕船漂得远了，把你的小狐狸落下，便折回去把船划过来拴住了。"

苏风暖"嗯"了一声，带着叶裳向后面而去，走了两步，想起那个卿卿，对船家说："你带上她。"

船家点头，连忙招呼吐得不知天南地北的卿卿："姑娘，快随我们走，这画舫就要沉了。"

卿卿闻言大惊："画舫……要沉？"

"没错，是要沉，快走吧。"船家看着她的样子，十分虚弱，连忙一把拖了她就走。

卿卿被拽着，脚步踉跄地跟着。

苏风暖来到后面，果然见那艘船停在那里，她立即带着叶裳跳上了船。

小狐狸随后跟着她跳了上去。

船家拖着卿卿，慢了几步也跳上了船。

几人刚上船，船家还没来得及去解拴在画舫上的绳子，那艘画舫顷刻间向下沉去。

船家大叫："不好，绳子，绳子拴着了。"

苏风暖抽出匕首，手起刀落，拴着的绳子被斩断，这艘船脱离了画舫，画舫瞬间沉了下去。

船家大松了一口气。

苏风暖看着画舫须臾之间没入水里，无声无息，脸色微寒。

卿卿睁大眼睛，捂住嘴，似乎惊恐得想要尖叫，却没叫出声来。

苏风暖收回视线，带着叶裳进了船舱，同时对船家说："老人家，不必回去了，择一个地方，就近停船。"

船家也意识到事情实在是太严重了，这显然是有人蓄意谋杀叶世子，连忙点头，前去撑船。

苏风暖带着叶裳进了船舱将他放下后，又从怀里掏出瓶子，选了一个，倒出一粒药，给他硬塞进了嘴里。之后，从腰间的香囊里拿出一支极小的玉箫，放在了唇边。

玉箫轻轻地细细地柔柔地响了两声，她便放下，将玉箫又放回了香囊里。

小狐狸蹦过来，伸出爪子拽她的香囊。

苏风暖伸手拍它："这个不能玩。"

小狐狸住了爪子，可怜巴巴地看着她。

苏风暖又对它说："你老实些，不乖的话，我把你扔水里去。"

小狐狸顿时收起了小眼神，怕怕地安分下来。

船家将船划到最近的地方，是一片山林，他在外面喊："姑娘。"

苏风暖一把拽起了昏迷不醒的叶裳，出了船舱，看了一眼，点头："就这里。"话落，她补充道，"你也跟我下来，此事非同寻常，你这生意怕是从今以后不能再做了，你若是信得过我，便先跟着我走，回头我给你安排营生。"

船家连忙苦着脸道："小老儿还有一个老伴和一个傻儿子……"

“稍后出了此地，我便让人去接他们，一并给你们安排。”苏风暖果断地道。

船家咬了咬牙，扔了船桨：“小老儿听姑娘的。”

苏风暖又看向卿卿：“要想活命，你也要跟我走。”

卿卿白着脸，挣扎片刻，点了点头。

一行人下了船。

苏风暖对船家说：“将船沉下去，快。”

船家常年与船打交道，对于沉一艘船，做起来自然简单，他拿起船上的铁器，将船砸漏，又找了一块大石，船很快就沉了下去。

苏风暖见船沉下去之后，示意二人跟上她。

卿卿腿软，走不动，刚走几步便落了后，船家连忙又回去拽了她，快步跟上。

走了大约两盏茶的工夫，来到一处路口，有一辆马车停在那里，马车上有一个头戴斗笠的老者，见苏风暖来了，连忙掀起车帘。

苏风暖带着叶裳立即跳上了车，说道：“海叔，去柳开那里。”

海叔点头。

船家和卿卿见只有一辆车，车厢狭窄，有些犹豫。

苏风暖道：“都上来，快。”

船家再不犹豫，拖着卿卿上了车。

帘幕刚一落下，海叔便立马挥鞭，赶着车离开了此地。

马车上，叶裳昏昏沉沉，头歪在苏风暖的怀里，即便昏迷着依然眉头深锁。

船家和卿卿挤在角落里，尽量蜷着身子，不占地方去挤苏风暖和叶裳。

苏风暖沉凝着脸，想着谁要杀叶裳。这么多年他虽然荒唐无稽，但不曾听闻真把谁给得罪狠了想要他的命。

沉静中，卿卿小声开口：“姑娘识得叶世子？”

苏风暖打住思绪，抬眼看了她一眼，点了点头。

卿卿低声说：“今早，叶世子前来游湖，带了十多个护卫，他来得太早，所有画舫都没做营生，卿华坊的妈妈见是叶世子，便唤姐妹们出来作陪，叶世子不喜太多人跟着，妈妈便让奴家陪叶世子出游，另外派了六名支船人。”

苏风暖点头：“你们从岸边出发时是什么时辰？”

卿卿说：“是辰时整。”

苏风暖计算了一下，辰时她刚到灵云镇，正在衣裳铺子等着给小狐狸做衣服。又问：“都游了哪些地方？”

“整个东湖都游过来了，叶世子似乎漫无目的，只想观景，上了船后，一句话都没对奴家说。奴家与他寻话说，他让奴家不要聒噪。”卿卿说，“快到晌午时，便看到了姑娘的船，就是那时，叶世子突然落水了。”

苏风暖看着她：“你既然在他身边，可曾看见什么人从水下对他射出穿骨钉？”

卿卿道：“一个黑影，突然露出水面，之后一下子就没了，然后叶世子就栽到了水里。”

“可看清了面貌？”苏风暖又问。

卿卿摇头：“那黑影太快了，奴家没看清。”

苏风暖对她道：“我前往后舱查看时，有十二名护卫中毒而亡，底舱夹层下，有五具支船人的尸体。”

卿卿立即说：“叶世子一共带了十二名护卫，支船的一共有六个人才对。”

苏风暖颔首：“那就是有一名船夫失踪了。”话落，对她问，“卿华坊应该是这东湖最大的画舫吧？”

卿卿点头。

苏风暖看着她：“这么大的卿华坊，没有强大的靠山在背后支持，不可能做到这么大。你们卿华坊背后的东家是谁？”

卿卿一愣，摇摇头。

苏风暖看着她微笑：“卿卿姑娘既然是卿华坊的头牌，怎么可能不知？头牌不是只靠美貌就能立得住的。今日有人要叶裳死，若非我和船家相救，叶裳死后，画舫沉船，你也必死无疑。”

卿卿脸色发白，见苏风暖虽然笑着，但眸光却无笑意，她挣扎片刻，低声说：“是东宫。”

苏风暖一怔：“东宫？”

卿卿垂下头，声音细若蚊蚋：“正是东宫，妈妈与东宫来往密切，去年画舫出了一桩事儿，官府找来，是东宫出面解决的，当时奴家正被牵扯了进去，否则奴家也不知晓是东宫，妈妈瞒得密实，对外不透露半丝消息。”

“去年画舫出了什么事儿？”苏风暖又问。

卿卿低声说：“去年画舫也沉了一艘船，淹死了庆阳县守的独子，当时有七个姐妹在船上，都一同被淹死了。奴家是因为中途来了癸水，先乘打鱼的小船离开了，侥幸活了一命。但唯奴家一人活，自然牵扯了官司。”

苏风暖眯起眼睛：“当时一共死了多少人？”

卿卿道：“六十三人。”

苏风暖拧眉，沉船死了六十三人，其中还有庆阳县守的独子，自然是大案。东宫就这样压下了。今年却又出一桩命案，死的人若是容安王府叶世子的话，还能压得住吗？

皇上宠叶裳，他的死，自然不会不管。这样的事儿，定然压不住。

苏风暖低头看了叶裳一眼，他脸色潮红，依旧高热。落入水中，中了穿骨钉后剔骨挖肉，湿衣服没换，虽然她给烘干了，但湿寒之气已经入体，发热也正常，但必须要赶紧退热，否则就会有性命危险。她对外面道："海叔，再快些。我带着的人发了高热，必须尽快医治。"

外面无人应答，但马车立即快了。

山路颠簸，卿卿和船家身子几乎坐不稳，随着马车左右摇晃。

走了半个时辰后，马车进入平坦的路，才不颠簸了。

又走了两盏茶的工夫，马车停了下来，外面的海叔下了车，撩开帘幕，指了指身后，示意下车。

苏风暖向外看了一眼，点点头，连忙带着叶裳跳下了车，匆匆向里面走去，同时不忘吩咐："海叔，将他们二人先安排了。然后再派人去将船家的妻儿接过来。"

海叔点点头。

船家疑惑地看着海叔："你……不会说话？"

海叔又点点头，示意船家和卿卿跟上他。

船家看了一眼，只见回到了灵云镇，落脚在了一处小巷子里的一处宅院，从外面看，再普通不过，海叔在前面领路，他和卿卿跟在后面。

苏风暖进了院子后，来到一间房间，有小伙计闻信赶过来，看了一眼，惊道："这是容安王府的叶世子，小姐您……怎么把他带到这里来了？"

"如今只有这里安全，我信得过。"苏风暖放下叶裳，对小伙计说，"柳开，我开一个方子，你立即去前面的药房拿药，赶紧熬了端过来。"

柳开见叶裳的样子，就知道受了重伤又引发高热了，连忙点头。

苏风暖很快就开了一个药方子，递给他，他拿了药方子，匆忙去了。

苏风暖看着叶裳，见他昏昏沉沉，极为难受的样子，便打了一盆冷水，用毛巾蘸了冷水，拧干，放在他额头上。毛巾被他身体的热度传递，顿时热得烫手。

苏风暖换了几次毛巾，却难以缓解他身上的热度，她扔了毛巾，咬牙道："来人，抬一桶冷水来。"

有人应了一声，不多时，抬进房间一桶冷水。

苏风暖拽起叶裳，将他放入了木桶里，一手支撑着他，让他左胸前的伤口不至于沾水。

不多时，本来是一桶冷水，竟然变得滚烫。

苏风暖伸手试试水温，水温已经烫手，她脸色难看地看着叶裳。他整个人如火烤一般，本就因冷水而引发，看来冷水不只不管用，还会催动他体内热毒来势汹汹，她将他拎出了木桶，见他衣服这回不用自己催动功力，很快就烘干了，她将他放回了床上，忽然想起什么，对外面喊："小狐。"

小狐"嗖"地窜了进来。

苏风暖对它说："将你的血奉献点儿，你是蓝火狐，对他体内的热毒有用。"

小狐不解，眨巴眨巴眼睛。

苏风暖伸手将它拎起来，豆蔻指甲划破它的爪子，小狐"嗷呜"一声，有血液流出来，苏风暖抓着它的爪子，掰开叶裳的嘴，往他嘴里挤血。

小狐疼得嗷嗷直叫，眼泪打圈圈，四只腿踢蹬。

"老实些，就一点儿而已，救了人回头我给你抓十只山鸡。"苏风暖宽慰它。

小狐依旧弹蹬，不干，疼死了，一百只山鸡也不干。

苏风暖对它瞪眼，却发现叶裳本来张开的嘴，似乎在品尝到了血腥味之后，又紧紧地闭上了，虽然昏迷着，面上露出嫌恶之色。

苏风暖捏他下巴，掰他嘴角，他却死闭着，无论如何也不张开嘴。

一个不情，一个不愿。

苏风暖放下嗷嗷叫的小狐，从怀中拿出一个瓶子，给它伤了的爪子上撒了些许药粉，血顿时止住了。

小狐控诉地看着苏风暖，一双眼睛写满坏人的意思。

苏风暖用脚踢踢它："回头给你抓十只山鸡。"

小狐顿时收了不满，爪子的伤口本来小，苏风暖止血的药十分灵，抹上就不疼也不流血了。它顿时又蹦又跳地欢喜起来。

苏风暖用帕子抹了叶裳嘴角滴的血，骂道："你如今高热触发了体内积存的热毒，都成这副德行了，还嫌东嫌西。就不该救你，让你死了算了。"

柳开熬好药，已经是半个时辰后，叶裳已经烧成了火炭，将床上的被褥快烧着了。

苏风暖喂他药，他紧闭嘴巴，苏风暖大怒："这是药，不是别的，你再不喝，就等着见阎王去吧。"

叶裳这才张开了嘴。

苏风暖又气又笑，什么破人！

一碗药喝完，叶裳昏昏沉沉地抓住苏风暖的手，紧紧地攥着。

苏风暖想抽开，听他喊“暖暖”，她抬眼看他，又听他喊“娘”，她动作一顿，看着他，见他又闭紧嘴巴，再不言声了。她沉默片刻，到底没松开手，任他攥紧，把碗放下，陪着他坐在了床头。

柳开站在门口，透过帘幕，向里面看了一眼，小声说：“小姐，刚刚海叔已经将那船家的妻儿接来了。”

苏风暖点头，问：“东湖现在情形如何？”

柳开压低声音说：“东湖如今炸开了锅，有人传叶世子乘坐的那艘画舫沉了，叶世子生死不明，官府的人已经去了卿华坊。”

“你去打探一下，除了官府的人，还有什么人在找叶裳，多派几个人打探灵云镇方圆十里之内的动静，明的，暗的，任何都不要放过。”苏风暖道。

柳开应了一声，立即去了。

苏风暖有些疲惫地靠在床头，闭上了眼睛，却没睡意，想着今日的事情。

叶裳为何大清早地去了东湖游湖？千寒为何没在他身边跟着，只带了普通的护卫？湖底下撒的那片渔网从水锈上看来，不像是新的，到底是何人何时撒的网？而今日，什么人向叶裳射了穿骨钉，且穿骨钉上抹了剧毒？叶裳也不是肩不能提手不能挑连个暗器都躲不过的人，当时竟然没躲过，可见那人使用暗器的手法应该是极快，是个暗器高手。江湖上什么人暗器最厉害？

暗器伤人，落水，水下有铁网等着，然后画舫内无人下水去救，之后沉船……

若不是她正好赶上，今日叶裳就死了。

这样周密的计划，寸步不失，算无遗漏，不像是一日两日谋划出的。

难道是有人知晓叶裳要来游湖，所以……

对了，船家说，每年临近王爷和王妃祭日，叶裳都会来灵云镇，喜好吃东湖里的鱼，每年都会到东湖游湖。

或许，可以猜测，密谋早已经定下，就等着叶裳去东湖了。

叶裳若是乘着卿华坊的画舫死在东湖，牵扯出背后的东宫，以及去年的旧案，皇帝定然会大怒，问责东宫，太后趁机发难，月贵妃和太子难辞其咎。那么，这朝野就会摇上一摇，晃上一晃了。

想到此，她睁开眼睛，轻轻地吐了一口气，京城果然不好，到处是阴谋算计。

叶裳攥着她的手忽然紧了紧。

苏风暖低头看去，见他依旧未醒，比她的手大一圈的手将她的手紧紧地包裹在手中，药力还没发挥，他的手依旧滚烫如火。

她收回视线，低下头，嘟囔：“人都昏迷了，也不安生。”

说完这句话，她用力地抽了一下手，抽不出，只能又任他攥着，闭上了眼睛。

半个时辰后，叶裳依旧高热不退。

苏风暖睁开眼睛，皱紧眉头看着他，按理说，这么长时间，药效该发挥作用了。她在药方里放了一株紫木草，紫木草性寒，正对如今他的症状，可是为什么紫木草对他身体的热毒不管用？压制不了？难道这么多年他身体对紫木草已经有了抗药性？

若是连紫木草都不管用了的话……

她盯着他看了片刻，眸光闪过一丝挣扎，须臾，咬牙对外面喊：“柳开。”

“小姐。”柳开在门口连忙应声。

“他依旧高热不退，药效无用，我运功给他祛热，你守在门口，不准离开，给我护法。”苏风暖吩咐。

柳开大惊，连忙应是：“小姐放心，我一步也不离开。”

苏风暖咬牙脱掉自己的外衣，因夏季衣服本就单薄，她脱下外衣后，只剩下了一件轻薄纱衣，她又咬了咬牙，将纱衣脱了，只剩下肚兜。之后，将昏迷的叶裳从床上扶起，扒掉了他上身的衣服，拿出一块绢布，即便他昏迷着，依旧给他蒙上了眼睛。

做好一切，将他摆正，双手对掌，与自己盘膝对坐。催动功力，有丝丝的寒气从她身体溢出，传递到叶裳的手心，同时，将他体内的热气，吸到她身体里。

如此循环，反反复复。

一个时辰过去，叶裳身上没那么热了。

两个时辰后，苏风暖缓缓收了手，将叶裳勉强放躺在床上后，身子一软，也倒在了床上。

半个时辰后，苏风暖费力地抬手，穿好了衣服，又解掉了叶裳眼睛上蒙着的绢帕。她准备起身离开时，叶裳又拽住了她的手，紧紧地攥住。

苏风暖看着他，见他依旧昏迷着，脸色却不再潮红，十分苍白，唇角紧紧地抿着，呼吸渐渐均匀平缓，像是睡着了，但即便睡着，也不改执拗、倔强和无赖。

她收回视线，上辈子肯定欠他的，刚回京碰到他便让她不得安生。她嘟囔了一句，顺势躺在了他身边，实在累极，不多时，便睡了过去。

她刚要睡着，柳开终于不放心，在外面喊：“小姐？”

苏风暖“嗯”了一声，对他说：“没事儿了，你该去干什么就干什么去吧。”

柳开试探地问："那您……"

"我没事儿，睡一觉就好了。"苏风暖道。

柳开放心下来，离开了门口。

苏风暖不知睡了多久，直到被饿醒，睁开眼睛，发现屋里漆黑一片，像是到了半夜。

她用了好一会儿才适应了黑暗，转头去看叶裳，见他一双眸子睁着，正看着她，眸光清澈，亮如星辰。

苏风暖愣了一下，伸手在他面前晃了晃。

叶裳的眼睛眨了眨。

苏风暖这才确定他是醒了，翻了个白眼，问："你什么时候醒的？"

"有一个时辰了。"叶裳语气有些郁郁，"你睡得跟猪一样。"

苏风暖坐起身子，感觉睡得腰酸背痛，她抬手揉背，发现手还被他攥着，顿时瞪眼："你才睡得跟猪一样。你郁郁个什么？我为了救你，给你退热，折腾得累死了，如今浑身疼，还不松手。"

叶裳慢慢地松开了手。

苏风暖捶了两下后背，恨恨地说："遇到你真是倒了八辈子的霉了。"

叶裳轻笑："八辈子怎么够？"

苏风暖想抬脚踹他，刚伸出脚，看着他白惨惨没一点儿血色的脸，只能不甘心地顿住，抬脚下了地，前去掌灯。

第十一章
因色忘智

她掌上灯，屋中顿时亮了。

叶裳看着她，低声说："你与我都同床共枕了，以后看来只能嫁我了。"

苏风暖嗤笑："我在江湖上跑的那些年，与很多人都同床共枕过，难道都嫁？"

叶裳眼睛眯了眯："都哪些人？"

"告诉你做什么。"苏风暖收回视线，给自己倒了一杯水，一仰脖，全都灌进了嗓子眼里。

叶裳看着她皱眉："粗鲁。"

苏风暖放下杯子，被气笑："养在深闺，手不能提肩不能挑的千金小姐举止文雅，不会粗鲁。但她们可从水里的渔网下救不出你，也从沉湖的画舫里带不出你，更不会对你剔骨挖肉用医术将你从鬼门关带回来。"

叶裳笑容蔓开："这样说来，粗鲁还是好事儿了？"

苏风暖哼了一声，转身向外走去。

叶裳立即喊住她："大半夜的，你要去哪里？"

苏风暖头也不回："我饿了，去找饭吃。"

叶裳看着她要出门的背影，在她身后道："我也饿了，顺便给我找些来。"

苏风暖脚步在门槛停住，回头看着他："这里是小门小户，只有粗茶淡饭，叶世子金身贵体，吃得消吗？"

"粗茶淡饭也好过人肉。"叶裳道。

苏风暖顿时气得跺脚："叶裳，你再对我提人肉两个字试试，我立马将你扔出去。"

叶裳笑看着她闭了嘴。

苏风暖见他听话了，恼怒地转身，出了房门。他说对了，八辈子怎么够？这个无赖！

苏风暖刚踏出房门，柳开便从不远处的偏房出来。

她看了一眼天色，问："柳开，你怎么还没睡？"

柳开道："我想着小姐睡醒了一定会饿，便等着小姐呢，厨房有做好的饭菜，留在锅里，此时早凉了，我去给小姐热。"

苏风暖摇头："我自己去热就行，你快去睡。"

"我不困。"柳开摇头，压低声音说，"您让我打探的事情，打探到了，官府的人在找叶世子，派人下水搜救外，容安王府的人也在找叶世子，国丈府的小国舅就住在灵云寺，听闻消息后，也带着人下了山，如今也在东湖搜找。"

"哦？"苏风暖挑眉，"这是明里还是暗中呢？除了东湖，别处可有动静？"

柳开低声道："有人似乎暗中在找您带来的那个船家和那艘船的下落。"

苏风暖不出所料地问："什么人？"

柳开摇头："如今还不清楚是什么人，好像不止一人，像是一个组织，行事缜密，不露痕迹，皆蒙着面。已经查去了船家的家里，发现没人，便立即离开了。对方应该不是善类。咱们的人怕暴露，没敢轻举妄动，以免被人查到蛛丝马迹牵连小姐。"

"不轻举妄动便对了。"苏风暖点头，"继续密切关注着动向就是，叶裳在这里的消息，不要往外透露。"话落，她冷笑道，"是牛鬼，还是蛇神，静静等着，早晚有藏不住的时候，事关东宫，我们用不着赔进去。"

柳开颔首，打住话："小姐去房里等着吧，我热好后给您端过去。"话落，忽然想起叶裳，又问，"叶世子醒了吗？"

"醒了。"苏风暖道。

柳开向屋里看了一眼，小声问："听说叶世子对于饭菜极其讲究，热一遍的饭菜跟剩的一样，叶世子会不会不吃？要不要我喊醒厨娘，做新的？"

"他到这里就不讲究了，有什么吃什么。"苏风暖道。

柳开点点头，连忙去了。

苏风暖转身回了屋。

叶裳已经起了床，一手捂住左胸口，一手慢慢地端着水在桌前喝，见苏风暖回来，对她说："我的伤口该换药了吧？"

苏风暖点点头："先吃饭，吃完饭给你换。"

叶裳摇头："先换，不舒服得很。"

苏风暖白了他一眼："毛病。"话落，挥手赶他，"那你去躺好。"

叶裳点头，又去了床榻上躺好。

苏风暖扯了他本就没好好穿戴的衣服，见伤口污血一片，虽然用了上好的药，但当时在船上，包扎简单，后来他又发高热，她给他祛热，折腾一番累得睡着了，便没管他的伤口。如今这伤口有化脓的趋势，她立即道："你躺着别动，我去找药箱。"

叶裳点点头："顺便给我找一身干净的衣服。"

苏风暖看着他："要求真多，如今大半夜的，你让我上哪里去给你找衣服？我的衣服还脏着呢，你将就着吧。"

叶裳叹了口气，只能作罢。

苏风暖出了房门，去了厨房，找柳开拿了钥匙，去前面药房找了药箱，拿着药箱回来时，正赶上柳开端了饭菜从厨房出来，她问道："柳开，你有干净的没穿过的衣服吗？"

柳开问："是您要换吗？"

苏风暖摇头："叶裳。"

柳开道："我没有，但是却有新的没穿过的男袍，是给小姐您预备的。叶世子比您高，怕是穿不下。如今的衣裳铺子早关门了，买也买不来。"

"那算了，让他将就着吧，明早衣裳铺子开门后，给他买两身回来。"苏风暖道。

柳开点点头。

苏风暖拿着药箱进了屋，柳开随后端着饭菜跟了进来。

叶裳躺在床上，看了看柳开，没说话。

苏风暖打开药箱，给叶裳换药重新包扎。

叶裳看着她："两年不见，医术又精进了，胆子比以前也更大了，剔骨挖肉眉头都没皱。"

苏风暖哼了一声："没有叶世子荒唐无稽风流成性的名声传得大。"

叶裳道："荒唐无稽我承认，风流成性就是冤枉我了，我身边只有大白和新收服的小狮。"

苏风暖翻了个白眼："许灵依身上的病怎么来的？别说跟你没关系。"

叶裳笑意收起，嘲讽道："满京城的桃花、杏花、梅花、莲花、梨花、菊花、月季、牡丹、芍药等等都算上，见了我都绕道走。只有这么一朵青不青、红不红的草，不知道哪只眼睛觉得我好了。她要以身为我试毒，我又有什么办法阻止得了？"

苏风暖冷笑："草？京城三美之一，国丈府的小姐，比牡丹都金贵，哪里是草了？以身给你试毒，你有什么不满？"

叶裳看着她："自然不满，因为她不是你。你若是替我以身试毒，我求之不得。"

苏风暖手下用力地将药粉敷在他伤口上，听他"咝"了一声，她道："你少做梦吧，我恨不得躲你远远的。"

叶裳轻笑，眸光却不见笑意，盯着她，一字一句地道："是啊，你恨不得躲我远远的，所以，两年八个月都不来京城。若不是太后和皇上要为你赐婚，你怕被赐个歪瓜裂枣，死都不回来。任她许灵依还是别的女人，你就由得别人作践我。"

苏风暖一噎，被气笑："叶裳，人家爱慕你心仪你，甘愿为你试毒为你受苦，什么叫作践你？脑子进水如今还没被控干吗？多少人恨不得被许灵依这样作践。"

叶裳冷哼："多少人也不是我，你快些给我换药，别提她了，免得扫兴。"

苏风暖又一噎。

叶裳看着她被气红的脸，忽然眸光微动，冷色褪去，笑吟吟地问："暖暖，你这么在意传言和许灵依，是不是对我……"

"不是。"苏风暖痛快地打断他的话，纱布和缠带系好最后一个结，包扎好之后，她拍了拍手，转身走向饭桌，没好气地道，"吃饭了，一会儿饭菜凉了没人给你热。"

叶裳用一只手拢了拢衣服，慢慢地从床榻上起来，走到桌前坐下。

苏风暖已经饿得前胸贴后背，也不等他动筷子，大口大口地吃了起来。

叶裳盯着她看了片刻，抚额长叹："真是不忍直视。"

苏风暖白了他一眼，没理他。

叶裳慢慢地拿起筷子，将饭菜打量了一圈道："怎么好菜都在你那边？我这边全是素的？"

苏风暖道："你不宜吃太荤，伤口不好愈合。"

叶裳又叹了口气："失血过多的人不是应该大补吗？"

苏风暖撇嘴："别小看你面前的素菜，应该是柳开特意为你准备的，都是放了药材的药膳，比荤食费事多了。补也不能过度，要合理搭配。"

叶裳夹了一口面前的菜，点头："确实有一股药味，若不是剩下的，更好吃了。"

"大半夜的，有的吃就不错了，讲究什么？"苏风暖轻哼。

叶裳点点头，闭上了嘴。

苏风暖看着他吃相温雅贵气，如名贵的波斯猫，她吃饭就是为了不饿肚子，而他吃饭像是饭如美人，入口即享受。她不满地嘀咕："就你这样的，放在江湖上的大染堂里，大锅饭一起吃，你肯定是抢不着的那个。"

叶裳摇头："那可不一定。"

苏风暖看着他："你为什么大清早去东湖游湖？还没带着千寒，只带了十多个普通护卫？"

叶裳筷子一顿，抬眼看她："你想知道？"

苏风暖挑眉看着他："你知道不知道外面如今是什么情形了？官府的人，你容安王府的人，国丈府的小国舅，还有一批不明身份的人，都在找你。东湖快被掀翻了。"

叶裳点头："没人找我才奇怪了，我好歹是容安王府的世子。"

苏风暖看着他嘲笑："是啊，容安王府的叶世子，多大的一块香饽饽，你若是死在东湖，可是了不得的大事儿，天都能因此塌了。"

叶裳轻笑："你这样说倒也没错。"

苏风暖翻白眼。

叶裳看着她道："我听说到了农庄后，王夫人带着你学账本，想着以你的性子，顶多支撑两日便待不住会跑出来。灵云镇有三景，你首选便是东湖。我一大早上去东湖游船，便是为了等你。"

苏风暖拿眼睛剜他："等我做什么？"

叶裳瞅着她："你两年八个月才来京，回京这么久都不来见我，难道我不该去等你？"

苏风暖一噎："我为什么要见你？"

叶裳放下筷子，神色郁郁："你果然没良心，良心都被小狗吃了。"

苏风暖被气笑，也放下了筷子："我懒得与你掰扯这个，你既然是去等我，那为什么不带上千寒？去年卿华坊沉了一艘船的事儿，你别告诉我说你不知道，那难道不是前车之鉴？若是连这点儿防备都没有，你在京城白活了这么多年了。"

叶裳揉揉眉心："你没听说过因色忘智这句话吗？"

苏风暖瞥他："没听说过。"

叶裳叹了口气："看来你这两年八个月也没大长进。"话落，道，"千寒被我派出去找药了。"

"什么药？"苏风暖问。

"凤灵草。"叶裳道，"眉山的悬崖边长了一株，等了三年，该熟了。"

苏风暖看着他："是因为紫木草对你已经失去了效用，只能转而找凤灵草了？"

叶裳轻轻"嗯"了一声。

苏风暖闭口，不再言语。

叶裳看着他："你用什么办法给我退的热？"

苏风暖又拿起筷子，吃了一口饭菜，头也不抬地说："寒玉佩吸走了你身体的热气。"

叶裳看着她："寒玉佩？哪里来的？"

苏风暖道："从北周二皇子楚含手里夺来的。"

叶裳皱眉，盯着她看了半晌，说："随便拿男子的玉佩不好。"

苏风暖又被气笑，抬头瞪了他一眼："谁随便拿了？若不是寒玉佩能压制你体内的热毒，你早就去见阎王了。"顿了顿，又道，"谁说寒玉佩是他的？飘零花的寒玉佩是古物，传了几千年了，落到了他手里而已。"

叶裳唇角微勾："这么说你拿他的玉佩，是为了我了？"

苏风暖轻哼："谁为了你？我看着好，夺了过来，恰巧如今派上用场，救了你而已。"

叶裳轻笑："说得也对。"

苏风暖不再言语，心里微郁。

叶裳看着她："去年卿华坊沉船之事我知晓，但没想到今年发生在了我身上。看来有人已经坐不住了，急着要把东宫拉下马，不惜对我下狠手。"

苏风暖瞪着他："你也不是手不能提肩不能挑，那个对你射出穿骨钉的人，是个暗器高手？你看到了他的样子没有？"

叶裳微叹："蒙着面，没看清，只看到了一双眼睛。他的暗器的确高明，但我若是寻常情况下，也不是不能躲开，只是当时我在看你，失神之下，没躲开暗器而已。"

苏风暖一时无言。

叶裳看着她微笑："既然有你在，我无论如何也死不了，鬼门关里也能被拽回，还怕什么？"

苏风暖嗤笑："承蒙叶世子看得起我，阎王爷哪天看不惯你，真把你拽地下去，你可别找我，受不起你。"

叶裳轻笑："阎王爷若是拽我，我一定也把你拉下去。"

苏风暖又瞪了他一眼，扔了筷子，站起身，动手收拾桌子上的碗筷，没好气地说："你一只手也能做一幅画像吧？将那个对你射穿骨钉的人模样给我画出来，我看看。”

叶裳点头。

苏风暖将碗筷收起去厨房，回来时，见叶裳正坐在桌前提笔作画像。

她站在他身边，看他画出了当时那蒙着黑面巾的男子从水里露出头对他射穿骨钉的样子，那男子只露一个头和一只胳膊，一双眼睛。

叶裳画完后，对苏风暖道：“就是这样，能查得出来吗？”

苏风暖拿起画像，眯着眼睛看了片刻，冷笑：“原来是他。”

“谁？”叶裳扬眉，“你认识？”

“这个人，在江湖上人称水上怪客，姓易，叫易焰，都叫他易疯子。”苏风暖道，“使得一手好暗器，最著名的暗器是毒蜂针。他在江湖上靠杀人越货拿人钱财替人消灾为生。有一个相好的，叫风美人。让他杀人，非万金不请。看来背后之人真是下了血本让你死。”

叶裳看着她：“就靠这么一个人头，你是怎么认出他的？”

“他的手，左手食指是断指，而且骨节粗大。这个是多年前风美人给剁的，剁完之后，不解恨，又给咬了，才会如此。”苏风暖放下画，看着叶裳，“那么短的时间，你没躲开暗器，倒是将人家的断指看得清楚，这样便省了查他的工夫了。”

叶裳看着她：“单凭这样的画像，你就认出了他，看来这么多年在江湖上也不是只顾着玩了。”

苏风暖哼了一声。

叶裳奇怪地道：“当时，我落下水时，他立即便走了，若是当时再给我补一刀，我必死无疑。他拿人钱财，替人消灾，不是不应该干没把握的事儿吗？比如，如今我就被你救了，没死成。”

苏风暖瞥了他一眼：“谁知道呢，估计是看你长得美，没舍得补一刀。”

叶裳一噎，对她黑下脸：“难道不是因为他看见了你？怕你找他麻烦，才赶紧走了？”

苏风暖抬手，对画像上那只胳膊划了划，眯着眼睛，眼底冷意深深地道：“是吗？那算他识相。我本来觉得他还是死了的好，免得再对别人用如此歹毒的穿骨钉。如今你这样一说，我就网开一面，把他这只胳膊砍了送给风美人下酒好了。”

叶裳闻言扭头看着她，眸光凝定片刻，溢出丝丝缕缕笑意，浅浅又深深，也眯了眯眼睛，懒洋洋地笑着说：“暖暖虽然惯与人打架，但素来不轻易伤人，如今要砍他一只胳膊，这样为了我，若是传扬出去被人知道，你就不怕让人揣测你与我有瓜葛？”

苏风暖闻言瞪了叶裳一眼，将画像上的那只胳膊用指甲划掉，画像上的胳膊与画像上的人顿时分体了。她满意地看了一眼，将两张纸捏在手里，不答他的话，向外走去。

叶裳一把拽住她：“别告诉我你现在就要去砍掉他的胳膊。”

苏风暖回头瞅了他一眼：“杀鸡焉用宰牛刀，他还不够格让我出手。”

“是啊，暖暖手中的剑怎么能用来宰鸡？太抬举他了。”叶裳轻笑，看着她，“你还没回答我的话呢？”

苏风暖拍掉他的手：“有什么好回答的。”

叶裳生生地挨了她一下打，拽着她的手不松：“你一会儿还回来陪我。”

苏风暖瞪着他：“别得寸进尺，如今你好好的，用不到人照顾了。再要赖皮，信不信我现在就赶你出去。”

叶裳慢慢放开她：“那你别丢下我离开，我身上的伤口非你不治，你明天还要给我换药。如今世风日下，大夫们都不好好学医术，庸医害人者比比皆是。”

苏风暖无语，轻哼了一声，没反对，出了房门。

叶裳坐在桌前，看着她去了院子里，那叫柳开的小伙计还没去睡，正等着她。只见她将手中的两张画纸递给他，对他说了一句什么，声音太低，他听不清，柳开点点头，拿着画纸走了。她转身去了不远处的一间房间，连灯都没点，就睡去了，可见真是累得很了。

他无困意，就那样坐在窗前看着窗外浓浓的夜色，夜色再深，也掩不住他眉眼溢出的笑。

她自小便爱往外面跑，江湖之大，她不知道跑了多少地方。

她有很多缺点，比如懒惰、嘴馋、刁蛮、任性，喜欢打架、喜欢打劫、喜欢热闹的地方，行事全凭自己喜欢，等等，数不胜数。

但她也有一个优点，比如……最是护短。

两年八个月她不来京城的日子里，他日夜煎熬，派人打探消息，却查不出丝毫，即便去江湖茶馆，也不能从说书人口中多听到她的一丝消息。她似乎在江湖上失踪了，他不知道她这两年在外都干了什么。

陈述、沈琪、齐舒等人一直不明白江湖茶馆有什么好，那里的茶水干涩难咽，他却总是喜欢去喝茶，嘲笑他是不是不想做世子了，羡慕江湖人，也想去做行侠仗义的大侠。

他用不着跟谁解释原因，喜欢去就是喜欢去。

有时候，他几乎会忍不住去想，她怕是永远再不回来了，再不进京了。但他更不会忘，她还有一个跟他一样摆脱不掉的身份——苏府小姐。

基于这个身份，总有一日，她会回京。

若是他猜测得不错，她刚刚便是让柳开派人将那幅被她指甲划开的画像送去给风美人了。用不了两日，江湖茶馆里应该便会传出江湖上最新的消息，便是易疯子被人砍了一只胳膊，砍他胳膊的人是他的老相好风美人。

正如她所说，易疯子还不值得她亲自动手，交给风美人，风美人即便有天大的不愿意，不想动她的老相好，但更不敢驳她而护着易疯子。

至于原因，估计很少人能够打探得出是因为他。

但即便是很少的那一部分打探得出，也足够震动半个江湖了。毕竟，能打探得出的，在江湖上的地位都举足轻重，更是对她脾气秉性十分了解，她若非被人得罪得狠了，从不会去要人命，更不会轻易卸人胳膊腿。

这些年她在江湖上的地位，他从来不怀疑能一言九鼎，动动手指头，就能翻云覆雨。哪怕江湖上最恶的人，也不敢得罪她，没人敢得罪她。否则，不会她一句话交代下去不准泄露她的行踪，便使得他用尽办法，两年八个月，在江湖上也打探不到她一丝消息和一点儿行踪。

她能把江湖密封成她自己手里的网，任谁都捅不破。

如今，她要卸掉易疯子一只胳膊，这样的行径，这几年来是第一回。焉能不让有些人揣测？可是她看起来一副无所谓的样子，应该是真正的怒了，所以，不怕人揣测她与他的关系，哪怕被朝中人闻到些什么风声彻查也不怕。

是否说明，她心里还是如两年八个月前一样，护着他的心从未改？她还是她，从未变？

他想着想着，嘴角的笑意便怎么也收不住了，不由得笑出声。

小狐狸在他的笑声中醒来，睁开睡得迷糊的眼睛瞅着他。

叶裳发觉一道视线，慢慢地转过身，看着小狐狸，小狐狸的眼睛在烛光下如海一般湛蓝，他看了一会儿，对它招手。

小狐狸看看叶裳，又低头瞅了瞅自己的爪子，然后，对他龇牙，露出凶相。

叶裳眯起眼睛，收了笑意，对它道："你不过是她养的宠物而已，最好别得罪我，否则以她对我的在意，别说放你点儿血，就是杀了你给我炖着吃，她也能做得出来。"

小狐狸身子颤了颤，缩回脑袋，然后，又不服气地用蓝眼睛瞪着他。

叶裳对他挑眉："你不信？"

小狐狸呜呜两声，站起身，尾巴甩了甩，四下嗅了嗅气味，"嗖"地跑出了房门，向苏风暖所住的房间跑了去。

叶裳看着小狐狸用爪子挠门，挠了一会儿，苏风暖困歪歪地从里面给它打开门，任它跑了进去。房门再次关上。他脸色微郁，挥手熄了灯，也去了床上。

第二日，苏风暖睡到日上三竿才醒。

她先是让人抬了一桶水进屋，沐浴梳洗之后，换上了柳开给她准备的干净衣服，才神清气爽地出了房门。

柳开等在门外，见她出来，压低声音说："小姐，昨夜将东西已经给风美人送去了，回来的人说风美人收下了，什么也没说。"

苏风暖点点头。

柳开又小声道："今日早上，官府从东湖里将那艘画舫打捞出来了，同时还打捞出了另一艘船，也就是船家的那艘。那画舫里的尸体也被官府捞上来了，如今送去验尸了。据说此事已经惊动了京城，皇上那里估计已经得到信儿了。"

苏风暖颔首："外面如今是什么风声？"

柳开低声道："外面说什么的都有，大多数人猜测，叶世子十有八九遇害了。东湖太大，官府的人还在继续打捞。国丈府的小国舅不相信叶世子遇害，吩咐人在灵云镇附近查找线索呢。"

苏风暖道："许云初不愧是许家最器重的子嗣，通过蛛丝马迹就能看出些眉目。"

柳开向叶裳的房间看了一眼："小姐，您是什么打算？让叶世子一直在这里养伤吗？"

苏风暖想了想，道："稍后我问问他，再定。"

柳开点点头。

苏风暖来到叶裳的房间，叶裳正坐在窗前，桌子上摆着饭菜，他面前的碗碟空着，显然他还没吃，饭菜纹丝未动，已经凉了。

柳开随后跟来，小声说："我将饭菜去热热，叶世子说要等着小姐，早饭也还没吃。"

苏风暖点点头。

柳开将饭菜收拾下去热了。

苏风暖没进屋，靠着门框，看着叶裳，他已经换了一身干净的衣服，应该是柳开今儿一早给他买的，他脸色还是失血过多的苍白，但人却稍微有了些精神，阳光从窗外打进来，照在他的身上，他闲闲散散地坐在那里，如富贵人家养的一株金贵玉兰，雅致清华。

第十二章
马下救人

这副容貌，真是祸害！

苏风暖看着叶裳，心里腹诽了一句，用手拢了拢因为沐浴还没干的头发，见他看来，对他问："京城已经得到消息了，外面因为你的事儿已经翻塌了天，你是什么打算？"

叶裳看着她蹙眉："怎么穿男人的衣服？难看。"

苏风暖瞪他："我常年在外面跑，为了方便，时常穿，难看你可以不看。"

叶裳一噎，有些嫌弃地撇开脸，对她说："没打算。"

苏风暖挑眉。

叶裳道："翻塌了天也没什么不好，东宫不适政，早晚落马，如今不如给他一个警醒。"

苏风暖看着他："东宫落马，朝野倾覆，危江山之大害，有什么好处？"

叶裳转回头，看着她，淡淡道："那也比江山基业传在一个不适朝政的国君身上，外戚夺政，改朝换代来得强。至少，东宫没有了，还有别的皇子继承。总之姓刘，姓不了别姓。"

苏风暖闻言失语，不得不承认，他说得对。他父亲保的就是南齐江山，若是换了姓，也就改朝换代了，南齐也就不是南齐了。她道："那你就在这里住着了？"

叶裳点头，看着她："暂时先住两日再说，不过你不能离开，在这里陪我养伤。"

苏风暖翻了个白眼。

吃过午饭，苏风暖给叶裳换了药，在他郁郁的脸色下，出了院门。

外婆不是她娘，她一日不回去，她还能坐得住，若是再多的话，她便会发动人找她了。她总不能让人知道苏府的小姐与叶世子一同失踪了。那么以叶裳的身份和她的身份，麻烦可就大了。

路过昨日给小狐狸做衣服的衣裳铺子，小狐狸拽住苏风暖衣角，说什么也不走了。

苏风暖想着昨日一通折腾，这小东西身上的花衣服不知道丢哪里去了，如今这是拽着她再买，她有些好笑，走进了衣裳铺子。

还是昨日的那个小伙计，见她来了，愣了愣。

苏风暖对他笑道："怎么，不认识我了？"

小伙计摇头又点头："姑娘今日穿了男装，险些认不出。"话落，他四下瞅了一眼，铺子里没人，他连忙走到近前，悄声说，"姑娘，你这是又来给你的小狐狸买衣服？"

苏风暖点点头："昨天那件丢了。"

小伙计压低声音说："今儿一早，有人来询问，是否见过一个姑娘和一个穿着花衣服的小狗。我觉得来人像是京城方向来的，便没敢说见过姑娘。"

苏风暖"哦"了一声："有人找我？"

小伙计点头。

"你描述一下是什么样的人？"苏风暖道。

"像是谁家的护卫，腰牌上画着麒麟图。"小伙计想了想，将大致样貌描述了一番，说，"只有一个人，很年轻。"

苏风暖闻言笑了笑："我认识他，没事儿。"

小伙计松了一口气："原来姑娘认识啊，吓了我一跳，昨日东湖据说沉了一艘画舫，上面坐着容安王府的叶世子。你听说了吗？"

苏风暖点头："听说了。"

小伙计叹气："叶世子年纪轻轻的，佛祖保佑，他一定没事儿。"

苏风暖含笑看着他："你与他非亲非故，又不认识，保佑他做什么？"

小伙计摇头："姑娘说这话就错了，叶世子可是容安王和王妃唯一的子嗣，他若是真出了事儿，容安王府的血脉可就绝了。王爷和王妃是为了保家护国而死，没有当年的王爷、王妃拼死而战，也就没有如今咱们南齐百姓的太平了。叶世子可不能死。"

苏风暖坐下身，笑道："好人不长命，祸害遗千年，他死不了。"

小伙计嘿嘿一乐："姑娘说得对。"话落，他连忙问，"还做昨日那样的衣服？"

苏风暖看了一眼小狐狸，想着昨日她是带着小狐狸大摇大摆地出城，不少人都看见了。今日她穿的是柳开给她准备的男装，虽然没特意易容，但若不是跟她接触深的如小伙计这样的人，也识不出她，小狐狸自然不能再穿昨日的衣服了，她道："不要了，换个样子。"

"那是姑娘挑一种布料，还是让小狐狸自己选？"小伙计问。

苏风暖扫了一眼，伸手从一堆摆着的布料里够下一块大红花的布料，转头问小狐狸："这件？"

小狐狸见虽然没昨日它自己选的那件花碎繁杂，但这大红花也好看，脑袋高兴地点了又点。

苏风暖对小伙计说："做整身的，脑袋和尾巴都给它套上。"

"好嘞。"小伙计拿着布料去后面了。

苏风暖坐在椅子上等着，小狐狸在她身边又蹦又跳。

不多时，小伙计从后面出来，给她沏了一壶茶。苏风暖刚喝了一口，外面走进来一个人。这个人正是那日她在山林里遇到的年轻男子。

那人进来，看到苏风暖，愣了愣。

苏风暖笑着对他打招呼："许公子，好巧。"

那人露出微笑，眸光中染上一丝惊喜："又遇到姑娘了，还真是巧得很。"

苏风暖倚着柜台问："许公子来做衣裳？"

那人摇摇头："是有件事情，过来查查。"

苏风暖挑眉："这衣裳铺子能查什么事情？"话落，她看着一旁的小伙计，笑吟吟地说，"这位许公子与京城国丈府是一家门第，你这衣裳铺子是犯了事儿吗？今日劳烦许公子亲自来查了？"

小伙计连忙摇头："没有啊。"话落，他紧张地看着男子，"这位许……许公子，您有何事要查？"

男子笑道："你别害怕，别听这位姑娘吓唬你，你这衣裳铺子没犯事儿。"顿了顿，他道，"我只是问你，可见过一位姑娘和一只穿了花衣服的小狗？"

小伙计面色一变，看向苏风暖。

苏风暖顿时笑了起来，伸手敲他："你看我做什么？我虽然是个女子，但我身边这只可不是小狗，是只小狐狸。"

小伙计连忙揉头："姑娘怎么打人啊？"

苏风暖看向男子，揶揄道："许公子又对哪家的姑娘有非分之想了？竟然追着查。"

男子失笑，看着她无奈地摇头："姑娘说笑了，是昨日有人看见一个女子和一只小狗也在清早去东湖游湖了。昨日东湖里沉了两艘画舫，一艘里面坐着容安王府的叶世子，一艘是那位姑娘所坐。两艘船沉湖之处相距不远，一艘沉入湖底中心，一艘则是沉在岸边，像是故意被人凿坏，船家和他的家人以及那位姑娘和那只小狗，至今都下落不明。叶世子带的护卫都死了，他至今也是生死不明。所以，我猜测，那位姑娘与沉船之事，脱不开干系。”

苏风暖点头：“原来是这样，我也听说了。”话落，她看向小伙计，“你看到了吗？赶紧告诉许公子。找人要紧。”

小伙计看看苏风暖，又看看男子，半晌后，摇摇头：“不曾见过，公子再去别处问问。”

男子叹了口气：“问了好几处，都说不曾见过。”话落，他拿出那件小狐狸丢掉的花衣，“这样的布料，很多衣裳铺子都有，也说明不了什么。除了这个，再没别的线索了。”

小狐见到他手中的花衣，立即要扑上前去抢。

苏风暖一巴掌将它按住，怒道：“小东西，那不是烤鸡。”

小狐狸呜呜两声，疼得不敢动了。

小伙计看着苏风暖，腿软了软。

男子笑道：“看来它喜欢我手里的这件衣服？”

苏风暖翻了个白眼：“那算是衣服吗？顶多算是个布筒子。”话落，她安抚小狐狸，“好啦，你要是喜欢，我给你做一件漂亮的，比这件漂亮十倍。”话落，她扫了一眼满铺子的布料，一指那块大红花的布料，对小伙计说，“就它吧，给这小东西做一件，赶紧的。”

小伙计已经说不出话了，连连点头，又扯了一块大红花的布料，送去了后面。

苏风暖回头看着男子，挑眉：“许公子与叶世子的关系很好吗？不惜劳苦奔波找他？”

男子笑着道：“我正巧在灵云寺，听说了此事，不能不管。”话落，他没急着走，也跟着坐了下来，对苏风暖笑道，“上次姑娘没告知名姓，如今又遇到了，姑娘该告知在下名姓了吧？总不能以后再见，在下一直姑娘姑娘的称呼，连名姓也不知。”

告知名姓？她能说她就是苏风暖吗？尤其他就是国丈府的小国舅许云初。

苏风暖忽然觉得好笑，若是他有一天知道了她就是苏风暖，不知道该是什么表情，但至少不是现在让他知道。她心思微转，笑吟吟地看着他，四两拨千斤：“我也只是知道你姓许而已，也没问你姓名，还不是一样见面聊天？姓名有什么打紧？”

许云初失笑，刚要说什么，外面有人急匆匆走了进来，他便打住了。

那人一身护卫打扮，进来之后，恭敬地喊：“公子。”

许云初看着他：“是不是有了什么新发现？”

那人左右看了一眼，靠近许云初，对他耳语了两句。

许云初皱眉：“竟有这事儿？”

那人点点头。

许云初面色沉凝，对他摆摆手，那人退出了衣裳铺子。他转头看向苏风暖：“苏姑娘，多谢你的紫木草。你不告知姓名在下便不问了，但若是在下要找姑娘的话，不知怎么找？”

苏风暖笑看着他：“你找我做什么啊？一株紫木草是不是不够？”

许云初摇头：“不是因为紫木草，是觉得与姑娘有些缘分，所以……”

苏风暖笑看着他：“我常年在江湖跑，有些缘分的人多得用东湖的水都盛不过来。难道每个人我都要告知如何找我？那我岂不是要麻烦死？”话落，她笑吟吟地道，“许公子还是赶紧去做正事儿吧，别耽搁了。”

许云初无奈，笑道：“姑娘真是特别。”话落，他起身告辞，“姑娘在乞巧节之日会出来看乞巧会吧？希望在乞巧会能再遇见姑娘。”

苏风暖洒脱地摆手：“我就在这灵云镇，说不定用不到乞巧会就会再见了，许公子快去忙吧。”

“也是。”许云初笑着拱手，出了衣裳铺子。

苏风暖目送他离开，想着风美人动作可真快，这么快就给她处置了她的老相好易疯子，不愧是能在江湖有一席之地的风美人。不过，许云初是国丈府的小国舅，按理说，不是特殊情况，朝廷从不会介入江湖之事，江湖有江湖的规矩，朝廷中人也看不惯江湖人的行事作风，认为上不了大雅之堂，向来不关心。尤其是高门府邸里真正的贵戚公子，更是不屑江湖上的打打杀杀。可是许云初竟然这么快就有人给他禀告江湖上最新发生的事儿了，说明了什么？

他和他的护卫不知道她能在十步之内听音入耳，白送给了她这么一个发现。

许云初对江湖之事看起来极其关注，第一时间知晓，应该是在江湖上有耳目。

国丈府的小国舅，对江湖之事了如指掌，介入江湖，为了什么？

她眉头轻蹙，一时间心思打了无数个转圈。

小伙计从后面悄悄探出头，看了一眼，见只有苏风暖一人了，他才走了出来，白着脸小声说：“姑娘，您……”

苏风暖打住思绪，笑看着他：“你觉得我像是会害叶世子的人吗？”

小伙计摇摇头：“姑娘面相和善，不像是会害人之人。”

苏风暖拍拍他肩膀："再有人来问，一律说没见过，知道吗？"话落，补充，"容安王和王妃不会绝后的，叶世子祸害遗千年，命大得很，死不了。"

小伙计松了一口气："姑娘是好人。"

苏风暖笑了笑，好人吗？她是一直想要做一个好人的。

又坐了片刻，小狐狸的大红花衣裳做好了，苏风暖付了银子，没给小狐狸穿，而是拿着出了衣裳铺子。

大街上三五一群三两一伙地谈论着关于东湖画舫沉船的事，容安王府叶世子生死不明的消息。

苏风暖没立即回农庄，而是进了一间不起眼的茶馆。

茶馆内正在说书，已经坐满了人，再无多余的空位。

苏风暖站在门口，向里面看了一眼，掌柜的正看到她，愣了一下，连忙走了出来，压低声音说："小姐怎么来了？"

苏风暖对他道："尽快查一下许云初，我要他的所有资料，查到之后送去给柳开。"

掌柜的连忙问："国丈府的小国舅？"

苏风暖颔首："正是他。"

掌柜的点点头，小声问："小姐进来喝杯茶吗？里面虽然人满了，但还是能找一个座位的。"

苏风暖摇摇头："我还有事，就不进去了。"

掌柜的颔首："小姐慢走。"

苏风暖离开茶馆，向农庄而去。

回到农庄，王夫人见了她，瞪着眼睛嗔怪："暖儿，你这孩子又跑哪儿去了？昨天一天没见到你人影不说，晚上也没回来。谁家的姑娘跟你一样，夜不回府？传出去，名声可会坏的。听说叶世子乘坐的画舫沉船了，至今生死不明，你又不见踪影，我害怕你也出了事儿，急死我了。"

苏风暖挽住她胳膊："外婆，别人家的姑娘是别人家的姑娘，我自小不就这样吗？"话落，她转移话题，"我命大得很，出不了事儿。刘嬷嬷呢？"

王夫人闻言叹了口气："刘嬷嬷去东湖了，听闻叶世子出了事儿，嬷嬷急坏了，昨儿半夜就赶去了，我若不是为了等你回来，也去看看了。"

苏风暖点点头。

王夫人忧心忡忡地道："据说画舫被打捞了上来，连护卫带船夫，十七具尸体。叶世子至今下落不明，怕是凶多吉少了。你说这孩子怎么这么命苦？不足弱冠，还没娶亲，若是就这样出了事儿……"

苏风暖道："既然他至今没消息，也许才是好消息。毕竟打捞上来的人都死了。兴许他没落水。"

王夫人双手合十："希望佛祖保佑他真没事儿。"

苏风暖看着她："我回来这一路，听不少人谈论这件事儿，好多人烧香拜佛保佑他呢。别人有一条命，他有十条命，您放心吧，他死不了。"

王夫人放下手："容安王和王妃战死沙场，独留他血脉延续，这么多年，百姓们心里也都记得呢。希望王爷、王妃在天之灵真能庇佑他。"话落，她站起身，"我不放心嬷嬷，也想去东湖看看情况，暖儿，你跟不跟我去？"

苏风暖摇头："据说东湖有很多人，国丈府的小国舅也在，我就不去了。"

王夫人点点头："也好，小国舅身份特殊，再加之赐婚的事儿还没定准，你们若是私下见了，被太后知道，也不是好事儿。那你就在这里待着吧，不准再往外跑了。"

苏风暖乖巧地点点头。

王夫人简单地收拾一番，临出门前嗔苏风暖："快把衣服换回来，穿着男人的衣服像什么样子。"

苏风暖连连点头，王夫人出了农庄。

王夫人前脚刚走，苏风暖连衣服也没换，后脚便又出了农庄。叶裳的伤一日要换三次药，她好不容易救了他，总不能不管他。以他的脾气，若是一日不见她回去，一准折腾自己的伤口。

苏风暖带着小狐狸又进了灵云镇。

她刚踏入城门不远，后方有一队急促的马蹄声奔来，大概有上百匹马，将灵云镇似乎都震得晃了晃。她回头看了一眼，只见打头的是几名年轻的公子，锦衣华服，人人脸色发白，神色焦急。

这几人她不认识，但从他们腰间晃荡的腰牌可以辨别他们的身份。

安国公府二公子陈述、景阳侯府三公子沈琪、平郡王府世子齐舒、晋王府长孙刘焱……

都是素来与叶裳交好之人，显然是为他而来。

苏风暖收回视线，刚要离开，只见对面铺子里走出一个老婆婆，老婆婆似乎耳背，没听到马蹄声，拎着一包药，穿街而过。

眼看那一队马匹奔驰而来，所有人都让开了路，只有那老婆婆走在路中间，当前骑马的两人已经看到了，但是一时间马跑得太快勒不住缰绳，眼看马就要踏在老婆婆身上，苏风暖身子瞬间蹿上前，一把抱住了老婆婆，同时，袖中的丝缎也飞了出去，缠住了马扬起的蹄子。

不过是须臾之间，千钧一发的空隙，她带着老婆婆躲开了马蹄。

丝带松开，那马蹄子踏在了地面上，发出“腾”的一声重响。

苏风暖放开老婆婆，将丝带收回了袖子里。

老婆婆这时也发现险些一脚踏入鬼门关，连忙对苏风暖道谢。

陈述也惊了个够呛，端坐在马上，看着苏风暖，赞道：“姑娘好功夫！”

苏风暖抬眼瞅他，顺着他的目光，伸手摸了摸头发，才发现刚刚救人太急，冲力太大，头发散开了。她拿出丝带，系上一头青丝，淡淡地说：“过奖了，公子以后骑马进城，还是放慢些速度，免得伤了人。”

陈述诚然道：“受教了。”

苏风暖不再多言，转身就走。

陈述喊住她：“姑娘且留步。”

苏风暖回头看着他。

陈述道：“敢问姑娘芳名，记个恩情，在下办完事情定然报还。”

苏风暖笑了笑：“举手之劳而已，恩情就不必记了。我是为救人，可不是为图回报。”

陈述闻言也不纠缠，拱手：“既然如此，姑娘慢走。”

苏风暖进了小巷子，隐去了踪影。

沈琪凑近陈述，说道：“这么俊的功夫，竟然出在这么年轻的姑娘身上，我还是第一次见。不知道这姑娘是什么来历？”

陈述道：“江湖上卧虎藏龙，能人异士多了，你没见过，是不常出京而已，也不足为奇。”话落，他道，“我们快些，先去府衙，看看情形，咱们赶紧找叶裳。”

沈琪点点头，住了嘴，一行人打马向府衙而去。

苏风暖回了那处院子，她刚踏进门口，柳开便迎了出来，小声说：“小姐您回来了？叶世子正在发脾气，我正要去找您呢。”

“他发什么脾气？”苏风暖问。

“扔了药碗，说你不回来，他就不喝药。”柳开道。

苏风暖心里有气，点点头，进了院子。

来到叶裳的房间，只见他郁郁着一张脸，半躺在床上，闭着眼睛，长长的睫毛在他眼底落下一片浓郁的阴影。屋中的窗帘落着，投不进阳光，隔着帘幕看来，他脸异常地白，神色异常地阴郁。

苏风暖挑开帘幕，倚着门框看着他，冷道：“伤在你自己身上，你发脾气不吃药别人又不难受。脑子进水还没好吗？连三岁小孩子都不如了。”

叶裳立即睁开了眼睛，看着她：“你去哪里了？”

苏风暖瞪了他一眼：“回农庄一趟，外婆不是我娘，长时间不回去，她就会发动人找我。”

叶裳点点头：“我伤口裂开了，需要重新包扎。”

苏风暖走进来，瞅着他：“我临走前给你包扎好好的，你有扔药碗的力气，怎么没自己包扎伤口的本事？”

叶裳伸手拽住她的手，郁郁地说：“我只有扔药碗的力气，没有自己包扎伤口的本事。所以，暖暖，你要在我身边看着我陪着我，你不看着我，我这伤口就好不了。”

苏风暖没好气地骂：“无赖，谁爱管你死活。”

叶裳脸色阴郁转晴，笑看着她：“你爱管。”

苏风暖一时失语。

叶裳忽然松开手，拽住她袖子，凑近他鼻子闻了闻，皱眉说：“你什么时候见过了许云初？”

苏风暖挑眉。

叶裳嫌恶地放开她的袖子，看着她：“你身上有一股子竹梅香，这种香料，是许云初以青竹和冬梅的树研磨做料，特制的。普天之下，只有他自己用。”

苏风暖低头闻了闻，发现果然有，她无语地道，“他一个大男人，偏爱香料？”

叶裳哼了一声。

苏风暖道：“是见过他，在衣裳铺子，他去查我。”话落，将遇到许云初的事情说了一遍。

叶裳沉郁着脸看着她：“你几日前便见过许云初了？在山林？”

苏风暖点头：“我发现他这个国丈府的小国舅有点儿不简单，一个人拿着弓箭在山林里说迷路走不出去了。后来，我带他出去，送了他一株紫木草。之后，柳开说他从灵云寺回来后，立马就有人在查他。今日，他的护卫第一时间就将风美人砍了易疯子之事禀告给了他。这可是江湖之事，他一个国丈府的小国舅，高门贵裔的公子，这么快就了然江湖，不是很奇怪吗？”

叶裳冷笑：“许云初什么时候简单了？他从生下来就不简单。你别被他的外表糊弄了。”

苏风暖坐下身，伸手解他伤口的缠带，一边给他处理伤口，重新包扎，一边翻白眼：“我被他糊弄什么？我这些年见过的人如过江之鲫。我不糊弄别人就不错了。”

叶裳忽然笑了：“是啊，暖暖有着天下最会糊弄人哄骗人的本事。太后那个老精婆都被你骗过了。”

苏风暖嘴角抽了抽：“你叫太后老精婆，小心她对你抽筋扒皮。”

叶裳不屑：“一把老骨头了，蹦跶不几年了，只有她自己认为会长命百岁。”

苏风暖笑出声。

叶裳看着她，轻叹：“你总算是对我笑了，从见到我，就一直冷着脸。”

苏风暖剜了他一眼，快速地给他处理了伤口，同时道：“刘嬷嬷听说你出了事儿，一大早就去了东湖，她一把年纪了，若是再找不到你，怕是受不住。”

叶裳道：“嬷嬷正因为活了一把年纪了，什么事情没见过？又是宫里待了大半辈子出来的，越是找不到我，她才越不会有事儿。”

苏风暖点点头，对他道：“如今外面翻了天，京城已经得到了消息，你那帮子狐朋狗友都为了你来了此地，富贵子弟们找不到你，估计会把官府掀了，把东湖水放干。”

叶裳挑眉：“你见着了他们？”

苏风暖将从陈述等人马下救了老婆婆之事说了。

叶裳听罢，笑吟吟地道：“他们眼拙，又可惜你的功夫给他们看了，白瞎了。”

苏风暖哼了一声：“要想个对策，他们来灵云镇是第一批，应该还会有人陆续来。你在这里躲着，不是长久之计。”

叶裳没说话，似乎在思量什么。

柳开再次端来药，这次叶裳乖乖喝了。

苏风暖整个身子懒洋洋地靠着床头，屈着腿，折腾跑了农庄又折返这一趟，有些疲惫。想着如何处置此事妥当。

叶裳喝完药，对她说：“苏夫人若是知晓我出事，看在我故去父王、母妃的面子上，一定会来灵云镇，如今应该在路上，她来了，你外婆就不会总想着找你了，你就能安心陪着我了，先别管外面的破事儿。”

苏风暖瞪了他一眼：“我外婆那里是小事儿，如今是惊动了四面八方的人找你，还有背后害你之人，到底是谁，这才是大事儿。”顿了顿，她道，“江湖上杀手都有规矩，即便到死，也不会说出是谁买凶，所以，易疯子那里是死也不会说的。坏了规矩等于丢了饭碗，以后没人再敢用他，与死无异。”

叶裳没说话。

苏风暖又道：“虽然是破事儿，但也不能任由着不理。何况这么大的事儿。”

叶裳看着她，淡淡道：“京里既然得到了消息，皇上应该也得到消息了，估计会派人来。至于派谁……”他笑了一声，“太后怎么会不插手？卿华坊背后之人是太子，她怎么会饶过太子，任他置身事外？”

“你的意思是，太子本人会来？”苏风暖挑眉。

叶裳点头：“他脱不开干系，不想来也得来。”

苏风暖瞅着他，见他一副闲闲散散事不关己的样子，没好气地说：“你一个人折腾，惊动了多少人。真是祸害。”

叶裳轻哼：“谁让我有这样一个身份，生下来就是惹事的祸害，不管我愿不愿意。”

苏风暖无语，片刻后道：“哪天老天看不惯，一准收了你。”

叶裳闻言笑着看她，眸光里映出一幅迤逦缱绻的画：“收我时有你陪着，也是一桩好事儿。”

苏风暖想说你想得美，抬眼看进了他眸光深处，闭上了嘴。

第十三章
凤阳少主

果然不出叶裳所料，当日，苏夫人听闻叶裳出事后便匆匆离京，来了灵云镇。

京中也因此炸开了锅。

皇帝大怒，要亲临灵云镇。

朝中大臣一起劝阻，言：皇上乃九五之尊，灵云镇如今一团乱象，皇上天子贵体，万可不能前去犯险。若是皇上担心叶世子，派人前往就是了。

太后听闻消息后，也从慈安宫出来阻止皇上。言：皇上为叶裳一人，岂能不顾惜龙体？听闻卿华坊是太子幕僚所开，也算是东宫背后扶持，叶裳在画舫出事儿，当由太子前去，他一国太子，如何能日日窝在东宫？不为国事忧心也就罢了，出了事儿难道还躲着避祸不成？

皇帝闻言更怒，派冯盛前去传旨，命太子即刻赶往灵云镇，不找到叶裳，别回来了。

冯盛赶到东宫后，入门便闻到一股药味。

月贵妃从里面迎了出来，见到冯盛，连忙问："盛公公，可是因为叶裳沉船之事而来？"

冯盛点头，给月贵妃见礼："皇上有旨，命太子即刻前往灵云镇，说若是找不到叶世子……"

"怎样？"月贵妃提着心问。

冯盛叹了口气："说太子也不用回来了。"

月贵妃闻言，顿时红了眼圈："皇上眼里只有叶裳，没有太子。叶裳贪玩游湖如今出了事儿，怎么能全算在太子头上？"话落，她向外走，委屈地道，"我这就去找皇上。"

冯盛见此，连忙拦住她："哎哟，贵妃，都什么时候了，您还去找皇上？皇上本来想自己前去灵云镇，被太后和一众朝臣拦住了，如今正在气头上，虽然叶世子出事儿，不能全算在太子头上，但灵云镇卿华坊顶着的可是太子名头，出了这等事儿，太子脱不开干系。”

月贵妃停住脚步：“太子这些日子一直病着，如今好不容易好了一点儿，若是再折腾的话……”

冯盛看着她：“容安王和王妃当年战死沙场，虽然事情过去了十二年，可是百姓们心里可都记着呢，没人忘记。叶世子是王爷和王妃唯一的血脉，如今此事一出，外面的百姓们都炸开了锅。皇上素来疼宠叶世子，也是因为念在故去的王爷和王妃的分上，太后如今咄咄紧逼，皇上没法前去，太子有着不能推卸的责任，老奴劝您，您可别这时候犯糊涂啊，多少双眼睛盯着东宫呢。”

月贵妃心里顿时咯噔一声，惊醒过来，犹豫挣扎半刻道：“如今太子的病刚刚稍好一点儿，让他独自一人去，我不放心，我要跟着他一块儿去。”

冯盛心里暗暗叹了口气：“皇上只命太子前去，贵妃若是去，怕是要去寻皇上请旨。”

月贵妃点头，吩咐宫女：“你们给太子收拾行囊，本宫去找皇上请旨。”

宫女们齐齐应是。

月贵妃随着冯盛去见皇上。

皇上余怒未消，见到月贵妃，脸色难看：“你来做什么？”

月贵妃眼圈又红了，眼泪忍不住，湿了眼眶：“皇上，衍儿病还没好，妾身不放心他一人前去灵云镇，妾身也……”

皇帝竖起眉头：“你也要跟他一起去？”

月贵妃点点头：“他身子弱，若是出了什么事儿，就是要了妾身这一条命啊，皇上。”

皇帝沉怒地看着她：“慈母多败儿，太子如今这副样子，就是被你宠惯的，不经风雨，风一吹就倒。”

月贵妃拿着帕子擦眼泪，委屈如滔滔江水：“皇上怎么能一味地责怪臣妾？若不是有人虎视眈眈想要我们母子不得好死，臣妾也不至于每日提心吊胆看着太子，太子他身子也不至于这么弱。”

皇帝一时沉默，冷沉着脸看她片刻，挥手：“你回去吧，朕不准你跟他前去灵云镇。”

月贵妃含着泪水看着皇帝：“皇上，太子从未出过京城啊，若是有人趁机作乱，太子有个三长两短……”

“有个三长两短，朕就重新立太子。”皇帝大怒道。

月贵妃身子猛地晃了晃，颤抖惊惧地看着皇帝。

皇帝也看着她，眉目冷沉："他是太子，是东宫之主，是这南齐江山未来的支柱，如今连灵云镇都不敢去，立不起来，一桩事情都处理不好，朕的江山还如何交给他？你说呢？嗯？"

月贵妃抖了抖嘴角，恐慌得不能出声。

"即便朕交给他，他也坐不住。"皇帝又道，"躲在母亲羽翼下的孩子，永远长不大，你这不是对他好，是害他。你知道不知道？这么多年，没一点儿长进。"

月贵妃惶惶地看着皇帝。

皇帝不再看她，对一旁冯盛吩咐："将月贵妃送回青凤宫，从今日起，闭门反省，没我的命令，不准她出宫。"话落，又道，"吩咐太子，立即出京，不得耽搁。"

月贵妃看着皇帝，上前一步，哭道："皇上，您不能让衍儿独自去啊，臣妾……"

"下去！"皇帝冷喝，"你若是再多言，朕就先废黜了你贵妃之位，打入冷宫，再废了太子。"

月贵妃身子一软，不敢置信地看着皇帝。

冯盛眼见不好，连忙上前，一把拽住月贵妃，将她拖出了殿外。

月贵妃一把拽住冯盛，眼里全是惊惧："盛公公，皇上他……他刚刚说什么？"

冯盛叹了口气，小声说："皇上如今正在火气上，您就忍忍，否则对您没好处，还是先回寝宫吧，等皇上消了气再说。"

月贵妃看着他："皇上说他要……他要……"

冯盛一把捂住她的嘴，私下看了一眼，小声说："贵妃快别乱说，小心真惹了大祸，悔之晚矣。"

月贵妃身子发软，几乎站不住，拽着冯盛哀求："公公，求求你，本宫不能没有太子啊。"

冯盛小声说："太子也是皇上的骨肉，皇上不会不管，您就放心吧。当务之急，是先找到叶世子，确定他没事儿才好，否则事情可就大了。"话落，他意有所指地看了慈安宫方向一眼，"您在宫中多年，不用老奴提醒您吧？"

月贵妃心里顿时敲了一声警钟，咬牙点了点头。她虽然担心太子，但也无可奈何，只能听了冯盛的劝，回了宫。

冯盛打发走月贵妃，回去见皇帝。

皇帝见他回来，问道："她回宫了？"

冯盛点点头，小声说："奴才去东宫时，里面弥漫着药味，据说太子病体刚刚好一些，贵妃担心他身体，怕是经不起折腾加重病情。”

皇帝冷哼：“身为太子，多年无作为，如今三天两头病倒，朕这江山，还如何能指望他？”顿了顿，又道，“叶裳游湖，沉船落水，定有蹊跷，不是偶然。”

冯盛顿时忧心，压低声音说：“此事怕是冲着东宫而来，太子未出过京，此去灵云镇……”

皇帝脸色阴沉，对他吩咐：“派五千御林军，随太子出京去灵云镇，你也跟着太子去。务必找到叶裳。活要见人，死要见尸。”

“是。”冯盛垂首，皇上不能出京，他一个奴才总能听命出京。

当日，点齐五千御林军，冯盛陪同太子，前往灵云镇。

月贵妃被皇上关了反省，消息传回慈安宫，太后冷笑一声：“多少年了，皇上还是宠着这个女人。这个时候将她关起来反省，摆明是护着她。”

侍候的嬷嬷小声说：“月贵妃是哭着回宫的。”

太后又冷哼：“不懂皇上的心，早晚让皇上寒了心。”

嬷嬷又小声道：“皇后关了半个多月了，昨日将殿里的东西都砸了，皇上至今没放皇后出殿的意思，您看要不要趁着这个机会，跟皇上提一提？如今月贵妃被关，兴许……”

“提？”太后冷下脸，“放她出来做什么？她还不及那个女人，生不出个带把儿的。出来闹腾有什么用？只会让哀家心烦。关着吧，她乐意砸，就让她砸。”

嬷嬷点点头。

太后又道：“听说皇上派了五千御林军和冯盛出京随太子去灵云镇了？”

嬷嬷点头：“刚刚走。”

太后脸色难看：“五千御林军，皇上好大的手笔。若是太子此次办事不力，找不到叶裳不说，还查不出个所以然来，哀家看他这个太子也不用做了。”

嬷嬷适时地不言声。

“京中如今都什么人去灵云镇了？”太后问。

嬷嬷连忙道：“小国舅早先为了许小姐之事，前去灵云寺了，如今就在灵云镇，跟着操劳查找叶世子。其余京中与叶世子交好的那些纨绔子弟，去了十多人。今儿一早，苏夫人匆匆启程，也赶去灵云镇了。至于其余人，倒没动静。”

太后闻言蹙眉：“云初往东湖凑什么热闹？”

嬷嬷压低声音说：“灵云镇就在灵云寺山下，依照小国舅的性情，知晓叶世子之事，自然是要管上一管的。更何况还有许小姐如今也在灵云寺，若是知道叶世子出事儿，如何能坐得住？”

太后叹了口气：“所谓慧极必伤，说的就是灵依这孩子。这两年哀家一直不明白她怎么就看上了叶裳？”

嬷嬷又不接话了。

太后又道：“罢了，由着他们去吧，叶裳出事儿，云初若是知道了不去，才让人说闲话了。”话落，又道，“苏府看来还是心向叶裳啊。”

嬷嬷小声道：“当年苏大将军因为容安王和王妃之死，愧疚多年，甚至辞官，如今苏夫人听闻叶世子出事，急急前去，也是基于旧事，不见得是对儿女婚事看重。毕竟苏夫人疼女儿是出了名的。据说那一日，皇上找苏夫人谈过赐婚之事，苏夫人给拒了，否则皇上早就赐婚了。”

太后点点头：“苏府小姐，实在难登大雅之堂。”话落，道，“听说几日前，刘嬷嬷、王夫人还有苏府小姐，都去了灵云寺？如今也在灵云寺，那岂不是会和云初撞上面？”

嬷嬷摇头：“奴婢派人打听了，她们并没有去灵云寺，据说先去了王府在灵云镇的农庄，苏府小姐还没碰上小国舅。”

太后松了一口气：“关于要不要云初娶苏府小姐，哀家还没想好，最好是别撞上。”

嬷嬷道：“若是小国舅撞上苏府小姐，一准看不中意，依照小国舅的脾性，您要让他娶，可就难了。”

太后点点头：“这孩子什么都好，就是太傲了。所谓刚过易折。”话落，她摆摆手，“苏府小姐是个爱凑热闹的性子，没准也会去东湖，这样一来，与云初十有八九会撞上。我还是有些不放心，这样，派个人去盯着点儿，尽量使些策略，别让他们碰面。”

嬷嬷点头，连忙去了。

太子出京，五千御林军跟随，在京中还是弄出了不小的动静。

朝臣们闻风而观，都敏锐地觉得，此事对于东宫来说，怕是成败在此一举了。

灵云镇距离京城五十里，太子车驾很快就到了灵云镇。

冯盛看着前方的岔路口，小声对车里询问：“太子殿下，是先去东湖还是先去府衙？”

太子从车里探出头，看了一眼，病恹恹地说：“府衙吧，先去了解一番情况，再作定夺。”

冯盛点点头，队伍进了城门，直奔府衙。

灵云镇的百姓们听说太子入城了，一传十，十传百，很快就传开了。不少人都好奇太子长什么样，但更多的人是担心一年有大半年病卧在床的太子能找得到叶世子吗？如今都过去两日了。

灵云镇的深巷宅院内，自然也闻到了外面的风声。

苏风暖打了个哈欠，对叶裳说："五千御林军，好大的阵仗。"

叶裳眯了眯眼睛："看来皇上还没死心。"

苏风暖挑眉看着他："你希望皇上对太子死心？"

叶裳懒洋洋地看了她一眼："不是我希望，是他若是有救，也不失为一件好事儿。只是可惜，刘衍被月贵妃养坏了，扶不起来。"

苏风暖收回视线，向外走去。

叶裳喊住她："又去做什么？你就不能陪我好好地待一日？"

苏风暖停住脚步，瞪着他："你又不是小孩子了？难道我还日日哄着你不成？自己待着。"

叶裳脸色不好，起身下了床："你去哪里，我也跟你去哪里。屋里闷死了。"

苏风暖被气笑："我去见我娘，你难道也跟着去？"

叶裳上前两步，攥住她的手："你以前一年半载不回家，你娘也不找你，如今她刚来，你急着去见她做什么？"

苏风暖甩了两下，没甩开他，没好气地道："自然是告诉她你没事儿，否则我娘若是把这个消息告诉我爹，他一准丢下边关事情急急回京。这个时候他若是回京，可不是什么好事儿。"

叶裳闻言看着她："你是怕苏府卷进来，还是怕太后和皇上揪住他谈论你的婚事？"

"都有。"苏风暖道，"反正都不是什么好事儿。"

叶裳轻轻哼了一声，放开手，郁郁地道："那你早去早回，不准不回来。"

苏风暖白了他一眼，出了房门。

叶裳倚着门框看着她出了府宅，揉揉眉心，见柳开正看着他，他对他招招手。

柳开连忙走了过来："叶世子，您有什么吩咐？"

叶裳看着他："你在暖暖身边多久了？"

柳开想了想，道："六年了。"

叶裳皱眉："这么久了？"

柳开小心地看着他，点点头。

叶裳又问："除了你，还有些什么人，都是跟在她身边这么多年的？"

柳开谨慎地摇头："小人不知，这些年，小姐行踪飘忽不定，小的只管灵云镇之事。"

叶裳看着他："一个灵云镇，比之天下，小巫而已。这么说，暖暖身边如你一样的人，有很多了？"

柳开摇摇头："小人真不知。"

叶裳忽然笑了，悠闲地看着柳开，似乎在与他闲话家常："真是滴水不漏，你是怎样被她选中，留在这灵云镇的？"

柳开垂下头："小人本是无家可归的弃儿，当年被小姐所救，跟着小姐在江湖上见识了一年后，小姐发现小人于药理上有些天赋，五年前来灵云镇时，便留小人在灵云镇药铺做营生。"

叶裳扬眉："五年前？"

柳开点点头。

叶裳眸光微动，笑看着他："除了掌管药铺，还做什么？"

柳开犹豫了一下，在叶裳的眼神下，低声说："这里距离京城近，小姐吩咐，保护世子您。一旦世子有事，立即通知她。"

苏风暖出了宅院后，并没有去寻苏夫人，心里打着盘算，去了凤阳镖局。

凤阳镖局做的是南北七十二行的生意，大到传国玉玺，小到鸡毛蒜皮，只要找到凤阳镖局，就没有做不成办不到的事。

她刚踏入凤阳镖局的门，有人见了，连忙往里面通报。

不多时，一名年轻的男子从楼上房间走出，扶着栏杆向下望，一双丹凤眼在看到苏风暖时，凤眉扬了又扬："今儿天色晴好，没风啊，怎么将你给吹来了？本少主这眼睛没花吧？"

苏风暖抬眼，只见楼上男子一身春水色软袍，身子半倚着栏杆扶手，雌雄莫辨的容颜端的是瑰丽夺目，周身清贵的气息丝毫不输于任何王孙贵裔，此时一双丹凤眼看着她，面上似笑非笑。

她收回视线，寻了把椅子坐下，缓缓道："今儿天色是不错，没风，但我自带风来，不用吹，凤少主别来无恙啊。"

"所谓无事不登三宝殿，别告诉我你自带风来是找我做生意的。"凤阳款款下楼。

苏风暖淡笑挑眉："我为什么不能找你做生意？"

凤阳来到她近前，不答反问："天下有一种说法，不知道你听说过没有？"

"若是关于我的，可以听上一听。"苏风暖道。

“江湖不求人，天下无所需。”凤阳一手扶住苏风暖的椅子，轻身靠近她，“我如今倒想知道，今日你走入我这凤阳镖局，所求所需为何？”

苏风暖笑了一声：“还有这种说法，我还真没听说过。”话落，她伸手推开凤阳，指指自己，“我不是人吗？”

凤阳顺势退后一步，有些距离地看着她，摇头：“在很多人看来，你不算是个人。”

苏风暖翻了个白眼：“我也是有爹生，有娘养的，自认也还算是个人。是人就有所求所需。只不过大多时候，我比较懒罢了。”

“哦？那我更想知道今儿什么事儿让你不懒了？”凤阳扬眉，“听说你让风美人砍掉了易疯子的手臂？易疯子什么时候得罪你了？”

苏风暖手指叩了叩桌面，没说话。

凤阳看着她：“据说最近易疯子只接了一桩生意，那就是东湖画舫沉船之事。”话落，他又上前一步，“原来容安王府的叶世子让你这般在意？”

苏风暖抬眼看他，只见他一双丹凤眼里面尽是波澜，她笑了一声：“凤少主这凤阳镖局做的是生意吧？什么时候还喜好寻根究底嚼舌头根子探寻别人私事儿了？”

凤阳盯着她：“最近才有的喜好。”

苏风暖不置可否。

凤阳看着她：“风美人素来不将任何人放在眼里，但独独怕你，你让人送去一幅撕碎了的易疯子刺杀容安王府叶世子的画像，风美人惧怕，对你连个纠缠都没有，二话不说，便断了易疯子那条胳膊，给了你交代。因为她知道你的脾气，一句话不说，是真的怒极了，没的商量。”

“果然天下没有瞒得住凤阳镖局的事情。”苏风暖笑了笑。

凤阳脸色渐渐阴了：“他刺杀容安王府叶世子，就能让你这般恼怒？”

苏风暖眯了眯眼睛：“我今日上门是来找你做生意的，除了做生意，你还想探听什么？”

凤阳看着她：“做生意也要讲求个前缘，若是话不投机，生意不做也罢。”话落，盯着她，“比如，我很想知道，他刺杀叶裳为何让你这般恼怒？”

苏风暖笑看着他：“若是话不投机，生意就不做了？我倒未曾听说凤阳镖局又有了新规矩？不是万两黄金一笔生意吗？何时改了？”

凤阳道：“从本少主接管凤阳镖局之日起，就改了，生意也凭心情。”

苏风暖闻言站起身，向外走去。

凤阳抱着胳膊看着她，凉凉地道：“要运送叶世子回京，非凤阳镖局不能做，你确定今日你要走出这个门？”

苏风暖顿住脚步，回头看着他：“果然是凤少主，将我的来意猜得这般清楚。”

凤阳冷笑：“若是猜不透你的来意，我这凤阳镖局从此就该关门了。”

苏风暖也抱着胳膊回看他：“猜出我的来意，若是不做这单生意，凤少主可想清楚后果了吗？”

凤阳扬眉：“你手中的沉香令，我倒是还没见识过。见识见识也无妨。”

苏风暖手中的剑瞬间就对准他飞了出去，凤阳顷刻间躲闪，他早料到她会出手，也心有准备，他躲得急，躲得快，剑还没到近前，他就躲开了。可是他躲开后，身形还未站稳，只觉眼前一花，身后便被架住了一把剑。他面色倏地一变。

苏风暖站在他身后，手中的剑指着他后背心，冷道：“见识过沉香令的人都死了，凤少主难道活够了，也想下去陪他们？”

凤阳一时没言语，脸色十分难看。

苏风暖收了剑，无声入鞘。

凤阳慢慢地转回身，看着她，半晌后方道：“这样分花逐影的功夫据说已经失传，没想到今日有幸见了。”

苏风暖扬了扬嘴角：“凤少主如今有心情做生意了吗？”

凤阳看着她，沉默片刻，道：“若是我还说没有呢？你难道真杀了我？万金不要，本少主只想知道你为何如此在意叶裳？还登上凤阳镖局的门相求护送他回京？”

苏风暖抿了一下嘴角，忽然笑了：“告诉你也无妨，若说天下只有一人让我相护，便是他了。这样回答，凤少主可满意？”

凤阳面色瞬间沉了：“你心仪叶裳？非他不嫁？”

苏风暖轻笑：“凤少主的脑筋转得可真快，护便是心仪非他不嫁了？这样的说法未免太过……”

凤阳盯着她：“难道不是？”

苏风暖收了笑，果断地道：“不是，护就是护。”

凤阳眸光盯紧她：“护到什么时候？”

苏风暖道：“他娶妻生子，安顺一生。”

凤阳忽然大笑：“这事儿倒是新鲜了，你如此护他，却不嫁他，护到他娶妻生子，安顺一生？那也就是一辈子都护着了？那你是他的谁？”

苏风暖抬眼看他，不理会他的笑，问道：“凤少主，你有想护一辈子的人吗？某一时刻，突然有了这样的想法，后来却渐渐地根深蒂固了。”

凤阳摇头："没有。"

苏风暖点头："那就是了。你没有，不代表别人没有，便没有资格笑话有的人。"

凤阳收了笑意："容安王府的叶世子哪一刻让你根深蒂固想要护他一生了？我倒想知道。"

苏风暖看着他，面色沉凝，冷然道："十二年前，容安王和王妃被困，战死沙场，方圆十里，全是焦土，只有尸骨堆积成山。叶裳五岁，找不到吃的，就在死人堆里剜人肉吃，才活了下来。当年，找到他的人，除了我父亲，还有我。"

凤阳眸光现出一抹愕然。

苏风暖道："这样的答案，凤少主满意了吗？"

第十四章
秘密护送

凤阳沉默片刻，对苏风暖点了点头。

苏风暖笑看着他："这样说来，我可以省了万两黄金了？我们这笔生意算是成了？"

凤阳微哼："如今他在哪里，将他送去京城哪里？容安王府？"

苏风暖道："他就在灵云镇，将他送去皇宫。"顿了顿，又补充道，"最好今日启程。"

凤阳瞪着她："你让我凤阳镖局走皇宫的镖？你确定你没开玩笑？"

苏风暖看着他："没开玩笑，他被易疯子抹了剧毒的穿骨钉射中，我给他剔骨挖肉剔除了毒素，如今伤势未愈，若不是送去皇宫的镖，我怎么会找来凤阳镖局？"

凤阳一噎："在你的眼里，凤阳镖局原来无所不能了，皇宫也能去？"

苏风暖笑看着他："凤阳镖局曾经押送过传国玉玺，虽然是你们祖师爷那辈子的事儿，但如今你凤阳的胆子也不小，给你传国玉玺，你没准也敢押送，更何况只是一个人而已。比起传国玉玺，他不算值钱。"

凤阳看着她："依我看，在你的眼里，他比传国玉玺值钱多了。"

苏风暖微笑："在我的眼里，自然是。"

凤阳又轻哼："你刚刚所言，皆是真话？"

苏风暖笑道："没说假话。"

凤阳手指拢了一下衣袖，说道："将他送去皇宫，也不是不能办到。不过如今无数人在找他，不好办，这趟镖，看来非我亲自押送不可了。他如今在哪里，你带我去。"

"走吧。"苏风暖抬脚就走。

凤阳跟着她出了凤阳镖局的门。

二人走在街上，处处能听到百姓们的议论声，太子如何如何，京城来的一众公子如何如何。

凤阳问苏风暖："你为何将他送去皇宫？交给皇帝？"

苏风暖看着熙熙攘攘的人流，淡淡道："他受了这么重的伤，可不是偶然，易疯子是拿人钱财替人消灾，做的是买卖。但既然是买卖，总有那个买凶之人。卿华坊是打着东宫的名头，出了这样的事儿，就是直指东宫，皇上若是不傻，看到了叶裳，就明白了。"

"你让皇上明白，为了什么？"凤阳又问。

苏风暖笑了一声："剔骨挖肉痛不痛？你尝试过没有？"

凤阳摇头："没有，目前还没人敢对我用剧毒的穿骨钉。"

苏风暖道："我也没尝试过，只是作为学医之人，给别人剔骨挖肉，自己也深有所感。伤口没愈合前，也该让皇帝见见，是有人真要叶裳死。皇帝若是真心疼叶裳，那么，以后也该真护着他。口头说的什么宠，都不实用。"

凤阳哼道："你这是在给叶裳找保护伞，容安王府的叶世子一人出事，各处都吵翻了天，他可不像是你以为的那么无能，若是无能之人，可没有这么好命，独自在京城那种吃人的地方长大，早死了。这些年，多少奏折弹劾他，皇上也未将他如何，这还不算护着？你还想让皇上如何护他？"

苏风暖偏头看了他一眼，不接他的话，问道："据我所知，你的叔父当年曾是容安王的副将吧？也随容安王战死沙场了。"

凤阳斜了她一眼："说这个做什么？"

"没什么，只是想说，回京这一路，对他好点儿，当初你叔父也是拼了命护叶裳的那一个，若是他伤口恶化，算到你身上。"苏风暖道。

凤阳顿时没好气："我向来对我的生意看重，这个就不用你担着心了，送不坏他。"

苏风暖点头："那就好。"

二人来到深巷宅院内，苏风暖领着凤阳进门。

自苏风暖离开后，叶裳便没进屋，就在门口那样站着，阳光打在他的脸上身上，依旧能看出失血过多的苍白，人也清瘦了几分，清俊无双的容色下平添了几分孱弱。

凤阳跟随苏风暖进门，自然一眼便看到了倚着门框站在门口的叶裳，他眯了眯眼睛："传言叶世子容貌无双，果然不虚。"

苏风暖微哼："他也就一副好皮囊拿得出手罢了。"

凤阳眸光微动，笑了一声："总算听到你嫌弃他的话了。"

苏风暖不再言语。

叶裳本来望天，听到动静收回眸光，一眼便看到了进来的二人，凤阳与苏风暖并肩走着，如进自家门一般，闲庭自在。他脸色微凝，一双眸子转瞬间便将凤阳上上下下打量了一遍。

苏风暖来到近前，对叶裳道："这是凤阳镖局的少主凤阳，由他护送你回京。"

叶裳脸色微沉，从凤阳身上收回视线，怒道："我什么时候说我要回京了？"

苏风暖看着他："别闹你的世子脾气，能请得动凤少主亲自护送你回京，我费了好一番功夫。"

叶裳脸色难看："听说凤阳镖局做一单生意要万两黄金，让凤少主亲自相送，想必不是黄金能求得到的。你用了什么条件与他交换？"

苏风暖没说话。

凤阳笑得含蓄："叶世子，久仰了。苏姑娘与在下有些交情，条件嘛，一句话的事儿。"

叶裳冷笑："本世子不同意，凤少主请回吧。"

凤阳笑看着他："叶世子脾气果然如传言一样大。"话落，他看向苏风暖，"买卖看来不成了？"

苏风暖看了他一眼，道："你稍等。"话落，对柳开招手。

柳开立即跑了过来。

苏风暖吩咐："你先带凤少主去喝一杯茶。"

柳开点头："凤少主请。"

凤阳笑着点头，与柳开去了。

苏风暖看着叶裳，见他脸色阴沉、难看，她低声说："你沉船落水之事，虽然是冲着东宫而来，但你是那个引子。将来无论东宫好与不好，你是此事的起因，都要算在你身上。更何况，如今灵云镇鱼龙混杂，牛鬼蛇神齐聚，东宫来了，背后人的谋算也应该会继续出手，你只要留在这里，就是还在局里。如今我送你回京，凤阳会将你送去皇宫，交给皇上。这南齐江山，姓刘，皇上毕竟是皇上，好坏交给他来处置。这样的话，你就从局里跳出来了。对你没坏处。"

叶裳冷着脸道："你倒是为我考虑得周全。"

苏风暖瞪了他一眼："废话。"

叶裳冷着脸看着她："我只问你，你答应了他什么？"

苏风暖摇头："没答应什么？"

叶裳冷笑："凤阳镖局的凤少主，不只在江湖有名，在朝堂也有名，在南齐有名，在北周也有名。大江南北，天涯海角，没有他不敢接的生意。这样的人，你不答应他什么，他会亲自送我入宫？”

苏风暖看着他道：“他与我确实有些交情，他说一句话的事儿，原也没错。”顿了顿，她补充道，“他叔父曾经是你父王麾下副将凤英。”

“他死去了十二年的叔父可没这么大的面子，凤家人向来各自行事，不论亲疏。”叶裳眉眼又冷了冷，转身回房，“我不会随他回京的，你赶紧让他走。”

苏风暖一把拽住他，软了口气，柔声哄道：“你先回京养伤，皇宫御药房好药无数，不吃白不吃。你也给我省点儿，我的钱赚得也不容易，将来还留着做嫁妆呢。”

叶裳脚步一顿，回头看她，只见她白皙的小手柔软地攥住他的衣袖，眉目轻柔，眼神轻软，他一肚子的怒火便悄然退了，不自觉地点头：“我答应你回京进宫，但我养好伤后，乞巧会你要陪我过。”

苏风暖痛快地点头：“成交。”

凤阳一盏茶没喝完，苏风暖便找到他说叶裳答应由他护送回京入宫了。

凤阳看着她挑眉：“我很好奇，你用何法说服了叶世子？”

苏风暖揉揉眉心：“这你就不必管了，只保证将他暗中送出灵云镇，回京进宫，在见到皇上之前，消息不能泄露给任何人。”

凤阳点点头：“今日我便带他走。”

苏风暖嘱咐：“他伤口还没愈合，沿途一定要小心。”

凤阳道：“我虽然不会医术，但包扎还是学过些，你若是不放心，怕磕了碰了，你也随着我一起？”

苏风暖摇头：“我另有事情。”

凤阳放下茶盏，对她道：“既然如此，你就无须担心了。”话落，补充道，“吩咐人备一辆车，我与他都易容一番，马上启程，今儿晚上，我就能将他送到皇上面前，明儿一早我回来与你交差。”

“凤少主这样安排最好不过，事成之后，我在灵云镇等着再请你喝茶。”苏风暖笑道。

“好说。”凤阳颔首。

苏风暖叫来柳开，对他吩咐一番，柳开连忙去备车了。

叶裳听说由凤阳给他易容，有些不悦，但也没有说什么，任由他折腾一番，二人上了马车。

苏风暖站在门口，扶着车辕，对凤阳道：“许云初如今在灵云镇四下搜寻他，这个小国舅似乎对江湖之事了如指掌，连风美人和易疯子之事都能第一时间知道，不简单。你当心他，别让他坏了事儿。”

凤阳轻嗤：“他若是能坏了本少主的事儿，算他本事。不过往后，他也要吃不了兜着走。”

苏风暖点头，又对叶裳说：“你小心些，别动了伤口，京中有太医院，太医的医术也不是糊弄人的。你回去后好好养伤，养不好伤，可别怪我答应你的事儿不算数。”

“知道了。”叶裳面色总算有些松动，嘟囔道，“婆婆妈妈，你还没老呢。”

苏风暖无语，挥手“啪”地落下了帘幕，没好气地道：“快滚吧。”

叶裳轻笑。

凤阳瞥了叶裳一眼，吩咐车夫赶车，离开了深巷宅院。

车内，凤阳靠着车壁，挑眉看着叶裳：“叶世子好大的本事，这么些年，让她对你死心塌地护着。不过你也别得意，她护着归护着，其他的，可没算在心里。”

叶裳冷眼瞅了凤阳一眼，道：“即便如此，那又如何？本世子能让她护一辈子。其余的算不算在心里，谁说了都不算。”

凤阳嘲讽地看着他：“容安王英雄盖世，王妃巾帼不让须眉，叶世子让一个弱女子护着，也能够心安理得，在下实在是佩服。”

叶裳笑了一声：“凤少主语气如此酸，是羡慕本世子吧？天下多少人想让她护着，求都求不来。本世子有福气，乐意之至，心安理得得很。”

凤阳眸光微缩，盯着他道：“她有一日嫁人，叶世子得送多丰厚的贺礼才能把交情还了，算过没有？别到时候倾你容安王府，都不够送礼的。”

叶裳眯了眯眼睛：“这就不劳凤少主费心了。”

凤阳轻哼了一声，不再言语。

叶裳也闭上了眼睛，懒得再与凤阳说话。

马车走出深巷，凤阳对外面吩咐：“先去凤阳镖局。”

车夫应了一声，向凤阳镖局而去。

来到凤阳镖局门口，凤阳没下车，招手喊来一人，对他耳语一番，那人立即去了。凤阳吩咐车夫：“去城门。”

车夫继续启程，向城门而去。

因叶裳游湖画舫沉船，至今生死不明，东湖都被人掀翻了，也没搜到叶裳，府衙也意识到叶世子怕是不在湖里，这几日，灵云镇内外戒严，城门出入都要检查。又因太子来到灵云镇，灵云镇城门更是加了三倍人手驻守排查。

凤阳的马车来到城门口时，排查的人还没上前，后面有人大喊："太子车驾出城，快些让路，闲杂人等，一律避让。"

车夫立即将马车赶到一旁避让。

不多时，一队御林军护送，太子车驾从城内急急出来，匆匆出了城。

太子车驾刚出城，有人大喊："听说东湖发现叶世子的消息了，大家快去看啊。"

这一声大喊后，百姓们呼啦啦地涌出了城。

守城的士兵一时也惊了，翘首向城外去看，一时忘了理会排查之事。

凤阳的马车顺利地随着人流出了城。

许云初的马车晚了半盏茶之后来到城门，看到一团乱象，他挑开帘幕，皱眉问守城士兵："这是怎么回事儿？"

有士兵立即上前，恭敬地道："回小国舅，听说东湖有了叶世子消息，百姓们都担心着叶世子生死，如今听闻后，都前去看了，一时没拦住。"

许云初眉头拧紧："乱象有多久了？"

士兵想了想："就是太子出城时，有半盏茶。"

许云初偏头吩咐车内坐着的人："浮影，你立即带人出城，看看刚刚出城的人里，是否有不妥之人？"

"是，公子。"浮影跳下车，带了一队人马，立即出了城。

许云初放下帘幕，吩咐马车继续去东湖。

马车出了城后，凤阳示意叶裳跟他下车，叶裳看着他："别告诉本世子，让我用两条腿走回京。"

凤阳道："骑雪里青，你我一人一匹，走灵云寺后山的山林，绕山路进京。"

叶裳挑眉："你确定骑马不会使我伤口裂开？"

凤阳道："叶世子剔骨挖肉祛毒都不怕，何况伤口裂开？五十里地而已，别告诉我你坚持不了。"

叶裳下了马车："你最好会包扎之术，否则进了京城，你就不必再出来了。"

凤阳笑了一声："叶世子怪会威胁人的，可惜对我没用。若没有这个本事，我也不敢对她揽你这个病秧子的买卖了。"

叶裳瞥了他一眼，不再言语。

须臾，有人牵来两匹马，正是上等的宝马雪里青。

凤阳飞身上马，端坐在马上，看着叶裳："叶世子用我帮一把吗？"

"不用。"叶裳拽住马缰绳，慢慢地上了马，伤口裂开，他眉头都没皱一下。

凤阳骑马头前带路，往东湖而去，叶裳纵马跟上他，二人来到东湖，凤阳转路，进入了东湖边上的山林里。叶裳也随着他进了山林。

因太子出城，御林军跟随，东湖的路上都是车辙马蹄印，自然了无痕迹。

浮影带着人搜寻了一圈后，回来禀告许云初："回公子，除了凤阳镖局刚刚有一趟镖出城前往湘城外，没有什么异常。"

"凤阳镖局？"许云初挑眉，"什么时候？"

"刚刚，公子您出城后的事儿了，据说已经在城守那里早有报备。"浮影道，"查过了，是马匹生意，两匹上等的雪里青宝马，是给湘城的湘郡王押送的宝马。"

许云初问："确定前往湘城了？"

浮影点头："的确前往湘城了，再无异常。"

许云初沉思片刻，又见太子由人扶着下了马车，正在打捞上来的破衣服前查看。许云初吩咐道："派人沿途跟着，同时密切注意灵云镇方圆的动向，连京城也算着，半分不要马虎。"

"是。"浮影垂首。

送走了叶裳这尊黏人的佛，苏风暖总算清静了，抽出了空闲时间。

她将柳开叫到身边，对他吩咐："你去查查，太子从京城来，身边都带了些什么人，如今下榻何处，由何人侍候？查得越仔细越好。"

柳开应声去了。

半个时辰后，柳开便打探清楚了，回来禀告苏风暖："回小姐，据说太子从京城来得匆忙，除了皇上身边的大总管太监冯盛跟随外，没带别人，连贴身侍候的小太监小凡子都没带来。只有皇上派的五千御林军。"

"这么简单？"苏风暖扬眉，"听说月贵妃极其疼宠太子，身边侍候的人多达数百人，怎么太子来灵云镇除了冯盛一个都没带？"

柳开道："据说皇上本来要亲自来灵云镇，太后和朝臣反对，牵扯出了太子与卿华坊从属之事，皇上恼怒，急命太子出京，月贵妃本来想跟来，皇上不准，将她关入宫中反省了。之后命冯盛跟随太子匆匆出京，不准摆排场，轻装简行。据说太子就遵了皇命，当真简行了，一个都没带。"

苏风暖挑了挑眉："太子可真听话，这事儿也是有意思。堂堂太子，除却御林军不说，轻装简行到如此地步，身旁没几个侍候的，也是少见。"

柳开点点头，看着她，试探地问："小姐想要混入太子身边去？"

苏风暖颔首："此事是冲着东宫而来，叶裳回京后，皇上即便见了他，短期内，怕是也不会将他无事的消息透露出来。皇上多年来虽然孱弱势微，但是并不糊涂。这一回，他怕是要拿太子试水了。”

柳开不太懂地看着苏风暖：“皇上拿太子试水？”

苏风暖点头：“太子是南齐江山未来的继承人，若总是懦弱无能，皇上怎么放心将江山交给他？更何况，许家日渐势大，太后却一直蹦蹦跶跶，屡屡干涉朝政，皇上忍让多年，如今再忍不下去了。皇帝心中，毕竟还是江山重，亲情薄，母子情分也耗尽了。如今这一桩事儿，里面是水深还是水浅，皇上总要量出尺寸，才好酌情定夺下一步如何处置。”

柳开点头，看着苏风暖问：“小姐是想帮助太子？”

苏风暖摇头：“我想混入他身边，也看看这里面的水到底有多深，至于帮不帮，要视情况而定。如今他身边只一个冯盛，却是不好办了。难道我要用自己换掉冯盛不成？”话落，她摇摇头。

柳开想了想道：“若不然，小姐混入御林军里？”

苏风暖顿时笑了：“御林军都是经过精挑细选严格训练的，皇上既然派了五千御林军跟随太子，这五千御林军就是铜墙铁壁，凿不出漏洞。”

柳开犯难道：“若是这样，小姐只能混入太子下榻之处了，太子入城后，据说下榻在县守府邸，太子身边虽然没侍候的人，但县守总会派人。如今太子带着人去东湖了，据说东湖发现了叶世子的消息。”

“嗯？”苏风暖挑眉，“东湖有什么发现？”

柳开道：“是凤少主布置的障眼法，引太子出城，制造乱象，顺带与叶世子出城离开。”

苏风暖闻言笑道：“凤阳不当将军真是可惜了，这疑兵布阵之术倒是布置得好。”话落，她问，“我娘呢？她应该到灵云镇了。”

“夫人来了灵云镇后，直接去东湖了。”柳开道。

苏风暖想了想，站起身，对他道：“我先去见我娘，你派人盯着点儿灵云镇四周的动静。对于太子之事，等我想好对策，再做理会。”

柳开点头。

苏风暖出了深巷宅院。

今日街道上没什么人，有些冷清。

苏风暖经过一番被排查后，出了城，向东湖而去。

她刚走没多远，一人从斜侧方追了上来，喊住她：“苏姑娘。”

苏风暖停住脚步，回头，见是一名身着劲装的年轻男子，衣衫染了大片血迹，模样十分狼狈，容貌寻常，是见一面搁在人堆里也认不出的那种，此时气息急促，显然是急急赶来，她问：“你是？”

那人对她拱手，急道："在下流风，少主与叶世子出事儿了，遇到了大批杀手，少主如今正在抵挡，已经受了重伤，尤其是叶世子伤口崩裂了，十分严重，事情危急，幸而不远，少主尚在抵挡，命我立即来寻姑娘前去救援。"

流风急促地说完话，拿出凤阳镖局的令牌以证明身份。

苏风暖凝眉："哪里来的大批杀手？凤阳带着叶裳离开，没带护卫？"

流风摇头："少主与叶世子出了城后，骑两匹雪里青，走的是灵云寺后山的山林，便遇到了大批杀手。杀手训练有素且狠辣诡异。凤阳镖局的所有人都被少主派出去用来引开小国舅的探查了，没想到会突然有大批杀手。"话落，催促道，"姑娘，不宜耽搁，赶紧随我前去吧。少主一人又带着重伤的叶世子，属下怕少主即便武功再好，也难以抵挡，尤其是叶世子的伤口在属下来之前已经崩裂了，少主若非怕叶世子的伤势到难以救治的地步，也不会让属下来寻姑娘赶紧去。"

苏风暖当即点头，道："快带我去。"

流风连忙头前带路。

这时，许云初的马车从东湖折返，正巧看到了苏风暖随着一人前往灵云寺后山林方向，虽然只是身影一闪而过，但他看得清楚，微怔，吩咐车夫："停车。"

车夫立即将车停下。

许云初下了马车，对车夫道："你先回去吧。"话落，便快步寻着苏风暖的踪迹跟了去。

苏风暖进入山林后，便察觉后面有人跟随，她回头看了一眼，只看到跟随那人一片衣角，但即便是一片衣角，也足以让她认出许云初的身份，她蹙了蹙眉，对流风道："等等。"

"苏姑娘？"流风停住脚步，疑惑地看着他。

苏风暖道："国丈府的小国舅从后面跟上来了，不知为何，兴许是他刚刚看到我了，跟来一探究竟。我布个阵，制造乱象拦住他，不能让他跟着。"

流风向后看了一眼，此时也发现了，点了点头。

苏风暖扬手劈倒了两排树，以树做伐，杂乱地将其以树梢为基准，横竖铺陈到了地上。之后，她扬手将地上的枯叶以掌风聚在一起，从怀中拿出火石，点燃了地上的枯叶。顿时，枯叶和绿的树枝混在一起，在即将烧着和未彻底烧着之前熏烟滚滚。

流风色变："苏姑娘，这样会引起火灾，烧毁整个山林。"

苏风暖摇头："不会，许云初来到之后，因为熏烟，一定难以辨别我们离去的方向，而他若是不想这片山林引起火灾，定会灭火。等他灭了火，再追我们就来不及了。”

流风闻言顿时敬佩：“姑娘好计谋。”

苏风暖眼看着烟起火起，立即道：“走吧。”

流风点头，继续头前带路。

许云初随后跟到此地，看到此地烟熏火燎，浓烟将这一片方圆十丈淹没，四下看不见人，呛得人眼睛疼。他一时间顿失方向，只能停住脚步，四下查看，浓烟掩盖，根本看不到苏风暖一丝踪影。

他在原地立了片刻，看着随着浓烟要烧着的枯叶，若是不管，任其烧下去，星星之火可以燎原，这一片山林怕是都会烧着，引起大火。那样的话，后果不堪设想。他哑然失笑：“好厉害的计谋和阵法。”

第十五章
深夜入宫

流风带着苏风暖穿了几道山林，地上便渐渐地看到了哩哩啦啦的血迹。

血迹染在长着的草木上，早已经被风吹干。

苏风暖看着沿途的血迹，心一点点往下沉。

绕过了这片山林，来到一面险坡，便看到了大片大片的血迹，染红了半个险坡。地上躺着两匹死马，是上等的雪里青，并没有看到有人伤亡，空无一人。

苏风暖看着大片的血迹，心下更是发紧。

流风站在险坡处面色大变，急声道："我离开时，少主和叶世子就是在这里……"

苏风暖勉强让自己定下心神，目光扫了一圈，见别处无血迹，险坡下则草木深深，看不到尽头，她对流风道："若是我猜测得不错，他们应该跳下这面险坡了。"

流风立即道："那我们下去。"

苏风暖点头，甩出袖中的丝带，用丝带缠着草木荆棘，飞下了险坡。

流风没她身形快，落后了一步。

苏风暖下了险坡后，便在落脚的草木丛上看到了斑斑点点的血迹，她寻着血迹，走了几步，血迹便断了。她皱眉，四下查看。

流风打量这一片险坡，神色焦急："这里方圆一里都藏不住人，难道少主和叶世子被那批人带走了？"

苏风暖摇头："不可能，你家少主若是那么无能，我也不会把叶裳交给他了。"

流风心慌则乱，闻言安心了些，点了点头："少主和叶世子一定是找别的地方隐藏起来了。"

苏风暖颔首，屏息凝神，片刻后，对流风指向西北方向："那个方向，有极淡的血腥味，走。”

流风立即跟上她。

二人走出大约一里半地，在一处满是荆棘覆盖的灌木丛里，见到了叶裳和凤阳。

二人躺在灌木丛里，凤阳脸色苍白，手臂中了一剑，一只胳膊被血染得红透了，衣衫也被砍了几道口子，睁着眼睛望着天，气息紊乱；叶裳则是胸口染了大片血迹，几乎成了半个血人，眼睛紧闭，不闻气息。

苏风暖来到近前，面色又变了变，看了凤阳一眼，立即来到叶裳身边，蹲下身去探他鼻息。

凤阳这时开口：“他没死，你放心吧。”

苏风暖探出叶裳是昏厥了，移开手，没说话，给他把脉。叶裳脉息平稳，只是失血过多，晕过去了。她松了一口气，伸手扯开他胸前的衣服，只见伤口果然崩裂了，血肉模糊一片，十分严重，她扯了一片自己的裙摆，手脚利落地给他上药包扎。

流风此时也来到近前，连忙奔到凤阳身边，伸手去扶他：“少主，您怎么样？”

凤阳对流风摇摇头：“死不了，你们来得挺快。”

流风低声说：“属下刚到城外，还没进城，正巧看到苏姑娘要去东湖。”

凤阳点点头。

苏风暖给叶裳包扎好后，他依旧昏迷着，她才抹了抹汗，开口对凤阳问：“你伤势怎样？”

凤阳看着她，气息微弱：“受了一掌，胳膊的伤倒是其次了。”

苏风暖走到他近前，流风立即让开，她蹲下身，给凤阳把脉。

凤阳的气息微弱，内腹瘀滞，显然是受了极重的掌伤，且这掌力十分霸道，算起来，他竟然比叶裳的伤严重多了，叶裳除了伤口裂开，本十日能养好的伤，会再拖上些日子外，倒无大碍。

她皱眉：“我听说是大批杀手？到底是哪里来的杀手？什么人能伤得了你？还把你伤得这样严重？”

凤阳摇摇头：“我也不知是哪里突然冒出的杀手，本少主这些年行走江湖，今日是第一次吃这个亏。”

苏风暖又扯了一截裙摆，给他包扎胳膊，同时道：“我们来时，许云初在后面跟着，我布阵将他困住了，不过他这个人不简单，兴许也只能困住他一时，我们必须尽快离开此地，我再给你运功疗伤。”

凤阳点点头。

苏风暖给他包扎完后，四下打量了一眼周围环境，对流风道："你背上你家少主，我带上叶裳，若是我没记错的话，从此地向北走三里，那里有一处十分隐秘的山洞，我们去那里歇着。"

流风点点头，弯身去背凤阳。

凤阳摇头，自己慢慢站起身："我还能走，你背叶世子。"

流风担心地看着凤阳："少主，您伤势太重。"

"我能走。"凤阳坚持，沉声道，"怎么能让姑娘家背一个男子？你去背叶世子。"

流风看了叶裳一眼，点点头，转身去背起了叶裳。

苏风暖见凤阳能走，倒也不拂他的好意，便头前带路，一行人向北而去。

走出大约三里地，来到苏风暖所说的隐秘山洞，四周是草木深深、遍布荆棘。拂开荆棘，便进了山洞。山洞昏暗，但因是白天，尚能看清里面，十分潮湿，但好在干净。应该是周围狩猎人开辟出来应急避雨的地方。

地方不大，但能容纳三四个人坐。

流风将叶裳放下，苏风暖对凤阳道："我来帮你运功疗伤，你受的掌风若是不及时排除，恐怕会落下难缠的病根。"

凤阳点头："好。"

苏风暖与凤阳盘膝对坐。

这时，叶裳醒了过来，他睁开眼睛，一眼便看到了正盘膝而坐打算给凤阳疗伤的苏风暖，立即喊："暖暖。"

苏风暖动作一顿，见他要站起来，立即道："你别乱动，你的伤口崩裂了，刚给你包扎好。"

叶裳看着她，同时打量了一眼四周，问："这是哪里？"

"是一处山洞。"苏风暖道，"你先待着，我给凤少主疗伤。"

叶裳看向凤阳，皱了皱眉，对苏风暖恼道："他应承你护我毫发无伤，就是这样护卫的？简直是废物。你不拿剑砍他就不错了，还给他疗伤做什么？"

苏风暖顿时无语。

凤阳冷冷地哼了一声，也怒道："若非你叶世子身份太特殊，也不会惹得国丈府的小国舅几乎将灵云镇方圆十里都布置了人手查探，本少主为了引开他，将凤阳镖局在灵云镇的所有人都调动走了，遇到大批杀手才受你拖累抵抗不过受了重伤，若是我一人，至于如此狼狈？"

叶裳不买账，冷声道："没这个本事，便别揽这个买卖。谁让你揽这个买卖了？"

凤阳气急："你满天下去问问，除了本少主，谁还敢揽你这个麻烦？若非本少主一心护着你，那么多的杀手，你早去见阎王爷了。"

"我在暖暖身边好好的，可是到了你身边就遇到杀手加重了伤势。本少主若是去见阎王爷，也会拖上你。"叶裳反唇相讥，对苏风暖招手，"暖暖过来。"

苏风暖见叶裳此时像个孩子，凤阳也难得被气得七窍生烟。她又好气又好笑地道："你们两人死里逃生，如今还有力气打架，看来都不太严重。"话落，对叶裳板下脸，"你好好待着。此事也是我考虑不周，凤阳镖局的总坛不在灵云镇，这次凤少主护你，人手不够也是情有可原。"

叶裳冷哼一声，薄唇微抿，住了口。

凤阳同样冷哼了一声，苏风暖如此说，他气怒也消了大半，见苏风暖开始运功给他疗伤，他也连忙配合。淡淡烟雾和气流在二人之间来往回旋。

流风在一旁为二人护法。

叶裳靠在石壁上，沉默地看了二人片刻后，收回视线，闭上了眼睛，颇有些眼不见为净的神色。

过了片刻，叶裳烦躁地睁开眼睛，见二人还在运功疗伤，他问流风："暖暖是什么时候找到我们的？"

流风将去请苏风暖，遇到许云初暗中跟随，苏风暖布阵拦截许云初，找到少主和他的经过简略地说了一遍，最后道："半个时辰前，又走了三里地，到了这里。"

叶裳眯起眼睛："许云初暗中跟着你们？为何？"

流风摇头："苏姑娘说小国舅应该是看到她了，才跟随而来。"

叶裳脸色沉了沉，不再言语。

半个时辰后，苏风暖缓缓收功，对凤阳道："我将你体内瘀滞之处疏通了，但还需要用药调理几日，这几日尽量别再动武。"

凤阳点点头："多谢。"

苏风暖对他问："你们遇到什么样的人？连你也探不出对方的底细？"

凤阳摇头："大批的黑衣人，有数十人之多，身手皆诡异狠辣，像是一个专门的组织。出手快、狠、准，显然擅长暗杀。"

苏风暖凝眉："江湖上什么时候出现这样的组织了？"

凤阳摇头，看了叶裳一眼，道："也不见得是江湖中的组织，朝廷中人，王孙府邸，也惯常有人培养暗卫，以作背后勾当。"

苏风暖闻言皱眉，也看向叶裳。

叶裳本来养回了几分的气色如今又消失了，脸色苍白，见苏风暖看来，对她招手，虚弱地说：“暖暖过来。”

苏风暖站起身，走向他。

叶裳待她来到近前，伸手拽住她的衣袖，依旧不满地重复早先的话：“凤阳镖局的名声言过其实，以后你再不准找凤阳镖局做生意了。”

凤阳闻言恼怒：“若我凤阳镖局言过其实，今日你早死在这荒野山林了。换作其他镖局，都不敢揽你这生意。本少主行走江湖多年，从接管凤阳镖局起，从没出过今日之事。只能说叶世子作恶太多，有人恨不得你早死早省心，才下如此狠手，本少主跟着你遭殃。”

叶裳不理他，看也不看他，依旧拽着苏风暖的袖子，虚弱地说：“暖暖，我浑身疼。”

苏风暖从怀中拿出一个玉瓶子，倒出一颗药，递给他：“你吃一颗这个，应该会减轻些。”

叶裳不接，就着她的手，毫不犹豫地吞了。

凤阳冷眼道：“叶世子可真娇气。”话落，又对苏风暖道，“千金难求一颗的好药，你就这么给他当糖吃了，不觉得浪费？”

苏风暖没说话。

叶裳闻言一张清俊无双的脸霎时阴转晴，勾了勾唇，笑容漫开，对凤阳得意地哼道：“凤少主懂什么，暖暖乐意给我，别说千金，就是万金，又怎么了？本世子还吃不得了？”

凤阳偏开头，似乎懒得再理他，冷冷地丢出一句话：“福气总有用尽的那一刻，叶世子最好还是悠着些。”

“福气这种事儿，本少主多得这辈子都用不完，就不劳凤少主费心了。”叶裳也丢出一句话，再不理凤阳，对苏风暖说，“暖暖，我不用他护送了。再让他送，我没准真没命了。”

苏风暖想了想，道：“凤少主如今受了内伤，没办法独自护送你了。”顿了顿，叹了口气，“不过，要想进京，将你送去皇宫，还是非凤少主不可，我也办不到。这样吧，我随你们一起回京。”

叶裳闻言立即丢开凤阳护送他的事儿，面带欢喜：“当真？”

苏风暖点头，有些郁郁地看着他：“你可真是个麻烦。”话落，无奈地道，“当真。”

叶裳见苏风暖点头，顿时笑逐颜开。

凤阳见叶裳如春花一般的笑脸，又忍不住冷冷地哼了一声。

叶裳不理凤阳，对苏风暖说：“你早就该与我一起回京，若是有你在，我也不至于伤势又加重了。”

苏风暖白了他一眼，没好气地道：“如今该松手了吧？再攥下去，我的袖子该被你扯碎了。”

叶裳松开她的袖子，却转而握住了她的手。

苏风暖拽了两拽，他抓得紧，她恼道：“袖子扯不碎，手要被你废掉了。松开。”

叶裳闻言不满地慢慢地放开她的手，见她白皙的手腕被他攥出了两道红印，顿时露出歉意的表情，伸手要给她揉。

苏风暖打开他的手：“你安静地待一会儿。”

叶裳郁郁地道：“暖暖，你的药好像不管用，我还是浑身疼。”

苏风暖看着他道：“再好的药也不是神丹妙药，自然是疼的，只能缓解疼痛。”

叶裳趁机又握住了她的手，对她低声说：“你不甩开我，我就不攥紧，疼痛就会轻些。”

苏风暖一时无语。

凤阳冷眼看着叶裳，凉凉地道：“叶世子真是会卖乖讨喜，在本少主面前是一个样，在她面前又是一个样，如此千变，真是让本少主大开眼界。”

叶裳回以冷眼：“凤少主不只沽名钓誉，同时也孤陋寡闻，本世子什么样，天下都传遍了。传的最多的话就是本世子翻脸比翻书快。你不知道吗？”

凤阳一噎。

苏风暖闻言被气笑，瞪了叶裳一眼：“翻脸比翻书还快是什么好脾气吗？你沾沾自喜个什么劲儿？”

叶裳哼了一声。

苏风暖也懒得再甩开他的手，对凤阳问：“你今日带叶裳出城，可是哪里走漏了风声？”

凤阳实在懒得看叶裳，又偏开头，看着石壁道：“除非是我凤阳镖局有内鬼，泄露了行踪。但这事情也不见得，你找到我时比较突然，我也是临时做出的安排。另外，那些杀手出现得也太突然。尤其是那般诡异狠辣的杀招以及如此训练有素，实在想不出是出自哪里。以前从未得知谁养有这样一批人。”

苏风暖道：“也许是东湖画舫沉船的背后谋算之人，知道叶裳没死，一直密切注意这一带的动静，早有布置安排。”

凤阳道：“这倒也有可能，确实有些像早就等着拦截。”话落，他又道，“官道都被小国舅的人沿途布置了眼线，唯一的路就是这片山林能走。会不会是小国舅所为？不是说来时他暗中跟着你们吗？”

苏风暖摇头：“应该不是许云初所为，若是他的手笔，他不可能背后跟上我们，他跟上来的目的，应该是看到我入山林了，想跟着一探究竟。我与他有过两面之缘。”

凤阳道：“既然不是许云初，那就要叶世子好好想想了，得罪谁得罪得狠了，如此恨不得你快点儿死。”

叶裳闻言道：“本世子这么多年，得罪的人多了去了，可以这么说，暖暖认识多少人，本世子就得罪了多少人。她认识的人如过江之鲫，本世子得罪的人也如过江之鲫，不计其数。”

凤阳看着他，无言片刻，讽刺道：“叶世子能好好活到现在，真令人佩服。”

叶裳懒洋洋地道：“谁让我有暖暖护着呢？”

凤阳冷哼了一声：“让一个小女子护着是什么光彩之事吗？叶世子不必挂在嘴边上。”

叶裳道：“护着就是护着，跟挂不挂在嘴边上没关系。凤少主还是管好自己吧，兴许这批人不是冲着我来的，是冲着你来的。毕竟你在江湖上大名鼎鼎，据说脾气也不怎么好，得罪的人也多了去了。”

凤阳一时无言。

苏风暖看着二人道：“嘴皮子都这么厉害，不如以后说书去好了。”

二人闻言都不说话了。

苏风暖见二人消停了，又道：“如今那两匹雪里青已经死了，灵云镇自然不能再折回去了，当前看来也只能徒步回京了。幸好灵云镇距离京城不远，穿越这片山林走山路，也只三十里而已。”话落，她问叶裳，“你能徒步走三十里吗？”

叶裳道：“能，吃人肉都不怕，三十里算什么。”

苏风暖沉下脸，恼道：“你又提这个做什么？”

叶裳无辜地看着她：“我是无心随口说出来了。”话落，见苏风暖沉着脸，他软声软语地说，“我以后注意。”

苏风暖也拿他没法，谁知道他是故意还真只是随口，也懒得探究，不再理他，看向凤阳。

凤阳对叶裳无赖至极的行为嗤之以鼻，对苏风暖点头：“三十里而已，我没问题，叶世子如此娇气，撑得住就行。”

“有暖暖在，我自然撑得住。”叶裳慢慢站起身，“大不了伤口崩开再让暖暖包扎。”

苏风暖揉眉心，对叶裳道："你的伤口禁不住几番折腾，尽量少触动伤口。"话落，她又道，"幸好这里距离京城也不是太远，如今天色尚早，若是快的话，午夜关城门前，我们一定能入城。"

凤阳道："入不了城也没关系，我能让皇上出城，总之将人交给他不就行了？"

苏风暖笑道："对。"

叶裳揶揄道："凤少主真是好本事，又如此大言不惭，希望这回你别再砸了招牌。"

凤阳额头青筋忍不住跳了跳。

苏风暖生怕叶裳将凤阳惹急了，立即瞪了叶裳一眼，说："凤阳镖局名满天下，多少年来，历经几个朝代，这招牌一直留着，不是你所说的名过其实，确实是有过人之处。尤其是，凤阳镖局有天下皆知的规矩，就是不透露雇主姓名。连南齐、北周的皇帝都清楚。凤阳送你入宫，再好不过，皇上也不会为难他。"

叶裳住了嘴。

凤阳瞥了苏风暖一眼："你就惯着他吧。"

苏风暖摇头，有些好笑："他脾气拧巴，却是天生的，这可不是我惯的。"

叶裳却不买账，道："就是你惯的。"

苏风暖一时又气又笑又是无言，瞪着他："你不是三岁小孩子了，够了啊，再不闭嘴，我不管你了。"

叶裳这次乖乖地闭上了嘴。

凤阳十分看不惯，率先出了山洞，流风连忙跟着他出去了。

苏风暖想甩开叶裳，见他脸色苍白，又要走三十里地，终是不舍得，便任他拽着出了山洞。

山林静静，连半点儿风丝也没有。

凤阳因受了极重的内伤，虽然苏风暖为他运功疗伤，但也仅仅疏通了瘀滞的气血，恢复不了十之一二。叶裳伤口崩裂开，前两日养的伤全白养了，再加之山林无路，草木深深，十分难走，所以，二人都走不快。

走了五里地后，流风见凤阳额头冒出了细密的汗，要背他，凤阳摆手。

流风回身看叶裳，叶裳不只脸上汗水交织，身上的衣服也早已经湿透，伤口似乎还是有些许崩开，胸前洇出大片的血迹，脸色苍白无一丝血色。他看着不忍，又要背叶裳，叶裳同样摆手。

苏风暖到底不忍，又从怀中拿出一颗药，递给了叶裳。

叶裳这回没立即吃，停住脚步，虚弱地看着苏风暖："这药当真千金？"

苏风暖白了他一眼，硬塞进他嘴里："你也说了，万金你也吃得。"

叶裳微笑，清俊无双的容颜使得山河日月尽数失色，他点点头："只要是你给的，我自然就吃得。"

苏风暖趁机运功将他衣服烘干，又渡给他些许功力，掏出绢帕将他脸上的汗抹掉，对他说："我倒是有些后悔，这样秘密送你回京，虽然是为了让皇上对你好些，却也没想到会让你这般徒步受这等苦。"

叶裳摇头："只要你陪着我在京中养伤，受这些苦便也不算什么了。"

苏风暖又无言，瞪了他一眼："走吧。"

凤阳回头看了叶裳一眼，见苏风暖扶着他，他娇如春花，明明弱极，却清俊不可方物。他有些嫉妒。

一路再无话，时走时歇着，四人足足走了四个时辰，午夜关城门后，四人才到了距离京城五里地外。

这一路上再没遇到杀手。

来到城外的半山坡处，叶裳已经气虚得不成人形，苏风暖忍了几忍，才忍住没再给他包扎，对凤阳问："如今已经深夜，你真能让皇上出城？"

"能。"凤阳比叶裳也好不到哪儿去，他偏头对流风吩咐了一句。

流风点头，立即下了半山坡，向城门方向疾步去了。

凤阳对苏风暖道："我们就在这里等着，不走了。最多一个时辰，皇上一定会来。"

苏风暖点头。

叶裳整个人靠在苏风暖身上，气息虚喘，低低地喊："暖暖。"

苏风暖掏出绢帕，给他擦了擦额头的汗，道："你再忍忍，皇上见到你这个样子，你受的苦才能加倍地给你补偿回来。等皇上见了你的伤口，他一定会请太医给你包扎。"

叶裳低声说："他补不补我才不在意，只要暖暖心疼我就好了。"

苏风暖瞪眼："都什么时候了，还……"

她话未说完，叶裳眼睛一闭，昏了过去。

苏风暖一惊，连忙给他把脉，发现他只是失血过多又劳累过度才导致晕厥，她抿了抿唇，咬了咬牙，扶着他坐到了地上。

凤阳看了一眼，道："果然是娇贵的世子，这般娇弱。"

苏风暖闻言没好气地道："他被我剔骨挖肉一声没吭，走了这么久，一声没吭，伤口崩开几次也一声没吭，这样还算娇弱？"

凤阳看着她："我不过就说他一句，你说了多少句反驳我？这样护着？说一句都不行？”

苏风暖道：“我说的是事实。”

“我也没说虚话，若是我中了穿骨钉，未必如他一般娇弱，不吭声我也能做到。”凤阳道。

苏风暖看着他：“我倒不怀疑你能做到，但江湖中人自然和王府世子不能相提并论，他又不是江湖中人，跟你如何能比？”

凤阳一噎，一时无语，半晌后，不服气地道：“说到底还是护得太紧，真是同人不同命。”

果然如凤阳所说，一个时辰后，皇帝深夜出城，来到了五里地外。

凤阳给了苏风暖一个我没骗你吧的眼神。

苏风暖压低声音道：“我避开，剩下的事情交给你了。”

凤阳点点头。

苏风暖避退了百米远。

皇帝带着人来到山坡，便看到了靠着大树气息乏力的凤阳和昏迷不醒、人事不知的叶裳。他翻身下马走近二人，护卫队立即跟在他左右相护。

来到近前，皇帝示意左右扶起叶裳，他目光落在凤阳身上，沉声询问：“凤阳镖局的凤少主？”

凤阳点点头，坐着没起身，拱拱手：“在下受了重伤，如今实在起不来给皇上行大礼，皇上见谅。”

“这是怎么回事儿？”皇帝问。

凤阳虚弱地道：“此地不是说话之地，皇上深夜出城，势必会惊扰到许多人，在下觉得，此事还是不宜让更多的人知道为好。皇上可否择个说话之地？”

皇帝闻言盯着他看了片刻，见他比人事不省不成模样的叶裳好不到哪儿去，他点点头，翻身上马，吩咐道：“带上凤少主，回宫。”

“是。”有人上前扶起凤阳。

皇帝又打量了一圈这处山坡，见无任何异常，山林静静，他摆摆手，一行人下了山坡。

苏风暖见皇帝带着凤阳和叶裳走了，目光看向京城城门。皇城的城墙威严高耸，关上城门后，护卫守卫森严。即便她武功高强，也要费一番工夫才能入城。如今她累得很，索性打消了入城的念头，干脆寻了一棵大树，躺下睡了。

皇帝带着凤阳和叶裳入城后，吩咐左右：“去请孟太医立即入宫。”

“是。”有人立即去了。

皇帝带着人直奔皇宫。

他刚到宫门，便有人悄声禀告：“皇上出城，惊动了太后，如今太后已经向宫门赶来。”

皇帝闻言面色微冷，对一人吩咐道：“你们先带他们去御书房。”

“是。”有人带了凤阳和叶裳，匆匆前往御书房。

皇帝翻身下马，缓缓踱步，走入宫门。

他刚进宫门，太后的玉辇便到了，她下了玉辇，见到皇帝，怒道：“深更半夜，皇上不在宫中休息，怎么出宫了？”

皇帝看着太后，脸色不好地道：“母后深夜怎么也未曾休息？连儿臣出宫一趟，消息都如此灵通，母后难道一直在监视儿臣？”

太后怒道：“你这是怪哀家多管闲事了？你是皇上，一国之君，肩负着江山社稷。深夜出宫，哀家听到动静，怎么能不管不问？什么叫作监视？一派胡言。”

皇帝道：“原来是吵到母后了。”话落，他揉揉眉心，叹了口气，“儿臣不是出宫了，是出城去了。儿臣本来打算去灵云镇一趟，但走到半途中，觉得不该如此莽撞行事，便又折返回来了。”

太后一惊：“你深夜出城？竟然是打算悄无声息地去灵云镇？你可真是……”

皇帝道：“儿臣不放心太子，母后知道，太子是我南齐江山未来的希望，若是他有个三长两短，朕真是不知道这江山该由谁来继承了……”

太后怒道：“就是因为你这样放不开手，这些年，由着月贵妃宠着，才害了他。你怎么就不明白？”话落，见皇上脸色落寞疲惫，她也软了口气，“你还年轻，子嗣除了太子，也还有其余皇子，虽然年幼，但也不是不能扶起来。”

皇帝立即道：“母后原来是在劝儿臣动改立太子的心思？”

太后立即道：“哀家可没说，太子若是经此一事，立起来，哀家凭什么劝你改立他？他也是哀家的孙子不是？哀家的意思是，皇上且宽心，别这样宠着他，你已经派了五千御林军去了，不会出什么事情。”话落，她道，“倒是叶裳，如今好几日过去了，还没找到，出没出事儿，还真不好说了。”

皇帝闻言又叹了口气：“容安王和王妃只有叶裳一脉单传，若他出事，朕这心里怕是会一直难受了。以后九泉之下，也无颜去见他们。”

太后道：“此事不怪你没护好，叶裳性子贪玩，且卿华坊又是一直顶着太子名头不做好营生，才出了这样的事儿。依哀家说，皇上回来就对了，若你急急去了灵云镇，太子下面那一帮子人见风使舵，又气焰嚣张了。这回一定要好好压制一番才是，否则以后指不定还会出更大的事儿。”

皇帝道：“还有什么事儿会比叶裳出事更大？那就是朕这江山社稷了。”

太后立即呸了一声："不要胡说。"话落，她又道，"哀家看皇上折腾一番也累了，赶紧回宫歇着吧。"

皇帝摇头："母后年纪大了，回去歇着吧，昨日国丈呈上来的奏折，儿臣还没看。明日早朝，要议事，儿臣去看了再回寝宫。"

太后闻言点头，露出关心之色："国事虽重要，但你的身体更重要。别太晚了。"

皇帝点头。

太后凤辇起驾，回了慈安宫。

太后离开后，皇帝回头看了一眼，低声吩咐："孟太医稍后入宫，不得声张。"

"是。"有人垂首。

皇帝快步向御书房而去。

皇帝来到御书房，只见凤阳坐在地上，叶裳躺在地板上。他顿时恼怒："怎么将叶裳放在了地板上！快将他放到榻上。"

"是。"有人连忙将叶裳扶去榻上躺好。

皇帝看向凤阳，又吩咐道："把凤少主也扶起来赐坐。"

有人连忙又将凤阳扶到了椅子上坐好。

皇帝解了披风，看向凤阳，沉声道："如今凤少主说吧，到底是怎么回事儿？你若是糊弄朕，就算凤阳镖局在江湖地位高，不惧朝廷，即便你手里有太祖传的龙颜令，朕今日也能杀了你。"

凤阳拱了拱手，气虚地道："在下既然来见皇上，自然不敢糊弄龙颜。凤阳镖局在江湖的地位虽高，但也是承蒙皇上庇护，才能一直吃这碗饭，在下自然不能砸了祖辈传下来的饭碗。"

皇帝点点头："你能明晓事理就好。说吧。"

凤阳道："皇上知道，凤阳镖局因传了数代，江湖朋友甚多，耳目所以灵通些，几日前，在下听闻有人雇佣杀手于东湖刺杀容安王府叶世子，因在下叔父凤英是容安王麾下副将，当年随王爷、王妃战死沙场，在下听说后，自然不能置之不理。于是就暗中派人救下了叶世子，又暗中将他送回了京城。事情过程虽然艰难复杂些，但简单说来，就是这样了。"

皇帝皱眉："什么人买凶要杀叶裳？"

凤阳摇头："在下只是探得信息而已，江湖杀手都有规矩，死都不向外泄露雇主姓名，否则在这一行活不下去。所以，到底是谁买凶杀人，便不得而知了。"顿了顿，他又道，"在下护送叶世子回京途中，遇到了大批黑衣杀手，在下侥幸捡了一条命，才将叶世子送来见皇上。”

皇帝眉头拧紧：“你为何不将叶裳交给太子？太子如今就在灵云镇。”

凤阳叹了口气：“灵云镇如今一团乱象，鱼龙混杂，都有什么人在暗中，摸不透，还不如京城安全。在下没敢冒险前去。就算这样，回京途中，还遇到了大批杀手，险些不能进京。”

皇帝点点头，脸色暗沉。

这时，外面有人禀告：“皇上，孟太医来了。”

“进来。”皇帝吩咐。

孟太医立即走了进来，刚要见礼，皇帝摆手：“快看看叶裳，他如今情形如何？”

孟太医心知皇上深夜宣他进宫，一定有要事，却也没想到御书房榻上躺的昏迷不醒的人竟然是叶世子，他连忙上前，给叶裳诊脉，之后，又扒开他衣服，查看他胸前的伤口，这一看，倒吸了一口凉气。

皇帝自然也看到了叶裳左胸前血肉模糊一片，伤口几乎是一个血洞，眸光一紧。

凤阳适时道：“杀手用了剧毒的穿骨钉射中了叶世子，我寻了大夫对他剔骨挖肉，才将毒钉挖除，保下了他性命。若是稍晚半刻，叶世子就会没命了。”

皇帝面色微变：“竟然用歹毒的穿骨钉，真是其心可诛。”

凤阳道：“看来是有人让叶世子必死。”

皇帝大怒：“好一个必死！朕就不信了，朕这南齐境地，皇城附近，竟然有人如此狠毒猖狂要谋害王孙公子。一旦让朕查出来，必株连九族。”

第十六章
熟门熟路

凤阳看着盛怒的皇帝，想着苏风暖果然说得没错，叶裳如此模样送到皇帝面前，才值得。

孟太医诊完脉，对皇帝忧心忡忡地拱手："皇上，叶世子失血太多，气血极虚，伤口未经仔细包扎调理，已经有化脓的迹象，怕是……"

"怕是什么？"皇帝立即问。

孟太医道："怕是会落下病根，毕竟是用挖骨祛毒的极致法子，往后阴天下雨，都会发作，一经发作起来，必定疼痛难忍。"

皇帝恼怒道："有法子根治吗？"

孟太医道："这个恐怕没法子，只能用上等的好药，好好调理，以后注意养着，以防发作。"

皇帝立即道："不管是什么好药，你只管列出来，务必给他养好。"

孟太医连忙点头，提笔开药方。

不多时，孟太医开好一张药方，恭敬地递给皇帝。

皇帝接过来，看了一眼，思索片刻道："这等好药，也只有皇宫的御药房有了。"话落，问孟太医，"他这伤势，需要养多久，才能痊愈？"

"少说也要养半个月。"孟太医道。

"半个月的话，在宫中大量用药，不可能瞒得住……"皇帝看着叶裳，他依旧昏迷着，他思索片刻道，"这样，稍后朕派人将叶裳送去学士府，交由王大人来照料，你每日去一趟学士府，给他换药看诊。"

孟太医连忙应是。

皇帝又道："给凤少主把把脉。"

孟太医连忙上前，给凤阳诊脉。

凤阳坐在椅子上，想着看来满朝文武皇帝还是信任学士府的王禄，也就是苏风暖的外祖父。她将叶裳送进宫前，是否已经猜到了皇上会如此安排？

孟太医给凤阳把完脉，道：“回皇上，这位公子受了极重的掌伤，不过体内不见瘀滞，伤势虽重，但也好养，用药的话，十日就会无大碍，不过期间一定万勿动武。”

皇帝点头：“也给他开一个方子。”

孟太医应是。

皇帝看着凤阳：“凤少主在京中，可有落脚之处？”

凤阳想了想，为难地道：“在下是悄悄入京，就算有落脚之处，有心人若查到……”

皇帝点头，对他道：“这样，朕将你与叶裳一起，暂时送去王府，由王大人代为照顾养伤。如何？”

凤阳拱手：“这样也好，多谢皇上。”

孟太医不多时便开好了药方，交给了凤阳。

凤阳伸手接过，看了一眼，揣进了怀里。

皇帝对孟太医道：“朕派护卫一起送你们出宫，此事不准泄露出去。”

孟太医垂首：“皇上放心，老臣一定小心谨慎。”

皇帝点点头，喊来人，吩咐了两句，有人立即搀扶起叶裳和凤阳，孟太医跟着，一起出了御书房。

皇帝站在窗前，看着窗外夜色，如今已经近二更天，夜空黑暗，几乎看不到星辰，他立了片刻，对身后喊：“来人。”

“皇上。”有人应声现身。

“着轻武卫给朕查，看看是谁买凶想要叶裳性命，务必给朕查出来。”皇帝吩咐。

“是。”有人垂首，应声去了。

皇帝揉揉眉心，又站了片刻，出了御书房，回了寝宫。

深夜，王府大门被人敲开，守门人一见是宫里皇上身边的人，吓了一跳，连忙往里禀告。

王禄匆匆地起身，迎了出来。

皇上身边的大内侍卫带着凤阳和叶裳，见到王禄，将皇上的交托传达了一遍。

王禄微惊，见叶裳脸色苍白，像是遭了大难，人事不省，联想灵云镇东湖沉船之事，心下了然，又见凤阳脸色苍白气息虚弱，虽不明白他是怎么回事儿，但凤阳镖局名声却是知晓，皇上深夜将人送来，是让他照看，不得走漏风声了，连忙派人接过，道：“请皇上放心。”

大内侍卫完成任务，回宫交差了。

王禄连忙命人将凤阳和叶裳带入内院，亲自择了两间相邻的僻静院落安置二人。

凤阳气息虚弱地对王禄道谢。

王禄摆摆手：“凤少主的名声老夫也知晓，既然皇上所托，你且安心住下。”话落，补充道，“老夫见凤少主似是受了重伤，可是请大夫来看看？”

凤阳摇头，从怀中拿出孟大夫开的药方，递给王禄：“这是皇上命孟大人给在下开的药方，煎药事宜就劳烦王大人府中仆从了。”

“好说。”王禄接过，“老夫这便找人去煎药。”

凤阳又道了声谢，王禄出了宅院，将药方吩咐给管家，去了安置叶裳的院落。

叶裳依旧昏迷着，几番折腾，都未曾醒来。

王禄站在床头，看了叶裳片刻，对管家道：“大内侍卫也拿来了叶世子的药方吧？仔细收好，吩咐厨房煎药，别与凤少主的药方混淆。府中的药拣好的用。”

“老奴看到有几味药极其珍贵，咱们府中没有，外面的药店怕是也买不到。”管家道。

“这个不打紧，宫里的御药房有，皇上会送来。”王禄道。

管家闻言放心下来：“老爷去歇着吧，照料叶世子和凤少主之事，交给老奴就行。”

王禄点点头，又嘱咐：“务必谨慎，嘱咐好府内的知情人，不得泄露消息，择两个靠得住嘴巴牢固的人照看那两处院子，不得出差错。”

管家点点头：“老爷放心。”

王禄回了院子。

王禄刚走，管家正准备去安排，便见到苏青来了，他立即问：“三少爷还没睡？”

“已经睡了，听到府中的动静，起来看看。”苏青伸着脖子往里面看了一眼，疑惑，“那是叶裳？我没看错吧？他怎么来了府里？他不是沉船落水至今下落不明吗？”

管家连忙将他拽到一旁，压低声音将事情经过简略地说了一遍。

苏青听罢，点点头，进屋仔细看了看叶裳：“看来伤得不轻。”

管家点点头。

苏青又问：“你说的凤阳是凤阳镖局的少主凤阳？”

管家道：“好像是，我听老爷刚刚提了一句。”

“一直都听说他的名号，还没见过他长什么样，他如今在哪里？”苏青来了精神，“我去看看他武功是不是比小丫头厉害。”

管家连忙道：“就在隔壁的院子。三少爷，凤少主受了重伤，您可千万别找他动武，皇上安排来的人，若是出个三长两短，不好交代。”

苏青一听，顿时泄了气：“原来也受伤了，好吧，我就去看看他，等他伤好再比好了。”

管家点点头。

苏青出了房门，转身去了隔壁院落。

管家暗暗想着，苏府一门无论男女，除了自家嫁去的小姐，都喜好练武，这三少爷和那两位少爷和小姐相比倒都有书卷气，但依旧喜好练武。他暗自摇摇头，忙去安排人煎药了。

半个时辰后，药煎好，一同端去了两个院落。

叶裳依旧昏迷着，怎么灌药，他也不喝，费了半个时辰的功夫，也没撬开他的嘴。最后一碗药全都洒了，他依旧嘴巴紧闭，丝毫未喝进。

管家无奈，道：“只能等明日叶世子醒来，让他自己喝药了。”

凤阳在王禄走后，便倒在了床上，倒头就睡。苏青前去看他，他已经睡熟，苏青将他端详了一阵，咂咂嘴，嘀咕道：“原来凤阳镖局的少主长这样，左右也不过是个人而已，没有传言那么神气。”话落，回去睡了。

因凤阳睡着，药同样也没喝。

管家忙了半夜，白忙活了，想着这两位主真是不好伺候，不知会在这府中待多少时日。

第二日天明，苏风暖睡醒，跳下了大树，下了山坡。

城门已开，她轻而易举地进了城。

昨日皇上深夜出宫，势必会弄出动静惊动太后，皇上若是存心不想被太后知晓叶裳之事，定然不会将叶裳留在宫中，毕竟叶裳的伤势需要大量用好药调理，宫里一旦有药味，定然瞒不住。那么，皇上不是将叶裳送回容安王府，应该就是送入王府交由外公照看了，毕竟一众朝臣里，皇上最信任外公。

容安王府目前来说，叶裳还是回不得，应该就去王府了。

苏风暖寻思着，去了王府，但她并没有走正门，而是从后墙翻墙而入。因为她功夫好，所以无人察觉，她就悄悄地溜了进去，顺利地找到了叶裳所住的院落。

叶裳在床上躺着，屋中没人，门口有两个小厮看守。

苏风暖趁小厮不注意，从窗子悄无声息地进了内室。

她刚进内室，叶裳便睁开了眼睛，一见是她，声音沙哑地喊了一声：“暖暖。”

苏风暖“嘘”了一声，来到床前，对他询问：“你怎么样？还难受吗？”

叶裳摇摇头。

苏风暖扒开他胸前的衣襟，见伤口已经被包扎好，她问：“是太医给你包扎的？”

叶裳看了一眼：“应该是，没暖暖包扎得好。”

苏风暖见他嘴巴发干，几近裂开，皱眉：“没人侍候你喝水吗？”

叶裳压低声音说：“你来时我刚醒。”

苏风暖心下了然，叶裳有一个毛病，就是他昏迷的时候，任何东西，都不入口，任人用尽办法，他依旧牙关紧咬。她转身倒了一杯水，递给叶裳。

叶裳看着她，轻声说：“没力气，你喂我。”

苏风暖伸手扶起他，将杯子递到他嘴边，叶裳就着苏风暖的手，喝了一杯水。见他喝完，苏风暖问：“还要吗？”

叶裳摇摇头。

苏风暖放下杯子，对他压低声音道：“既然皇上将你送到了外公的府邸，由外公照料，你就好好在这里养伤。”

叶裳听着她话里的意思是要走，皱眉，伸手拽住她：“你又要出京？这府里也不安全，你都能悄无声息地溜进来，万一再有杀手，怎么办？”

苏风暖好笑：“因为我熟门熟路，外面护卫里三层外三层，外公把这王府快护成铜墙铁壁了。天子之地，哪里有那么多杀手？若是如此明目张胆再来学士府刺杀，更好了，皇上正找不到人呢。”

叶裳拽住她袖子不松手，固执地道：“不行，你必须在这里陪着我。”

苏风暖凝眉：“太子如今在灵云镇，我想……”

叶裳打断她：“你又不是他爹，替他担什么心？皇上如今清楚事情始末，会对此事彻查做处置，你就别跟着掺和了。否则没你陪着，我这伤养不好了。”

苏风暖蹙眉，压低声音道：“这里可是学士府，被外公看到我，估计会劈了我。”

叶裳也压低声音：“你武功这么好，不让他看见不就行了？”

苏风暖瞪眼：“你让我做贼一样在学士府待着？”

叶裳看着她，轻声说：“在皇宫时，我醒来一次，当时听到孟太医说，我这伤口剔骨挖肉后，几经折腾，未曾好好调养，估计会落下病根，以后阴天下雨，就会疼痛难忍。是不是这样？”

苏风暖一时沉默。

叶裳叹了口气：“罢了，我知道你待不住，你要想去灵云镇凑热闹，就去吧。我好好听从孟太医的话，规规矩矩地养伤就是了。”

苏风暖伸手揉揉眉心，片刻后，咬牙道：“好了好了，我陪你养伤就是了。孟太医那个老头子，别听他瞎说，你若是调理好，阴天下雨也不会疼。”

叶裳道：“可是他的医术是太医院最好的，暖暖，你别宽慰我。”

苏风暖气道：“我用得着宽慰你吗？有我在，保证给你养好伤，让你不会落下病根。”

叶裳闻言眉目绽开笑意：“暖暖最好了。”

苏风暖泄气地坐在软榻上，看着他清俊无双的眉眼，如画一般，嘟囔：“你这个无赖。”

这时，外面有人道：“我听到屋里有动静，是不是叶世子醒了？”

“进去看看。”又一人道。

二人说着，推开房门，进了屋。

屋中，叶裳果然已经坐起身，二人连忙上前，小心地问：“叶世子，您醒了？”

叶裳点点头。

其中一人道：“小的去禀告老爷。”话落，转身跑了出去。

另一人看着叶裳问：“叶世子，您可要喝水？”

叶裳点点头。

那人给叶裳倒了一杯水，见他慢慢端起来喝，不用他喂，便道：“这里是学士府，昨日深夜，皇上派人将您和凤少主送来了学士府，您一直昏迷着，连药也没喝……”

叶裳喝水的动作一顿，皱眉：“凤阳也来了学士府？在哪里？”

那人回道：“就在隔壁院落。”

叶裳放下杯子，对他道：“我饿了。”

“小的这就去吩咐厨房弄饭，吃过饭后世子您再喝药。”那人说完立即跑了出去。

苏风暖从屏风后出来，对叶裳道：“我也饿了。”

叶裳眨眨眼睛：“一会儿你跟我一起吃。”

苏风暖瞥了他一眼：“就一副碗筷，我如何与你一块吃？你还是自己吃吧，一会儿吃完乖乖喝药，我出去找地方吃饭。”话落，她打开窗子，无声无息地跳了出去。

叶裳见她利落地跳出了窗子，随着她跳出，窗子竟然又无声无息关上了，他靠在床头嘀咕：“果然熟门熟路。”

王禄听到仆从禀告，匆匆来了叶裳的院子。

叶裳捂着伤口，白着脸看着进门的王禄，一副大难之后体虚气弱的模样：“没想到皇上竟然将我送到了学士府，劳烦王大人了。”

王禄捋了捋胡须，意味深长地看着叶裳：“叶世子吉人自有天相，命大得很。安心在府中养伤就是了。”

叶裳扯了扯嘴角：“我向来颇得上天眷顾，估计是我父母在天之灵庇佑我。”

王禄道：“不管是不是王爷、王妃在天之灵，还是叶世子得遇贵人才能逢凶化吉，又或是其他，都不重要。重要的是，灵云镇东湖画舫沉船一事，不管结果如何，这天怕是都会变了。叶世子本来身在局里，如今却跳出了局外，最是明智。”

叶裳笑了笑：“大人向来洞彻世事，难怪深得皇上信任。”

“既得皇上信任，便不能辜负皇上重托。”王禄也笑了笑，道，“稍后孟大人会来府中给世子看诊，世子好好养着吧。夫人不在府中，府中女眷都被带出去了，剩下的就是粗使丫鬟了。老夫知世子在府中素来不喜用丫鬟，便让管家派了两个机灵的小厮，有什么需要，吩咐他们就是。在这府里，世子不必拘谨，就如在自己府中一样就好。”

叶裳颔首：“不会跟王大人客气的。”

王禄点点头，转身出了房门。

小厮端来早膳，十分丰盛，叶裳下了床，由小厮帮衬着梳洗一番，坐在了桌前。

用过早膳后，小厮端来药，叶裳端起来，眉头都不皱一下痛快喝了。

小厮想着昨日叶世子昏迷，闭紧牙关，死活不喝药，今日醒来的叶世子，喝药如此痛快，饭菜也不挑剔，与传言说的脾气极差一点儿也不相符，真是好侍候，提着的心总算放下了。

叶裳吃完饭，喝完药，不多久，孟太医便来了王府。

管家将他领到了叶裳所住的院落。

孟太医见到叶裳后道：“叶世子休息了一夜，气色比昨日真是好太多了，看来是喝的药见效了。世子的伤势半分马虎不得，一定好好用药调理才是。”

叶裳点点头：“劳烦孟太医了。”

孟太医连忙道："世子不必客气，皇上嘱咐了，一定好好给你看诊，用最好的药，尽量不落下病根。老夫医术浅薄，但定然会尽力而为。"

叶裳点点头。

孟太医重新给叶裳换药包扎，又仔细地嘱咐了一番，才离开。

叶裳在他离开后，将两名小厮叫到近前，对二人吩咐："在府中时，我喜好清静，所以无事时，不要守在屋外，该去做什么就去做什么，有事时，我喊你们就是了。"

"是。"二人立即点头。

叶裳转身回了床上，靠在床头，等着苏风暖。

苏风暖跑出了府外，寻了个地方，吃了一顿饭，顺便去茶楼听了会儿书，又跑到书局里选了几本书，才回了王府。

她回到王府后，并没有去找叶裳，而是先去了凤阳的院落。

凤阳也是清早醒来的，吃过饭，喝过药，独自在房中运功疗伤。

苏风暖从窗子悄无声息地进来，凤阳也是第一时间就睁开了眼睛，见是她，顿时乐了："就知你会找来这里，若我没记错，这里是你外公的府邸吧？你来还用得着做贼一般？"

苏风暖翻了个白眼："这个时候我本来应该跟外婆和刘嬷嬷在灵云镇，突然跑回来，我外公若是见了我，一准会问个究竟。我怎么用不着跟做贼一般？不只做贼，还要多做些日子。"

凤阳挑眉："这么说你不离京折回灵云镇了？"

苏风暖叹气："叶裳伤口必须好好调养，否则会落下病根，孟太医不靠谱，我不放心。"

凤阳啧啧了两声："你才多大，就有母爱了？照看叶裳跟照看自己的……"

他话没说完，苏风暖从桌上盘子里捏了一颗葡萄，丢进了他嘴里，一下子给堵住了。

凤阳一时没躲开，将整个葡萄给咽了下去，一时上不来气，瞪着苏风暖。

"少胡说。"苏风暖坐在桌前，捏了颗葡萄，丢进嘴里，对他问，"昨日情形如何，你是如何对皇上说的，与我说说。"

凤阳咳嗽了两声，压低声音，简略地将经过说了一遍。

苏风暖听完后，好笑地看着他："原来你成了救叶裳的功臣了。"

凤阳看着她："若不然如何说？说出你吗？"

苏风暖伸手拍拍他肩膀："好样的，这样说的话天衣无缝，将叶裳交由你送回京城，算是找对人了。"

凤阳拂开她的手："你是女人吧？注意闺中礼仪。"

苏风暖喷笑，看着凤阳："你是江湖中人吧？跟我说闺中礼仪？我没听错吧？"

凤阳无语地看着她："你可是苏府小姐，不只是江湖中人，难道不该跟你说礼仪？"

苏风暖笑了一声，懒洋洋地道："我是苏府小姐又如何？总归是江湖长大的。"顿了顿，她道，"其实若说礼仪，我也不是不会。但呆呆板板，做起来装模作样，全然没意思，不做也罢。"

凤阳失笑，看着她道："也对，大家闺秀我也见得多了，的确呆呆板板，如一个模子刻出来一般，确实没趣。"

苏风暖给他一个然也的眼神，站起身："你好生运功疗伤吧。"话落，从窗子无声无息地跃出。

凤阳听她跳出窗外，动作利落地翻墙而过，去了隔壁院落，低低地哼了一声。

苏风暖依旧走窗子，回到了叶裳所住的房间。

叶裳见她回来了，对她招手。

苏风暖来到近前，还没开口，叶裳便拽住她衣袖，闻了闻，说道："你早饭吃的是肉包子，之后喝了一盏江湖茶馆的烽火茶，还有一股墨香味，你还去了书局，另外还有一股青龙香的气味，是见过凤阳了。我说的对不对？"

苏风暖一巴掌拍掉他的手，又气又笑："你是属狗的吗？狗鼻子这么灵，只闻我衣服上的气味，就知道我都去了哪里了？"

叶裳得意地看着她。

苏风暖从怀里掏出几本书，递给他："你这鼻子可真是了不得，若是想知道什么人这一日都干了什么，你只需闻味道就知道了。"

叶裳点头，压低声音说："所以我才能在京中独自活了这么多年，若是我想知道皇上这一日都干了什么，不用派眼线就能猜到，才能哄着他高兴，即便我犯了错，他也不责罚。"

苏风暖好笑："这么说，皇上宠幸哪个妃子，你也能知道了？"

叶裳笑道："差不多吧，京中人人都喜熏香，不喜的人极少，连许云初也不例外。宫中妃子更甚，百花研磨做香料，很好辨别。"

苏风暖嘴角抽了抽："下次我再出门回来，换身新衣服，你就猜不到了。"

叶裳看着她道："换衣服前，你还得沐浴，才能除掉沾染的气味。"

苏风暖抚额："天，你这是什么鼻子？我武功自诩练到通了七窍，嗅觉灵敏，但也没你鼻子好使。”

叶裳笑看着她：“这是天生的。”

苏风暖无语，伸手揪住他衣袖，闻了闻，道：“你身上虽然没有香料味，但有一股子药味。不过不难闻。”

叶裳轻笑：“刚喝了药。”

苏风暖放下手，对他道：“我昨夜没睡好，你自己看书吧，我去找地方睡觉。”

叶裳伸手拽住她：“就在这里睡。”话落，他指了指里面的床，压低声音说，“我已经吩咐过了，没我吩咐，没人会来打扰，你放心睡。”

苏风暖皱眉。

叶裳看着她：“这是白天，我又不能将你怎样？你不敢睡？江湖儿女不是不拘小节吗？”

苏风暖闻言瞪了他一眼，脱了鞋，进了床里，躺了下去。

叶裳伸手扯了薄被，给她盖在身上，又挥手放下了帘幕，隔绝了帷幔内的空间，帷幔内顿时昏暗下来，他伸手拿起一本书，翻了翻，失笑：“《红颜传》？你在哪个书局找来的？这本书不是被朝廷列入禁书了吗？”

“这本是私藏，我随身带着的。”苏风暖打了个哈欠，闭上了眼睛，咕哝道，“谈起《红颜传》，许云初对它也颇有兴趣呢，当时就在我身上，我都没舍得给他。你若是要看，好好收着，别给我弄丢了。”

叶裳闻言看了她一眼：“你什么时候与许云初谈起了《红颜传》？”

苏风暖闭着眼睛道：“在山林的时候。”

叶裳凝眉，片刻后，哼道：“许家调教出来支撑门庭的人，从来都不会看这种书，幸好你没给他，否则他看两眼就会扔掉。在许家的人看来，看这种书就是在浪费时间。”

苏风暖“嗯”了一声：“一门出两后的许家，规矩自然严苛。”话落，她懒得再说，困意浓浓地道，“不准再跟我说话了，我要睡觉。”

叶裳伸手给她掖了掖被角，温声说：“下次见到许云初，躲远点儿。睡吧，不吵你了。”

第十七章
不解风情

晌午时分，苏青来了叶裳的院子。

有小厮立即迎了出去："三少爷，您来看叶世子？"

苏青点点头："他怎么样了？伤势可好些了？如今在干吗呢？"

小厮小声说："叶世子今早才醒来，喝了药，气色比昨日看起来好多了。如今似乎在休息，窗帘一直落着，没见他在屋中走动，这一上午也没动静。该吃午饭了，小的也没敢去打扰他，叶世子交代了，没有他的吩咐，不得打扰。"

苏青看了一眼天色："都晌午了，他还在休息？不吃饭？不喝药？"话落，他道，"我去喊他。"

小厮点点头。

苏青来到门口，伸手叩了叩门。

叶裳懒洋洋的声音从里面传出："门没闩着，进来吧。"

苏青推开门，一眼便看到了半躺在床上的叶裳，被褥有些乱，枕边放着几本书，有一本书摊开着，被他拿在手里，显然刚刚在看。

苏青看着他："你既然没睡觉在看书，落下窗帘做什么？不黑吗？"

叶裳道："不黑。"

苏青走进来，伸手挑开窗帘，晴好的阳光顿时照射进来，室内一下子明亮了。他来到床头，伸手拿起叶裳手里的书，看了一眼："你也爱看这种书？"

"闲来无事，打发时间。"叶裳道，"这书很有意思，没什么不好。"

苏青撇嘴："小丫头也爱看。"话落，他"咦"了一声，"这屋子里怎么有小丫头的味道？"

"小丫头？"叶裳挑眉。

"就是我小妹。"苏青嗅了嗅鼻子，"还真有。"

叶裳道："你闻错了。"

苏青立即道："不可能，小丫头天天与我打架，她的气息我最敏锐，当年她服用了一株兰香草，用来洗精伐髓，打通经脉学武，自此兰香草的味道便种在了她身体里，洗都洗不掉。"

叶裳闻言没说话。

苏青又四处嗅了嗅："这味道好像是从床里发出来的。"

叶裳面不改色地看了一眼床里，除了被褥，空空如也，他挑眉："难道这房间是她在王府时所住的？留下了味道？"

苏青摇头："不是，她在这府里有房间，外婆单独给她留了一间院落。"

叶裳伸手扬了扬手中的书："是不是这本书发出的味道？你仔细闻闻。"

苏青接过那本《红颜传》，闻了闻，道："就是它。"话落，他看着叶裳，"这本书怎么会有兰香草的味道？"

叶裳道："这本书是在这院落里拾的。"

苏青恍然："这本书原来就是小丫头一直随身带着的那本，估计是不小心落在了这里。我说怎么会有兰香草的味道呢？原来是这本书在她身上待久了，沾染上的。"

叶裳轻笑："若是找不出原因，你难道还以为我这房间里藏了你妹妹不成？"

苏青翻了个白眼："你若是真藏了她，我该佩服你的本事了，那丫头桀骜不驯，动不动就对人拳打脚踢，能藏得住才怪！"

叶裳无意地向屏风后扫了一眼，轻笑："看来你是被她打怕了。"

苏青顿时不干了："谁被她打怕了？我念她是妹妹，我是哥哥，让着她而已。"

叶裳拉了个长音："噢，原来是你一直在让着她啊。的确，我若是有个妹妹，也会让着她的。"

苏青轻哼了一声，看着叶裳："看来你的伤没多严重。"

叶裳道："还好。"

苏青道："既然你的伤没多严重，帮我做一件事儿呗。"

叶裳挑眉："什么事儿？"

"我听说你的老师是麓山书院的陆云峰，此人学富五车，才高八斗，上知天文，下知地理。想必译一段藩属小国的文字，对你来说，应该不难。"苏青看着叶裳道。

叶裳失笑："原来你来找我是想要我帮你译藩属小国的文字？"

"正是。"苏青点头。

叶裳摇头："你找错人了，我的老师虽然是麓山书院的陆云峰，但他只教了我一年，陆云峰平素最不喜京中贵裔子弟，一年里没教我什么。”

苏青瞪着他：“你是陆云峰关门弟子，学他皮毛也够用了，何况学了一年。”

叶裳看着他：“你太看得起我了，皮毛我也没学到。”

苏青一时无言：“这么说，你真是译不了了？”

“译不了。”叶裳摇头。

苏青叹了口气，拿着《红颜传》，翻了翻：“听说当年皇上将你送去麓山书院，因你天赋极高，本来已经不收徒的陆云峰破例收了你做关门弟子，可是你因为在院中打架闹事，还将麓山书院院首的侄子打残了，麓山书院将你除名了。”

叶裳点点头：“是有这么回事儿，不过不是打残了，是打残废了。”

“有区别吗？”苏青看着他。

叶裳点头：“自然有区别，残废就是他这一辈子怕是不能行人道了。”

苏青“哈”了一声，凑近他：“听说你是为了个女人，当时你才多大？十多岁吧？就会为了女人打架了。怪不得《红颜传》上你高居榜首，被人评出了这两句诗。‘枉读诗书负才华，锦绣堆里做风流’。啧啧，可真够风流的。”

叶裳眸光动了动：“我当时是为了个小女孩打架，女孩算女人吗？”

苏青噎了噎：“长大了也算。”

叶裳笑了一声，对他道：“隔壁院子里住着凤阳，凤阳镖局的凤少主，走南闯北，生意遍布天下，翻译藩属小国的文字应该难不住他。你去找他试试。”

苏青一拍大腿：“对啊，我怎么忘了他了。我这就去找他。”话落，他转身就走。

叶裳喊住他：“将书留下。”

苏青看看手里的书，对他道：“这是我小妹的。”

“是她扔在这里的，我还没看完。”叶裳道。

苏青将书扔给他：“那给你看吧，在我看来，这就是本破书，不知道你们一个个的怎么看得这么有滋有味。”话落，出了房间，去了隔壁院子。

小厮探进头，对里面问：“叶世子，该吃午饭了。”

“不急。”叶裳道。

小厮点点头，房门再次关上，不再打扰他。

苏风暖从屏风后出来，挥手落下了帘幕，将袖子放在鼻子处，使劲地吸了吸，对叶裳问：“我身上有兰香草的味道？”

叶裳点点头：“有一点儿。”

苏风暖无语：“没想到我三哥的鼻子也跟狗鼻子一样，如此灵敏。”

叶裳轻笑：“估计因为从小与你打架，所以他对你的气息比较敏锐。睡醒了？”

苏风暖点点头，看着他问：“当年你将院首侄子打残废了，是不是因为他命人绑了我要我做她媳妇儿？”

“不是，看他不顺眼。”叶裳道，“一根破绳子，能绑得住你？”

苏风暖挠挠头：“其实麓山书院院首的侄子长得还可以看，若是做他媳妇儿……”

叶裳打断她的话：“如今他长得依然可以看，这些年一直在寻求神医，你医术这么好，可以去给他治治。”

苏风暖咳嗽了一声，摆摆手：“还是算了吧，长得好看的人一抓一大把，何必费力去给他治？”话落，她向窗外看了一眼，“晌午了，你该吃饭喝药了，我走了。”话落，从窗子无声无息地溜了出去。

叶裳扔了手中的书，轻哼，长得好看的人一抓一大把吗？

苏青正在与凤阳说着译文的事儿，无意向窗外看了一眼，腾地站起身。

凤阳看着他问：“三少爷怎么了？”

苏青隔着窗子看向东边，道：“我好像看到我小妹了。”

凤阳道：“你看错了。”

苏青揉揉眼睛：“不会啊，好像是她。”

凤阳道：“是一只黑猫，刚刚蹿过去了，我看得清楚。”

苏青看向凤阳道：“你武功比我好，你说是应该就是我看花了。”话落，他重新坐下，嘟囔，“臭丫头，我今天总是想到她，一想到她的时候，准没好事儿。如今你也不会这译文，我该去找谁译？”

凤阳看着他：“这一段文字对三少爷很重要？”

苏青郁郁地道：“外公给我布置的任务，是要放在他编修的史记里的，自然重要了。”

凤阳看着他道：“你应该去找叶世子，他是麓山书院陆云峰的关门弟子，译这种藩属小国的文字，应该难不住他，据说要当陆云峰的弟子，入门就要学译文。”

苏青睁大眼睛：“我刚刚从他那里来，他说皮毛都没学会，让我找你，你走南闯北，藩属小国也有生意，应该会译这种文字。”

凤阳挑眉：“他说他皮毛都没学会？”

苏青点点头。

凤阳笑了一声：“这你也信？他若是没学会，便不会那么早就出师了。陆云峰有个入门后的规矩，就是学不会他的东西，一辈子都不能出师。”

苏青道：“他是因为将院首的侄子打残废了，被麓山书院开除了，不算出师。”

凤阳摇头：“他虽然被麓山书院开除了，但陆云峰可没说将他逐出师门。他还是陆云峰的弟子，是他的弟子，就必须学成出师才能回京。据我凤阳镖局囊尽天下人物的资料来看，叶世子可是学成归京的，他归京前，陆云峰收了谢师礼。”

苏青不敢置信地道：“他只在麓山书院待了一年就回京了吧？这么说，一年内，他已经学成了？”

凤阳道：“应该是。”

苏青站起身：“这么说，他不是不会，是不乐意帮我译了？”

凤阳看着他：“你知道《红颜传》是谁编写的吗？”

苏青不屑：“一本破书，市井之言，我知道是谁编写的做什么？”

凤阳好笑地看着他：“你不愧是王大学士的外孙，论迂腐这一点，你跟他学了个十成。”话落，见苏青瞪眼，他道，“编写《红颜传》的人，是陆云峰的师父云山真人。”

苏青“啊”了一声。

凤阳道：“云山真人口中从无虚言，笔下更无虚言。《红颜传》的初稿写出来后，第一个看的人，就是你妹妹，她看到自己的评价时，气得把那一页撕了。因为说中了她的要害。之后将云山真人的胡子全拔了，威胁他《红颜传》若是面世，不准写入她的评价。所以，《红颜传》囊括天下人物，甚至把你爹都写进去了，却没她的只言片语。”

苏青眼睛睁大：“我没听错吧，我妹妹竟然拔云山真人的胡子？”

“你没听错，你妹妹胆子大着呢。”凤阳笑道。

苏青难以置信地道：“你说的我妹妹，是苏风暖吗？小丫头还算是个人物？”

凤阳大笑：“你还有几个妹妹？她怎么就不算是人物了？她的名声在江湖上可是大得很，没人敢惹她。”

苏青挠挠头：“云山真人可是连皇上见了都极其礼遇之人。”话落，又道，“小丫头一年到头在外面疯跑着玩，我还真不知道她都在外面做什么，更不知道她竟然有这样的壮举。”话落，又皱眉道，“对了，你与我说起《红颜传》，是想说什么？”

凤阳道：“我想说的是，《红颜传》里评价叶裳，‘枉读诗书负才华，锦绣堆里做风流。’半点儿没说错。他的才华，都辜负在春风里了。”

苏青立即道："我这就再去找他。"说着，向门口走去，走了两步，忽然又回头，好奇地问，"《红颜传》里写了我小妹什么，她生气得给撕了？"

凤阳摇头："除了云山真人，谁也不知道里面写了什么，我曾经问过云山真人，他三缄其口，死也不说。"

苏青嘀咕："小丫头有什么要害呢，若是我知道，我早就打过她了。"说着，出了房门。

凤阳见他又去了隔壁院子，有些好笑。

苏青去而复返时，小厮正从厨房端来午饭，叶裳坐在桌前吃饭。

苏青进屋后，一屁股坐在了叶裳对面，吩咐小厮："我也还没吃午饭，添一副碗筷。"

小厮应是，立即去了。

叶裳抬眼看他："译文的事儿解决了？"

苏青哼了一声："你为什么骗我？"

"骗你？"叶裳挑眉。

苏青瞪着他："凤阳说，陆云峰有个入门后的规矩，学不会他的东西，一辈子不能出师。你却一年就出师了。陆云峰入门规定就是学译文。你还敢骗我说你不会？"

叶裳眸光动了动："凤少主可真是多嘴多舌。"

苏青哼了一声。

叶裳对他道："凤少主既然告诉你这个，有没有告诉你，陆云峰还有一个规矩，就是子弟不成人者，不能用他教的东西。"

苏青一愣："什么叫作不成人？"

叶裳道："在他的眼里，不成人的意思就是不成材。我不过是一个纨绔子弟，自然算是不成材。所以，我说皮毛也没学会，也不算骗你。因为我不成材，这些年他教的东西早给忘干净了。"

苏青一时无语："还有这规定？"

"是啊。"叶裳点头。

苏青盯着他，见他脸色虽然淡薄，但目光再认真不过，他泄气："你们两个耍我。"

叶裳笑道："你要译藩属小国的文字，可是王大人的吩咐？"

苏青点点头。

叶裳道："我告诉你一个会译文的人。"

苏青闻言立即问："谁？"

“当朝丞相，孙哲。”叶裳道，“孙丞相是云山真人的学生，也算我的师伯，翻译藩属小国的文字，他不只会，且精通。”

苏青睁大眼睛：“我总不能去找孙丞相啊？丞相有公务，比皇上还要忙，他哪里会搭理我译一篇藩属小国的文字？”

叶裳看着他，道：“王大人让你译藩属小国的文字，目的应该不是让你随便找个人简单译了，估计是为了让你去找孙丞相。你是小辈，登门所求，孙丞相念在后生上进钻研学术的分儿上，会不吝指教的。尤其你是苏大将军府的三公子，看在你父亲的面子上，也不会搪塞你。若是得了孙丞相的指教，往后你于朝中立足，便不会艰难。王大人也是用心良苦，你且放心去。”

苏青眨眨眼睛，盯着叶裳，一时没言声。

叶裳对他挑了挑眉。

苏青揉揉额头：“我总算懂了。”

叶裳淡淡问：“懂什么？”

苏青道：“懂《红颜传》上那句对你的评价了。世人道叶世子荒唐无稽，是真真正正被养歪了的纨绔子弟，如今依我看，此言差矣。你明明就极聪明，从我找你要一篇小小的译文，就能看出外公让我借由译文去找孙丞相受他指点的良苦用心。刚刚凤阳说你一年就从陆云峰那里出师，我还不信，如今倒是信了。”

叶裳笑了一声。

苏青对他问：“那本《红颜传》呢？”

“在床上。”叶裳道。

苏青站起身，走到床前，拿起那本《红颜传》，仔细地看了看：“这本是手札本，不是印刷本，我竟然一直没发现。这第一页被撕去了，果然如凤阳所说，是小丫头所为，看来这本就是云山真人的真迹了。”

叶裳没说话。

苏青又翻了翻，道：“这一页写你的，后面好像还有话，可是也被人拿笔墨抹去了。后面写的是什么？你知道吗？”

叶裳摇头：“不知道。”

苏青啧啧两声，放下《红颜传》，回转身，看着叶裳，突然问：“你想娶我小妹吗？”

叶裳看着他：“什么意思？”

苏青将《红颜传》放下，对他道：“皇上和太后要给她赐婚，据说皇上中意你，太后中意许云初。”顿了顿，他又道，“不过，我小妹曾经说过一句话，太聪明的男人她不会嫁的。你没戏了。”

太聪明的男人？

他在她的眼里算太聪明吗？

叶裳笑了笑，收回视线，对苏青道："你再不过来吃，饭菜就要冷了。"

苏青走过来，拿起筷子，对他道："我小妹虽然自己喜欢舞刀弄剑，行止粗鲁，但她其实喜欢温文雅致行止有礼的男子。这一点，许云初似乎比较符合。"

叶裳眼皮不抬地道："许氏一门出两后，府内规矩严苛，十分注重仪表闺礼。"

苏青一噎："我小妹最是怕礼仪闺训，有这一点，许云初也没戏了。"话落，他道，"这样说来，你们两个都不符合我小妹的择婚标准。可太后和皇上又都十分来劲，这事儿就不太好办了。"

叶裳道："如今东湖画舫沉船，我目前还属于那个生死不明之人，太子前往灵云镇彻查此事。皇上和太后的心思都被拴在了这上面，没工夫理会赐婚不赐婚的事儿。"

苏青一拍桌子："对啊，你还是那个生死不明的人，我给忘了。"话落，他嘟囔，"我操的是哪门子的心，小丫头嫁不出去没人娶更好。"

叶裳瞥了他一眼，没言声。

苏青吃完饭，对叶裳说："听你的，我先让人去给丞相府下拜帖。"

叶裳点点头，提点道："孙丞相后日休沐，你可以将日子定在后日。"

苏青点头，转身走了。

叶裳放下筷子，端起药碗，喝了药，小厮进来将碗筷收拾下去，他走回床前，拿起那本《红颜传》，坐在床头翻看。

苏风暖进来时，叶裳正捧着书，眼睛却没看书，像是在想什么事情。

苏风暖来到床前，伸手在他眼前晃了晃："想什么呢，这么入神？"

叶裳抬眼瞅她，见她换了一身衣裳，粉红色的锦绣罗裳，衬着她肤色白皙粉嫩，阳光在她身后铺洒进来，她身段在华光中窈窕纤细，娇颜明媚。他眸光微凝，问："怎么换衣服了？"

苏风暖看着她，伸出袖子："你再闻闻，我又去了哪里？"

叶裳失笑，伸手拽住她袖子，闻了闻，蹙眉："你怎么去了红粉楼？"

苏风暖伸手打掉他的手，用不是人的眼光看着他："你还真能闻得出来？"

叶裳看着她："我不是告诉过你了吗？除非你沐浴，换了衣服也不管用。"

苏风暖抚额，无语道："以前我怎么不知道你的鼻子竟然比狗鼻子还灵？"

叶裳盯着她问："你去红粉楼做什么？"

苏风暖一屁股坐在床上，后背靠着墙，身子与叶裳对坐，道："那里的桃花酒好喝，去喝了两杯。”

叶裳点头：“那里的桃花酒确实好喝。”

苏风暖挑眉：“听说你常去那里？”

叶裳“嗯”了一声：“瑟瑟姑娘的琵琶曲也好听，尤其是那曲《思君行》，常听。”

苏风暖睫毛动了动，看着他：“瑟瑟姑娘长得也好看，美人如春水，赏心悦目。”

叶裳摇头：“没发现。”

苏风暖看着他，撇嘴：“你长了这么一张脸，天下美人在你眼里，都如粪土，自然发现不了。”

叶裳轻笑，抬眼，笑吟吟地看着她：“也不全是粪土，至少我看你，就是一个美人。”

苏风暖扭头作呕：“你刚刚在想什么，还没回答我呢。”

叶裳指指手中的书，对她问：“这是云山真人的手札真迹，天下怕是只有一本，这一页被你撕了？”

苏风暖点头。

叶裳看着她问：“当初写了什么？让你恼怒得给撕了？”

苏风暖摇头：“臭道士胡诌之言，乱七八糟的，忘了。”

叶裳又翻了一页，指了指被涂抹掉之处，问：“那这里呢？你应该记得吧？写我什么？被你给抹掉了。”

苏风暖看了一眼，摇头：“也不记得了。”

叶裳放下手中的书，笑看着她：“论过目不忘者，天下屈指可数，但暖暖却是其中一人。入你眼的东西，怎么会忘？”

苏风瞥了他一眼：“我不想说，总行了吧？”

叶裳点点头：“自然行，我若是想知道，看来要问云山真人了。他写出来的东西，可不算是胡诌之言。”

“臭老道云游去了，等你再见他，不知道何年何月了。”苏风暖身子一歪，懒洋洋地躺在了床上，吃饱喝足，有点儿昏昏欲睡的模样。

叶裳顺势躺在了她身边：“你三哥去给丞相府下拜帖了，应该不会再来了，你要是还想睡，继续睡吧。”

苏风暖睁开眼睛，看着他，挑眉：“给丞相府下拜帖？做什么？”

“去求教藩属小国的译文。”叶裳道：“你外公用心良苦，看来是要好好栽培他。”

苏风暖了然，笑了一声："外公、外婆只生了我娘一个女儿，目光早就瞄准在我三个哥哥身上了。大哥、二哥喜武，不喜文，只有三哥，算得上是文武双全。如今三哥肯从文，外公自然不遗余力地要在他身上下一番功夫了。"

叶裳点头："有孙丞相指点抬爱，你外公在背后使劲，你三哥仕途不会太难。"

苏风暖道："三哥算是大智若愚那种人，看着有点儿傻，其实一点就透，适合从文。文斗的就是个阴谋诡计，心机算盘。他开始玩不转，但磨炼个三五年，一准成气候。"

叶裳轻笑："你倒是给他铺好路，算好了，放到老成精的王大人身边，怎会不成气候？"

苏风暖大乐："你说得没错，外公的确是老成精了，滑不留手，跟狐狸似的，孙丞相也是。"话落，她低呼一声，"完了，我将小狐留在灵云镇了。"

"你才想起来？"叶裳看着她，"放心吧，柳开定会给你好生照料的。"

苏风暖点点头，嘟囔："这小东西可不能落在许云初的手里，否则他一准挖了心入药，给她妹子吃掉，我可没那么大方。"

叶裳冷笑一声："自作孽不可活。"

苏风暖看了他一眼，好笑："臭老道写这本《红颜传》，虽然名字叫《红颜传》，但里面写的大多是天下男子，女子则屈指可数。许灵依能让臭老道写入《红颜传》里，可见真有本事。据说她是一个灵秀的美人，聪明绝顶，对你还痴心一片，怎么就这么招你嫌弃？"

叶裳看着她："想不明白我为何嫌弃她？"

苏风暖敲敲他的脑袋："榆木疙瘩，不懂风情呗，这有什么不好明白的？"

叶裳被气笑，伸手拽住她的手，用力地用她自己的手敲了敲她自己的脑袋，恨恨地道："依我看，不懂风情的人是你。我送你一盏鸳鸯灯，至于让你两年八个月躲着不再来京见我？嗯？"

苏风暖一听，顿时炸毛了，从床上蹿起来，伸手指着他，气道："鸳鸯灯能是随便送的吗？"话落，她跳下了地，恼道："我懂风情得很。留着你的鸳鸯灯送你未来的世子妃吧！"

叶裳闻言脸顿时沉了。

苏风暖扭头走到窗前，打开窗子就要离开。

叶裳看着她气怒道："你敢扔下我再走两年八个月，我现在就去找皇上，让他下旨给你我赐婚。聘礼我就送你上万盏鸳鸯灯。"

苏风暖手一顿，扭头瞪着他。

第十八章
借酒装醉

这个无赖！

上万盏鸳鸯灯？他以为他家是做灯铺子的？

苏风暖一时心气不顺，瞪着叶裳。

叶裳抿着唇，倔强地看着她，眸底一片暗沉汹涌的决绝之色。

苏风暖与他对瞪半晌，见他丝毫不退让，她心里打了个转，移开视线，轻哼："谁说要再走两年八个月了？"话落，也不等他再说话，她转身从窗子无声无息地蹿了出去。

随着她离开，窗子又无声无息地关上了。

叶裳快步走到窗前，没捞到她一片衣角，打开窗子看去，哪里还有她的影子？他气闷半晌，恼道："谁才是无赖？"

他送她一盏鸳鸯灯，就让她这么耿耿于怀，避他唯恐不及？连提也不能提了？

他挥手"砰"地关上了窗子。

屋中的动静惊动了外面的小厮，小厮立刻跑到门口，小声试探地问："叶世子？出了什么事儿？"

叶裳因刚刚关窗子的动作太猛，扯动了伤口，一时扶着桌案，皱眉看着伤口，没言声。

小厮又试探地喊了一声，大着胆子推开门，往里面一看，当看到叶裳白着脸，胸前又有血迹溢出，顿时惊了个够呛："叶世子，您……这是怎么了？"

叶裳摆摆手："没事儿。"

"小的这就去找大夫。"小厮丢下一句话，跑了出去。

叶裳慢慢地坐在桌前。

不多时，小厮折返了回来，与他一同而来的除了一名大夫，还有王禄。

王禄当先进来，看了叶裳一眼，对他问："怎么回事儿？"

叶裳笑了笑："喝水时不小心扯动了伤口，没想到连王大人也惊动了。"

王禄看着他胸前洇出的血迹皱眉，回头对小厮训斥："你们是怎么侍候的？叶世子想喝水，连碗水都不给倒吗？"

小厮有苦难言，小声说："老爷，叶世子不喜人打扰，小的们只能在外面候着，没听叶世子喊要喝水……"

王禄闻言对大夫招手："快过来给叶世子看看。"

大夫连忙上前，给叶裳检查伤口。

王禄站在一旁对叶裳道："小厮侍候确实不如婢女伺候仔细，若不然我与皇上提提，赐一名医女来照看你？"

叶裳摇头："下次我注意就是了。"

王禄见他不同意，也就作罢，看着大夫给他检查伤口。只见他伤口的绷带扯开了，里面刚要愈合之处又崩裂开了，大片的血迹溢出，模糊一片。尤其是剔骨挖肉的地方，深深的一个血洞，让人不忍直视。

王禄倒吸了一口凉气，见叶裳面不改色，对他问："这是剔骨挖肉祛毒时留下的？"

叶裳点点头。

王禄仔细看了片刻："老夫虽然不懂医术，但看这剔骨挖肉的刀法，便是医术高明之人。是哪个大夫？叶世子回京时，怎么没带回来？"

叶裳垂下眼睫："不认识，是凤少主请的人。"

王禄点头，待大夫包扎完，走了下去，他道："皇上今早派人来问过你的情况，送了许多上等珍贵的药材来，让你安心在我府中养伤，不必理会外面的事情。"

叶裳点点头。

王禄又道："灵云镇今早传回消息，太子因昨日去东湖彻查画舫沉船一事，被湖风吹着了，本就没好的病体又加重了，冯盛派人回来请旨，请皇上派去两名太医，皇上没准，说查不出个所以然来，病死算了。"

叶裳眉头微蹙。

王禄看着他，又道："太子的身体是孱弱了些，比当年的皇上有过之无不及。但太子毕竟是太子，发生在他身上的事儿，只可大，不会小。更何况病体之事。"

叶裳点头。

王禄又道："昨夜，你被凤阳镖局送回京城，皇上深夜出宫，不只惊动了太后，京中有些府邸应该也有所耳闻，虽不知是出了何事，但皇上出城之事，是瞒不住的，如今应该都在猜测。国丈今日一早就进宫求见太后了。"

叶裳眸光动了动，没说话。

王禄感慨道："北周刚刚兵败，江山得保，皇上还未能喘息，便又出了此事。外局刚稳，内政若是动摇，也不利于朝局。太子身系储君之位，若是一朝动摇，更是牵一发而动全身。"

叶裳不语。

王禄又道："叶世子虽然如今跳出局外，但也不算是真正脱了干系。外面百姓们对你出事之事，都甚是关注，这几日吵闹得沸沸扬扬，卿华坊因背后是东宫扶持，所以，许多声音对东宫多有指责，言东宫无德，害了你，再这样传下去，对太子来说是大害，对你来说也不是好事。"

叶裳眉头微拧，沉思片刻，站起身，对王禄一揖："王大人说得极是，我如今回京，虽然跳出局外，但也不是真正脱了干系，毕竟无数人还在找我。京中片瓦之地，风吹草动，瞒得了一时，瞒不了太久。我回京之事，想必也瞒不了一两日。若是因这一两日，而耽搁得太子重病不治，实在罪过。朝局因此动荡，更是不该。请大人即刻带我入宫，求见皇上，将我安好的消息公之于众，也请皇上赶紧派御医前去灵云镇，有些事情可以慢慢查，太子的病万万耽搁不得。"

王禄见叶裳如此，露出赞许的微笑，拍拍叶裳肩膀："朝局之事，瞬息万变，虽关大局，更关己身，马虎不得。你能因我几句话便想得明白，可见心思透彻。不枉老夫叨叨几句。"

叶裳诚恳地道："大人博通古今，心如明镜，能受大人提点，是我之幸。"

王禄哈哈大笑："叶世子无需太正经，你正经起来，老夫倒不适应了。"话落，又道，"你可能自己走？"

叶裳也笑了："自然能。"

"走吧。"王禄点点头，向外走去，走了两步后，回身看了一眼床头，对叶裳道，"那本《红颜传》，叶世子可看完了？"

叶裳一怔，摇头："不曾看完。"

王禄道："既然不曾看完，就带上吧，进宫后，皇上应会让你回府养伤了，便不会住在这里了。"顿了顿，又道，"云山真人的亲笔手札，贵重得很，天下怕是只此一本，别弄丢了。"

叶裳点点头，走到床头，拿起那本《红颜传》，放入了怀里。

王禄看了他一眼，不再多言，走出了房门。

叶裳揣好《红颜传》，看着王禄前走的背影，略略思索后，不由得笑了。

管家备好了马车，王禄和叶裳上了车后，去了皇宫。

苏风暖并没有离开，从叶裳房间出来，便上了房顶，坐在房顶上见王禄带着大夫进了叶裳的房间，当然也顺便听了王禄与叶裳的一番对话。如今见二人进宫，她揉揉眉心，暗自嘀咕，所谓姜还是老的辣，对于朝局，她的考量还是不足，幸好有外公提点。

朝局之事，瞬息万变，虽关大局，更关己身。

叶裳即便回京，见了皇上，但躲在王府，也不是长久之计。外面风向一旦变化，流言猛于虎，东宫无论是病死，还是落马，对他半点儿好处没有。

比如，若是叶裳真不出去，只等着养好伤，到时候，他活蹦乱跳了，太子却一病不起了。这可不是什么好事儿。

东宫不适政，但如今也是储君，他大约就会落个不重储君的嫌疑。

苏风暖揉揉眉心，叹了口气，朝堂比江湖难立多了。

这时，一只乌鸦飞来，落在了苏风暖肩头。

苏风暖偏头看了一眼，伸手解掉了乌鸦腿上绑着的纸条，打开看过之后，皱了皱眉。抬眼向皇宫看了一眼，捏碎了纸条，飞身下了房顶，进了凤阳所住的房间。

凤阳正在悠闲地喝茶，见苏风暖进来，他挑了挑眉。

苏风暖对他道："皇上派出了轻武卫，彻查买凶之人，如今已经查到了易疯子。轻武卫据说是皇上身边最好的大内暗卫，若是擒他，易疯子断然顶不住。"

凤阳道："擒了就擒了。皇上要查灵云镇东湖画舫沉船一事，突破口也就在这里了。你本就对易疯子不满，砍了他一只胳膊，认为是便宜他了。如今嘛，有皇上的轻武卫出马，杀了剐了易疯子，你岂不是乐见其成？"

苏风暖道："话虽然如此说，但轻武卫出动，搅动江湖，不是什么好事儿。"

凤阳嗤笑："这你就看不开了吧？江湖本也是南齐的，南齐天下哪一处不是皇上的？他越将江湖搅得腥风血雨，就越证明叶世子是个人物，能让皇上如此兴师动众。"

苏风暖嗤笑："这倒无关他是不是个人物，东宫才是那个最大的转盘。"话落，她问，"那日刺杀你和叶裳的大批黑衣人，是什么来路，查出来了吗？"

凤阳摇头："已经让流风去查了，还没音讯。"

苏风暖道："我外公带着叶裳进宫了，他没事儿的消息会很快传出来，如今也用不到我看着他了。我这便启程去灵云镇。你要不要走？"

"他刚刚伤口好像又崩裂了。他的伤没养好，你就离开？不看护着了？"凤阳挑眉，"你若是走了，他这伤估计养不好了。叶世子脾气可是大得很，就会折腾自个儿。"

苏风暖轻哼："他又不是小孩子了，身体是他自己的，又不是我的。爱折腾随他。"

凤阳闻言笑了："你的确是不能总惯着他。"话落，站起身道，"走吧，我与你一起离开。"

苏风暖点头，从窗子蹿了出去。

凤阳打开房门，叫过一名小厮，对他道："承蒙王大人照看，在下伤势好多了，还有要事，这便离开，稍后你转告王大人一声，待处理完事情，在下登门对王大人道谢。"

小厮点点头。

凤阳虽然伤势未曾痊愈，但翻墙离开已经不成问题了。

苏风暖在墙外等着他，见他出来，与他一起寻了两匹马，出了城。

京城距离灵云镇仅五十里地，纵马骑行了一个时辰后，二人便到了灵云镇。

苏风暖想先去城内打探一番灵云镇如今的情况和太子的病情，便没有立即去农庄，而是随凤阳一起入了城。

二人刚踏入城门，停在城门内的一辆马车帘幕从里面挑开，露出许云初的脸，见到苏风暖，喊了一声："姑娘留步！"

苏风暖转过头，见是许云初，一怔，对他笑着打招呼："许公子啊，好巧。"

许云初仔细地盯着她看了片刻，见她拢着马缰，显然是惯常骑马，姿态随意，他笑了笑，温和地道："不巧，从昨日到今日，在下一直在这里等候姑娘。"

苏风暖闻言看了一眼天色，如今还有一个时辰太阳就要落山了，他竟然从昨日一直等到今日？她收回视线，挑眉，笑着问："许公子等了这么久，寻我可是有事儿？"

许云初点头："敢问姑娘，可否借一步说话？"

苏风暖想着许云初找她应该与昨日她布阵拦截他之事有关，遂痛快地点点头，对凤阳道："你先回去吧，我与许公子聊聊。"

凤阳扬眉，将许云初打量了一番，又转头，似笑非笑地看了她一眼，压低声音说："苏姑娘，惹太多桃花，可不是什么好事儿。"

苏风暖"呸"了一声，抬脚踢向他骑着的马，道："狗嘴里吐不出象牙，快滚。"

凤阳身下马匹吃痛，顿时向前跑去。

苏风暖转头对许云初道："许公子，去哪里说话方便？"

许云初道："在下昨晚、今早，还有午时，怕错过姑娘，都未进餐。姑娘若是不介意，陪在下去吃个饭？"

苏风暖无语地看着他："我今日若是不回来，许公子便不吃饭了？饿着？"

许云初笑道："在下等到今晚，姑娘若是不回城，自然便不回来了，也不必等了，该吃饭还是要吃饭，不能一直饿着。"

苏风暖拢住马缰绳，笑道："有道理。许公子想去哪里吃饭，带路吧。"

许云初想了想道："临江阁的醉鸭不错，姑娘可吃过？如今已然快傍晚了，姑娘看来是一路疲累回的灵云镇，不妨也吃些。"

"好。"苏风暖点头。

许云初落下帘幕，吩咐车夫赶车，向临江阁而去。

苏风暖骑马跟在车旁，灵云镇比几日前静了许多，有一种浓浓的压抑之气。不用想也知道，叶裳在灵云镇东湖出了事儿，如今没查出个所以然来，太子又病倒了，街道上自然连个嚷嚷热闹的人也没有了。

来到临江阁，马车停下，许云初下了马车，苏风暖拴了马，一起进了里面。

临江阁的伙计显然识得许云初，见他来了，连忙恭敬地道："许公子，还是三楼雅阁？"

"嗯。"许云初点头。

小伙计连忙带路。

苏风暖跟着许云初进了三楼雅阁。

雅阁环境如其名，十分之雅致，临窗摆着桌子、软榻，在窗口可以看到街道。

许云初对小伙计吩咐："上你们这里最拿手的几样招牌菜。"话落，又问苏风暖："姑娘有什么喜欢吃的吗？"

苏风暖从窗外收回视线，一屁股坐在了软榻上，歪着身子懒洋洋地道："跑了一肚子的凉气，来一壶酒呗。"话落，她对小伙计道："你们这里最上等的桂花酿，来一壶。"

"好嘞。"小伙计连忙去了。

许云初坐下身，看着苏风暖，笑道："每次见姑娘，都出乎在下所料。若我所识不差的话，刚刚随姑娘进城的人，是凤阳镖局的少主凤阳吧？以他在江湖上的地位来说，不是谁想踹就踹、想骂就骂的。寻常人的话，凤少主的剑早就出手了，看来姑娘不是寻常人。"

苏风暖闻言挑了挑眉。

许云初认出了凤阳，若不是早先知晓他对江湖之事甚是关注，如今听他这样说，她估计会惊讶。毕竟凤阳的名声虽大，但很少以真面目示人。尤其是并未听说他与国丈府有什么交情。他能一眼识出凤阳，更不简单了。

她心里打了个转，笑看着许云初："许公子也不是寻常人，天下间，能一眼就认出凤阳的人不多。"

许云初微笑："在下一直以来，确实对江湖之事有几分兴趣，闲来当趣闻听听。凤少主名声大，如雷贯耳，在下认出他是因为前几日他就住在灵云镇的凤阳镖局内，我查叶世子沉船落水之事，将灵云镇的人都查了个遍，所以，查出了凤少主，是以识出。"

苏风暖"噢"了一声，笑看着他："既然如此，许公子也查出我了？"

许云初摇头："在下确实查了姑娘，不过没查出姑娘的身份。若是能查出，在下也不必在城门从昨日苦等到今日了。"

苏风暖笑了一声："许公子苦等我是为何？难道，还是觉得，对我有些非分之想？"

许云初失笑："若在下说确实有几分，姑娘该当如何？"

苏风暖摇头："不行。"

"不行？"许云初挑眉。

苏风暖一本正经地点头："嗯，不行。"

许云初好笑地问："姑娘可否说个理由？所谓窈窕淑女，君子好逑，在下还没求，便被拒之门外了？"

苏风暖不客气地道："许公子谈止不俗，教养极好，文采斐然，且系出世家门第。我嘛，一介山野女子，没什么礼数教养，自己有自知之明。"

许云初莞尔，摇摇头道："依我看，姑娘比京城大家府邸的闺秀们特别多了。性情极好，待人爽快，在下却愿意与姑娘多走动一二。"顿了顿，他笑道，"不过，姑娘放心，在下目前还未曾对姑娘有非分之想，姑娘也无需对我避之唯恐不及。"

苏风暖大笑："许公子真是一个妙人。"

许云初也回笑："姑娘也是一个妙人。"

这时，小伙计端进来一个托盘，里面放着几盘新出锅的菜，一壶酒，一壶茶，两副碗筷。他依次摆在桌上，对许云初问："公子，这些可够了？"

许云初点点头："够了。"

小伙计走了下去，关上了房门。

许云初倒了一杯茶，放到了苏风暖面前，道："先用饭吧，吃完饭，我们再说。"

苏风暖点点头，坐直身子，拿过酒壶，对许云初问："许公子喝酒吗？"

许云初摇头："喝酒误事，在下晚上还有事儿。"

苏风暖闻言将酒壶拿到了自己的面前，给自己倒了一杯酒，嗅了嗅，说道：“天下桂花酿无数，但独独这灵云镇的桂花酿最好喝。”

许云初微笑：“许姑娘看来好酒，酒量极好了？”

苏风暖“嗯”了一声：“还好，比较爱喝。”

许云初点点头，拿起筷子，不再多言。

苏风暖吃了几口菜，一壶酒很快就见了底，她笑吟吟地问许云初：“许公子，不介意我再要一壶吧？”

许云初点头：“姑娘好酒量。”话落，吩咐小伙计又拿来了一壶酒。

一顿饭吃完，苏风暖饭菜没吃多少，酒却喝了整整两壶。

两壶桂花酿下肚，唇齿留香，整个人似乎都飘着桂花味。苏风暖一推碗筷，心满意足地歪在了软榻上，闭上了眼睛。

许云初一怔，喊了一声：“姑娘？”

苏风暖“嗯”了一声，昏昏欲睡。

许云初看着她：“姑娘这是……醉了？”

苏风暖“嗯”了一声：“有点儿。”话落，寻了个舒服的姿势，似要睡去。

许云初无奈地看着她，一时无言，片刻后，见她真要睡去，说道：“姑娘可还能说话？”

苏风暖不言声，似要睡熟。

许云初揉揉眉心，有种想伸手将她拽起来的冲动，但毕竟男女有别，他自诩君子，不好动手，心下微郁，道：“我给姑娘要一碗醒酒汤吧。”

苏风暖依旧不言声，均匀的呼吸声却传了出来。

许云初又用力地揉揉眉心，想着即便醒酒汤来了，她这样子，他也不能硬灌。只能作罢，坐在椅子上等她醒酒。暗悔早知道不让她喝酒了。

他等了大约半个时辰，没等到苏风暖醒酒，却等到了凤阳找上了门。

小伙计引着凤阳上楼，在门口小声说：“许公子，有一位凤公子找您。”

许云初扭头看向门口：“请进来。”

小伙计打开房门，凤阳举步而入。他进来后，一眼便看到了躺在软榻上已经睡熟了的苏风暖，同时自然也看到了脸色看着温和，但实则微郁的许云初坐在了不远处的椅子上。他挑了挑眉。

许云初笑着站起身：“凤少主。”

凤阳含笑：“小国舅果然名不虚传，据说但凡女子见到你，都会走不动。如今看来，所言非虚。”

许云初淡淡道：“传言不可信。姑娘好酒，自斟自饮了两壶桂花酿，睡着了而已。”

“是吗？”凤阳说着，走上前，一把拽起苏风暖，伸手拍她，“喂，醒醒。”

苏风暖“嗯”了一声，皱眉，烦道：“别吵。”

凤阳闻到了一股浓郁的酒味，道：“果然是醉了。”话落，他轻松地伸手将她扛在了肩上，如扛麻袋一般随意，转头对许云初道，“我带她回去，再会了。”

许云初看着凤阳道：“我有些话，还未与姑娘说。”

凤阳扬眉：“如今她醉成这副样子，小国舅以为你们还能好好说话吗？”

许云初见苏风暖即便被凤阳扛在肩上，一头青丝松散地甩开，垂着的头耷拉着，却依旧没醒。他叹了口气：“既然如此，凤少主便将她带走吧，待她酒醒后，请凤少主转告，去第一客栈寻我。”

“好说。”凤阳扛着苏风暖，出了临江阁。

许云初站在窗前，看着凤阳扛着苏风暖，前往凤阳镖局，苏风暖显然醉极了，半丝挣扎没有。他揉揉眉心，收回视线，叹了口气，也出了临江阁。

没想到从昨日等到今日，竟然坏在两壶酒上，没寻她问个清楚。

回到凤阳镖局，关上大门，凤阳哼笑：“再装醉让我背着，我就将你扔地上了。”

苏风暖闻言立即从凤阳身上跳了下来，笑吟吟地道：“多谢凤少主搭救，感激不尽。”

凤阳看着她：“你倒是好本事，在许云初面前装醉，那呆子也真被你骗到了。据说小国舅俊秀出众，天赋聪颖，异于常人，没想到言过其实，不过尔尔。连你这么点儿小把戏都没看出来。”

苏风暖眨眨眼睛：“许云初看起来还真是个君子，孤男寡女，没趁我醉酒乘人之危，看来他对我还真没非分之想。”

凤阳嗤笑：“没对你动手动脚就是君子了？让京中大家闺秀趋之若鹜的小国舅人家不缺女人，尤其是你这么一株山野的草，人家估计没看上。”

苏风暖诚然地点头：“你说得对，这我就放心了，免得太后那个老精婆盯着我赐婚。”

第十九章
痴心妄想

凤阳闻言挑眉："京城第一公子的小国舅，惊才绝艳，未来前途不可限量，你不乐意？"

苏风暖拢了拢散了的头发："国丈府一门出两后，规矩严苛，我还不想被规矩束缚死。"

凤阳看着她："那容安王府的叶世子呢？你们相识甚密，且他无父无母，府中没什么规矩，进门你就当家。你又如此护着他，心里想必是属意他了？且皇上有意赐婚，你使使劲，太后不见得阻拦得住，定然能嫁他。"

苏风暖翻了个白眼："难道我就非京中子弟不嫁吗？他周身上下无一处优点，就那张脸还可以看。我总不能为了脸，嫁给他吧？天下没规矩的地方多了，又不只容安王府一家？"

凤阳眸光微动，忽然笑道："我这里没规矩，脸嘛，也还可以看，家世门第虽然不及京中的高门贵裔府邸，但不太差，尤其能让你自由随意。既然你不嫁他们两个，不如你给嫁我好了。"

苏风暖瞪了他一眼："我不嫁他们就嫁给你？这是什么道理！"顿了顿，她又道，"你少说了一样，那就是你太招桃花了！江湖上多少女人追着你，我怕被她们的剑砍死。"

凤阳嗤笑，"你会怕谁的剑砍死？连我都不是你的对手。没看上我就说没看上我，哪里那么多搪塞借口？"

苏风暖抬脚踢了他一脚，怒道："不被剑砍死，也会被桃花烦死。"话落，她伸手指着他，凶巴巴地道，"你我都在江湖上混过许多年的人，江湖儿女，讲求个兄弟姐妹情分，告诉你，你若是对我有别的想法，趁早打住。否则我先拿剑砍了你，别说兄弟，朋友都没的做。"

凤阳没躲她的脚，被她着着实实踹了一脚，冷笑："没良心的女人，我刚刚将你从许云初那里救出来，你这是翻脸不认人了？”

苏风暖哼了一声，“谁让你救了？我装醉睡上一觉，待他挺不住时，我趁机就会溜了。”

凤阳冷哼：“说你没良心，你还真没良心，我进去找你时，许云初眼睛都不眨地看着你，你能找到机会溜？”话落，他气哼哼地摆手，“本少主脑袋抽了，才一时想着娶了你也不错，趁我如今还没拿剑砍你，你赶紧滚蛋。”

苏风暖闻言正乐意，十分痛快地转身，滚出了凤阳镖局。

凤阳挥手“砰”地将门关上了，恼怒地上了楼。

苏风暖出了凤阳镖局后，看了一眼天色，去了深巷宅院。

柳开见她来了，欢喜地道：“小姐您总算是回来了，小狐狸见不着您，这两日不吃不喝，病恹恹的没精神，我正想着今日您再不回来，就将它送去京城找您。”

苏风暖无语：“它见不到我就不吃不喝？这是跟谁学的臭毛病？”

柳开很想说是跟叶世子，但到底忍住了，没言声。

苏风暖进了内院，小狐狸听到了声音，从屋里跑了出来，两只前脚蹦起，爪子抱住了苏风暖的腿，脑袋一个劲儿地蹭苏风暖，嘴里呜呜地叫唤，似乎在控诉她狠心把它扔下。

苏风暖又气又笑，对它道：“从今以后定然让你离某个人远点儿，否则沾染了他的臭毛病。”话落，伸手拍拍它脑袋，“快去吃鸡，吃完鸡跟我出城。”

小狐狸立即跑去厨房了。

柳开从怀中拿出一卷纸卷，递给苏风暖：“小姐，这是碧轩阁送来的关于小国舅的资料。碧轩阁的人说，不全，但是短时间内，只能查到这么多了。”

苏风暖接过，一边翻着一边问：“灵云镇如今是何情形？”

柳开道：“昨日太子去东湖，染了风寒，病情据说又加重了。灵云镇的所有大夫都被请到了县守府衙。但太子身子素来孱弱，由京中御医照看，如今无御医在，灵云镇的大夫们都不敢随意用药。除了太子这一桩事，再无别的事儿。刚刚一刻前，京中传出消息，说叶世子身受重伤，大难不死，已经回京了。”

苏风暖算算时辰，她外公和叶裳进宫后，消息自然会传出，如今的确也该传到灵云镇了。

柳开又问：“小姐还打算去太子身边吗？”

苏风暖揉揉眉心：“不去了，我先回农庄，如今叶裳没事的消息一经传出，估计皇上不立马宣太子回京的话，京城也很快就会来御医给他看诊。”话落，想起一事，吩咐道，“让碧轩阁查查，江湖上近来有什么杀手组织在这一带行动？

若是没有，查查京中高门贵裔的府邸，是谁在暗中养大批的杀手？且功夫诡异狠辣，连凤阳都栽了，受了重伤。”

柳开点头。

苏风暖带着小狐狸出了深巷宅院，趁着城门还没关，偷偷地溜出了城。

回到农庄，天色已晚，王夫人、苏夫人、刘嬷嬷正围在一起喝茶说话。

王夫人见苏风暖回来，当先道：“哎哟，这小丫头总算是回来了。”

苏夫人瞪了苏风暖一眼：“又疯跑去了哪里？你父亲来信一再嘱咐我，不准由着你再出去瞎跑了。”

苏风暖迈进门槛，腻去了刘嬷嬷身边，歪着头看王夫人和苏夫人，撒娇：“外婆，娘，我学了十几日的规矩，累死了，如今出来不就是为了散心嘛。也没去哪里，就是在江湖茶楼里听说书来着，那说书先生讲得可好了。”

苏夫人看着她：“听说书听了两天？晚上都不回来？”

苏风暖眨眨眼睛：“听累了就在茶楼里睡了啊。”

苏夫人轻哼了一声，给她一个鬼才信你的眼神。

苏风暖假装不知道地问：“娘，您怎么也来灵云镇了？”

王夫人接过话道：“你娘来灵云镇是因为叶世子，你爹不在京城，知晓他出事，因着当年与王爷、王妃的交情，你娘怎么也得来看看。”

苏风暖点点头：“他没事儿了，听说回京城了，就是受了重伤。”

刘嬷嬷道：“嗯，我们刚刚也得到消息了，说他没事儿了，正在商量着，明日启程回京。我不放心小裳，得回去看看他的伤。”

王夫人道：“没想到咱们这次从京城出来，连灵云寺还未去，便发生了这么大的事儿。灵云镇这么乱，还是回京的好。”

苏风暖不乐意地道：“外婆，我娘和嬷嬷回京就好了，您和我就留下吧，咱们明日去灵云寺住几天。回京的话，外公见了我，又该逼着我学规矩了。”

王夫人拍拍她的头：“本是陪嬷嬷出来，怎好让嬷嬷和你娘回京我们留下？”

苏风暖看向刘嬷嬷。

刘嬷嬷笑呵呵地道：“无碍无碍，小丫头正是活泼好玩的年纪，自小没在京城长大，乍一回京，各处都是规矩，她确实受不住。不回去也罢。反正我也就回京瞅瞅小裳，他若是没什么大事儿，我还是要来灵云镇上灵云寺祈福上香的。”

苏风暖立即看向苏夫人。

苏夫人伸手敲敲苏风暖的头，笑骂：“臭丫头，你若是不跟我们回京，不准再乱跑了，灵云镇最近这么乱，你外婆担心你也不是没道理。”

“知道啦。”苏风暖立即保证，“我一定好好听外婆的话，不再外跑了。”

第二日，苏夫人和刘嬷嬷启程回京，王夫人带着苏风暖前往灵云寺。

因灵云寺就在灵云镇后山，是以，马车从农庄出来没多久，就到了灵云寺。

来到山寺门口，正巧赶上有人出寺。

苏风暖挑开帘子向外看了一眼，立马又放下了帘子，对王夫人道："外婆，有人要出寺，看样子是官宦人家的子弟，咱们靠边等等，先别下去了，免得跟人挤着进山门，咱们等人走了，再进寺。"

王夫人点点头："咱们不急，等等也无碍。"

苏夫人打了个哈欠，抱着小狐狸歪在软褥上，准备小睡一觉。

这时，外面有人走近马车，温和地开口询问："可是学士府的马车？里面坐着的可是王夫人？云初有礼了。"

王夫人一愣，对苏风暖悄声说："是国丈府的小国舅。"

苏风暖"嗯"了一声，兴致缺缺，困意浓浓，显然不想见。

王夫人挑开车帘一角，用自己的身子恰巧挡住了车里，笑得和蔼："老身还当是谁？原来是小国舅，小国舅这是要回京？"

许云初一身淡雅穿着，笑容温和，点头："我和舍妹来灵云寺有几日了，本担心叶世子，如今听闻他安好，已经回了京，便无需多留了。"

王夫人笑着点头："叶世子吉人天相。"话落，又笑着问，"许小姐身体可好了？"

许云初笑道："舍妹承蒙灵云大师妙手，已经无碍了，她这几日不曾睡好，如今在车上睡了，改日再给夫人请安。"

王夫人笑着摆手："国丈与我家老爷同朝为官，小国舅无需客气。你们先下山吧，我们进寺不急。"

许云初点点头，笑着拱手告辞，吩咐马车启程，出了灵云寺，向山下而去。

王夫人见许云初走了，吩咐马车，进了山门。

寺中住持忘空亲自出来迎接，见到王夫人和苏风暖，双手合十："阿弥陀佛，两位施主里面请，斋院已经修整收拾好了。请随老衲来。"

王夫人十分虔诚地双手合十："劳烦住持大师了。"

忘空笑着摇头："夫人来到寺中，一切随意就是，无须客气。"话落，看向苏风暖："苏施主有两年八个月没来了吧？灵云师兄总是提到你，甚是想念。"

苏风暖眨眨眼睛："灵云老和尚的眉毛太长了，是想我给他拔了吧？"

忘空大笑。

王夫人拍了苏风暖脑袋一巴掌，嗔道："暖儿不准对大师不敬。"

苏风暖撇撇嘴，噤了声。

忘空笑着对王夫人道："灵云师兄与苏施主是忘年小友，是以，百无禁忌。夫人切莫在寺中拘束了她。"

王夫人笑道："这小丫头，从小就性子野，我还不知什么时候她与灵云大师是忘年小友了，未曾听她说过。"

忘空道："多年前，师兄外出云游时，与苏施主遇到，有了交情。后来，师兄回来，每逢苏施主回京，途经灵云寺，就会来看师兄。最近的一次，也是时间最长的一次，已经有两年八个月了。师兄时常念叨。"

苏风暖眼皮翻了翻："不是想我给他拔眉毛，估计就是因为身上的袈裟旧了，该换新的了，才念叨我。"

忘空闻言又大笑："苏施主每次来看师兄，带来的都是上等的袈裟，师兄自然喜欢。"

苏风暖轻轻哼了一声："这回我匆忙回京，没给他带袈裟，他别指望了。"

忘空又笑道："即便没有袈裟，师兄见了苏施主，大约也是开心的。如今师兄在禅院，苏施主安置妥当，再去寻师兄吧。"

苏风暖点点头。

来到安排好的住处，王夫人极其满意，很快就拾掇着住下了。

苏风暖在安顿妥当后，就去了灵云大师的禅院。

她刚跨进门槛，就闻到了一股子药味，她仔细地闻了闻，对里面道："老和尚，你不钻研治病救人的好东西，怎么钻研起这害人的毒药来了？"

灵云正蹲在地上，面前是一个火炉，上面蒸着一个银壶，里面咕嘟咕嘟地冒着泡，将壶盖顶得不停轻响。他听到声音，回头瞅了一眼，花白的眉毛笑得根根乱颤："两年八个月，这次时间可真够久的。"

苏风暖靠在门框上："若不是皇上和太后出幺蛾子弄什么赐婚，我还能更久些。"

灵云看着她，笑道："是因为叶世子长大了，你便不需要太担心他总往京城跑了？这回这么久才来京，连我老和尚都怪想的。"

苏风暖翻白眼，不答他的话，对他问："你弄这破毒药做什么？想毒死谁？"

灵云摇头："这是给国丈府的许小姐配的药，她说要老衲试试以毒攻毒之法。老衲试了多次，都失败了，这回看着，估计有希望成功。若是能成功，就能解了热毒了。"

苏风暖闻言皱眉："以毒攻毒之法？解毒一千，损身八百。这算什么好解毒之法？"

灵云叹了口气："这也是没办法了，紫木草已经对叶世子无用了，若是再找不到办法，他的身体用不了一年，就支撑不住了。”

苏风暖道：“许灵依不懂医术也就罢了，但你知道不知道，即便这以毒攻毒之法成功了，给叶裳用在身上，他虽然不死，但也会变成残废之人？”

灵云点点头：“老衲与许小姐说过了，但她说，什么也不敌性命重要，一定要保住叶世子的命。老衲觉得也有些道理。老衲也实在想不到更好的办法了，叶世子身体里的热毒不能再拖延下去了。”

苏风暖闻言冷笑：“对叶裳来说，若是变成废人，不如让他死了。”

灵云看着苏风暖道：“老衲也觉得依着叶世子的性情是这样，但是许小姐说，叶世子昔日为了活着，不惜食人肉，如今即便变成废人，他应该也不在乎。”

苏风暖闻言面色更冷，看了一眼火炉里咕咚咕咚冒的气泡，对灵云说：“老和尚，你可知道当年叶裳在麓山书院是为何被开除的？”

灵云摇头：“不知详情。”

苏风暖道：“是因为他将院长的侄子给打残废了，终此一生，不能行人道。”

灵云一怔：“原来是这样。”

苏风暖道：“当年，他是气狠了，恨不得杀了那人，但后来他没杀他。对于他来说，残废不能行人道是比死还严重的惩罚，吃人肉算什么？”

灵云闻言一时沉默：“这样说来，这药配出来也无用了？”

苏风暖依旧冷笑：“谁说无用？给许灵依自己用吧！她是女人，自然能用这种以毒攻毒之法。至于叶裳……”她怒道，“我从小护着长大的人，即便是死，也不能受这种委屈。凭什么由她来决定叶裳该如何活着？她算老几？”话落，又补充，“怪不得叶裳看不上她，果然不算是良人。”

灵云看着苏风暖恼怒冰冷的脸，道了一声“阿弥陀佛”，不由得笑了。

苏风暖心里气不顺，恼怒地瞪着他：“老和尚，你笑什么？”

灵云笑看着她道：“你对叶世子，可真是护到了心坎里，除了护着他活着，还护着他的脾气秉性，不能受半丝委屈。叶世子这么多年，荒唐无稽、任性而为，说白了，都是你惯的。”

苏风暖白了他一眼：“哪里是我惯的？以前他还好，哪里真正荒唐了？只是这两年，他才愈发不像样子，将容安王府的名声都砸地底下了。”

灵云大笑：“正因为你这两年没回京，叶世子才愈发荒唐任性了。若是你不这么久回京，容安王府如今的名声也不至于被他糟蹋得不成样子。”

苏风暖轻哼了一声。

灵云对她道：“你且里面来坐，我先将这药制好，就算叶世子不用，也要给国丈府的小姐用。她一个娇娇柔柔的女儿家，跟着叶世子受这种苦，也难为她一片痴心。”

苏风暖抬脚进了屋，歪去了不远处的炕上，口中不赞同地道：“是痴心吗？难道不是痴心妄想？”

灵云笑着摇摇头，没接话，继续制药。

炕上摆着方桌，上面有一局棋盘，下了一半，黑子被白子掣肘，似乎成了死局。

苏风暖瞅着棋盘，看了一会儿，对灵云问：“这是你跟谁下的半局棋？”

“昨日夜里跟小国舅对弈到这里，老衲无破解之法，这局棋便下了半局，与小国舅定好，他下次来寺里，再继续下。”灵云道。

苏风暖撇撇嘴：“老和尚，两年不见，你的棋艺不只退步，脑袋也不灵光了，念经念傻了吧？许云初不过是给你设了个陷阱，你就一味地往里钻。钻着钻着就把自己的路给堵死了。”

灵云扭头看她：“你看破了？”

苏风暖“嗯”了一声：“简单得很，不只看破，我还能把许云初如何领你一步步地进入这陷阱给你做出复盘来，让你不至于死不瞑目。”

灵云闻言连忙丢下药炉，走过来，催促苏风暖：“你快些给我做复盘，我看看。我昨日想了一晚上，今日又想了一早上，还是没看透。”

苏风暖伸手将棋盘打散，一手拿白子，一手拿黑子，对灵云道：“看好了。”

灵云点点头，眼睛一眨不眨地盯着苏风暖的手和棋盘。

苏风暖一手落白子，一手落黑子，不停顿地飞快地落在了棋盘上。不出片刻工夫，便又是一局死棋，与刚刚那盘棋一模一样地做好了复盘。做好之后，她偏头看灵云：“可是这样？”

灵云大呼：“是这样，是这样，分毫不差。”

苏风暖笑了一声，身子歪倒在炕上，看着棚顶道：“这许云初的确是让人刮目相看，天下传他才智无双，聪颖绝伦，委实不假。”

灵云犹在激动中，盯着苏风暖道：“可是我还不明白，如何就入了局了？每一步我走得都觉得很稳妥，没有不妥之处。”

苏风暖大笑：“老和尚，你这稳妥，才是最不稳妥，所谓剑走偏锋，也是这个道理。正所谓，下棋观人，许云初就是看透了你这稳妥的性子，才对你布了这个局。”

灵云大手一拍脑门，恍然大悟：“原来是这样。”

苏风暖给他一个你笨死了的眼神。

灵云看着苏风暖，跃跃欲试地道：“我来下小国舅这局，你来下我这局，我看看你如何掣肘小国舅。”

苏风暖摇头：“没兴趣。”

灵云顿时如一盆冷水泼下，看着苏风暖：“苏小友，就下一局。”

苏风暖兴趣不大：“一局也不下。”

灵云看着她：“我如今手痒得很。”

苏风暖看了一眼药炉：“你不制药了？小心过了火候，真变成毒药，你给许灵依吃了，毒死她，当心国丈砸碎了你这灵云寺。”

灵云连忙转身：“哎呀，正是正是，如今制药才是大事儿。”

苏风暖翻了个白眼，下了炕，转身向外走去。

灵云立即问：“你要去哪里？”

苏风暖头也不回地道：“回去睡觉。”

灵云看着她迈出门槛，向外看了一眼：“如今正值上午，天色明亮，日头高照，你怎么想睡觉？”

苏风暖不答他的话，想睡觉就是想睡觉了，还分什么时候？

回到后院，王夫人不在，苏风暖询问后，才知道她与住持大师去念经了，便上了床躺下，当真睡了。

她睡了一日，晌午的斋饭也没吃，王夫人午时回来，见她睡着，没舍得喊醒她。

待她睡醒，天色已经彻底黑了，正值吃晚上的斋饭。

王夫人与苏风暖坐在桌前，面前是一桌子的素菜。

苏风暖嘟囔：“寺庙可真不好，若是天天吃这个，一准把脸吃成菜色。怪不得老和尚们总是一脸菜色，这就是不健康。”

王夫人好笑：“你每天吃肉，我也没见你胖了，还是纤细得跟竹竿似的。”

苏风暖凑近王夫人：“可是我脸色好啊，外婆您看看，是不是粉粉嫩嫩的？”

王夫人点头，笑道：“还真是，跟一朵花似的，你娘在你这个年纪的时候，也不及你。”

苏风暖顿时美滋滋的：“我若是吃几天斋饭，脸变成菜色，可就跟干巴花一样了。所以，这素斋我还是不吃了。外婆，您自己吃吧，我出去找吃的。”话落，她站起身。

王夫人连忙拽住她：“天都这么晚了，你去哪里找吃的？”

苏风暖凑近她耳边，悄声说：“后山的湖是通着灵云镇东湖的，有鱼，我去抓几条鱼烤着吃。外婆您也少吃点儿，一会儿我给您带回来烤鱼吃。”

王夫人连忙摇头：“哎哟，佛门之地，最忌杀生，不准去。”

苏风暖道：“佛祖也舍不得我们这些凡夫俗子饿肚子，所以一定不会怪罪的。另外，我即便不吃鱼，小狐狸也要吃鸡啊。外婆您就放心吧。”

小狐狸这时很适时应景地呜呜点头，意思是，它也不吃这素东西。

王夫人看了小狐狸一眼，无奈地摆手：“那快去吧，你找地方吃完赶紧回来，天已经黑了，别太晚，更不准晚上不回来，另外小心些，遇到坏人赶紧跑，可别给我带了，我不吃。”

苏风暖无语，这山寺附近就算有坏人，也会见了她就躲得远远的吧？轮到她跑？她小声嘟囔，“外婆，您好啰唆啊，知道了。”话落，出了房门。

小狐狸睡了一日，也极其精神，欢腾地跟在她屁股后面跑了出去。

第二十章 太子中毒

苏风暖走出大约半里地，来到后山与湖水相接的地方，拿着树枝扎上来两条肥鱼。

然后，很快就把鱼刮了鳞，开了膛破了肚，架上火，烤了。

不多时，香味就飘了出来。

小狐狸围着烤鱼的干柴不停地转，一脸馋相。

苏风暖烤好了一条鱼，先扔给了它。小狐狸立即欢喜地抱着鱼啃了起来。她又烤另一条，另一条刚烤好，身后传来沙沙的声音，她不回头，翻白眼："老和尚，你这是也馋了？"

灵云大师走过来，笑着道："老衲在禅院里就闻着香味了，实在忍不住祭奠这五脏庙。有几年没吃你这烤味了，甚是想念。"

苏风暖伸手递给他："当心被寺里的和尚撞见，你这得道高僧被拉下神坛，绑在十字架上，烧了你这把老骨头。"

灵云大师接过烤鱼，大笑："不会不会，酒肉穿肠过，佛祖心中留。这几年，我也时常跑出来烤鱼，住持师弟睁一只眼闭一只眼。可是我总烤不出你这野味来。"话落，他看着小狐狸，惊讶，"这是蓝火狐？"

"嗯，你没眼拙。"苏风暖站起身，拿树枝，又去湖里扎了一条鱼，利落地刮鱼鳞开膛破肚，没多大工夫，便又烤上了。

灵云大师盯着啃鱼的小狐狸看了半晌，笑道："怪不得你对叶世子的病体不急，敢情是找到了蓝火狐。"

"瞎猫碰见了死耗子，前几天偶然撞到的它，便捡了回来。"苏风暖道，"不过，我可没想取它的心，蓝火狐都快绝种了，狐狸一族也甚是悲哀，人的命是命，狐狸的命也是命。何况又是这么一只灵狐。"

灵云闻言道："阿弥陀佛，善哉善哉，难得苏小友有菩萨心肠，这是小狐狸的大幸。”

苏风暖嗤笑：“老和尚，你少在我面前念阿弥陀佛，我从来不信佛祖，我只信自己。”

灵云看着她：“这样说，你是找到了对叶世子的救治之法了？”

“算是吧。”苏风暖模棱两可地道。

“说说？”灵云大师好奇，“这几年，我一直钻研医术，医毒之书几乎都看遍了，但也没寻出什么好的解毒之法，唯一的就是以毒攻毒了，不死也变成半个残废之人。你竟然真找到解热毒的办法了？”

苏风暖不答他的话，见烤鱼好了，连忙拿过来，大口吃起来。

灵云只能等着她吃完再说。

两盏茶后，苏风暖吃完了整整一条三斤多的鱼，见老和尚和小狐狸也吃完了，拍拍手，站起身：“走了，回去吧。”

灵云看了一眼天色，道：“天色还早。”

苏风暖道：“天色是还早，但我若是太久不回去，外婆会担心。”

灵云闻言只能站起身，二人一狐一起往回走。

刚走没两步，有一名小和尚匆匆跑来，大喊：“师叔，皇上身边的大总管盛公公来请您下山给太子看诊。嘱咐见到您，一定告诉您，要快，否则太子怕是不好。”

灵云一怔，立即问：“太子身边没有御医吗？”

小和尚道：“住持已经与那盛公公说了，师叔从不下山看诊，这是众人皆知的规矩。但那盛公公说，京中刚刚来了御医，已经诊过脉了，说太子不是染了风寒，而是中了毒，这毒十分罕见，御医全无办法。而太子身子太弱，山路颠簸，又不能移动，只能请您破规矩了。”

灵云闻言道：“太子是储君，老衲可以为他破一回规矩。”话落，匆匆往前走，走了两步，回头对苏风暖道，“苏小友，你是否也随老衲一起去？”

苏风暖心念电转，点头：“去。”

“那就快走吧。”灵云大师道。

苏风暖立即跟上他。

二人回到寺中，果然见冯盛焦急地在斋院中等候，见灵云大师回来，大喜，见到了苏风暖，倒是愣了一下，道：“原来苏小姐也在寺中？”

“我随外婆前来礼佛。”苏风暖道。

灵云大师吩咐小和尚：“快去找戒律院的忘音师弟，将那一瓶解毒丸拿来，我带上。”

“是。”小和尚立即飞奔去了。

灵云大师对冯盛问："太子是何状况？"

冯盛白着脸道："太子的症状像是染了风寒，浑身乏力，虚冷多汗，手足冰冷。在灵云镇寻了不少大夫，都说是风寒，今日傍晚，皇上派来的两名御医到了，才诊出，说是中了毒。若是不及时救治，太子怕是挺不过明日。"

灵云闻言转头看向苏风暖，问："什么毒竟然像是染了风寒？"

苏风暖想了想，道："至少有十多种，只是不知是哪一种。"

冯盛闻言立即问："苏小姐也懂医术？"

"略通一二。"苏风暖道，"我和灵云大师一起去看看，帮他提个药箱。"话落，她抬手叫来一个小和尚，"告诉我外婆一声，让她先睡吧，不必等我了，我和老和尚出山一趟。"

小和尚点点头，立即去了。

冯盛听她喊灵云老和尚，灵云一点儿也不恼，似乎听惯了。又见她与灵云言语随意，而灵云对于太子中何毒还要询问她意见，又想到苏夫人说她拔老和尚的眉毛，揪老道的胡子，可见也不是虚言。一个女儿家，常年在外跑，若没有本事，如今也不能好好地站在这里。

不多时，早先那小和尚拿来一瓶药和一个药箱，递给了灵云。

灵云接过来那一瓶药，苏风暖伸手拿过药箱，冯盛已经等不及了，三人一起下了山。

小狐狸跟在苏风暖屁股后，寸步不离，也下了山。

来到灵云镇，县守府衙一片死寂，院外站着两名御医，五千御林军安插在府衙内外。

苏风暖看了那两名御医一眼，其中一名正是给叶裳看诊的孟太医，孟太医在太医院中当属医术最高之人，可见皇上还是放心不下太子，派来了孟太医给他看风寒，没想到，孟太医来了，也不管用，竟然不是风寒。

冯盛带着灵云大师匆匆入内，苏风暖提着药箱，堂而皇之地在灵云身后跟了进去。

迈入门槛，一眼便见到一个人躺在床上，二十一二岁，容貌虽然不十分出挑，但也还说得过去，面色潮红，眼睛紧闭，气息极虚，嘴唇干裂。真像是染了风寒的昏沉模样。

苏风暖这是第一次见到太子，想着传言月贵妃极美貌，这太子的容貌看来没怎么遗传她。

灵云上前给太子诊脉，片刻后，他一张和尚脸眉头深锁，放下手，对苏风暖说："我看着像是中了鬼毒蜂，又看着像是中了七步寸，又都不像。你快来看看，这到底是什么毒？”

苏风暖闻言上前，伸手给太子把脉，片刻后，她放下手，对灵云道：“你的解毒丸白拿了，半丝用处没有。他中的是天下已经失传的第一奇毒，无伤花。”

灵云大惊：“竟然是无伤花？这……可如何解？”

苏风暖一时沉默。

无伤花，乍然绽放，死而无伤。其毒被誉为天下第一奇毒，自然有其最毒辣之处，那就是，人死后，如花落成泥，尸骨七日内腐烂如尘，彻彻底底地变成一抔黄土。

世间最重的刑罚，莫过挫骨扬灰尸骨无存了。

是什么人对太子下如此狠手？

尤其是，这世上，什么人手里还有无伤花之毒？

灵云大师见苏风暖面色沉暗，一时心下也没底了，试探地问：“这……没救了？”

苏风暖没说话。

灵云大师看着她，急道：“苏小友，你倒是说话啊。”

苏风暖从太子身上移开视线，看向灵云，面无表情地问：“说什么？”

灵云一噎。

苏风暖转身走了出去。

灵云连忙跟了出去。

冯盛一直在身边，对二人说的无伤花之毒虽然不懂，但听说是天下第一奇毒，脸更白了，他陪太子出京前，皇上嘱咐他照看好太子，可是这才没两日，太子便中了奇毒，这若是无解，他如何对皇上交代？

见灵云和苏风暖走了出去，他连忙颤抖着追了出去。

苏风暖出了房门，站在门口，扫了一眼，院中依旧安静，她脚步不停，径直向外走去。

“苏小友，留步啊。”灵云追在苏风暖身后，连喊了两声，见她头也不回，他急着快走两步，拦在她面前道，“你别走啊。”

苏风暖停住脚步，看着他：“不走难道等在这里给太子收尸吗？”

灵云一噎，看着她：“你医术比老衲好，称赞你一句冠绝天下，也是当得。无伤花真无解？有没有办法可以解？前些日子，叶世子在灵云镇沉船落水，今日太子再在这里中毒身亡的话，灵云镇的百姓们可就要被牵连遭大难了啊。”

苏风暖看着他：“老和尚，你倒是慈悲心肠。”

灵云连忙道了句：“阿弥陀佛。”

苏风暖对他道："也不是无解，只是，这毒不能轻易解。"

灵云看着她，悄悄问："什么意思？如何不能轻易解？"

苏风暖对他道："云山真人手里有一棵有情草，可解无伤花之毒。但毒虽然能解，太子怕是就此残废了。"

灵云大骇，失口道："太子是储君，焉能……焉能残废？"

苏风暖耸耸肩："所以，你我都不能做决定，派人传信给皇上吧。救还是不救，但看皇上的了。"话落，她补充道，"云山真人如今就在距离这里三百里外的清水岸，找他很容易。"

灵云一时没了话。

苏风暖将药箱塞进他怀里："我先回寺里了，免得外婆担心我，老和尚，你留在这里吧。"说完，她利落地走了。

灵云见她说走就走，走得痛快，但他却不能走，只能无言地转回身。

冯盛此时已经追出来，对灵云白着脸问："大师，太子他……"

灵云对他招手，让他凑近些，对他耳语了两句。

冯盛听罢，身子霎时软坐在了地上，一时间，惶恐不已地看着灵云。

灵云叹了口气。有情草虽然能解无伤花之毒，但定然会伤及根基，太子从此以后不能行人道，那也就是残废之人了。南齐江山基业如何能由一个残废不能行人道的帝王来继承？

这江山，怕是真要荡一荡了。

冯盛坐在地上，半晌没起来，恨不得自己就此死过去算了。

灵云对他道："既是无伤花之毒，耽搁不得，最多三日，必须解了。"话落，他道，"盛公公，传信给皇上吧。由皇上来定夺。"

冯盛呆木地站起身，对灵云道："大师，劳烦你在此照看太子，咱家需亲自回京一趟。"

灵云点点头。

冯盛连忙出了府衙，要了一匹马，带了一队护卫，匆匆奔赴京城。

苏风暖出了灵云镇府衙后，想了想，去了凤阳镖局。

此时已经入夜，凤阳镖局已经关了门。苏风暖来到凤阳镖局，伸手叩了叩门环。

里面有人探出头，看了一眼，连忙打开门："苏姑娘，您来了？小的这就去通禀少主。"

苏风暖点点头，站在院中等着凤阳，并没有进大堂。

等了好一会儿，凤阳懒洋洋地从里面走出来，抱着手臂靠着门框，凉飕飕地道："我还以为你一辈子不找我了呢？说吧，什么事儿？"

苏风暖看着他，道：“你知道太子中毒之事吗？”

凤阳挑眉。

苏风暖对他道：“刚刚我与灵云老和尚去了一趟府衙，给太子诊过脉了，他中的是无伤花之毒。”

凤阳一怔：“天下第一奇毒无伤花？”

苏风暖点头。

凤阳收起了脸上凉飕飕的表情，惊异地道：“无伤花不是失传了吗？你没诊错？”

苏风暖看着他：“你以为凭我的医术，能诊错无伤花？”

凤阳皱眉：“什么人给太子下的毒？他什么时候中的毒？”

苏风暖摇头：“这正是我来找你的目的，你查查。”

凤阳看着她：“你为何不自己查？”

苏风暖拢了一下头发，道：“这里距离京城太近了，有个风吹草动，不小心就会被人关注。你凤阳镖局底蕴深厚，家大业大名声大，不怕这个。我呢，怕得很。”

“暗中救叶裳，查许云初你都不怕，查此事害怕？”凤阳嗤笑。

苏风暖道：“他们毕竟不是太子，储君之事，兹事体大。”顿了顿，她道，“无伤花之毒，天下只有云山真人手里的那株有情草能解，但即便解了，也会变成残废之人。这东宫，怕是如何都保不住了。既然保不住了，便离得远些。”

凤阳闻言瞪眼：“你对我可真好，自己不想沾染，却把我拖进来。”

苏风暖闻言笑看着他：“你已经在皇上面前救了叶裳，有一了，也不怕有二。更何况，凤阳镖局通晓天下事儿，此事若是不弄个明白，也不是凤阳镖局的作风了。怕是皇上都要求你查。你何不顺势而为？凤阳镖局之所以立于天下，也是因为你们家几代人都与皇权扯不开关系，无论是南齐，还是北周。东宫下台，那么，总会有新旧更替之时，凤阳镖局还想继续立世，也要为以后考量不是？”

凤阳冷笑：“你倒是为我想得周到。”

苏风暖笑看着他：“你恼什么？我只是来告诉你，查不查，由你。”话落，转身就走。

凤阳瞪着她，在她即将迈出门槛时，道：“我听说国丈府的许小姐求灵云大师给叶裳制以毒攻毒之药。如今那老和尚已经制出来了吧？”

苏风暖脚步一顿，回头看了一眼凤阳，道：“你说，我若是将你在灵云镇的消息放出去，那些倾慕你的姑娘们会不会第一时间都聚来灵云寺？”话落，转身出了凤阳镖局的大门。

凤阳一噎，挥手猛地关上了大门，大门被他的气劲所震，发出“砰”的一声重响。

苏风暖从凤阳镖局出来就回了灵云寺。

王夫人并没有睡，见她回来，拉过她仔细地打量了一遍，舒了一口气，嗔道：“太子的病灵云大师一出手便能救好，你一个女孩子家家的，大晚上跟着跑去做什么？”

苏风暖顺势坐在她身边，道：“外婆，太子可不是染了风寒，而是中了天下第一奇毒。灵云老和尚出手，也救不好他。”

王夫人闻言大惊，低呼：“太子中毒了？”

苏风暖点头，将太子中了无伤花之毒，非云山真人有情草不能解，而且即便解了，还会落个残废之身之事简略地说了。

王夫人听罢，惊得无以复加，好半晌，没说话。

苏风暖歪倒在炕上，准备睡觉。

王夫人伸手推她：“这可如何是好？禀告了皇上没有？太子虽已定亲，但还未曾大婚，虽然有侍妾，但至今无所出。这……若是变成了残废之身，可如何是好？”

苏风暖顿时笑了：“外婆，您好操心啊，这事儿自有皇上去操心，用不到您呢。”

王夫人伸手拍了她一巴掌，忧心忡忡地道：“我虽然是一介妇人，但也知晓东宫出事，兹事体大。轻则危及朝纲，重则动摇江山基业。皇上膝下子嗣，病的病，死的死，伤的伤，若是太子如今再落个残废，只剩下两个年幼的小皇子了，都还没断奶呢。”

苏风暖道：“天塌下来自然会有高个儿的顶着，古来没断奶的小皇子登基的多了。”

王夫人闻言更是忧心：“古来登基的小皇子，下场有几个好的？不是宦官弄权，就是外戚干政，再则就是太后垂帘，诸侯谋反。江山一般都要乱上那么十几二十年，苦的可是百姓们。”

苏风暖眨巴了两下眼睛，拍拍王夫人，娇声哄道：“外婆果然不愧是王大学士的夫人，这些都懂得透彻。不过，咱们还是洗洗睡吧，跟咱们没关系，乖哦。”

王夫人被气笑，伸手拿掉她的手：“你这孩子，你睡了一日，如今还困？你自己去睡吧，我得赶紧派人给你外公传个话。”

苏风暖打了个哈欠，起身去睡了。

王夫人喊来一亲近之人，交代了两句，那人立即出了灵云寺，下山，奔京城而去了。

午夜，冯盛跑回了京城，守城人见是盛公公，连忙开了城门。

冯盛直奔皇宫，此时，皇上还没睡，依旧在御书房批阅奏折。

冯盛进了宫门，气喘吁吁地跑到了御书房，见了皇帝，“扑通”一声就跪下了，哭道：“皇上，老奴有罪，没照看好太子。”

皇上看着他道：“太子怎么了？”

冯盛连忙将太子中了无伤花之毒，天下只有云山真人的有情草可救，但哪怕救了，以后也会落个残废之事说了。

皇上手中的笔“啪”的一声掉在了玉案上，腾地站了起来，脸色巨变：“你说什么？”

冯盛哭道：“老奴废物，太子始终与老奴寸步不离，每日都是老奴亲自给太子试菜，可是竟然不知什么时候，太子中了无伤花，老奴该死……”

皇上离开玉案，走到近前，看着冯盛，怒道：“你的确是该死，连太子什么时候中的毒都不知道。”

冯盛连连磕头，哭道：“皇上，您赐死老奴吧。”

皇上盛怒不已，盯着冯盛，似乎要将他千刀万剐，冯盛只哭着磕头，地上很快就磕出了一片血迹。

过了好一会儿，皇上怒道：“是灵云大师给太子诊的脉？”

冯盛点头：“是灵云大师，说此毒拖延不得，最多三日，请皇上定夺。”

皇上终于忍不住抬脚踢了他一脚，怒道：“朕如何定夺？变成残废之人，不如死了的好。”

冯盛被一脚踹出老远，眼冒金星，但不敢言声。

皇帝转回身，一屁股坐在了椅子上，闭上了眼睛。

冯盛大气也不敢出。

御书房静如死寂。

过了许久，皇帝嗓音沙哑地道：“去学士府，将王禄给朕叫来。”

“是。”冯盛连忙从地上爬了起来，匆匆跑出了御书房。

王禄已经睡了，听说皇上宣他，连忙爬了起来，他穿戴妥当，匆匆来到门口，见了冯盛，吓了一跳：“盛公公，你不是跟太子在灵云镇吗？怎么……”

“王大人，快别说了，一言难尽，您赶快随老奴进宫吧，皇上要见您。”冯盛连忙道。

王禄点点头。

这时，管家匆匆而来，在王禄耳边耳语了两句，王禄脸色变了几变，过了好半晌，摆了摆手，随冯盛上了马车，向皇宫而去。

王禄进了宫，来到御书房，见到皇上，叩首见礼。

皇帝像是一下子苍老了许多，疲惫地摆摆手："起来吧。"

王禄站起身。

皇上看着他道："太子之事，你可知晓了？"

王禄叹了口气，斟酌谨慎地道："太子一定要救，但此事还需瞒下，太子毕竟是太子，叶世子沉船落水之事已经闹得人心惶惶，若是太子中毒无解之事再传出去，于朝纲不利啊。"

皇上伸手盖住额头，好半晌，哑声道："朕这个皇帝，做得着实窝囊。"

王禄道："皇上万不要这么说，您登基至今，南齐朝局一直平顺，虽有惊但无险，您居功至伟。"

皇帝惨笑："也就你这么说朕。"话落，他道，"叫你来，也是听听你的想法，安安朕的心。"话落，他摆手，"冯盛，你现在就出京，秘密给太子解毒吧。"

"是。"冯盛连忙点头，却踌躇不走，"皇上，据说，只有云山真人手里那一株有情草可解，云山真人脾气古怪，老奴前去，万一求不来那有情草……"

皇帝闻言道："这倒是个问题，云山老道谁的账也不买，朕的面子也不见得给。"话落，他看向王禄，"我听说丞相师出云山真人？若是让丞相出面去求，想必云山真人会给。"

王禄摇头："丞相身居高位，一举一动，无数人看着，他一旦离京，势必会惊动许多人，揣测事端。"话落，道，"叶世子师承陆云峰，而陆云峰师承云山真人，如今叶世子在府中养伤，若是突然伤势恶化，非云山真人不能救的话，他出京就有个极好的借口了，不会有太多人关注，不妨让叶世子走一趟。"

"叶裳啊，他的伤需要养着，如何能颠簸？"皇帝听罢道。

"叶世子的伤口若是不扯碰，坐车前去，三日内，应该能办妥，对伤口应该无大碍。"王禄道，"除了他，怕是没合适人选了。"

皇帝闻言点了点头："罢了，就他吧。此事就交给你了，你出宫后去一趟容安王府。令叶裳即刻启程。"

王禄点点头，退出了御书房。

冯盛看向皇帝。

皇帝瞅了他一眼，摆摆手："你也跟去，将消息给朕捂严实了，就说太子感染风寒，十分严重。请灵云大师好生救治。若是走漏一丝消息，朕砍了你的脑袋。"

"是，老奴一定办妥。"冯盛保证后，白着脸，退出了御书房。

第二十一章
明暗彻查

王禄和冯盛出了皇宫，很快就来到了容安王府。

已经深夜，容安王府还灯火通明。

守门人见王禄和冯盛深夜来访，惊了一惊，连忙道："王大人稍等，小的这便去通禀世子。"

王禄点点头。

那守门人连忙去了。

不多时，管家匆匆而来，见到王禄，连忙问："王大人，盛公公，您二人怎么深夜来此？可是有要事儿？"

王禄没答话，看着里面问道："如此深夜了，府中怎么这般亮堂？"

管家连忙道："听说世子大安，安国公府的二公子、景阳侯府的三公子、平郡王府的世子、晋王府长孙等都从灵云镇回来了，今日来府中看望世子，府中布置了酒席，公子们吃酒吃到了这个时候，都刚刚离开不久，府中的下人们正在打扫，是以，还亮着灯。"

王禄扬眉："叶世子也跟着一起吃酒了？"

管家点点头，叹了口气："哎，老奴劝不住世子，世子也跟着喝了两杯。"

王禄道："胡闹，他有伤在身，怎能饮酒？带我去见他。"

管家连忙头前带路。

来到叶裳的住处，叶裳没睡，和衣躺在床上，手里拿着一本书看，正是那本《红颜传》，听闻王禄和冯盛来了，挑了挑眉，放下书，起身下了榻。

他走出里屋，王禄已经迈进了门口，见到他，上下打量了一眼，道："叶世子既然能喝酒，出一趟远门，应该也无碍。"

叶裳看着王禄，又看了一眼跟在他身后额头青紫血红一片、哭丧着脸的冯盛，半晌，说了一句："王大人有话请里面说。"

王禄点头，跟着他进了内室。

两盏茶后，二人从里面走出，叶裳对管家吩咐："去备车，立即启程。明日有谁问起，就说我饮酒引发伤势恶化，非云山真人的好药不能救。"

管家知晓王禄和冯盛深夜前来，定然发生了了不得的大事儿，才让世子必须带伤出京，点点头，连忙去了。

不多时，管家备好了马车，车内铺设了上等的软褥等物。

叶裳简单收拾了一番，坐在了车内。

王禄道："叶世子多带些护卫防身，兹事体大，切莫耽搁了。"

叶裳点头："王大人放心吧，也请皇上放心，就算是欺师灭祖，我也得救了太子再说。"

王禄颔首。

叶裳吩咐一声，车马启程，离开了容安王府。

冯盛也顺路跟着叶裳一起出了皇城。

王禄待叶裳离开后，又匆匆进了宫，来到御书房，与皇帝回复。

皇帝在王禄和冯盛离开后，一直坐在椅子上，御书房的灯火也掩不住他的浓浓倦怠和苍凉。

王禄进了御书房，见到这样的皇帝，暗暗叹了一口气。

皇帝得知叶裳已经出京，揉揉眉心："王爱卿，你说，此事朕该怎样查？动静闹大了，太子自此残废之身的消息就瞒不住了，动静闹小了，怕是查不出来啊。何人如此心狠手辣？叶裳死里逃生，背后之人对东宫一计不成，又来一条更歹毒的计。朕可如何是好？"

王禄沉思片刻，道："皇上，依臣看，此事不能大查，但也不能不查。"

"那你说，怎样不能大查，也不能不查？"皇帝看着他。

王禄道："大查就查叶世子沉船落水之事，以此作伐，引人视线，同时暗中查太子中毒之事。"话落，又道，"如今叶世子沉船落水之事，太子是查不了了，只能再找个妥当之人前去查。同时，也要派一个妥当之人查太子中毒之事。该查的查，该隐瞒的隐瞒，方为上策。"

皇帝点点头："那你说，满朝文武，派谁查才最为妥当呢？"

王禄想了想道："关于查叶世子沉船落水之事，不如就交给晋王。而查太子中毒之事，不如就派人去请凤阳镖局的凤少主。"

"嗯？他们二人？"皇帝皱眉。

王禄道："叶世子是容安王和王妃唯一血脉，是宗室向心之力，晋王虽然多年来对叶世子多有看不惯，时常板着脸训斥，但到底是同宗血亲，叶世子在私下里唯他照应得多，断然不会是害叶世子之人。”

皇帝点头：“晋王对叶裳，的确不能看表面，单从他不阻止孙子刘焱跟着叶裳胡混来看，确实不会害他。可是凤阳……他毕竟不是朝堂中人，若是让他查的话……”

王禄道：“正因为凤少主不是朝堂中人，才好用些。而凤阳镖局在叶世子之事上，也算是搅和在了其中，由他来查，以凤阳镖局如今在天下的地位，和密如蜘蛛网一样的眼线，天下没有什么事儿能瞒得住凤阳镖局，也没有凤阳镖局查不出来的事儿。私下去查，最是妥当，既不会走漏消息，还能查知。”

皇帝沉思片刻，道：“朕已经派出了轻武卫，查叶裳沉船落水之事。”

王禄想了想道：“轻武卫毕竟是皇上的大内侍卫，对江湖之事，不见得真能插得上手。若是查得轻了，不管用，查得狠了，江湖势必会被搅乱，血雨腥风，届时皇上一样作难，还要派人梳理安抚。”

皇帝长叹：“你说得有道理啊。”话落，又道，“可是江湖杀手竟然敢对王府世子下杀手，真是吃了熊心豹子胆了，不惩治也不行。轻武卫就不撤回来了，继续查下去。而凤阳这里……太子中毒之事，彻查的话，听你的，就起用他吧。”

王禄点头：“凤少主已经离京，但若是皇上找他，也不难找，他估计没走太远，应该又去灵云镇了。”

皇帝道：“朕稍后派人去寻他，他手里有太祖的龙颜令，朕手里有凤阳镖局的凤行令。他见令，就会去办此事。”话落，皇帝揉揉额头，“不是万不得已，朕是真不想倚仗凤阳镖局，毕竟凤阳镖局不只立于南齐，也立于北周。这是把双刃剑，用它，就会被它的光芒所折，这一代，就休想再扯开了。”

王禄道：“凤阳镖局虽立于天下，但数代来，根系倒是正派。虽然偶尔参与朝事儿，但却事后立即抽身，这才是立于天下之本，固己守心。皇上无须太过担忧。”

“也是。如今要担心的，却是这祖宗留下的江山基业了。”皇上疲乏地道，“太子如此，谁来继承朕这把椅子？”

王禄一时噤了声。

皇帝沉默片刻，摆摆手：“罢了，不说这个了，先把太子救活再说。你也折腾了半夜，回府休息吧。”

王禄告退，出了御书房。

走出宫门，他回头看了一眼，皇宫巍峨，庄严雄伟，富丽堂皇。里面住着九五之尊，被人三跪九叩，至高无上，可惜，却不如寻常人过得舒心。

第二十二章
登门请人

叶裳深夜离京，在京城还是闹出了不小的动静。

许多人都深夜派人前去打探，得知他饮酒玩乐加重了伤情只能深夜出京前去找云山真人诊治的消息后，都连连摇头，觉得他若是能够安分一日，就不是叶裳了。

叶裳上了马车后，便歪在了软褥上睡了。

一个时辰后，马车来到灵云镇，千寒在外面低声喊：“世子，到灵云镇了。”

叶裳“嗯”了一声，困意浓浓地吩咐：“去灵云寺。”

马车转了路，前往灵云寺。

来到灵云寺山门前，已经是三更时分。

千寒上前叩山门。

看守山门的小和尚打开山门，奇怪地看着容安王府标志的马车，纳闷地问：“叶世子？”

叶裳挑开车帘，下了马车，对小和尚道：“带我去见王夫人。”

小和尚看了一眼天色，犹豫地道：“叶世子，这……天还没亮，才三更天。”

“我有很重要的事儿。”叶裳道。

小和尚闻言点点头，头前带路，领着叶裳，前往王夫人的住处。

王夫人昨日从苏风暖口中听闻太子中了奇毒即便解了也会变成残废之人的消息后，一夜没怎么睡着。听闻叶裳深夜前来寻她，连忙起身，出了房门。

叶裳站在院中，见王夫人出来，给她规规矩矩地见了个礼，道：“深夜前来打扰夫人，实属有要事，夫人见谅。”

王夫人将他上下打量了一遍，见他明显体虚气弱，人清瘦，脸色也十分苍白，虽然不明白他为何深夜离京来了这里，但也知道必是十分紧要之事，连忙道：“有话屋里说。”

叶裳点点头，慢慢地踱步，随王夫人进了屋。

王夫人询问了他伤势后，叶裳便将来意说了。

王夫人听罢，看着他："你是说……让暖儿陪你前去寻云山真人？"

叶裳颔首，似乎说了一番话都废了他很大的力气，气虚地道："师祖向来行踪不定，连我也不知道他在哪里，但既是太子有难，急需有情草，基于与师祖的关系，我奉了皇命，便责无旁贷。我这副身子，自然不能胡乱奔波去找，也恐耽搁时间，误了太子性命。曾听师祖提过识得苏小姐，曾说天下若有一人能寻到他踪迹，非她莫属。我实属无奈，只能来相求了。"

王夫人听完，觉得他说得有理，想到苏风暖在外面跑了多年，连灵云大师都把她当作忘年小友，识得云山真人也不奇怪，尤其是叶裳带伤而来，这副样子，随时似乎都要倒下，她看着都心疼揪心。便不疑有他，点头道："既然这样，你先稍等片刻，我这就去喊小丫头起来。"

叶裳点点头。

王夫人出了房门，前去寻苏风暖。

苏风暖睡得正香，被王夫人喊醒，听她说完，眼睛先是睁大，随后又皱眉，然后伸手摸摸王夫人的额头，道："外婆，您没发热吧？他是叶裳，您让我……三更半夜地跟他去寻臭老道？"

王夫人伸手拍了她一下，嗔道："什么臭老道，是云山真人。"

苏风暖看着她："这个不是重点，重点是我们孤男寡女一起上路……"

王夫人顿时笑了："你在外面疯跑多年，跟这个称兄，跟那个道弟，姐姐妹妹不知道多少。什么时候在乎孤男寡女了？我家暖儿若是开窍了，知晓男女有别，这还是好事儿了。"

苏风暖无语："我不去。"

王夫人瞪着她，语重心长地道："暖儿，外婆为了太子之事，一夜未曾睡好。所谓，事急从权，不拘小节。叶世子也是没办法了，才来寻你与他一起去。说你定然知晓云山真人在何处。快与他去吧。太子性命重要，若是太子出事，这朝纲兴许真会不稳，朝纲一旦不稳，江山基业就要动荡，江山基业一旦动荡，受苦的还是黎民百姓……"

苏风暖翻白眼："臭老道就在距离这里三百里外的清水岸，找他很容易。"

王夫人看着她道："三百里也不是近路，我看叶世子的模样，被风一刮就倒，你整日里活蹦乱跳的，常年出门在外，跟去的话，能照应他，这件事情万万不能出错，否则太子就没命了。"

苏风暖听说叶裳被风一刮就倒，想着她走后，估计没好好养伤，到底是再说不出推托的话了，点头：“好吧。”

王夫人拍拍她：“真乖，快收拾一下，叶世子等着你呢。”

苏风暖只能赶紧穿衣服收拾。

王夫人回到房间，见叶裳身子歪在座椅靠背上，闭着眼睛，似乎极其疲惫，她又觉得心疼起来，连忙道：“叶世子，来时可带了随行大夫？可带了药物？”

叶裳摇头：“出门太急，没带。”

王夫人看着他：“你这副样子，怕是没法支撑着走三百里地。可怎么办？”

叶裳道：“我听师祖提过，说若论医术能与他一较高低者，非苏小姐莫属。她既会医术，想必路上能照应我一二。能坚持找到师祖就好。”

王夫人闻言，一拍脑门：“对，对，小丫头医术我虽然不知道有多好，但家里人谁生病了，找她开一服药，一准好。这孩子，常年在外面疯跑，虽然不懂闺仪，但本事却学了不少，都是实用的。云山真人这样夸她，定然没错。这样我就放心了。”

叶裳笑了笑：“师祖口中，从无虚言。”

王夫人点头，心里不知为何美滋滋的。

苏风暖收拾妥当，来到门口，一眼便看到了坐在椅子上气体虚弱的叶裳和她笑成了花一样的外婆，眼皮翻了翻，没好气地道：“走吧。”

叶裳站起身，与王夫人告辞。

王夫人见苏风暖似乎对叶裳不喜，连忙拽住她，悄声嘱咐：“叶世子这孩子可怜，十分不易，如今为救太子，带伤赶路，通晓情理，顾全大局。你一定要多照应他，切莫让他加重伤势，出了事端。”

苏风暖无语，这么片刻的工夫，不知道叶裳怎么把她外婆的心哄开花了，心里腹诽着点头：“知道啦。”

第二十三章 举世无双

出了山门，苏风暖先上了车。

叶裳慢吞吞地随后上了车，见苏风暖已经仰躺在车里，闭着眼睛，似乎没睡醒准备继续睡的架势，他靠着车壁看了她一眼，落下帘幕，对外吩咐："去清水岸。"

马车离开灵云寺，向清水岸方向走去。

叶裳也闭上了眼睛。

没人说话，车中十分安静，外面只听到车轱辘压着地面的声音以及马蹄声。

过了一会儿，苏风暖睁开眼睛，车中黑漆漆，她适应了片刻，才能看清叶裳的眉目。他闭着眼睛靠着车壁，黑暗中脸色十分苍白，气息虚弱。她坐起身，伸手拿过他放在身侧的手，给他把脉。

叶裳手一动不动。

片刻后，苏风暖又伸手去扯他胸前的衣服。

叶裳睁开了眼睛，语气不带什么情绪："男女授受不亲，你动不动就扯我衣服，事后却又不负责任。这也是从江湖里学来的规矩？"

苏风暖手一顿，抬眼狠狠剜他："这么大的酒味，你喝了多少？"

叶裳看着她："我喝多少，你在意吗？"

苏风暖一噎，怒道："我为什么不在意？"

叶裳眉目动了动，漆黑的眸子一瞬不瞬地盯着她："你每次扔下我，说走就走时，都那么轻易。这叫在意？"

苏风暖生气："你不是三岁小孩子了，连自己都照顾不好吗？"

叶裳道："照顾不好。"

苏风暖一噎，看着他一副就是如此的倔强面孔，她额头突突跳了两下，深吸一口气，不再理他，将他胸前的衣服扯开，见里面包扎得十分规整，她利落地解开缠带，以黑暗中能视物的目力扫了他伤口两眼，从怀中取出一瓶药膏，轻轻给他抹在伤口上。

伤口已经结疤，说明这两日他并没有十分用力地扯动伤口，虽然伤口恢复得慢，但好在是在恢复中。

她的气小了点儿。

叶裳感觉到她碰触他肌肤的温度清凉，不知是药膏凉，还是她的手指凉。他抿了抿唇。

片刻后，苏风暖收起药膏，重新给他包扎，手法利落。

包扎完后，她退开些身子，躺去了一侧。她本就纤细，马车空间宽敞，给他留出一大半的空地方，没好气地说："还不快点儿躺下休息？你要这样坐着走三百里路吗？"

叶裳没说话。

苏风暖打了个哈欠，想着这车里铺陈的软褥真舒服，继续睡去。

过了一会儿，叶裳慢慢地伸开腿，挨着苏风暖，平躺在了一侧。

车中弥漫着淡淡的兰香草味和微微酒气醇香。

天明时分，走出了一百里地，来到了文安县，一座不起眼的小城。

马车走过街道，苏风暖闻到了一阵肉包子的香味，睁开眼睛，喊："停车。"

马车立即停下，千寒在外面喊："小姐可有吩咐？"

苏风暖偏头，见叶裳也醒来，她说："我要吃肉包子。"

叶裳慢慢坐起身，挑开车帘，向外看了一眼，只见正路过一家包子铺，门口摆放着蒸笼，肉包子正冒着热气。他点点头："下车吧。"

"买几个车上吃好了。"苏风暖说。

"不差吃个早饭的工夫。"叶裳下了车，见她还躺在车里说，"你得洗手。"

苏风暖伸出手，见自己的一双手白白嫩嫩，十分干净，她坐起身，嘟囔："讲究。"

二人下了车，进了包子铺，小伙计连忙招呼："公子、小姐里面请。"

叶裳跨进门槛，里面已经坐了几桌人，只有一桌空位，他没急着坐，问："哪里洗手？"

小伙计一怔，看他衣着华丽，姿容清贵，定不是出身于寻常人家，反应过来，连忙说："公子稍等，我去给您拿盆子打水来。"

叶裳点点头。

苏风暖用五指拢着散乱的头发，随他身后进了店铺，眼角余光扫了一眼里面坐着的几桌人，其中有一男一女引起了她的注意，两人都十分年轻，做江湖打扮，男子模样清秀，女子容貌可人，身后都背着剑，剑柄上刻着青鸟花纹。

她心下了然，收回视线。

小伙计打来水，端到叶裳面前："公子请。"

叶裳将手洗了，抬步走到那一桌空座上，坐了下来。

苏风暖就着水盆，也洗了手，刚要抬步坐过去，那早先被苏风暖注意的背剑年轻男子忽然腾地站起了身，几步就来到了苏风暖的面前，激动地看着她："你是……苏姑娘？"

苏风暖脚步顿住，看着他，没说话。

那男子似乎十分惊喜，将她仔仔细细地看了一遍，欢喜地说："真的是苏姑娘，没想到在这里碰到了你。"话落，他回头对那女子说，"小妹，你不是要找凤少主吗？苏姑娘一定知道他的下落。"

那年轻女子闻言腾地站起了身，用比男子还快的速度来到苏风暖面前，同样激动地看着她："苏姑娘，凤少主在哪里？"

苏风暖眸光动了动，没说话。

叶裳在一旁平静地道："你们认错人了。她不姓苏。"

那年轻男子脸色一僵，转向叶裳，又看看苏风暖的面色："不会啊，我不会认错苏姑娘。"话落，他看向年轻女子，"小妹，你看看，她是不是二哥挂在书房那幅画像上的女子？"

那年轻女子听到叶裳的话，激动神色也是一收，仔细地将苏风暖看了一遍，点头："是好像。"

那年轻男子道："不是好像，就是一个人。二哥的画像画得惟妙惟肖。"

年轻女子点头："二哥的画工出神入化，自然不会少画一分神色。"

那年轻男子继续盯着苏风暖："苏姑娘，你……"

叶裳声音冷冷地说："我已经说了，她不姓苏。"

那男子转头看向叶裳，见他清俊无双的容颜冷凝，一双眸子似乎冻了冰，他皱眉，立即问："她怎么会不是苏姑娘？那她是谁？"

叶裳看了苏风暖一眼，道："她姓叶。"

那男子一怔："姓叶？"

苏风暖嘴角抽了抽，她什么时候姓过叶了？她怎么不知道，她看向叶裳。

叶裳眼含警告。

苏风暖想着她是陪他出来去找云山臭老道的，途中还是少惹事端，少耽搁为好。尤其是这两个人说他们二哥书房里挂着她的画像什么的，她更是不想知道。她看着二人，缓缓说："他说得不错，我姓叶。你们真的认错人了。"

她语气诚恳，说完，转身去了叶裳身边坐了下来。

徒留那年轻男子和年轻女子面面相觑。

苏风暖坐下身后，对小伙计说：“来两屉小蒸包，要纯肉的。再来两碟小菜，要清爽可口的，两碗粥，要不咸不淡的。”

小伙计呆了一会儿，点点头，去了。

那年轻男子和年轻女子愣在原地半晌，还是有些不甘心，那年轻男子走到桌前，看着苏风暖：“姑娘实在与苏姑娘太像，不知可否告知姓名？”

苏风暖还没说话，叶裳便挑眉看着他，清清冷冷：“当着别人丈夫的面询问人家妻子的名姓，你是否太有失教养了？”

那年轻男子脸色霎时变了变，一时又红又白。

苏风暖想着叶裳真不是个东西，什么话都胡诌，就算打发人，也不带这样攻击人的。她立即说：“江湖儿女，不拘小节。这位公子看来是江湖人，一时情急认错人有些冒失情有可原。”

叶裳冷哼一声。

这时，那年轻女子走上前，指着叶裳恼火地说：“你这个人怎么回事儿？脾气怎么这么差？说话阴阳怪气，冷声冷语，你才没教养。你的夫人没梳着妇人的发髻，我哥哥认错有什么奇怪？若是不想被人认错，你把你夫人藏起来，别让她出门啊。”

苏风暖抬眼看了年轻女子一眼，想着这姑娘可真敢骂叶裳啊，后生可畏，不过听着挺爽。

叶裳眸光攸地沉冷，眸色里如酝酿了一潭千年陈冰，周身冷气外溢，霎时，像利剑出鞘，转眼就能把那年轻女子刺成个冰刺猬。

苏风暖怕他真火了，他荒唐无稽这么多年，除了晋王，还没人敢指着他鼻子骂他。她连忙挽住他胳膊，软声软语地说：“夫君，江湖人历来不懂什么礼数规矩，我没梳发髻，又与人家说的女子相像，被人认错，也不奇怪。你身体不好，别气着身子。”话落，用洁白的手指轻轻地抚了抚他胸口，给他消气。

叶裳满身的冷意霎时一僵。

苏风暖转头对那二人说：“两位真是认错人了，我夫君身体不好，我们又赶了一夜的路，以至于他脾气不怎么好，请两位见谅。”

那年轻男子已经恢复了神色，对苏风暖拱了拱手，后退两步，歉然地说：“冒昧冲撞了夫人，夫人见谅。”

那年轻女子也后退了一步，对于刚才叶裳散发出的冷气也给惊了一下，即便他一身轻便的锦缎华裳，没有宝剑，而她后背却背着剑，但她还是感觉周身被刺成了冰洞的感觉，她伸手压压心口的凉气，干笑了一声：“我们可能真是认错人了，对不起啊。”

苏风暖对她温和地笑笑。

那年轻女子转头，对那年轻男子埋怨：“四哥，都怪你认错人。这位夫人虽然和二哥书房画像里的苏姑娘很像，但我听二哥说，那苏姑娘不会如此温婉端庄地待人。尤其是苏姑娘未婚，这位夫人都有夫君了。”

那年轻男子点头：“嗯，是我认错人了。”话落，问那年轻女子，“你吃饱了吗？”

年轻女子点头：“吃饱了。”

“那我们走吧。”那年轻男子付了账。

年轻女子点头，二人一起出了包子铺。

苏风暖回头看了一眼，刚刚没注意，门口不远处的木桩子上拴了两匹马，那二人解开缰绳，上了马离开了。她撤回挽着叶裳胳膊的手，对他不满地小声说：“吃完饭跟你算账。”

叶裳没说话，伸手慢慢地展了展衣袖。

小伙计端上来两屉小蒸包，两碟小菜，两碗粥。

饭后，二人回了马车上，继续赶路。

苏风暖吃饱喝足，找了个舒服的姿势靠着车壁，瞪着叶裳，准备开始算账。

她还没开口，叶裳冷冷地看着她，先质问：“他们是江湖上什么门派的人？他们的二哥是谁？为什么他的书房里有你的画像？”

苏风暖翻白眼：“我为什么要告诉你？”

叶裳沉沉地看着她：“我早就知道你在江湖上招蜂引蝶，乐不思蜀，才不回京城的。”

苏风暖一时气急，恼道：“我什么时候招蜂引蝶了？”虽然她确实乐不思蜀，但可没招蜂引蝶，她怒道，“你说的是凤阳吧？他才招蜂引蝶呢。”

叶裳眯了眯眼睛：“一个凤少主，如今又来了一个什么二哥，这不是蜂蝶是什么？”

苏风暖一时无语：“就这两个，也算蜂蝶？”

叶裳冷冷地哼声：“听你这口气，不止这两个了？”

苏风暖又被噎住，瞪了他半晌，怒道：“没办法跟你沟通。”话落，她转身跳出了车厢，对千寒说，“你陪他去车里坐着，将你的马给我。”

千寒看她气哼哼的，立即翻身下马，将马缰绳递给了她。

苏风暖翻身上马，跨坐在了马上，狠狠地吐了一口气，这才觉得胸口顺畅了些。

这个无赖，明明是他胡诌一气，如今竟然反过来说她，太可恨了。

千寒自然闻到了火药味，没敢上车，与护卫共乘一骑。

叶裳车厢里的帘幕一直未拉起，里面静静的，不知道在干什么。

又走了百里地，到了下一个小镇，已然中午，苏风暖回头看了一眼马车，对千寒说："这硕阳镇有一家阳春面馆，十分不错，就去那里吃午饭。"

千寒看了一眼马车，半日里，马车帘都没掀开一下，他终于不太放心，走到车前，试探地喊了一声："世子？"

叶裳"嗯"了一声，音调低沉。

千寒说："已经午时了，我们到硕阳镇了，小姐说去吃阳春面。"

叶裳声音听不出情绪："买了车里吃，一边吃一边继续赶路。"

千寒闻言看向苏风暖。

苏风暖骑了半日马，屁股疼，勒住马缰，翻身下马，一把挑开帘幕，见叶裳依旧保持着她半日前跳出马车的姿势，看起来一动未动，她恼道："你这是在参禅吗？"

叶裳没说话。

苏风暖说："吃完午饭，歇歇脚，再走百里，晚上就能到清水岸。拿了药我们歇一晚上，明早离开赶回去也不晚。用不着在车里吃，省不了多少时间。"

叶裳偏头，瞥了她一眼，面无表情地说："就在车里吃。"

苏风暖瞪着他："要吃你自己车里吃，我不在车里吃，阳春面怎么拿到车里吃？"

叶裳看着她："我腿麻了。"

苏风暖本来要落下帘幕，闻言看向他，见他身子果然僵着，她怒道："半日不动弹一下，能不麻？你当你是和尚还真学参禅？"

叶裳眼底微恼："还不是因为你气我。"

苏风暖一噎，又气又笑："你讲点儿道理好不好？到底是谁气谁？动不动就乱发脾气。什么破脾气！"

叶裳垂下眼睫："过来给我捏捏。"

苏风暖看着他："让千寒给你捏，我先去阳春面馆让婆婆做着面。"

"不行，就你捏。"叶裳拽住她的胳膊，"我腿因为你才麻的，你要负责。"话落，对千寒说，"你先去面馆。"

苏风暖拽了拽，没甩开叶裳的手，没好气地对千寒说："前面走进去一个小巷子里，写着婆婆阳春面。你就对那婆婆说，姓苏的姑娘要来吃面，让她依照老规矩做，她就知道了。”

千寒点点头，看向叶裳。

叶裳说：“跟她的一样。”

千寒转身走了。

苏风暖只能上了车，认命地给这位爷捏腿，想着他真是个无赖，她这是欠了他多少辈子的钱没还啊？

她捏了半晌，感觉他身子放松了，问：“好了吗？”

叶裳摇头：“没好。”

苏风暖又捏了一会儿，见他依旧一动不动，不耐烦地问：“到底好了没？”

叶裳瞅了她一眼，懒洋洋地说：“好点儿了。”

苏风暖立即撒开手，见马车驶入了小巷子，已经闻到了面香味，她怀念地说：“婆婆做的阳春面最好吃了，我有一阵子没吃了。”

叶裳向小巷子深处看了一眼，面香味从不远处传来，他道：“刘嬷嬷做的阳春面才是最好吃的面，闻着味道来说，这婆婆的阳春面手艺赶不上刘嬷嬷。”

苏风暖收回视线看他：“真的？”

叶裳点头。

苏风暖说：“等回京城，我也要尝尝刘嬷嬷的手艺。”

叶裳看了她一眼：“嬷嬷年岁大了，近两年不怎么下厨了。”

苏风暖敲敲马车扶手，问他：“嬷嬷从小看着你长大，她的手艺你多少学了点儿吧。你做给我吃。”

叶裳摇头：“没学。”

苏风暖瞪着他：“有这么好的手艺，你怎么不学？太浪费了。”

叶裳瞥了她一眼，见马车已经来到面馆门口，这是一家不太大的院落，挂着一个破旧的牌匾，写着婆婆阳春面馆。门口站了一个五六岁的俊俏小男孩，正欢喜地翘首望着，正值午饭时间，里面显然有不少客人，听着吵吵嚷嚷，十分热闹。

他收回视线，当先下了马车，说：“君子远庖厨。”

苏风暖大翻白眼，随后下了马车。

那小男孩见到苏风暖，立即冲了过来，欢喜地喊：“苏姐姐。”

苏风暖露出笑意，等他跑近，她蹲下身子，一把将他抱住：“小驰真乖，又长高了呢。”

小驰搂住苏风暖脖子，像小狗一样地蹭着她身子，声音稚嫩：“苏姐姐，你有一年没来了呢，小驰想死你了。”

苏风暖任他搂着脖子，笑意从眉眼、嘴角处全部蔓开，伸手拍拍他后背，推开他小脑袋一些："来来，让姐姐看看，小驰又长俊了没有啊？"

小驰立即乖乖站好，稚嫩的声音脆生生地说："婆婆说我长俊了，以后会越长越高，越长越俊。"

苏风暖大乐，打量着他点头："嗯，还真是长俊了，婆婆说得对。"

小驰看着她："我每天都好好吃饭、好好读书、好好练字、好好锻炼身体，用不了几年，我就长得更高更大更俊了。到时候就能娶姐姐了。"

苏风暖嘴角抽了抽，想说你的志向真远大。

这时，站在一旁的叶裳看着一站一蹲挨得很紧的二人适时地开口："等过几年你长高长大长俊了，她已经长成了又老、又丑、又佝偻的老太婆了。"

小驰立即转头看向叶裳，这才发现，有一个长得十分好看清俊的男子站在一旁，个子比他高太多，他仰着小脸才勉强看到他的脸，他用纯洁的大眼睛盯着他看了一会儿说："我不嫌弃苏姐姐。"

苏风暖心里顿时乐开了花，拍拍他的小脑袋："我果然没白疼小驰。"

叶裳凉凉地看了苏风暖一眼，冷冷地对小驰说："即便你不嫌弃，但她也等不到你长大就嫁人了。"

小驰立即问："嫁谁？"

叶裳看着他："我。"

小驰立即睁大眼睛。

叶裳同样蹲下身，即便他蹲下，依旧还是居高临下地看着小驰的小身子，一字一句地说："你过几年长高了、长大了、长俊了，我同样会更高、更大、更俊。你再仔细看看我，你能俊得过我吗？"

苏风暖实在忍不住，抬脚踹了叶裳一脚。

叶裳瞬间躲开了，站起身，用绝对的压倒之势，看着小驰："我这容貌，天下评之举世无双。你知道举世无双的意思吗？就是独一无二。你即便重新回娘胎里投胎，也比不过我。"

小驰"哇"的一声哭了。

苏风暖又气又笑，瞪着叶裳，恨不得揍死他。才见第一面，有这么欺负一个小孩子的吗？他太不是人了。她连忙将小驰身子搂在怀里，哄他："小驰乖哦，不哭不哭。"

小驰哭得更厉害了。

苏风暖又哄了两句，哄不好，她心疼坏了，转头恼怒地瞪着叶裳："你来哄。”

叶裳丝毫不觉得欺负一个孩子有什么丢脸的，懒洋洋地看着小驰哭得稀里哗啦的样子，鄙视道：“我像你这么大时，不哭鼻子，不让人抱，更不用让人哄。你这样哭的难看的样子，别说长大了娶不了她，别的女人估计都不乐意嫁给你。”

小驰顿时止了哭，眼泪汪汪地看着叶裳。

叶裳走近一步，蹲下身，用指腹给他擦了擦眼泪，温声说：“男儿有泪不轻弹。尤其是不能在女人面前哭鼻子，记住了。”

小驰呆呆地看着叶裳。

叶裳放下手，问他：“你叫什么名字？”

小驰顿时骄傲地说：“苏驰。”

叶裳眸光微动：“哪个苏？”

小驰高兴地说：“苏姐姐的苏，我和苏姐姐一个姓。姐姐告诉我，我是他弟弟。”

叶裳微笑，清俊无双的容颜如芙蓉绽开，拍拍他，温声说：“你既然也姓苏，更不能再打娶她的主意了。同姓亲缘不能结亲。尤其你是她的弟弟，更不能娶姐姐。知道了吗？”

小驰又垮下脸。

叶裳看着他：“我姓叶，你以后叫我叶哥哥吧。”

小驰不说话，虽然不哭了，但还记着是他讨人厌惹哭了他。

叶裳补充道：“或者，你可以叫我姐夫。反正我是要娶她的人。你是她弟弟，叫我姐夫，也没错。”

苏风暖忍无可忍，又抬脚踹叶裳。

叶裳这回没躲，伸手按住苏风暖的脚，不看她，看着小驰说：“在你的心里，你苏姐姐武功厉害不厉害？”

小驰点头：“苏姐姐武功最厉害了。”

叶裳看着他，要多温和有多温和：“你看，她轻易就被我按住了脚，但我武功没她厉害，这说明了什么？”

小驰摇摇头。

叶裳谆谆教导：“这说明她喜欢我，我把你都欺负哭了，她都舍不得真踢我。这说明在她的心里，我比你更得她的喜欢。”

小驰又垮下脸，似乎是伤心极了，但还是忍着，没哭。

苏风暖已经彻底无语，黑着一张脸看着叶裳，若不是念及他身上刚被养得愈合有了起色的伤势，她把他那张脸和那张嘴揍扁了都便宜了他。什么破人，连小孩子也不放过地欺负。

叶裳伸手又拍拍小驰的头，声音含了丝笑意和温柔："你说你每日都好好练字是不是？"

小驰不情愿地点头。

叶裳看着他："我有一支天底下最漂亮的笔，送给你练字吧，你的样貌虽然没办法比我更俊了，但你将来写出来的字可以比我的字好看。这样，你就有一样能比得过我了。你苏姐姐是个喜欢漂亮东西的人，她在这上面，一定会更喜欢你一些。如何？"

小驰顿时高兴地睁大漂亮的眼睛，天真地问："真的？"

叶裳十分诚实地点头："真的。"

小驰转头看向苏风暖："苏姐姐，是这样吗？"

苏风暖想说不是，天底下哪里有最漂亮的笔，但看着小驰纯洁清澈的大眼睛，她却也没法说出个不字。她暗骂叶裳无赖，拿东西贿赂哄骗小孩。点点头："是啊，他说得没错。"

小驰顿时期盼地看着叶裳。

叶裳微笑地站起身，对千寒吩咐："去把我那支笔取来。"

千寒立即去了。

须臾，千寒从马车里拿出一个锦盒，递给叶裳。

叶裳接过，递给小驰。

小驰伸手接过，慢慢地小心地打开，只见里面躺着一支笔，这支笔，笔身像玉色，但却又不是玉做的，不知是什么材质做的，笔头十分顺滑。的确很漂亮，是他见过的最漂亮的笔，顿时欢喜地说："苏姐姐，真的是最漂亮的笔呢。"

苏风暖看到那支笔愣了一下，看向叶裳。

叶裳此时也正微笑地看着她，用只有两个人能听见的声音说："这支笔拿来哄你弟弟了，今年我生辰，你再送我一支新的。"

苏风暖翻了个白眼。

小驰小心地将盒子又盖上，看向苏风暖："苏姐姐，我能要吗？"

苏风暖微笑："自然能要。你以后就叫他叶哥哥。"

小驰看看她，又看看叶裳，想着要了这么漂亮的笔，总该有让步。于是，小声说："不叫姐夫吗？"

苏风暖摇头，没好气地说："不叫，姐夫不能随便乱叫知道吗？你就叫他叶哥哥。"

小驰看向叶裳。

叶裳清清淡淡地笑，却极温和："等我娶了她，你再改口，先叫叶哥哥吧。"

小驰点点头，喊了一声"叶哥哥"。

这时，一位婆婆笑呵呵地走出来："小驰是不是因为很久没见到你苏姐姐了，如今看到就黏着她哭鼻子？"

苏风暖笑着喊了一声："婆婆。"

老婆婆七十多岁了，满头白发，但身子骨却硬朗，笑呵呵地应了一声，然后目光落在叶裳身上，上上下下打量："这位公子是？"

叶裳微笑见礼，风姿翩翩，文质彬彬："婆婆，我叫叶裳。"

"叶裳？"老婆婆愣了一下，嘀咕："这名字好耳熟啊，我在哪里听过？"

"名字不过是个称呼，婆婆叫我小裳就行。"叶裳微笑，也不点破。

婆婆立即点头："好，小裳，既然来了这里，就是苏姑娘的朋友，是我的贵客。快里面请。面做好了，你们趁热吃。"

叶裳点头，与苏风暖一起，被请了进去。

婆婆给苏风暖和叶裳单独安排了一间房间，也不招呼客人了，陪着二人边吃边说。

饭后，苏风暖说还有要事要去办，必须离开，小驰顿时舍不得，又要挤眼泪，但想起叶裳的话，使劲又挤了回去，只可怜巴巴地看着苏风暖，小模样着实可怜。

苏风暖笑着安慰他："等姐姐办完事，就来接你。这一回，把你接走，去京中学堂读书。"

小驰顿时高兴起来。

婆婆笑着说："我老婆子老了，委实照顾不了小驰了，为了不耽搁他上学，的确还是苏姑娘接走比较好。"

苏风暖点头："接走小驰，我再给婆婆送两个人来照应你。"

嬷嬷点头。

苏风暖和叶裳出了阳春面馆，上了马车，离开了硕阳镇。

第二十四章
天下第一

从出了阳春面馆，上了车后，叶裳眼神一直凉凉地盯着苏风暖。

苏风暖伸手摸摸脸，对他问：“我脸上沾了面了？”

叶裳冷冷地看着她：“你脸上没沾面，只是把良心丢了。”

苏风暖瞪着他：“少跟我阴阳怪气，我还没找你算账呢，胡诌的本事和欺负人的本事越来越大了，连小孩子也不放过。”

叶裳冷笑：“你自己做出的事情，自己不反省，如今还好意思找我算账？我就算胡诌和欺负人又如何？你不进京的时候，我做过比这更过分的事情多了去了，你理会吗？如今来管我了。”

苏风暖一噎，恼道：“越说越没谱了。我做什么事情需要反省了？你说说。”

叶裳看着她，冷声道：“一年前，你来过阳朔镇，距离京城这么近了，竟然没进京。”

苏风暖瞪他：“这算什么需要反省的事儿？”

叶裳绷起脸，十分难看，冷嘲：“的确不算什么需要反省的事儿，在你的心里，恨不得躲得我远远的。一年前靠近京城，却不回京，根本就不算什么。也根本就不理会我日日盼着你进京，盼得心都凉成冰了。”

苏风暖哽住。

叶裳冷冷地看着她：“你还有什么话说？”

苏风暖气急，他原来是听到小驰说一年没见她了，如今在这里等着找她算账。她恼道：“我没话说。”话落，她转身跳出了车厢，对千寒说，“把你的马给我。”

千寒乖乖地下马，将马给了苏风暖。

苏风暖翻身上马，打马冲出了硕阳镇。

她的马奔驰得快，转眼就跑没了踪影，卷起一溜烟尘。

叶裳挑开车帘，看了前方她离开的身影一眼，薄唇紧紧抿起，一双眸子既黑且深。

千寒看着叶裳，小声问："世子，苏小姐她……"

叶裳放下帘幕，沉声说："她会在前面等着我们，继续赶路。"

千寒噤了声，吩咐队伍加快了行程。

苏风暖一口气纵马驰出五十里，才勒住马缰绳止步。回头看了一眼，叶裳的车马被落得遥遥无影。她狠狠地吐了一口气，翻身下马，扔下马缰绳，走到路旁，没看到能歇脚的地方，便上了不远处的山坡，找了一棵大树，躺在了树干上休息。

暑日虽热，但树上却阴凉，不多时她就睡着了。

一个时辰后，叶裳的车马来到，千寒四下看了一眼，对叶裳说："世子，只看到了马在路边，没看到苏小姐。"

叶裳挑开车帘，四处望了一眼，目光定在不远处的山坡树林里，说："她定然在树上睡觉。你去喊她。"

千寒立即去了，果然在一棵树上找到了苏风暖，暗想世子真是懂苏小姐。

苏风暖听到车马声已经醒来，在树上醒了一会儿神，在千寒找来时跳下了树，对他说："走得挺快。"

千寒小声说："赶得急了些，怕与您落下太远跟不上。"

苏风暖揉揉眉心，看了一眼马车，只见帘幕紧闭，她问："他好了吗？"

千寒小声说："是世子让我来这里找您的，说您定然在树上睡觉，想必气消了。"

苏风暖轻哼一声，踢着山坡上的草嘟囔："什么破脾气。"

千寒犹豫了一下说："世子寻常时候，脾气还是极好的。"

苏风暖翻了白眼："寻常时候本就不多。"

千寒不说话了。

二人下了山坡，苏风暖还没上马，千寒立即说："天太热了，属下跟人挤一匹马，实在累得很。您还是上车吧，车上凉快。"

苏风暖想着车上的确是凉快，她都快被某个人的寒气冻死了。

上了马车，只见叶裳躺在车中间，闭着眼睛，十分安静。

马车本来十分宽敞，可是被他往中间一躺，两侧就感觉窄了。

苏风暖抬脚踢了踢他的腿："靠边点儿，让出点儿地方。"

叶裳伸手拽住她的手，猛地用力，苏风暖没防备他突然拽她，一下子被他拽到了跟前，几乎趴在了他的身上。他闭着眼睛不睁开，手臂强硬地圈住她的腰：

“再有两个你，这里也有地方。”

苏风暖伸手要捶他，但即将落下拳头的地方是他的伤口处，她无奈住了手。对他瞪眼：“你的意思是，这马车里，够你左拥右抱了？”

叶裳忽然笑了：“你这样理解，原也没错。”

苏风暖冷哼：“松手，否则我废了你的手。”

叶裳闭着眼睛，笑意依旧留在嘴角，懒洋洋地说：“你只管废。”

苏风暖气急，但看着他满不在乎的脸，笃定她只是说说，恼怒地骂：“无赖！”

叶裳笑意蔓延：“你已经说过无数次了。”

苏风暖额头突突地跳，忍了又忍，才说：“我这样难受。”

叶裳收起了笑：“与我靠近一些，你就难受是不是？嫌弃我吃过……”

“叶裳！”苏风暖轻喝。

叶裳打住话，睁开了眼睛。

苏风暖一双眸子瞪着他，神色分明现出真正的清冷恼怒之意，一字一句地道：“你信不信，你再得寸进尺，我真不管你了。”

叶裳抿唇，看了她一会儿，见她眸中清冷和恼怒极真实，他慢慢地松开了手，垂下眼睫，低声说：“我早就知道，你从两年八个月前，就打定主意不想管我了是不是？你早晚会将我丢开，早丢晚丢，有什么区别？”

苏风暖一噎。

叶裳翻转过身，背靠着她，面对着车壁，又闭上了眼睛，不再说话。

苏风暖心里窝了些火，但看着他浑身低沉的气息，不知不觉火气退去，无奈地揉额头，“你不是小孩子了。不是小驰，需要我管。”

叶裳没说话。

苏风暖在树上睡了一个时辰，自然没什么困意了，坐了一会儿，便随手找来一本书翻看。

她刚看了一页，只听叶裳低声说：“你惯的脾气，你不管谁管？别人管得了吗？”

苏风暖翻书页的手一顿，抬眼看他。只见他依然背着身子，这些日子，被暗杀，被穿骨钉刺中中毒，被剔骨挖肉、失血过多，又折腾进京，如今又出京，他清瘦了许多。这样背对着他，明明身形颀长却连躺在马车里都要屈着些腿，但偏偏就跟没人管的小孩子一样，可怜至极。

她收回视线，心软了几分，又气又笑地说：“好，继续管你。”

叶裳闻言，背对着她的嘴角轻轻勾起，笑意寸寸蔓延到整张脸，心情似乎一瞬间好极了。

苏风暖感觉到他气息变化，收回视线，心里腹诽，这个无赖，果然是无赖至极。

马车又走出了五十里地，天黑时分，终于来到了清水岸。

清水岸顾名思义，是一道清水河畔。半山腰有一处道观，周遭没有人烟，看起来与世无争，十分清静。

马车来到道观门前，千寒前去叩门。

有一小道士打开道观的门，向外看了一眼，见是陌生人，奇怪地刚要发问，便见马车帘幕打开，探出一名女子的脸，他认识，顿时欢喜起来："原来是苏姑娘来了。"

苏风暖跳下车，上前两步，拍拍小道士的肩膀："不只我，还有个姓叶的，你家臭老道呢？可在这观里？"

这时，叶裳也探出头，下了车。

小道士愣了愣，讶异地道："叶世子？"

叶裳微笑点头。

小道士对苏风暖说："真人正在观里，我这就带你们去。"话落，头前带路，同时欢喜地对苏风暖说，"真人前几日说，苏姑娘回京了，一定闲不住，定然去乞巧节，他打算去乞巧节遇遇你。没想到乞巧节没到，你倒提前来了。"

苏风暖笑着问："臭老道找我有事儿？"

小道士悄声说："还不是为了去年那一盘棋的事儿，至今真人也没参悟出来。另外，真人寻到了一本古剑谱。但是残缺不全，想着与你一起研究。"

苏风暖一听古剑谱，顿时说："这个我感兴趣。"

叶裳轻声提醒："别忘了正事。"

苏风暖偏头看了他一眼："那是你的正事，我只是陪你来的。"

叶裳一时无言。

来到一处观堂，因为天黑，里面已经掌了灯，一个人影坐在窗前，像是在拼凑什么。听到动静，向外看了一眼，洪亮的声音笑道："臭丫头来了？这回还带了一个臭小子，这是刮的什么风？"

苏风暖翻了个白眼："东南西北风。"

云山真人大笑："快进来，我正在拼剑谱，你来得正好。"

苏风暖迈进门槛，一眼所见，须发皆白的老道，穿着道袍，正坐在桌前拿着碎纸片拼拼凑凑。她走到近前，看了一眼，挑眉："你确定这是剑谱？都碎成渣了。"

云山真人道："正是剑谱，我偶然从一处地窖挖出来，密封得不好，出土后，不碰还好，刚一碰就碎成了这样子。这样的古剑谱，失传太可惜。"

"你拼了几日了？"苏风暖问。

"得空就拼，记不住多久了，大半个月了吧。"云山真人道，"还有一半。"

苏风暖侧身让开，对他说："这我帮不了忙，我不会干这个。"话落，看了一眼随后跟进门，已经站在一旁的叶裳说，"他兴许能帮你。"

臭老道偏头看了一眼叶裳，笑眯眯地说："臭小子又长俊了。"

叶裳微笑，拱手："见过师祖。"

臭老道摆手："在京城那块地方待久了吧？虚礼甚多。以后你也跟小丫头一样，在我面前不用这么多虚礼，不必在乎礼数。"

叶裳点点头。

云山真人对他招手："既然小丫头说你能拼，你来帮我。"

叶裳摇头："我们还没吃饭，没力气。"

云山真人一怔，大笑："你小子倒还真不客气，比你师父强。他在我面前，总是一副战战兢兢尊师重道的死样子。你不错。"话落，对那小道士说，"去，给他们弄饭。"

小道士立即去了。

叶裳在云山真人对面的椅子上坐了下来。

苏风暖走去了一旁的软榻上，歪躺了下来。

叶裳看了一会儿桌子上散落的碎纸片，以及云山真人拼了一半却禁不住一指头挑开就碎的纸叶，说："拼的话，实在费力，不如重新抄录一本。"

"嗯？"云山真人看着他，"怎样抄录？"

叶裳说："先将这些纸片上的话逐一过目摘记，然后，重新还原，抄录一本新书。最好用易保存的纸张，才能长久些。如今这样即便拼上，费时费力不说，也保存不了一年半载。"

云山真人一拍脑门："我怎么没想到啊。"

苏风暖翻了个白眼，接过话说："你笨呗。"

云山真人看着苏风暖，胡子翘了翘，转头看向叶裳："我这半个月的工夫白费了，不做了不做了，太累了。抄录的事儿，交给你吧。"

叶裳看着他说："我有伤在身。"

云山真人打量了他一遍："我看没什么大事儿，你跟着小丫头来这里，凭着她的医术，伤势估计也好几分了。"顿了顿，又说，"你来这里，不是有事儿求我吗？你帮我做好这个，你不管求什么事儿，我都应了你。"

叶裳看着他："我明日还要回去，一夜之间做不完。"

云山真人挑眉："这么急着走？"

叶裳点头："太子被人下毒，中了无伤花，需要有情草，三日期限。如今已经过了一日了。"

云山真人皱眉："无伤花？"

叶裳看了苏风暖一眼："据说是。"

云山真人看向苏风暖："臭丫头，真是无伤花？太子怎么会中无伤花？"

苏风暖点头，懒洋洋地说："是无伤花，我诊的脉。谁知道他怎么会中无伤花？"

云山真人眉毛拧成一块儿，思索了一会儿，对苏风暖道："你知道百年前情花阁的事儿吗？"

苏风暖道："知之不多。"

云山真人道："百年前，江湖上最大的门派情花阁，出了一对师兄妹。一个喜毒，一个喜医。二人自小喜好斗医毒之术，以此为乐。都十分要强，师兄喜欢师妹，但师妹另外心有所属。师兄便对师妹喜欢的那人下了毒。那毒就是无伤花。说如果她能解了毒，他就成全他们。师妹使出浑身解数，钻研出了解毒之法，也就是有情草。但是毒虽然解了，那被解毒之人自此也落下了终身残疾，不能行人道。这是无伤花和有情草的来历。"

苏风暖点头，说："师兄不懂得成人之美，实在算不得君子。"

叶裳看了她一眼，淡淡道："爱到极致，何谈成人之美？他成全了别人，谁来成全他？"

苏风暖一噎。

云山真人笑看了二人一眼，继续道："后来师妹刺了师兄一剑，还是与那个人在一起了。师兄心灰意冷，远走他乡，自此杳无踪迹，无伤花的制法，也因此失传了。"

叶裳问："那您手里怎么会有一株有情草？"

云山真人道："我的师祖与那师妹有些渊源，在她故去前，受他所托，保留了一株有情草，以便将来再有无伤花现世留以后用，虽然有情草不能彻底解毒，使人残废，但还是能救人一命。师祖传给了师父，师父传给了我。这有情草也就保留了下来。"

叶裳点头。

云山真人叹道："没想到太子竟然中了这无伤花之毒，到底是什么人，手里有这无伤花？"

苏风暖道："那师兄的遗传之人呗，且是居心不良之人，果然是上梁不正下梁歪。"

叶裳瞥了她一眼，没说话。

云山真人忧愁地道："太子有难，国之柱石轰塌，等于半壁江山倾塌啊。皇上膝下再无撑得住的皇子。这南齐的江山，怕是要风雨飘摇了。"

苏风暖嗤笑："臭老道，你别做老道了，这么悲天悯人，出家当和尚算了。"

云山真人笑道："和尚和道士殊途同归。"

苏风暖翻了个白眼。

云山真人对叶裳说："这书给你的话，你几日能做完？"

叶裳想了想，道："最快也要三日吧。"

云山真人掐指一算，道："四日后正是乞巧节了，也是你父母的祭日，你若是三日弄完，不耽误。"话落，他道，"这样，我派人将有情草给太子送去，你们在这里住三日吧。"

叶裳微笑："我只是奉皇命求得有情草，但没说必须亲自送去。何况太子中了无伤花毒之事，皇上定然保密，我离京之事也是借口自己身上有伤来求师祖诊治，我亲自送去，反而受人关注，引得多方揣测。师祖既然派人送去，我住上三日也无碍。"

云山真人伸手拍拍他肩膀："那就这么定了。"话落，他看向苏风暖，"小丫头，你那一局棋我还没参透，这三日我们继续切磋。"

苏风暖不买账："下棋我没兴趣，你没参透继续参，若是切磋武功，我奉陪。"

云山真人大笑："看来你是闲得久了，手又痒了。"

苏风暖弯起嘴角："然也。"

"好好，我奉陪你。"云山真人笑着妥协。

小道士做好了饭，端来屋子里，几样饭菜，都是苏风暖惯常爱吃的菜，还有两壶酒。

苏风暖拍拍小道士的肩膀，笑眯眯地说："看来不只臭老道想我了，你也想我了啊，还记得我的口味和爱吃的菜还有酒。不错。"

叶裳横了她一眼，伸手打掉她的手，打得有点儿狠。

苏风暖白皙的手霎时红了一片，她转回头，瞪着他："哪里又得罪你了？"

云山真人大笑，看了叶裳一眼，对苏风暖说："小丫头果然是小丫头，长不大啊。"

苏风暖轻哼了一声："你倒是长大了，老得只剩一把骨头，就差迈进阎王爷的门了。"

云山真人笑道："你这张嘴，从来不饶人。早晚有人治得了你。"

苏风暖又哼了一声，倒了两盏酒，一盏留在了自己面前，一盏推到了云山真人面前。抬眼见叶裳看着她，她道："你有伤在身，不能喝酒。"

叶裳没说话。

两壶酒，被云山真人和她一人一壶平分了。

饭后，云山真人拿出有情草，交给了小道士，嘱咐："务必明日一早之前，送去灵云镇，救活太子。不得有误。"

小道士点头，匆匆去了。

叶裳见小道士离开，没说话。

云山真人借着酒劲儿，十分精神地拉着苏风暖去试剑。

叶裳也跟了出去。

院中，一老一少，手持着剑，很快就过起招来。

叶裳懒洋洋地靠着门框，见苏风暖轻轻巧巧地挽了个剑花，平平常常的一剑，十分绵柔，不见凌厉，却堪堪迫使得云山真人后退了一步避开。他微微勾唇，露出笑意。

半个时辰后，二人难分胜负。

千寒靠近叶裳身边，轻声问："世子，您看苏小姐和真人，谁能胜？"

叶裳道："他们能打上三日，不分胜负。"

千寒感叹："苏小姐剑术当得上天下第一了。"

叶裳不置可否："她不只剑术天下第一。"

千寒不说话了。

夜深时分，苏风暖虚挽一招，后退三丈，收了剑："睡觉睡觉。"

云山真人意犹未尽："天色还早。"

苏风暖对他撇嘴："臭老道，你是修心之人。修了大半辈子，脱离不了俗世俗味，彻头彻尾，俗得很。该睡觉就要睡觉，又不是过了今日没明日了。"

云山真人大笑："总是被你这个臭丫头教训。"话落，他收了剑，看了门口站着的叶裳一眼，笑道，"以前，你与我打上三日，也不惦记着睡觉。今日这般特殊，该不是为了臭小子吧？"

苏风暖翻了个白眼，转身向隔壁的房间走去。

云山真人来到门口，拍拍叶裳肩膀："你去住旭升那间房间。"

叶裳笑着点了点头。

转日，苏风暖醒来，一夜好眠后，精神极好。

她出了房门，见叶裳正坐在院中的石桌前提笔写字。他坐姿闲适，提笔的模样悠然洒意，清晨有细细碎碎的阳光照在他身上。锦袍玉带镀了淡淡光华，清俊无双的容颜似乎也镀了一层清辉，当得上是举世无双。

她站在门口，静静地看着他，想着不发脾气的时候，这张脸倒是很可取的。

叶裳似有所感，偏过头来，便见到了倚着门立在门口的人儿，素雅的锦绣绫罗，穿在她身上，她不动不笑不打架不对人翻白眼，静静站在那里的模样，真真如一个真真正正的大家闺秀，任谁也不会怀疑。

他目光凝定了片刻，挑眉，声音低缓："醒了？"

苏风暖点头，抬步来到近前，见他正在抄录昨日臭老道拼凑的剑谱，但他面前并没有一堆碎纸屑。他已经抄录了十多页。她问："你什么时候起的？"

"天明时分。"叶裳道。

苏风暖问："什么时候睡的？"

"比你晚睡一个时辰。"叶裳说。

苏风暖挑眉："比我晚睡了一个时辰，便将臭老道那一堆碎纸片子上面的字都过目了？然后，过目不忘，在脑中自动捋顺了，今早便抄录了？"

叶裳点头。

苏风暖坐在一旁另一个石凳上，懒洋洋地说："明明一两日能做完的事儿，你偏说三日。这清水岸就那么好，让你舍不得走？"

叶裳瞅了她一眼，提笔继续抄录："这里没那么好，我只是不想打击师祖。"

苏风暖笑了一声，伸手叩了叩石桌："不错，他半个月没弄好的事儿，被你三日弄好，已经觉得没面子了。你若是一两日就能弄好，他估计要去撞墙了。"

叶裳勾唇微笑："总归是我的师祖，要给些面子。"

苏风暖翻了个白眼。

这时，云山真人从房中出来，笑骂："臭小子，天资聪颖也要走正道才是，你心眼儿尽是歪的。一肚子歪主意。"

叶裳不说话了。

云山真人对苏风暖道："小丫头，吃过饭，咱们去山里采药如何？"

"好。"苏风暖想着反正闲着也是闲着。

叶裳立即说："不准。"

苏风暖瞪了他一眼，没理他。

云山真人笑看着叶裳："臭小子，好好在这里抄录古剑谱。小丫头舞剑最是好看，这本古剑谱出来，被我们参悟透的话，你就有眼福了。"

叶裳闻言不说话了。

吃过饭后，苏风暖便和云山真人上山了。

叶裳在院中抄录了一会儿，扔了笔，端起茶来抿了一口，对千寒说：“这个时辰，有情草的解药该送到了吧？”

千寒点头：“不出意外的话，应该送到了。”

叶裳又喝了一口茶，淡淡道：“师祖身边的这个小道士比你的武功还要好，送到灵云镇自然没问题。”

千寒点头。

叶裳放下茶盏，继续抄录。

晌午，云山真人和苏风暖没回来，叶裳食之无味，吃了几口饭菜就吃不下去了。

天黑时分，云山真人和苏风暖依旧没回来。叶裳已经没心情再抄录，让千寒收起纸笔，自己去了道观门口等候。

他站在门口等了一个时辰，那二人才背着筐篓回了道观。

叶裳看着二人，只见二人灰头土脸，衣裳破损不堪，身上、头上尽是沾着草叶子，背后的筐篓里放满了青青绿绿的草，几乎认不出人形。他挑了挑眉：“你们这是去采药了，还是去打劫反而遭劫了？”

云山真人似乎已经累得不想说话了，看了他一眼，虚虚地说：“臭小子，做饭没有？”

“没有。”叶裳摇头。

云山真人瞪眼：“旭升不在，你看样子等在这里许久了，怎么不给我们做饭？”

叶裳说：“君子远庖厨。”

云山真人抬脚踹了他一脚：“你哪里是君子？晌午你饿着了？”

叶裳着实挨了一脚，摇头：“晌午是千寒去外面买的饭。”

云山真人看着他：“晚饭买了吗？”

叶裳摇头：“你们没回来，没心情去买。”

云山真人无言片刻，摇头再摇头：“你这个臭小子，孺子不可教也。”

叶裳看向苏风暖。

苏风暖似乎也累得没劲儿了，对他摆手：“你快去做，我没力气了。随便做点儿什么都行，你会什么就做什么。”

叶裳看着她：“现在就让千寒去买。”

苏风暖摇头，一脸菜色地说：“太远，等他买回来，我们早饿死了。就你去做，只要能吃就行，我们不嫌弃你。”

叶裳闻言转身进了道观，去了厨房。

云山真人和苏风暖进了道观内，二人将筐篓放下，也不进屋，都躺在了院中的青石板上。

云山真人歇了一会儿说：“臭丫头，你最近虚得很啊，不比以前了。”

苏风暖哼哼两声：“赶明儿咱俩换换，你去做做苏府小姐试试？一样懒了筋骨。”

云山真人吸了吸鼻子，没闻到厨房飘出味道，问：“臭小子会做饭吗？”

苏风暖摇头：“不知道，毒不死就行。”

云山真人一时无言。

过了两三盏茶后，厨房飘出了一股香味，十分好闻。

苏风暖腾地坐起身，一溜烟地跑去了厨房。

她来到厨房门口，便见叶裳守在一口大锅前，锅里满满一大锅面。他挽着袖子，拿着长筷子，正在搅面。她吸了吸鼻子，香味果然是从锅里飘出来的。她立即走了进去，来到他身边，惊讶地说：“这是阳春面？你会做阳春面啊。”

叶裳头也不回地说：“第一次做。”

苏风暖不相信：“不可能，这样的香味，怎么会是第一次做？”

叶裳回头瞅了她一眼：“以前见嬷嬷做过一次，记住了而已。”

苏风暖从他手中夺过筷子，迫不及待地从锅里捞了一根面，吃了一口，大声说：“以后，我要把你带到天下第一的厨子面前，他做你看，如此你就也能厨艺天下第一了。”

叶裳转身，拿碗，道：“君子远庖厨，若不是看你饿得可怜，你以为我会来厨房？”

苏风暖一噎，立即说：“你哪里是什么君子？”

叶裳道：“就算不是君子，也要远离厨房。”话落，他话音一转，补充说，“除非有一种可能，让我不远离厨房。”

苏风暖立即问：“什么可能？”

叶裳瞅着她，眸光忽明忽暗，片刻后，转过头，挑了面在碗里，淡淡地说：“我的妻子喜欢吃我做的饭，我便日日给她下厨，又有何妨？”

苏风暖一噎，夺了他手中盛好的一碗面，转身出了厨房。

第二十五章
好大口气

第二日清早，苏风暖醒来，听到了外面旭升的说话声，想着小道士回来得真快。

她出了房门，便见叶裳依旧坐在院中的书桌前抄录古剑谱，旭升站在一旁，与他说话。听到动静，那二人抬头向她看来，她问："小道士，你什么时候回来的？"

"天色未亮时。"旭升连忙走过来，激动地说，"我今早回来看了，你和真人昨天采的全是上等的好药材。其中有一株玉蝉花极为罕见。"

苏风暖刚要伸手拍他肩膀，想起昨日被某人打，勉强忍住，笑着说："你还算识货。"

旭升兴奋地说："没想到这个季节竟然长有玉蝉花，真人说你是攀上了千丈的山崖，在山崖的半壁上采得的，遇到了一条毒蛇，你差点儿被它给咬了，险些掉下山崖……"

苏风暖到底没忍住伸手拍他肩膀，重重地："听说我差点儿被毒蛇咬了，你就这样激动兴奋？"

旭升被拍得肩膀一疼，立即躲开，揉着肩膀摇头："不是，不是，我是遗憾没能跟你们一起去见识那惊心动魄的情景。"

苏风暖笑着看了他一眼，问："有情草送去给太子服下了？"

旭升点头："服下了，太子的毒解了。"顿了顿，他低声说，"只是真如传言所说，已经残废了。"话落，他用更小的声音说，"那个……东西……缩萎了，一辈子也硬不起来了。"

苏风暖点点头，刚要说话，叶裳的声音温凉地响起："旭升，去做饭。"

旭升一拍脑门："对啊，天都大亮了，我回来只顾着听真人讲昨日你们采药的事儿了，忘记去做饭了。这就去。"话落，便跑去了厨房。

苏风暖抬头看叶裳，见他一双眸子冷冷地盯着她。她挑眉："公子爷，哪里又得罪您了？一大早上就对我摆脸色。”

叶裳看着她：“昨日，你差点儿被毒蛇给咬了掉下山崖？”

苏风暖摇头：“听小道士胡说八道，本姑娘武功这么好，能被毒蛇咬到？笑话。”

叶裳眯着眼睛看着她：“你是说师祖胡说八道？”

苏风暖点头：“就是他胡说八道，什么事情到他面前，都要夸张渲染一番。臭道士最爱胡诌八扯了，说书先生都自愧不如。”

叶裳哼了一声，扔下笔，起身就走。

苏风暖看着他：“喂，你去哪里？”

叶裳没说话，去了云山真人的房间，丝毫不客气地推门就冲了进去。

苏风暖无语片刻，抬步也跟着去了。

她刚到门口，便听云山真人说：“你问昨日怎么采得那株玉蝉花啊？我们本来是在山崖边上，小丫头眼尖，她说看到对面的山崖上好像是长了一株玉蝉花，那山崖高达千丈，且有雾气，我打量半晌，愣是没看出来，她坚持说定然是。便不顾我阻拦，执意要去。我只能也跟去了。费尽力气绕到对面的山崖，没想到还真是一株玉蝉花。她正要采的时候，突然有一条毒蛇蹿出来，对着她的手就咬。那毒蛇是天下最毒的烈焰蛇，浑身带毒，沾它即死，药石无医，更别说被它咬中了。她本就立在半山崖上，山崖光滑，没处躲避，情急之下，却还没放弃玉蝉花，揪了玉蝉花就直直向山崖下坠落而去……”

叶裳声音凉凉的：“然后呢？”

云山真人继续道：“当时吓得我啊，我老道活了大半辈子，第一次受到了惊吓。山崖陡峭，高达千丈啊，若就那么掉下去，不死也会摔个残废。当时我吓得魂儿都没了，那小丫头却在下面喊，让我快救她。我一看，原来她是用匕首插入了山石里，自己挂在了半山崖上。我赶紧四处找了蔓藤，将她拽了上来，她手里那株玉蝉花好好地拿着，分毫没坏……”

叶裳不再言声。

云山真人说罢，看着他难看的脸色，摆摆手：“你们要打架，快出去打，打完好吃饭。我老道有什么事儿，在心里憋不住。小丫头警告我，若是告诉你，就扒了我的皮。我一把老骨头了，可不跟江湖上那些小辈一样，见着她就闻风丧胆，吓得不行……”

苏风暖听到这儿，脸已经黑了，转头就走。

叶裳已经走出房门，冷冷地看着苏风暖：“你去哪里？”

苏风暖头也不回：“去厨房，看看有什么能帮旭升做的，我饿了。”

叶裳没言声。

苏风暖进了厨房，关上了厨房的门。

叶裳在云山真人门口站了一会儿，抬步走回了石桌前，提笔继续抄录。

云山真人探出头，看了又看，嘀咕："没打起来啊，没好戏看了，失策失策。"话落，又嘀咕，"小丫头在臭小子面前可真㞞，一句话也不敢说就跑了，唉，果然是一物降一物。"

苏风暖进了厨房后，帮旭升烧火，看着灶膛里烧得极旺的火苗，对旭升问："你去灵云镇给太子送药，都见着谁了？"

旭升说："灵云大师，盛公公，再没见到别人。"

苏风暖点头。

旭升叹气："没想到太子中了这么个毒，落得了这么个下场。不知道是什么人对太子下的毒。真是太狠了。"

苏风暖淡淡道："天下熙熙皆为利来，天下攘攘皆为利往。无非是为利。有人谋小利，有人谋大利。给太子下毒，是为大利。但凡大利者，无非就是为了江山社稷，权倾天下。"

旭升又连连叹气："还是这道观清静，没有俗世纷扰。"

苏风暖笑了笑："道观也在红尘之中，即便是如臭老道这般，自诩跳出三界外不在五行中，但俗世有了大事，他还不是一样被牵扯到？所以说，天下没有哪一处是真正的净土。只看人心静不静了。"

旭升点头："你说得有理。"

做好了早饭，苏风暖和旭升端着饭出了厨房。

吃饭的时候，叶裳一直板着脸，一句话也不说，极为深沉。

苏风暖也不说话，只有臭老道一个人挺高兴，问苏风暖："那一株玉蝉花，你打算怎么用？"

"留着。"苏风暖说。

"留着？"云山真人看着她，"玉蝉花不易保存啊，可别浪费了。"

苏风暖道："我自有办法保存。"

"那蛇胆呢？"云山真人问。

"送给你了，用来买你的闭嘴费，你可以闭嘴了。"苏风暖不客气地说。

云山真人一噎，立即闭了嘴。

叶裳看着苏风暖，挑眉："什么蛇胆？"

苏风暖看了他一眼，轻松地说："就是那条烈焰蛇，后来被我抓住了，扒了蛇皮，取了蛇胆。它的胆可是上等的药材，千金难求。"

叶裳又不说话了。

吃过饭，云山真人让苏风暖跟他一起制药，苏风暖没意见，二人一起去了药房。

傍晚时分，叶裳已经抄录完整本古剑谱，拿在手里翻了翻，扔在了桌案上，转身回了房。

苏风暖和云山真人从药房出来时，天色已经黑了。苏风暖没看到叶裳，倒是看到了扔在桌子上的古剑谱，走过去，拿起来，翻看了两眼，喊："千寒。"

千寒立即现身："苏小姐。"

"他呢？"苏风暖问。

千寒低声说："这两日，世子为了抄录这本古剑谱，未曾好好休息，如今去睡了。"

苏风暖点点头，说："他睡到半夜估计会饿醒，给他留点儿饭菜。"

千寒点点头。

云山真人走过来，接过苏风暖手中的剑谱，看了一眼，笑道："这臭小子本来是块玉，稍微打磨一番，便可成器。偏偏搁你手里，养成了个驴脾气，被你惯得不成样子。"

苏风暖偏头看着他，挑眉："你身为他师祖，总不能白担了辈分，你来打磨？"

云山真人胡子翘了翘："被你惯得已经管不了了。你自己收场吧。"

苏风暖哼了一声，夺过古剑谱，进了屋。

屋里掌了灯，她捧着古剑谱看了一遍，然后扔给了云山真人："你收着吧。"

云山真人看着她："记住了？"

苏风暖打了个哈欠："何止记住了。"

云山真人立即眼睛放亮："这么说，你只看一遍，就参悟透了？出去比试比试？"

苏风暖摇头："累。"

云山真人闻言捶了捶自己的肩，的确累得很，作罢。

转日，苏风暖醒来，没见到叶裳，问了千寒，他低声说："世子还在睡着。"

苏风暖问："他昨日半夜吃饭了吗？"

千寒点头："半夜醒来一次，吃完便又睡了。"

苏风暖点头。

吃过早饭，云山真人拉着她下棋，苏风暖百无聊赖，陪着他下了半日棋。

晌午时分，叶裳醒来，吃过饭后，吩咐千寒备车，启程离开。

苏风暖看着他问："不等明日再走？"

叶裳道："左右待在这里也无事儿，不如回去吧。"话落，他淡淡道，"我父母祭日快到了，总要准备准备。"

苏风暖点头，问云山真人："臭老道，你去灵云镇吗？"

云山真人摇头："本来你要不来，我总要去灵云镇与你遇遇，如今出了太子的事儿，我在这里的消息估计泄露了，我就不去灵云镇凑热闹了，你们走后，我也别处走走去。"

苏风暖点头，有些嫉妒他："当老道真好啊。"

云山真人大笑："小丫头，苏府小姐是天下多少人求都求不来的身份，你却嫌弃。"

苏风暖撇撇嘴。

云山真人看向叶裳，拿出两瓶药，递给他："这个药你收着，别总喝什么三日醉、半月醉、一月醉、三月醉了。难受忍不住的时候，吃一粒。够你吃一年的。你总是醉下去，哪天醒了，小丫头该被人拐跑了。"

叶裳伸手接过，笑道："谢谢师祖。"

"总不能白让你喊一声师祖。"云山真人摆摆手，"走吧。"

叶裳没立即走，而是对苏风暖说："你先上车，我还有话要跟师祖说。"

苏风暖瞥了他一眼，又扫了云山真人一眼，上了马车。

云山真人看着叶裳，笑呵呵地说："你有什么话要问我？关于小丫头的事儿，我即便收了她的闭嘴费，也知无不言。"

叶裳看着他："师祖的话当真？"

"当真当真。"云山真人点头。

叶裳道："我想知道，《红颜传》里师祖写了她什么，她气得揪了你的胡子？写了我什么，让她把后两句抹了？"

云山真人脸一僵。

叶裳看着他："师祖刚刚说了知无不言。"

云山真人咳嗽了两声，又咳嗽了两声，偏过头，说："忘了。"

"忘了？"叶裳挑眉。

云山真人点头："唉，人老了，记性不好，还真给忘了。"

叶裳看着他，慢悠悠地说："其实，师祖若是离开清水岸，路途行迹什么的，若是我想知道，也能知道。若是对外说说，也能传得出去话。那样的话，师祖就不得清静了。"

云山真人翘胡子："臭小子，你威胁我？你手里还拿着我给你的药呢，过河拆桥！”

叶裳笑看着他，摆弄着手里的药瓶说：“这不是威胁，是闲聊。”

云山真人瞪眼。

叶裳看着他，面上一副若是你真不说，我也不是开玩笑，真做得出的样子。

云山真人看了他一会儿，一甩道袍袖子，气哼哼地说：“我说忘了就是忘了。我老道大半辈子也没怕过麻烦，还能老了老了被你个臭小子威胁不成？等我写信给你师父，看看他收的什么破弟子。欺师灭祖啊欺师灭祖。”

他一边骂着，一边回了屋。

叶裳站在原地，无言了片刻，转身出了道观，上了马车。

苏风暖懒洋洋地躺在车里，见叶裳上车，睁开眼睛，看了他一眼，又闭上，说：“你睡够了，该我睡了，不准吵我。”

叶裳瞥了她一眼，没说话。

苏风暖找了个舒舒服服的姿势，睡了。

马车离开了道观。

苏风暖整整睡了一日，到硕阳镇的时候，醒来接了小驰，便将他丢给了叶裳照看，自己则另外备了一辆马车，敞开了姿势，继续睡。

小驰与叶裳坐在一辆车里，走了一日后，苏风暖依旧在另外一辆车里睡了一日。他终于忍不住小声问叶裳：“叶哥哥，苏姐姐怎么困成了这样？都睡了一日了。”

叶裳看了他一眼：“她不止睡一日了，已经两日了。”

小驰更是惊讶：“苏姐姐为什么能睡这么久？”

叶裳道：“因为她是猪托生成的。”

小驰呆了一下，摇头：“不会的，苏姐姐这么漂亮，才不会是猪托生成的，叶哥哥骗人。”

叶裳笑了一下：“那你说，她是什么托生成的，这么能睡？”

小驰想了一下，立即说：“是凤凰，凤凰有涅槃之说。涅槃前的凤凰，是不是一直在睡觉？”

叶裳失笑，拍拍他的脑袋：“她才不是凤凰，顶多算是一只土鸡。”

小驰摇头：“土鸡不漂亮。”

叶裳道：“有漂亮的土鸡。”

小驰挠挠头，一时没了反驳的话，看着叶裳问：“叶哥哥，你是和苏姐姐住在一家吗？”

叶裳摇头：“现在不是，以后是。”

小驰小声问：“京城好玩吗？什么样子？”

叶裳道：“京城好玩得很。”

小驰又说：“叶哥哥又骗人，苏姐姐说过，京城一点儿都不好玩。”

叶裳挑眉：“她什么时候说的？”

小驰小声说：“一年前，苏姐姐本来是要进京城的，但是收到了一位哥哥的书信，便折返回家了。我问苏姐姐，京城好玩吗？她说一点儿都不好玩。我就问她，既然不好玩，为什么苏姐姐总是去京城。苏姐姐说，因为京城有她很重要的人，要去看看。”

叶裳勾起嘴角：“她真这样说？”

小驰点头：“嗯，我记性很好的，苏姐姐是这样说过。”

叶裳摸摸他的小脑袋，笑意温和地说：“京都晋王府督办了一所学堂，比皇室御用的上书房丝毫不差。回京后，我与晋王说说，你去晋王府办的学堂如何？”

小驰看着他，小声说：“苏姐姐同意吗？”

叶裳微笑：“她自然同意。”

小驰点头：“苏姐姐同意，我就同意，我听苏姐姐的。”

叶裳看着他，说：“你苏姐姐听我的，所以，你以后也要听我话。”

小驰瞅着他，似乎纠结了一会儿，点点头：“好吧，我也听叶哥哥的。”

天黑时分，回到了灵云镇，马车直奔灵云寺。

来到山门，千寒去叩门，守山门的和尚见到叶裳的马车，连忙将人带车请了进去。

王夫人听闻叶裳和苏风暖回来了，连忙从后方斋院迎了出来。

叶裳下了马车，对王夫人见礼。

王夫人看着叶裳，见他虽然奔波一番，但气色比那日离开时要好上许多，压低声音问：“解药带回来了？可给太子送去了？”

叶裳也压低声音说：“师祖派人送去的，早已经服下了。”

王夫人立即问：“可是真残废了？”

叶裳点点头。

王夫人叹了口气，见一个小男孩立在叶裳身边，立即问：“这是？”

叶裳微笑：“他姓苏，叫苏驰。”话落，拍拍苏驰的小脑袋，说，“小驰，喊外婆。”

“外婆。”小驰用稚嫩的声音喊了一声。

王夫人愣了愣：“姓苏？这孩子是……”

苏风暖此时下了车，伸了个懒腰，对王夫人说：“外婆，她是我几年前收养的弟弟，一直由一位婆婆照看着，如今婆婆年纪大了，小驰也长大了，我将他接到京中照看。”

王夫人点点头，笑着拍拍小驰的脑袋，慈爱地说：“小驰真俊俏。”话落，牵了他的小手，“走，跟外婆进屋。”

小驰看向苏风暖。

苏风暖笑着对他说：“这是我外婆，以后也是你外婆，听外婆话。”

小驰点头，乖巧地任由王夫人领着，进了屋。

进屋后，王夫人询问了一番叶裳和苏风暖前往清水岸见云山真人的经过，叶裳简略地说了，她便慈爱地让叶裳赶紧去休息。

叶裳走后，王夫人吩咐人安排小驰去休息。

小驰离开后，王夫人对苏风暖问：“你什么时候收了个弟弟？怎么没听你说起？”

苏风暖道：“四年前，岭山瘟疫，这孩子的父母在瘟疫中死了，我见到他时，整个村子只有他还活着。我就救了他，带他离开了岭山，收养在了硕阳镇。”

王夫人闻言惊道：“他是岭山遗孤？”

苏风暖点头：“此事只有我知道，我觉得此事还是越少人知道越好，便没有说。如今岭山之事已经过去四年了。我给小驰另外安排了户籍身份，我们家收养一个苏家旁支的子嗣，也不奇怪。所以，我就将他带进京城了。如今的苏府，若是罩着一个人，是能做到的。况且，以我在江湖上闯荡了这么多年的经验来说，就算有人怀疑彻查他的出身，我也能应对。不怕了。”

王夫人颔首，半晌，又叹了口气：“又是一个可怜的孩子。”

苏风暖冷笑：“岭山当年的瘟疫并不是不能救，只不过是没人去救。一个村子的百姓全都被封锁死了。有的人是活活被饿死的。朝野上下层层隐瞒，至今岭山荒芜，尸骨未寒，杳无人烟。皇上至今都不知情。”

王夫人无言片刻，说道：“当年的容安王和王妃战死边境也是如此，多少鲜血成就了那些人的权力。如今太子也遭了毒手，皇上子嗣又后继乏人。这南齐危矣。”

苏风暖道：“不见得南齐就危了。”

王夫人又叹了口气，对她说：“你也快去休息吧。”

苏风暖摇头：“我在马车上睡够了，如今不困，外婆您睡吧，我去找老和尚聊会儿天。”

王夫人见她确实精神，摆了摆手。

苏风暖出了房间，直奔灵云大师的禅院。

她来到灵云大师的住处，便见灵云大师与叶裳正在下棋。她看了一眼棋盘，二人的棋局显然刚开始。她走进来后，坐在了一旁观看。

灵云大师对她笑道："苏小友，你这次见了臭老道，可又从他那里打劫了什么好东西没有？"

苏风暖摇头："他手里如今没什么好东西可打劫。"

灵云大师闻言颇为失望："还以为又能见识见识好东西。"

苏风暖说："他又云游去了，过个一年半载的，估计就有好东西了。"

灵云大师大笑："然也然也。"

苏风暖看着他："你可是等到太子醒来时回来的？"

灵云大师点头："不眼看着太子醒，不甚放心，盛公公也不让老衲走。"话落，他道，"太子知道自己的事后，倒是很平静，没吵没闹没怒，让人比较意外。"

苏风暖想了想说："既定的事实，恼怒又有何用？"

灵云大师点头："兴许是因为这个。"

叶裳淡淡道："他从出生，便是储君，入主东宫。这么多年，大约是厌烦了。如今不能做储君，他没准正是求得所愿。"

苏风暖看了他一眼，没说话。

灵云大师道："不该啊，储君是未来皇上，九五之尊。太子自小受培养，应该比常人更在乎那把椅子才对。"

叶裳笑了一声："那也要看怎样受培养，玉贵妃那般的培养，十个储君也能养废。"

灵云大师闻言，一时无言。

苏风暖站起身，向外走去。

叶裳立即问："你去哪里？"

"睡觉。"苏风暖道。

叶裳皱眉："你在马车上睡了两日，还睡？"

"没睡够。"苏风暖说着，出了房门。

叶裳看着她出了院子，眉头紧皱。

灵云大师笑着说："她应该是要下山，不过你也不必担心她，她在外面跑了多年，只有别人怕她躲着她的份儿，没人欺负得了她。"

叶裳轻哼一声："谁担心她了？"话落，落了一颗棋子。

灵云大师低头一看，哎呀呀直叫："你怎么丝毫不留情？这还没过半盏茶呢！"

叶裳站起身，伸手抖了抖衣袖："下几局你也是输。"说完，也出了房门。

灵云大师瞪眼："你这是为了来与我下棋吗？你是特意来这里等她的吧？见她走了，你也坐不住了。"

叶裳不答话，很快就出了灵云大师的禅院。

苏风暖并没有离开，等在禅院门口，见叶裳出来，对他说："我要下山一趟，你是现在就启程回京，还是明日一早启程回京？"

叶裳看着她，不答话，反问："你下山去找凤阳？"

苏风暖点头。

叶裳问："找他做什么？"

"有些事情，借助他的势力，打探打探。"苏风暖道。

叶裳冷哼："你就如此信得过他？"

苏风暖瞥了他一眼："我问你话呢，你走不走？"

"你就如此不想我住在这里？"叶裳脸色不好看，"怕王夫人和你住在这里，我再住在这里，传出去，别有用心者揣测？你就恨不得与我没关系？"

苏风暖瞪着他："废话那么多做什么？灵云寺距离京城不远，如今外婆带着我住在这里，你若也住在这里，传出去，被有心人揣测，未免多生事端。你我如此的身份，对你未必有好处。你如今回京，王爷、王妃祭日当日再过来。每年陈述、沈琪、齐舒都会与你一起，今年也不该例外。"

叶裳沉默片刻，喊："千寒。"

"世子。"千寒现身。

叶裳对他吩咐："立刻备车，启程回京。"

千寒看了苏风暖一眼，连忙去了。

不多时，马车备好，叶裳对苏风暖说："你与我一起，我送你去凤阳镖局。"

苏风暖不反对，跟着他上了车。

马车连夜启程，离开了灵云寺，前往灵云镇。

城门已关，叶裳拿出令牌，入了城，直奔凤阳镖局。

凤阳镖局亮着灯，凤阳在院中练剑，月光下，他衣袂飘飞，剑影纷飞，十分潇洒俊美。

叶裳从苏风暖腰间拔出匕首，轻轻地对着他掷了过去。

他的力道并不大，但是匕首却直取凤阳面门。

凤阳手中的剑瞬间兜着匕首转了一圈，然后，轻轻巧巧地将匕首捏在了手里，停住身形，抬眼向门口看来。

只见苏风暖站在车旁，叶裳并没有下车，而是坐在车内，一手扶着车辕，懒洋洋地探身看着他道："她从小就是被我定下的人，今儿正式知会凤少主一声，切莫打她的主意。否则，我扔给你的就不是匕首了。"

凤阳闻言眯了眯眼睛，冷笑："叶世子好大的口气。"

叶裳轻哼一声，落下帘幕，吩咐道："启程。"

车夫一挥马鞭，马车离开了凤阳镖局，出了灵云镇，向京城而去。

苏风暖没想到叶裳竟然来这一手，送她来凤阳镖局，打的是这个主意。她无语片刻，又气又笑："这个无赖。"

凤阳冷着脸看着苏风暖，没好脸色地说："你又来做什么？"

苏风暖看着他："看来你很不待见我，那算了，把匕首还给我，我走就是。"

凤阳看着她："要想拿回匕首，你凭本事来取。"

苏风暖挑眉："几日不见，你还能打得过我不成？"

凤阳冷哼："不用内力，只过剑招，你不见得是我的对手，我凤家的剑术，不是虚传。"

苏风暖闻言顿时笑了："正巧，我这两日新得了一本古剑谱。还没机会试剑，就给你这个荣幸好了。"

凤阳挑了挑眉，一手拿着剑，一手拿着匕首，拉开了架势。

苏风暖从腰间解下软剑，轻轻挽了个剑花，二人转眼间对打在了一起。

凤阳的剑法，凌乱纷杂，让人眼花缭乱，寻不到契机。苏风暖新得的古剑谱，一直未曾尝试，不甚纯熟，开始时，落了下风。但是渐渐地，苏风暖剑法纯熟后，发现这一套剑法，正是克制凤阳剑法的剑谱，招招将他压制得无还手余地。

半个时辰后，苏风暖晃了一虚招，趁凤阳抽不出剑之际，弹指间夺了他手中的匕首。

匕首夺到，目的已经达到，她收剑，退出了三丈外。

凤阳脸色已经不足以用难看来形容了，盯着苏风暖："你怎么会有这套琴凰剑法？"

苏风暖看着他，收了剑："这套剑法叫琴凰剑法？"

凤阳点头。

苏风暖从没见他脸色如此难看，据实已告："是云山真人那个臭老道据说从一处地窖里挖出的。当时古剑谱的纸张已经坏成了碎片。他拼凑了出来，给我参研了。"

凤阳闻言脸色更难看了，沉默片刻，对她说："琴凰剑法，得者得凤阳。"话落，他收了剑，"你听说过这个说法吗？"

第二十六章 择一而选

琴凰剑法，得者得凤阳？

苏风暖想了想，记忆里，恍惚听谁说过。她皱了皱眉，看着凤阳："什么意思？"

凤阳转身向屋内走去。

苏风暖抬步跟上他，思索着臭老道挖出的那本破成渣的古剑谱，原来是琴凰剑法。臭老道可知道？还是知道故意没告诉她？

进了屋后，凤阳从桌子上拿起一杯凉茶，猛地灌了一气，放下茶盏，对苏风暖说："你今日来找我，又是为了什么事儿？"

苏风暖坐在椅子上，闲闲地问："皇上可派人找过你了？"

凤阳点头："不出你所料，皇上找我了。"

"查太子中毒之事？"苏风暖问。

凤阳颔首。

"查出什么了吗？"苏风暖看着他。

凤阳摇头："太子出京后，身边跟随的除了御林军，只有盛公公，但盛公公忠于皇上，不可能对太子下手。太子来到灵云镇后，接触的人，除了灵云镇的官员外，只有国丈府的小国舅。"话落，他道，"灵云镇的官员，你认为有人能在盛公公的眼皮子底下害太子吗？至于国丈府的小国舅，许云初他要害太子，以他的骄傲，不会背后下这种毒。"

苏风暖挑眉："所以，也就是说，全无头绪了？"

凤阳点头："可以这样说。"

苏风暖道："太子中的是无伤花，无伤花谓之天下第一奇毒，这毒之所以被称之为奇毒，因有三奇。一是可以即下即发，又可以早下引发，让人查不出具体下毒时间；二是毒发三日，若无解药，化骨成泥，了无踪迹；三是只能下给男子，于女子无用。”

凤阳颔首。

苏风暖道：“这三奇，看着没有突破点，实则不然。一奇就是突破点。若是即下即发，那么，就是这几日近身太子之人。如今你彻查，这些人，全无可能。那么，就只有一种可能，这无伤花的毒，早埋在太子身体里了，是近几日被人引发了。”

凤阳闻言看着她：“那么，引发无伤花毒发的是何物？”

苏风暖摇头：“奇毒最奇的地方，就在这里。若是查出引发无伤花的是何物，也许下毒之人自然就查到了。”

凤阳道：“也就是说，其实，不该查人，应该查这几日太子都接触了什么东西。或者说，离京前，太子的宫里没有什么东西，一直未曾接触过什么东西。”

苏风暖点头：“对。”

凤阳起了兴趣，露出笑意：“我也想知道，奇毒奇在什么地方，引线是什么。”

苏风暖见他已然明白，达到了她今天来这里一趟的目的，站起身，对他说：“我忘了与你说一件事儿了。是臭老道先得到的琴凰剑法古剑谱，当时破碎不堪，他想复原。可是复原了一半，懒得做了，交给了叶裳，叶裳放弃复原，重新抄录成了剑谱，之后，我拿着他抄录的剑谱过目了一遍，又还给臭老道了。”顿了顿，她道，“也就是说，天下得到琴凰剑法的人，不只我，还有臭老道、叶裳。你知道的，他们都有过目不忘的本事。”

凤阳脸顿时又沉了。

苏风暖转身出了房门，脚步轻松地离开了凤阳镖局。

她刚迈出门槛，凤阳挥手关上了大门，只听大门“砰”的一声，他恼怒至极的声音传出：“你这个女人，以后给老子滚远点儿。”

苏风暖回头瞅了一眼，大门发出震颤的晃荡声，她耸耸肩，回了灵云寺。

第二日，王夫人一早醒来，派人去喊叶裳用早饭，听说他连夜启程回京了，愣了一会儿，对苏风暖问：“叶世子怎么没歇一夜就走了？再过一日，不是王爷和王妃的祭日了，他竟然回京了？”

苏风暖懒洋洋地耸了耸肩，表示她哪里知道。

王夫人寻思片刻，恍然：“我晓得了。这孩子是个懂事儿的孩子。如今你我住在灵云寺，灵云寺毕竟离京城太近了。你们去求云山真人拿解药之事，隐瞒了下来。如今便更不该都住在这灵云寺让人揣测。毕竟皇上和太后那里那一桩事儿还拖着呢。”

苏风暖不置可否。

王夫人又夸道："这孩子待人有礼，知晓大义、顾全大局，行事有度。真是不错。"话落，问苏风暖，"你说是不是？"

苏风暖翻了个白眼："外婆，您说的这个人，我认识吗？"

王夫人伸手拍她脑袋，笑骂："臭丫头，我看叶世子不错。"

苏风暖撇嘴。

王夫人看着她，见她一副懒得说叶裳的样子，她道："常言说，大难不死，必有后福。十二年前，他活了下来，是个奇迹。数日前，东湖画舫沉船，他死里逃生。这就是有福之人，受上天眷顾。"

苏风暖看着王夫人，提醒她："十二年前，是他挺到了父亲找到他，才活了下来。数日前，东湖画舫沉船，也是有人救他。什么上天眷顾？天下人这么多，老天爷眷顾不过来。"

王夫人一噎，瞋了苏风暖一眼："就算如此，也是有福之人，才能得遇贵人。"

苏风暖懒得揪扯，转移话题："外婆，快吃饭吧，吃完饭您不是还要听老和尚念经吗？"

王夫人连忙点头："好，吃饭吃饭。"话落，摸摸小驰的脑袋，对他慈爱地说，"小驰，多吃点儿，如今这里的斋饭是素了些，等回京外婆给你做好吃的。"

小驰乖巧地点点头。

吃过饭后，王夫人便带着小驰去听老和尚念经了。

苏风暖窝在软榻上补觉。

她睡醒了一觉后，听到前方吵吵闹闹，似乎有许多人的说话声，清静的寺庙一点儿也不清静了。

她出了房门，喊过一名王府的小厮，对他问："前面什么情况？怎么这么吵？"

那小厮连忙回话："回小姐，是有很多香客来山寺进香了，明日就是灵云寺做法事的日子。这几日，这里定然会有许多人来。"

苏风暖点头，对他挥手："去打听一下，看看都什么人要在这寺内住？"

小厮连忙去了。

苏风暖站在门口，望着天色，今日的天色不是很好，天空积聚了不少云，遮蔽了浓烈的阳光，显得有几分阴凉清爽。

她想着从她回京至今，似乎还没下过雨。灵云寺的这一场法事，也是有求雨的成分在里面。

老和尚会看天象，法事刻意定在了明日，若是伴随着这场法事，下上一场雨，灵云寺受佛祖保佑普度众生的名号，又会更响亮了。

连佛门，为了香火鼎盛，如此盘算，也不算是真正的清净之地。

善男信女们来这里，求神拜佛，无非是图个心安罢了。

不多时，小厮跑回来，对苏风暖禀告："回小姐，奴才打听清楚了。丞相府的家眷、国丈府的家眷、安国公府的家眷、景阳侯府的家眷、平郡王府的家眷、晋王府的家眷，还有刘嬷嬷和您的娘亲，都来了。"

苏风暖皱眉："这么多人？灵云寺住得下吗？"

小厮说："灵云寺不久前重新修葺，扩建了院落房舍，应该都住得开。住持说了，除了这些贵客，其余的香客，灵云寺再不接待了。择处而住。"

苏风暖笑了笑："这一场法事，灵云寺又该盆满钵满了。"

小厮小声说："奴才打听了，每个府邸捐了千两黄金。"

苏风暖对他摆摆手，小厮下去了，她抬步出了院子。因她刻意地避开主道，所以，路上除了遇到几名行止匆忙的僧人外，没遇到别的外来香客。

来到后山，一处禅院佛堂。

守门人是个老僧人，见苏风暖来了，对他拱拱手，声音沙哑苍老："阿弥陀佛，苏姑娘。"

苏风暖点点头："大师有礼了，还是依照老规矩，每个位置，给我拿三炷香。"

老僧人点点头，给苏风暖打开了门。

进了佛堂，里面摆着一排牌位，从左到右，依次有三十二个牌位。

苏风暖从左侧的牌位开始，每一个牌位前，都烧了三炷香。

不多时，佛堂内便弥漫着浓郁的烟火味。

她上完最后一个牌位的香，便立在堂前，静静地看着那些牌位。

大约过了一盏茶后，外面传来动静，像是有人走来。

苏风暖动了动站得僵硬的身子，慢慢转回头。

老僧人探出头，向外看了一眼，沙哑的声音低声说："是丞相府的家眷。每年丞相府的家眷也是提早一日来这里上香。去年你刚走，他们就来了。"

"丞相夫人和小姐？"苏风暖问。

老僧人点头："还有丞相府的公子。"

苏风暖颔首，对他道："逝者已矣，生者追思。南齐幸好还有丞相府一门忠君大义。让他们进来吧。别说是我。"

老僧人点头。

苏风暖出了佛堂，跳上房顶，从后墙离开了祠堂。

她刚走，丞相夫人带着丞相府的公子孙泽玉、小姐孙晴雪以及几名仆从，来到了佛堂前。

老僧人迎到门口，拱手合十。

丞相夫人说明来意，老僧人带着丞相夫人一众人等，进了佛堂。

佛堂的香刚刚燃了三分之一，整个佛堂内，烟雾缭绕。

丞相夫人四下看了一眼，除了老僧人外，没见到别人，疑惑地问："大师，何人刚刚上过香？"

老僧人摇头。

丞相夫人见问不出什么来，对身边的儿女说："咱们等等吧，等香燃尽了，再进去。"

孙晴雪低声说："娘，会不会还是去年那上香之人？"

"兴许是。"丞相夫人道。

孙晴雪揣测说："看这香还没燃尽，定然是我们来时那人就在这里面的。去年，我们来时，香是刚刚燃尽的，今年，那人显然是不想与我们碰面。不知是什么人？"

丞相夫人道："王爷、王妃以及当年战死沙场的一众英豪受世人敬佩悼念。不管是什么人，来这里上香，总归是心善之人。不想与我们碰面，大约是男子，见来了女眷，刻意避开了。"

孙晴雪点点头，奇怪地低声道："可是这里就这么大，他避去了哪里呢？"

丞相夫人也是疑惑。

孙泽玉道："应该是从房顶走了。"

丞相夫人闻言看向房顶，这座佛堂极高，寻常之人要架着梯子才能上去，除非武功极高之人，才可能轻易地从房顶走。

孙泽玉又道："另外，娘说得不对，这上香之人，定是一个女子。"

"嗯？"丞相夫人看向他，"何以见得？"

孙泽玉道："香灰炉里的香灰上有手印。如此小而纤细的手印，只能是女子留下的。"

丞相夫人看了一眼香灰炉，点头："还真是。"话落，她好奇起来，问，"可曾听说过女子中有武功极好之人，可以飞檐走壁？"

孙晴雪说："听说江湖上这样的人有很多，被称之为女侠。"

丞相夫人点头："那就不得而知了。"

孙晴雪又道："不过，娘说到武功极好的女子，我想到了一个人。"

丞相夫人看着她："哪个人？"

孙晴雪低声说："据说苏府小姐大闹皇宫，十几个大内侍卫都不是对手。"

丞相夫人道："会是她吗？"话落，她摇摇头，"若是苏府小姐，定然会跟王夫人或者苏夫人一同来这里，应该不会独自来。这里毕竟不是玩的地方。"

孙晴雪点点头。

说话间，香炉里的香燃尽了，丞相夫人打住话，一行人进去上香。

苏风暖出了佛堂，回到了住处后，对一名小厮吩咐："告诉我娘和我外婆，这里人太多，杂乱得很，我回山下农庄去住了。让她们照顾好小驰。"

小厮点点头。

苏风暖带了小狐狸，从后山门，避开了人，出了灵云寺。

下了山后，她并没有回农庄，而是去了深巷的宅院。

柳开见她来了，立即迎上她说："小姐，您来得正好，我正要找您呢。"

苏风暖笑着问："什么事儿？"

柳开悄声说："国丈府的许小姐不知是从哪里打听了咱们药房有胭脂雪，今日特意前来，要用千金买取。如今正在药房前等着呢。"

"许灵依要买胭脂雪？"苏风暖挑眉。

柳开点头："正是她。"

苏风暖眯了眯眼睛："胭脂雪可不是一般的药，好比春风醉，比春风醉更无声无息，无色无味，无知无觉。她一个女儿家，竟然要买胭脂雪？"

柳开道："她是亲自来的。"

苏风暖想了片刻，说："卖给她。"

柳开看着她，犹豫了一下，小声说："她买胭脂雪，以她对叶世子的心思，怕是要用在叶世子身上，小姐您……"

苏风暖冷笑："叶裳若是能轻易地着了她的道，一醉春风，也不失为雅事一桩。"

柳开顿时噤了声。

苏风暖带着小狐狸，进了院子。

柳开去了前面药房，将胭脂雪包好了，递给了许灵依。许灵依多付了百金，作为这个小伙计的封口费。柳开痛快地收了。

许灵依出了药房，由贴身婢女扶着，上了马车，前往灵云寺。

许灵依刚走，药房里又来了一人，正是许云初。

许云初迈进药房的门槛，打量了这间药房一眼，虽然门面小，但是药材齐全，却不是开设在主街内，这里人少，隐秘不张扬。他看罢后，对柳开问："刚刚那位小姐，买的是什么？”

柳开看着他，摇摇头：“本店售出之药，为雇主保密，公子见谅。”

许云初看着柳开：“她给了你多少银两代为保密？”

柳开痛快地说：“药材是千金，许小姐多给了百金。”

许云初道：“我给你千金。只问她买走的是什么？”

柳开犹豫了一下，见许云初势在必得，他小声说：“是胭脂雪。”

许云初面色微变。

柳开看着他，他以前从未近距离瞧过国丈府的小国舅，今日看来，小国舅果然也不简单。

许云初沉默片刻，对柳开说：“有解胭脂雪的解药吗？”

柳开摇摇头，压低声音说：“胭脂雪好比春风醉，解药就是女人，别的无解。”

许云初脸色又变了变，薄唇微抿，片刻后，付了千金，出了药房。

柳开见人走了，赶紧回了后面的院子，对苏风暖禀告此事。

苏风暖扬眉，笑道：“你的一包胭脂雪合着卖了两千一百金？这样的买卖，可真是稳赚不赔啊。柳开，我当初选你留在这里开药房，看来是最正确的选择。”

柳开道：“第一次遇见这样的兄妹。”

苏风暖淡笑：“天下之大，无奇不有。也不是什么太新鲜的事儿。许灵依聪慧绝顶，但所谓慧极必伤，钻牛角尖。许云初骨子清傲，所谓刚过易折。这兄妹二人，都出身许家。一个是女儿，一个是男儿，男儿立世，傲些没什么，也不算是什么大缺点。但女儿家不同，一辈子里可容不得出那么一两回的错。一旦错大了，一生就完了。”

柳开点头：“小姐所言极是。”

苏风暖道：“不用管他们，由着他们去。”

柳开颔首，又道：“小姐数日前救叶世子时，带回了那一家人和那个卿卿。小姐想好如何安排了吗？还是打算一直留在这里？”

“那一家人送去凤阳镖局，让凤阳安排，毕竟他送叶裳回京，已经牵扯了此事，交给他最好。至于那个卿卿……”苏风暖琢磨了一下，道，“你稍后将她叫来，我问问她。”

柳开点头，立即去了。

不多时，柳开带着卿卿来到。

卿卿见苏风暖坐在桌前喝茶，姿态闲适，淡雅悠然，她屈膝行礼：“苏姑娘。”

苏风暖看着她，面色浅淡和气：“卿卿姑娘请坐。”

卿卿摇头：“卿卿谢姑娘救命之恩，姑娘有什么吩咐，只管说就是，卿卿一定照做。”

苏风暖笑了笑：“让你坐你就坐吧，在我面前，我不会看低任何人，即便你出身卿华坊，也不例外。”

卿卿闻言，微微咬唇，慢慢踱步，坐在了她对面。

苏风暖给她倒了一杯茶，推到了她面前：“卿卿姑娘尝尝，可能尝出这是什么茶？”

卿卿端起茶盏，喝了一口，轻声说：“这是天香锦。”

苏风暖微笑：“卿卿姑娘是卿华坊的头牌，想必学了极多的本事。”

卿卿放下茶盏，低下头，悄声说：“卿卿学的东西，都是侍候公子爷们的伎俩，拿不出手。”

“能侍候好人也是本事。”苏风暖缓缓道，“你在卿华坊不算是最漂亮的女子，却稳坐卿华坊第一头牌的位置，自然是有过人之处，也有防身保命之道。不必谦虚。”

卿卿依旧低着头：“姑娘大恩，卿卿没齿难忘，姑娘但有吩咐，万死不辞。”

苏风暖看着她：“卿卿姑娘言重了。今日叫你来，我只是想问问你，以后有何打算？”

卿卿抬头看了苏风暖一眼，又垂下头，轻声说：“卿华坊是断不能回去了，卿卿自幼是孤儿，无父无母，飘零之人。卿华坊等同于卿卿的根，如今连根都没了，卿卿真不知该去哪里。请姑娘给卿卿指一条路。”

苏风暖看着她，笑了笑：“跟在叶裳身边如何？”

卿卿一怔，猛地抬头看苏风暖。

苏风暖面上只有微笑。

卿卿似乎想起了什么，脸渐渐地发白，小声说：“若是姑娘希望卿卿跟在叶世子身边，卿卿听姑娘的。”

苏风暖轻笑：“吃过人肉而已，就让你怕成这样？”

卿卿的脸“唰”一下子更白了，过了一会儿，慢慢地摇头：“卿卿乍然听说叶世子吃过人肉，是有些怕的，但如今过了几日，已经不怕了，更多的是敬佩。换作卿卿，定然做不到。但就怕叶世子不喜卿卿，身边容不得我。”

苏风暖看着她，转了音调问：“那进皇宫呢？”

卿卿更是一惊。

苏风暖缓缓道："太后一贯强硬，但已经老了，招人嫌而不自知。皇后不贤，闭门思过至今未被放出。月贵妃失了太子的靠山，即将失宠。偌大的后宫，如今无一人可宠冠。你若是进宫，将来，兴许，宠冠后宫。如何？"

卿卿脸色更白了些，似乎心惊胆战，好半晌，才说："姑娘能送我进宫？"

"如今的你，有三条路可以走，第一条路，是去叶裳身边；第二条路，是去皇宫，皇上身边；第三条路，是自此改头换面，隐姓埋名，如市井上那些芸芸众生中的一名女子一样，寻个寻常人家的男子，或是屠夫，或是猎户，嫁了。"苏风暖给她分析，"这三条路，都可选。"

卿卿一时间没说话。

苏风暖看着她："这三条路，截然不同。叶裳身边，自然能保你安然无恙。他九死一生从沉船画舫脱险，喜欢你，顺便救了你，以后，金屋藏娇，凭着他素来荒唐无稽的名声，外人也不敢说什么，更不会把手伸进容安王府去抓你要你命。进宫的话，皇上身边，换句话说，皇上的女人，除了需要面对宫里的明枪暗箭外，外人自然不敢动。第三条就简单了，行走去千里之外，隐姓埋名，我能轻易就为你安排了。"

卿卿依旧没说话。

苏风暖也不急，喝着茶，等着她："也不急一时，你好好想想，想好了，再告诉我。前两条路的话，开弓没有回头箭。后面一条路的话，世界上再无卿卿这个人。"

卿卿握紧茶杯，低着头，看着手指尖。过了大约一盏茶的工夫，她手里的茶已经凉了，她才抬起头，轻声开口："若是我选第一条路，叶世子怕是不会容我迈进容安王府的门槛，就会杀了我。"话落，她补充，"尤其是姑娘送的人。"

苏风暖眉头微拧："你怎么会这么想？"

卿卿看着苏风暖，叹了口气，终于露出微笑："不是奴家这样想，是叶世子这样想。天下传言叶世子荒唐无稽，但卿卿接触两次，心中明白。叶世子那样的人，才是最不会轻易让人近身之人。姑娘聪明，与叶世子相识已久，不会不知叶世子的脾性。"

苏风暖一时无言，揉了揉眉心。

卿卿看着她，说："姑娘若是真有办法送我进皇宫，就请送我进皇宫吧。我自幼被养在卿华坊，习惯了衣来伸手饭来张口的日子，学的东西，也是讨好男人。若是平淡地嫁人，相夫教子，怕是会被夫家觉得不贤，平白遭罪。尤其是有朝一日泄露曾经的身份，怕是更为人不齿，被夫家所弃，才是真正没有活路。"

苏风暖点头："好，你想好了，我便会尽快安排，你暂且住在这里。"

卿卿点头。

苏风暖将她杯中已经凉了的茶水泼了，重新又给她倒了一盏。

卿卿低声说："谢谢姑娘，奴家还是那句话，姑娘日后若有吩咐，万死不辞。"

苏风暖笑道："你知道我姓苏，大约不知道我的名字，我叫苏风暖。我以前常年在江湖上跑，救人性命不计其数，于我来说，不过是举手之劳，不求回报。不过卿卿姑娘选择进宫，以后兴许还真有用得到你的地方。"

卿卿顿时惊得张大了嘴，看着苏风暖，好半晌，似乎才说出话来："原来姑娘是苏府小姐，是太后和皇上要为你赐婚的苏府小姐？"

苏风暖笑着点头："是我。"

卿卿呆了片刻，才勉强压住惊讶，羡慕地说："姑娘真是特别，不愧是苏大将军的女儿，与寻常大家闺秀果然不同。"

苏风暖失笑："你很敬佩我爹了？"

卿卿点头："苏大将军是英雄，天下不敬佩者少。"

苏风暖笑道："可惜我娘是个醋坛子，否则你这么敬佩我爹，我不介意把你收进府。"

卿卿脸腾地红了，也笑起来："姑娘真是一点儿也不矜持，拿奴家开这等玩笑。"

苏风暖不以为意，笑道："皇宫是个吃人的地方，叶裳吃过人肉不假，但只是为了活着。在皇宫那样的地方，人与人之间，不只吃人肉，可是会连骨头都吃的血都会喝的。那里的人，不只为了活着，还为了权力欲望贪念。"

卿卿点头。

苏风暖道："就看你的本事了。论哄男人，整个皇宫的女子加起来，怕是也不及你。若是败了，只会被人吃骨头喝血了。我身为苏府小姐，能帮上你忙的地方不多，尤其是我比较讨厌皇宫那种地方，轻易不会去。"

卿卿点头。

苏风暖又给她斟了一杯茶。

卿卿喝完之后，站起身，对苏风暖深深一礼："数日前，得姑娘救一命，已然是结草衔环来报的恩情了。今日又得姑娘不嫌弃奴家出身以友相待三盏茶，卿卿必会一生铭记。"

苏风暖笑着摆手："言重了。"

卿卿不再多言，出了房门，脚步看起来比来时轻松不知凡几。

苏风暖又坐了片刻，喊来柳开，对他吩咐："谁来接管太子彻查东湖画舫沉船之事？有消息吗？”

柳开立即道：“回小姐，是晋王。两日前，太子染了风寒时，晋王就奉了皇命来了。”

苏风暖笑了笑：“皇上将此事交给了晋王，看来是想要彻查到底了，不过晋王老了，怕是查不出什么来。”话落，她道，“晋王如今住在哪里？”

“与太子一同住在县衙府宅。”柳开道。

苏风暖点头，从桌上拿出纸笔，写了两句话，折好，递给柳开：“明日一早，叶裳来灵云镇时，找机会将这信笺送到他手里，明日跟在他身边的会有许多人，尽量隐秘一些。”

柳开点头，连忙收了。

苏风暖打了个哈欠，抱着小狐狸去床上睡了。

第二十七章
跪求许婚

当日夜，果然下了一场大雨。

第二日，空气极为清新。

容安王和王妃的祭日，每年都会有许多人前往灵云寺祭悼。这一日清早，陈述、沈琪、齐舒、刘焱等人陪叶裳一起出京，前往灵云寺。

叶裳身上的伤势未好，坐在马车里，陈述和叶裳养的那只大白猫陪着他坐在马车里，小狮则是跑在一众车马前面，威风凛凛地开路。

一个时辰后，来到了灵云镇。

马车还未入城，千寒便给叶裳递进来一张信笺。

叶裳伸手接过，打开看了一眼，好看的眉头轻轻上挑，轻哼了一声："她倒会安排。"

"谁？"陈述凑近他。

叶裳捻碎了信笺，碎纸屑扔去了车外，回头瞥了陈述好奇的脸一眼："没谁。"

陈述瞪着他："信笺带着丝香味，定是女子的红粉香笺。说，你是不是金屋藏娇了？"

叶裳轻嗤："若是能金屋藏娇，还是好事儿了。"

陈述闻言惊异地看着他："这么说，真是女子给你送的信笺了？是什么样的女子？这么多年，我可没发现你对哪个女子上心。就连红粉楼的瑟瑟姑娘，你都只是为了听曲而已。"

叶裳身子靠在马车上，闲闲淡淡地说："收起你的好奇心，否则连怎么死的都不知道。"

陈述更是惊得睁大眼睛："喂，你还拿我当不当兄弟？我可是连鸡毛蒜皮的事儿都跟你说的，没瞒过你。"

叶裳看着他："你以为你瞒得住？"

陈述一噎。

叶裳对外面道："停车。"

马车立即停了下来。

叶裳挑开车帘，下了马车，对众人说："你们先去灵云寺，我稍后再去。"

众人都奇怪地看着他。

齐舒立即问："你要去哪里？一起去呗。"

陈述从马车里探出头，接过话说："他是去找女人，嫌我们跟着去碍事儿。"

众人齐齐一愣。

叶裳勾了勾嘴角，说："他说的也没错，午时之前，我会赶到灵云寺。你们先走吧。"

"什么样的女人啊？"沈琪立即问。

叶裳瞥了他一眼，不再多言，向前走去。

"喂。"沈琪喊他，"这么保密做什么？她不能见人吗？让兄弟们也见见呗。"

"你说对了，她还真是见不得人。"叶裳头也不回地摆摆手。

众人看着他徒步进了一条巷子，面面相觑。

沈琪小声说："要不，咱们悄悄跟去？"

陈述在马车里翻了翻眼皮："你没看千寒没走吗？我们谁若是跟去，他手中的剑可就不客气了。"

沈琪一拍脑门："他这样，我更好奇他要见的是什么样的女人了！"

齐舒道："早晚会见到。走吧，我们灵云寺等着他去。"

众人见跟着没戏，都压下好奇，向灵云寺而去。

叶裳徒步绕了两条巷子，确定没人跟着，才来到了那条巷子的那所院落。

柳开打开门，见是叶裳，愣了一下："叶世子？"

叶裳看了他一眼，问："她呢？"

柳开立即说："小姐在屋里睡觉。"

"日头都如此高了，她还在睡觉？"叶裳皱眉。

柳开点点头。

叶裳向里面走去，同时问："早饭也没吃？"

柳开摇头："吃过早饭睡的。"

叶裳点点头，见柳开要提前去禀告，他摆手："你不必去喊她了，我直接进去找她。"

柳开犹豫了一下，停住了脚步。

叶裳来到门口，伸手一推，房门没从里面插着，轻轻地开了。他对里面看了一眼，画堂没人，他踱步走了进去，来到里屋门口，隔着帘幕，便见到苏风暖搂着小狐狸在榻上呼呼大睡。

他挑开帘幕，走了进去。

苏风暖睁开了眼睛，见到叶裳，愣了一下："你怎么来了？"

叶裳看着她："还算警醒，知道有人进来，立马醒了。"

苏风暖看着他："废话，否则我多年的功夫白学了。"话落，她问，"收到信笺了？也不必这么急着来。"

叶裳来到床前，伸手拎了小狐狸的腿，将它扔了出去。

小狐狸"砰"的一声，被扔到了外屋地上，发出了"嗷呜"的一声惨叫。

苏风暖立即瞪眼："你扔它做什么？"

叶裳坐在了床边道："下次再让我看见你搂着它睡觉，我就杀了它。"

苏风暖气恼："你没发烧吧？"

叶裳身子一歪，靠在了床沿上，一腿搭在床边，一腿跷在上面，一手随意地放在床沿上，一手搭在腿上，干脆地说："没发烧，就是看你搂着它睡，不顺眼。"

苏风暖一噎，恼道："若是我没记错，你在红粉楼里搂着一只大白猫睡觉，还弄得天下皆知。"

叶裳弯了弯嘴角："以后我也不搂着它睡觉了。"

苏风暖无语："你搂不搂它，跟我有什么关系？我搂不搂小狐，跟你有什么关系？"

叶裳眼睛微眯，看着她，唇角的笑意倏地变成了冷笑："苏风暖，你再说与我没关系的话，你信不信我立马将你我的关系告知天下？"

苏风暖看着他，说翻脸就翻脸，除了他，也没谁能做到了。她伸手扯了被子，盖在脸上，恶声恶气地说："你打扰了我好眠，你还有理了？告知天下？以为我怕你？"

叶裳腾地站起身，怒道："你好得很，我现在就去告知天下。"说着，就往外走。

苏风暖立即掀开被子，一把拽住他袖子，见他冷沉着脸，她败下阵来，又气又笑："发什么疯？不抱着它睡就不抱着它睡，一只破狐狸，若不是它皮毛暖和，谁乐意抱它？"

叶裳偏头看她，眼神凉凉："蓝火狐皮毛暖和，身子可不暖和，我看你抱得很舒服。"

苏风暖抽了一下嘴角："暑日难耐，解暑嘛。"

叶裳哼了一声。

苏风暖拽着他重新坐下，软了口气："好了，叶大世子，说吧，您大驾来此，想必丢下了一众人，有何贵干啊？总不会是专程为了来气我？"

叶裳看着她，神色颇为倨傲："你以为我是有多闲，没事儿来找你？"

苏风暖立即摆出一副洗耳恭听的样子。

叶裳看着她，道："今日晚上，乞巧节，灯会。你在城外的五里坡等我。"

苏风暖瞪眼："你让我去城外的五里坡？你不让我看灯会了？我还想逛乞巧节呢！不行，我不同意。"

叶裳看着她："没说不带你逛灯会，只是我们先去五里坡。"

苏风暖看着他："去五里坡做什么？"

叶裳道："那里能看到整个灵云镇的灯火如龙，风景极好。"话落，又道，"你没见过，带你看看。"

苏风暖还是不太情愿："可是我还是觉得闹市热闹啊。"

"就这样定了，一个晚上，还能没有你逛闹市看灯的时间？"叶裳斜睨着她。

"好吧。"苏风暖点头，看着他，"跟你来的那些人呢？你总不能扔下一群人与我逛乞巧节吧？"

叶裳无所谓地道："扔就扔了，他们又不是三岁小孩子。每年他们只陪着我一起祭悼父母和那些战死沙场的将士。乞巧节的晚上，我都是独自在五里坡。我与你说过的，只是你这些年一直都提前走了。"

苏风暖一时沉默，过了半晌，小声说："每年我爹都要求，乞巧节、中秋节、上元节，这三个节日，必须回家。"

叶裳"嗯"了一声："苏大将军规矩真多。"

苏风暖顿时笑了："今年他带着大哥和二哥在边境，我娘和外婆在灵云寺，三哥和外公在京城王府。我嘛……自然可以陪你过乞巧节了。"

叶裳闻言勾了勾嘴角，缓缓笑了，但还是纠正说："是我陪你过。"

苏风暖翻白眼："好好，是你陪我过。小女子多谢叶世子相陪，你不陪我，没人陪我了，我很可怜的。"

叶裳笑意蔓开，清俊无双的容颜如日月般夺目："你说对了，本世子就赏你这个脸了。"

苏风暖实在忍不住，给了他一拳，打在了他胳膊上，没好气地说："快滚吧。"

叶裳站起身，对她说："那个卿卿呢？"

苏风暖看着他问："你现在就将她带走？"

叶裳点头，拢了拢袖口，随意地说："早些将她送去给晋王，也早些交由晋王安置。晋王彻查东湖画舫沉船之事，届时无论有没有结果，都会上禀给皇上，卿卿也就借此递上去了。后宫乏味了多年，只一个月贵妃撑着，如今撑不住了，自然要换新颜。她确实合适。"

苏风暖摆摆手："你找柳开，让柳开喊她来，我已经与她定好，你直接带她走就是了。"

叶裳抬步出了房门，迈出门槛时，嘱咐："今晚，天黑之前，你一定要到五里坡，若是你不来，我饶不了你。"

苏风暖挥手："知道了，叶婆婆。"

叶裳脚步一个趔趄，险些跌倒，他扶住门框，站稳身子，转头对苏风暖黑着脸说："别再睡了，整日睡下去，真跟猪一样了。"说完，出了房门。

苏风暖无语。他见过这么漂亮的猪吗?

叶裳来到院中，见柳开站在那里，对他说："去将卿卿喊来。"

柳开立即去了。

不多时，卿卿随着柳开而来，见到叶裳，连忙屈膝见礼，头垂得极低，小心谨慎："奴家给世子请安。"

叶裳看着她，淡淡道："你要进宫？"

卿卿点头："是。"

叶裳打量她："你知道皇宫是个什么地方？这是你自己的选择，没有人逼你，以后，若是不如意，也容不得你后悔。"

卿卿垂首："奴家知晓，既然选择，断无后悔。"

叶裳颔首："既然如此，我会将你送到晋王那里，他负责彻查东湖画舫沉船的案子，由他直达天听，会将你呈递给皇上。至于，皇上留不留你，你能不能在后宫立足，能走到什么地位，就看你的本事了。"

卿卿点头。

叶裳又道："凡事靠自己，别指望别人能帮你。后宫女人有的是手段，希望你在卿华坊学的不只是哄男人的本事，还有克制女人的手段。想要报救命之恩，结草衔环没什么用，先要踩着后宫的玉阶爬上去后再说。"

卿卿点头："奴家明白。"

叶裳不再多说，向门口走去。

卿卿立即跟上了他。

因叶裳是徒步来的，如今要带走卿卿，柳开给他备了一辆车。

叶裳来到门口，看了一眼马车，对卿卿说："上车。"

卿卿看着他。

叶裳绕过马车，徒步向外走去。

卿卿咬唇，快速地上了车，落下了帘幕。

叶裳在前面走，马车跟在了他后面，不多时，出了深巷，来到了街道上，向府衙而去。

来到府衙门口，正碰上许云初从里面走出来，他一身寻常打扮的素衣，但掩不住温文尔雅的气度，即便走在大街上，也十分醒目。见到叶裳，他温和地打招呼："叶世子，伤势可好些了？"

叶裳停住脚步，负手而立，锦缎华裳点点华光，清俊无双的容颜如画，风采浊世，他打量了许云初一眼，扬眉浅笑："劳小国舅挂念，好多了。小国舅来府衙看望太子？太子的风寒可好些了？"

许云初点头："太子看起来气色好多了，应该是无碍了。叶世子也来看望太子？"

叶裳摇头："我找晋王。"

许云初看向他身后的马车，打量了一眼，笑着说："晋王正在办案，就在府衙的厅堂。叶世子若是找他，直接过去就能见到了。"

叶裳颔首："那再会了。"

许云初点头。

叶裳不再多言，抬步向内走去，府衙的人见是叶世子，也没阻拦他身后的马车，马车跟着他一起进了府衙。

许云初在府衙门口站了片刻，抬步离开了。

叶裳直接来到府衙厅堂，一眼便见到门口站着几名渔夫打扮之人，晋王正在里面对一人问话。有几名护卫守在外面，见叶裳来了，那几名护卫连忙见礼。

叶裳随意地摆摆手。

有一人进去禀告晋王。

晋王听说叶裳来了，向外看了一眼，见他一副俊逸无双闲适风流的样子，冷哼一声，沉声说："让他进来。你们都下去吧。"

屋内的人呼啦啦地走了出来，除了被问话之人外，还有府衙的陪审官员。

官员们给叶裳见礼。

叶裳扫了几人一眼，依旧是随意地摆了摆手，缓缓进了厅堂。

晋王坐在太师椅上，桌子上摆着一壶茶，满头白发，一双目光却炯炯有神。见叶裳迈进门槛，还是那副惬意闲适的样子，鼻孔又发出冷冷的一声哼。

叶裳轻笑："您这是也染了风寒了？鼻子不通气？"

晋王胡子翘了翘，端起茶盏喝了一口，没好脸色地看着他：“你不是该在灵云寺给你的父母祭悼吗？来这里做什么？”

“多日不见您，甚是想念，过来先看看您。”叶裳说着，坐在了一旁的椅子上，自己拿了个杯子，倒了一盏茶。

晋王又冷冷地哼了一声：“我不用你想念，你别给我找麻烦就行。”

叶裳喝了一口茶，微笑：“您这说的是哪里话？我被人迫害，背后遭人黑手，到头来麻烦您破案，也不是十分情愿的。”

晋王竖起眉头，看着他：“若不是你寻常作恶多端，至于背后遭人毒手？这回死里逃生，算你命大。”

叶裳点点头：“是啊，命若稍微薄点儿，这回一准去阎王爷那里找我爹娘喝茶了。”

晋王顿时吹胡子瞪眼：“你爹娘功德千秋万载，才不会去阎王爷那里，你即便去了，也见不着他们。想什么美事儿呢？”

叶裳大笑：“您说得也对，这样说来，我这条小命，还是该好好爱惜才是。像我这般，吃过人肉，这些年又作恶多端，死后定然是下十八层地狱了。”

晋王脸一下子阴沉下来，训斥道：“胡说八道什么？上天有好生之德，你以后少作恶，多行善。十八层地狱你想下还不收你了。”

叶裳诚然地点头：“这样说来，我救了一名孤苦飘零无依无靠的女子，也算是积德行善了。看来算是做对了。”

晋王一听，立即问：“什么女子？”

叶裳闲闲地道：“卿华坊的头牌卿卿，画舫沉船时，她也在船上，我被人救时，顺带也让人救了她。毕竟是一个女子，除却怜香惜玉这一说法，还是一条人命不是？”

晋王眼珠子瞪大：“她在哪里？”

叶裳指了指外面：“在外面马车上。”

晋王向外看了一眼，果然见外面停了一辆马车，帘子遮挡着，马车十分安静地停在那里。他收回视线，黑着脸看叶裳：“你看上了个青楼女子？胡闹！”

叶裳无辜地看着他：“顺手救的，不算看上。”

“当时船上那么多人，你为什么不救别人，偏偏救她？”晋王瞪着他，“没看上你能带着她游湖？”

叶裳摊摊手：“别人离我太远，况且，不算是我救的，是救我之人救的。”话落，又道，“游湖总要有美人相陪，才惬意。权宜拉她作陪而已。我有红粉楼的瑟瑟，还没听够她的曲子，暂时没打算换个姑娘。”

晋王这才脸色稍霁，看着他："那你如今将人带到我这里，打的是什么主意？"

叶裳看着他说："您不是在查案吗？她算是证人，当时亲眼看到我被害经过，我被人送回京时，将她留在了灵云镇，如今听说皇上将此案交给您了，自然就带她来了。若是别人查案，我还真不放心，怕她被灭口，枉费我做了一桩善事儿。您查案，我自然放心得很。"

晋王又哼了一声，对他道："听皇上说，是凤阳镖局的凤少主救的你？"

叶裳点头："是他，若是没他，我估计就溺死湖里喂王八了。"

晋王瞥了他一眼，道："将她叫进来，本王看看。"

叶裳转头对外面传话："卿卿，进来。"

卿卿闻言下了马车，款步走了进来，跪在地上，给晋王叩礼。

晋王没让她起身，面色严厉："抬起头来。"

卿卿依言抬起头。

晋王端详了她一眼，道："虽然出身烟花之地，倒是没什么狐媚之色。"话落，道，"本王问你话，你如实回答，若有半句虚言，本王杀你容易，听到了没有？"

卿卿垂下头，身子微颤："是。"

叶裳站起身，散漫地一笑，道："人已经送来了，我还要赶着去灵云寺，您看着办吧！"话落，对卿卿道，"你不必怕，凤少主是如何救了你我，如实说就行。"

卿卿抬起头，看了叶裳一眼，又连忙垂下："是。"

叶裳没立即走，而是凑近晋王耳语："后宫空乏多年了，月贵妃宠冠六宫的日子也到头了。皇上身边也该适时有一朵解语花了。"话落，见晋王瞪着他，他又懒洋洋地笑道，"当然，您若是看中，自己留在身边，也不失为一桩雅事儿。"

晋王劈手就打他："你个混账东西！整日不想正事儿。"

叶裳躲开，笑得畅快："您虽然年纪大了，但若是吃些好药补补，也照样虎虎生威。"说完，他转身出了厅堂。

晋王拿起杯子扔了出去，杯子落地，在叶裳身后碎成八瓣。

叶裳头也不回地上了马车，对车夫吩咐："送我去灵云寺。"

车夫一挥马鞭，马车离开了县衙。

晋王气得咳嗽了半晌，才喝了一口茶压住，瞪着地上跪着的卿卿，鼻孔冷冷地哼了一声，"想飞上枝头做凤凰的女人多了，你几斤几两？"

卿卿吓得不敢吱声。

晋王又喝了一口茶，重重地放下杯子，沉声说："将东湖沉船经过，如实说来。"

卿卿深吸一口气，慢慢地仔细地将当日的经过说了一遍，叶裳如何清晨来到卿华坊，她如何作陪游湖，如何落水，如何被救。只是那救叶裳之人由苏风暖换成了凤阳镖局的少主凤阳。

她只字未提苏风暖。

晋王听罢，命她起身，派人传凤阳镖局的少主凤阳来见。

有人领命去了凤阳镖局，凤阳听闻后，不给面子地说："回去告诉晋王，除了天皇老子，想见本少主的人自己来。"

那人回来回话，晋王胡子又翘了半晌，命人安置好卿卿，带着人亲自去了凤阳镖局。

叶裳来到灵云寺，陈述、沈琪、齐舒、刘焱已经等得不耐烦了。

见他来了，陈述上前，将他上上下下打量了一遍，又扯过他袖子，一个劲儿地猛闻。闻了一阵，放开他袖子，对他们说："没女人的味道。"

沈琪大笑："女人什么味道？你能闻得出来？"

陈述扬起脖子："自然闻得出来，脂粉味嘛。"

齐舒笑着拍叶裳肩膀："怎么去了这么久？"

叶裳瞥了几人一眼："去见了晋王。"

几人齐齐一怔。

刘焱惊讶："叶哥哥，你去见我爷爷了？"

叶裳"嗯"了一声，看了一眼天色，不欲多说："时辰不早了，我们去佛堂吧。"

众人也知道时辰不早了，都压下好奇，打住话，一同去了佛堂。

今日灵云寺由灵云大师携带寺中住持、长老、众僧大做法事。灵云寺几乎挤满了人。

一行人绕过达摩院，来到佛堂，老僧人双手合十，请众人入内。

佛堂内，烟雾缭绕，有正燃着的香，还有燃尽的香，香灰铺了一地。一排的牌位被烟雾笼罩得几乎看不清。

叶裳在门口，驻足片刻，缓步走了进去。

进去后，他并没有上香，而是站在一旁，静静地看着那些牌位。

陈述、沈琪、齐舒、刘焱等人依次上了香，依照往年的习惯，退出了佛堂，将里面留给了叶裳一人。

香炉里的香燃尽后，叶裳动了动身子，对一旁站着的老僧说："今年，都什么人，来这里上过香？”

老僧双手合十，苍老的声音道：“回世子，第一位施主是苏府小姐，每年她都是独一份。在她之后，是丞相府的家眷。只有他们是昨日上的香。每年都会提前一日，与别人不同。”

叶裳点点头。

老僧又道：“到此时，其余的来人，还是往年那些人。刘嬷嬷和王夫人是今晨独一份。”顿了顿，他道，“苏夫人虽然来了寺里，但未曾来此处。”

叶裳颔首，静静地看着那些牌位，凉声说：“苏夫人是随苏大将军心意，愧对这里，觉得无颜而来。”话落，他冷笑了一声，“父王、母妃和这些将领，长埋在了沙场之地，尸骨未还。这件事怨不得苏大将军和苏府，这个愧疚也不该苏府背负一辈子。”

老僧道了一声：“阿弥陀佛，善哉善哉。”

叶裳又道：“世间但凡人心，大多端的是贪婪狡诈权欲熏心，父王和母妃以及一众将领，不是死于战场，而是死于人心谋算。苏大将军一心从兵，不是真正的人心谋算之人。这么多年，苏府的愧疚，也该到此为止了。”

老僧点点头。

叶裳对外喊：“千寒。”

“世子。”千寒应声。

叶裳吩咐：“去请苏夫人来此。”

“是。”千寒立即去了。

大约过了两盏茶的工夫，苏夫人随千寒来到了佛堂。等在外面的陈述、沈琪、齐舒、刘焱等人给她见礼。

苏夫人摆摆手，在门口站了片刻，暗暗叹了一口气，抬步迈进了门槛。

佛堂内依旧烟雾缭绕，叶裳站在烟雾中，负手而立，遗世清傲。

听到脚步声，叶裳缓缓转过身，给苏夫人见礼：“伯母。”

苏夫人扯了扯嘴角，看向牌位，眼圈微红，眼底浸湿，似乎不忍直视，好半晌，才心头微哽，摆摆手：“好孩子。”

叶裳直起身，不再说话。

苏夫人上前一步，强压眼底的泪意，轻声说：“将军悔恨失策，害王爷、王妃一众将领惨死沙场，更未能捧回王爷、王妃和一众将领尸骨，自觉无颜来此祭悼。不只他自己，也不准苏府任何人来此脏了这里的地方。”

叶裳道：“虽然苏将军未带回父王、母妃和一众将领尸骨，却救了我。不算无颜。”

苏夫人摇摇头："一晃十二年了。"

叶裳沉默片刻，又道："每年父王、母妃和一众将领祭日的前一日，苏府都会有一个人来此。每个牌位上三炷香，站上一个时辰，再离开。"

苏夫人偏头看向叶裳。

叶裳对她认真地道："她虽然出身苏府，也不算是苏府的人，女儿家总是要嫁人的，也不算是破了苏大将军立的规矩。"

苏夫人怔了怔。

叶裳看着她，慢慢地屈膝下去，缓缓地、重重地跪在了地上，一字一句地道："十二年的愧疚，已经足够了。我想父王、母妃和一众将领在天之灵，也不愿苏大将军愧疚一生，背负这个本不该由他背负的包袱，更不该是苏府欠了他们。所谓冤有头债有主，早晚有一日，我会查明当年真相，让父王、母妃和一众将领尸骨长安。"

苏夫人上前一步，伸手扶他："你这孩子，快起来，你还有伤在身，跪我做什么？"

叶裳摇头，避开他的手，道："伯母，您站好，听我把话说完。"

苏夫人闻言只能退后一步，看着他。

叶裳缓缓道："您只有一个女儿，她在您心里重若珍宝，在我心里亦然。容安王府不复昔日荣华，她嫁给我，兴许会很受委屈。但叶裳一生，除报父母之仇，宏愿便是娶她。今日当着父王、母妃之面，求伯母成全。叶裳此生，非风暖不娶。有她，我生，无她，我死。终此一生，碧落黄泉，再不复也。"

苏夫人呆立当地。

第二十八章 相约乞巧

如一声惊雷，从当头炸响。苏夫人看着叶裳，久久回不过神来。

过了好半晌，她才出声："你说你要娶……风暖？"

叶裳点点头。

苏夫人沉默了片刻，上前一步，伸手扶起他："地上凉，你先起来说话。"

叶裳摇头："伯母不答应，叶裳长跪不起。"

苏夫人看着他，不由得笑了："你这孩子，有你这样求婚的？你是求婚呢，还是逼婚呢？"话落，她笑道，"我没说不答应你，但是暖儿这孩子，性子实在太野，这些年，外面跑惯了，更是惯出来个凡事自有主张的毛病，她的婚事，若不是她自己点头，谁说了也不算。"

叶裳看着她笑道："只要伯父和伯母同意，她那里，交给我就是。一日不答应，两日，十日不答应，一年，一年不答应，十年，我总会让她点头的。总之，这一辈子，除了我，她不能嫁给任何人。"

苏夫人闻言，又气又笑："我刚说完她自有主张，看来你的主张比她还要加个'更'字。"

叶裳执着地道："望伯母成全。"

苏夫人笑道："今日、今时、今地，你都这样说了，我若是不点头应你，却是不该了。"

叶裳道："苏府不欠容安王府的，伯母不必看在我父王、母妃面上。"

苏夫人伸手点点他的脑袋，又被气笑："你这孩子，心眼儿怎么就这么歪？你今日喊我来这里，当着你父王、母妃的面起誓跪地求婚。如今又说什么苏府不欠容安王府的，让我不必看在你父母面上，你这是把我绕进你的弯子里了。"

叶裳勾唇浅笑，轻声道："父王、母妃只是做个见证，我本意是想让伯母体会我诚心求娶之心。伯母此时可以不必看他们面子，过往之事和今日之事是两码事儿。伯母只看我本人就好。”

苏夫人又是好笑：“看你本人，你本人有什么值得拿得出手的地方吗？”

叶裳正色道：“我此时孑然一身，无礼相奉，唯这张脸拿得出手。以后容安王府未必会在我手中荣华盛极当年，但我力所能及之处，必不敢败父母傲骨。”顿了顿，他又补充，“风暖唯吾之心，无心难活。哪怕我是个火坑，我也想拉她跳进来。荣辱与共，生死不弃。”

苏夫人又沉默了一瞬，也正了神色，斟酌地看了他半晌，方上前一步，伸手扶起他，感慨道：“你是个好孩子，就冲你这份心、这番话，若是暖儿能嫁你，我也没什么可说的。起来吧。”

叶裳就着苏夫人的手，站起身，捂住胸口，咳嗽了两声。

苏夫人立即紧张地说：“地上凉，染了寒气了吧？你伤势还未痊愈，便这般折腾。赶紧出去请大夫看看。”

叶裳压住了咳嗽，笑着摇头：“伯母，我无碍，只是得您首肯，我心里高兴。”

苏夫人松了一口气，看着他，笑道：“你这孩子，看来打暖儿的主意已经不是一日两日了。这些年，她往京城跑，我虽知道，但也未曾深想。如今看来，你们也算是青梅竹马了。”

叶裳弯了弯嘴角，笑意染上眉目，滟滟清华：“她说过护我一生，但无心嫁我。我却容不得她。”

苏夫人失笑，摆手：“罢了，你们的事儿，我便不管了。皇上有意为你们赐婚，但如今又出了这么多事儿。太后那里，怕是还会有所考量，你有此心，但也不宜操之过急。毕竟，你们的身份，若是一旦摆到明面上，可不是一家两家之事，关乎朝纲，也关乎社稷，还是要妥善谋划一番。”

叶裳颔首：“伯母放心，我晓得。”

苏夫人点点头，又看向牌位，轻声道：“我便不上香了，苏府的人，没资格上香。”

叶裳抿唇，也轻声道：“我吃过战场将士们的肉，也没资格上香。”

苏夫人一时沉默。

叶裳也沉默了下来。

又过了一炷香，有老僧在门外道：“世子、苏夫人，有人来了。”

苏夫人动了动身子，对叶裳说：“这里阴凉，你的孝心尽到就好，不宜多待。”

叶裳点头：“我送伯母出去。”

苏夫人颔首，出了佛堂的门，叶裳随后而出。

二人来到门口，只见门口除了陈述、沈琪、齐舒等人外，还站了一名女子。女子蒙着面纱，身段窈窕纤细，远远看来，香风阵阵，楚楚动人。

虽然面纱遮住了容颜，但只看一双美眸，也让人知晓这定然是个美人，极美的美人。

这个美人，是国丈府的小姐，许灵依。

京城三美之一的许灵依。

苏夫人看到许灵依，眼角余光看了一眼叶裳，只见他脸色清清淡淡，无波无澜，一双眸子更是淡漠，她微微地露出笑意。

许灵依见二人出来，上前一步，屈膝见礼："苏夫人，叶世子。"

叶裳瞥了她一眼，没说话。

苏夫人笑得和气热情："这是许小姐？我回京城这么久了，还未曾见过你，果然如传言一般，钟灵秀美。"

许灵依垂下头："夫人过奖了。"

苏夫人笑着问："怎么只你自己来了？你母亲呢？"

许灵依咬唇："母亲在前面听灵云大师讲佛法。"

苏夫人笑着点头："我也还是多年前听过一次大师讲佛法，趁着还未散场，我也得赶紧过去听听。"话落，她笑着对叶裳故意客气地说，"叶世子不必送了。"

叶裳极为配合，语气浅淡："夫人慢走。"

苏夫人抬步离开。

叶裳转头对陈述等人道："走了，下山了。"

陈述等人看看许灵依，又看看他，点了点头。

叶裳抬步向外走去，他刚走两步，许灵依开口："叶世子且慢。"

叶裳停住脚步，淡漠地看着她。

许灵依隔着面纱，一双美眸锁住他，轻声说："叶世子，你能陪我进去上香吗？"

"不能，许小姐身体不好，佛堂内阴凉，奉劝你还是别进去了。你独自一人，也不该来此。"叶裳果断地拒绝，用拒人千里之外的语气说了一句话，转过身毫不犹豫地离开，步履都透着丝清寒。

许灵依咬唇，看着他的背影，双手紧紧地攥紧袖口，手指发白。

陈述、沈琪、齐舒等人对看一眼，也连忙跟在叶裳身后，离开了佛堂。

叶裳直奔山门而去。

陈述追上他，回头见许灵依还站在佛堂门口，他压低声音说："这许小姐对你可真是情深似海，如此光天化日之下，丝毫不避讳外人，摆明了想与你私相授受。胆子可真是大啊。”

叶裳冷哼一声。

陈述看着他：“偏偏你不买美人的账，可惜了这么一个温柔似水冰雪聪明的美人。”

叶裳冷声道：“她若是冰雪聪明，就不该沾染我。”

陈述啧啧了一声：“奈何你生得太好，桃花难挡。”

叶裳冷冷瞥了他一眼：“她算什么桃花？别把烂桃花算上，平白闹心。”

陈述一噎。

沈琪哈哈笑了一声，伸手捶了叶裳后背一下：“天下也就你觉得她是烂桃花，人家好好的国丈府小姐，低声下气，与你相好，你却冷言冷语，避之千里，真是伤人心。也伤了多少倾慕许小姐的男人心。”

叶裳不耐烦地说：“与我何干？别提她了。”

沈琪住了口。

刘焱上前一步，小声问：“叶哥哥，天色还早，你打算去哪里？”

“去灵云镇。”叶裳道。

“不在山寺用斋饭了？”齐舒闻言，立即道，“今日灵云大师讲法，山寺里大做法事，达摩院那么热闹，咱们不去瞅瞅，可惜啊。”

“要去你们去，我要下山。”叶裳道。

“你下山那么早干什么？时间还早着呢。”齐舒看着他。

叶裳道：“做灯。”

“嗯？”几人都看向他。

叶裳迈出山寺门口，见马车停在那里，他利落地上了马车，落下帘幕，吩咐：“下山。”

车夫一挥马鞭，马车离开了山寺门前。

陈述、沈琪、齐舒、刘焱等众人见他就这样扔下他们走了，一时互相看着，面面相觑。

过了一会儿，沈述道：“不对啊。”

沈琪道：“何止不对，简直是太不对了。”

“什么不对？”刘焱不耻下问。

齐舒道：“不对劲。”

刘焱不解。

齐舒拍拍刘焱肩膀：“你年纪虽然比我们都小，但也跟你叶哥哥屁股后面有两三年了，你可见过他何时这么早下山过？往年可都是日头落了，他才扔下我们。”

刘焱点头：“是啊，可是也许今年叶哥哥有事儿，提前下山了，他不是说要去做灯吗？”

沈琪道：“这就是不对劲的地方。算了，与你个小屁孩说了你也不懂。”

刘焱顿时垮下脸：“我不是小孩子了。”

齐舒看了刘焱一眼，笑着说，“他有女人了。男人只有金屋藏娇了，才会不正常，不对劲，与寻常不同。你说你不是小孩子，如今该明白了吧？”

刘焱睁大了眼睛。

陈述不忿地道：“什么女人能拴得住这头狮子？我真是好奇了！”

沈琪大笑：“一物降一物，天下总有降得住这头狮子的人。”话落，他摆摆手，“罢了，由着他去吧。咱们折回去达摩堂凑热闹。有那么多府邸的夫人、小姐在此，不借此机会一饱眼福，可惜。”

陈述扭头，痛快地转身：“走，看苏府小姐去。”

众人闻言来了精神，一起折回了山寺。

叶裳下了山后，来到灵云镇，进了一家做灯的铺子。

这家灯铺子只有一位年逾古稀的老婆婆和一个八九岁的小姑娘。见叶裳来了，小姑娘欢喜地跑上前，拽住他的袖子：“叶哥哥，你来啦？”

叶裳微笑着点头。

小姑娘拽着他的袖子眨着大眼睛看着他身上：“你哪里受伤了？我怎么没看见？”

叶裳指了指左胸口：“这里，被挖了一块肉。”

小姑娘顿时吓得松开了手，结巴地说：“疼……疼吗？”

叶裳笑着摇头：“如今已经好些了。做两盏灯，没问题。”

小姑娘立即对里面喊：“婆婆，叶哥哥来做灯啦。”

老婆婆在里面笑着回话：“知道了，材料我都准备好了，叶世子进来吧。”

叶裳走了进去。

里屋摆了一张方桌，上面放了做灯用的东西。

老婆婆笑呵呵地对叶裳说：“今年叶世子来得早，时间充裕，慢慢做。”

叶裳笑着点头。

小姑娘看着他问：“叶哥哥，你等的那位姐姐，今年等到了吗？”

叶裳微笑，语气温和，眸光温柔：“等到了。”

小姑娘顿时欢喜激动起来：“那位姐姐她在哪里？”

叶裳笑看了她一眼：“以后把她带来，给你看看。”

小姑娘高兴地连连点头。

傍晚时分，苏风暖吃过晚饭，收拾了一番，扔下了小狐狸，独自一人出了深巷宅院。

还没入夜，灵云镇的大街小巷已经都挂满了灯笼，沿街都摆了小摊，各种珍奇古玩、杂耍杂技、小巧摆件、水粉朱钗，应有尽有。

灯笼还没点上，但已经有了热闹的气氛。

苏风暖溜溜达达地逛了一圈，正准备去城门，一个书童拦住了她：“姑娘。”

苏风暖抬眼，见这个书童他认识，正是数日前，在山林外等许云初的书童，她停住脚步，挑眉看着她。

那书童恭敬地见礼：“我家公子有请姑娘进茶楼一聚。”

苏风暖看着他，佯装不识：“你家公子是谁？我认识吗？”

书童立即道：“认识认识，我家公子姓许，与姑娘有过几面之缘和交情。”

苏风暖恍然：“噢，许公子啊。”话落，她笑笑，“你回去告诉许公子一声，今日我还有事情，改日再与许公子聚。”

那书童摇头：“我家公子说，一定要请姑娘见……”

他话未说完，惊奇地发现身子被定住了，话被卡在了喉咙里，连声也发不出了。

苏风暖像是不觉，隔着距离，手都没动一下，笑着对他说：“我今日真有要事，请你家公子见谅了。”话落，转身就走。

书童张了几次嘴，喊不出声，想再拦，身子僵硬，动都动不了，只能看着苏风暖轻松地抬步离开，着急得都冒汗了。

许云初在楼上，隔着窗子，看得清楚。虽然没看到苏风暖怎么出手，但书童跟他多年，若非出了状况，不可能不死拦着。他立即起身，下了楼。

来到楼下，苏风暖已经不见踪影。

他走到书童面前，对他问：“怎么了？”

书童见到了自家小国舅，张了张嘴，发不出声，身子也动不了，干着急。

许云初看着他的样子，了然，伸手照着他身上拍了拍，书童依旧不能动，他又对他身上点了点，他依然不能动，他蹙眉：“这是什么隔空点穴的手法，如此厉害？”

书童几乎要哭了，不知道是急的，还是难受的。

许云初道：“我又低估她了。”话落，他揉揉眉心，伸手拽了书童，将他拖进了茶楼。

一盏茶后，书童能动了，也能说话了，立即对许云初说：“公子，那姑娘太邪门了。她……她没碰我啊，笑吟吟地看着我，我就不能动也不能说话了。”

许云初给他倒了一杯水，对他说：“这应该是江湖上隔空点穴的功夫，鲜少有人能学会。没想到这位姑娘果然是深藏不露之人。”

书童闻言睁大了眼睛：“原来是隔空点穴的功夫，这……这也太厉害了吧？”

许云初叹了口气：“是啊，十分厉害，天下会这种功夫的人，屈指可数。”

书童立即问：“公子，她是什么来历啊？”

许云初摇头：“至今我依然没能查出她的来历，却在这灵云镇又屡次碰到她，她家应该住在这里不远……”

书童立即将如何拦住苏风暖，苏风暖如何拒绝的话与他仔细地说了一遍。

许云初点头：“她看起来很急的样子，定然是有要事了。罢了，下次见到她再说吧。”

书童却想着，京城那么多闺阁小姐，还没有一人如这位姑娘一般，不买公子账的。

苏风暖摆脱了书童后，避免再惹麻烦，绕了几道小巷子，才顺利地出了城。

她来到五里坡时，天已经黑了。

叶裳换掉了今日早上见她时穿的锦衣华裳，穿了一身素雅的粗布衣衫，靠在一棵榕树上，手里提了两盏灯。显然是来了许久了。

即便他穿的衣衫如寻常百姓一般，再素雅再普通不过，但也难掩他那张清俊无双的脸与天生就造就的清贵风流。

日色已经埋入了远山之后，他却如一幅清风日朗的画卷一般，滟滟清华。

苏风暖揉了揉眉心，暗暗地叹了口气，这个无赖，做什么长了这样一张好看的脸。

叶裳见苏风暖一脸郁郁地走来，眯了眯眼睛，闲闲淡淡地看着她：“怎么来得这么晚？”

“遇到打劫的了。”苏风暖说。

叶裳瞅着她：“哦？什么人敢打劫你？”

苏风暖看了他一眼，不答话，目光落在他手中的两盏灯上，蹙眉：“怎么又是鸳鸯灯？”

叶裳淡淡地说：“除了做这个，我不会做别的。”

苏风暖一噎，有些嫌弃地看着他手里的灯。

叶裳将其中一盏灯递给她，见她不接，他道：“我制了大半日，手被针扎了几个窟窿。”话落，他摊开手指，让她看。

苏风暖果然见他手指被扎了不少针眼，何止是几个窟窿？她一时无语："你一个大男人，做什么灯？"

叶裳看着她："喜欢。"

苏风暖又是无言。

叶裳将灯塞给她："我们上山，我还没吃晚饭，你烤山鸡给我吃。"

苏风暖本来不想接，但想到他满手的针眼，还是不太情愿地接过，嘟囔："烤山鸡麻烦死了，你怎么不吃饭？"

叶裳道："没顾上，只顾着做灯了。"

苏风暖看着手里的灯，不得不说，这鸳鸯灯做得实在漂亮，比两年前，他送她的那盏鸳鸯灯手艺进步了不知多少。可是这样拿着，她却依然觉得烫手，勉强忍着，才不至于扔了。

叶裳抬步走在前面，他步履极慢，一步一步，像是走自己家的花园一般，闲适至极。

苏风暖跟在他后面，听着脚步踩在草地上，发出沙沙声，她越发觉得这五里坡实在静。

走了一段路，来到半山腰，有一块大石头立在那里，叶裳不走了，走到石头上坐下，对苏风暖说："你去打山鸡烤山鸡给我吃。"

苏风暖看着他理所当然地觉得该她伺候他的模样，不由被气笑："你要想吃山鸡，自己打。"

叶裳看着她："我身上的伤还没痊愈。"

苏风暖一噎，恼道："既然伤没痊愈，不好好吃饭，做什么灯？折腾什么？"

叶裳将另外一盏鸳鸯灯也递给她，不答她的话，指使说："将灯挂树上。"

苏风暖额头突突地跳了跳，无语，接过灯，不忿地说："我是你的丫鬟吗？"

叶裳微笑："我没有丫鬟，只有一个千寒，你要想当我的丫鬟，也还不够格。"

苏风暖懒得理他，挂完了两盏灯，对他说："你在这里等着，别被狼吃了，我给你去打山鸡。"

叶裳"嗯"了一声，笑意浅浅柔柔，一副我就知道你不会不管我的模样。

苏风暖向树荫深处走去，想着她哪辈子造了孽，没积德行善，欠了他。

她转了一圈，很快就打了两只山鸡，拎着回来时，听到斜侧方有动静传来，似乎有人在跑，跑的人像是受了伤，有淡淡的血腥味，气息极乱，脚步也凌乱，似乎随时就会倒下。而在他身后，不远处，像是有人在追，且不止一个。

那人跑的方向，正是叶裳所在的方向。

她担心叶裳，顿时拎了两只山鸡赶紧折了回去。

她赶到时，那人也跑到了叶裳面前，似乎已经慌不择路了，当看到叶裳时，那人脸"唰"地一下子白了，踉跄地倒退了一步。

苏风暖一眼便认出了这来人的身份，所谓他和叶裳冤家路窄，也不过如此了。

这人正是易疯子。

她也没想到，竟然在这里碰到易疯子，他已经没了一只手臂，另一只手臂攥着剑，手臂上被划了一道口子，鲜血滴滴答答地流。

这里有两盏鸳鸯灯，所以，将夜色照得十分亮堂，能清楚地看到他如亡命之徒一般，脸色除了惊恐发白，还一片死灰之色。

苏风暖放慢脚步，走到叶裳身边，随手将两只鸡扔在了地上。

她扔鸡的动静虽轻，但还是将易疯子的视线转移了过来，易疯子看到她，惨白惨白的脸怔了一下。随即，他死灰一般的脸顿时露出惊喜，立即上前两步，"扑通"一声跪在了她面前："苏姑娘，救我。"

苏风暖看着他脸色平静地问："谁在追杀你？"

易疯子立即道："大内侍卫。"

苏风暖了然，应该是皇上的轻武卫。她看了叶裳一眼，道："求我没用，你求他，他愿意救你，就救你。他若是不愿，那么，你只能被抓了或者被杀了。"

易疯子转头看向叶裳，脸色彻底死灰，垂下了头。

苏风暖也看向叶裳。

叶裳脸色淡淡，看着易疯子跪在苏风暖面前，轻笑出声："救你也不是不可以。"

易疯子猛地抬起头。

叶裳看着他，散漫地道："我府中缺少一名护院的奴才，你若是自愿为奴，追随于我，到死为止，我便救你一条贱命，你暗杀我之事，既往不咎。"

易疯子看着叶裳，闻言连眼神都蒙上了灰色。

叶裳看向他身后："轻武卫快来了，只要他们到，你还不点头，别怪本世子不积德行善。黑白无常估计已经在来的路上了。想想你的风美人，你是死了好呢，还是活着好呢。"

易疯子立即转过身，对准叶裳叩头："求叶世子救命，我发重誓，甘愿给你做奴才，到死为止，若违此誓，就让……就让风美人移情别恋，改嫁他人。"

叶裳大笑。

苏风暖也扯了扯嘴角，这誓言听着好笑，但她却知道，这是易疯子能发的最毒的誓了。

叶裳偏头看了苏风暖一眼："你带着面巾吗？蒙上脸。"

苏风暖想着在皇上的轻武卫面前，她的确是见不得人。她即便有面巾，怕是不易容的话，也遮挡不住轻武卫毒辣的眼睛，她身子一闪，躲去了叶裳身后的山林深处。

她的身法极快，几乎是瞬间就没了踪影。

叶裳瞥了身后一眼，她就在他眼前消失，他亲眼看着，却不知她藏身去了何处，连半丝踪迹也寻不到。他收回视线，这时，皇上的轻武卫已经到了，足足有八个人。

那八个人陆续到达，看见了跪在叶裳面前的易疯子，自然也看见了叶裳。

八人齐齐顿住，对看一眼，拱手："叶世子。"

叶裳依旧坐在石头上，姿势散漫，对着八人道："你们来晚了一步，没在碰到我之前抓了他或者杀了他，如今这个人已经是我的奴才，乞巧节后，我会带他进宫见皇上。劳烦诸位回去对皇上禀告一声。就说我近日听灵云大师讲法，上天有好生之德，我留他一命。"

那八人一怔，又互相看了一眼。

其中一名领头人道："叶世子，他就是暗杀您的江湖杀手易疯子。您可知道？"

叶裳点头："知道，若不是认出了他，我还懒得收这样一个断了胳膊的奴才。"

八人闻言了然，在京城多年，叶裳得罪的人可谓是数不胜数，但得罪叶裳的人却是寥寥无几，以他的性子，但凡谁得罪了他，定然会让那人吃不了兜着走。如今这易疯子暗杀他，正巧又撞到了他面前，落在了他手里，他自然不会轻饶了他，留他做奴才是轻的，指不定怎么折磨他呢。

那领头人犹豫了片刻，拱手："既然如此，卑职们便回去复命了。"

叶裳颔首。

那八人不再逗留，很快就下了山，自始至终没发现浓密的山林里还藏着一个人。

八人走后，易疯子依旧跪在地上。

叶裳看着他，喊："千寒。"

千寒应声现身。

叶裳道："派人将他送回容安王府。"

千寒应"是"。

易疯子站起身，默默地跟在千寒身后，离开了五里坡。

苏风暖从后山林出来时，便见到千寒带着易疯子离开了，易疯子的腰背似乎一下子就弯了。跟在千寒身后，规矩地走着，胳膊上的伤口依旧滴滴答答地在滴血，他却也没理会。

苏风暖看了一会儿，对叶裳道："早知道你要收他做奴才，我何必让风美人卸掉他一只胳膊？独臂的奴才不太好用。"

叶裳瞅着她，见她脸色平静浅淡，他挑眉："若非你卸了他一只胳膊，我还不敢收他做奴才了。亡命之徒，心狠手辣。天生反性，最难折服。"

苏风暖收回视线，嗤笑："为了你，皇上出动了轻易不出动的轻武卫满江湖地拿人。如今你又从轻武卫的手里救下易疯子入容安王府为奴，此事不出一日，便会传扬出去，以后无论是朝廷，还是江湖，若是再有人对你下手，都要好好地思量斟酌一番了。"

叶裳道："即便这样，有人兴许也是敢的，思量斟酌不代表不敢下手。"

"诚然。"苏风暖点头，"所以，你还是要看好你的小命，别太张狂了。"

叶裳伸手拨了拨地上的山鸡，催促说："这山鸡挺肥，我饿了，你快给我烤。"

苏风暖揉揉眉心，蹲下身子，开始给山鸡拔毛，开膛破肚，之后又捡了干柴架火。动作之利落，手法之熟练，难有企及者。

叶裳懒洋洋地坐在山石上，静静地看着她，在山鸡快要烤好时，他问："你都给什么人在山野里烤过吃的？"

苏风暖拨弄着山鸡，听着山鸡被火烤得发出嗞嗞的响声，香味四溢，她的脸也被烤得很热，闻言说："多了。"

叶裳看着她："最近一次？什么时候？"

"和灵云老和尚在灵云寺后山烤鱼。"苏风暖道，"灵云寺的素斋太难吃了。"

叶裳弯起嘴角："再之前呢？"

苏风暖想了想："和许云初，烤了山鸡和兔子。他比你强一点儿，至少会自己打猎。"

叶裳弯起的嘴角顿收，冷冷地哼了一声："他自然比我强，何止强一点儿？论招惹桃花来说，我更是不及他。"

第二十九章
同游夜市

苏风暖翻白眼，他这是夸人呢，还是损人呢。

她将烤好的山鸡递给他："吃吧。"

叶裳脸色难看，接过山鸡，对她说："你以后离姓许的远点儿。"

苏风暖看着他，无奈地说："我每次见了他，都恨不得躲得远远的，这还用你告诉？"

叶裳脸色稍霁，拿着山鸡，优雅地吃了起来。

苏风暖又架火烤另一只。

过了一会儿，另一只山鸡烤好，叶裳才吃下半个。她忙活了半天，自然也要犒劳一下自己，扯了一只鸡腿，一屁股坐在草地上，拿着鸡腿吃。

叶裳看了她一眼，挪了挪屁股，在大山石上给她让出些地方："地上凉，坐这里来。"

"不凉。"苏风暖摇头。

叶裳瞅着她："我说凉就凉。"

苏风暖瞪了他一眼，站起身，坐去了他身边，嘟囔："你自己娇气也让人跟着你一块儿娇气。"

叶裳轻轻哼了一声。

苏风暖晚饭吃得太饱，只吃了一只鸡腿，便作罢。瞧着叶裳慢条斯理地吃得津津有味，后悔自己晚上吃那么多饭做什么？如今吃不下了。

她伸手揪了一根草，叼在嘴里，百无聊赖地哼着曲子等着他吃完。

叶裳偏头瞅了她一眼，伸手抽掉她嘴里的草。

苏风暖一脚踩着地，一脚踩着石头一角，支着身子看着灯火通明的灵云镇，问："你快点儿吃，真慢。"

叶裳扔了手中剩下的鸡骨架子，拿出手帕，擦了擦手，站起身："走吧。"

苏风暖立即站起身。

叶裳从树上解下两盏鸳鸯灯，递给她一盏。

苏风暖熄灭了干柴，回头接过，瞅着手里的鸳鸯灯问：“你就不能学学制别的灯？”

“不能。”叶裳向前走去。

苏风暖抬脚，在他身后比画了一下，想着若不是看在他受伤没痊愈的分上，她早踹他了。

来到五里坡的最顶端，叶裳站住身子，举目下望，对苏风暖说：“你看，是不是灯火如长龙？”

苏风暖站在他身边，看向灵云镇，果然灯火如一条条的火龙，蜿蜒盘旋，她数了一下，足足有九条。她惊讶：“九条火龙啊。”

叶裳“嗯”了一声。

苏风暖更是惊了：“每年灵云镇的乞巧会和上元节是什么人操办的？竟然让这里出现九条火龙？这灵云镇虽然算天子脚下，但可不是京城宝地。怎么能不避这个忌讳？”

叶裳淡淡道：“是一早就传下来的传统，每年府衙也只是按例来办，若说是什么人兴起的，已经追究不出来了。”话落，他道，“灵云镇有九条长街，每条街点了灯笼后，串联起来，就形成了这么个奇景。”

苏风暖一时没了话。

叶裳道：“这还不算是最新奇的，除了九条火龙外，你从这里，可仔细观察出了九条山脉如盘旋的巨龙包围着灵云镇？”

苏风暖仔细辨认片刻，摇头：“没看出来啊，每个山头都不相接，怎么会是九条山脉？”

叶裳笑了一声：“这便是最新奇之处。也只有每年的乞巧节和上元节时，有灯火映照，才能看到此奇景。”话落，他道，“你这样立着看不出来也不奇怪。你将身子倒立，倒着来看，便能看到了。”

苏风暖闻言，立即双手支地，身子倒立，仰着头看向灵云镇周遭的山脉。

这样一看，她彻底惊了。

的确如叶裳所说，灯火映照下，那九条火龙正是对应着九条山脉，蜿蜒盘踞，气势雄伟。

她看了一会儿，正直地站立回身子，对叶裳说：“这样看来，灵云镇的九条街依照着风水山脉相辉映而建，九条街的灯火长龙与九条山脉相辉映，这绝不是简单构造的一座小镇。”

叶裳点了点头，目光沉静。

苏风暖也看着灵云镇的九条火龙，忽然觉得心情有些沉重，问："你什么时候发现的？"

"三年前。"叶裳道。

苏风暖想着三年也不算久，她没回京两年八个月，她揉揉眉心："这座灵云镇，最初是什么人建立的？"

叶裳道："有史可寻之处，就是追溯到前朝太祖时。不过那时，这里只是一个歇脚的茶棚，有几户人家，后来渐渐地形成了一个小镇。再之后，我朝建朝，将都城安居在京都，这里距离京城最近，便渐渐地繁盛起来了。"

苏风暖问："从京城最高山，可以看到这里吗？"

叶裳摇头："不能。"话落，补充，"任何一个方位的最高峰都不能。"

苏风暖无言半晌，道："这是祸害之地。"

叶裳笑了一声，转回身，对她说："你不是要去灵云镇的闹市逛吗？走吧。"

苏风暖点点头。

二人下了五里坡，返回灵云镇。

因二人是徒步而行，自然走得慢了些，到灵云镇的城外时，夜已经深了。但灵云镇灯火通明，整个城内，熙熙攘攘，不绝于耳，热闹非凡。

二人进了城，苏风暖早先的沉重心情一扫而光，立即被街边琳琅满目的东西和灯笼吸引，往人群里钻。

叶裳看她似乎忘了身边还跟着个他，一味地往人群里挤，不满地握住了她的手。

苏风暖回头看他："拉拉扯扯的做什么？"

叶裳道："我怕你跑丢了。"

"我怎么会跑丢？"苏风暖不以为然。

叶裳道："我怕你把我丢了。"

苏风暖翻了个白眼，只能反手拉了他挤进人群。费了好大的力气，挤进了一个很多人围着的小摊前。只见是猜字谜送灯笼。猜对谜题者，分文不取，猜不对，要买下那盏灯笼。

有不少人围着在猜，大多数人，都是文人打扮的书生。

苏风暖跃跃欲试，转头对叶裳说："好玩，咱们也来猜吧。"

叶裳问："你带钱了吗？"

苏风暖道："带了，不过猜这种是小儿科，我们还用得着花钱？"

叶裳看着她，抬了抬自己被扎成很多窟窿的手指头，说："制灯笼很辛苦的，你若是把这店家的灯笼都赢了，他可就亏得上吊了。”

苏风暖顿时无言：“那不玩了？”

叶裳道：“这里这么多人在玩，他们手中都没灯笼，你我手里已经有两盏灯笼了，要那么多也没用，看看好了。”

“好吧。”苏风暖放弃。

二人站在摊位前，看了一会儿，谜题还是挺难的，能猜中者少，猜不中的人居多。店家还是稳赚不赔的。

苏风暖忍了再忍，最终还是忍住了没猜，看了一会儿，拉着叶裳离开了。

来到了下一处，同样围着许多人，二人挤进去后，发现是捏泥人的。

苏风暖又跃跃欲试。

叶裳说：“这样的东西，人家捏出来，到你手里，你手指一碰，就碎成泥了。这样的东西不适合你，还是算了。”

苏风暖一听，觉得有理，也作罢。

二人站在泥人摊看了一会儿，又离开去了别处。

来到下一处，人多的地方，围得里三层外三层，根本看不到里面在做什么，比前两处的人都多。苏风暖费了大力气，拽着叶裳才挤到了前面能看清楚的地方。

看到了之后，苏风暖失望，原来是摆摊算卦的，一个须发花白的老者，是个瞎子。

不等叶裳说，她自己就没了兴趣，说：“走吧，原来是算命的。”

叶裳颔首：“你我的确不需要算命。”

二人转身离开。

二人刚走两步，那老者忽然开口了：“两位请留步。”

苏风暖脚步一顿，看向叶裳，用眼神询问：“在说我们？”

叶裳没理，继续往外走。

那老者腾地站了起来，一把拽住了叶裳袖子：“公子、小姐，请留步。”

苏风暖讶异：“你不是眼睛看不见吗？能看到我们？”

那老者摇头：“小老儿是瞎子，但眼瞎心不瞎。”

苏风暖这回觉得惊讶了，他既然如此应该是有两把刷子，笑道：“我们不算卦。”

那老者说：“小老儿不收钱，自愿给两位算。”

苏风暖无语，看向叶裳。

叶裳拂开他的手，顺带从怀中拿出一锭银子，塞进他手里，语气却拒人千里之外的凉薄冷清："我们不信命。"话落，他拉着苏风暖出了人群。

苏风暖倒没什么意见，她确实不信命。

二人出了人群后，又挤入了另一个人多之处，同样围着里三层外三层的人，二人挤进去后，只见是在卖艺杂耍的。兄妹二人和一只猴子。

苏风暖在江湖上跑的这些年，这种见过的多了，自己没钱花的时候也卖过艺，自然觉得没什么可看，拉着叶裳要走，但叶裳却是不走，对她说："挺有意思的，看看。"

苏风暖闻言，想着这富贵的公子哥，这么多年困在京城，憋坏了，这种场面没见过也正常，只能陪着他看了起来。

看完一场，叶裳大方地拿出一锭银子，扔进了那女子抱着的篮子里。

因他出手太大方，给的比寻常人给的十倍还多，将那女子的篮子砸得晃了一下，险些拿不住。那女子猛地抬头向他看来，一脸的惊讶害羞。

叶裳瞥了她一眼，道："我夫人赏你们的。"说完，拉着苏风暖出了人群。

苏风暖跟着他走了几步，才回过味来，恼道："你又胡诌什么？"

叶裳道："拿你挡挡，容安王府内不招惹杂花杂草，免得她看我一眼，芳心暗许，害了相思病。"

苏风暖扭头做呕吐状，又气又笑地说："我见过自大的人多了，没见过你这么自我感觉良好的。"

叶裳偏头，对她笑着说："我说的是事实。"

苏风暖嫌弃地看着他："事实个鬼。"

叶裳笑意浸满眼底，扭过头，对她问："你吃冰糖葫芦吗？"

苏风暖立即说："如今不是冬天，哪里有冰糖葫芦？你骗小孩子呢？"

叶裳对她说："再往前走五十步，有卖冰糖葫芦的，我骗你做什么？那个人的冰糖葫芦特别，夏天也能做得成。"

"当真？"苏风暖立即来了兴趣。

"自然当真。"叶裳道。

苏风暖拉着他向前走去。

随着拥挤的人流，走了五十步，果然见一位老婆婆在卖冰糖葫芦。这个老婆婆的冰糖葫芦，看起来极红，外皮包裹着的糖浆在灯光下看起来晶莹剔透。这样的夏天，也不见糖浆化，没吃就让人觉得一定可口。

她拉着叶裳跑过去，对那老婆婆说："婆婆，买两串冰糖葫芦。"

那老婆婆笑着点头，拿了两串冰糖葫芦，笑呵呵地递给苏风暖，同时对叶裳说："公子往年等的，可是这位小姑娘？"

叶裳拿出一锭银子，递给那老婆婆，笑着说："嗯，是她，不过她不小了。"

老婆婆笑呵呵地接过，要找给他碎银子，他笑着摆摆手，对苏风暖伸出手。

苏风暖给了他一串冰糖葫芦，悄声说："你往年也在这街上晃荡？连卖糖葫芦的老婆婆都认识你了。"

叶裳摇头："没有。"

苏风暖挑眉。

叶裳向前走去，对她说："我知道你爱吃这个，往年路过时，都会买上两串。"

苏风暖一时哽住，半晌，撇撇嘴角："你买两串，都吃了吗？"

叶裳摇头："不吃。"

苏风暖看着他。

叶裳看着前方，淡淡地道："拿着走一路，见不到你就扔了。"

苏风暖嘟囔了一句"浪费"，拿着冰糖葫芦吃了一口，含糊地说，"果然好吃。"

叶裳闻言也咬了一口，说："又酸又甜。"

苏风暖说："我其实也会做，每年山楂熟了的时候，我就买了糖，熬成浆，做很多串。"说着，她笑起来，"我们家里有一株山楂树，我每年都赶着山楂熟的时候回去。大哥、二哥、三哥最怕我那时候回去了，因为我做好冰糖葫芦后，就给他们每个人分个几十串，他们吃不完，又不敢扔，只能陆陆续续都吃掉，吃得牙都酸了。"

叶裳轻笑："为什么不敢扔？"

苏风暖用看笨蛋的眼神看了他一眼，说："谁扔我就揍谁，论身手谁也没有我厉害。"

叶裳看着她："连长兄你也敢揍？"

苏风暖道："正常比武，怎么就不敢揍？何况我娘向着我。"

叶裳又笑："你这样的小祸害，你的三个哥哥定然盼着把你早点儿嫁出去。"

苏风暖翻了个白眼。

二人溜溜达达地走了一段路，便见前方搭建了十米高的天台，上面拴了一对鸳鸯灯，鸳鸯灯下，挂着一副空白的对联。对联的一边拴着一支大笔，另一边拴着两柄十二骨的对扇。

苏风暖对灯笼没什么兴趣，却对那一对对扇有兴趣，转头对叶裳说："你看，那两柄十二骨的对扇，是彩头吧？"

叶裳看了一眼，挑眉："你想要？"

苏风暖道："我还没见过这样十二骨的对扇，蛮好玩的。"

叶裳又看了一眼说："寻常人不容易拿下这个彩头，但你要想拿下，应该很容易。"

"嗯？"苏风暖看着他。

叶裳道："要具备极高的武功身手，同时还要文采斐然对出对联，只这两点还不行，还要书法拿得出手，让当世的书法名家认可。"

苏风暖此时也看到了上面横匾上贴着的规矩，她道："怪不得这里围着看的人多，上去的人却没有。"

"你若是实在喜欢那两柄扇子，可以去试试。"叶裳道。

苏风暖四下看了一眼，很多人，她若是上了高台，估计无数人的眼睛都能看到她，不论是站在天台前的，还是站在别处的，最起码方圆百步都能看到。她摇头："太显眼了，还是算了。"

她时刻记着，这里可不是天高皇帝远的江湖，这里是灵云镇，如今是多事之秋。

叶裳道："你不是有面巾吗？拿出来蒙上。"

苏风暖本来就想要那两柄扇子，因为顾忌才犹豫，如今闻言对他问："能行？"

叶裳无所谓地说："怎么就不行？想要就要了，你什么时候婆婆妈妈顾忌起来了？"

苏风暖白了他一眼，想着主要还不是因为他跟在她身边？他自带闪光体，她自然也要低调些，免得被人看到她与他在一起惹麻烦。她从怀里抽出面巾，蒙在了脸上，对他警告："若是一会儿我引来熟人，你离我远些。走散了的话……"

"不会走散。"叶裳打断她的话，"拿了扇子，你只管走就是，我能找到你。"

苏风暖一噎，想着早先那是谁怕她把他弄丢了，非要扯着她走了一路了？

她瞪了一眼，懒得计较，飞身上了高台。

台上有一个管家模样的人，五十多岁，还有一个小厮以及一名婢女。见有人上了高台，那管家模样的人眼睛一亮，看着苏风暖："姑娘是要试试身手夺得彩头？"

苏风暖点头。

"姑娘可清楚规矩？"管家模样的人问。

苏风暖指指横匾："除了写在那里的规矩，还有别的规矩吗？"

那管家模样的人摇头："没有了，只有这些规矩。"

苏风暖笑着说："那我试试。"

“姑娘请！”那管家模样的人让开一步，十分有礼。

苏风暖挽了挽袖子，刚要上前，这时，台下又飞身上来一个人，轻飘飘地落在了她身边。她转头，见是凤阳，顿时挑眉：“怎么，你也想要那柄十二骨的扇子？”

凤阳斜睨了她一眼，从鼻孔哼了一声。

苏风暖闻言，立即转身，痛快地说：“那我不要了，给你了。”

凤阳一怔，一把拽住她胳膊：“你什么意思？我刚上来，你就要走？”

苏风暖瞬间发力，弹开了他的手，对他说：“拿下彩头这么费力的事儿，哪有从你手中抢方便。我等你拿到了，再抢。”

凤阳被气笑：“你算盘打得倒是好，若不是看你上来，我还不来了。你不夺彩头，你以为我就夺？”

苏风暖无语，看着他：“你诚心想打架吗？”

凤阳哼了一声：“今天这里可是不兴用剑的，你不拔剑，我未必不是你对手。况且，武功好，别的可不见得好。比如你这样的野丫头，会拿笔吗？”

苏风暖被他一副阴阳怪气的样子激起了心气，看着他：“好，你要是想打架，今天本姑娘就奉陪。我告诉你，如今多着人看着呢，你凤少主可别输了没面子。”

凤阳又哼了一声，不以为然：“你要先赢过我再说面子的事儿。”

苏风暖不再理他，抽住袖带，凌空而起，随着她跃起，袖带瞬间缠在了高台的柱子上，她轻飘飘地借着袖带的拉力，双腿缠住了柱子，去解绑在一旁的那支大笔。

台下见她如此武功，顿时迸发出一大片哄然的叫好声。

这时，凤阳也突然跃起，腰间的玉带抽出，也与苏风暖一样的身法，上了柱子，在苏风暖要去解那支笔时，他的手堪堪挡住了她的手。

台下又哄然爆发出一大片的叫好声。

苏风暖抬眼看了凤阳一眼，手腕发力，以掌为刀，对着他砍了去。

凤阳躲避的同时，也陡然发力，二人身子缠绕着台柱子，你来我往，打了起来。

须臾之间，过了几十招。

台下的人看着台上二人武功如此之高，比那些卖艺打杂耍的好看多了，叫好声不断。

又过十几招，苏风暖使了个诈，先一步抓住了笔，虚晃一招，凌空而上。凤阳手中忽然弹出一枚物事儿，击中最上方的灯盏，灯盏吃不住，线绳断了，那盏灯直直对着苏风暖砸下。

台上台下发出惊呼声。

苏风暖本来想挥手打开，忽然想起叶裳手指因为制鸳鸯灯被扎了无数个窟窿，制这么漂亮的一盏灯，定然不易，堪堪住了手，伸手接住了灯盏。

这一耽搁的工夫，凤阳夺了她手中的笔，凌空而上。

苏风暖刚想追去，眼角忽然瞥到了台上一处，顿时顿住了身子，不上反下，轻飘飘地落在了台面上。

她站到了台面上之后，将那盏鸳鸯灯放下，便跳下了高台。

凤阳发现苏风暖竟然半途放弃，低头看去，见她竟然跳下了高台，他喊了一声："你这是认输了？"

苏风暖不答话，下了高台后，扭头就走。

凤阳"喂"了两声，她已经挤出了人群，走远了，他顿时气哼哼地跳了下来，扔了笔，不继续了，也跳下了高台。

这时，台下人如好戏突然被打断一般，见此都一阵失望。

台上管家模样的人和小厮以及那名婢女也都面面相觑。

苏风暖刚走出十几步远，斜侧有一人快步走来，拦在了她面前，她抬眼，见是许云初，隔着面纱，挑了挑眉。

许云初穿了一身雪青色长衫，即便急步走来，但也透着丝固有的温润如玉的感觉。见她挑眉，对她温和地微笑："碰见姑娘一次不容易，姑娘请留步。"

苏风暖看着他，笑了笑："许公子既然摆了天台设了彩头，不守着彩头怎么跑了出来？"

许云初笑道："看来在下设的彩头被姑娘识破了。"话落，他温和地笑道，"自然是因为看到姑娘要走了，但恐错过姑娘，只能追来了。"

苏风暖笑着问："许公子找我有事儿？"

许云初看着她："上次是在下有事情要问姑娘，可是姑娘醉酒睡了，在下没问上。"

苏风暖顿了顿说："桂花酿委实好喝了些。"

许云初笑着点头，温声说："桂花酿确实好喝。"话落，道，"今日见姑娘一人，不如在下陪姑娘逛逛？顺便也把上次的事情了了？"

苏风暖有些头疼，脑筋急转，想着如何拒绝。

她还没想出法子，一旁有几人来到近前，其中一人笑道："哟，我当是谁？原来是小国舅。这当街调戏姑娘，可真是够风流啊。"

苏风暖听着这声音熟悉，转头看去，见是安国公府的二公子陈述、景阳侯府的三公子沈琪、平郡王府的世子齐舒、晋王府长孙刘焱，还有几人，她便不认识了。这些人都是常与叶裳混迹在一起的纨绔子弟。

没见到叶裳，不知道他哪里去了。

说话之人正是走在前面的陈述。

许云初看到这些人，面色不改，淡淡一笑，打招呼道："原来是诸位，也来逛这闹市，怎么不见叶世子？"

陈述打量着苏风暖，看了片刻，觉得她眼熟，一时没答许云初的话，对苏风暖问："这位姑娘，我们是不是哪里见过？"

苏风暖隔着面巾，只露出一双眼睛，闻言眸光转了转，笑问："这位公子与小国舅对我说的话一样，你刚说小国舅调戏姑娘，你这也是在调戏姑娘了？"

陈述一怔。

苏风暖挥挥手，利落地转身就走。此时不走，更待何时？

许云初这回没拦着。

陈述看着她，怔了片刻，见她挤入了人群，转眼就没影了，他摸摸鼻子，转头对身旁的沈琪、齐舒问："我总觉得，在哪里见过她？你们见过吗？"

沈琪想了想，恍然："我想起来了，是她。"

"谁？"陈述问。

沈琪看了许云初一眼，压低声音道："就是那日，我们急着来灵云镇找叶裳，骑快马险些踩了一位老婆婆，是这位姑娘从马下救了人。"

陈述恍然："原来是她啊，怪不得我觉得她面熟，似是见过。"

沈琪道："今日她蒙着面巾，自然很难认出。"

陈述扭头又看了一眼，已经没苏风暖的身影，他转回头，看着许云初，问："小国舅和她认识？"

许云初淡淡道："几面之缘，有些交情。"

陈述本来是想开许云初几句玩笑，此时却是觉得开不出来了，毕竟那日欠了人家一个人情。马若是踩死了人，出了人命，也是大事儿，总要吃罪的。他的话在舌边打了个转，吞了回去，问："小国舅可知道她姓甚名谁？"

许云初摇头："不知名姓。"

齐舒这时开口："不该啊，小国舅既然与人家有了几面之缘了，连名姓也不知？"

许云初笑笑："这位姑娘应该是江湖之人，江湖之人洒脱，对于她来说，名姓不重要。"

齐舒闻言没话了。

陈述瞥了一眼天台，对许云初道："小国舅好雅兴啊，竟然搭了天台设了彩头。"

许云初笑道："闲来无事，热闹热闹。"

陈述看着他："你这彩头设得难，非江湖上的武功高手不能夺下，看来小国舅设这彩头，是有目的的。"

许云初笑着摇头："我那两把十二骨的折扇是稀有之物，用来做彩头，自然要难些。否则轻易被人拿去，便没意思了。无非是为了玩而已，目的却没有什么。"

陈述笑道："看来除了刚刚那个男子和那位姑娘，应该再没什么人夺你的彩头了，毕竟这灵云镇，再难有如此武功高强之人。"话落，他问，"那男子是谁？小国舅可知晓？看来他和那位姑娘关系不一般。"

许云初道："刚才那男子是凤阳镖局的凤少主，和那位姑娘应该是有些渊源。"

陈述一怔："原来是凤阳镖局的凤少主，这就怪不得了。"话落，他问身旁，"你常年喜好听江湖人说书，可知道什么女子和凤阳镖局的凤少主齐名？我看那二人武功不相上下。"

沈琪摇头："你问我？问错人了吧？常年喜好听江湖人说书的人不是我，是叶裳。我是陪听，无非是打打杀杀的，我可不觉得有趣，不知道。"

陈述一噎。

许云初却笑道："江湖上与凤少主齐名的女子有三位。但其中一人已经嫁人，另一人前年便死了。还有一人是个哑女。这位姑娘却都不符合。"

陈述讶异："看来小国舅对江湖之事也极为熟悉。"

许云初笑道："我与叶世子一样，闲暇时对江湖之事有些兴趣，打听一下罢了。江湖多姿多彩，有很多有意思之事。"话落，他道，"天色已经晚了，诸位还继续逛吗？"

陈述看向沈琪、齐舒、刘焱等人。

刘焱说："我们再继续逛逛吧，找找叶哥哥，他一定也在这闹市上。"

"找他做什么？这闹市他年年都见到，能有什么新鲜的？如今指不定在哪里的温柔乡风花雪月呢。走，我们喝酒去。"陈述说完，对许云初邀请，"小国舅一起？"

许云初闻言也不推拒，微笑点头："好。"

一行人向灯火明亮的酒楼而去。

第三十章
定情信物

苏风暖挤出人群后，走出不远，便在暗街的一角见到了叶裳。

他站在那里，一半身影亮在明处，一半隐在暗处，灯火打在他身上，一半愈发地明亮，一半极其地昏暗。

苏风暖来到他面前站定，见他脸色不太好看。

叶裳见她来到，看着她，眸光微凉，冷声说："许云初摆设天台彩头，引你上钩，对你可真是费尽心思。"

苏风暖瞅着他，翻白眼："阴阳怪气地做什么？他对哪个女人不是费尽心思？"

叶裳闻言冷笑了一声："他自小可没对哪个女人费尽心思，都是桃花们上赶着追他，小国舅一挥手，无数桃花趋之若鹜。"

苏风暖喷笑，看着他无语片刻，解释道："他之所以费尽心思引我上钩，是因为那日送你回京，他暗中尾随我，被我中途设了阵法给他阻住了。他估计隐隐猜到我与东湖画舫沉船之事脱不了干系，所以揪住我打算仔细盘问。"

叶裳面色稍霁："但愿他没有非分之想，否则……"

"否则什么？"苏风暖见他不说了，笑着瞪了他一眼，"对我有非分之想的人多如过江之鲫，他即便有，也排不上队。"

叶裳闻言顿时笑了，一改阴霾，和煦如风："不错，他太招桃花，暖暖最不喜欢桃花了。"

苏风暖无言，揉揉额头，想着论变脸，叶裳天下第一，她望尘莫及。她转过身，看着闹市："刚刚碰见你那些兄弟了，你要不要去找他们？"

"不去。"叶裳干脆地摇头，见她依旧看着闹市，"还想继续逛？"

"再转转。"苏风暖觉得天色还早，还没怎么玩，没尽兴。

叶裳点点头，伸手握住她的手，抬步向前走出："那就继续。"

二人又挤入闹市，沿着沿街的一排小摊转悠。

胭脂水粉、文房墨宝、奇巧玩意儿、珠钗簪子等等，乱花迷人眼。

这些东西，苏风暖在江湖上跑了多年，都见过，觉得没什么新鲜。她逛闹市，就是图一个热闹，一个鼎沸的人声。

二人沿着街，走了一条又一条，一共九条街，在最后一条街，一个摊位前，苏风暖看到了一枚物事儿，眼前一亮，扯出被叶裳握着的手，立即跑了过去，伸手拿了起来。

在她拿起那枚物事儿时，也恰巧有一只纤纤素手伸过去拿那枚物事儿，只是可惜，她没苏风暖的手快，被苏风暖先一步拿到了手里。

苏风暖将那枚物事儿拿到手里后，也发现了身边伸出来的手，顺着那只纤纤素手看去，便见到了一名女子。

这名女子蒙着面纱，身段窈窕纤细，身上有隐隐梅香，一身锦绣华丽的衣裙，看起来十分年轻，站在那里，温婉端庄，柔美贵气，十足十的大家闺秀。

她身旁跟着一个丫鬟，穿得比寻常人家女子穿的还要好，腰背挺得笔直，模样也俊俏。

苏风暖眨了眨眼睛。

那丫鬟见她先一步拿走了那枚玉扳指，立即大声说："这位姑娘，你手里拿到的东西是我家小姐先看中的。"

苏风暖微微挑眉，这才发现，自己自从天台夺彩头下来，也没解掉面巾，她笑了笑，问："你家小姐付过钱了？"

那丫鬟一噎："我家小姐在这里站了一盏茶了，就是看中了。"

苏风暖看着她："也就是说，还没付钱？站一盏茶也没付钱，看中也没付钱，这枚扳指就还不是你家小姐的，对不对？"

那丫鬟无言反驳，看向自家小姐。

那名女子此时正在打量苏风暖，见她一身素雅衣裙，料子不是名贵的那种料子，极为普通寻常，样式也十分简单，脸上同样蒙着面纱，不同于她罩在整个头上，她只蒙住了面，露出一双眼睛，这双眼睛极美，像是能洞穿人心，但看着又极为清澈，再仔细看，发现里面很深幽，像是望不到底。

她站着的姿势随意，气息也闲散，手里拿到了玉扳指，放在两指间捻了捻，之后便随意地把玩起来，似乎丝毫不知道它的贵重。

女子沉默片刻，看着苏风暖手里的玉扳指，对她道："这位姑娘也想要这枚玉扳指？"

苏风暖点头："是啊。"

女子又道：“这枚玉扳指价格不菲，姑娘若是这般随意不珍视地玩耍，不如让与我。我确实在这里看了一盏茶了。”

苏风暖看着她：“你看了一盏茶才下定决心要它，但我看一眼，就想要了。”

那女子一时沉默。

那丫鬟不干了，立即说：“你这人怎么这样？你买得起吗？我家小姐……”

“灵香，不准无礼。”那女子轻斥。

那丫鬟立即闭上了嘴。

苏风暖看着主仆二人，笑了笑，转头对那摆摊的老者道：“老伯，这玉扳指多少钱？”

那老伯看了她一眼，对她说：“两万两银子。”

苏风暖闻言低头看向手里的玉扳指，想着怪不得她看了一盏茶没下手，原来真是不便宜。

那女子见她犹豫，温声说：“姑娘不如给我吧。”

苏风暖没说话，眼角快速地扫了一眼，发现叶裳没走过来，在远处站着，看着这里。

这时，那丫鬟也看到了不远处的叶裳，立即伸手拽那女子，急声说：“小姐，您快看，是叶世子。”

那女子立即转头看去，虽然隔着面纱，但从情绪上判断，她似乎极其的惊喜，她连忙上前走了一步，又顿住，盯着叶裳，好半晌，轻喊：“叶……叶世子？”

叶裳淡淡地看了她一眼，眼神无波无澜，淡而无味，点了点头。

那女子立即说：“叶世子……独自一人来逛夜市？没与别人一起？”

叶裳瞥了苏风暖一眼，见她饶有兴味地看着他，他眸光缩了缩，淡淡道：“不是。”

那女子一怔，四下看了眼：“怎么没看到别人？”

叶裳微微沉默一瞬，道：“走散了。”

那女子露出微笑，盈盈地说：“我看上了一枚玉扳指，想着很适合你，却不想被人捷足先登了……”

叶裳忽然笑了一声，听不出情绪：“难为许小姐了。”

许灵依伸手捏住袖口，转回头对苏风暖，低声说：“姑娘，我遇见了喜欢的人，这枚玉扳指，本也打算送与他，你能不能……”

苏风暖看着她，想着原来她就是许灵依啊。袖手挽帘雪打梅，香炉不点不成局。倒也不负传言。

她要买这个扳指送给叶裳吗？

若是她没上灵云寺见到老和尚制药之前，兴许就给她了，可是如今……

她忽然冷笑了一声，伸手入怀，掏出一沓银票，唰啦唰啦地数了起来，数够了两万两银票后，递给那老伯："您点点。"

许灵依面色一变。

那老伯连忙接了，也唰啦唰啦地数了一遍，笑呵呵地说："姑娘，两万两，正好。"

苏风暖转过身，看着许灵依，隔着轻薄的面纱和闹市的灯火，也能看到她的脸极为难看。她笑了笑，对她认真地说："在我的认知里，喜欢一个人，送他东西，你手里也有钱的话，应该是一眼看中，毫不犹豫买下来去送。你既然看了一盏茶，还没下手，证明也不是多喜欢。"

许灵依看着她道："你错了，因为喜欢，怕他不喜欢，才更为小心慎重。"

苏风暖闻言微笑："你说得也有道理。"话落，她伸手一指叶裳，"你是想送给他？"

许灵依咬唇，见叶裳依旧神色淡淡地站在远处。

这时，天色已经很晚了，街道上不再是那般拥挤，稀稀疏疏地走着些人，而他就那样站在那里，闲适随意，似乎整条街的灯火都为他映照，形成一幅画卷，举世无双，容冠天下。

许灵依看着叶裳，不自觉地点头："是他。"

苏风暖打量着叶裳，手中把玩着已经付了账属于自己的玉扳指，笑着说："这玉扳指确实很适合他。瑰姿洒意，年少风流，丰姿独具，艳逸无双。"

许灵依听她毫不矜持地夸叶裳，脸色又变了变。

苏风暖收回视线，对她笑道："本来，我想自己留着，但既然遇见了合适的人，就送给他好了。"话落，她向叶裳走去。

叶裳看着苏风暖向他走来，脚步轻快，他睫毛动了动，眸光微微影晃，但人并没有动。

苏风暖几步便来到了叶裳身边，伸手拿过他放在身侧的手，摊开，将玉扳指放在了他手里，笑吟吟地说："送你了。"

许灵依的脸唰的一下子白了，身子晃了晃。

那丫鬟立即伸手扶住她，睁大了眼睛，不敢置信地看着苏风暖，忍不住气怒地大叫："你这个女人，你……你怎么这样？明明是我家小姐要送……"

苏风暖转过身，看着主仆二人，笑着说："你们的目的不就是送给他吗？他收下不就好了。"

那丫鬟一噎，想着你送跟我家小姐送，能是那么一回事儿吗？

苏风暖却不再理她们，对叶裳笑吟吟地挥手：“这位公子，不必谢了。”话落，她洒脱地挥挥手，转身脚步轻快地向前走去。

叶裳站在原地，手里拿着玉扳指，一动不动，不知道在想些什么，整个人反而静静的，不只成了一幅画，更成了一根木头桩子。

稀稀疏疏来来往往走过的人流都会看上他一眼，别人的动，更愈发衬出他的静。

似乎过了许久，苏风暖已经走得没影了，叶裳眸光才动了动，寻着她离开的方向看去。

这时，许灵依走上前，勉强开口：“叶世子，没想到……她……你……”

叶裳转回头，看向她。

许灵依看着他依旧握在手里的玉扳指，咬了咬唇，改口：“叶世子认识她吗？”

叶裳握着玉扳指的手紧了紧，没摇头，也没点头。

许灵依打量他神色，见他不像是认识那女子，便道：“看起来像是江湖女子，不知道送人玉扳指代表着什么，大约这就是世人常说的江湖人没礼数。”

叶裳没说话。

许灵依又问：“既然叶世子不认识她，那这枚玉扳指你如何处置？”

叶裳低头，摊开手心，玉扳指晶莹剔透，里面像是有潺潺流水在流动，十分生动，涓涓缓缓，怪不得能被她一眼看中，果然是个好物事儿，尤其是握在手里，凉凉的，他用另一只手捏起来，套在了手指上，大小合适。

人如玉，玉如人。

许灵依看着他的动作，面色又微变。

叶裳低头看了手指上戴的玉扳指片刻，抬起头，对许灵依淡淡地笑：“天色已晚，许小姐早些回去吧。”话落，沿着苏风暖离开的方向，向前走去。

竟是一言不发地收下了这枚玉扳指。

许灵依面色已经白得清透，她眼圈发红，眼底有水雾溢出，蒙住了眼帘，让她隔着面纱，怎么也看不清叶裳了。她咬唇，几乎将唇瓣咬出血，身子发颤，手猛地一把扯掉了面纱，大声说，“叶世子，你就这样收下一个不认识的女子送的东西了吗？”

叶裳脚步一顿。

许灵依紧追几步，来到他身后，盯着他的脊背，一字一句地问：“叶世子，那女子这般无礼，想必不是什么诗礼传家的闺阁女儿，通身江湖气，你收了她的东西，万一被她纠缠上，你该如何是好？”

叶裳忽然转过头，看着许灵依，眸光凉薄淡漠地一笑，偏偏有些许风流之意："我既然收了她的东西，她若是纠缠，我便娶了她。"

许灵依身子晃了晃，一时像风中飘浮的落叶，全无血色。

叶裳转动了一下手指上的玉扳指，清越的声音轻轻柔柔："这枚定情信物，能成就我们百年好合的话，还要多谢许小姐。"话落，他转身继续向前走去。

许灵依身子一软。

那丫鬟灵香立即上前一步扶住她，才使得她不至于栽倒。

叶裳头也不回地转过街道一角，消失了身影。

许灵依脸色又白又灰，死死地盯着叶裳消失的方向，一双眼睛灰蒙蒙的。许久之后，她身子晃了晃，头一歪，晕了过去。

灵香吓坏了，用力地托住许灵依的身子，立即大喊："来人，快来人啊。"

在远处，有跟随许灵依出来的十多名护卫立即跑到近前。

灵香急急地道："小姐晕过去了。"

护卫们对看一眼，有一名护卫道："小国舅就在不远处的酒楼，小人这就去喊小国舅。"

灵香点点头，催促："快去。"

那名护卫连忙去了。

不多时，许云初从酒楼里出来，疾步来到近前，看了一眼许灵依，伸手从灵香手里接过她托住，给她探脉，片刻后，问："怎么回事儿？"

灵香十分气愤地红着眼圈将刚刚的事情说了一遍。

许云初听罢，微怔："什么样的一名女子？"

灵香因苏风暖同样蒙着面巾，没看清她的样貌，便描述了一番苏风暖的衣着打扮。

许云初听罢，眸光闪过一丝惊讶，面色有一瞬间紧绷，仔细问："她当真将那枚玉扳指送给……叶世子了？"

灵香点点头："当真，奴婢看得清楚。她送了，叶世子便收了。那女人走后，叶世子说那枚定情信物若是能成就他们百年好合的话，还要多谢小姐。小姐才受不住晕了过去。"

许云初抿唇。

灵香气愤地说："小姐何曾受过这种委屈，公子，您要为小姐做主啊。"

许云初看了她一眼，面色恢复常态，但温和的声音有丝凌厉："你跟在小姐身边，多少年了？"

灵香一怔，立即恭敬地回话："回公子，奴婢自小跟随小姐，有十二年了吧……”

许云初对她道：“若不是那名女子出现，她买了那枚玉扳指，打算送给叶裳的话，他若是收了，就是私相授受。他若是不收，你家小姐更是难堪。你身为她的贴身婢女，不但不提醒她，还怂恿任由她。你可知错？”

灵香闻言“扑通”一声跪下：“公子，可是叶世子收下了啊，那个女子给他，他半丝没抗拒便收了，他看起来极其喜欢那枚玉扳指，若是小姐给他，他也会……”

“他不会。”许云初打断他，“因为那名女子不是你家小姐。”

灵香顿时噤了声。

许云初面容沉暗地说：“你跟在你家小姐身边多年，可曾见过叶裳对她青眼相待？他每次见到她，都不会有好脸色，这就是不喜。今日之事，有没有那名女子，你都该阻止你家小姐。”顿了顿，又道，“天色这样晚了，你本早该劝说她回去，不该在街上耽搁这么晚。”

灵香身子颤了颤，听出许云初发火了，再不敢辩驳：“奴婢知错了。”

许云初不再看她，冷声说：“再有下次，我便将你发卖出去，下不为例。”

灵香惶恐地垂下头：“奴婢再也不敢了。”

许云初看向护卫，问：“马车在哪里？”

护卫立即道：“就在街道拐角停着。”

许云初抱了许灵依，抬步向街道拐角停着的马车走去，上了马车后，将许灵依放下，他想起一事儿，对一名护卫吩咐：“去告诉陈二公子一声，就说我有事儿，先回去了。”

那名护卫应是，连忙去了。

许云初吩咐车夫赶车，马车向灵云寺而去。

不远处的酒楼内，灯火通明，今夜特殊，酒楼内人声鼎沸，整个灵云镇等同于不夜城。

陈述、沈琪、齐舒等人要了许多美酒佳肴，开怀畅饮。

他们虽然不喜欢许云初，但也没到见了面嫌恶得话不说的地步，交情上不好，但也不至于把人踩脚底下。尤其是今天遇到的情况特殊，陈述有心想对他打探那女子之事，便拉了他一起吃酒。

席间，倒也言笑晏晏，相谈甚欢。

吃到一半时，有国丈府的护卫找来，许云初匆匆去了，众人好奇出了何事，便着人跟着去悄悄打探。

许云初派的护卫来告知众人时，那打探之人也悄悄回来了，待那护卫走后，打探之人小声说："奴才没敢靠近，怕小国舅发觉，好像是许小姐当街晕过去了，小国舅带着许小姐回灵云寺了。"

"哦？这么晚了，许灵依还在街上？"陈述扬眉，问，"她为何晕过去了？出了何事？"

那人摇摇头："小国舅训斥婢女，奴才没听太清，好像是见到叶世子了。"

陈述恍然："估计是被他冷言冷语伤了心了。"

沈琪赞同："那么一个娇滴滴的美人，这般痴情，可惜，神女有心，襄王无梦。"

齐舒"啧啧"了一声："其实这也不怪叶裳，国丈府的小姐，谁敢娶啊。"

沈琪颔首："也是，只怪她出身国丈府。"

陈述不以为然："出身别的府邸，也不见得叶裳就看得上。这满京城的女人，连前不久刚回京的苏府小姐也算上，他看得上谁？"

沈琪点头："还真没谁，没一个入他眼的。"

齐舒道："不对，不是没谁，有一个人。"

众人都看向他。

齐舒道："红粉楼的瑟瑟姑娘。"

众人一时被噎住："这个不算。"

刘焱看着几人小声说："今天我们在灵云寺待了一天，也没看到那苏府的小姐呢。"

众人被这一句话又转回了注意力。

陈述说："估计是长得丑，见不得人。"

沈琪说："不见准，苏夫人容貌至今高于一众夫人，苏小姐容貌一定极美。听说她随王夫人住在灵云寺，兴许是不喜热闹，没露面。"

齐舒有些遗憾："想见一面苏小姐，可真是够难。"

众人闻言深有同感。

走了许云初，并不影响什么，众人一边说着话，一边聊着天，很快从苏小姐又转而品评今天见到的各府小姐身上，一直吃酒闲聊到酒过三巡菜过五味，才散了场。

苏风暖将玉扳指当着许灵依的面给了叶裳后，便脚步轻快地打道回府了。

她刚走到深巷宅院门口，叶裳也追了上来。

听到身后的脚步声，苏风暖回头，靠着大门，挑眉看着叶裳。

叶裳眉梢眼底都带着笑意，即便这门前沉沉昏暗，但依旧能让人感觉到他心情真是好极了。连夜晚的凉风吹到人的身上，都是柔柔暖暖的。

苏风暖翻了个白眼，看着他："你美滋滋个什么劲儿？"

叶裳轻笑，伸出手，在她眼前晃了晃："这个我喜欢。"

苏风暖轻哼："一枚破扳指而已，至于喜欢成这样？"

叶裳看着她："就是喜欢。"

苏风暖撇嘴："以前我送你无数好东西，怎么没见你这么喜欢？难道有人抢，招桃花的扳指，你才喜欢得不行？"

叶裳勾了勾嘴角，摩挲着扳指，笑意深深又浅浅地说："我今日方知，暖暖是真的护着我。自然喜欢得不行。"

苏风暖冷哼一声，见柳开打开了大门，她抬步走了进去。

叶裳随后跟上她，走了两步，忽然停住脚步，对柳开问："这个扳指好看吗？"

苏风暖闻言无语。

柳开看了一眼，天色太黑，根本就看不清。但他还是诚恳地点头："好看。"

叶裳笑着说："你家小姐送的。"

柳开点点头："小姐独具慧眼，她看上的东西，一准没错。"

叶裳颔首，一本正经地说："我也这么觉得。"

苏风暖实在听不下去了，这么将骄傲两个字倒过来写的人是谁？她回头瞅着他依旧美滋滋不能自已的模样，没好气地说："你够了啊。"

叶裳摇头："不够，我要欢喜一整个晚上。"

苏风暖望天，片刻后说："你自己慢慢欢喜，我去睡了。"

叶裳点点头。

苏风暖进了房间，连灯也不点，倒头就去睡了。

叶裳在院中站了片刻，见柳开没离开，似乎等着他去睡了再去睡，他笑着说："你家小姐以前的确送过我无数好东西，可是都没有今日送我这个扳指让我来得欢喜。"

柳开看着他，确实能感觉到叶世子浑身上下都冒着欢喜的气息，他斟酌了一下，说道："世子一定很喜欢这个扳指。"

叶裳摇头："不是扳指的事儿。"

柳开看着他。

叶裳想起早先的事情，笑意拢不住嘴角："是人心的事儿。"

柳开不了解出了什么事儿，不好接话。

叶裳揉揉眉心，叹息了一声，连叹息都掩不住的笑意，说："我今日方知，她不是没良心的，是真心护我。"

柳开点头，诚恳地说："小姐的确是护您，跟随小姐的人都知道，您的事儿便是小姐的事儿，您的事儿也是我们跟随小姐这些人的事儿。"

叶裳放下手，看着柳开，慢慢地收起了笑意，低声说："还不够，还差点儿。"

柳开看着他，不解他是什么意思。

叶裳看着苏风暖关闭的房门，沉默片刻，嘴角又露出笑意，滟滟清华，又低声道："她对我，还差了那么一点儿心，但如今她回京了，来日方长。"

柳开看着他的神色，似乎懂了，似乎又没懂。

叶裳对他摆摆手，向他早先住的那间屋子走去，关上房门后，他同样没掌灯，歇下了。

柳开见两间房都没了动静，站了一会儿，也去睡了。

第三十一章
知情知趣

乞巧节虽然仅一日，但灵云寺要做法事七日。

第二日，街上的灯和小摊小贩们虽然都撤了，但热闹的感觉依旧未退。

灵云寺居住的那些各府夫人、小姐们为表对佛祖的诚意，也都要沐浴斋戒听法事够七日才会启程回京。比皇帝祭天、登基大典这等大事有着不遑多让的隆重。

苏风暖睡到晌午才醒，醒来后便见叶裳坐在外屋画堂里就着阳光看着手上的玉扳指，十分专注仔细，好像活了这么多年，第一次见到好东西。

苏风暖一手挑着门帘，一手扶着门框，无言地看了他片刻："看够了吗？"

叶裳转头看来，对她露出好心情的笑："没看够。"

苏风暖翻白眼："别告诉我你一夜没睡。"

叶裳摇头："一夜好眠。"

苏风暖来到桌前，一屁股坐下，看着他手里的玉扳指："看出什么名堂了没有？"

叶裳道："若是我没看错，这枚玉扳指应该是水飘花的玉扳指，与飘零花的寒玉佩出于同一块玉石，也是古物了。那摆摊的老伯应该不识货，识货的话，也不会两万两就痛快地二话不说卖给了你。"

苏风暖手指随意地叩了叩桌子，散漫地道："二十万也值，我当时还真不忍心让他那么亏，可惜，许小姐和她的丫鬟在场，又是那么个架势，还是痛快些拿走比较好。"

叶裳低笑。

苏风暖瞅着他："行了，别美了，这个算是你今年生辰的礼物，你生辰我不再送了。"

叶裳立即说："不行。"

苏风暖瞪着他。

叶裳看着她，坚决地说："你即便不回京的这两年，每年我生辰，你也会派人给我送回生辰礼。如今自然不能废了习惯，否则有一就有二，慢慢地惯着你该不想着我生辰了。"

苏风暖一时无语："到底是谁惯着谁了？"

叶裳缓缓而笑，十分晃人眼："你惯着我与我惯着你也没什么区别，反正，这个不能当作生辰礼。"

苏风暖轻哼一声："饿死了，吃饭。"

柳开早在外面，正等着这句话，闻言赶紧将午饭端了上来。

吃过饭后，苏风暖问叶裳："你什么时候回京？"

叶裳不答反问："你呢？"

苏风暖懒洋洋地靠在椅子上，有些无聊地说："我在灵云镇待够了，过了乞巧节，发现也没什么趣味了，但我外婆、娘都在灵云寺，估计她们要等法事结束后再回京，我也只能等着了。"

叶裳道："我陪你一起等着。"

苏风暖挥手赶他："你跟我一起等什么？你该干什么干什么去。卿卿送去晋王那里了，易疯子被你送回府了，皇上那里，不能就此晾着，你得去他跟前说道说道。你跟我不同，可不是没事儿干。"

叶裳揉揉眉心，半晌，吐出一个字："烦。"

苏风暖瞅着他："灵云寺法事过后，中秋之前，我记得每年京城，还会有一桩热闹事儿。是什么事儿来着？"

叶裳道："太后喜好的百花宴。"

苏风暖笑着问："还有多久？"

"每年的七月底八月初，看太后的心情择日。二十余日吧，还早着呢。"叶裳哼道，"不知道今年老精婆还有没有心情办。"

苏风暖喷笑，顺着他的话说："正因为今年多事，老精婆估计才更想要热闹。"

叶裳摸了摸玉扳指，把玩了一会儿，站起身，对她说："我回京后，你不准勾三搭四。"

苏风暖拿眼睛剜他："你给我解释一下，什么叫作勾三搭四？"

叶裳薄唇微抿："比如许云初，离他远些。"

苏风暖抚额："你够了，说了多少遍了。赶紧滚吧。"

叶裳出了房门，在门口站了一会儿，回头又看了苏风暖一眼："要不然，你与我一起回京好了，反正这灵云镇确实没什么意思。”

苏风暖百无聊赖：“回京也一样没意思，何况你那些兄弟与你一起回京，你是嫌最近你惹的麻烦还不够吗？还要拉上我与你一起再掀一阵风浪？”

叶裳沉默，不再多言，抬脚出了深巷宅院。

他并没有走近近道，而是沿着小巷子绕了几条街，才从城南的一条巷子绕出。

他绕出后，便见到了刘焱。

刘焱等在街道对面，四处张望，见他出来，立即惊喜地跑上前：“叶哥哥？”

叶裳四下看了一眼，只他一人，挑眉：“你怎么在这里？在做什么？”

刘焱立即说：“我在这里等叶哥哥你。”

叶裳看着他：“等我？”

刘焱点点头，小声说：“他们说你一定躲在一个地方。”话落，他伸手一指他背后，“就是这一条街背后的某一处院落，我们这些人，每人守着一个街口，一准能把你藏着的地方找出来。知道你从哪里出来，就能知道大概的地方了。”

叶裳闻言嗤笑：“幼稚。”

刘焱看着他：“叶哥哥，我看你出来的这地方，像是贫民窟啊。”

叶裳拍了他脑袋一下：“我在哪里，岂能让你们轻易找到？你们每人守着街口，就没想到我其实绕了很远，才从这里绕出来？”

刘焱一呆。

叶裳道：“一群笨蛋。”

刘焱更呆了。

叶裳抬步向前走去，似乎心情很好，见刘焱没跟着，回头招呼他：“还不走？没待够？”

刘焱连忙跟上他。见他心情好，他好奇死了，想问却又不敢问，知道问也问不出来，只能憋着。

走了一段路，便见到了齐舒，齐舒显然已经等得不耐烦了，见叶裳和刘焱来了，立即上前，问刘焱：“他从哪里出来的？”

刘焱垮下脸：“贫民窟。”

齐舒一噎，对叶裳问：“你真去贫民窟了？”

叶裳没说话。

刘焱憋不住，对他复述叶裳的话：“叶哥哥说了，他在哪里，岂能让我们轻易找到？我们每人守着街口，就没想到他其实绕了很远，才从一处绕出来？这说明，他没在贫民窟，我们白守着了，还骂我们是一群笨蛋。”

齐舒顿时郁闷，一时看着叶裳，没了声。

不多时，陈述、沈琪等人也与叶裳、刘焱聚到了一起，听了刘焱重复的话，陈述伸手捶了叶裳一拳：“你够意思吗？有女人没兄弟。”

叶裳身上的伤口还未彻底痊愈，陈述的拳头自然轻得不能再轻。

叶裳瞥了他一眼，忽然伸出手，在他眼前晃了晃。

陈述只看到一枚清绿的物事儿一闪而过，他眼睛睁大，立即说：“什么东西？”

“叶哥哥手上戴了一枚玉扳指。”刘焱说。

齐舒好奇地凑过来，惊讶地看着叶裳：“你什么时候喜欢往手上戴这种东西了？”

叶裳眉眼含笑，轻轻缓缓地说：“从昨天开始喜欢的。”

齐舒更是惊奇地看着他：“你以前不是不爱这些玩意儿吗？”

陈述立即追问：“这枚扳指看起来可是个好东西，你在哪儿淘弄的？”

叶裳得意地说：“女人送的。”

众人齐齐沉默，数双眼睛都看着他，一时间像是在看怪物。

叶裳心情极好，觉得通体舒服，连火辣辣的阳光似乎都不觉得灼眼，他望了一下天，慢悠悠地道：“这里也没什么事儿了，启程回京吧。”

陈述指着叶裳转头问众人：“他是谁？你们认识吗？”

众人齐齐摇头。

叶裳低笑，也不理会他们，径自向前走去。

众人互看了片刻，都觉得这可真是新鲜了。这么多年，叶裳心情好的时候不是没有，但这么堂而皇之表露心情的时候，可从来没有。若不是太阳好好地挂在天空上，他们一早出来守着，确定它是从东方升起的，还以为今儿太阳是从西边出来的呢。

真是太不可思议了！

陈述追上他，恶狠狠地说：“告诉我，是哪个女人？什么样的女人？是女人还是男人？怎么让我们连你是谁都快认不出来了？”

叶裳瞥了他一眼，拂开他的手：“自然是女人，爷还不好特殊口味。”

陈述盯着他：“还有呢？”

“没了。”叶裳摇头。

陈述不死心：“没了？你还拿我们当不当你兄弟？”

叶裳看着他们：“和一群笨蛋做兄弟，也不是多有面子的事儿。”

陈述一噎。

众人皆默。

叶裳扫了众人一眼，笑道："还不到时候，等到了时候，你们该喊弟妹还是嫂子，自然就知道了，到时候看着办。"

众人又是一阵沉默。

过了一会儿，陈述哀戚地说："看来这红杏已经出了墙头，我们截都截不住了。"

叶裳抬手给了他一拳。

齐舒立即问："可是我们好奇死了，你就算瞒着，也该告诉我们什么时候算是到了时候吧？"

叶裳闻言沉默了下，叹了口气，说："我也不知道。什么时候把她的心攥到我手里，连心跳都在我的手心里，也就是时候了。等着吧，我都不急，你们急什么？"

众人都是一阵沉默。

过了一会儿，陈述忽然大笑："原来你是剃头挑子一头热啊，至今单相思。"

叶裳轻哼，又晃了晃手中的玉扳指："她送的，这算一头热吗？"

陈述大笑骤停。

叶裳不再理会他们，转了话题说："走，去问问晋王叔，查案有没有结果了，要不要一起回京？"

众人知道再问也问不出来了，只能打住话，跟着他一起去了府衙。

晋王昨日去见了凤阳，凤阳也没给他说个正经的，把晋王气了个够呛，但也拿他无可奈何。毕竟凤阳镖局在江湖上地位超然不说，和皇室还有着千丝万缕的关系。他查案一时没什么进展，只觉得这一桩事儿，愈发没什么头绪，实在烦心。

他一筹莫展时，听闻叶裳等人来了，他胡子又翘起，眉毛竖得老高："他又来干什么？"

有人禀告说："叶世子等人没进来，还有咱们府的少爷，说来问问您，要不要一起回京？"

晋王本想一口否决，但忽然想起了卿卿，犹豫了一下说："本王也打算回京，先将目前查出的事儿禀告皇上，再作定夺。告诉他们，这就启程。"

有人连忙去县衙门前禀告。

叶裳点了点头。

陈述悄声说："听说太子也在这府衙里住着，我们要不要去看看他？"

叶裳摇头："太子染了风寒刚好，让他歇着吧，打扰个什么？"

陈述本来也不乐意见太子，尤其是因为卿华坊才使得叶裳遭了大难，险些丧命，算是他命大，死里逃生。他闻言自然乐意不见：“你说得对，太子贵体还是要好好安养为好。”

不多时，晋王收拾好了，命人备了马车，带上了卿卿，启程回京。

陈述等人看到卿卿，都眨了眨眼睛。

刘焱好奇地问：“爷爷，她是谁？”

晋王瞥了叶裳一眼，冷哼一声，挥手：“涉案之人，你打听这个干什么？启程。”

刘焱不敢打听了，一行人骑马的骑马，坐车的坐车，向城门而去。

出了城后，陈述忽然想起一事，问叶裳：“昨日深夜，许云初本来与我们吃酒，但是听说她妹妹晕倒了，他便匆匆走了。据说许小姐晕倒，是因为你？”

叶裳靠着车壁，闻言神色淡淡：“谁说的？”

陈述看着他：“许云初出了酒楼后，我派了人悄悄打探，听着了点儿言语。”

叶裳摇头：“不是，与我无关。”

陈述虽然不信他，但也知道他厌恶许灵依比苏府小姐还要加个更字，便说：“这许灵依三天两头晕倒，也实在太弱了些，确实不能沾惹。”话落，又道，“不过苏府小姐倒是更让人好奇了，灵云寺那么热闹，生生没见她的影子。”

叶裳挑眉：“你就那么想看苏府小姐？”

陈述无聊地说：“好奇嘛，传了这么久她的名声，但至今未见，实在吊人胃口。”

叶裳轻哼：“不见最好，否则，你怕是会被她揍得找不到东南西北。”

陈述立即说：“不至于吧？我又不招惹她，她还能蛮不讲理，说打人就打人？”

叶裳道：“那可说不准，她不是喜欢打架吗？据说时常将她三个兄长揍一顿。”

陈述顿时泄了一半好奇：“太泼辣的女人确实不好。你和许云初都不乐意娶她，太后和皇上即便一心促成，估计也拗不过你们。只能给她另择婚配，京中这些子弟，也都数得过来，我们也都认识。不知道她会嫁给谁？”

叶裳眯了眯眼睛，没说话。

一行人回了京城后，叶裳等人各回各府，晋王则是连家门都没进，带着卿卿匆匆入了宫。

自从得知太子中了无伤花，皇帝似乎一下子老了许多，但怒归怒，恼归恼，气归气，恨归恨，这些情绪积压到一定地步时，再听说叶裳已经求得了解药，救了太子，太子人虽然无性命危险，但的确自此后再不能行人道了，皇帝收到冯盛的密报后，听说太子得知后十分平静，他也奇迹般地平静了下来。

太子出事，除了少数几个人知晓，未闹出大动静。

皇宫内这几日一切平和，朝野上下也难得平和，太后以及闭门反省的皇后和月贵妃也都没什么动静。京中上下无喧嚣无吵闹，也没出什么大事儿。

京城各府的家眷们因灵云寺大做法事，几乎走空了一半，相较于灵云镇和灵云寺的热闹，京中真是平平淡淡，最近几日，水花都没激起一点儿。

晋王匆匆进宫后，皇帝没在御书房，而是在后花园。

皇帝听闻有人禀告晋王入宫了，便挥手召见。

晋王带着蒙着面纱的卿卿，匆匆赶到后花园见皇上。

后花园的轩湖水榭亭台内，皇帝独自一人坐着，身边无侍候的妃嫔宫女，只有一个小太监，给他打着蒲扇，扇着风。

晋王到了亭台后，给皇帝见礼。

皇帝随意地摆摆手："王叔免礼。"话落，扫了一眼垂着头不声不响地跪在亭外玉石地面上没跟着晋王进亭内的卿卿一眼，问，"晋王叔怎么带了一名女子来？她是何人？"

晋王连忙道："她是与灵云镇东湖画舫沉船之案有关的涉案人，卿华坊的头牌，卿卿。"

皇帝"哦"了一声："沉船之案查出结果了？"

晋王摇摇头，愁眉不展地说："此事非同小可，还未查出结果，只是查出些皮毛，老臣觉得先回京来禀告皇上，再做定夺。"

皇帝摆摆手，让他坐下说。

晋王坐在皇帝对面，将他前往灵云镇，先去查了卿华坊，又去查了东湖一带的百姓，叶裳又给他送来卿卿，他又去找了凤阳，等等事情，详细地叙述了一遍。当然略过了叶裳有关卿卿的话语。

皇帝听罢后，蹙眉，看着亭外的女子："你是说这卿卿，是叶裳送去给你的？"

晋王点头，沉声说："他被救后，顺带救出了她，便一直藏着，怕被人灭口，知道是我查案，便急着将人送去给我了。"

皇帝寻思片刻，道："这么一个女子，有谁会对她灭口？毕竟要杀的人是叶裳。"

晋王摇摇头，低声说："皇上，这女子是卿华坊的头牌，去年卿华坊沉了一艘船，牵涉到了她，是东宫出面压住了那件事，保住了她。如今，叶世子之案又牵涉到了她。虽然这两桩案子，时隔一年，看起来像是没什么关系，但恐怕还是有些联系。目前，唯一的线索就是这女子都牵涉其中。而去年她癸水提前来，撑小船离开，是今年给叶裳撑船失踪的那名撑船人带着她离了东湖，后来，那艘船沉了，同时逃过一劫。去年卿华坊的姑娘死了数人，独她一人没事儿。而撑船人也独今年失踪的那人没事儿。”

皇帝闻言看向卿卿，脸色有些难看：“这么说，她的确是重要的人了。”

晋王颔首：“若非如此，叶裳也不会受了那么重的伤后依旧带出了她，将她藏了数日。”顿了顿，他又道，“老臣老了，怕是自己这里也不安全，思来想去，还是将她送进宫安全。”

皇帝凝眉：“晋王叔，你的意思是，让朕收留她？”

晋王咳嗽一声，压低声音道：“皇宫才是天下大安之地。此案至今毫无进展，怕是要慢慢拖延着查了。有人借叶世子谋害太子，这一着棋，下得妙啊。事关太子，就事关江山社稷。老臣不敢大意。这几日，老臣把自己的护卫都派在她身边日夜看守，这样下去，也不是常法。这般关键人物，思来想去，还是交给皇上安置最好。”

皇帝一时无言。

晋王道：“老臣回京前，太子殿下的伤寒已经好多了，但因为没有皇命，依然还留在灵云镇。”

皇帝沉默片刻，点点头：“既然如此，便将她留在宫里吧，不过不能留在朕身边，朕身边也不是大安之地。”话落，对身后的小太监吩咐，“你将她送去太后宫里，就说是灵云镇沉船的重要涉案人，让太后先调教她宫里的规矩。”

“是。”小太监立即去了。

卿卿一直蒙着面纱，皇帝也没叫到近前见她，小太监来到近前后，对她压低声音说了一句，她便站起身，跟随小太监小心翼翼地去了太后宫。

晋王对此事不予置喙，皇上将人送去太后宫里，自然有皇上的打算。

见卿卿离开后，皇帝对晋王道：“晋王叔今日歇一日，明日再折去灵云镇。你到灵云镇后，传朕口谕，灵云大师在灵云寺作法，朕不能亲临，命太子代朕亲临，去灵云镇沐浴斋戒，听三日法事。”

晋王连忙起身：“是。”

“朕有些日子没与晋王叔下棋了，若是晋王叔不急着回府的话，下一盘？”皇帝看着他。

晋王点头：“不急。”

二人摆上棋盘，你来我往，再不谈政事，一边闲谈着，一边下棋。

小太监将卿卿带去太后宫，传达了皇帝的话后，太后愣了愣，脸色难看：“皇上这是做什么？怎么将烟花之地的女子弄进宫来了？还送到了哀家面前？”

小太监低声回话：“这名女子是晋王送进宫的，说是东湖沉船画舫的重要涉案人。宫里安全，皇上便让奴才将人交给太后，说由太后安置，调教规矩。”

太后怒道：“这是什么话？宫外哪里不安全了？既然是涉案人，交由府衙就行了。哀家听说不是晋王彻查此案吗？晋王怎么不留在晋王府？晋王府也是安全之地。”

小太监垂着头，不敢答话。

太后又怒道：“将她带进来，据说烟花之地出来的女人都有狐媚伎俩，哀家看看。”

有人立即将候在外面的卿卿带到了太后面前。

卿卿进来后，头也不敢抬，跪在地上给太后请安。

太后看着她：“见哀家竟然还蒙着面纱？果然是见不得人的烟花女子。”话落，嫌恶地挪开视线，对身旁的一位嬷嬷道，“你先将她带下去调教规矩。什么时候调教好了，再带到哀家面前来，免得哀家污了眼睛。”

“是。”那老嬷嬷走到卿卿面前，冷道，“跟我来。”

卿卿白着脸，颤着身子，站起身，跟着那老嬷嬷去了。

这一刻，她才知道苏风暖和叶裳早先对她说的话是什么意思，皇宫里的人，不只吃人，还喝血啃骨头。她虽然已经做好了准备，但也没料到，皇上没叫她到面前说话，根本就不留她在身边，直接送来给太后，太后连她的脸都没看，便让人带着她调教规矩了。她清楚地知道，规矩调教不死她，但也会将她扒一层皮。

但她既然入了宫门，便没有再后悔回头的余地，只能走下去。

皇帝与晋王下了三盘棋，毫无意外，都是晋王输了，皇帝没趣地对晋王挥手：“晋王叔是越老胆子越小了。”话落，他道，“你出宫后，派人将叶裳喊进来。就说朕找他下棋。”

晋王站起身，用鼻孔哼了一声：“那小子的胆子的确比老臣大，老臣看，他不是胆子大，就是一个字——浑。”

皇帝大笑：“朕就喜欢他浑。这些年，他若是不浑，早不知死了多少次了。只有浑的人，才天不怕地不怕。”

晋王一时无言，倒退出了御花园。

他走出皇宫后，对着宫外，长长地吐出一口气，骂道：“混账东西，就知道给本王惹麻烦。弄个女人进宫，以后宫里的女人都会恨死本王。”

他的声音低，只有身边一个贴身的长随听得到。

晋王骂完后，对身边的长随摆手：“你去容安王府，告诉他，就说皇上找他下棋。让他赶紧进宫。”

长随应是，立即向容安王府跑去。

叶裳回了容安王府，沐浴换衣后，便等着皇上派人来宣他。等了一个时辰后，果然等来了晋王的人给他传话，他站起身，出了府门，坐上车，前往皇宫。

他的马车来到宫门，正赶上国丈府的马车也来到宫门口。

叶裳下了车后，站在车旁，看着国丈下车，懒洋洋地笑着打招呼：“国丈大人，好久不见啊。”

国丈一身青袍，头发有一大半已经花白，与晋王年岁不相上下，但比晋王还要有几分精神。眉目看人的时候，透着三分浊暗，三分精光，见到叶裳后，他捋了捋胡子，露出笑容：“叶世子的伤势看来好了？”

叶裳像是没骨头一般地倚着马车车辕，散漫地笑着说：“托您的福，好得差不多了，至少不耽搁看美人喝美酒以及陪皇上下棋了。”

国丈大笑：“这么说来，你今日是进宫陪皇上下棋了？”

叶裳点头：“皇上估计是赢够了，想输两盘，于是想起我来了。”

国丈又笑：“叶世子的棋艺精湛，确实鲜有对手。”

“鲜有对手也不是没有对手，不比您的孙子。”叶裳离开马车，抖了抖衣袖，状似漫不经心地问，“我回来时，小国舅据说还在灵云镇，他看起来倒是很喜欢灵云镇。”

国丈摇摇头：“哪是他喜欢？是他疼他妹妹，小丫头喜佛，他怕她有什么闪失，护着些。估计会等灵云寺法事结束后回来。”

叶裳笑了笑：“小国舅可真是好福气，我爹娘若不是死得早，我也能有弟弟妹妹。”

国丈上前，拍拍他肩膀：“叶世子刚从灵云镇祭悼回来，想必心情不好，跟皇上下下棋也好。走吧，别让皇上久等。”

叶裳笑着道：“国丈进宫是不是有朝事儿？你要是有朝事儿找皇上，我就不去了。”话落，他悄声说，“这皇宫，我可真是一点儿也不想来，没趣。”

国丈笑着摇头：“有点儿无关紧要的事儿，不耽误皇上下棋，无碍无碍。”话落，又道，“你不去可不行，皇上若是知道好不容易将你揪进宫一次，半途是因为我你不进宫，我可就不招皇上待见了。”

叶裳看了他一眼：“谁不招皇上待见，国丈也不会。哎，走吧走吧。早点儿下完棋，我还想去红粉楼找瑟瑟听听曲。这些日子没听，耳朵痒得很。”

国丈大笑：“叶世子还是贪玩的年纪，外面的姑娘虽好，但还是不如娶进府里一个省心。”

叶裳撇嘴：“日日看着会烦死。”话落，又道，“再说谁家府里的姑娘有红粉楼的瑟瑟知情知趣？本世子可不愿意过早地伤了美人心。”

国丈又大笑：“人不风流枉少年啊，叶世子这般会怜香惜玉，皇上对你的婚事更头疼了。”

叶裳不买账：“他头疼他的，他若是不头疼了，我的头该疼了。”

国丈又大笑。

二人连说带笑地进了皇宫，一起前往御花园。

皇帝见叶裳和国丈一起进宫，有说有笑，眸光眯了眯，不动声色地瞅了两眼，待二人见礼后，他随意摆摆手，待二人坐下，他笑问：“国丈有事儿？好几日没见你找朕叙话了。”

国丈连忙道：“这几日朝中甚是平稳，没什么重要的事儿，老臣也就乐得清闲。”话落，他道，“今日是有一桩事需要皇上定夺。”

皇帝笑问：“什么事儿？”

国丈看了一眼叶裳：“不是太着急的事儿，皇上先与叶世子下棋吧，老臣也好久没观棋了。”

皇帝点头，见叶裳没骨头一样地倚着椅子闲歪歪地坐着，也不训斥，吩咐人摆棋。

第三十二章
淫词艳曲

一局棋下罢，叶裳赢了。

皇帝摆第二局棋，见叶裳依旧没骨头一样，跟他下棋，就跟应景玩儿一般，轻松悠闲得很，他开口问："朕上次问你的事儿，考虑得怎么样了？"

"什么事儿？"叶裳落子，散漫地问。

皇帝似乎忘了一旁观棋的国丈，对他说："还能是什么事儿？就是你的婚事。听说苏府小姐也在灵云寺，你这次去灵云寺，可见着她了？"

叶裳摇头："没见到。"

"嗯？"皇帝挑眉。

叶裳懒洋洋地说："那个疯丫头估计是不喜欢听和尚念经，灵云寺大做法事，她却没露面。我祭拜完父王母妃就回来了。"

皇帝看了他一眼，怀疑地问："你确定是她没露面？还是你根本就不想见她，所以故意避着躲开了她？每年你祭拜完你父王母妃后，都会在灵云镇多待上两日，今年怎么这么急着回京？"

叶裳也瞅了皇上一眼，脸色有些郁气："我险些丧命在灵云镇，那个破地方，不待也罢。"话落，又说，"我想红粉楼的瑟瑟了，好久都没能去她那听曲了。"

皇帝剜了他一眼，脸色不悦："一个红粉烟花之地的女子，倒让你上心得很。"

叶裳勾唇一笑："红粉美人，酥心入骨，皇上没尝过，当然不知道个中妙处。"

皇帝板下脸，终于开口训道："越说越不像话了。"

叶裳转头看向国丈，笑得十分惬意："听说国丈年轻时，也爱红粉香软中的美人。国丈是过来人，一定十分清楚了。你告诉皇上，是不是妙不可言？"

国丈猛地咳嗽起来，老脸有些红又有些黑：“叶世子，专心下棋，皇上要扳回局面了。”

叶裳笑着转过头，对皇帝说：“看吧，不言而喻。”

皇帝转头看了国丈一眼，也笑了一声，对他说：“再不专心，朕真要赢你了。”

叶裳散漫地落子，轻轻巧巧一颗棋子落下，顿时棋局就占了上风。

皇帝无奈：“你这棋风可真是让人摸不清门路，剑走偏锋，奇思诡异。”

叶裳笑得像狐狸：“我就指着棋艺赢赌注呢，否则您赏给我那点儿钱，哪够我买酒混吃混喝？”

皇帝哼笑：“不思进取。”

叶裳把玩着手里的棋子，漫不经心地说：“容安王府是世袭王府嘛，我一辈子混吃等死也还是可以的。要什么思啊取啊的，我爹娘倒是思啊取啊，还不是早早就归了西？及时行乐且行乐。”

皇帝伸手一推棋盘，恼怒地说：“每次朕叫你下棋，都被你气死。”

叶裳看着他：“皇上不继续下了？”

皇帝摆手，脸色不好看：“不下了。”话落，看着他，沉声道，“朕问你，听说你收服了易疯子带去了府中？”

叶裳点点头。

“为何？”皇帝问。

叶裳伸手摸摸左肩，答非所问地说：“穿骨钉带着剧毒，挖骨剔肉后留下了个洞，即便用了上好的药，但也会落疤。难看死了。”

皇帝挑眉：“所以你就将易疯子收在府中，以便折磨他，为你的疤痕泄愤？”

叶裳放下手，也脸色难看地轻哼：“我自然饶不了他。从小到大，皇上都没打过我板子呢，却被他险些害了命。”

皇帝面色稍霁：“据说江湖杀手有一个规矩，哪怕是死，也不透露雇主姓名？”

叶裳颔首：“似乎是有这么个规矩。”

皇帝拈起一颗棋子，在手中转了一圈，又扔在桌上，“啪”的一声响，他道：“普天之下莫非王土，江湖也在这王土之上。江湖规矩凌驾于王法之上吗？朕便不信了。”

叶裳道：“很多人为了泄私愤，都会从江湖杀手处买凶杀人，江湖杀手做的就是这营生。有这规矩跟王法的关系倒也不大。只是我想不出谁要杀我，且如此谋划已久，处心积虑。我不会折磨死易疯子，但会折磨得他求生不得求死不能。

总有一日，会为了死而说出雇主姓名。”

皇帝看着他，点点头：“朕本来想要轻武卫擒住他之后剐了他，既然你要留着他，你就自己处置吧。”

叶裳点头。

皇帝见即便跟他说正经事，他依然懒洋洋没骨头的架势，顿时又存了些气，对他怒道：“整日里不成样子，见了你就眼睛疼。滚吧。”

叶裳麻溜地站起身，对皇上作了一揖，笑得畅快：“那我滚了，红粉楼的瑟瑟还等着我呢。”话落，他干脆地转身，出了凉亭，似乎一刻也不想在皇宫待着。

皇帝见叶裳离开，转眼就脚步轻松地消失在亭台轩榭外，他无力地摇头，叹了口气，对一旁的国丈道：“容安王和王妃何等人才品貌，可惜了叶裳，唯一拿得出手的，也就那张脸了。”

国丈笑着说：“叶世子年少，正是贪玩的年纪，等娶妻生子后就会改进了。”

皇帝揉揉眉心，似乎十分头疼，看向国丈：“你要说的是何事？”

国丈连忙道：“兵部有一封奏报，北周最近没什么动静，但二皇子楚含一直在边境养伤，未曾回京。老臣揣测，北周怕是还有再兴兵的打算。”

“哦？”皇帝皱眉，“那封奏报呢？”

国丈从袖中取出，递给皇帝。

皇帝展开，看罢之后，眉头紧锁：“朕本来打算近日内调回苏澈，看来如今只能作罢，让他多留在边境些时日了。”

国丈颔首：“老臣也觉得还是让苏大将军暂且留在边境妥当，北周狼子野心，这一回受了这么大的挫折，怕是不会善罢甘休。据说楚含年纪轻轻，十分好强，骁勇善战，在北周无敌手，被誉为北周战神。这一回他受了重伤，吃了大亏，断然不会这么算了。”

皇帝收起奏报道：“北周多年来善兵事重军事，我南齐也不该在兵事军事上再懈怠下去了。”

国丈点头：“皇上说得极是，幸好如今还有苏大将军顶着，但是小辈里却后继无人。不得不考虑将来啊。”

皇帝道：“南齐建朝以来，重文轻武。国风不是一日如此。要想提升兵力，得需有个策略。”话落，他问，“国丈可有好建议？你觉得该如何兴兵重兵？”

国丈道：“臣以为，欲兴兵，先招兵，欲招兵，先强将。文治国，武强国。要兴兵重兵，但也不能疏忽文治，应文武兼顾。所以，金秋科考，要大为重视起来，定要与往年不同。皇上应颁布文书，昭告天下。择优提拔新人。”

皇帝点头："国丈所言，甚有道理，确该如此。"话落，他道，"这样，明日朕招丞相携众爱卿一起商议此事。金秋科考也没有多少时日了，当该重视起来。"

国丈颔首。

叶裳出了宫门后，狠狠地吐了一口气，上了马车，对车夫吩咐："去红粉楼。"

车夫将车赶离了皇宫，直奔红粉楼而去。

叶裳来到红粉楼后，老鸨迎了出来，笑着问："叶世子好久没来了，伤势可好了？"

叶裳点点头。

老鸨问："可是还找瑟瑟？"

叶裳又点点头。

老鸨笑着说："瑟瑟就在楼上，叶世子自己上去吧。"

叶裳抬步上了楼。

因天色尚早，红粉楼内没什么人，显得十分冷清。

三楼的玉颜阁内更是安静，叶裳来到门口，伸手叩了叩房门，里面答应了一声，很快，便有一个柔美的女子打开了房门。

叶裳看了她一眼，径自往里面走，来到软榻前，倾身躺了下去，吩咐："还听《思君行》。"

瑟瑟关上房门，回身看着他，见他闭上了眼睛，她笑："奴家以为苏姑娘回京后，您就不需要听《思君行》了呢，没想到，还是这曲子，您没听腻，奴家都弹腻了。"

叶裳轻哼一声，闷声道："如今她依然不在京里。"

瑟瑟拿起琵琶，打着商量说："换一曲吧。"

叶裳果断地说："不行，就听《思君行》。"

瑟瑟看着他："前几日苏姑娘来时，重新给奴家谱了一曲，名字叫《陌上花颜》，奴家觉得甚是好听。"话落，她睫毛动了动，"不过您若是真不想听，奴家就给您弹《思君行》。"

叶裳睁开眼睛，看着她："她那日来这里，给你谱了新曲子？"

瑟瑟笑着点头："正是。"

叶裳立即说："弹来我听听。"

瑟瑟依旧笑："不听《思君行》了？苏姑娘如今可不在京城。"

叶裳瞥了她一眼，又闭上眼睛，懒洋洋地说："总归是已经回京了，用不着再思了。就弹这新曲子吧。"

瑟瑟点头，素手拨弄琵琶，同时清唱。

“陌上花颜，无双容貌，公子倾城，风华年少。

黛眉云裳，金马玉堂，朱唇粉玉，多情愁肠。

乱花吹散红颜曲，一缕春风斩折香粉无数，云醉玉如酒，风情画如眉。

香脂浅红，潋滟雪姿，朗月兰桥，画骨佳人。

软红十丈，莺啼婉转、春宵笙鼓……”

“停！”叶裳忽然坐起身，脸色黑如锅底，“这是她谱的曲子？”

瑟瑟诚实地点头：“是啊。”

叶裳腾地站起身，眸中有风暴汇聚，脸色不停变幻，似乎要把她给撕了，片刻后，沉沉吐出一句话：“淫词艳曲。”

瑟瑟愕然。

“以后这曲子别让我听到。”叶裳丢下一句话，拂袖出了房门。

瑟瑟呆了一呆，抱着琵琶起身，来到门口，见叶裳已经恼怒地出了红粉楼。她站在门边，看了一会儿，忽然关上门，抱着琵琶大笑。

她笑声柔软悦耳，即便大笑也极为好听。

她笑了一会儿后，对外面喊：“小喜。”

“在。”有人连忙来到门口。

瑟瑟靠着门，似乎笑得喘不上气，好不容易止住，对他说：“快给姑娘传信，就说叶世子说了，她新谱的曲子是淫词艳曲，以后不准我弹唱。”

小喜顿了顿，问：“叶世子真这样说？”

瑟瑟笑着点头：“真的，刚刚对我说的，说完就气得走了。”

小喜咳嗽一声，小声说：“其实叶世子也没说错，姑娘新谱的曲子委实香艳……”

瑟瑟催促他：“快去快去。”

小喜转身去了。

叶裳出了红粉楼，脸色难看如乌云密布，上了马车后，怒道：“回府。”

车夫不敢耽误，连忙挥马鞭，折回了容安王府。

苏风暖收到小喜传的信笺时，正无聊地蹲在院子里的桂树下数蚂蚁。小狐狸抱着树枝荡秋千，玩得不亦乐乎。柳开将信笺送到她面前后，她拍拍手，接过信笺，打开看过之后，顿时翻白眼。

淫词艳曲？

他脑子都想什么呢？

虽然词曲是香艳了些，但也称不上淫词艳曲吧。

她伸手捻碎了纸，继续低头数蚂蚁。

柳开看着她："小姐，您都数了一个时辰的蚂蚁了。"

苏风暖百无聊赖地叹气："否则做什么啊？好没趣。"

柳开建议："灵云寺做法事十分热闹，小姐既然在这里待得无趣，不如去灵云寺凑凑热闹。"

苏风暖站起身："和尚念经，有什么热闹可凑？"

柳开道："听说各府的夫人、小姐们都在灵云寺，除了和尚念经，兴许有别的热闹可凑。"

苏风暖摇头："别的热闹不凑也罢，女人多的地方，没什么好事儿。"话落，她转身向屋里走去，"我还是去睡觉好了。"

柳开看着她又去睡，一时无言，想着，什么时候小姐喜好睡觉了？

第二日一早，晋王的车马再次出了京。

一个时辰后，晋王来到灵云镇，对太子传达了皇上的旨意。

太子自从中了无伤花又被解了毒后，一直住在县守府衙闭门未出。收到晋王的传信后，他当日便吩咐冯盛，启程前往灵云寺。

冯盛这几日一直守着他，见他遭了大难后，不曾大悲大恸，十分平静，平日本来就不喜言语，如今更是没什么言语了，他怕他会想不开，寸步不离地盯着。如今皇上传旨，太子得令吩咐后，他赶紧地安排。

首先要派人前去灵云寺知会一声，让灵云寺做好接驾准备；其次，灵云寺如今正是人多热闹的地方，恐防再出事，他自然要安排人手护卫太子安全。可是出京时，皇上只派他跟了太子，御林军也只是护卫太子安全，却不能处处跟着照料。

他在皇上身边多年，当时听闻叶世子出事儿，太后咄咄相逼，皇上是在气头上，只派了他和御林军，没派近身侍卫护卫。如今太子遭了难出了大事儿，皇上却再没护的必要了。可是他却不能让太子再二次出事儿，否则他这颗脑袋，就该去给阎王爷当球踢了。

冯盛思索之下，去寻晋王，求他安排人手相助。

晋王听罢，对冯盛道："盛公公，太子身系江山承继之安危，本王却也不敢作保我的人能护太子无恙。毕竟如今是多事之秋。"话落，他道，"不过，凤阳镖局的凤少主应该可以帮这个忙。凤少主手里江湖高手指派两人，便能护太子无恙了，他有这个本事。"

冯盛一听，有些为难："可是老奴请不动凤少主啊。"

"你是皇上身边的大总管，你不去试试，怎么知道请不动？"晋王给他出主意，"据本王揣测，凤少主一直留在灵云镇，暗中有些动静，怕是在为皇上做事儿。否则他连本王的面子丝毫不给，岂不是胆子太大了？除了身负皇命，才有这个底气，本王想不出其他。”

冯盛闻言暗暗寻思。

晋王又道：“这一段时间，能让皇上请凤少主办的事情，无非事关两个人，一个是太子，一个是叶裳。所以，为着太子安危，你去请凤少主，他应该不会推托。”

冯盛毕竟是跟随皇帝身边多年的大内总管，听晋王只言片语，心里便隐隐有了几分猜测。暗想凤少主连晋王的面子也不给，只能说明，他办的事情，怕是比晋王办的差事只重不轻。事关太子的话，只有无伤花的毒了，晋王彻查东湖画舫沉船之事，难道凤少主是暗中彻查无伤花之毒？

他心里有了谱，谢过晋王后，前往凤阳镖局。

凤阳这几日暗中彻查太子中无伤花毒之事儿，可是寻着苏风暖的意见，几日下来，还是半丝进展没有，不由得让他心烦气躁。

他正烦躁时，听说冯盛来了，要见他，他脸色难看地命人将冯盛请了进来。

冯盛见到凤阳后，道明来意。

凤阳听完后，冷笑：“皇上给了本少主多少钱，让本少主为他卖命？什么时候本少主廉价到连太子护卫这种事儿也管了？”

冯盛面色微变，凤阳这样的话算是大逆不道了，但确实凤少主不在朝廷编排之列，这样的请求被拒绝，确实没什么可说的。江湖人大多都不买朝廷的账。

他讷讷半晌，才憋出一句话：“是老奴自作主张来请凤少主，不是皇上的意思。老奴怕太子再出事儿，耽搁了凤少主查案。凤少主为皇上办的事情，与护卫太子，说起来，虽然不是一码事儿，但也不算两码事儿。”

凤阳冷哼一声，看着冯盛：“都说宫里的太监老成精了，果然不假。你倒是会将本少主当枪使。”

冯盛连忙道：“老奴不敢，凤少主如今是为皇上办事儿，老奴也是为皇上照看太子。”

凤阳嗤笑：“看来本少主想扔掉这块烫手山芋都扔不掉了。”

冯盛不接话，暗暗想，太子如今确实是一块烫手山芋。

凤阳见他一把老骨头，却卑躬屈膝，前来求他。皇宫的大内总管，何曾求过人？他忽然问：“听说苏府小姐那日在太后面前救了你？”

冯盛一怔，不知道他怎么突然转到苏风暖身上了，但还是点头：“是苏小姐救了老奴，否则在太后手里那顿打免不了。老奴一把老骨头了，没准撑不住。”

凤阳忽然心情好了些，笑了一声，对他说：“行了，你回去吧，本少主给你一个面子。稍后带着人便去你那儿。”

冯盛本来还以为冲他刚刚那个态度，一定不应允，没想到突然话锋一转，这么痛快，他有些愣神：“凤少主当真？派何人来？”

“自然当真，至于派谁，你就不必管了，你不是求的保太子无恙吗？”凤阳挑眉。

冯盛点点头，见凤阳不想再跟他说，他便也不好再问，告辞出了凤阳镖局。

他回往府衙的路上，一路便想着，难道凤少主和苏府小姐认识？否则不会突然说到她。苏府小姐在外面跑了多年，连灵云大师都与她有交情，这凤少主应该与她也是有着交情的。她这次又是沾了苏小姐的光了。

凤阳待冯盛走后，招来一人，对他吩咐：“你去深巷宅院里问问那个女人，太子奉了皇命要去灵云寺沐浴斋戒三日，冯盛缺少护卫，求到我面前来了，你问她愿不愿意跟去做太子护卫。”

那人应是，连忙去了。

苏风暖还没睡着，便听柳开禀告，说凤阳镖局来人要见她，说有要事儿。

苏风暖坐起身，想着凤阳能有什么要事儿，但还是出门去见了那人。待听完来意，她翻了个白眼，问：“你家少主是不是觉得我太闲得慌了？给我找点儿事儿做？”

那人垂首：“在下不知。”

苏风暖想了想，对他挥手：“走吧，我跟你去见见你家少主。”

那人颔首。

苏风暖出了深巷宅院，来到凤阳镖局，只见凤阳正站在门口，靠着门墙，似乎是在等着她。一身墨绿锦袍，身材颀长，雌雄莫辨的容颜丝毫不女气，反而眉目染着丝丝英气。见她来了，对她上下打量一番，道：“走吧。”

苏风暖看着他：“别告诉我你也去当护卫？”

凤阳扬眉：“我当护卫不行？”话落，又说，“不只我，还有你。”

苏风暖顿时好笑：“我还从没想过给人当一回护卫，这事儿新鲜了，尤其与你一起。”

凤阳眉目也染上三分笑意，心情很好地说：“普天之下，不是你我自愿，谁能请得起？”话落，他不屑，“太子也还不够格，天皇老子也要看心情。”

苏风暖不置可否：“这么说你今日心情很好了？”

凤阳抖了抖衣袖：“算是吧，否则就是我犯抽了应承那个老太监。”

苏风暖看着她：“就这样去？”

凤阳本来打算走了，却停住脚步：“不这样去，哪样去？”

“是不是多少应该易容一番？”苏风暖看着他，“你凤少主不怕，名号天下皆知，但我不同。灵云寺如今住着京中贵裔府邸的夫人和小姐们，我外婆我娘都在。我若是这么跑去跟在太子身边，以后消息传出去，会不会炸开了锅？”

凤阳道：“本少主懒得易容，不过你如今的身份确实麻烦，我等你片刻，你拾掇拾掇。”

苏风暖点头，问：“你这里有男装吗？给我一件。”

凤阳看了她：“要男装做什么？你一个女人，穿了男装也不像男人。将脸弄弄，就扮作丫鬟好了。我看你如今除了这张脸外，也不像个小姐，最像丫鬟。”

苏风暖一时无言，瞪了凤阳一眼，但还是听了他的，从怀里摸出一面小镜子，又拿出一瓶脂膏之类的东西，对着镜子在脸上抹了一会儿，便细微地改了样貌。

她本来容貌极美，这样一改，优点都掩藏了，只能算清秀了。

她易完容貌，又拿出一个玉瓶，倒出一颗药丸吞下，对凤阳开口：“这样如何？”

这回，不只容貌改了，嗓音也改了。

凤阳打量她一眼：“能这么短时间，便换了一张脸，怪不得这么多年你能在江湖上兴风作浪，来无影去无踪，多少人要找你都找不到，就凭这易容术，独步天下第一了。”

苏风暖失笑：“难得你凤少主夸人，我就虚心受了。”

凤阳看着她：“人皮面具岂不是更简单？凭你的身手，弄百八十张不是问题。”

苏风暖顿时收了笑：“易容术有数十种，不是非用人皮面具不可。同类相杀，剥皮剥骨，何等残忍？天所不容。”

凤阳看着她正儿八经的模样，笑道：“噢，我差点儿忘了，你不是残忍之人，自然不会用这个。”

苏风暖轻轻哼了一声：“不只我不用，别人也不能用。我早就说了，若是让我知道，江湖上谁敢用人皮面具，我就先扒了他的皮。”话落，看着他挑眉，“你能说我不是残忍之人？”

凤阳笑着对她勾了勾眼：“你虽不是善类，但也算残忍得有正派。这般凛然正气的你，让人见了委实移不开眼睛。”话落，他凑近她，“我再说一遍，你既然无心嫁叶裳，不如嫁给我好了，你我相同之处颇多，也算是志同道合，趣味相投。”

苏风暖用胳膊轻轻一撞，便将他撞开了一步，白了他一眼：“不想我将你嘴封上，就别胡诌。想要娶我的人能排满灵云镇九条街。我是眼瞎心瞎也不会想着考虑你。”

凤阳的脸顿时沉下来，瞪着她。

苏风暖往前走去，不理他。

凤阳瞪了她片刻，忽然笑了，快走几步，跟上她，对她说：“话别说得这么满，没准有一日你想嫁我，本少主还不娶你了。”

苏风暖哼了一声。

二人来到了县衙。

县衙府门前，御林军拉出长长一队护卫，中间停着一辆马车。冯盛站在车前，翘首以盼。马车的帘幕落着，看不见里面的人。

但是这阵仗，里面自然坐的是东宫的太子殿下无疑。

凤阳和苏风暖来到近前，冯盛震惊地看着凤阳：“凤少主，你……你怎么亲自来了？难道……”

凤阳点头，对他说：“本少主亲自护卫。”

冯盛又惊又喜，有凤阳亲自护卫，他能放一百个心了。看向他身旁的女子，问：“这位是？”

凤阳散漫地说：“我的婢女。”

冯盛打量了苏风暖一眼，见她站在凤阳身边，虽然容貌不显眼，但周身的气息倒是与凤阳相得益彰。暗想不愧是凤少主的婢女，也有几分凤少主的气度。他点点头，连忙道谢：“老奴多谢凤少主。”话落，对马车内轻声说，“殿下，是凤阳镖局的凤少主亲自来了。”

车帘被从里面掀起，露出太子殿下一张脸，他看了凤阳一眼，又看了苏风暖一眼，没说话。

苏风暖打量着这位一直被月贵妃护在手心里的东宫太子殿下，比起数日前，她见他时，他躺在床上，面色潮红，眼睛紧闭，气息极虚，嘴唇干裂，不堪病痛折磨几乎不成人形的模样来说，这时再看他，虽然看着是一副弱不禁风，身骨消瘦，脸色苍白，像是常年不见天日的情形，但精神还算不错。尤其是一双眼睛，在看她和凤阳的时候，不起波澜，但却实实在在含着审视。

一个人最骗不了别人的地方就是眼睛，她想这位太子有这样一双眼睛，不像是不通世务。

一个不通世务的人，眼睛应该是如孩童一般纯澈。尤其是中了无伤花之毒，以后再不能行人道，注定会丢了那把椅子，他的一生也许就从中了无伤花之日走到头了。更甚至，如今想要护卫自己，还要靠冯盛去求凤阳，除了御林军，并不能再多得到皇上一丝庇护，他能这样无悲无恸，神色平静，却更值得让人探究。

苏风暖在打量太子的同时，凤阳自然也在打量太子，他们二人都没对太子请安见礼。

三人就这样打量了片刻，太子收回视线，神色寡然地放下了帘幕，吐出一句话，平静得不像是他说的："劳烦凤少主了。盛公公，启程吧。"

冯盛连忙应了一声，吩咐车马启程，同时对凤阳问："凤少主，您是骑马还是坐车？"

凤阳摆摆手："灵云寺不远，我们走着。"

冯盛点头。

太子的车驾离开了县衙府邸，出了城，向灵云镇而去。

第三十三章
随心所欲

一路无话，来到灵云寺，寺中住持领着众僧已经依次排开等在山门前。

除了众僧外，还有京中各贵裔府邸家眷仆从，也在门口等候恭迎，听说太子驾临，既然都住在灵云寺，依照尊卑规矩，自然都要前来迎驾，不敢避而不见，知而不接。

一众人里，苏风暖一眼就看到了许云初，还有立在他身边的许灵依。自然也看到了王夫人、苏夫人、刘嬷嬷。

除了皇上指派的御林军外，太子身边只有冯盛，他虽然身份比这里迎接他的所有人都尊贵，但却不是前呼后拥仆从成群，即便加上一个凤阳和苏风暖，也着实看起来单薄得可怜。

尤其是凤阳和苏风暖二人身上的气息，实在不像是个会侍候人的。

马车来到门口，除了身上有诰命身份的夫人和几位高僧外，一众人等纷纷跪在了地上，声音震耳欲聋：“恭迎太子殿下。”

苏风暖听着几乎把她耳朵震聋了的声音，暗暗想着，怪不得人都说皇权大如天，就连如今明显局势对他不利，已经失了一大半势的太子，依旧让人甘愿下跪。自古以来那些人为了皇权天位争名夺利，斗个你死我活所做出的那些脚踏白骨之事，在这时也很好理解了。

冯盛上前恭敬地挑开车帘，伸手去扶太子下车。

太子慢慢地从车内走出，站在一旁，目光随意地扫了一眼，苍白的脸色被阳光一打，白得几乎没有血色，他平平静静地摆手：“平身吧。”

众人叩谢，齐齐起身。

住持方丈上前一步，双手合十：“阿弥陀佛，贫僧听闻太子奉皇命要在灵云寺沐浴斋戒三日，敢问太子是要住在寺中还是每日沐浴完法事再下山住去灵云镇？”

太子看着他道："住在寺中。"

住持连忙说："老衲这便着人安排。"

太子点点头。

住持又问："太子舟车劳顿，沐浴礼佛之事是从明日开始还是从今日开始？"

太子道："本宫从灵云镇来此，路途不远，不甚劳累，不需要休息，就今日吧。"

住持点点头："太子请。"

太子抬步跨入山门，侧身而过许云初身边时，他脚步顿住，偏头看着他："小国舅融在一干女眷中，本宫险些认不出来。"

许云初微笑："太子大病初愈，眼神有些许欠妥，也能理解。"

太子不再多言，转回头，抬步向里面走去。

凤阳和苏风暖自然是跟在他身后跨入山门。

凤阳来到许云初身边也脚步顿住，偏头看着他："小国舅融在一干女眷中，不只太子没看出来，本少主也没看出来。"

许云初眯了眯眼睛，看着他说："凤少主容颜雌雄莫辨，远远看来，我还以为太子是带了两名婢女。"

凤阳也不再多言，转回头，抬步向里面走去。

苏风暖实在忍不住"扑哧"一声笑出了声。

前面的太子听得清楚，脚步顿住，回头看她。凤阳自然听得更清楚，也转回头看她。许云初的目光以及周围一众人等的目光自然都落在了她身上。

苏风暖伸手捏了捏嗓子，在无数目光中收了笑，眼神坦荡得很，看了一眼天，说："这天气不错，今天应该没雨。灵云大师不知道是道法不够还是诚心不够，这雨求得真少，只前夜下了那么一点儿，不够庄稼浇灌的。"

前面走着准备带路的住持方丈和一众僧人顿时都目光如炬地瞅向她。

苏风暖摸摸鼻子，敢在人家山寺门口踢人家得道高僧的场子，确实不怎么地道。她咳嗽了一声，眼神更坦荡地说："头有点儿晕，这太阳晒得实在太热了。"

凤阳本来因为她发笑而沉着的一张脸顿时忍不住喷笑，伸手一把拽过自言自语的她，恶声恶气地说："果然是晒糊涂了，再胡言乱语，太子发怒，将你乱棍打死。"

苏风暖被他拽着走了一步，嘟囔："佛门清静之地，不能杀生。"

凤阳一时无言。

前面的太子却笑了，他的笑容有点儿浅，但却是真实的，开口的声音虽然依旧平静，但也带了一分笑意："本宫不随便打杀人，不过你的头再晕下去，难保不被方丈赶出山门。”

苏风暖有些讶异地看着太子的笑容，虽然他的容貌不十分出挑，只能算中上，但这一笑，却如春风十里桃花开，让他本就孱弱苍白的眉目都生动了一般，她愣了愣。

太子转身继续向前走去。

住持方丈瞅了瞅苏风暖，不认识，又瞅了瞅拽着她的凤阳。心下揣思，能在凤少主和太子面前如此随意的女子，自然不是如她的婢女打扮一般简单。

他笑了笑，道了声“阿弥陀佛”，回应她的话说：“灵云师兄道法虽然高深，但也是凡人。向天求雨，自然急不得。不过师兄说，明日夜晚，会有大雨。应是不会说错。”

苏风暖又摸了摸鼻子，不再说话了。

住持将太子迎入达摩院，一众人等也浩浩荡荡地跟到达摩院。

达摩院搭建了高台，灵云大师坐在高台上，除了护卫山寺的僧人，只有他一人未曾出去迎太子。但这时见太子来到，还是起身施礼，道了句：“阿弥陀佛，恭迎太子。”

太子摆摆手：“大师不必多礼，本宫奉父皇之命来沐斋，大师只管依照安排进行就是。不必照拂本宫。”

灵云大师点点头，看向太子身后的凤阳和苏风暖，怔了怔，失笑：“凤少主别来无恙。”

凤阳随意地拱了拱手：“大师风采更胜了，本少主也来沐沐佛光，求佛祖赐一个媳妇儿。”

灵云大师大笑：“天下谁人求不到媳妇儿，也不会是凤少主求不到。”话落，他挥挥僧衣的袖子，“住持师弟，给太子和凤少主看座。”

住持连忙点头，命人看座。

灵云大师看向苏风暖，眉毛动了动，又补充了一句：“也给这位……女施主看座。”

苏风暖眼皮翻了翻。

住持连忙应是。

三把椅子，一前两后，放在高台一侧。太子坐了上去，凤阳也毫不客气地坐了上去。

苏风暖看看前面，看看旁边，又看看高门贵裔府邸一众人等陆续地盘膝坐在地上的蒲团上，包括她外婆和娘以及刘嬷嬷。许云初则是没入场，站在最后方，似乎没有听沐的打算。她收回视线，也一屁股坐了上去。

达摩院静了下来，灵云大师继续讲佛法，佛音呜呜，钟声悠悠，有净化人心之效。

太子脸色平静，从坐下后就没动，似乎听得认真。

凤阳身子坐得不直，苏风暖的身子也有点儿歪，其余众人等，都端正而坐，面相十分虔诚。

苏风暖坐了一会儿，便坐不住了，偏头看太子，没有丝毫不耐烦，她又看了一眼凤阳，见他神色虽然不虔诚，但似乎也仔细在听讲经文。她悄悄站起身，准备溜出去。

凤阳一把拽住她，用口型问："你去哪里？"

苏风暖想说去四处转着玩玩，这里闷死了，但她估计自己若是说出来，这凤少主一准不让她去。她扭捏了一下，憋出两个字："如厕。"

凤阳顿时嫌弃地松开了手。

苏风暖轻松地出了场地，很快就出了达摩院，想着尿遁真是一个再好不过的借口了，以后要常用用。

她虽然出来了，但一时间不知道该去哪里，想着要不然还去外婆和她娘安置在这里的斋院睡觉。今儿外婆和娘的身边没带着小驰，不知道那孩子怎么样了。

她这样想着，便抬步打算去后山斋院。

她刚走两步，身后传来脚步声，伴随着许云初熟悉的温和声音响起："姑娘易容了，在下险些认不出来。"

苏风暖脚步一顿，想着许云初的眼睛可真够毒辣，她的易容术虽然简单，但自诩手法精妙，尤其是还改了声音，他竟然仍旧认出了她。

她慢慢地转过头，对他笑了笑，打招呼："原来你就是小国舅啊，以前我真是有眼不识泰山了。"

许云初在距离她一步远的地方站定，闻言微笑，语气颇有深意："姑娘更是让在下刮目相看。若不是因为你跟在凤少主身边，且言语随意，在下也识不出姑娘这样精妙的易容术，竟然连声音也能改。"

苏风暖眨眨眼睛："易容不易音，跟没穿衣服一样。易容自然要易音的。"

许云初含笑看着她："凤少主和姑娘怎么会跟随太子殿下一起？"

苏风暖也不隐瞒，如实说："凤少主是太子殿下请来的护卫，我则是凑数。"

许云初笑着点头："太子殿下离京匆忙，皇上令他从简，他确实贯彻得到底，东宫内一个随身护卫和侍候的人都不曾带。"顿了顿，他道，"不过太子殿下请了凤少主，无异于请千百护卫。"

苏风暖不置可否，凤阳是谁啊，抵千百护卫还是少说的。

许云初看着她："姑娘看来不喜听佛法？"

苏风暖回头瞅了一眼，达摩院内，高高的轩台上，灵云大师一身佛衣袈裟，口中念念有词，诵经的模样宝相庄严，与吃鱼的老和尚神态一点儿也不相符。轩台下，坐着太子和凤阳，前面一排坐着灵云寺的各院长老，之后就是设了蒲团，坐着国丈夫人、丞相夫人、安国公夫人、景阳侯夫人、平郡王妃、王夫人、苏夫人以及各府小姐。还有些前来沐浴佛音的市井百姓，身份不及贵裔府邸众人者，不见雅坐，也不见身下有蒲团铺垫，都虔诚地半跪在石砖地面上。

她收回视线，微微哼了一声："没趣，不听也罢。"

许云初看着她："姑娘似乎对佛事不只不喜，心里更是不以为然。"

苏风暖也看着他，道："我不是不喜佛事觉得没趣，更不是对佛法不以为然，我也尊重佛道，但是佛门口口声声讲究众生平等，却做着不众生平等的事儿。你看看，太子尊贵，凌驾众人，坐着雅座。高官厚禄贵裔家眷者虽然没有座位，却垫着厚厚的蒲团，而平民百姓面对的却是冷硬的石砖。其实，所有人的向佛之心应该都不少，百姓更虔诚。但佛祖面前，却也不平等。"

许云初闻言也向内看了一眼，缓缓点头："佛门较之天下，已经算是众生平等之地了，据说天下很多地方，寻常百姓们连边都沾不着，想面对冷硬石砖的机会也没有。"

苏风暖想着这说的倒是事实，点点头，对他道："我也不是愤世嫉俗之人，更不是认为天下就该众生平等，而是比较不喜口不对心。天下别处不管如何，至少没口口声声说众生平等。而佛门则是打着口口声声众生平等弘扬佛法的旗号，却做着不是众生平等的事儿。没有蒲团是小事儿，百姓们不会不满，甚至认为理所当然，否则如何区分身份贵贱？只是我个人脑子犯抽时有些看不惯。"

许云初笑着点头，目光温和："姑娘是性情中人。"

苏风暖"哈"地一笑，对他道："你不是第一个这样说我的人，我只当这是夸了。"

许云初道："确实是夸。"

苏风暖看着他，挑眉："小国舅不进场沐浴经文，该不会是跟我一样的想法吧？"

许云初摇摇头，笑道："我也不甚喜佛事，但却喜佛门清静。心中有佛，沐不沐经文，却也不必拘泥。"

苏风暖点头："这话确实有理，我虽不喜佛事，很多时候，倒也极爱往佛门之地跑。"话落，又道，"佛法、佛心与佛门之事，丝毫不冲突。我虽然有点儿看不惯连佛门也做不到众生平等，但也知道，佛门要生存，没有捐献，僧人也只能饿死。各贵裔府邸每年都捐献大笔金银，比寻常百姓贡献得要多很多倍。”

许云初点点头：“确实是这样。”

苏风暖又道：“佛法和佛心天下大同，人人可修，但却不必人人出家来修或者沐斋来修。心中有佛，处处皆善。心中无佛，身处佛门也是无道之人。所以，修佛心即善心，和听不听讲法与入不入佛门，其实没什么关系。”

许云初含笑：“姑娘所说，即是我所想。”

苏风暖笑了笑，不再继续说，就此打住话。

许云初却对她道：“姑娘如今从里面出来，不知有何去处？”

苏风暖自然不会说想去她娘所住的斋院睡觉，含糊地道：“随意转转。”

许云初看着她，笑了笑，温声问：“姑娘以前来过灵云寺吗？”

苏风暖点了点头。

许云初道：“在下左右也无事儿，姑娘看来也没什么事儿，不如我们随意转转？正好我有些话也憋在心里好久了。”

苏风暖想拒绝，脑中思索着理由时，许云初看着她似笑非笑：“姑娘这一次不会又要想办法躲着我吧？”

苏风暖所有想法顿时打住，一时有些无语，半晌，挤出一句话：“我何时躲着你了？”话落，她笑着扬起脸，“要早知道你是小国舅，靠着你的身份增彩的事儿，我怎么也不会躲。以前不是一直有事儿嘛，你早告诉我就好了。”

许云初失笑：“姑娘如此聪颖，怕是早就知晓在下身份了。不过在下一直还未猜透姑娘身份，至今连个名字也不可知。姑娘如今还不打算告知吗？”

苏风暖挠挠头，想着他都问几次了，若是她再藏着掖着，是不是有点儿太不近人情了？但若是如实告诉他，这个时候更不恰当了。

她正犯难之际，身后又有人走出达摩院，声音温柔端方地喊了一声：“哥哥。”

苏风暖此时真是太感谢许灵依了，慢慢回身，看向她。

许灵依今日没遮掩面纱，容貌端静柔美，十足十的大家闺秀，莲步轻移，她身后没跟着婢女，走出达摩院后，看着许云初，同时细长的眉眼打量苏风暖，笑得有礼：“这位姑娘是？”

苏风暖没说话。

许云初道：“你怎么出来了？”

许灵依微笑：“我见哥哥与这位姑娘站在此地说了许久的话了，还未曾见过哥哥与哪个女子说过这么久的话，所以出来瞧瞧。”

许云初沉默，似乎一时也不知如何接她的话。

许灵依又看向苏风暖，十分柔和地问：“敢问姑娘怎么称呼？”

苏风暖眼皮动了动，笑着说：“我姓风。”

许灵依道：“天下少有风这个姓氏。”

苏风暖笑道：“和凤这个姓氏算是一家。”

许灵依点头：“凤阳镖局名声响彻天下，就连深闺女儿家也是晓得的。不知风姑娘和凤少主是什么关系？”

苏风暖摇头：“有点儿亲戚，不远不近。”

许灵依更是笑得温柔，看着她说：“那日赠送叶世子玉扳指的人，是你吧？”

苏风暖没想到她竟然认出来，看来传言许灵依聪慧绝顶确实所言不虚。那日她戴着面纱，今日易容，连声音也改了，她都能看出来，果然不负名气。她淡淡一笑：“有这回事儿吗？我不记得了。”

许灵依本来以为她会承认，没想到她却这样否了，顿时一怔。

许云初也看向苏风暖，见她脸色坦然，像是真没那么回事儿一样。他对那日之事也只是从许灵依口中得知，具体如何，也不曾深究过。此时见她否认，便笑着说：“妹妹兴许是认错人了。”

许灵依本来也只是觉得像，倒不是容貌衣着，而是苏风暖给她的感觉，这种随意，不是任何女子身上都有的。所以她也是抱着试试的心思，此时见许云初也这样说，便笑着点头：“那日天色有些晚，兴许真是我认错人了。”

苏风暖对她笑笑：“我也时常认错人。”

许灵依不再多言，转头对许云初道：“哥哥想必与风姑娘还有话要说，是我打扰了，我这便回去了，你们聊。”

许云初点点头。

许灵依转身又折回了达摩院。

他刚折回，冯盛便从里面出来了，先对许云初见礼，又对苏风暖说：“姑娘，凤少主找您。”

苏风暖问：“何事？”

冯盛摇头：“凤少主没说。”

苏风暖点点头，看来她想去睡觉的美梦是彻底泡汤了，回去对着老和尚讲经文和对着凤阳无聊，应该也好过许云初对她盘究细问。她对许云初说：“我先回去。”

许云初笑着点头：“姑娘这三日都会随太子和凤少主住在灵云寺吧？”

苏风暖点头：“也说不准，不出意外，应该会随着住三日。”

“既然如此，我们另寻机会再聊。”许云初笑道。

苏风暖颔首，随着冯盛进了达摩院。

许云初并没有跟进去，而是挥手招来一人，对他压低声音吩咐：“速速去查，江湖上可有一位姓风的女子。”

“是。”有人应声，立即去了。

冯盛带着苏风暖进了达摩院后，悄声说：“姑娘以前就认识小国舅？”

苏风暖道：“见过几面，不太熟。”

冯盛闻言不说话了。

回到原处，只见凤阳脸色难看地盯着她，她摸摸脸，坐下身，对他问：“什么事儿？”

“你不是去如厕吗？怎么和小国舅聊得热闹？”凤阳瞅着她，眼神凉凉的，“糊弄我你很开心？”

苏风暖翻了个白眼，压低声音说：“我还没来得及去，便被他堵在了门口盘问事儿。你当我乐意被他堵住盘问啊。”

凤阳哼了一声：“我看你乐意得很。”

苏风暖抬脚踹了他一脚：“你不是我的谁，少对我摆脸色，就算跟他聊得热闹，跟你有什么关系？”

凤阳一噎，脸色更不好看了。

苏风暖懒得再理他，转过头，见太子回头瞅了她一眼，那一眼依旧平平淡淡的，似乎只是寻常看了一眼，便转了回去，让她连多探究一丝都没时间。

半晌，凤阳咬牙低声说：“是不是只有叶世子那混人才管得着你？”

苏风暖哼了一声：“提他做什么？”

凤阳冷笑，对她说：“口不对心。”

苏风暖一噎，恼道：“你是要在这里跟我打一架？”

凤阳撇开头，皱了皱眉，又转过头，对她说：“我也没对你摆脸色，只是我觉得，你将来不嫁叶裳，定然不会嫁许云初，跟他聊什么？以后你兴许真嫁我。为防万一你将来是我夫人，我自然要提前看管着点儿。尤其是在我眼皮子底下暗通款曲，我如今不管，岂不是让我将来后悔？”

苏风暖几乎喷笑，彻底无语地看着凤阳，过了好一会儿，她才像是不认识他一般地说：“你没发热吧？脑神经可真大。”

凤阳轻轻哼了哼：“没有。”

苏风暖转回头，觉得快要笑成内伤了：“若你这样说来，岂不是你那些桃花对你都更该管着点儿，以防万一你将来娶了她们。”

凤阳噎住，也过了一会儿似乎才喘上气来，对她说：“那也要有本事管得住本少主才行。”

苏风暖好笑："这样说来，你的本事比我也还差点儿，也是管不住我的。"

凤阳的脸顿时沉了沉，又被她噎了半晌，才气恼地说："你不只人厉害，嘴皮子也厉害。那怕许云初做什么？见到他就拔不动腿了。"

苏风暖翻白眼："我何时见了他拔不动腿了？"她是能躲就躲，能跑就跑好不好？

凤阳哼了一声："那叶裳呢？你在他面前，可是被他吃得死死的。"

苏风暖顿时郁闷："你怎么哪壶不开提哪壶？真想打架不成？"

凤阳看着她："没话说了吧？"

苏风暖转头恼道："谁没话说了？叶裳能一样吗？"话落，她懒得理他，"我不跟你说了，否则我真怕忍不住跟你打起来。"

凤阳见她要濒临爆发的境地，脸色不好不坏地住了嘴。

二人说话的声音极低极低，低到只有他们两个能听见，佛法之音响彻整个达摩院，众人皆虔诚。无人注意他们。

过了一会儿，苏风暖昏昏欲睡。

凤阳身后碰碰她。

苏风暖没好气地问："干吗？"

凤阳低声问："你不是要去如厕吗？"

苏风暖憋了憋说："我不去了，忍着。"

凤阳对她说："走吧，我陪你去。"

苏风暖睡意顿消，看着他，像是看怪物："你脑子没事儿吧？这也陪？"

凤阳看着她："你不是不想被许云初再盘问吗？我陪你去，他便无法对你再盘问了。"话落，看着她道，"憋坏了怎么好？"

苏风暖脸黑了黑，无力地说："我是大活人，不傻，不会为了躲人就会憋坏。凤少主，你还是少操心，小心老得快。"

凤阳看着她，见她真没难受的意思，恍然："原来你刚刚想偷偷溜出去玩，借尿遁。如今你能乖乖坐在这里，还要多谢许云初了。"

苏风暖懒得再跟他废话，闭上眼睛，继续睡。

凤阳瞅着她，见她不大一会儿真睡着了，灵云大师讲解的佛音经文成了她的催眠曲了。他一时颇有些无语，觉得普天之下，也就这女人无论在哪里都随心所欲地让人嫉妒。

第三十四章
出了大事

苏风暖睡醒时，一日的法事已经散了场。

她睁开眼睛，灵云大师已经不在，达摩院黑压压的人头已经都走了。她偏头去看，太子依旧坐在原地，凤阳也依旧坐在她身边，冯盛候在一旁。只有他们几人了。

她愣了好一会儿，才开口，问一旁的凤阳："散场了？"

凤阳不齿她的行为，没好气地说："你倒睡得香，让太子和本少主以及皇上身边的大总管盛公公陪在这里等着你睡醒。"

苏风暖看了一眼天色，讷讷地道："散场多久了？"

"一个时辰了。"凤阳嗤她，"睡得跟猪一样，我就奇怪了，这么多人，你坐着这把硬邦邦的椅子，怎么就能睡得着？若是谁趁机给你一剑，你估计会被就地斩杀，死得无声无息。"

苏风暖咳嗽一声，瞪着他："你怎么不喊醒我？"

凤阳哼了一声，说："太子不让喊你。"

苏风暖哑然，抬眼去看太子。

太子此时转过头，看着她，眸光微带了一丝笑意，慢慢地站起身，拂了拂衣袖，说："能睡得着是好事儿。"

苏风暖看着他依旧平静的脸，若不是那双眸子有丝笑意，不仔细看，是根本看不出他是对她笑的。她挠挠头，也跟着站起身，有些不好意思地说："听着佛音实在是让人太想睡觉了。"

太子点头："灵云大师佛法高深，佛音沉梦，这是心中有佛的最高境界了。"

苏风暖一时无言，脸有些红："只是我贪睡而已，被殿下这样一说，我倒是悟了佛道了。"话落，忽然觉得好笑，忍不住"扑哧"一声笑了。

凤阳抬手照着她脑袋给了她一巴掌："为了等你，饿死了，赶紧的，去吃饭。”

苏风暖被打了一下，十分不满，但自己睡觉让他和太子等了一个时辰，也实在有点儿理亏。只能认了，对他说：“我也饿了。”

凤阳不客气地说：“果然是猪，睡醒就饿，吃完再睡。”

苏风暖一噎，反驳：“有我这么美的猪吗？”

凤阳瞅着她，更是嘲笑：“没看出你哪里美了，这么一张青黄瓜的脸，看着都倒胃口。”

苏风暖忽然想起她的脸如今是易了容的，一时没话反驳，气恼地踢了他一脚：“看着我倒胃口，你不会别看？”

凤阳没躲，着着实实被她踢中，轻轻哼了一声：“这么大力气，看来你不饿。”

苏风暖揉揉肚子：“怎么就不饿？饿死了，快，快，我们去吃饭。”

太子微微隐了丝笑意，对冯盛说：“盛公公，吩咐人备膳吧。”

冯盛应了一声，连忙对一位小僧招手，吩咐了一句，小僧连忙去了。他回头对太子说：“殿下，你的斋院距离这里不远，咱们过去吧。”

太子点头。

冯盛又对凤阳和苏风暖说：“殿下的那处院子大，也安置了凤少主和姑娘的房间。”

凤阳也点了点头。

一行人出了达摩院，前往斋院。

太子步履轻浅，走在前面，不疾不徐，看着背影清瘦有些许孱弱，但周身气息平和淡薄，给人一种空山云雾的感觉。

苏风暖看着太子的背影，想着这位太子与传言还是有些不符的，传言他多病、娇气、金贵、不经风雨、闭塞不喜人。如今这一日接触下来，他虽然孱弱，但性体随和，虽然寡言少语，但却看不出娇气闭塞的模样。

她又想着，毕竟是在皇宫里长大的人，他的病弱也不见得是真的弱。

去年东湖画舫沉船，死了六十三人，其中还有庆阳县守的独子，那样的大案，东宫都给压下了。不单单是一个后宫的月贵妃能拢得住的事儿。太子虽然鲜少触及朝事儿，但也不是不能接触朝事儿。

其中必定有他的手笔。

但是他却中了无伤花，从此后再不能……

她一时间只觉得可惜了。

凤阳见她一直盯着太子看，伸手挡了一下她的眼睛，没好气地压低声音说：

"看什么看，小心长针眼。"

苏风暖脚步顿了一下，颇有些无语地挥开他的手。

路上，遇到的香客和僧人都齐齐避开，避不开的或跪在路旁或垂首而立。即便太子未前呼后拥，未仆婢成群，未排场极大，但他依旧尊贵高人一等。

苏风暖不由得又多了些感叹。

来到太子所安置的院落，厅内已经安排了膳食。

太子迈进门槛前，回头对凤阳和苏风暖道："你们与我一起用膳吧。"

凤阳看了苏风暖一眼，见她没意见，点了点头。

桌案上摆的虽然是素斋，但十分丰盛，苏风暖见太子和凤阳吃得缓慢优雅，自然也稍微矜持了些，细嚼慢咽地吃完了一顿饭，她窝在椅子上不想动。

太子待冯盛收拾下去，对凤阳问："凤少主，对弈一局？"

凤阳看着他："太子不累？"

太子摇头："还好，不太累。"

凤阳道："好。"

苏风暖顿时来了精神，对二人说："我观战。"

凤阳瞅了她一眼，没说话。

冯盛收拾好桌案，拿出白玉棋盘，太子执白子，凤阳执黑子，你来我往，对弈起来。

苏风暖看着，同时心里打着思量，常言说由棋观人，太子心思细密，走一步，观三步。凤阳则是喜欢剑走偏锋，并且棋风如刀，处处凌厉。太子对上凤阳，一人绵柔，一人锋锐，正好相克。

一局棋下罢，不出意外，平局。

凤阳放下最后一颗子，抬眼看了太子一眼，哂笑："都说传言误人，诚不欺我。"

太子也抬眼看了凤阳一眼，浅淡无痕地一笑，移开视线对苏风暖说："姑娘也来一局？"

苏风暖摇头："太子大病初愈，不宜劳累，明日还要沐斋，十分辛苦，改日再来吧。"

太子也不强求，点了点头："那就改日。"说完，他站起身，去了内室休息。

凤阳在原地坐了片刻，偏头看苏风暖，二人目光相对，各有思量，没说话，齐齐起身，出了房门。

冯盛见太子去休息，连忙进去里面侍候。

凤阳和苏风暖出了房间后，一起去了不远处给苏风暖安置的房间，进了房门后，凤阳随手关上了房门，对苏风暖压低声音问："你看出了什么？"

苏风暖摇摇头。

凤阳挑眉："什么也没看出来吗？"

苏风暖看着他："你是说太子？"

凤阳道："废话。"

苏风暖道："我不是下棋者，我是观棋者。"

"不是说旁观者清吗？"凤阳扬眉，"我便不信你观了一局棋，什么也没看出来。"

苏风暖想了想，道："我只是有些不解。"

"嗯？"凤阳看着她。

苏风暖坐下身，对他说："由棋观人，太子是个心思缜密之人才是。下棋走一步看三步，做事情也该会如此。我不太明白他怎么会让自己弄到如此地步？"

"比如？"凤阳看着她。

"比如怎么会中了无伤花？以至于再不能行人道。要知道，不能行人道可是大事儿。而他还未娶太子妃，东宫虽然有侧妃嫔妾，但至今无子嗣。也就是说，与金銮殿那把椅子无缘了。"苏风暖道，"若是从棋风上看来，他这样的人，不该让自己陷入如此境地才是。所以，我不解。"

凤阳颔首："百闻不如一见。他确实与传言中所说的那个月贵妃护在手心里的太子不同。"

苏风暖揉揉眉心："不只不同，是大为不同。"

凤阳见她似十分忧思，嗤笑一声："想不明白就想不明白，不解就不解。与你我也没多大关系。若他真孱弱无能，即便月贵妃护着，也不会活这么久。皇宫里哪个人不心思深且缜密？他如此也是应该。至于为何如此心思缜密还中了无伤花，也不难揣测，估计是百密一疏，阴沟里翻船了。"

苏风暖闻言瞥了他一眼："说得有理。"

二人又闲聊了一会儿别的，凤阳出了房门，去自己安置的房间睡了。苏风暖睡了半日，自然没什么睡意，也不打算去找她娘和外婆，便坐在窗前瞅着夜色。

夜半时分，她落下窗帘，也去床上睡了。

第二日，凤阳踩着点来敲房门。

苏风暖睡得正香，不想起来，抱着被子咕哝："你陪着太子去吧，我没睡够，再睡一会儿。"

凤阳看了一眼天色，不满地说："说你是猪果然没说错。"

苏风暖哼哼两声，不理他，继续睡。

凤阳见她真不起床，只能自己陪着太子前去达摩院。

与昨日一样，达摩院内佛音徐徐，钟声悠悠，灵云大师坐在高台上讲法，众人皆神态虔诚。

苏风暖睡够了，起床时，天已经大亮，她懒洋洋地伸了个懒腰，梳洗一番，随便吃了一口饭，出了斋院，前往达摩院。

来到门口，探头往里面看了一眼，一派祥和。她缩回头，转身离开，打算四处走走。若是进去被凤阳看到她，又该抓住她陪着坐冷板凳了。

凤阳也是个闲不住的主，这回应承护卫太子，倒像模像样真像个护卫，耐得住硬凳子，也难得耐得住听和尚念经。

她走出不远，便见许云初在一棵古松下站着，他背靠着古松，手里拿了一根松枝，似乎闲来无事，在悠闲纳凉。听到脚步声，他抬眼看来，见是苏风暖，温和的眉眼现出一丝亮光，温声开口："姑娘睡醒了？"

苏风暖想问你怎么知道我睡到现在才醒，但如今确实已经日上三竿了，还真没有她这样能睡的。她有些不好意思地咳嗽了一声，不答反问："小国舅是在这里纳凉？"

许云初笑着点头："闲来无事，又不喜听佛经，这里凉快。"话落，又道，"早先遇到凤少主，说姑娘还未醒。"顿了顿，又笑着说，"姑娘称呼我小国舅未免太生疏了，喊我云初就好。"

苏风暖想着，喊你云初岂不是太亲近了？她摇头，笑着说："称呼而已，不分亲疏。"

许云初看着她："姑娘似乎每次见了我，都刻意想与我疏远。难道是因为我这身份？"

苏风暖"哈"了一声，想着真敏感，面上不做丝毫表现地对他笑道："我有刻意疏远吗？小国舅是否误会了什么，还是因为几次碰面，我们都没怎么说上话的原因，至于你误解了？"

许云初看着她含笑："也许我真是有些误解了。"话落，笑道，"既然姑娘没刻意对我疏远，就喊我云初吧。姑娘不喜听大师讲法，我也不喜，不如我们随意走走？"

苏风暖想了想，折中说："我还是称呼你许公子吧，还是这样习惯。"

许云初笑着点头："也好，只要不是小国舅就好，听别人称呼也就罢了，听姑娘如此称呼，总觉得太过疏离。"

苏风暖微笑，想着话说到这里，如今也没什么理由避开他，便说："灵云寺有两景，一景是藏经阁，藏书万卷，囊括许多天下间寻不到的孤本书籍；二景是灵云山观景台上的十八仙景古壁画。藏经阁无住持和寺中长老领着，进不去。但是可以去观观十八仙景古壁画。如何？”

许云初笑着点头：“好。”

二人说定，便一起往灵云寺后山而去。

绕过了几座寺庙，走了大约两盏茶的工夫，来到了灵云寺后方。

观景台前有僧人守着，见许云初与苏风暖来了，他显然识得许云初，许云初与他交谈了两句，说观十八仙景古壁画，那僧人便让开了路，请二人入内。

观景台有十八道天阶，十八道天阶不是石阶，而是用铁锁钉扣穿起的铁链。若想上观景台观十八仙景古壁画，必须要足登铁锁铁链攀爬而上，一边上铁链一边晃悠，非胆子大者，不能做到。

但是这对于苏风暖和许云初来说，不算什么。

苏风暖轻轻提力，凌空而起，三丈高处，拽住绳索，再微微提力，一个上翻，上了高台。

许云初大赞了一声：“姑娘好功夫。”话落，便也拽着绳索，轻而易举地攀上了观景台。他身法自然不及苏风暖轻盈，但也是速度极快，不费吹灰之力。

苏风暖见他上了观景台后，笑道：“许公子文武兼备，名不虚传。”

许云初笑道：“虽不知姑娘文采如何，但也一定差不了。论武我更不及姑娘。称不上文武兼备，羞煞于人。”

苏风暖转过头，笑着说：“天下颂扬你文韬武略，被誉为第一公子，许公子太自谦了。”

许云初摇头：“夸大而已。”

苏风暖失笑：“许公子，谦虚太过可不是什么好事儿。”

许云初闻言也失笑。

二人转过身，只见观景台极大，设有八仙桌椅，靠山的石壁上，以天然的山石为背景，经过人工雕刻，做了一幅十八仙景的壁画。虽然年代久远，但十八罗汉神色各异，栩栩如生，如真人坐在面前，石壁光滑，似乎也看不出岁月刻印下的痕迹。

苏风暖看了片刻，赞叹：“果然是十八仙景，画工神乎其技，鬼斧神工。”

许云初道：“据说数百年前，灵云寺开立山门的得道高僧德灵大师善画技，用大力金刚指画下的这幅壁画，流传至今。”

苏风暖敬佩地道：“德灵大师的确当得上得道高僧。”

许云初又道：“这等画技，可惜失传了，当今世上，怕是无人善此画。”

苏风暖点点头，以她如今的功力还做不到，若是过了二三十年，兴许可以一试。她笑了笑："德灵大师凝聚半生的画技和功力，自然不可比。"

许云初微笑，转过身说："姑娘武功极好，可是善画？"

苏风暖摇头："勉勉强强。"

许云初刚要再说什么，忽然听到远处传来一阵躁动，动静极大，他转眸看去，只见躁动的动静出自达摩院，这里地势偏高，从这里，可以清晰地看到达摩院内的情形，那里已经乱作一团，他皱眉："不好，好像出事儿了。"

苏风暖也看到了，灵云老和尚本来坐着的身子忽然摔倒在了地上，住持和寺中长老围了过去，听佛法的香客们顿时乱了，闹闹哄哄中，看不见太子和凤阳在哪里。

许云初转头对苏风暖急声道："好像是灵云大师出了事情，我们赶紧过去看看。"

苏风暖点头。

二人一起下了十八仙景的观景台。

许云初下去的姿势比上来时利落，几乎是顺着绳索直接跳了下去。苏风暖瞅了他一眼，也落下身，二人快步向达摩院跑去。

不多时，来到达摩院，只见已经有数名僧人守在院门口。手中拿着铁棍，面上一派凝重肃杀。一见就知是出了大事。

许云初来到近前，对一名僧人询问："里面出了何事？"

那僧人自然识得许云初，对他道："回小国舅，是灵云大师出了事儿，住持方丈下了命令，任何人都不得踏入或者离开此地。"

苏风暖探头向里面看了看，有僧人挡着，几乎将达摩院密封得水泄不通，根本看不到里面的情形。

许云初立即对那僧人道："你去禀告住持，就问可否有需要我相助的地方。"

那僧人点头，立即去了。

许云初面色凝重，低声对苏风暖说："这般阵仗，怕是出的事情不小。"

苏风暖点头，暗暗猜想着，到底是出了何事。

不多时，那僧人来到，对许云初拱手："住持请小国舅和这位姑娘进去。"说完，吩咐人让开了门口。

许云初和苏风暖疾步走了进去。

苏风暖匆匆扫了一眼，只见贵裔府邸的夫人、小姐们以及别的香客们都站在院中，她没看到太子和凤阳，便跟着许云初往里走。

来到达摩堂门口，有僧人迎出来，打了个佛偈，对里面说："住持，小国舅来了。”

住持在里面急声说：“快，请小国舅进来。”

许云初踏步走进了达摩堂，苏风暖自然也跟了进去。

只见达摩堂内，住持和一众长老人人神色焦急，灵云大师躺在榻上，双眼紧闭，印堂隐隐发黑。

苏风暖一见灵云老和尚这副情形，就知道怕是中毒了。

住持见到许云初，立即对他说：“小国舅，你来得正好，你快来给灵云师兄看看，他这是中了什么暗器？这暗器所带的是何毒如此霸道？”

许云初点点头，来到近前，只见灵云大师所中的暗器在左胸口，他轻轻拂开他身上的袈裟，看了一眼后，脸色顿时变换起来。

苏风暖也看到了，脸色跟许云初一样，霎时变换了一番。

灵云大师中的不是别的暗器，正是与叶裳所中的暗器一模一样的穿骨钉。

涂有剧毒的穿骨钉。

甚至位置也与叶裳被射中暗器的位置几乎一样。

她脸色不由得蒙上一层清寒，易疯子已经被叶裳安置进容安王府了，她不曾听闻叶裳放他出来。那么，还有谁会用这穿骨钉害人，要杀灵云大师？而且手法与叶裳所中的穿骨钉一样？

他和叶裳当初中的穿骨钉，这样看来明显是出自一人之手。

难道刺杀叶裳的人不是易疯子？可是叶裳明明画出的是易疯子的画像，易疯子也招认不讳。

“小国舅，如何？你可看出来了？”住持方丈立即问许云初。

许云初抿了抿唇，道：“这是江湖上的暗器，我怕猜不准，不敢乱说。”话落，他转头看向苏风暖，“姑娘，你可知道这是什么暗器？”

苏风暖同样抿了抿唇，开口道：“这是穿骨钉。”

住持和一众长老面色齐齐大变。

住持立即说：“老衲听闻叶世子沉船落水前也是中了穿骨钉。”

苏风暖没说话。

住持立即问：“这位姑娘，这穿骨钉该如何拔出？这毒是什么毒？该如何解？”

苏风暖扫了众人一圈，没答话，对住持问：“我知道寺中还有一位灵风大师也会医术。他也是寺中长老，如今为何不在？”

住持立即道：“昨日夜晚，灵风师弟有要事下山了。”

苏风暖转回头又看向灵云大师，穿骨钉上的剧毒正在蔓延，她和许云初赶过来时，已经耽搁了时间，若是不赶紧急救，恐怕就会让灵云老和尚丢掉性命。她皱了皱眉，对住持道："这种毒，是片刻即能要人命的剧毒，唯一的救治办法就是挖骨剔肉，穿骨钉和剧毒一起挖出。"

住持一惊，寺中长老也齐齐倒吸了一口凉气。

有一位长老立即问："施主既然能说出救治办法，可会医术？"

苏风暖点头："能，挖骨剔肉，我会。"

那长老又道："如今灵风师弟不在，我等医术浅薄，看来只能依靠施主了，施主可有把握？挖骨剔肉万一伤着筋骨，后果不堪设想。"

苏风暖偏头看了他一眼，道："这是唯一办法，伤着筋骨总比丢了命强，我不敢保证什么。"

那长老闻言看向住持。

住持有些犹豫："若是伤着筋骨的话，灵云师兄……"

苏风暖打断他的话："这毒霸道，正在蔓延，若是再耽搁下去，你们就直接给他收尸了。"

住持闻言又是大惊，见苏风暖不像说假，咬牙道："既然如此，劳烦施主快救师兄吧。"

苏风暖见他们应承，点点头，从怀中拿出匕首，在灵云大师中暗器处，比画了一下，开始利落地对他挖骨剔肉，剔除穿骨钉和所带的毒。

住持和长老们站在一旁，都是第一次看这般行医，一时间，觉得不忍看，但又移不开视线。

许云初却是面色不变，最是正常，神色平静，细细地打量苏风暖以及她干脆利落的动作，看得认真。这般一看，就知道她惯常用刀，医术高绝，否则一般大夫，这样给人挖骨剔肉，别说不敢，就算敢，也一定会手抖，她的手却半丝不抖。

苏风暖将穿骨钉挖出，以及将染了毒的肉扔在地上后，仅用了须臾工夫。

她扔了匕首，对住持说："拿一坛酒来！"

"酒？"住持大师立即道，"这寺中无酒啊。"

苏风暖看着他："清洗伤口的药酒，别说没有？灵云老……大师既然医术高绝，时常制药，应该会常年备着才是。"

住持这才回过神，立即对一位长老吩咐："是，灵云师兄那里有酒，快去拿来。"

那长老连忙去了。

不多时，拿来了一坛药酒，苏风暖给灵云大师清洗了伤口，又从怀中拿出瓶瓶罐罐的药，给他涂抹在伤口上，又给他包扎妥当。之后，见他依然没醒来，给他把脉。

这一把脉，却发现了另外一件事儿，灵云大师身上中了迷药，是极其厉害的迷灵香。迷灵香是江湖上盛传的迷药之最。闻者皆迷，夺人意识，摄人魂魄。

她暗暗想着，怪不得以老和尚的武功，怎么会躲不开暗器呢，原来他是中了迷药。若是在迷药吸入时，动作迟缓，有人对他使用暗器，且手法高明的话，自然就躲不过了。

“施主，师兄他怎样了？这……这样就祛除了暗器和剧毒了吗？性命可有大碍？”住持问。

苏风暖放下把脉的手，直起身，对住持说：“他中暗器之前，中了迷药，这种迷药是江湖上盛传的迷药之最迷灵香。如今被迷药所控，无法醒来。”话落，又道，“暗器和剧毒祛除了，他性命无碍。迷灵香无解药，六个时辰之后，他就能醒来。”

住持松了一口气：“阿弥陀佛。”话落，回过味来，大惊，“师兄怎么会中了迷药？”

苏风暖道：“这就要查了，迷灵香虽然是迷药之最，但也有一个缺点，就是三步下药，药到效即到。也就是说，当时，谁距离灵云大师三步之内，就有可能是对他下迷灵香之人。”

住持大惊，看向左右，变了脸色：“距离师兄三步之内的，就是我们这些人，都在这里了。”话落，他眼风看向每一位寺中长老。

长老们闻言后，脸色也都变了，互相看着。

苏风暖慢慢踱步，围着这些人转了一圈，没做表态。

许云初看着苏风暖，又看看住持和寺中长老，眸光若有所思。

住持见苏风暖围着这里的人走了一圈，没说话，他心里拿不准，开口问：“施主，你可发现了什么？”

苏风暖笑了笑，摇头：“我只是擅长医术而已，其余的却不擅长。”

“这……我们这些人，都与灵云师兄有数年师兄弟情分。”住持一时也没了主张。

许云初此时问：“为何不见太子和凤少主？”

住持道：“太子身体不适，回斋院了。凤少主陪同太子一同回去了。”

许云初点点头。

苏风暖见住持十分为难，毕竟她一句话出口，就牵涉了包括他在内的所有人。她开口道：“既然住持和各位长老距离大师最近，都有嫌疑，无法自查。这件事情不如就禀告太子定夺彻查吧。”

住持点头：“老衲这就去禀告太子。”话落，又看向昏迷不醒的灵云大师，犹豫了一下，对苏风暖道，“姑娘医术精湛，老衲恳请施主代为照看灵云师兄，直到师兄醒来。”

苏风暖痛快地点头：“好。”

住持又道：“将灵云师兄送回他的禅院吧，劳烦施主也跟去师兄禅院。”

苏风暖没意见，又点了点头。

住持对许云初道：“我已经命人封锁了这里，这里暂且就先劳烦小国舅代为照看了，老衲去请示太子殿下。”

许云初也痛快地点头。

住持安排妥当后，喊来两名僧人，抬上灵云大师，出了达摩院，前往他的禅院住处。苏风暖自然也跟着灵云大师去了他的禅院。

来到灵云大师的住处，两名小僧将灵云大师放在床榻上，便退了出去。

苏风暖挥手关上了房门，从怀中拿出一个玉瓶，倒出一丸药，掰开灵云大师的嘴，给他塞了进去。

天下间没有迷灵香的解药，也只是天下间没有而已，她没说她没有。

第三十五章
迷雾重重

苏风暖给灵云大师喂下药后，便歪去了一旁的矮榻上，等着他醒来。

她实在不解，叶裳所中的穿骨钉剧毒怎么会和灵云大师所中的穿骨钉剧毒一样。

当初她仅因为叶裳所画的一幅画像，便认定是易疯子，派人将他刺杀叶裳的画面给风美人送去了，风美人连半丝纠缠都没有，便断了易疯子一条手臂，也就是承认了易疯子的所作所为。

另外，凤阳的凤阳镖局也得到消息，说易疯子得罪她的买卖就是刺杀叶裳之事，从而认定她护叶裳。

有叶裳指认在前，有凤阳得知消息在后。他们两个都不是轻易被人糊弄的人。所以说，易疯子刺杀叶裳之事，她才认定板上钉钉，也从未怀疑再有别人。

可是如今，灵云老和尚今日也中了穿骨钉，穿骨钉所携带的剧毒与叶裳所中的剧毒一模一样，而穿骨钉钉入左胸口的位置和手法也几乎一样。尤其是易疯子如今还在容安王府。

难道叶裳放他出府了？

她直觉不可能。

易疯子被皇上的轻武卫追杀，走投无路，叶裳保下他，他入容安王府为奴。容安王府突然进去这么一个江湖人，不只皇上关注，京中的一众大臣们定然也极为关注。别说叶裳不会放他出来，就算放他出来，他的一举一动都会被人知道。

所以，今日之事，不可能是易疯子所为。

既然不是易疯子所为的话，天下还有何人能与易疯子施展暗器的手法一样，所作所为如一人呢？她从未听说过。

她在矮榻上歪了半个时辰后，外面有了动静，似乎有人进了这所斋院。她慢慢坐起身，偏头去看窗外，只见是住持领着太子、凤阳、冯盛来了。

她又将身子歪了回去。

住持轻轻叩了叩房门，在外面喊："施主。"

苏风暖应了一声，道："门没插着，方丈大师自己推门进来就是了。"

住持闻言伸手推开房门，自己没先进来，却对身后道："太子请，凤少主请。"

太子当先抬步走了进来，凤阳跟在他身后，也迈进了门槛。

太子进来后，先是看了苏风暖一眼，便看向躺在榻上的灵云大师，灵云大师依旧沉睡着，没醒来，他又转回头，对苏风暖问："姑娘，大师何时能醒来？"

苏风暖道："不知道呢，这种迷灵香对寻常人要六个时辰，对于大师便不清楚了。大师功力高，兴许用不了多久就能醒来。"

太子点点头。

凤阳来到苏风暖身边，脸色不好看："你不是在院子里睡觉吗？怎么会和许云初跑去了十八观景台看古壁画？"

苏风暖瞅了他一眼："我睡醒了，在达摩堂外碰到了他，都懒得听和尚念经，便去了那里。"话落，问向太子，"听说殿下身体不适？"

太子点点头："肠胃有些不适。"

苏风暖又坐直身子："我正巧懂医术，给殿下看看？"

太子看着她，颔首："也好，今日灵云寺出了这么大的事儿，我正好在这里，不能置之不理。但这副身子实在提不起力，若是姑娘的医术能给我看看的话，让我不至于又病倒，也能理些事务。"

苏风暖站起身，对他道："殿下请坐。"

太子坐在了矮榻上。

苏风暖挽了衣袖，见太子伸出手，她将手按在他脉搏上。

凤阳在一旁看着，不置一词。

过了片刻，苏风暖撤回手，对太子道："殿下应该是吃了什么硬食，导致肠胃不能消化，才引起不适。我这里有消食丸，殿下吃一颗应该就能好了。"

太子微微露出丝微笑："多谢姑娘。"

苏风暖从怀中拿出一个瓷瓶，看向一旁的冯盛，问："盛公公要为太子试药吗？"

冯盛还没说话，太子便道："姑娘给的药便不必试了。"话落，道，"姑娘给我吧。"

苏风暖倒出一颗药丸，递给了他。

太子张口吞了下去。

苏风暖见他吃了药，坐去了一旁。

住持对太子道："灵云师兄不知何时醒来，达摩堂内贵裔府邸的香客们不能一直禁锢着，如今小国舅在达摩堂照料着，依着师兄中的迷灵香来说，老衲和一众师弟们当时距离灵云师兄最近，都有嫌疑，此事交给谁来查都不妥，太子看此事该如何处置？"

太子沉思片刻道："此事暂且交给小国舅来查吧，本宫便在这里等着灵云大师醒来，听听大师的说法。"

住持双手合十，打了个佛偈，颔首："那老衲这就去请小国舅彻查此事。"

太子点头。

住持出了房门，离开了斋院，前往达摩堂。

住持离开后，房中静了静，太子看向苏风暖："姑娘医术高绝，应该能知晓灵云大师具体何时醒来吧？"

苏风暖看着太子，他脸色依旧如昨日刚见他一般平静，她今日又给他把了脉，有情草的遗症的确是落下了无疑。他今日的确是肠胃不适，提前离了场。她点点头："最多再半个时辰，就能醒来。"

太子颔首，不再多言。

凤阳对苏风暖问："听说灵云大师所中的穿骨钉和剧毒是你给医的？从暗器手法来看，是什么人？"

苏风暖看着他道："是我给医的，从暗器手法和他被暗器所射中的位置以及暗器上涂抹的剧毒这三点来看，与当初叶裳所中的穿骨钉几乎如出一辙。"

"嗯？"凤阳扬眉。

太子也看向苏风暖。

苏风暖道："确实无疑。"

凤阳道："难道又是易疯子？"

苏风暖摇头："易疯子被皇上的轻武卫追杀，叶裳从轻武卫手中保下了他。如今将他收服在容安王府做奴仆，就是乞巧节那日的事儿。不可能是易疯子。"

凤阳挑眉："这事儿倒新鲜了。既然不是易疯子，怎么灵云大师所中的穿骨钉和叶裳所中的如出一辙？既不是一人所为，怎么能如此相同。"话落，对苏风暖问，"你确定没看错？"

苏风暖道："你觉得我的眼睛能看错？这两个人可都是我救的。"

凤阳闻言不说话了，似乎陷入了沉思。

太子看着二人，见二人话语告一段落后，缓缓开口："当初叶世子受伤中毒沉船落水，是姑娘所救？"

苏风暖点头，避重就轻地说："都是恰巧碰到我在。"

太子点点头。

“今年这事儿可真是稀奇了，我可不曾听说天下有两个易疯子。”凤阳也坐下身，看向太子，“叶世子被刺杀，东湖画舫沉船，是为了太子。如今灵云大师做法事出事，这又是何目的呢？难道也是冲太子而来？”

太子闻言，抬眼看了凤阳一眼，并没有出声。

苏风暖道：“太子来灵云寺沐斋是因为皇上有旨，如今灵云老和尚出了事儿，法事自然做不下去了。怕也是冲着太子而来。只是不知道为何要杀灵云大师？这中间有何内情。”

太子面色平静，依旧没言语。

凤阳道：“看来只能等着灵云大师醒来了。”

苏风暖打了个哈欠，歪着闭上了眼睛。

“别告诉我你还要睡？”凤阳瞅着她，“我以前怎么不知道你还有一个嗜睡的毛病？”

苏风暖道：“最近伤神，需要多养养。”

凤阳嗤笑：“你倒是娇气。”

苏风暖懒得理他。

冯盛一直立在门口，此时小声试探地问：“殿下，此事儿也不算是小事儿，要不要奴才给皇上传一封信？”

太子“嗯”了一声。

冯盛转身出去了。

过了片刻，苏风暖似乎真要睡着了，呼吸均匀，没什么动静。

太子低声对凤阳问：“凤少主和这位姑娘是什么关系？”

凤阳看了苏风暖一眼，对她总是睡的行为显然嗤之以鼻，闻言，对太子回道：“没什么关系，这个女人常年在江湖上跑，仗着一身本领，总是以欺负人为乐。我看不惯，与她打了几次，打不过她。但是也打出了些许交情。”

太子扬眉：“哦？以凤少主的武功，打不过这位姑娘？”

凤阳嗤笑：“我的武功打不过不稀奇，就是云山真人也只是与她打个平手。”

太子更是有些讶异：“这位姑娘年纪尚轻，武功竟然如此厉害？她是如何修习的？”

凤阳摇头：“如何修习的倒是不知，只是曾经偶尔听人提起过一次，说她自小经受了洗精伐髓之苦，方才打通了经脉，以至于年纪轻轻便武功大成。”

“洗精伐髓？”太子看着凤阳。

凤阳解释：“人之根本，就是人之精髓。懂得武学医理之人，用世间罕见之药，帮她洗去生下来沾染在精髓上的浑浊之气和如铁一般的筋骨，就是洗精伐髓了，可以使奇经八脉自如运行，这是常人不能受之苦。”

太子闻言颔首，又看向苏风暖，缓缓道：“当年她还很小吧？”

凤阳点头：“洗精伐髓不能超过七岁，要在七岁之前，否则受多少苦，也不会成。”顿了顿，他道，“武学之道，博而广阔，但敢于走独木桥的，也就寥寥几人。就算敢如此的，但没有一定的坚韧心志，也未必能成。”话落，他道，“我曾经也被祖父逼迫试过，但没撑过七日就受不住了。更何况洗精伐髓者，要足足受一年之苦。”

太子点头。

凤阳看着苏风暖道：“这个女人对自己都如此狠，天下什么事儿在她手里做不成？她……”

“乱说什么？”苏风暖实在听不下去了，睁开眼睛，瞪着凤阳，打断他的话，“在太子殿下面前胡诌不实之言，你想让太子殿下如何看我？”

凤阳看着她，不置可否，挑眉：“不睡了？还是睡不下去了？”

苏风暖哼了一声，对太子说：“殿下别信他的胡诌之言，我只不过小时候阴错阳差跟了一个疯道士拜师学艺。那疯道士脑子犯抽，觉得我是个好材料，不拿我做药炉可惜，于是，我就被他改造了一番。”

太子看着她，微微露出丝笑意：“不管凤少主是否胡诌，但你受的苦总是真的。”

苏风暖揉揉肩膀：“这倒是。”顿了顿道，“一旦人为了活着或者某种目的，逼迫到了极限，不管多大的苦，都能受得来。”

太子点头。

这时，榻上躺着的灵云大师突然睁开了眼睛。

苏风暖发觉了，立即转头看向他。

灵云大师乍然醒来，眼神迷茫，待看清置身自己的屋子时，也看清了屋里的三人。他愣了愣，疑惑地要坐起身。

太子立即说：“大师有伤在身，切不可轻举妄动，小心触动伤口。”

灵云大师此时已经触动了伤口，偏头看向左肩，伸手捂住伤口，还是坐起了身，道了一声：“阿弥陀佛！”

苏风暖翻了个白眼，和尚果然是和尚，张口闭口就是这句话。她开口问：“老和尚，你怎么会中了迷灵香和穿骨钉？”

灵云大师慢慢地松开手，没答她的话，道：“苏……”

苏风暖立即拦住他的话，太子还不知道她的身份，她如今易容，老和尚自然识得，但苏这个姓氏太敏感，此时还是隐着些好。

她立即拦住他话，道："太子殿下在这儿呢，你可还记着是怎么中的迷灵香和穿骨钉？要如实说。迷灵香三步之内下毒，寺中住持和长老们离你最近，他们如今都有嫌疑。"

灵云大师本来要称呼"苏小友"，如今见她截住话，恍然明白她是不想让太子殿下知晓她的身份。便立即转向太子，打了个佛偈道："太子殿下，难道住持师弟和寺中的长老师弟们都被看押起来了？怎么不见他们在这里？"

太子看了苏风暖一眼，道："不曾看押起来，达摩院众人都暂且被禁锢了。小国舅在彻查此事。他们既然都摆脱不了嫌疑，自然也要在达摩院接受彻查。"

灵云大师点头，想了想，才道："我中的迷灵香是从高台上燃的香里散出来的，那香正对着我，待我发觉时，已经晚了。中的穿骨钉则是从对面的案台处射向我的。我看得清楚，不是由人所发，而是案台处被人设了机关，自动发出的暗器。"

苏风暖讶异："竟然是这样？"话落，她眉头皱紧，"这么说，你没看到什么人了？"

"没有。"灵云大师摇头。

苏风暖又问："香是从哪里来的？都经了什么人手？案台是什么人布置的？"

灵云大师摇头："这就要问住持师弟了，与往年的法事一样，一切安排都是住持师弟。"

苏风暖道："叶裳所中的穿骨钉与你一样，像是出自一人之手。可是他当初看见的人，是易疯子。而易疯子被他收进容安王府了。如今你却说没见到人，只是案台处被人设了机关发出的穿骨钉，但手法却是与易疯子谋杀叶裳几乎如出一辙。这倒是奇怪了。"

灵云大师闻言看向苏风暖："我与叶世子所中的穿骨钉几乎如出一辙？这……怎么会？"

"你们两个都是被我挖骨剔肉救的，我还能看错不成？你幸运的是先中了迷灵香，所以，即便挖骨剔肉，也感觉不到痛，他却不同，他是生生被挖骨剔肉。"苏风暖看着他，"老和尚，你再想想，有什么地方，是你没看清，或者忽视了的？"

灵云大师闻言又仔细地想了片刻，还是摇头："你知道，我的武功即便中了迷灵香，也能有片刻神志清醒，就是在闻入迷灵香后，暗器从案台处对我射来，我看得清楚，但因为中了迷灵香，所以没办法躲过。"

苏风暖蹙眉问："当时，案台前后，坐着什么人？"

"只有寺中的长老师弟们。"灵云大师道。

苏风暖闻言道："寺中购入迷灵香都经了什么人手？达摩院一切布置，又是经了什么人手？这样看来，只能等着一步步查了。"

灵云大师叹气："没想到佛门之地竟然也出了这等事情。老衲自诩未曾得罪过什么人。怎么会有人这般暗地里谋划暗害老衲呢？老衲实在想不通。"

苏风暖也有点儿想不通，有人暗中谋害叶裳，是为了移祸东宫，拉太子下马，那谋害灵云大师呢？也是为了太子吗？可是谋害灵云大师能如何害到太子？

她想到若不是凤阳找到她与他一起来灵云寺护卫太子，她若是在山下的话，这般穿骨钉和剧毒，就算有人现找她，她都来不及救老和尚性命，这种剧毒，解毒必须在旦夕之间。

来不及救的话，他如今已经死了。

苏风暖揣思了片刻，对灵云大师问："你那个灵风师弟，干什么去了？"

灵云大师道："灵风师弟听说有人卖凤灵草，下山去找那卖家了。"

"哦？"苏风暖挑眉，"我怎么未曾听说？"

灵云大师摇头："不知道他从哪里听说的，昨日离开的。"

苏风暖道："灵风大师的医术也是极好的，有他在的话，你便不用我来解毒了。可是他正好不在，我若不在，此时你估计已经去找阎王爷喝茶了。他不在的这个时机也未免太巧了。"话落，又问，"有人要杀你，总有原因。你想想，你这段时间，都做了什么？"

灵云大师想了片刻道："老衲这段时间只做了三件事儿。"

"哪三件事儿？"苏风暖问。

灵云大师看了太子一眼，见他静静听着，他道："一件事儿是为国丈府的许小姐制药；另一件事儿就是下山为太子殿下诊治，守着殿下待了两日；第三件事儿，就是这两日灵云寺大做法事，老衲讲解经文了。"

苏风暖眯了眯眼睛，没说话。

凤阳在一旁道："这三件事儿确实都称不上小事儿。"话落，他看向太子，"殿下怎么看？"

太子摇摇头，道："不知此事与叶世子被暗杀沉船之事是不是一件事儿？如今那件事儿由晋王彻查，还没查出个因果，如今又出了这件事儿。若是如姑娘所说，大师和叶世子所中的剧毒暗器如出一辙，这便是个难解的关口，恐怕还要牵扯出叶世子府中的那位江湖杀手仔细盘问。"

"江湖杀手即便到死，也不会出卖雇主姓名。"凤阳道，"不过如今易疯子已经不再是江湖杀手了，兴许从他身上可以探查一二。"话落，他看向苏风暖，

“易疯子有骨气得很，即便被轻武卫追杀，也不会甘愿求自保给叶裳做奴仆吧？叶裳是用了什么办法收服了他？”

苏风暖道：“风美人。”

凤阳嗤笑：“这确实是易疯子的一个致命弱点。”

苏风暖不置可否。

这时，外面又有脚步声传来，几人闻声看去，只见是许云初和住持方丈。

不多时，二人来到门口，住持的声音先传来：“太子殿下，灵云师兄可醒了？”

太子回道：“醒了。”

住持大喜，与许云初一起走了进来。见灵云大师果然已经醒来，坐在榻上，他急走两步上前，道：“师兄，你总算醒来了。”

灵云大师道：“阿弥陀佛，住持师弟，达摩院如今是何情形？贵裔府邸的夫人、小姐们也不能因我而一直晾在达摩院。”

住持连忙道：“师兄所言有理，小国舅盘查一番后，将达摩院内的所有香客都遣去休息了，但出了此事，已经命人封锁了前后山门。此事未查明前，任何人不得放行。”

灵云大师点头，看向许云初：“辛苦小国舅了，小国舅可查出些什么？”

许云初道：“大师所中的迷灵香是因为高台上燃的香里散出的迷灵香，那根香不同于别的香，里面应该是掺杂了迷灵香。那根香正对着大师，所以，只有大师一人吸入。”顿了顿，他道，“至于大师所中的暗器，应该是来自对面的供台处，那里我查过，那供台不同于一般供台，设有机关暗器。涂抹了剧毒的穿骨钉绕弹簧一十八圈后，就会自动发射暗器。”

灵云大师道：“我的印象也是这样。”

苏风暖问：“那供台是哪里来的？”

住持道：“是寺中往年做法事用的供台，今年不知是被何人动了手脚。”

“都什么人接触过香、供台？”苏风暖又问。

住持叹了口气：“今年因是大做法事，京中贵裔府邸的夫人们几乎来了一大半。寻常百姓也来沐斋。寺中人事多，人手不够，几乎寺中的所有人都派上了用场。实在提不出何人碰过香和供台。”

苏风暖一时无语了。

凤阳道：“这可真是奇了。自动发射的暗器竟然与叶世子被人射中的暗器几乎一样，连位置都一样。一个是人为，一个是机关暗器。这节点掌握得未免太准了。实在难以想象，何人如此处心积虑且精通机关暗器。”

许云初道："只精通机关暗器怕是还不够，还十分了解大师盘膝而坐的姿势以及精准的算计。"

灵云大师闻言又道了一声："阿弥陀佛，善哉，善哉。"

太子站起身，道："大师如今受伤，今年的法事就作罢吧。至于谁是背后暗害之人，暂且交由小国舅彻查。大师仔细养伤，此事盛公公已经禀告给了父皇，父皇知晓此事后，想必也不会置之不理。"

灵云大师道："老衲虽然受伤，但只要不触动伤口，法事依旧能进行下去的。"

苏风暖轻嗤一声："老和尚，你不要命了没关系，但出了这么大的事儿，别人可不敢再听你讲法了。你对着空气讲经吗？"

太子和许云初见苏风暖这样不客气地与灵云大师说话，都看了她一眼。

灵云大师却不恼，甚至觉得有理，叹了口气："这样说来，今年的法事只能作罢了。"

太子点点头，又嘱咐灵云大师好生养伤，便不再逗留，出了房门。凤阳和苏风暖自然也跟着他一起出了斋院。

许云初见他们离开后，对灵云大师问："大师，你与这位姑娘是否十分相熟？"

灵云大师点头："多年前的交情，算是忘年之交了。"

许云初道："大师可否告诉我这位姑娘姓名？"

灵云大师看着他，笑了笑："小国舅与她应该也不是第一次见，她既然没对你说，老衲便不好说她名讳。小国舅见谅。"

许云初也笑了："我只是好奇她是何人，为何打探不出来？偏生很多人似乎都与她熟识，却对于她的事情三缄其口。让我实在很好奇。"

灵云大师看着他道："小国舅着相了。世间万事万物，讲究的是缘法。如今你还不知她是谁，便是缘法没到，到了自然就知道了。"

许云初笑着点头："大师说得也对。"

住持此时开口："师兄，此事你大难不死，多亏有那位姑娘，可是那位姑娘是太子的人，不能时刻守在这里。这里是否该派些弟子护卫？"

灵云大师摆手："用不着，事情可一不可再。我以后小心些就是了。"话落，道，"你要安排人护卫好后山各个院落，别让京中贵裔府邸的家眷们出了事儿。"

住持连连点头。

太子从灵云大师的住处出来后，便回到了自己的住处。凤阳和苏风暖依旧陪着他一起用过斋饭后，才出了房门。

二人进了房间后，凤阳对苏风暖道："今日这事儿，你怎么看？"

苏风暖道："头疼得很。"

"嗯？"凤阳看着她，"如何头疼？"

苏风暖道："这事儿目前看来，不只刺杀这么简单。牵扯了叶裳东湖画舫沉船之事，就更为复杂了。"顿了顿，她道，"叶裳、太子、许云初，这三人都牵扯其中。虽然这两件事儿看着和许云初没关系，可是这两件事儿他恰巧都赶上，如今灵云寺彻查之事暂且交到了他手里。一个是容安王府，一个是东宫，一个是国丈府。这样深想的话，如何能简单？"

凤阳敲了敲桌面，对她问："你说有没有可能，刺杀叶裳的人不是易疯子？"

苏风暖皱眉："就算叶裳画的画像有误，但你凤阳镖局得到的消息不也是易疯子接了刺杀叶裳的买卖吗？"

凤阳点头："所以，我也奇怪。但人为和机关暗器射出的手法怎么能如出一辙？就算灵云大师讲法时坐定不动，但也不该分毫不差。"

苏风暖道："除了暗器剧毒如出一辙，我更想知道背后之人是什么目的，要杀叶裳，移祸东宫，如今要杀灵云大师，难道是与太子所中的无伤花有关？当时请了灵云大师，还是为了打断灵云寺这场法事？打断法事儿，对什么人有好处？"

凤阳道："这就难想了。"

苏风暖也叩了叩桌面，道："我总觉得，似乎有一根线，在引着，搅动南齐内局。但如今却是迷雾遮掩，让人连冰山一角也窥不到。"顿了顿，道，"尤其是牵连到了江湖杀手，也就是牵扯到了江湖。江湖平静了这么多年，我可不希望被打破。"

凤阳笑道："你三年前将江湖打造得固若金汤，就算有人想打破江湖的密网，也没那么容易，靠这一两桩事儿，还做不到。"顿了顿，他道，"愁什么？还轮不到咱们愁，要愁也该是皇上愁。灵云寺大做法事，不异于皇上祭天。都有祈祷南齐风调雨顺国泰民安之意。如今出了事情被打断，尤其还与东湖画舫沉船之事牵扯到了一起，皇上应该大为光火。"

苏风暖突然道："会不会跟太后有关？毕竟皇室和太后斗法，近来已经针锋相对了。"话落，她又自我否决，"不对，太后信佛，就算与皇上斗法，不会对佛门出手。"

凤阳点点头。

苏风暖揉揉眉心。

这时，有一只乌鸦飞到窗前，在窗子上啄了啄，弄出叮叮的动静。苏风暖转头看去，立即起身，打开了窗子。乌鸦立即飞了进来，落到了她肩头。

凤阳道："你这只乌鸦倒是厉害，灵云寺如今如此戒备森严，它也能飞进来。"

苏风暖没答话，解下乌鸦腿上绑着的信笺，见是柳开的字，上面写着："小姐，京中传来消息，叶世子发了高热，昏迷不醒。"

苏风暖面色微变，叶裳怎么又发高热了？

第三十六章
急闯城门

苏风暖捻碎了信笺，拍拍手，纸屑从她手指缝隙落在地上，她转过头，看向凤阳。

凤阳见她从看完信笺后神色就变了，这种神色十分罕见，但也不是没见过。他挑眉："叶世子出了什么事情，让你这般色变？"

苏风暖沉默了一下，道："叶裳发了高热，我必须立马回京。"

凤阳看了一眼天色，道："高热而已，请太医院的太医看看就是了。"

苏风暖摇头："不行，太医院的太医我信不过，不放心，他一旦发高热就会很难退热。"

凤阳脸色不好看："你没回京的时候，他不是活得好好的吗？"

苏风暖不想再耽搁，对他道："那不同，以前他身体的热毒紫木草尚且能压制，如今压制不了了。上一次我为他退热，损耗了近三成功力。太医院的太医们做不到。"

凤阳恍然："原来你最近嗜睡，是这个原因。"

苏风暖揉揉眉心，对他道："你知道的，他不能出事儿，我必须立即回去。"

凤阳道："我与你一起。"

苏风暖摇头："你跟我回去做什么？你又不会医术，同时也还要护卫太子。"顿了顿，又道，"灵云寺今日又出了这个事情，如此复杂，我觉得你还是留在太子身边为好。目前边境刚息战，太子断然不能出事儿。若是太子出事儿，这朝纲势必要动荡一番，不是好事儿。"

凤阳不满地道："我就不明白这护卫太子的重担怎么一下子就落在了我身上？"话落，他又轻哼，"兴许叶裳知道你在灵云寺凑热闹，哄骗你回去，不见得真是发热了。"

苏风暖摇头："不会，柳开收到京中传来的消息，不会是假。"顿了顿，她又道，“即便是假，我也要回去。对于叶裳，宁错一万，不能折一。”

凤阳又哼了一声，没好气地对她摆手：“知道你护着他惯着他。滚吧。”

苏风暖立即出了房门。

她刚迈出门槛，凤阳又道：“灵云寺如今各个山门封锁，你要想出去，要想个理由。”

苏风暖点头，回身对他道：“劳烦你跟太子说一下，毕竟我是跟随你来护卫他的，我就不去找太子了。至于怎样出山门，我去找灵云老和尚。”

凤阳点点头，对她问：“此次回京，若是叶裳退了热，你是否还折回来？”

苏风暖摇头：“应该不折回来了，灵云寺出了这样的事儿，查出也好，查不出也罢。京中贵裔府邸的家眷们不能一直被禁锢在这里，过两日，山门都要打开。我娘和外婆也会回京，我便没必要再来了，毕竟灵云和尚自己也懂医术，包扎换药的事儿他自己就能做。”

凤阳颔首。

苏风暖想了想，又道：“若是太子回京，我建议你随太子去京城。也许，跟在太子身边，总能查出无伤花之事或许别的事儿。”

凤阳点点头。

苏风暖快步出了斋院，向灵云大师的住处走去。

冯盛听到动静，打开房门，见凤阳站在门口，脸色说不上好看，他走近他，压低声音问：“凤少主，出了什么事儿？”

凤阳摇头，对他道：“你告诉太子一声，我带来的姑娘有要事出山了，我还是留在这里护卫太子。”

冯盛点点头，转身折回了太子房间。

太子问：“公公，出了什么事儿？”

冯盛低声说：“那位姑娘据说有重要的事情离开了，凤少主告诉咱家知会您一声，凤少主不走，还留在这里护卫您。”

太子点点头。

冯盛不再说话。

过了一会儿，太子忽然问：“公公可知道那位姑娘姓甚名谁？”

冯盛摇头：“老奴不知，她是凤少主带来的人。”

太子道：“那位姑娘似乎与灵云大师极为相熟。”

冯盛点点头：“她与灵云大师言语随意，应该是极为相熟之人，幸好今日有那位姑娘在，否则灵云大师性命休矣。”

太子又点了点头。

冯盛看着太子，小心翼翼地道："殿下，您说，这背后算计暗杀之人，会是何人？"

太子抬眼看他："公公以为呢？"

冯盛摇摇头："老奴以为不出来。"顿了顿，又道，"先是叶世子东湖画舫沉船，中剧毒的穿骨钉，之后是您中无伤花的毒，如今又是灵云大师在大做法事之日时中了与叶世子一模一样的剧毒穿骨钉。这三件事，接踵而至，可都谋划极深。"

太子笑了一声，平静的面色有些冷。

冯盛看着他，说话更小心了："从北周开战，苏大将军官复原职，亲赴战场后，南齐内外便没有一日消停了。这让老奴想起当年，容安王和王妃还在世之时，也曾经动乱了几年时间。后来，王爷和王妃战死沙场，苏大将军引咎辞官，才消停了十二年。"

太子眸光微微缩了缩，道："这样看来，症结在苏大将军身上了？苏大将军如今官复原职，刚击退了北周侵犯，父皇已经打算再不放他悠闲，他还没回京，这内局便又开始乱上了。"

冯盛道："苏大将军官复原职了，击退北周侵犯回京是早晚的事儿，叶世子也长大了，皇上身体本就不太好，随着年纪大，日渐精力不济，许家坐大，太后也老了。而太子您又……"他话语顿住，又深深地叹了口气，"多事之秋。"

太子不再说话。

冯盛又小心地压低声音道："您说，这些事情是不是许家背后动的手？"

太子向窗外看了一眼，天色有些阴，乌云遮蔽，已经不见日光，看来今日的确有雨，不过一时半会儿还下不起来。他道："出了这些事情，任谁都会猜测许家。但正因为如此，才不见得是许家。"

冯盛道："老奴也觉得，皇上和太后针锋相对的这个节骨眼上，许家已经让天下人都觉得荣盛太过了。这时候，许家该避其锋芒才是。不该弄出这一连串的事儿。"

太子看着他，问："我中无伤花，需要有情草解毒，灵云大师若是有解药，早应该拿出来了，不至于等了两日。解药是从哪里来的，你知道吧？"

冯盛看着太子，从醒来后，他便没细问如何解的毒，只平静地接受了事实，便低声道："有情草只有云山真人有一株，皇上将当初在养伤的叶世子派出了京，前往云山真人处求得的解药。算起来，云山真人是叶世子师祖。"话落，道，"不过此事隐秘，仅有几个人知晓。解药是云山真人的道童送到了灵云大师手里的。"

太子点头，不再多言。

冯盛也不敢再言语，对于男人来说，生不如死的便是不能行人道，尤其这个人还是太子，除了失去男人的尊严外，还注定失去至尊皇位。

苏风暖来到灵云大师的斋院，许云初和住持依旧在。

她进了房门后，对灵云大师道："老和尚，我有要事儿，必须离山。"

灵云大师一怔，见她脸色不太好，问："很重要的事儿？"

苏风暖点头："十分重要。"

灵云大师点头，对住持和许云初道："住持师弟，小国舅，这位……姑娘，定然不会害老衲。她既有要事儿，让她出山吧。"

住持看着苏风暖，点了点头。

许云初站起身，道："姑娘自然不会是害大师之人，既然有要事，我送姑娘出山门。"

苏风暖点头，也不推托："多谢。"

许云初与她一起出了灵云大师的斋院。

苏风暖的脚步走得有些急，许云初尽量走快些跟上她，来到山门前，许云初才开口："让姑娘如此着急，一定是很重要的事儿了。"

苏风暖点点头。

许云初又道："姑娘此次下山，何时再上山？"

苏风暖摇头："说不准，短时间内应该不会来灵云寺了。"

许云初看着她："在下若是找姑娘，该如何寻？"

苏风暖转头看向他，见他目光微深，她收回视线，认真地道："我常年在江湖跑，周身也染上了些江湖人的习性。秉持四海皆兄弟姐妹，聚散都讲求缘分。"话落，又道，"不过我与许公子就不必讲求这些了，你我早晚还会再见的。"

许云初失笑："姑娘对我身份透彻，我却不知道姑娘是谁，这滋味有些不好受。"

苏风暖道："若是你知道我是谁，兴许难免会失望。"话落，对他拱手，"许公子再会。"

许云初也拱手："再会。"

因是许云初亲自相送，守卫之人立即打开了山门，苏风暖出了山门后，不回身，对许云初背着身挥了挥手。

许云初立在山门前，目送她下山，不多时，她便消失了身影。

这时，有一人出现在他面前，低声喊："公子。"

许云初抬眼，看着那人，问："查出来了吗？"

那人摇头："查不出来。"话落，建议道，"这位姑娘刚刚离开山寺，若是属下跟踪的话，兴许能查到。"

许云初摇头："她武功极高，人也聪颖，你跟踪的话，定然会被她发觉。"话落，摆摆手，"罢了，查不出就查不出吧，诚如她所说，早晚有一日，我能知晓她身份。不过是早晚而已。"

那人不再多言。

许云初又问："今日灵云大师中了剧毒的穿骨钉，我令你查的灵云寺香火中掺杂迷灵香之事，可有些眉目？"

那人摇头："没有，在香火里放迷灵香，恰巧那根香对准灵云大师，今年法事做得大，灵云寺的一众僧人都有干系。一时半会儿，难以查明。"

许云初揉揉眉心："无论如何，灵云寺的僧人必定有人掺杂其中，再查。"

"是。"那人垂首。

许云初离开了山门，折了回去。

苏风暖出了山门，疾步走了一段路后，特意停住脚步，听了听，无人跟踪，对许云初不免有些许好感。

进了灵云镇，回到了深巷宅院。柳开打开门，对她道："小姐，您回来了？"

苏风暖点头："去给我牵一匹马，顺便将小狐狸带出来，我立即回京。"

柳开连忙去了。

不多时，柳开牵来马，小狐狸跑了出来，一蹦一跳的，十分欢喜。

苏风暖伸手将小狐狸抱起，翻身上马，拢着马缰绳对柳开道："你派个人，密切注意灵云寺的动静。有什么消息，立即传书给我。"

柳开已经知道今日灵云寺出了大事儿，点了点头。

苏风暖不再耽搁，骑马离开了深巷宅院。

出了灵云镇，苏风暖快马加鞭，前往京城。

来到京城后，天已经黑了，乌云遮蔽的天空，黑沉沉的，像是随时都会落下暴雨。

这时，城门刚要落锁，苏风暖眼看来不及，一挥马鞭，在城门仅容一人一马穿过的空隙中，越过给城门落锁的守城士兵，冲了进去。

落锁的士兵只觉眼前一黑，头上被庞然大物罩住，吓得一哆嗦，差点儿趴在地上。

"什么人竟然擅闯城门？"有人大喝一声，"拦住她。"

苏风暖从那要落锁的守城士兵头顶上跃过之后，马蹄踏在了地面上，听到有人大喝，并没有立即打马走，而是勒住马缰绳，驻足。

一人大喝之后，有数十守城士兵提着长缨枪，瞬间将她围住了。

守卫城门的中尉将眉目严肃地看着骑在马上的她，冷声问：“你是何人？竟然擅闯城门？”

苏风暖端坐在马上对他拱了拱手：“将军恕罪，小女子实在有急事儿，不得已才闯了城门。”

中尉将见她言语恭敬，面色稍霁，但还是冷声道：“报上名来，京城城门若是让人随意能闯，传到皇上耳里，我等定会被拉出去砍头了。”

苏风暖摸了摸自己的脸，想着许云初虽然在灵云寺，但国丈府可是在京城，有个风吹草动，自然会传去他耳里。这真名因为他却是不能报了。她心思微转，道：“小女子是安国公夫人娘家的侄女，姓李。”

“嗯？”那中尉看着她，“安国公夫人姓李吗？据我所知，是姓林。”

苏风暖摇头：“是安国公已经逝去的前夫人。”

那中尉恍然，但还是对她道：“我怎么知道你说的是否属实？”

苏风暖心下焦急，但只能耐着性子道：“将军若是信不过小女子，尽管派个人去将安国公府的二公子陈述请来。她一见我便知。”

那中尉闻言对身边一名城门小兵挥手，吩咐道：“去请安国公府二公子派个人来指认。”

“是。”那人立即去了。

苏风暖只能端坐在马上等候。

那中尉打量苏风暖，见她连个包裹都没带，只一人一骑，显然是惯于骑马，坐在马上的姿势十分端正。

过了两三盏茶的工夫，那小兵回来了，身后还跟着骑着马跟来城门的安国公府二公子陈述。

陈述听说是自己娘的娘家来人，他十分疑惑，立即跟了来。来到近前，见到端坐在马上的苏风暖，他并不认识，眉头不由得皱了皱。

苏风暖当先开口：“表哥，在灵云镇你险些踩了那位老婆婆，当日我还说了你不该鲁莽。今日不想我也因为事情紧急，闯了城门，只能劳烦请你来认领我了。”

陈述一怔，恍然，原来是她。他顿时笑了：“你是有什么急事儿？闯了城门？”

“稍后与表哥细说。”苏风暖看着他，“这位将军不让我走，不明身份者，要押去查办。表哥先与这位将军说一声吧。”

陈述闻言对那中尉笑道：“这是我小表妹，卖我个人情，郑中尉网开一面如何？”

那郑中尉见陈述还真认识，这位安国公府的二公子与容安王府的叶世子一样，可是个实打实的纨绔子弟，不能轻易得罪。往日里，只要那帮子纨绔子弟兴起，半夜开城门打猎，来来回回赛马进出城门，他们守城的人也只能跟着折腾，屁也不敢放一个。御史台弹劾叶世子，皇上根本不处理，也是无用。如今既然他已经来了，且开了尊口了，自然也不能驳了他的面子。

郑中尉连忙道：“本将是职责所在，生怕不明身份的宵小混入城中作乱，才不敢轻易放人。如今既然是二公子的表妹，二公子将她认领走就是了。”

陈述骑马走近他，俯身伸手在他肩膀上拍了两下：“多谢，改日请你喝酒。”

郑中尉连忙笑道：“小事一桩，好说好说。”

陈述撤回手，直起身，对苏风暖笑着说：“走吧。”

苏风暖点头，骑马跟在他身后。

离开城门，拐过一条街，陈述勒住马缰绳，驻足看着苏风暖，笑着说：“记得那一日见姑娘不是这副样貌。今日姑娘这副样貌，若非你开口说明，我定然认不出了。难道这就是江湖上传言的易容之术？不知姑娘哪副样貌才是真的？”

苏风暖对他微笑：“今日是易了容。”

陈述点头：“姑娘那副样貌出门在外确实扎眼了些，这样的确很是寻常。”话落，他挑眉，“姑娘因何急事儿闯城门？”

苏风暖道：“抱歉，不便告诉公子因何急事儿，多谢公子今日相助。”

陈述看着她：“那日你相助了我，今日我还了你人情。两相折抵，一笔勾销了。”顿了顿，道，“姑娘既然有急事儿，我便不耽搁你了。不过姑娘走前，可否告知名姓？免得再有下次遇到，我连姑娘名姓也不知。”

苏风暖痛快地点头：“我姓苏。”话落，对他拱手，“二公子再会了。”

陈述听闻她姓苏，愣了一下，见她着急离开，便也不再纠缠，跟着拱手：“再会。”

苏风暖骑马又拐绕了两条街道，来到苏府后门。

守门人听到叩门声，从角门探头向外看去，见到苏风暖，疑惑地喊：“小姐？”

苏风暖对他点头，看守府门的人都是苏府回京前带的老人，自然识得她。见她点头，立即打开了后门。她连忙松开马缰，将马放进来，但人并没有进来。

守门人接过马缰绳，对她小声问：“夜都深了，小姐怎么突然回府了？夫人可也回来了？”

苏风暖摇头：“我娘和我外婆还在灵云寺，我在那儿待得无聊，提前回来了。”话落，抱着小狐狸对他摆手道，“你关上门吧，我还有要事儿，可能晚点儿再回来。”

守门人点点头，也不多问，关上了后门。

苏风暖抱着小狐狸，又绕了一条街，去了容安王府。

她轻车熟路地从容安王府的高墙跳了进去，向正院走去。她并没有隐藏身形，很快，府中的护卫便发现了她，有人清喝：“什么人？”

苏风暖道：“我姓苏。”

护卫们闻言立即又退了回去。

苏风暖抱着小狐狸，绕过府中的亭台水榭，来到正院。

千寒已经闻讯，等在了院门口，见到苏风暖，立即见礼：“苏姑娘，你来得正好，世子今日晌午突然发了高热，太医院的孟太医也束手无策。”

苏风暖点头，快步往里走，同时问：“为何会突然发了高热？”

千寒低声道：“世子那日从红粉楼回来，沐浴后未拭干头发，穿着单衣开着窗子睡着了，染了寒气，不看太医，严重了，才引发了高热。”

苏风暖没好气地道：“这般不爱惜自己，他想做什么？”

千寒低声说：“世子心里应是想姑娘尽快回京，才任性了些。”

苏风暖一噎，没了话。

来到门口，千寒挑开帘幕，请苏风暖进去。

苏风暖迈进门口，一眼便看到了在画堂内急得不停地转悠的孟太医，无法给叶裳退热，这位太医急得白头发都多了。

听到动静，孟太医顿时停住了脚步，见来了一位年轻的姑娘，他疑惑地看着苏风暖。

苏风暖对他颔首示意，便疾步进了内室。

孟太医愣了愣，看着帘幕掀起又落下，他转头看向千寒。

千寒对他拱了拱手，道：“孟太医，劳烦您了，在下送您回府。这天已经如此阴沉，估计大雨将至。”

孟太医立即问：“那叶世子的高热还未曾退啊。”

千寒道：“刚刚来的姑娘医术高绝，有她在，世子就不会有事儿了。”话落，他挑开帘幕，“太医请。”

孟太医十分惊异：“这么年轻的姑娘，医术高绝？”

千寒点头。

孟太医却站着不动：“老夫想尽办法，也不能给叶世子退热，实在想知道这位姑娘用的是什么方法。”

千寒能理解一个痴迷医术的太医的心情，对他道：“姑娘既然来了，应该短日内不会离开。明日雨停了，您再来府里问也不迟，免得孟夫人担心您太久未回去，派人来问。”

孟太医向外看了一眼，天气阴沉狂风暴雨将至，点点头：“也好。”

千寒送孟太医出了容安王府。

苏风暖进了内室后，一眼便看到叶裳躺在床上，帘幕挑着，他脸色潮红，像是被火给烧着了。她走到近前，将小狐狸扔到地上，伸手去碰他额头，额头烫得她手一哆嗦，她移开手，给他把脉，连手腕的脉搏都烫手得吓人。

小狐狸看到了叶裳，一双狐狸眼睛自然认出了他，基于曾经被放血的记忆太深刻，它只看了一眼，“嗖”地又跑了出去。

苏风暖听到帘幕动静，回头瞅了一眼，小狐狸已经跑没影了，她回转头，看着叶裳气骂：“你这尊瘟神，连小狐狸见到你都躲得远远的，我不知道是哪根筋抽到现在，偏生躲不开你！”

叶裳一动不动，显然是烧得浑噩了。

苏风暖咬牙切齿地看了叶裳片刻，对外面轻喊：“千寒。”

千寒送孟太医到了府门口，派人将他送回孟府，赶紧赶了回来，刚到院中，便听到苏风暖喊，连忙应声：“姑娘。”

苏风暖对他道：“你守在外面，给我护法，任何人不准放进来。”

“是。”千寒连忙应声。

苏风暖除去了叶裳外衣和自己的外衣，盘膝而坐，与上次一样，运功给他祛热。丝丝寒气从她身体溢出，传递到叶裳的手心，同时，将他体内的热气吸到她身体。

刚进行一盏茶时间，外面忽然狂风大作，同时伴随着急促的脚步声，进了正院。

千寒守在门口，看清来人，愣了一下，连忙打开外间屋的门，对来人道：“二公子，您怎么来了？”

陈述迈进门槛，急声问：“我听说叶裳发了高热，怎样了？可退热了？”

千寒摇头：“还未曾。”

“听说孟太医回府了，那谁来给他退热？”陈述说着，就要往里走，“我去看看他。”

千寒连忙拦住他：“二公子，有人在给世子医治，吩咐任何人不准打扰。您不能进去。”

陈述一怔，看着千寒：“何人在给他医治？”

千寒摇头。

陈述皱眉："怎么不说？这有什么不能说的？京中太医院除了孟太医，何人医术比他更高深？我怎么未曾听说过？"

千寒道："不是太医院的人，总之您别问了，只要医好世子就行了。"

陈述大为疑惑："真不能进去看？"

千寒摇头："不能。"

陈述伸手给了他肩膀一拳，千寒纹丝不动，他瞪眼："什么大夫医治竟然不开药？那用什么办法祛热？难道是见不得人的医术？"

千寒立即摇头，小声说："二公子不要胡说，医术广博，千奇百种，不被外人见，是不想被干扰医治而已。"

陈述闻言作罢："什么时候能医好？"

千寒摇头。

这时，外面狂风伴着大雨哗哗地下了起来，将门窗打得噼里啪啦地响。

陈述干脆找了把椅子坐下，好奇地盯着内室，看了一会儿，内室一点儿动静也没有。他问千寒："你确定里面真有人？"

千寒点头："真有。"

陈述撇嘴："真是神秘得很，让我好奇。"话落，对千寒又问，"你这样守在外面，不看着你家世子，是很信得过的人了？"

千寒又点了点头。

陈述见实在问不出什么来，只能倒了一杯茶，端起来一边喝一边等着。

室内，苏风暖自然听到了外面的动静，知道千寒不会让陈述进来，便放了心。

一个时辰过去，叶裳退了热，苏风暖已经累得一根手指头都抬不起来了。她费力地穿好自己的衣服后，软倒在了一旁，直接昏睡了过去。

她骑马回京，一番奔波，未曾休息，损耗功力为他祛热，如今自然受不住了。

陈述等了一个时辰，已经等得不耐烦了，里屋却一点儿动静都没有，他对千寒又问："你真确定里面有人医治你家世子？"

千寒点头："确定。"

"都一个时辰了，怎么还没有动静？"陈述问。

千寒道："世子一旦发热，十分难退热，孟太医琢磨了半日，方法用尽，也不能够给世子退热。如今才一个时辰而已，自然要多等等。"

陈述闻言不说话了。

又过了一个时辰，陈述耐心彻底用尽，也不问千寒了，直接对里面喊："喂，里面那个给叶裳医治的谁，你给他医治好了没有？你多少吱一声，让我们知道你还活着。"

千寒看着陈述，嘴角抽了抽，似乎分外无语。

苏风暖昏睡得沉，自然无法回答他。

叶裳却被他喊醒了，睁开眼睛，屋内黑漆漆一片，外面狂风伴着大雨，下得又快又急，如珠子砸在地上，噼里啪啦地响。他定了一会儿神，才看清了身边躺着的苏风暖。

他伸出手，碰了碰她，她昏睡着，一动不动。

叶裳凝眉，将遮挡她大半边脸的头发拨开，露出她被汗水浸透的脸，脸上的易容膏药被汗水浸透，掉了些，他触手碰到黏腻腻的膏脂，撤回手，慢慢地坐起身，发现自己只穿了一件里衣，外衣扔在一旁。他伸手拿起外衣，披在身上，将苏风暖的身子往里面挪了挪，下了床。

这时，陈述细听屋内有了动静，立即对千寒说："你听见了吗？里面有动静了。"

千寒点点头。

陈述道："我可真是好奇死了。"

千寒不说话。

这时，叶裳来到门口，挑开帘幕，倚着里屋的门框看着陈述，懒洋洋地道："收起你的好奇，我已经退热了，你赶紧滚回府吧。"

第三十七章 只念一人

陈述看着叶裳，睁大了眼睛。

叶裳看着他的神色，对他挑眉。

陈述瞪着他，想越过他看向里面，门口却被他挡住，又有帘幕遮掩，根本什么都看不清。他立即问："怎么是你出来了？那个救你的人呢？"

叶裳不答他的话，对千寒吩咐："你去找一件雨披，再拿一把伞，送二公子回去。"

千寒应是，立即去了。

陈述顿时不干了："喂，你什么意思？医治你的人见不得人吗？怎么连个大夫也藏着掖着？"

叶裳道："确实见不得人。"

陈述一噎，盯着他，忽然说："医治你的人，是个女人对不对？"

叶裳看着他："好奇心太多，不是什么好事儿，你怎么一直改不了这个毛病？"

陈述眼皮翻了翻，道："若不是关于你的事儿，小爷哪会有什么好奇心？"话落，看着他，"其余人都没来，你连我也信不过？"

叶裳摇头："不是信不过，是她比较喜欢将自己藏起来。"

陈述一噎。

这时，千寒取来了雨披和伞，递给陈述："二公子，用不用我送你回府？"

陈述站起身，伸手接过，有些气闷地对叶裳说："我在这里守了两个时辰，你就这样轻而易举将我打发了，可真是有女人没兄弟。"

叶裳对他微笑："改日请你吃酒。"

陈述不屑："我府中也有酒，用不到你请。"

叶裳又道："你不是一直喜欢瑟瑟吗？我给你牵个线，她若是对你也有意，你就给她赎身如何？”

陈述顿时爆粗口：“妈的，叶裳你个混蛋！你这是有了新人忘旧人是不是？拿小爷开涮呢。”

叶裳嗤笑：“什么新人旧人？胡说什么？这么多年，我只心念着一人，如今她就躺在我的床上。”

陈述顿时张大了嘴，眼睛也瞪成了铜铃一般，不敢置信地看着叶裳，伸手指着他，好半晌，才吐出一句话：“怪不得让人守着，果然我猜得不错，原来医治你用的是见不得人的手段。”

叶裳被气笑，也懒得解释，挥手赶他：“快滚吧。”

陈述站着不动，依旧不甘心就这样走，对他问：“真不能让我看看她？到底是哪个女人让你说出这么多年只心念着她一人？连瑟瑟也不入眼？怪不得你从来只听她唱曲，不与她再接近。如今她就在你这儿，你却不让我知道，我今天晚上肯定睡不着觉。”

叶裳依旧挥手：“睡不着觉你可以去红粉楼找瑟瑟。”

陈述一噎，咬牙：“我以前算是眼瞎了，今日才算是重新认识了你。”话落，气哼哼地将雨披披在身上，拿着伞，出了房门。

千寒连忙跟了出去送他。

陈述没好气地说：“不用送了，回去侍候你主子去吧，我去红粉楼。”

千寒停住了脚步，笑着说：“二公子慢走。”

陈述很快出了正院，出了容安王府，如他所说，向红粉楼而去。

很快就来到了红粉楼，虽然今日大雨下得大下得急，但也阻挡不了红粉楼的香粉美人勾人魂魄。富丽堂皇的红粉楼，依旧是宾朋满座。

陈述进了红粉楼后，有老鸨立即迎上前，连忙帮他解下雨披，笑成花一样的脸看着他：“这么大的雨，二公子怎么独自来了？您要找哪位姑娘？”

陈述拂了拂袖子，跺了跺脚，说：“瑟瑟姑娘。”

老鸨立即说：“瑟瑟今日身体不适，不接客。”

陈述向楼上看了一眼，对她说：“我不听曲儿，就是找她说说话。你去楼上问问，就说我刚从容安王府来。”

老鸨闻言笑着点头：“那二公子您稍等。”说完，便扭着身子上了楼。

不多时，老鸨站在楼上对下面喊：“二公子，上来吧。”

陈述抬步上了楼。

老鸨对他笑道：“瑟瑟听说是您，便同意了，二公子的面子可真大。”

陈述道：“哪里是我的面子大？是叶裳的，我若是不说我从容安王府来，她不见得见我。”

老鸨捂着嘴笑：“二公子说的哪里话？叶世子听瑟瑟的曲儿虽然花名在外，但一年来这里的次数有限。有时候几个月不来一次，有时候一个月也就来一两次，多数时候，还是您捧瑟瑟的场。”

陈述闻言驻足，想了想，恍然失笑：“好像还真是这么回事儿。”

老鸨笑着说：“前几日，叶世子来了一次，就是他回京那天，瑟瑟弹了新曲子，叶世子听了之后就恼了，直接甩脸子走人了。估计是得罪得狠了，这以后啊，叶世子不见得来了。”

陈述愣了一下，问：“果有此事？”

“有。”老鸨笑着说，“奴家怎么会骗二公子呢，这事儿啊，可是千真万确。”

陈述见她不像说假，好奇地问：“什么样的新曲子，竟然将他惹怒了？”

老鸨笑着说：“奴家也没听过，只叶世子来时她弹了一半，您要是想知道，去问瑟瑟啊，她素来对二公子有好感，您一问，她一准告诉您。”

陈述点了点头。

老鸨吩咐人往瑟瑟屋里送瓜果茶品，便下了楼。

陈述来到瑟瑟屋门前，门虽然虚掩着，他依旧伸手叩了叩门。

瑟瑟在里面说：“二公子请进吧。”

陈述推开房门，走了进去，只见瑟瑟倚着床半躺着，手里拿了一卷书，见他进来，抿着嘴笑：“外面下这么大的雨，二公子怎么不回府，还过来这里了？”

陈述来到近前，看着她：“听说你身子不适？”

瑟瑟笑着说：“女人一个月总有那么几天，二公子知道的。”

陈述哑然，耳根子有些红，偏过头，坐在了不远处的椅子上，咳嗽了一声：“我以为你是生病了。”

瑟瑟看着他，笑着说：“这也算是生病，我素来体寒，每次都疼得要死要活，连大夫也没办法。”

陈述蹙眉：“这么严重？”

瑟瑟点头，对他问：“二公子是从容安王府来？叶世子的热可退了？”

陈述看着她，抿唇问：“你很关心他？”

瑟瑟笑起来：“我倒是不想关心他，可是受人所托，忠人之事，自然不能不关心。”

陈述闻言一怔，脱口问：“你受何人所托？”

瑟瑟摇头，笑着说：“这个就不能告诉你了。”顿了顿，道，“不过那个人于我有救命之恩。所谓滴水之恩，当涌泉相报。替她看着叶世子，便是我报恩了。”

陈述又哑然：“竟有这等事儿，这些年，我竟不知了。”话落，看着她，忽然问，“那个人不会是个女子吧？”

瑟瑟眨了眨眼睛，没说话。

陈述本就聪明，知道自己猜准了，更是惊讶道：“难道真是？难道你所说的人与叶裳说这么多年他心心念念的女子是一个人？”

瑟瑟失笑：“叶世子是这样与你说的？”

陈述点头。

瑟瑟抿着嘴笑：“叶世子的心思啊，可真是明摆着了。”话落，她叹了口气，“只是可惜，有人这两年却不敢再靠近他，一直躲着他。我看着都心疼了。”

陈述看着她：“我可真是好奇死了，他死活不说那女子是谁，我今日去晚了，没碰到那女子进容安王府。等了两个时辰，也没见到人影。这人可真是神秘得很。我与他的交情也有些年了，一直被他蒙在鼓里。怪不得他不想娶苏府小姐，原来心里有人了。”

说到苏府小姐，他忽然想起来，今日那位闯城门的姑娘好像也姓苏。

瑟瑟眼睛突然睁大，看着陈述，挑眉：“叶世子说他不想娶苏府小姐？”

陈述点头，没注意她神情，说道：“可不是吗？原来是金屋另有藏娇，看不上苏府小姐。”

瑟瑟呆了呆，失笑：“是叶世子亲口说的？”

陈述颔首：“他对苏府小姐嫌弃得很，皇上有意许婚，他那一阵子连皇上召见都避而不去。说苏府小姐是个疯野丫头。”

瑟瑟忽然大笑。

陈述也笑了，看着她：“你也觉得好笑是不是？她连苏府小姐的面都没见，就死活不同意。说她不是丑八怪，就是母夜叉，疯丫头，谁娶了她谁倒霉。”

瑟瑟笑得止不住，好半晌，才收了笑，擦着笑出的眼泪说：“叶世子可真是个妙人。”

陈述看着她，忽然觉出哪里不对味，对她道：“你怎么……很好笑吗？让你笑成这样？”

瑟瑟点头，几乎笑岔气：“嗯，实在太好笑了，叶世子嘴可真毒，这样背后嚼舌头，若是被……知道……”她顿住，又笑出声，“不知道他该如何收场。”

陈述忽然问：“你说话断断续续的，我听不太明白。”

瑟瑟对他摇头，笑着说：“你不用明白，反正是叶世子的事儿，不关你的事儿，不用替叶世子操心。”

陈述觉得有理，点头：“也对。”

瑟瑟虽然收住了笑，但眼底依旧存着笑意。

陈述看着她，觉得看她笑开的样子实在是美极了，不由也跟着笑，对她问：“我听妈妈说，你给叶裳弹了一首新曲子，是什么曲子，让他气怒翻脸走了？”

瑟瑟闻言刚收住的笑又溢开，对他问：“你想听？”

陈述笑着说：“想听。”

瑟瑟眨眨眼睛：“等我癸水过了，有力气了，弹给你听。”

陈述点了点头，见她美艳不可方物，一时移不开眼睛，暗暗想着叶裳连琴棋书画诗词歌赋无所不通的瑟瑟都看不上，他挂在心里的女子，不知道是什么样。

叶裳打发走陈述，并没有立即回屋，而是依旧站在门口，见千寒回来，对他问：“她几时来的？”

千寒道：“两个时辰之前，苏姑娘刚进屋不久，陈二公子便来了。”

叶裳又问：“她用什么办法给我医治的？你可知道？”

千寒摇头：“苏姑娘吩咐我守在外面，任何人不准打扰，属下也不知她用的是什么办法，没开药方。”话落，补充道，“孟太医用尽了办法，都不能给世子祛热，属下也想知道苏姑娘用的是什么办法。”

叶裳闻言不再说话，似乎陷入了沉思。

千寒看着他，也不言语，不敢打扰他。

过了片刻，叶裳对他摆摆手：“将卫老叫来。”

“是。”千寒立即去了。

叶裳转身回了屋。

不多时，千寒领着一个老者来到了外间画堂，老者穿着容安王府长房管事的衣着，隔着房门开口：“世子，您喊老奴？”

叶裳对外面道：“卫老，你进来。”

卫老挑开门帘，连忙走了进去。

屋内已经掌了灯，十分亮堂。叶裳坐在床头，苏风暖躺在床上。

叶裳见卫老进来，对他招手，吩咐：“你给她把把脉，看看是怎么回事儿，如实告诉我。”

卫老闻言连忙走到床前。

叶裳让出些地方给他。

卫老挽起袖子，给苏风暖把脉，片刻后，他放下手，对叶裳说：“世子，若是小老儿诊得无误的话，姑娘是因为内力损耗过度，气血匮虚，造成的暂时昏迷。无大碍，休息数日就好。”

叶裳面色微沉："内力损耗过度？损耗到什么程度？"

卫老如实道："体内亏空，精气所剩无几。"

叶裳面色微变。

卫老看着他神色，连忙又道："不过姑娘根底极好，休息数日，好生滋补，便能养回来。"

叶裳看着他："数日是多少日？"

卫老道："用好药调理的话，十天半个月就能恢复。"

叶裳薄唇微抿，手捏着被褥，垂下眼睫，不再言语。

卫老看着他，一时也不知该说什么为好。

过了片刻，叶裳抬起头，看着苏风暖，她沉睡得无知无觉，他面上染上一丝浓郁的悔意，低声说："我不该为了让她尽快回来而如此任性，明知道她为我退热定然会受一番折腾，可是我没想到，她上次竟然骗我说用寒玉佩，其实根本就是用她自己的内力……"

说到这，他忽然想起什么，脸色又变了变，对卫老问："天下什么武功能吸收热毒？你可知晓？"

卫老一怔。

叶裳看着他："你所知道的，如实告诉我，不要瞒我。"

卫老道："据老奴所知，天下没有能吸走热毒的武功，只知道有至寒功法，武者自己修行。比如寒冰掌、碎冰剑法、寒阴神功。但这些功法，都是用于伤人，却不曾听说能吸走热毒。"

叶裳皱眉："那她是如何为我祛除热毒的？"

卫老也是不得其解，寻思片刻，猜测道："也可能姑娘学过吸纳之法，同时与自身所修习的至寒功法融合，所以，能为世子祛除热毒。"顿了顿，他惊异地看着昏睡的苏风暖道，"姑娘也就二八年华，怎么可能做到将两种功法融合运用？老奴至今没听说过天下何人能做到。"

叶裳闻言吐了一口浊气，道："她不算是个人。"

卫老一怔。

叶裳揉揉眉心，又低声道："我也不算是个人。"

卫老又一怔。

叶裳放下手，对他道："劳烦您老开一个药膳的方子，交给千寒，让他按照您的药膳方子，吩咐厨房，准备半个月的膳食。"

卫老点头："这个老奴最拿手。"

叶裳对他摆摆手。

卫老退出了房间。

帘幕落下，屋中静了下来，愈发衬得外面雨下得大。

叶裳起身，走到水盆架前，拿着绢帕沾了水，拧干，走回床前，扳过苏风暖的脸，给她擦拭脸上的易容膏脂。

他来来回回洗了三四次绢帕，才把她的脸擦净。见她脸干净了，他似乎才觉得舒服了，丢了绢帕，歪着身子，倚在旁边，看着她。

苏风暖无知无觉，睡得极沉。

片刻后，千寒在外面低声道："世子，您一日没进食了，苏姑娘估计一时半会儿醒不来。您先用些再等着她醒来？"

叶裳摇头："不用，我不饿，等着她。"

千寒不说话了。

大约过了两个时辰，夜已经极深了，苏风暖才醒转，睁开眼睛。

叶裳第一时间就知道她醒来了，依旧保持着歪躺着的姿势，看着她没动。

苏风暖一眼就看到了叶裳，愣了愣，听着外面雨声极大，她转过头，只见屋内掌着灯，灯火映照下，外面的夜十分的黑沉。她缓缓坐起身，有些疲惫地伸了一下腰，嗓子沙哑地问："几时了？你何时醒来的？"

叶裳歪着的身子也坐起来，起身下了地，走到桌前倒了一杯茶，回转身递给她："我醒来两个时辰了，你睡得跟猪一样，如今都到子夜了。"

苏风暖的确是渴了，记得她从灵云寺奔波回来，一口水都没喝，接过他递来的杯子，咕咚咕咚一口气就喝干了杯中水，将空杯子塞给他，没好气地说："你才是猪，若不是为了你，我急着打马跑回来，能累成这样吗？"

叶裳伸手摸了摸她的头，温温柔柔地对她笑道："嗯，你都是为了我，我心里很过意不去。"

苏风暖翻了白眼，他会过意不去？见鬼了。她劈手打掉他的手，瞪着他："我问你，你染了风寒，为何不请大夫？就算不请太医院的太医，你府中不是有卫老吗？医术丝毫不次于太医院的孟太医。你为何不治？"

叶裳缓步又走到桌前，不答她的话，问："还再要一杯水吗？"

苏风暖恶声恶气地说："不要，别打岔。"

叶裳自己就着她用过的杯子，给自己倒了一杯水，端起来慢慢地喝着。

苏风暖见他慢慢悠悠，闲适无比，喝个水也优雅得不行，她撇开脸，下了地，穿上鞋子，抬步就往外走。

叶裳见了，立马放下杯子，快走两步，拽住她胳膊："外面下着雨呢，你要去哪里？"

苏风暖没好气地说："回府。"

叶裳死死地拽着她："不行，你不能走。"

苏风暖偏头，脸色不好看地瞅着他："我能来得走不得了？什么道理？你告诉我。"

叶裳低下头，死死地扣住她的胳膊，低低的声音软软地说："我今日一日没吃饭了，醒来后也没吃，就是为了等你醒来。"

苏风暖嫌恶地转回头，懒得看他："你少给我做这副样子。"

叶裳顿时笑了，勾起嘴角，又抬起头，看着她说："外面的雨真的很大，刚刚还打了雷，你知道，我是很怕打雷的，当年在战场上，也是这样的黑夜，轰轰的雷声和闪电，那些死去的人被闪电一照白森森的……"

苏风暖猛地转回头，有些恼怒地打断他，气骂："你这个无赖。"

叶裳看着她，点点头："我就是无赖，这么多年，每逢下大雨，电闪雷鸣，这样的夜，我都睡不安生……"话落，拽着她，轻声说，"别走好不好？"

苏风暖一肚子气被他三言两语散去了大半，瞪了他一眼，没好气地说："你知道我最是听不得这些话，偏偏每次都跟我说这个。"

叶裳垂下头，看着地面，小声说："我只有这个能拿得出手，只有这样才能让你心疼。"

苏风暖一时噎住，又气又笑："多少年了，你可真是……半点儿死性不改。"话落，嗔他，"你松手，我不走就是了，饿死了，快点儿弄点儿饭来。"

叶裳痛快地松开了手，对外面喊："千寒，端饭菜来。"

"是。"千寒应了一声，立即去了。

苏风暖没好气地揉揉被他攥疼的胳膊，对他不满地说："千寒好好的一个侍卫，被你养成打杂的了。连端饭菜这种事儿，你也用他。"

叶裳转身坐回桌前，对她笑道："当年回京途中，一众小乞丐里，他被你一眼看中，后来你将他给我时说让他好好照顾我，他就记在了心里。除了平日里习武，打杂的小事儿也不假手于人。他都习惯了，我也习惯了。"

苏风暖一时无语："这孩子心眼儿太实诚了，被你奴役了这么多年。"

叶裳失笑："他比你还要大一岁，在你眼里怎么就是孩子了？你有多老？"

苏风暖一噎，瞪着他，没好气地说："你同样比我也大一岁，怎么就长不大？"

叶裳摇头，"不能这样比，在你看不见的地方，我长大了。若不然你这两年八个月狠心不回京来看我，我岂能活得好好的？"

苏风暖听他语气有些郁郁，一时又没了话。

叶裳似乎特意想要她愧疚，看向窗外道："这样的大雨，一年有很多次，尤其是雨季时。我整夜听着雷声闪电睡不着……"

苏风暖立即说："你怎么不让千寒陪着你？"

叶裳收回视线，抿了抿唇说："他又不是你，有些事情能代替，有些事情怎么能一样？"

苏风暖又没了话。

叶裳瞅着她，觉得有些事情还是要慢慢来，不能一下子逼急了她，便转了话题，幽幽地说："我以为风寒是小事儿，不看大夫也没事儿。这么多年，时而也染风寒，都没出大事儿。"

苏风暖瞪着他："风寒是小事儿没错，但那是对于别人而言，对你这副身子，可是大事儿。如今怎么能跟以前一样，紫木草对你已经不管用了。你不看大夫，任性什么？"

叶裳目光盈盈："我确实存了心想你知道我病了就不会再在灵云镇待着了，我想你赶紧回京，但没想到真把你累成了这样。"话落，他保证，"以后再不会了。"

苏风暖本来又有些火气升起来，却被他最后一句保证又给打没影了，轻哼："你以后再敢拿自己的身体不当回事儿，我就再也不管你了。"

叶裳笑着点头："再不会了。"

这时，千寒端着饭菜进来，顿时满屋子充斥着饭菜的香味。

苏风暖看着放下的饭菜，凑近闻了闻，问："怎么都是药膳？"

千寒立即说："姑娘和世子都需要好生调养，这是按卫老配的药膳谱做的，配了半个月的。"

苏风暖点了点头，拿起筷子。

二人吃过饭，已经二更天了。

外面的雨丝毫没有停止的势头，电闪雷鸣，将屋中的灯火都震得一晃一晃的。

苏风暖支着下巴看着窗外："今年南齐普遍干旱，这一场大雨若是下得普遍的话，今年的收成又有保证了。多少百姓就等着这一场雨温饱了。"

叶裳颔首："北周兴兵，国库粮草军饷已经所剩无几，若没有这一场大雨，继续干旱下去的话，百姓们没有粮食过冬，遑论交税？国库又拿不出粮食赈灾，到时候便真是流离失所，灾民成群了。这一场雨下得极好。"

苏风暖点头："国之根基，在于民粮，国之强盛，在于兵政。缺一不可。"

"南齐这些年重文轻武，相较于北周国力，还是差了些。如今北周大败，损失惨重，南齐却也不算是真正的赢家，毕竟国库亏空了。若是北周卷土再来，南齐军饷必不堪重负。”叶裳道，“听说北周二皇子楚含没离开边境，怕是还有兴兵的打算。”

苏风暖眯了眯眼睛，道：“只要父亲不回京，楚含短时间内也不敢再兴兵大战一场。”

“只能相互掣肘了。”叶裳忽然笑了一声，对她说，“你是不是一直不想苏大将军回京？他不回京，对苏府来说，是好事儿。”

苏风暖点头：“不回来确实是好事儿，如今京中乱得很，边境也不算安稳，爹还是在边境待着的好。”

叶裳点点头：“我也不希望他回来。”

苏风暖偏头看他。

叶裳对她笑道：“他不回来，你的婚事就定不下来。除了皇上那里不说，也免得太后老精婆惦记着将你嫁给许云初。”

苏风暖一时无语，对他说：“你去睡吧，我在这里不走。”

叶裳摇头：“刚吃饱，睡不着。”话落，转了话题，对她问，“听说你和凤阳去给太子做了护卫？”

他不提，苏风暖几乎都忘了这件事儿，立即对他问：“我问你，易疯子是否一直在你的府里？”

叶裳看着她：“是啊，怎么了？”

苏风暖道：“你确定他从进了容安王府后，从未出府？”

叶裳摇头：“能进我容安王府的人，从进门的第一日，就要学会规矩。这府里任何人任何事，都瞒不住我。我确定他没有出府。”

苏风暖闻言道：“那你可确定那日东湖画舫沉船，你被人射中穿骨钉，当真是易疯子所为？”

叶裳一怔：“我画出那幅画像，你说是他的。”

苏风暖道：“那幅画像你没有画错？可有出错的地方？再仔细想想。”

叶裳闻言仔细想了想，摇头：“我记忆中确实是那样。”话落，疑惑地看着她，“怎么了？出了什么事儿？”

苏风暖将昨日午时灵云大师遭人暗杀，暗器同样是涂抹剧毒的穿骨钉之事与他说了一遍。

叶裳听罢后，凝眉：“你是说，灵云大师与我所中的穿骨钉如出一辙？剧毒和手法都一模一样？”

苏风暖点头。

叶裳道：“怎么会这样？”话落，他对外面喊，“千寒。”

千寒在外间应声："世子。"

叶裳道："易疯子从进府中后，可曾出去过，你去查查。"

"是。"千寒立即去了。

叶裳转头对苏风暖道："灵云大师若中的是提前设置好的机关暗器，怎么可能与我的伤势分毫不差？这当中，一定有别的我们不知道的事儿。"

苏风暖点头："我只是在想，恐怕易疯子不是对你出手之人。"话落，她道，"当初有你画出的画像，再加之风美人没纠缠，干脆断了易疯子手臂，凤阳镖局也得到他接了这桩生意的消息，所以，我才没怀疑。可是如今由不得我不怀疑，当初对你出手之人，也可能是藏在水下，用机关巧簧射中了你，这样猜测若是准确的话，那么，对你射中穿骨钉的就是另有其人了。"

叶裳抿唇："你的猜测不无道理，当初我只看到易疯子的影子，却真不曾注意暗器是否从他手里射出的，毕竟太快了，我看清的时候，他的手的确是扬着的。"

苏风暖不再言语。

不多时，千寒从外面回来，对叶裳回禀："世子，易疯子来到府中后，再没有出府。"顿了顿，他道，"可是……"

"怎样？"叶裳问。

千寒的声音有些沉："他死了。"话落，补充，"死在了自己的房间。"

第三十八章
深夜入宫

叶裳一怔，苏风暖亦是一怔。

易疯子死了？死在了自己的房间？

叶裳站起身，走到门口，对千寒沉声问："怎么死的？"

千寒道："还没验尸，我只探他没了脉息，先来禀告世子，若刚刚世子不让我查他的话，还不知道他已经死了。"

叶裳抿唇，回头看苏风暖。

苏风暖此时也站起身，对叶裳说："他住在哪里？我们现在就过去看看。"

叶裳点头，对千寒道："去拿两件雨披来，再拿两把伞。"

千寒立即去了。

不多时，千寒取来两件雨披，递给苏风暖一件，递给叶裳一件。二人穿戴妥当，撑着伞，出了房门。

下了大半夜的雨，因容安王府内有极好的排水通道，所以，地面上只积了薄薄的一层水。

千寒在前面提着罩灯，二人在后面并排走着。大雨打在伞上，噼里啪啦地响成一片。

出了正院，绕过水榭，来到安置易疯子的院子。

千寒当先进了屋，屋中已经掌了灯，易疯子坐在靠窗的椅子上，面色平静，一条手臂垂放在桌子上，一条断臂的袖筒空空荡荡。

门窗紧闭，桌子上放着茶水，还有一页纸，一支笔。

千寒挑开门帘，侧过身子，对叶裳道："世子让我查他可出过府，我查问了府中的护卫，说他不曾出府。我见这院中亮着灯，这么晚了，他还没歇下，我很是奇怪，便顺道过来瞅了一眼，才发现他已经死了。"

叶裳抬步走了进来，苏风暖也随后迈进了门槛。

来到桌前，叶裳看到桌子上放着的纸，背面有隐隐字迹，他拿起来翻开，只见纸上写着：“叶世子见谅，吾自求黄泉，来生结草衔环，只求风影不随。”

短短几句话。

叶裳放下纸，脸色有些难看。

苏风暖自然也看到了纸上的字，风影是风美人的名号。她上前一步，给易疯子号脉，发现他果然脉息全无，掰开他的嘴，血糊一片，竟然是咬舌自尽。

她撤回手，对叶裳道：“没想到他死得倒是干脆，连风美人都放下了。可见真是有什么秘密瞒着。刺杀你之人绝对不是他。他应该是背后杀手的一个障眼法。当时你沉船落水被刺杀，应该还有一人隐在水下，对你用了机关，从水里射出了暗器。”

叶裳点头，目光沉沉。

苏风暖道：“这样的话，就能解释灵云大师和你如出一辙的暗器手法了。这个背后杀手，不只精通暗器，还精通机巧之术。”

叶裳转头问她：“据你所知，江湖上谁是这样的人？”

苏风暖道：“会暗器和机巧之术的大有人在，我知晓的不下十几人，可是单靠这个，说明不了什么。也可能是隐姓之人，连我也不知。毕竟江湖也不小。有人的地方，就有江湖，天下有多大，江湖就有多大。”

叶裳转头又看了一眼易疯子：“他死多久了？你可看得出来？”

苏风暖道：“身子已经凉透了，最起码有两个时辰了。”

叶裳嗤笑：“我的容安王府，不说固若金汤，但也不是破铜烂铁堆砌，外人轻易不能进来。里面的丝毫信息，没有我准许，一丝也放不出去。但是外面的信息，却能第一时间知晓。看来，我昏迷这半日，灵云寺出事儿的消息早已经传回京城了，易疯子定然是听到了消息。”

苏风暖点头：“背后对你和对灵云大师下手的人一定是对易疯子极其重要的人，宁愿代替对方断臂，宁愿丢下风美人去死，也要隐瞒。我想不出，除了风美人，还有谁让易疯子做到这个地步，连命都不要了。”

叶裳有些恼恨地看着易疯子道：“真该将他拖出去喂狗！死在我府里，脏了地方。”

苏风暖叹了口气：“他也算是有情有义之人。”话落，道，“你从皇上的轻武卫手里救下他，刚带回府，他便死了。等于灵云寺那边这条唯一相同的线索也断了。如今没办法再从死人嘴里抠出什么来了。”

叶裳抿唇，问：“你说灵云寺之事，目前暂且由许云初在查？”

苏风暖点头。

叶裳道："太子呢？"

苏风暖摇头："太子肠胃不适，许云初正巧在，这等事情自然交给他了。"

叶裳哼笑一声："这可真是有意思了。"话落，对她说，"你先回我院子休息，我进宫一趟。"

苏风暖看着他："你要去找皇上？"

叶裳绷着脸说："这件事儿非同小可，理应第一时间报给皇上知晓。若说东湖画舫沉船之事，害我一人，移祸东宫，一桩事是小，但再加之太子中无伤花，灵云大师刺杀案，如今易疯子咬舌自尽，断了唯一的线索，便不是小事儿了。"

苏风暖点头，对他说："深更半夜，外面又下着大雨，我不放心，随你一起进宫。"

叶裳看着她："你就这样随我去？"

苏风暖道："我易容成你府中护卫的样子，与你一同进宫，这样的大雨之夜，你进皇宫，总要带两个护卫。千寒算一个，我再易容一个。"

叶裳面色稍缓，微笑："暖暖最在意我了，好。"

苏风暖瞪了他一眼："都什么时候了？你还有心情说这个。"话落，她道，"吩咐人将这里守好，任何人不准进来。"话落，又道，"有护卫的衣服吗？给我一件。"

叶裳看向千寒："去拿一件，应该有与她身量适当的侍卫衣服。"

"有，我这就去拿。"千寒立即去了。

不多时，千寒拿来衣服，苏风暖脱了外衣，套在了身上，拿出易容膏药和镜子，三两下，便易了容，又将头发朱钗拔掉，绾成男子发髻，转眼间，就是一个活脱脱的侍卫。

叶裳见她很快就将自己打理妥当，拿起桌子上的纸，对千寒说："派几个人，守好这里。"

千寒应声，出去吩咐了。

叶裳和苏风暖出了房门，千寒已经吩咐完，头前给二人提着罩灯照路，二人披着雨披，打着伞，向府外走去。

来到府门口，马车已经备好，三人上了马车，前往皇宫。

这样的大雨，街道处处积水，马车十分不好走。整个京城，除了靠夜夜笙箫为生的红楼灯火通明外，仅有少数的人家亮着灯。

容安王府距离皇宫不远，不多时，马车就来到了宫门口。

千寒下了马车，对守卫宫门的禁卫大声说："我家世子有要事见皇上，劳烦通禀。"

有人探头从宫门城墙上往下看了一眼，应了一声，立即去了。

皇上早已经得到了灵云寺出事儿的消息，第一时间收到了冯盛的信，他读罢后，将信扔在了玉案前，本欲派小太监去容安王府喊叶裳，但听闻叶裳发了高热，昏迷不醒，只能作罢了。

这一夜，外面下大雨，小太监催了数遍，皇上依旧待在御书房，没有回寝宫安寝。

二更已过，皇帝确实疲乏了，才扔了御笔，打算起身回寝宫。

就在这时，有侍卫禀告："皇上，叶世子在宫门外求见。"

皇帝一怔："他不是染了风寒，高热昏迷吗？怎么来了？"

侍卫摇头："属下不知，但确实是容安王府的马车等在宫门外。"

皇帝闻言摆手："宣。"

侍卫立即离开了御书房，来到宫门口，吩咐人打开宫门。

进宫要解佩剑，千寒和苏风暖都解了护卫的佩剑，一起随叶裳入了宫门。

这时大雨似乎更大了些，雨伴着风，凉飕飕的冷，三人身上虽然都披了雨披，但腿下还是被雨打湿了半截。

苏风暖想着叶裳刚刚退了热，便这样出来折腾，有些心疼，低声问他："冷不冷？"

叶裳偏头看了她一眼，摇头："不冷，受得住，你呢？"

苏风暖也摇头："我比你体格好多了。"

叶裳笑了笑："前不久不知是谁累得昏睡不醒。"

苏风暖一噎，小声说："那也比你强。"

叶裳不再反驳她，笑着点了点头。

来到御书房，叶裳示意苏风暖千寒止步，他自己走到门口，小太监奉了皇命，在房檐处等候，此时见叶裳来了，打量了一眼跟着他的两名护卫，因苏风暖是陌生的脸孔，他多看了一眼，连忙说："世子快请，皇上等着您了。"

叶裳点头，小太监推开门，打开帘子，将叶裳请了进去。

叶裳迈进门槛，将雨伞递给小太监，动手解了雨披，就要给皇帝见礼。

皇帝看着他脸色有些苍白，一场病让他本来养回了几分的气色又消了去。从外面进来，周身冒着寒气，他摆摆手："不必多礼了，这么大的雨，你深夜来找朕，有什么事儿？"

叶裳对他道："我刚刚发现易疯子死了，死在房中，是咬舌自尽。觉得这件事情还是要来禀告您一声。"

皇帝一怔："你是说刺杀你的那个易疯子？朕派轻武卫拿他，你趁机收了他放入了府中。他竟然自己咬舌自尽了？”

叶裳点头：“正是他。”

皇帝皱眉：“怎么回事儿？他为何自杀？你对他用刑虐待了？他受不住所以自杀了？”

叶裳摇头：“将他带回府中后，我还没得空收拾他。”话落，他从怀里拿出一张纸，递给皇帝，“这是他临死留下的笔迹。”

皇帝接过来，看了一眼，沉下脸：“你既没对他用刑虐待，又没收拾他，他为何突然自尽？”

叶裳道：“我醒来后，便听闻灵云寺出了大事儿，灵云大师被人谋害，他所中的暗器是涂抹剧毒的穿骨钉，与我当日所中的穿骨钉一模一样，剧毒、手法，如出一辙。我本让千寒去查这两日易疯子是否出府，查到他并没有出府，但人却死了。”

“所以？”皇帝看着他。

叶裳揉揉眉心道：“我听闻灵云大师不是被人射中的暗器，而是被人用机关之术，在案台内设置了机关暗器，自动发出，夺人性命。但易疯子却没出我的府邸，定然不是他所为。但是剧毒手法一样，着实让人揣测。我便猜测，当日刺杀我的，应该是另有其人，不是易疯子，易疯子只是一个幌子。他如今自尽而死，应该也是为了保护背后之人。”

皇帝闻言脸色十分难看：“一波未平一波又起，这灵云镇何时这么乱了？或者说，这么多年，是朕太纵容那些江湖草莽和杀手了？让他们愈发张狂了？”

叶裳立即道：“我从未踏入过江湖，这些年，得罪的人，也只是这京城内外的人。而太子，多年来，未曾出东宫。灵云大师是出家人，素来与人为善，更不会得罪江湖中人。”顿了顿，他道，“只怕不是江湖之人所为。即便是，也该是受人指使。”

皇帝觉得有理，闻言脸色更是阴沉得难看，道：“南齐太平多年，今年北周边境兴兵，大胜了北周之后，又接连出了几桩大案。若是不尽快查出背后是何人，凶手受谁指使，指不定会出更大的乱子。”

叶裳点头。

皇帝道：“朕收到冯盛的奏报，说灵云镇之事太子暂且交由许云初彻查？”

叶裳点头：“听说是。”

皇帝叹了口气：“朕是半丝也指望不上太子了。”话落，看了一眼叶裳，更是深深地叹了一口气，“你的伤还未彻底痊愈，如今又染了风寒，朕听说孟太医在你府中待了半日，也没能给你退热，后来是从外面请的一位姑娘给你退的热？

那女子是什么人？医术竟然比孟太医还要高？”

叶裳道：“是我府中账房先生的远房侄女，据说一直在神医谷学医。”

“原来是神医谷的学徒，怪不得比朕的太医还好用。”皇帝看着他道，“朕记得你府中的账房先生叫卫临吧？是当年叶氏送给你娘的陪嫁。他也懂医术。”

叶裳点点头：“卫老的医术不精湛，不如孟太医。”

皇帝点点头：“那女子呢？”

叶裳道：“已经走了，她是正巧来看卫老，赶上我发热，帮我退了热后，便离开了。”顿了顿，补充，“江湖人散漫惯了，不喜京城拘束。”

皇帝颔首：“江湖能人异士居多，但大多都不喜受拘束，更不愿意来京城任一官半职，也不愿吃朝廷俸禄。”

叶裳点头：“江湖人脾气秉性大多古怪，行事偏激，收拢不住。”话落，他有些郁闷地道，“就比如易疯子，我还没对他如何，他就自杀了。”

皇帝看着他：“一个心狠手辣的杀手，死了就死了，既然他不是杀你之人，你也不必郁郁了。”

叶裳道：“当初真是多此一举，让您的轻武卫带回来，兴许也不会让他死得这么干脆。”

皇帝瞅着他，笑道：“敢从朕的轻武卫手里夺人，你是独一个。朕想着你要折磨他，也就作罢了。搁在轻武卫手里，他也许活不过一日。”顿了顿，拍拍叶裳肩膀，“你和你父亲一样，终究是心善。”

叶裳垂下头，看着地面，低声说：“父亲是心善，我不是心善。我是存了心思，想他留在我府邸为奴，即便他什么也不说，背后买凶之人定然怕他早晚有一日泄露，终会进府杀他。我是要以他为引，查出背后买凶之人。可是我没想到，他自己先咬舌自尽了，如今是彻底断了线索。”

皇帝闻言露出笑意：“不是心善就好，心善的人，不是活得苦，就是活不久。”

叶裳不再说话。

皇帝道：“这背后之人好一招借力杀人。他用同样涂抹剧毒的穿骨钉和手法行刺灵云大师，引起众人疑惑，进而让你府中的易疯子暴露。这个人对易疯子应该极其重要，所以，易疯子得到灵云寺的消息后，为了免于被彻查，恐防暴露那人，选择了自尽。换句话说，灵云大师被刺杀之事，背后的目的也许就是逼迫易疯子去死。”

叶裳抿唇：“您分析得有理。”话落，道，“都怪我，偏偏今日发热，到深夜才有力气理会此事，他却已经死了……”

皇帝看着他：“事有凑巧，你身体要紧。”顿了顿，又道，“有时候，人死了，也不是一了百了了。若因为人死而所有事情都终结，那么，世上便不会这么复杂了。所以，他即便死了，也能有办法查下去。”

叶裳看着皇帝，没言声。

皇帝对他道：“太子将灵云寺之事暂且交给了许云初，东湖画舫沉船之事，朕交给了晋王。查太子中无伤花之事，朕交给了凤阳镖局的凤少主。至今，全无进展。”话落，他道，“如今，灵云寺的案子和东湖画舫沉船之事联系到了一起，更是复杂了些。若是朕将这些案子都交给你，全权彻查，你可能胜任？”

叶裳一怔。

皇帝看着他：“你早先的伤势未彻底痊愈，朕知道。如今你染了风寒，刚退了热，体力还欠妥，朕也看得出来。不过，朕也纵容你胡闹贪玩有些年了，你虽然姓叶，但毕竟是皇亲贵裔，血脉里流着我刘家的血。当年，容安王和王妃虽战死沙场，但保了南齐十二年太平。如今内外不安稳，你也要肩负起容安王府保家护国的担子和重任，方不辜负你出身容安王府这个身份。”

叶裳闻言垂下头，沉默半晌，吐出一句话：“我还小呢。”

皇帝闻言笑骂：“你虽然未及弱冠，但已经十七了，朕当年在你这个年纪，都已经大婚亲政了。你跟朕说你还小？”话落，他气笑，“那么，你跟朕说，你还想混玩几年才不算小？”

叶裳道：“三五年吧。”

皇帝哼了一声：“你倒是不给自己少说。”话落，叹了口气道，“若不接连出这么多事儿，南齐太平，朕便让你再混个三五年，也不是不可。如今……”他转头看向窗外，现出凄凉之态，“这雨下得太大，朕这御书房也免不了被雨水打得冷啊。”

叶裳闻言也看向窗外，又不出声了。

皇帝对他道：“此事就这么定了，朕明日早朝颁布一道旨意送去容安王府，隐去太子中无伤花之事，只查这两大案。着大理寺和刑部配合你彻查此案。”

叶裳摇头：“我若是办不来……”

皇帝绷起脸：“朕在你身后，你有什么可办不来的？你只管查，查出有牵扯的人，立即下刑部大牢。朕便不信了，朕这个天子和皇室当真软弱可欺到如此地步了？由得人背后如此恣意妄为？朕还没死呢。”

叶裳闻言咬牙，当即跪在地上，沉声说：“叶裳领旨。”

皇帝对他摆手：“起来吧，夜深了，你回去吧，路上小心些。”

叶裳点点头：“皇上也早些休息。”话落，告退出了御书房。

御书房外，房檐下，千寒和苏风暖一直等着，见叶裳出来，二人沉默地跟着他离开御书房，向宫外走去。

出了宫门，叶裳回头看了一眼，宫门随着他出来，打开又关上，大雨中，巍峨庄严。他停住脚步，对苏风暖低声说："当年，父王和母妃以及一众将士战死沙场，埋骨边境，也就是为了保这样一座皇城。"

苏风暖因有十步之内听音入耳的本事，虽给叶裳祛热折损了些功力，又因伴着大雨，听不太真切，但也将他与皇帝的谈话听了个大概。她也回头看了一眼，大雨中的皇宫，宫墙层层厚重。

叶裳又低声道："苏大将军在边境浴血奋战，阻止北周进犯马踏边关，也是为了这么一座皇城。"

苏风暖摇头："不是，他们都是为了南齐子民，求的是国泰民安。"

叶裳看着她，雨帘隔在二人中间，他眼睛一动不动地看着她易容的脸，唯有那双眼睛熟悉至极。他摇头，轻声说："南齐是刘家的江山，子民也是刘家的子民。若没有这座皇宫，这江山巨变，社稷崩塌，也就没有什么国泰民安了。说到底，都是一回事儿。"

苏风暖沉默，无言以对。

叶裳伸手，帮她拢了拢雨披，打住话，道："走吧。"

第三十九章
一直陪着

回到容安王府，已经将近三更。

叶裳下了马车后，站在府门前，看着容安王府门口挂着的烫金牌匾。牌匾被大雨洗刷，但依旧泛着金色光芒。经年累月，风霜雨雪侵蚀，也不见褪色。

苏风暖站在他身后半步，顺着他的视线，与他一同看向容安王府的烫金牌匾。

容安王府最辉煌的时候，是容安王和王妃在世之时，据说也是生叶裳之时。叶裳满月、抓周，门口宾客熙熙攘攘，络绎不绝，府中繁华热闹。

据说叶裳抓周时，皇上拿了一支御笔，作为抓周礼，扔进了一众物事儿中，叶裳在琳琅满目的物事儿里，一把就抓起了它，众人还没来得及现出惊色，他就扔掉了御笔，抓起了苏澈作为抓周礼放在里面的一把好剑。众人还没来得及换了神色，他又扔了好剑，抓起了一本书，自此拿着，再不松手了。

那本书据说是绝版的《春宫图》，不晓得是谁扔进去的。

众人憋了许久终于在他拿着《春宫图》不松手时爆发，哄然大笑。

皇帝也大笑，摸着叶裳的脑袋，对容安王笑着说："不爱笔杆子，不爱弄刀舞剑，偏爱春闺风流，看来将来容安王府的门风要改了。"

容安王看着叶裳抱着《春宫图》死死不松手，哭笑不得。

这事儿当年在京中流传甚广。

后来，容安王和王妃上战场，带上了叶裳。之后，便是容安王和王妃战死，十里荒芜白骨成山，叶裳靠吃人肉活了下来。

再后来，苏澈找到他，将容安王府唯一的遗孤送回京城后引咎辞官。叶裳不负所望地在皇上的纵容下，长成了纨绔风流的王孙公子，一如当年抓周抓住的东西，雪月风花，无尽风流。

当年的容安王府是何其繁华？如今的容安王府烫金牌匾依旧，但颇显沉寂静谧。

大雨也打不破洗不掉的静谧。

这些年，叶裳从一个稚子长成了一个少年，清瘦的肩膀有着不畏刀剑的刚强筋骨，在别人看得见看不见的地方，他渐渐长大，已经能够承担得起容安王府这块牌匾了，甚至更多。

苏风暖看着他负手而立的背影，清瘦挺直，如青松翠柏，与容安王府的烫金牌匾相映成辉。她心下有隐隐的触动，她陪着他长大，看着他长大，护着他长大，一晃经年。

时光像是指缝的细沙，快速地溜走，脑中有成长的光影碎片变换闪过。

她发现，他还是小时候更可爱些，这两年，随着他长大，愈发不可爱了。

叶裳慢慢地回转身，看着她，清冷的风雨之夜，他一双眸子也跟着异常清冷：“当年，父王求娶母妃，外公死活不同意叶家女嫁王室。后来，父王允诺，生子随母姓，皇上也派人说项，外公才妥协了。父王、母妃战死沙场后，外公不准叶家任何人来京城对我照顾。所以，这十二年来，我也没见过叶家人。”

苏风暖是知道这个的，点了点头。

叶裳依旧看着她，大雨衬得他的声音也跟着清冷：“外公始终记得，我虽然姓叶，但到底是刘家血脉。皇上也记得，所以，对叶家对我如此不管不问很满意，这些年，很是照拂我。”

苏风暖也知道，叶裳这两年纨绔张狂得不像话，御史台弹劾他的折子三五天便堆满了皇上的玉案，但皇上从来不理会。确实照拂。

叶裳看尽她眼底，他清凉的眸底掩着丝丝的情绪：“这些年，我一直在想，是做一个闲散的王孙公子，就这样一直游手好闲下去，还是像我父母一样，兢兢业业，为了南齐皇室，为了万千百姓，肩负起国之重担。”

苏风暖抿唇，没言声。

叶裳眸中的几丝情绪慢慢归寂下去，轻声道：“你不归京的日子里，我想明白了，我身上有父王母妃的骨血，做不到只做一个闲散的王孙公子，庸庸碌碌，一生荒废虚度。但也做不到像我父母那样，血染沙场，埋骨荒芜。十二年前，我既然活了下来，便要活个自主的人生。”

苏风暖看着他清俊无双的脸，点了点头。

叶裳见她点头，薄唇扯出一丝笑，在风雨里，有几分温温柔柔的暖，轻声道：“容安王府在我手里，兴许不会荣华盛及当年，但我力所能及处，必不敢败父王母妃傲骨。容安王府的牌匾，总要代代相传下去。即便你两年八个月不回京来看我，我也知道你不会不管我。”话落，对她问，“暖暖，你会一直陪着我吧？”

苏风暖瞪了他一眼："你刚退了热，便如此折腾，再发热我可没力气给你退热了。跟个老婆婆一样絮絮叨叨，快进去吧。"

叶裳执拗地看着她："你会一直陪着我是不是？"

苏风暖抬眼望天，顿时激了一脸雨，她用袖子抹了一把，说："冷着呢。"

叶裳又固执地问："你会一直陪着我的，是不是？"

苏风暖拿他没办法，这个人执拗起来，十头牛都拉不回来。她没好气地说："陪，陪，陪，叶世子，快进去吧。"

叶裳满意地笑着点头，转身进了府门。

苏风暖抬步跟上他，在他身后腹诽，怎么时间过得这么快，一下就长大了呢，他还不如小时候乖呢，心思一弯一绕的。

叶裳走了两步，回头对千寒吩咐："将易疯子的死瞒下，不准透出一丝消息。"

"是。"千寒应声。

叶裳又走了两步，偏头对苏风暖说："你在江湖上这么多年，手里想必也有独臂之人。可否调来一个给我用用？将他易容成易疯子的模样。"

苏风暖挑眉："你是还想用易疯子做引？"

叶裳点头，低声说："人心是最难掌控的东西，那个人对易疯子应该十分了解，所以，觉得灵云寺之事一出，他定然自尽而死。但我府中若是不传出消息，再找个人易容成易疯子，易容得极像的话，背后之人总会产生怀疑。毕竟，易疯子舍不得风美人这根软肋，那个人就会怀疑也许自己在易疯子心中的地位不及风美人深，他才舍不得去死。"

苏风暖道："那个人既然此举是为了要易疯子死，怕是连风美人也不会放过。这时候，不知道风美人是不是也跟易疯子一样的下场。"

叶裳摇头："不会，将易疯子弄进府里来时，我便命人去接风美人了。"顿了顿，他道，"除非那个人的动作快过我，在易疯子刚入我容安王府后，便提前杀了风美人。否则，她目前应该还活得好好的。"

苏风暖抬眼瞅了他一眼，道："风美人一死，易疯子就会知道了，那么，那个人若是杀了风美人，易疯子也不会甘愿去死了。所以，以此推断，风美人应该安然无恙。那人就算想要风美人的命，也要等易疯子甘愿死了之后再去杀她。"

叶裳点头："正是这个理。"

苏风暖又道："如今想来，易疯子对你留下的那纸绝笔字迹，也是意蕴深刻。让你见谅，他自求黄泉，来生结草衔环，只求风影不随。这是求你保风美人活了。"

叶裳点头："易疯子应该是明知道那个人在他自尽后还是会杀风美人，但他还是自尽了。你说，若不是骨血相连的至亲，会是什么人，让他做到如此地步？"

苏风暖蹙眉："不曾听闻他有至亲在世上。"话落，道，"风美人与他的渊源也纠缠了好多年了。他看重风美人，胜过自己的性命。如今连性命都不要了，舍弃风美人。确实除了血脉相连的至亲，怕是再不作他想了。"

叶裳颔首，看着她："所以，要查查易疯子的出身了。"

苏风暖点头，对他道："易疯子的出身怕是不太好查。"顿了顿，她道，"不过凤阳镖局网罗天下信息，兴许能查到。"

叶裳听到凤阳镖局四个字，哼了一声，没说话。

苏风暖知道他对凤阳看不惯，道："皇上将这些案子移交给你全权负责，着刑部和大理寺配合你，明日圣旨一下，你就算是正式入朝了。你不及弱冠，没有丝毫朝堂经验，却第一步就接了这样的大案，势必轰动朝野。自明日起，多少人就开始盯上你了。所谓官场如战场，你不能因为各人喜恶，便做情绪之事，这对你不利。凤阳镖局屹立数代不倒，必有它的本事。"

叶裳揉揉眉心，无奈地看着她："好，我知道了，只要他不对你存有非分之想，我就对他留几分客气。若是他敢对你存有非分之想，我就趁此铲了凤阳镖局。我管它屹立多少代，这一代就让它倒了。"

苏风暖顿时瞪眼："说什么浑话呢。"

叶裳又哼了一声，不言语了。

二人说话间，回了正院，进了屋。

叶裳解掉雨披，搓了搓手，见苏风暖也解掉了雨披，拿过她的手，同样给她搓了搓，好看的眉头皱起："你的手怎么这么冷？以前再冷的冬日，似乎也不曾这样冷过，是因为给我祛热功力损耗太多了吗？"

苏风暖点头，没好气地抽出手："应该是，所以，你以后不准再任性而为了。"

叶裳"嗯"了一声，对她说："我去书房，你去我房中睡吧。"

苏风暖看着他，皱眉："这一夜你都未曾歇着，如今再去书房，身子怎么能吃得消？"

叶裳道："我明日白天再睡。圣旨来之前，总要准备一番，写几封信出去。你也说了，让我不准以个人情绪和喜恶处事。我想了想，除了凤阳外，我也该给外公去一封信了。这么多年，他不曾管我，如今，总不该再置之不理了吧？万一我彻查这案子，牵连出朝堂内举足轻重的层层官员，真把朝堂给掀个底朝天，站在了风口浪尖上，叶家便是我的盾牌了。"

苏风暖点头，从怀里掏出一个玉瓶子，递给他："这一瓶给你吧，一会儿你吃一颗。"

叶裳接过瓶子，拿在手里晃了晃，看着她："暖暖，这里面有二三十颗吧？若是卖了，能值两三万金，你能置办很多嫁妆……"

苏风暖抬脚踹他："滚。"

叶裳轻笑，躲开，将瓶子揣进怀里，转身向外走去，同时对她说："这些年收了你无数好东西，以后你的嫁妆我包办好了。"

苏风暖瞪眼，叶裳已经出了房门，打着伞向书房去了。

苏风暖站在原地，看着窗外的雨依旧很大，将他身影湮没，她又气又笑，脱了府中侍卫的衣服，卸掉了脸上的易容，洗了脸，躺去床上睡了。

第二日，苏风暖是被容安王府大门外高叫着"叶世子接旨"的声音喊醒的。

她睁开眼睛，挑开帷幔，看了一眼天色，外面的雨稀稀拉拉地下着，不像昨日那么大了，但也没停。天还阴着，她看了一眼沙漏，刚辰时整。这皇上的圣旨来得也太早了些。

她推开被子，下了床，打开窗子，淅淅的雨气从窗外透了进来，她顿时觉得神清气爽。

她在窗前站了一会儿，听到门口的热闹声渐渐没了，刚要关上窗子，一只翠鸟叽叽地飞了进来，她伸出手，那翠鸟落在了她手上。

她伸手解掉它腿上绑着的信笺，打开看罢，顿时失笑，对翠鸟说："你的主子看来真是闲得发慌了，既然如此闲不住，我给他找点事儿干吧。"话落，转身从桌前拿了纸笔，回了信笺，又绑在了翠鸟腿上，翠鸟亲昵地啄了啄她手心，又飞走了。

叶裳捧着圣旨回来时，便看到苏风暖满面含笑，似乎心情很好，他挑眉："我刚刚看到一只鸟儿，来传信的？什么人让你一大早上心情这么好？"

苏风暖瞥了一眼他手中的圣旨，对他说："你不是要一个独臂人吗？我已经让人给你找了。"

"什么人？"叶裳看着她，执着地问，"我说的是让你心情好的那人。"

苏风暖转头："我师兄。"

叶裳皱眉："你有师兄？怎么这些年一直未曾听你说起过。"

"没事儿说他做什么？"苏风暖伸了个懒腰，见他眼底有两片浓浓的青影，对他道，"你一夜未合眼，受不住了吧？如今接了圣旨，既然都安排妥当了，快去睡吧。"

叶裳轻哼一声，随手放下圣旨对她说："和我说说你师兄。"

苏风暖无语：“说他做什么？”

叶裳看着她：“想听。”

苏风暖对他挥手，板下脸：“快去睡。”

叶裳伸手拽住她的手，发现她的手冰凉，这才发现她衣衫单薄，没披外衣，低头看去，她光着脚，顿时问：“你醒来多久了？怎么光着脚站在地上？”

苏风暖撤回手：“没多久。”话落，转身去穿鞋和外衣。

叶裳见她又要去穿侍卫的靴子和衣服，立即问：“你很喜欢穿我府中侍卫的衣服？”

苏风暖白了他一眼：“如今这里只有侍卫的衣服，不穿这个，穿什么？”

叶裳恍然，对她说：“别穿了，我让千寒给你买一套来。”

苏风暖想了想，摇头：“我昨日来时，天色阴暗，穿着女子衣服进了府中，除了孟太医，倒没多少人注意。今天我若是穿着女子衣服走出去，被人见了无端揣测，麻烦，还是这样吧。”

叶裳想想也对，不再阻止她，脱了鞋，去躺在了床上。床上依然残留着她的女儿香，淡淡的，十分好闻，他轻轻嗅了一口，对她说：“灵云寺的案子未查出个所以然，灵云寺的山门依旧封着。没个三五日，山门估计不会开，京中贵裔府邸的家眷们没法出来，王夫人和苏夫人自然也不会回来。这三五日你就别回府了，在我府中待着吧。”

苏风暖立即反驳：“待在你府中多无聊，不要。”

叶裳看着她：“不会无聊，你扮作我的侍卫，跟着我一起查案。我先睡一觉，下午去刑部和大理寺。你也跟着我去。”

苏风暖眨眨眼睛，对他说：“皇上这圣旨真是雷厉风行啊！如今朝野上下，估计十分轰动。”

叶裳笑了一声，说：“何止轰动？”

“有很多人反对吧？”苏风暖又问。

叶裳又笑：“皇上直接下的圣旨，圣旨一下，谁反对也来不及了。更何况，怎么反对？六部和御史台哪个不清楚皇上是提携我当作他收政的这把剑？宗室素来没有话语权，自然希望有个我出来，谁会有意见？至于国丈府和太后，若这些案子不是他们背后所为，他们就要避嫌，更不敢阻止了。”

苏风暖好笑：“皇上这个契机拿捏得可真好。”

叶裳“嗯”了一声，对她不满地说：“你怎么不表扬我？若我不给皇上这个契机，他也没法拿捏。”

苏风暖无语，对他说：“快睡吧。”

叶裳闭上眼睛，哝哝地说：“本该陪你一起吃早饭，可我实在困得很，你稍后自己吃吧。”

苏风暖点头，说话间已经收拾好了，出了房门。

千寒听到动静，对里面望了一眼，说：“姑娘，我去给你端早膳。”

苏风暖颔首。

千寒向厨房走去。

苏风暖站在门口，房檐有雨珠落下，噼里啪啦的，外面的小雨淅淅沥沥地下着，整个容安王府实在是静得很。看不见几个仆人，实在有几分冷清。

千寒不多时便端来了早膳，苏风暖见又是药膳，吃过之后，对千寒问：“卫老如今在账房？”

千寒点头。

苏风暖打着伞出了房门，去了账房处。

卫老正在算账，噼里啪啦地打着算盘，桌子上摆着好几个账本，都摊开着。

苏风暖来到门口，叩了叩房门，卫老向外看了一眼，起身打开了门，对上苏风暖的眼睛，笑着说：“若非姑娘这双眼睛，小老儿实在识不破这样精妙的易容术，姑娘请。”

苏风暖对他笑笑：“我没打扰您吧？”

卫老摇头：“姑娘说的哪里话？不打扰，不打扰。”说完，请她落座。

苏风暖坐在一旁的椅子上，从怀中拿出三本账本，递给他：“这是这两年多堆积的账目，还要劳您费心了。”

卫老伸手接过，摇头：“不劳烦。”话落，放下账本，对她问，“这三本账，还是不让世子知晓？”

苏风暖点头：“他又不管账，就不必跟他说了。”

卫老闻言笑了，对她道：“世子虽然不管账，但人却是聪明，这些年，只当不知，其实他心里是清楚的。”

苏风暖笑着说：“他清楚就清楚，也没什么，不用刻意跟他说就是了。”

卫老点点头：“姑娘这些年私下入容安王府的账已经有十多项了。昔日，容安王府一贫如洗，王爷清廉，一直靠王妃的嫁妆贴补府中用度。当年边境一战，粮草急需，王爷、王妃甚至掏空了容安王府作为粮草供给。所以，世子回京后，府中真是除了一座空府，再没留给他什么。还是苏大将军离京前，变卖了家当，留了一笔银钱，给了世子补贴己用。再加上皇上、太后、贵妃的赏赐，才支撑了几年。”

苏风暖点头。

卫老道："几年后，便收到了姑娘给的第一笔账，当时小老儿问了姑娘，姑娘却不告知是哪里来的。如今一晃这么多年，每年都能收到姑娘给府中的进项。林林总总算起来，如今的容安王府，竟然比国库还充盈了。真是令小老儿敬佩姑娘的营生手段。"

苏风暖笑着说："我这些钱，来路不算正。"

卫老笑着说："这些年，从账目上，小老儿也看出些门道，开采私矿，贩卖私盐确实不算正。朝廷有法纪，监行有督查。不过姑娘能躲过朝廷监察，这么多年，委实令人刮目相看。"

苏风暖笑着说："如今不做了。这是最后三本账。"

卫老一怔，看着苏风暖。

苏风暖道："这两年八个月，我没来京，叶裳以为是我气他，其实也不全是。我是去处理这些了。开采私矿、贩卖私盐，毕竟不能久久为之，尤其是如今皇上老了，新旧更替的时机不远了，还是要走正途。我虽为叶裳，但也不想他将来被人挖出这个底子为人诟病。所以，用了些时间，扫了尾，断了个干净。如今的产业，都是光明正大的。"

卫老恍然："姑娘聪颖睿智，不贪不躁，知足收手，明晓事有可为，宜时宜地宜事而为，难能可贵啊。"

苏风暖失笑："你可别夸我，我最禁不住被人夸。"

卫老感叹："世子遇到姑娘，何其有幸。"

苏风暖笑笑，不语。

卫老看着她："皇上有意为世子和姑娘赐婚，心气极高，姑娘在太后面前闹了一场，已经招太后不喜了。若是使使劲，皇上圣旨一下，许了这门婚事，可真是一门好良缘。"

苏风暖收了笑，摇摇头："我不嫁叶裳的。"

卫老一愣，惊异地看着苏风暖："姑娘此言怎讲？你和世子自小便交情深厚，姑娘为世子做了这么许多事，显然是心里有世子，如今大好的良缘摆在这里，姑娘为何说……"

苏风暖摆手，制止他的话，低头看了一眼地面，再抬起头，对他笑着说："没有为什么，我只是希望他好而已，护着他而已，他娶妻生子，一生安顺，便是我的心愿了。"

卫老面色实在难以形容，瞅着她不像说假，试探地问："姑娘是有什么难言之隐，还是心里有喜欢的人了？"

苏风暖摇头："没有，只是心愿如此罢了。"

卫老一时没了话。

苏风暖站起身，对他笑着说：“您忙着吧。”

卫老连忙起身送她，直到她离开，他关上房门后，依旧因为她的话久久难以平静。他总以为这是一桩大好姻缘，世子是爱极了姑娘，姑娘一个女儿家，这些年为世子做到如此地步，常人难及。可是没想到，今日却听到了这样一番话。

他听到后，都觉得难以接受，遑论世子了。世子可知道她无意嫁他?